酷威文化
KUWEI
图书 影视

殷太太，我们来接你回家

心跳不听话

臣年 著

上册

江苏凤凰文艺出版社
JIANGSU PHOENIX LITERATURE AND ART PUBLISHING

目录

CONTENTS

目录

CONTENTS

第一章

人夫本分

/

XINTIAO

BU

TINGHUA

“红毯之夜赵清音佩戴 TN 高奢珠宝艳压全场，疑似默认 TN 首位亚太区代言人。”

闻亭念完热搜头条，将平板怼到傅幼笙眼皮子底下：“你看看，你看看！品牌那边说好了要让你们公平竞争，结果呢，借给她最新款全套珠宝，给你的就一对耳饰，还是过季的！”

闻亭深吸一口气，作为一个职业经纪人，他要时刻保持冷静。

三秒后——

他冷静不了！

闻亭暴脾气憋不住：“这算什么公平竞争，怕不是踩着你给赵清音抬咖！”

赵清音与傅幼笙同为新晋花旦，自然是有资源竞争的。但傅幼笙是大三那年，被进电影学院选角的大导演徐导选中担当民国剧女主，出道即巅峰，凭借这部剧一夜爆红，还因剧中旗袍美人的形象被誉为“娱乐圈穿旗袍最美的女人”，相较而言，靠一部真人秀吸粉爆红的赵清音就红得有点儿没底气。

所以赵清音的团队经常碰瓷傅幼笙试图抬咖，之前小打小闹就算了，现在如果连 TN 家的高奢代言都被抢走，傅幼笙在娱乐圈就彻底被赵清音压一头了。

想到傅幼笙未来被一个花瓶压得翻不了身，闻亭就感觉自己气不顺。

傅幼笙坐在化妆镜前，眼睫微微垂下，看了眼平板上的微博热搜页面。

入目就是赵清音跟她的红毯对比图。

图片还着重用红笔将她们俩佩戴的珠宝圈出来了。

前排评论：

赵清音是什么人间富贵花，金色镂空长裙配 TN 的全套珠宝太绝了，冷艳女明星啊！我就想问谁给傅幼笙的勇气跟我们人间富贵花抢高奢代言，是那对简陋的过季耳环吗？

傅幼笙收回目光，漫不经心地摘下钻石耳环，随手搁到化妆台上：“哦……”

哦？

见傅幼笙不当一回事，闻亭叹气：“你说你长得比她美，身材比她好，演技比她好，代表作比她多，你就不想知道为什么品牌会偏向她吗？”

傅幼笙抬了抬微卷的睫毛，一双勾人的明眸终于看向了闻亭，只不过眼神像是在看傻子。

闻亭被她这眼神看得噎了一下，更恨铁不成钢了：

“平时让你参加个酒局、参加个宴会认识认识人就跟要你命似的。

“但凡你稍微有点儿进取心，现在还能被赵清音肆无忌惮地踩着上位？”

……

休息间一时除了闻亭的说话声之外，再无其他声音。

傅幼笙面色平静地听着，擦掉唇上因为刚才拍杂志封面而被化妆师涂上的鲜艳的正红色口红。

炽亮的灯光下，女人纤细瓷白的指尖捏着一管金色的口红，薄薄地抿上了一层玫瑰豆沙色，原本明艳旖旎的容貌，顿时柔和了几分。

简单的动作，却被她做出了极致的优雅感。

满意地看着镜子里的妆容，傅幼笙这时才有空回答自家经纪人的话：“不参加酒局是因为我不善交际。”

“……”

见她一本正经地胡说八道，闻亭心累地摆摆手：“算了算了，代言那边，我再跟公司商量商量，总不能真的就这么让赵清音踩着你上位吧。”

闻亭往沙发上一坐，看着傅幼笙曼妙婀娜的侧影，心里越发可惜。

赵清音算什么冷艳富贵花，他们家傅幼笙才是真的人间尤物，从骨子里流露出来的美人气质，要真面对面地同框，傅幼笙绝对秒杀赵清音。

只是……

闻亭叹口气，看着傅幼笙那张美人脸，美则美矣，一说话就气死人。

闻亭放弃游说，扫了眼平板上赵清音那张高清美照，忽然想起什么似的，压低了声音跟傅幼笙八卦："对了，你知道赵清音的靠山是谁吗？"

"嗡……"

就在这时，傅幼笙的手机突兀地振动了一下。她捡起桌上的手机，一边看微信消息，一边随口应付闻亭："谁呀？"

闻亭情绪略显激动："殷墨啊！就是那个风投圈大佬殷墨！！

"啧，没想到大佬竟然喜欢赵清音这种调调。"

殷墨本人的人生履历用一个词来概括就是——完美！

他从小天赋异禀，大学还没毕业便拿到了斯坦福商学院的录取通知书，并以最短的时间完成了学业。优越的成绩，出色的实战能力，为他后面零失误的投资之路奠定了基础。

他稳准狠的投资手段使得在短短几年内，从传媒公司到科技公司，国际上一半叫得上名字的巨头公司，几乎都有他的身影，而他后来独立创办的胜景资本也已经在国内崭露头角。

直到去年，殷墨出席国际商业论坛，与各商业大佬们的合照一经曝光，殷墨本人也从财经杂志逐渐走向了各大新闻媒体记者平台，光靠颜值就俘获了一批批少女的心。

而此时，听到闻亭的话后，傅幼笙的睫毛忽然轻颤了两下。

目光落在屏幕上方那个微信备注上——YM。

YM：今晚回家。

她手指下意识地握紧了薄薄的手机边框，莹润的指甲几乎泛了白边。

随即她按灭了手机，站起身："今天既然收工了，我要回家了。"

闻亭看了看腕表，现在也才下午四点："你这么早回家干吗？"

杂志方今晚还准备了一个饭局呢，虽然不是五大刊之一，却也算准一线的时尚杂志，还给了傅幼笙双封，给面子吃个饭算正常的社交礼仪。

然而傅幼笙自出道起就很少参加这种社交，一收工恨不得立马回家。

傅幼笙眉眼淡淡，理所当然地回："回家还能干吗，睡觉。"

闻亭条件反射："跟你老公睡觉？"

傅幼笙无语地看着他："……"

闻亭反应过来，轻咳一声才吐槽道："你说你一当红女明星，年纪轻轻就给自己买好了棺材入土为安，脑子里到底怎么想的。"

闻亭越想就越痛心疾首！

他从业十多年，带出来的一线、二线明星没有十个也有八个，却没有一个超一线的顶级艺人，快到三十五岁高龄才好不容易签到傅幼笙这么一个要长相有长相、要才华有才华、要演技有演技的明显前途不可限量的女明星，可她有一个致命的缺陷——早婚。

傅幼笙脚步一顿："早入土早超生。"

闻亭眼皮子抽了抽，没好气地说："说起来，从你大三进圈到现在，我也带了你三年了，从没见过你老公的真面目，你拍戏的时候，也没见过他探班，电话、视频都少见。这样的老公，你留着干吗？"

留着干吗？

傅幼笙安静地沉思几秒，小脸严肃地看着闻亭："你说得对。"

闻亭被她这严肃的表情给带的也肃穆了："……我说什么了，就说得对了？"

傅幼笙径自往外走，从从容容地回答："这样的老公，也只能留着睡觉。"

"噗……"

闻亭差点儿被自己的口水呛死。

这位女明星，能不能有一次别噎死人不偿命！

拍摄地点远在北城郊外的庄园，开车回市区最少一个半小时。

等保姆车抵达号称北城富人区的麓荷公馆别墅区，外面已是薄暮冥冥，落日的余晖逐渐被云层笼罩，透出零星光线。

就着残光，傅幼笙推开家门。别墅内景高级又奢靡，装修设计的颜色主调是浅淡的雾霾蓝，很低调，但随意在玄关柜摆出来的花瓶却是古董。

客厅一如既往的干净冷清，没有人气。

傅幼笙沉默地脱下高跟鞋，赤脚踩在了冰凉的地板上。

明明从大学开始就和殷墨同居在这里，婚后的新房也是这里，可她对这里依旧有种陌生感。

想到殷墨要出差一个月才回家，傅幼笙走向厨房，熟练地做好三菜一汤。

不知道从什么时候开始，但凡他出差回来，她就会亲自下厨做一顿晚餐迎接他。

鲜美的鱼汤香气四溢，傅幼笙看着袅袅升起的白雾，睫毛轻轻眨动。

好像这么多年，很多事情都成了习惯。

晚上七点半。

傅幼笙依旧穿着拍摄杂志时候的香槟色长裙，妆容优雅迷人，看着餐桌上热气渐渐消失的饭菜，按了手机快捷键打电话。

嘟——嘟——嘟——

三下，通了。

“几点回来？”傅幼笙面无表情，说话的语调却故意压得又娇又软，柔声问道。

下一秒，男人磁性又薄凉的声音像是通过电流一般，传到她耳边：“我今晚有事，晚点回去，你先睡。”

傅幼笙红唇张了张，刚要说话，忽然从电话里听到一道清晰娇媚的女人声音：“殷总——”

拉长的语调显得格外暧昧缠绵。

傅幼笙乍一听到那女声，觉得有点儿耳熟，想了两秒，倏然想起来，这好像是赵清音的声音。原来这就是他的“今晚有事”？

傅幼笙双唇紧抿着，眼神一寸寸地冷下来。下午涂的玫瑰色唇膏不小心被她抿干净，露出她原本殷红的唇色，整个人显得明艳又清冷。

傅幼笙嘲弄地笑了声，懒得装柔情万千：“殷总出差一个月，连人夫本分都忘了。”

说完，她不给殷墨说话的机会，直接挂断了电话。

想到刚才电话里传来的赵清音的声音，傅幼笙脸上的情绪便再也绷不住了，本来她还觉得闻亭说赵清音的靠山是殷墨是胡说八道的，现在看来——苍蝇不叮无缝的蛋。

傅幼笙打开手机，将殷墨的所有备注全都改成——殷狗蛋。

这还不解气，傅幼笙又将目光落在已经快要凉掉的饭菜上，把它们一盘一盘地全部倒进了垃圾桶。

就算丢了也不给殷狗蛋吃！不守夫道的男人不配吃饭。

在浴室泡澡不到半小时，傅幼笙就出来了，跟以往时间相比足足少了半个多小时，主要是她看浴缸的水都觉得绿油油的，毫无兴致。

浴室内水雾蒸腾，女人站在落地镜前，透过热气蒸腾的薄雾，曼妙诱人的身材展露无遗。

傅幼笙的骨相极好，天鹅颈、直角肩、纤腰长腿，所以她穿对身材要求极高的旗袍才会相得益彰。

想到今晚和殷墨的那通电话，傅幼笙没穿他准备的吊带睡裙，反而裹得严严实实的。如果不是夏天的睡衣没有高领的，她恨不得连脖子都藏住。顺便把卧室门也反锁上，她才躺下。

傅幼笙一闭上眼睛，就是殷墨跟赵清音的身影。

她脑海中反复回荡着赵清音那声妩媚入骨的“殷总”，本以为自己睡不着的，可大概是身体太疲倦，最后竟然渐渐睡着了。

她甚至没有听到反锁的房门被打开的声音。

“嗯——”

黑暗中，傅幼笙感受到熟悉的气息逼近，身体习惯性地蹭了蹭对方坚硬的胸膛，纤细的腰肢随即被一双温热的手掌箍住。

傅幼笙下意识睁开眼睛，就着小夜灯昏黄的光线，入目便是男人那双沉静如墨的眼眸。

她跟殷墨在一起九年了，从来没见这个男人有过任何不冷静的时候。

即便是在床上，他的眼神依旧是冷静的。

见她醒来，男人的长指越发肆意，薄唇擦过她乌黑柔软的发丝，落在她的唇上。

傅幼笙忽然嗅到他身上淡淡的女士香水的味道，一下子从意乱情迷中清醒过来，抗拒地偏过头，躲开他碰过来的薄唇：“我今晚不想。”

“……”

殷墨动作顿住，垂眸看了她半晌。

见女人眼睫低垂、情绪不高的样子，明显不是欲拒还迎，他才缓缓从她身上起来。男人白皙的额角因为忍耐，染上细碎的晶莹。

傅幼笙侧躺在床上，看着他站起身。

男人漫不经心地将领口已经扯得凌乱的领带扯开，丢到床边的沙发上，才开始一粒一粒地解衬衣扣子。他手指骨节清晰分明，称得上精致二字。

见他一句话都不说，随手脱了衣服就要转身去浴室，傅幼笙的视线落在他优越的背肌线条上，语气幽幽地问：“你每次回家，只是为了跟我上床的？”

快要走进浴室的男人陡然转身。

傅幼笙眼睁睁地看着他逼过来，视线不小心落在他轮廓清晰的腹肌、人鱼线上。在靡丽昏暗的光线下，独属于男性的侵略感顷刻间蔓延开来。

只是没等傅幼笙欣赏这久违的性感，下一刻，她细细的腕骨便被男人修长的手指固定在枕边。

男人沉哑却透着冷欲的声音响起：“这不是你最喜欢的事情吗？”

傅幼笙感受到手腕上强势而薄热的温度，心尖轻颤，下意识抬起眼睫，看着他掺杂着深沉情绪的眼眸，恍惚了一瞬。

是啊，以前她就是用这种亲密来证明殷墨是深爱她的。

仿佛他们贴得越近，他就越爱她。

可后来，傅幼笙发现，殷墨确实挺爱她的身体，也仅限于此。

她的心生出贪念……她想要他的心，偏偏这个男人好像没有心。

想到这儿，傅幼笙的眼睛仿佛被水浸过，狠狠闭上，不想再看他。

殷墨的长指漫不经心地拨弄了几下她紧扣在衣领的细密扣子，像是逗着毫无反抗能力的幼兽：“是怪我没有早点回来满足你，连那些睡裙都不穿了？”

男人的指腹磨上她的耳垂，像是带着电流一样，瞬间从她的耳垂传至脚心。

下一秒，她卷翘的眼睫颤了两下睁开，除了身体本能的反应之外，她眸中像是锁了一层湿润的水光，嘴上却逞能，故意道：“对啊，自己常年不回家，满足不了自己的女人，殷总还好意思说。”

殷墨眸色沉敛，薄唇缓慢地吐出两个字，渗入她的心：“很好。

“今天，我一定让殷太太满意。”

听到男人语调危险地喊她“殷太太”，傅幼笙恍了一下神，他也只有这种时候才会想起来自己是他的太太，平时“傅小姐、傅小姐”的不是喊得很顺口吗？

察觉到她眼神的波动和情绪，殷墨忽然低低地笑了声：“吃醋了？

“你明知道，我只会对你这样。”

殷墨握住了她的手腕，男人粗粝的指腹贴着她柔滑的手心，带着火烧火燎的温度，冷音质的语调却透露着不加掩饰的直白。

听着耳畔的低笑声，傅幼笙紧咬着下唇，不想自己就这么轻易地原谅他。

傅幼笙想要挣脱他牢牢的手心。

往日的记忆侵袭而来，玉白的耳垂下意识染上绯红。

每次，无论她怎么跟殷墨闹，只要他主动与自己亲昵，她的身体就会本能地率先向他倒戈。

傅幼笙努力克制不稳的心跳，语调挣扎："我才没有吃醋！"

她不愿在殷墨面前承认自己是一个随随便便、因为一个电话就胡乱吃醋的女人。

"还嘴硬。"殷墨俯身说。

夜色愈浓。

空旷的透着清雅淡香的卧室内，被浓烈覆盖。

男人披着黑色的睡袍，从容不迫地将一身痕迹挡住，出门时淡淡眼风扫了下还在床上的傅幼笙："殷太太，还满意吗？"

他嗓音含笑，轻易拨动她的心弦，却带着戏谑。

傅幼笙乌黑细密的发丝被细汗浸湿，散开铺在雪白的枕头上，脸蛋贴着被她哭湿的枕面，有点儿嫌弃，慢吞吞地挪到干燥的位置。

每次完事，傅幼笙都感觉自己像是干涸的美人鱼，急需补水。

"满意，给你五星好评，带上垃圾出去。"

说话时，她嗓子都细哑得不成样子。

殷墨系睡袍腰带的手指一顿："？"五星好评？

男人的神情奇怪了一秒，定定地看着装睡的女人，脑海中忽然想起来高一跟她第一次见面时，那个明明稚嫩得能掐出水，却非要假装成熟的女孩。

傅家是南城出了名的书香世家，祖祖辈辈都是雅致无争的教育家、艺术家，在常人眼中活得无趣极了。

而在傅家长大的傅幼笙，自小便承继着祖辈阳春白雪的风雅，一个十几岁的小姑娘，将规矩刻在骨子里，学得一板一眼。

殷墨的目光落在她绯色勾人的眼尾，轻啧了一声，是他将那个一板一眼、正儿八经的小姑娘，手把手教成现在这样眼里有了生动灵魂的鲜活女人。

殷墨从来不会怀疑自己对傅幼笙的重要性。

傅幼笙并不知道，某人试图将自己"成长"的功劳揽走，只自顾自安静地休息。

楼下。

凌晨四点半，皎白的月光透过客厅敞开的落地窗，洒落一地。

殷墨修长的身姿靠在餐厅一侧的岛台上，目光静静地落在面前热水壶袅袅蒸腾的水雾上，直到水壶开始发出细微的咕嘟声。

殷墨的长指自然地拎起水壶，倒了满满一杯热水，准备端上楼。刚走到餐厅出口，余光不经意瞥到角落的垃圾桶，他视线定了一瞬。

他就知道，昨晚是他出差回家的第一天，傅幼笙怎么会忘记给他做晚餐，原来是发脾气倒掉了。

想到之前那个让傅幼笙小脾气发作的电话，殷墨眼底没有任何波动。

男人掌心贴着杯壁，感受着隐隐透出来的温度，片刻后，漫不经心地将水杯重新放回了台面上。

他不屑在这种毫无意义的争风吃醋上浪费时间。

殷墨空着手，越过主卧，直接去了书房。俊美的面庞被走廊壁灯映着，皮肤透着冷冷的白皙，让人辨不清他的神色。

等傅幼笙从床上缓过劲儿了，足尖刚踩在冰凉的地板上，便听到自己的手机铃声响起来。

她拾起手机："喂？"

"今晚 19 点整，松庭会馆 198 厢有个商务酒局，TN 亚太区总裁周卿和的局。记得穿旗袍，他对旗袍文化很感兴趣，我好不容易得到的邀请，你一定要来争取一下代言！"

闻亭不给傅幼笙拒绝的机会，说完迅速挂断电话。

傅幼笙看着灭掉的屏幕："……"

她有说不去吗？

想到昨晚赵清音的声音，向来没有什么野心的傅幼笙，突然生起胜负欲——被试图勾搭自家老公的女人压得翻不了身，她可没这脸。

傅幼笙一边给闻亭回电话，一边下楼，途径走廊时下意识看向微微敞开一道缝的书房，里面亮着灯。她略停了停，却没有过去，而是直奔餐厅。

傅幼笙习惯性地端起岛台上那杯被人遗忘掉的白开水，入口是刚好的温度，她多喝了几口。

恰好这时闻亭接通了电话："你不会是要打电话拒绝吧。这可是最后的机会。你真想被赵清音劫走代言？"

毕竟 TN 最先接触的是他们的团队，赵清音是后面插进来的。

傅幼笙收敛了所有情绪，放下喝光的水杯，静静地问："我看起来像那种做好事的人？"

闻亭一听她这个态度，安心了："短短一晚上你脑子是被开光了吗？竟然想通了。"

他还真以为傅幼笙准备无欲无求到底呢。

傅幼笙看着空荡荡的没有烟火气的厨房："你等会儿来接我的时候，顺便带份早餐过来。"

殷墨那个人，回家就像住酒店一样，睡完了就走，话都不愿意跟她多聊两句，早餐是肯定不会陪她吃的。

傅幼笙眼睫低垂，毫无情绪地笑了声。

闻亭语速很快："只要你努力搞事业，我以后天天给你带早餐、午餐、晚餐！

"不对啊，昨晚你老公不是回家了吗？

"这才凌晨五点你就起了？"

傅幼笙："我们是很纯洁的夫妻关系，你别想太多。"

"啧啧啧。"

听到闻亭那不正经的调调，傅幼笙："不说了，见面谈。"

北城的六月，晚上七点天色已经彻底黑透了。

傅幼笙穿着一袭湘妃色旗袍，丝绸的布料，如水一样丝滑，衬着她曼妙的身姿，透着含蓄柔静的美。她只是略略一抬眸，眼尾仿佛沁透了丝丝缕缕的风情，却又掩不住那明艳动人的风姿。

闻亭早就喝过一轮，见时间差不多了，便站在会馆门口等她，看着霓虹灯下的女明星："行啊，傅幼笙，今晚很有活色生香的祸水调调。"

"你喝了多少？"傅幼笙不经意嗅到他身上的酒气，瞥了一眼说。

闻亭朝她招了招手："走吧，我跟周总介绍过你，该谈的都差不多了。"

傅幼笙轻应了声，娉娉婷婷地踩着高跟鞋，踏上大理石台阶，与他一同进了会馆。

随意走动，雪白纤长的小腿从旗袍开衩一侧若隐若现，对男人充满诱惑力。

这样优越的条件，闻亭太想把她捧红，不然可惜了这一身冰肌玉骨，摇曳身姿。

松庭会馆坐落在寸土寸金的北城市中心，是数一数二的高档会馆，保密性极强。

进去之后，傅幼笙见会馆是仿中式园林的装修，干净清幽。

闻亭在她耳边说着关于这位TN亚太区总裁的喜好："他酷爱中式复古的环境，倒是娶了个洋太太；只不过这位洋太太也与他有共同的爱好，喜欢咱们中式的旗袍。”

包厢门开了，入目便是穿着一身灰色中山服的男人。

闻亭立刻提示：“幼笙，这位就是我跟你常提的 TN 亚太区总裁周总。”

傅幼笙朝着周卿和优雅一笑：“周总，您好，我是傅幼笙。”

周卿和看着傅幼笙这一身低调不失雅致的旗袍，好感倍升：“傅小姐，久仰。”

包厢内除了他们之外，还有几个西装革履的男人。

等傅幼笙进来后，他们起身跟周卿和告辞：“既然周总有客人在，那我们先告辞了。”

周卿和：“慢走。”

看着离开的人，傅幼笙：“是我们打扰到周总了吗？”

周卿和对同样喜欢中式文化的年轻人很有好感，尤其是傅幼笙把这身旗袍诠释得很好，耐心说：“无妨，已经谈完了。”

他绅士地岔开话题：“听说傅小姐对旗袍很有了解，我太太也很喜欢旗袍。”

傅幼笙微微一笑：“真是太巧了。”

见傅幼笙跟周卿和开始就着旗袍的话题聊下去。

最后傅幼笙还将自己平时私人订制旗袍的设计师介绍给周卿和。

闻亭在一边附和他们，没忘了正经事：“之前 TN 亚太区代言人接触我们幼笙，也是觉得幼笙身上的古典气质很适合 TN 新款的设计理念。”

周卿和对傅幼笙观感不错：“确实是很适合。傅小姐的气质与 TN 的新款倒是相得益彰。”

大家都是聪明人，有些话点到为止，各自心照不宣。

不知不觉两个小时过去了，周卿和与傅幼笙相谈甚欢，甚至约了下次要带太太与她见面。

后面周卿和有事情提前离开，包厢内只剩下闻亭跟傅幼笙了。

闻亭灌了杯水：“刚才紧张死我了，就怕你关键时候掉链子。”

傅幼笙瞅了他一眼。

闻亭想到周卿和的话，亲自给傅幼笙倒了杯酒：“来，庆祝一下。”

“合同没签，庆祝什么？而且……我不喝酒。”傅幼笙看着面前玻璃杯里度数很低的香槟。

闻亭：“你不喝我喝。”他一边喝着，一边打开手机，在工作室群里报告进度。

闻亭：TN 的代言有进展，只要咱家女明星有点儿事业心，压下赵清音不成问题。

傅幼笙虽然背靠赫赫有名的造星工厂传奇娱乐公司，但作为即将挤入一线的小花，她也成立了个人工作室，工作室人员除了她跟经纪人闻亭外，还有两个助理、一个司机、一个化妆师。

万万没想到闻亭刚说完这个消息，工作助理小诺就甩上来一个微博链接：

闻哥看热搜，热搜爆了！

“赵清音与胜景资本的殷总恋情曝光！”

有殷总这个靠山，TN 这个代言咱真能撕过赵清音吗？

闻亭瞳孔紧缩，迅速打开链接。

跳转到微博页面，果然，热搜第一——“赵清音 殷墨恋情实锤”，后面跟着一个“爆”字。

闻亭没忍住，骂了一句。

刚看到点儿曙光，被赵清音这恋情一曝光全部给毁灭了。

傅幼笙奇怪地看过来。虽然闻亭平时脾气有点儿暴躁，但极少有爆粗口的时候。

“发生什么事情了？”傅幼笙将目光落在他的手机屏幕上，眉心紧蹙，“赵清音跟殷墨？不可能。”

听着她笃定的语调，闻亭晃了晃手机：“怎么不可能，八秒的小视频实锤了，不然媒体记者敢这么爆出来？”

傅幼笙摇头：“赵清音碰瓷呗。”

虽然她经常因为别的女人跟殷墨吃醋，但这么多年来，殷墨是真的洁身自好。

下一秒，看到视频后，傅幼笙觉得脸疼。

短短八秒的视频中，背景是一家餐厅包间，有点儿模糊，赵清音优雅地坐在殷墨身边，起身时距离贴得很近，像是热恋情侣间的姿势，而对面，坐着殷墨的父母。

俨然就是小夫妻或者未婚小夫妻见家长的场面。

殷墨的父母都是商界赫赫有名的人物，尤其是殷母，白手起家的创业女强人，从第一桶金到如今的商界传奇人物。只要网友有心，就能扒出来他们的身份。

这九年里，殷墨从来没有带她踏入殷家的门，见过家长。

给的理由也很简单——他懒得应付父母。

所以，她以为是殷墨生性冷漠，与家里人的感情一般，讨厌那套世俗的规矩，也就没有提起过见家长这事。

此时看到殷墨带赵清音见家长，傅幼笙心想，原来他只是单纯的不想让自己融入他的家族而已。

胸口的情绪越堵越多，像是洪水一般，肆意冲击着她薄如蝉翼的神经。

“啪……”

傅幼笙的手指差点儿打翻面前的香槟。

她下意识接住歪倒的酒杯，像是没感觉到冰凉的酒液洒在她手腕上一般，端起酒杯猛喝了一大口。

喝完了香槟之后，傅幼笙摸到桌上一瓶开封的酒瓶，倒在杯子里，一杯接着一杯地喝，仿佛冰凉的液体沿着喉咙滑下，才会让她保持冷静。

她瞳仁恍惚，完全没有注意到自己拿到的是后劲十足的红酒，越喝越快。

忽然她呛了一下：“咳咳咳。”

正在看热搜思考应对方案的闻亭，乍一抬眼，猛地将她面前的酒杯夺过来。

“就算赵清音这个靠山太硬，咱们可能打不过，你也不至于借酒消愁吧。”

他看到傅幼笙那双水润的双眸，已经迷蒙一片，觉得头都大了。

看着空掉的红酒酒瓶，他要是没记错的话，原来还有一大半吧，她这是喝了多少！

闻亭迅速将手机收起来：“走走走，我送你回家。”

傅幼笙一把推开闻亭的手，脑袋晕乎乎的。她晃了晃脑袋，更晕了。

扶住晕乎乎的脑袋，傅幼笙绯红的小脸皱着：“我不认识你，我不跟你走！

“你放开我，我要喊人了。

“救命，有怪叔叔拐卖良家少女！”

闻亭举起双手，不敢碰她：“祖宗，姑奶奶，您别喊，把人喊来了咱们两个今晚上头条吧！”他瞬间脑补出傅幼笙这副模样被拍到会被网友怎么群嘲。

“最具古典气质的旗袍美人傅幼笙深夜耍酒疯，人设破灭”！

闻亭越想越觉得害怕，见她坐得离自己远远的，很有戒备心。

两人僵持着不动。闻亭头疼：“到底怎么样你才肯让我送你回家？”

傅幼笙的长睫颤了颤：“我不能让别的男人送我回家，只有我老公才可以送我回家。

“我老公呢？”

傅幼笙摸索着手里的包包，找出手机放到耳边：“喂，老公。”

三秒钟后，傅幼笙没听到回答，迷蒙的眼眸瞬间沁出水珠，一串一串地往下滴，带着奶唧唧的小哭腔：“呜呜呜，我老公可能去世了，他没接电话。”

闻亭：“……你手机没解锁。”

傅幼笙立刻收敛了哭声：“哦。”随后稳稳地解了锁。

闻亭沉默地看着她，偷偷打开了手机拍摄，等她明天清醒后看到自己这副模样，看她以后还敢不敢乱喝酒。

这是将近一瓶的后劲十足的红酒啊！

傅幼笙听到熟悉的嘟嘟声，这才满意地笑了：“通了。”

下一秒，殷墨微凉的声音传至耳中：“有事？”

傅幼笙听到那边平静的音质，有点儿不高兴：“过来接我！你要敢不来，以后我就在你的墓碑写上……殷狗蛋死因：因冷落妻子被闪电劈成人干，后碎成人渣。”

晚上十一点，会馆门口依旧灯火通明。

傅幼笙站在路边，绯红的小脸被凉风一吹，热度消散几分，目光定定地看着马路。

幸好因为太晚，路边没有什么人，不然闻亭一想到傅幼笙人设崩了的词条上热搜，他的心态更要崩。

等了半个小时，他忍不住了：“你老公怎么还没来？要不我送你回去算了。”

傅幼笙执拗地等着，看都不看闻亭一眼。

见傅幼笙穿得单薄绸缎旗袍，在深夜冷风里跟望夫石似的，闻亭心里快要把傅幼笙的老公骂死了：“像你这么漂亮又有内涵的女明星，在圈内找个豪门嫁了都绰绰有余，怎么就能选上你老公这样默默无闻又对你不好的人？

“让漂亮老婆在冷风中等这么长时间，是人干的事儿？”

见她不说话，闻亭给她出主意：“要不离婚算了，感情上的失意一般代表事业上的巅峰。我们一起认真搞事业，以后养他百八十个的小鲜肉男团后宫！”

傅幼笙因为醉酒的劲儿，半晌后才迟钝地反应过来。她皱着小眉头，认认真真地说：“我老公对我很好！他会来接我！”

“好好好。我倒是想看看，让你这么死心塌地的男人，到底是何方神圣。”

不搭理说酸话的闻亭，傅幼笙看向路尽头的眼睛眨都不眨，生怕错过，足足等了四十分钟。

终于一辆打着双闪的黑色轿车稳稳停到了路边。

车门推开，傅幼笙迷蒙水润的眼睛瞬间被点亮。

微风吹乱了她的长发，她下意识地抬起头看过去。

下一刻，从车上下来一个气质干练的女性，三十多岁的年纪，化着精致职业妆容的脸上带着公事公办的态度：“傅小姐，请上车。”

傅幼笙认出来这是殷墨秘书团里的周秘书。她目光飘向了车厢，隔了好几秒，而后侧眸看向闻亭，指着说：“有人来接我了，你回去吧。”

闻亭看了看这秘书，又看了看她，没再说什么，而是叮嘱道：“回去好好睡一觉，代言的事明天谈。”

车内。

傅幼笙坐在空荡荡的车厢内，殷墨不在。

车开到半路，她终于有了点儿反应，感觉眼睛涩得厉害，猛眨了几下眼。他果然没来。

在路边被冷风吹了足足四十多分钟，那股子朦胧酒意几乎消散，脑子也渐渐清晰起来。

车厢温度调得刚好，但傅幼笙却感觉如同坠入冰窖一般，齿寒不已。

自己刚才借酒意给他打电话时，殷墨说：“我今晚没时间，会让秘书去接你，乖。”

现在想来，这个“乖”字透着浓浓的敷衍。

傅幼笙漂亮的脸蛋贴在车窗玻璃上，红唇抿起极淡的一点儿弧度，不知道是嘲笑他，还是嘲笑自己。

那条火爆全网的桃色新闻还历历在目，他所谓的没时间，就是带别的女人见他的父母吗？

周秘书从后视镜看了眼傅幼笙，突然开口："傅小姐，殷总今晚有事要忙，才让我接您回家照顾您。"

"他忙什么？"傅幼笙抬起长睫，很淡地应了声，没打算听周秘书替他遮掩，继续说，"送我去公司，我去看望你们忙碌的殷总。"

周秘书一顿，立刻拨通了殷墨的电话："殷总，傅小姐想去公司看望您。"

傅幼笙面无表情地看着她当着自己的面给殷墨报信。

简短地跟上司请示完毕，周秘书得到肯定的回答，才掉转车头，往殷墨的公司驶去。

"傅小姐，殷总说您可以去公司。"

傅幼笙表情淡淡："我要谢主隆恩吗？"

周秘书干练的脸上表情僵硬："傅小姐说笑了，殷总很期待您的到来。"

傅幼笙闭目小憩。

期待？谁知道呢？

车厢内温度渐渐升高，傅幼笙原本被冷风吹散的混沌又涌了上来，不知不觉靠在椅背上睡着了。

精神上的倦怠，让她陷入了昏沉的梦中。

她梦见十六岁那年，自己刚刚升入高一，因为中考成绩差了一两分，在开学之前，被对成绩极其看重的长辈们惩罚，甚至在入学前一天晚上，还被罚写了四个小时的毛笔字。

开学那天，乌云卷着暗淡的太阳，空气沉闷得让人窒息，她恹恹地背着沉重又偌大的书包，低着头慢慢走在回家的路上。

她的梦里，沉闷压抑的画面中，视野中突然横空出现一双手，指甲修得很整齐，修长白净，腕骨微微凸起一点儿弧度，精致漂亮，让人过目难忘。

傅幼笙下意识抬眸，入目便看到穿着简单白衣黑裤、面容怎么看都模糊不清的少年倚在一辆颜色嚣张的跑车上，朝她笑得风流浪荡："乖学生，想上我的车吗？"

傅幼笙努力睁着眼眸，想要看清楚少年的模样，视线却影影绰绰，怎么都看不清楚。

是谁呢？

傅幼笙心脏跳得特别快，潜意识里觉得这是个对她特别重要的人。

她张了张嘴，想问：“你是谁？”可嗓子像是被堵住了一样，说不出话。

梦中的少年见她不回答，收回了手。

“不要走。”傅幼笙想要握住他的手腕。随着她抓了一个空，梦境戛然而止。

胜景资本大厦，顶楼总裁办公室休息间里，铺着深蓝色床单的床上，安静睡着的女人睫毛颤抖了好几下，才堪堪睁开眼睛。

傅幼笙看着熟悉的空间，这是……殷墨办公室里的休息间。

她慢慢地从床上坐起来，还没有从梦境缓过劲儿来。

做梦的时候她不知道那个少年是谁。

梦醒后，她清晰地知道，那个少年是殷墨。

后来，傅幼笙问过殷墨，当时为什么要邀请她上车，还笑得不像个好人。

殷墨当时弹了她一下，说她是个小白眼狼，然后给出他的答案：当时看到一个小可怜，像是被五指山压住的小猴子，就莫名其妙地想多管闲事，故意逗她笑一笑，把她从那儿拉出来。

他莫名其妙的一次多管闲事，确实把她从山底拉出来了。

当年那个笑得夺目的少年，是傅幼笙的一眼沦陷、无边救赎，是她勇敢追逐自由、抛却古板书香家族带来的压抑的开始。

是她九年的念念不忘。

傅幼笙从回忆中醒来，透过休息间的窗户，看到外面依旧黑漆漆的。

她醒过神来，从搁在床头柜上的菱格纹链条包里拿出手机，想看看时间，没想到一打开便发现锁屏挤满了微信消息。

她的视线定在闻亭的留言上：

内部消息，TN跟赵清音那边定好了拍摄宣传片的时间，随时都会官宣她为亚太区代言人。

知道原因吗？

还不是人家有一个好后台。啧啧啧，有后台就是不一样。

算了，我给你对接其他代言吧，这个估计彻底没戏了。

热搜链接，你醒来自己看吧。

人家搞对象是更进一步，你搞对象是要把自己搞到泥窝窝里，快点醒醒吧女明星！

傅幼笙细腻的指尖滑动着屏幕，轻点那个链接。

殷墨公司的信号很好，网速很快，眨眼间便弹出来赵清音的新微博页面。

“赵清音 澄清”“赵清音豪门名媛身份曝光”的词条挂在热搜前排，很是惹眼。

赵清音V：就几小时前突然在网上曝光的视频，特此声明：并没有与殷总在公共场合有亲吻等过线的亲密行为，当时的角度是狗仔抓拍到我低头捡耳环的瞬间，刻意地剪辑出来，影响大家判断。现在，网上发酵的不实新闻已经影响到我跟朋友亲人的正常生活，希望网友与粉丝们多关注我的作品。谢谢大家的关心和爱护。

附带了一张图：图片上是两只水头很足的帝王绿翡翠古董耳环，美得通透欲滴。

傅幼笙眼睫毛低垂，看着网友的神逻辑。

所以，只澄清了亲密姿势是角度问题，见家长默认咯，恋情默认咯。

默认恋情+N。

等等，只有我的关注点在那个耳环上吗？要是我没看错的话，好像是上次某古董拍卖会，一位国内超级富商拍下来说要送给晚辈的礼物。

楼上真的假的？所以这不是灰姑娘即将嫁入豪门的童话故事，而是豪门名媛和豪门贵公子的上流阶层强强联姻。

再添一锤：赵清音豪门名媛实锤。

祝有钱人终成眷属，百年好合，早生贵子。

傅幼笙浑身一个激灵，终于完全从梦境中回到现实。

她看着热门评论全都是祝他们两个人百年好合，早生贵子，漂亮的眼眸微微眯起来，冷笑一声，直接敲了条评论回复：殷墨不孕不育，殷总早生贵子等于绿云遮顶。

发泄完了之后，傅幼笙将手机丢床上，坐在床沿，脚踩在冰凉的地板上，那点酒劲儿，现在早就清醒了。

她轻轻吐息，让自己的心情平复一点儿。

多年的教养，让她无法做到普通女人面对老公疑似出轨时的歇斯底里。

她在原地怔怔地发了一会呆，才光着脚，从床上站起来，轻轻地推开休息室的门。

办公室的灯光很亮，她的视线环顾办公室一圈，才发现几乎与奶白色真皮办公椅融于一体的穿着白衬衣的男人。

这个办公椅，还是她亲自给他置办的。

殷墨眼睛闭着，修长的手指放松地搭在额头，似乎想挡住刺眼的灯光。

傅幼笙见他睡着了，身体的反应快过脑子，条件反射地放轻了脚步，白皙莹润的小脚踩在暗灰色地板上，没有发出一点儿声音。

走近之后，傅幼笙站在他弯曲的长腿旁边，安静地打量着他。

之前俊美无双的少年气，此时成长为成熟男人的魅力，即便是将近一夜过去，下颔那冒出来的青色胡楂，不复白天的衣冠整洁，她都忍不住看了又看。

夜色很深，深夜梦里没有消化的情绪与刚才看到的那些评论徘徊在理智边缘，拉扯着她。

不知不觉，傅幼笙渐渐地弯下腰，拉近与他的距离，指尖贴近他的心脏，想亲手试试他的心到底是什么做的，又冷又硬。指尖带着一丝丝的凉意，是她最真实的体温。

当触碰到男人的胸口时，忽然手腕被一双大手牢牢攥住，掌心的热度瞬间渗透到她薄薄的皮肤里。

她的表情有一瞬间的错愕，小手蜷缩了一下。

她抬起睫毛，恰好落入男人那双灿若寒星的眼眸，好似能窥破她所有的复杂情绪。

傅幼笙有种被看破灵魂的错觉，透不过气，下意识想往后逃跑。

殷墨低笑了声，动作比她还要快，轻轻一扯，傅幼笙纤细的腰肢便被他拥住。男人的气息像是烈性的酒，将她完全笼罩住。

胜景大厦的总裁办公室在 33 层，从这里能俯瞰几乎半个北城。

落地窗透明的玻璃倒映出两人交汇成不分彼此的影子。

他本以为傅幼笙会顺水推舟与自己来一场。

没想到下一秒，刚才还享受的女人，眼神顷刻间冷静下来，一脸冷淡地从他身上下来："不想。"

殷墨："……"女人的情绪转变这么快吗？

前一秒还很好说话，下一秒就翻脸不认人了。

傅幼笙身体并没有精神上那么快抽离出来，她柔软的腕骨撑在办公桌上，入手微凉的触感让她身上的温度渐渐恢复正常。

她看着坐在办公椅上亦是平复情绪的男人。

殷墨扯了扯颈边系得一丝不苟的领带，手指慢条斯理地解开两粒扣子，露出一截冷白色的肌肤，透着冷感的禁欲。

偌大到有点儿冷寂的办公室内，气氛隐约有些压抑。

傅幼笙红唇张了张，还是问出口："你跟赵清音关系怎么样？"

殷墨牵起傅幼笙撑在桌面的小手，捏着她软软的指尖把玩，漫不经心地回了句："一般。"

一般？是朋友还是情人？

或者真的是被殷家与他承认的未婚妻？到底是哪种关系的一般？

傅幼笙不满意他这个答案。

殷墨鸦羽似的睫毛抬起，那双好看的眼眸，染着平静又淡漠的笑："不信？"

没等傅幼笙回答，随意被殷墨丢在办公桌上的黑色轻薄手机开始疯狂振动。

傅幼笙搁在手机边的手指蜷缩一下，扫了眼跳出来的来电显示，备注正是——赵清音。

傅幼笙看着"蹦跶"的手机，两秒后，将自己另一只手从殷墨手里抽出来，双手环臂，语调凉凉的："深夜给已婚男人打电话，你们关系可真一般。还留了一般关系的电话号码。"

傅幼笙见他拿起手机，转身要走，不想看他跟别的女人卿卿我我、叽叽歪歪。

殷墨先伸手拉住她，指骨用力，不让傅幼笙有挣开的机会，而后当着她的面，掐断了还在响的手机。

傅幼笙情绪崩了一瞬。

下一秒，她便被殷墨重新抱回膝盖上，像是哄小孩子的姿势，修长的手指轻拍她的后背，低低的嗓音宛如承诺："乖，谁都撼动不了我们殷太太的地位，不要整天胡思乱想。"

殷墨见她别别扭扭的不说话，沉吟两秒，依旧轻轻拍着她单薄的后脊：

“公司最近投资了一个电影，女主角很适合你，不如你去演一下，也算打发时间。

“我记得你喜欢演戏。”

傅幼笙身子僵了僵，忽然想起来闻亭说赵清音已经是铁板钉钉的TN亚太区代言人。

所以殷墨这是替赵清音拿下高奢珠宝代言人后，觉得有点儿忽略她了，所以又给她一个电影女主。

殷墨是什么品种的端水大师。

殷墨轻抚着她的后颈，定下：“上班后，温秘书会联系你的经纪人。”

傅幼笙瞥一眼殷墨，也没拒绝，离开时语调很淡地说了句：“就一个电影女主角，你也拿得出手。”

殷墨的效率很高，说给傅幼笙电影女主角就给，从签合同到进组，短短一星期就完成了。

傅幼笙坐在即将前往剧组的飞机上，捧腮看向外面，漂亮的眼眸却没有什么情绪。

耳边传来闻亭跟助理小诺隔着飞机走廊说话的声音。

小诺：“TN终于官宣了，果然是赵清音。”

闻亭摊手：“没办法，谁让人家后台是那个呢。”

他暗示地看了眼傅幼笙，叹气：“什么时候咱们家女明星也能让咱们抱上条金大腿，咱也好鸡犬升天。”

小诺清秀的脸上很疑惑：“笙笙姐现在也很厉害啊。”就算不用抱大腿，也有戏拍，有粉丝罩。

闻亭翻白眼：“你们这些小姑娘真的天真。在娱乐圈没有后台，就等着被人压死吧。

“到时候看着一个个比你们姐更晚出道的女明星咖位不断地超越她，以后同台，人家年纪轻轻的小姑娘站C位，你们姐只能做配，就明白了。”

反正TN的代言是拿不到了。

闻亭也不想再看关于赵清音官宣代言人的新闻，一看就想到这个代言差点儿就是他们家的，心疼得滴血。

看着赵清音那穿着粉色旗袍戴满高定珠宝的宣传照，闻亭皱了皱眉头，思索两秒，偏头看向小诺：“上次给时尚杂志拍的那组旗袍照发来了吗？”

小诺：“到了。闻哥怎么突然问这个？”

闻亭哼笑一声："去联系杂志社，今天就公布照片。"

赵清音不是总爱跟他们家女明星比美吗？给她机会。

旁边的傅幼笙听了他们的对话，没阻止，闻亭是职业经纪人，知道怎么做对她最有利。她思索片刻，拿出已经调了飞行模式的手机，重新启动，给 TN 亚太区总裁发了条消息。

她细白手指握着手机薄薄的边框，轻轻摩挲着，似乎是在等周卿和的回复。

恰好被旁边发完微博神清气爽的闻亭看到了："人家都官宣了，你这是还没放弃？"

傅幼笙抬眸，凉凉地看了他一眼："放弃了。"

闻亭："放弃了还联系什么？"周卿和要是能把代言给她，这么多天早就给了，还能官宣赵清音？

傅幼笙不紧不慢："虽然放弃了，不过……"

闻亭："不过什么？"

傅幼笙红唇勾了勾："暂时不告诉你，以后你就知道了。"

手机振动了一下，她垂眸看向周卿和的回复。

透过飞机窗户，阳光笼罩着她漂亮的小脸，笑意明艳又笃定。

闻亭小声嘀咕了句："卖什么关子。"

这时，飞机上其他舱位的乘客开始陆续进来，闻亭到嘴的话哑然止住。

相较于飞机里的安静，网上已经炸开锅了。

起因是赵清音官宣 TN 代言之后，傅幼笙的一组杂志照公布了出来。

傅幼笙穿着一袭绛紫色暗纹旗袍，只在下摆边缘手工刺绣一圈白色牡丹花纹，具有民国军阀太太特色的手推波浪纹发型，乌黑发丝下，白玉似的耳垂只挂着两枚钻石耳环，浓艳颜色的旗袍与轻简的珠宝碰撞出绚烂的火花，美得华丽又夺目。

只是一组杂志照也算了。

问题是 TN 官网公布的赵清音的代言人照片，也是珠宝配旗袍。

要是没对比也就算了，现在两相对比，赵清音的全套珠宝旗袍搭配，比起傅幼笙轻描淡写的旗袍配耳环，简直输得彻底。

妈呀，傅幼笙简直美绝了，不愧是娱乐圈穿旗袍最美的女人。

这一局赵清音惨败。

一个越看越美，风情万种；一个越看越怪，只能说长得不行，浓妆也是压不住国粹旗袍的，赵清音不合适就是不合适。

TN眼瞎了吗，明显傅幼笙的古典美人气质更适合他们家珠宝吧。

傅幼笙才是真的美得让人心肝都颤抖的美人。

……

网上一溜儿全都是夸奖傅幼笙美貌的真实评论。

甚至陆续有网友开始怀疑赵清音能拿到TN亚太代言人，是有什么不可告人的暗箱操作。

与此同时，国内某综艺节目后台休息室。

赵清音化好了精致的妆容，本想看一下官宣后粉丝们是怎么夸奖她的。

没想到TN官博下的热门评论简直气红了她的眼睛。

公司给她买的官宣代言热搜被傅幼笙的“傅幼笙 名副其实的旗袍美人”压得严严实实。

嘭的一声，赵清音把手机砸到化妆镜上：“又是傅幼笙。

“不过就是个见不得人的地下情人罢了，还古典优雅、旗袍美人，网友都眼瞎吗？”

旁边赵清音的经纪人莉亚问她：“你认识傅幼笙？”她们似乎没什么接触吧？

赵清音讽刺一笑：“我表哥跟她背后的人是朋友，我当然知道。”

不想说傅幼笙，赵清音不耐烦：“莉亚姐，你让公司继续买热搜，无论花多少钱，务必把傅幼笙的热搜压下去！”

她才不想看着傅幼笙这样虚伪的靠男人上位的女人在自己头上撒野。

莉亚叹气，她本人是不赞同赵清音跟傅幼笙置气的。

虽然她是经纪人，但赵清音跟公司上层有亲戚关系，这位小公主想要做什么，谁都阻拦不了。

赵清音看着逐渐上升的热度，表情终于缓和许多。

她看着傅幼笙的词条，面露鄙夷。

傅幼笙下飞机后已经是晚上六点，她直接去了制片人跟导演特意为迎接她攒的局。

傅幼笙浅浅地喝了几杯低度数的啤酒，这才从热情的剧组工作人员里脱身回酒店。

这是一部仙侠电影，剧组拍摄地点在风景秀丽的古镇上，而剧组安排在古镇有名的温泉酒店。

此时，酒店套房里，傅幼笙坐在沙发上，面对闻亭。

闻亭想到剧组导演对傅幼笙的态度，跟对投资人似的。

他眯了眯眼睛，表情奇怪："傅小笙，你跟我说实话，你这部电影女主角到底是怎么来的？"

他之前还以为是导演欣赏他们家女明星的演技。

现在看来，天真的是他。

面对闻亭的审视，傅幼笙反应平平，懒洋洋地窝进沙发："自己送上门的。"就差把"敷衍"这两个大字写在脸上。

闻亭疑心加重："你是不是想通了，抛弃你那个没本事的老公，在我不知道的时候抱了金大腿？这是金大腿给你的资源？是谁？"语调还透着点儿兴奋。

傅幼笙冷飕飕地瞅着他："……"

闻亭被她眼神一看，收敛几分："咳……我没别的意思，我就……"

傅幼笙从沙发上起来："懒得理你。我约了秦榛泡温泉，你该干吗干吗去。"

秦榛是傅幼笙在娱乐圈唯一的好朋友，她是童星出道，后来因为与傅幼笙出道时拍的那部民国剧女二号重新翻红。

真正的友情来得猝不及防，两人性格相投，迅速成了无话不说的好闺密。

温泉私汤内，古色古香的屏风后，傅幼笙面对许久未见的好闺密，难得倾诉欲十足。

"他居然就用这么一个破电影来打发我，事后还要求我下次穿他新买的那件黑色镂空睡裙，你都不知道那个睡裙制造商是多么的节省布料，这是人干的事？"

傅幼笙一口气说完，整个人像是没有骨头似的靠在池边，莹润白皙的皮肤上，随着她起身的动作，水珠滚落。

"不泡了，提到殷狗蛋，我有点儿反胃。"

秦榛笑眯眯地看着她，目光从她的诱人的长腿到腰窝，最后落在锁骨下侧全身最迷人的地方，拉长了语调："我看你最近身材越来越好了。现在泡了才十几分钟就开始反胃。

"我怀疑……"

傅幼笙裹了件浴袍，看着还泡在池子里的人：“怀疑什么？”

秦榛：“你怀孕了！”

傅幼笙扑哧一声笑了：“怀孕？你这个单身狗怀孕了，我都不会怀孕！”

秦榛：“为什么，你家殷总不孕不育？”

真不愧是好朋友，这话傅幼笙听着怎么这么耳熟。

傅幼笙慢条斯理地将腰带系紧，宽大的浴袍瞬间勾勒出纤细腰身，透着慵懒勾人的美。

然而美人开口：“殷总避孕措施做得比手术缝合还要严密，完全不可能有意外。”

没等秦榛反应，下一秒——

她微微一笑：“虽然技术一般般，但人家安全意识强啊。”

第 二 章

他是她的

／

XINTIAO
BU
TINGHUA

汤池水雾朦胧，隔着屏风，外间是休息室，靠窗户的边上有个贵妃榻。

傅幼笙转过屏风，靠在贵妃榻上，浴袍下露出来的纤白细腻的小腿晃人眼球。

她刚拿起搁在桌上的手机，就听到敲门声，懒懒地抬起还湿润的睫毛：“请进。”

外面几个服务员鱼贯而入，端着托盘：“傅小姐，请慢用。”

毕竟是专业的酒店温泉，服务员的素质很好，进门后眼睛也不乱看，放下东西就走。

秦榛出来的时候，就看到傅幼笙捻着一枚樱桃玩手机：“你可真会享受。”

傅幼笙睨了她一眼：“不享受怎么算散心。”

秦榛：“啧，要是导演知道你这个女主角是来剧组散心的，要吐血。”

“这不是还没开拍？我也是很有职业道德的。”

秦榛听后，一屁股在她旁边坐下，从果盘里挑了块西瓜，扫了眼她手机屏幕，恰好是今天的微博热搜。

“真是便宜赵清音了。”

“话说她真跟你们家殷总见家长了？不会真要结婚吧？那你怎么办？”

傅幼笙没有跟秦榛提过自己和殷墨已经结婚的事情，倒不是她不相信秦榛，而是……不知道怎么说。

毕竟在傅幼笙心里，自己跟殷墨除了一张结婚证之外，完全不像是正常夫妻。

有时候她都怀疑，殷墨是不是都忘了他们已经结婚了。

没有婚礼，没有戒指，没有求婚，连婚后生活都跟以前一样。

也难怪秦榛从没怀疑过他们的关系，只以为他们是男女朋友。

傅幼笙："他们不会结婚。"除非她跟殷墨离婚，不然殷墨不就犯重婚罪了？

听到傅幼笙笃定的语气，秦榛看她的眼神像是看着被爱情蒙蔽的傻白甜恋爱脑："你说你怎么着也是书香门第出身，长得漂亮又有气质，你找个什么样子的男人没有，偏偏栽在殷墨身上。

"无名无分地跟他这么多年，傻不傻啊。

"你看连赵清音都见过他爸妈，你跟了他九年，见过他爸妈吗？"

傅幼笙摇头："没有。"

"朋友呢，你认识他身边几个朋友？"

傅幼笙因为泡温泉而熏得绯色小脸上的血色褪去几分，她红唇张了张："我一个都不认识。"

殷墨身边的人，她只见过他的两个秘书——一个周秘书，一个温秘书。

秦榛炸了："不但爸妈没见过，他连朋友圈子都没带你见过。不带你见父母，不带你融入他的朋友圈，这是正儿八经跟你谈恋爱的样子吗？"

忽然，她睁大眼睛："我去！笙啊，你是不是被精神控制了！"

秦榛越想越觉得这个可能性很大。

傅幼笙："……我没有。"

看着傅幼笙那张清冷冷的脸蛋，秦榛深吸一口气，冷静一会儿，像傅幼笙这样不食人间烟火，感情一片白纸的仙女，太容易被渣男骗。

秦榛握住她柔滑的小手，像是看被渣男诱拐的失足少女："不愿意跟你结婚的男人，都不是好东西！你可要长点儿心！"

傅幼笙把玩手机的指尖一停："那……他要是跟我结婚呢？"

秦榛觉得她想得太天真："不可能，殷墨这种男人谈恋爱一看就不是奔着结婚去的。"

不是奔着结婚去的，殷墨当年却还是跟她领证了。

傅幼笙忽然想起了他们领证的时候。

当时她上大三，她刚接了第一部戏，家里因为她选择进入娱乐圈，而爆发了有史以来最大的争执。

一群直系长辈直言她丢了傅家的骨气，不配当傅家人。

傅幼笙记得很清楚，那天阴雨绵绵，细密的雨帘交织着，而她站在傅家老宅的门口，亲眼看着大门在她面前关闭。

从高中那年不听家里人给她规划的人生开始，傅幼笙就想到过这一天，自己被家人永远地放弃。

可没想到，这一天来得那么快，那么猝不及防。

那场雨后的记忆有点儿模糊。

她只记得殷墨撑着一把黑色的雨伞突然出现在她的面前，像是从天而降来拯救她的英雄。

被殷墨带回篪荷别墅后，她就一直发烧。

那段时间，她很没有安全感，每次只要殷墨稍稍离开一会儿，她都会怀疑殷墨也不要她了。她的精神非常脆弱，殷墨就亲自照顾她，无论什么都不假手于人，走到哪儿都带着她，直到将她彻底养好。

她病好那天，是个阳光明媚的早晨。

她醒来时，看着男人熟睡的侧颜，明明离得那么近，她却感觉仿佛下一秒，这个男人就会像父母家人那样抛弃她，离开她。

因为生病，这段时间殷墨一直没有碰过她。

等她对上男人那双漆黑如墨的眼眸时，她将脸埋在他的脖颈，声音有点儿闷：“抱紧我，殷墨。”

下一秒便感觉到男人修长火热的手臂将她整个人拢入怀中，她心里才安定几分。

唯有这样毫无隔阂的亲密，才能让她心里的慌乱消散。

后来，无论殷墨走到哪里，傅幼笙都黏在他身上。

殷墨也从来没有抗拒过她的黏人。

偏偏他们旖旎的情事越多，傅幼笙心里越焦虑。

那大概是他们九年里在一起最长最密集的时候了，形影不离地黏了三个月。

直到一次殷墨半夜下楼喝水，恰好她醒来，没看到殷墨的身影。

她下楼找到殷墨后，紧紧地攥着男人劲瘦有力的腕骨，突然提出：“殷墨，我想结婚了。”

黑暗中，殷墨站在敞开的冰箱旁，垂眸静静地看着她。冰箱冷气嗖嗖地往外冒，她甚至能感觉到浑身冰冷，红唇张了张，刚要开口。

没想到男人缓缓吐出低哑的一句话：“好，我们结婚。”

她现在还能想起来，自己当时心脏都差点儿跳出来，高兴得蒙了。

像是多年追逐，终于梦想成真。

殷墨的效率很高，第二天起床，在她懵懵懂懂怀疑昨晚是不是一场梦的时候，殷墨直接带她去了民政局。

看着结婚证上他们两个人的照片，她终于心安了。

而那部她出道的民国剧剧组也正式开机，后来她进入娱乐圈，殷墨也没有主动公布他们的婚事。

仅有一张薄薄的结婚证，成了她和殷墨爱情里唯一的见证者。

“喂，想什么呢？”秦榛在她眼前晃了晃手。

傅幼笙的回忆就此回归现实，眨了眨眼睛：“没事，有点儿困。”

她揉了揉酸酸的眼睛：“你再泡会儿，我先回去睡了。”

秦榛点头：“别忘了我跟你说的话！千万不能相信渣男知道吗？”

“知道了，秦婆婆，好啰唆的。”傅幼笙拉长了语调，摇了一下细细的手腕，“明天见。”

傅幼笙刚泡完温泉，漂亮的脸蛋娇艳欲滴，走在汤池通往酒店的连廊上，恰好与对面提着行李箱的剧组男主角齐宴之团队擦肩而过。

虽然没有跟齐宴之合作过，但总归是在各个活动中遇见过的点头之交，况且现在开始，还成了要拍对手戏的同事，傅幼笙礼貌地打了招呼：“齐老师，晚上好。”

齐宴之是真正的科班出身，高颜值与演技并存，实属难得，虽然出道时间不长，但已经有爆红的趋向。现在的他，大概就差一座国际主流影帝奖杯，便能稳坐一线小生的位置。

傅幼笙看到这个演员阵容后就知道，殷墨投资的这部电影，是绝对没有糊弄她的。是冲着拿奖去的。

齐宴之微微颔首：“我们是同龄人，不用叫老师，叫我名字就好。”

傅幼笙没有顺杆爬，依旧谦虚有礼，透着疏离的矜淡：“那我喊你齐哥吧。”

齐宴之见她一本正经的，勾唇笑，故意调侃：“好，笙妹妹。”

开玩笑的语调瞬间拉近了彼此的熟悉度。

“……”

好吧，自己年纪确实比他小。

傅幼笙接受能力极好：“舟车劳顿，不打扰了，您早点休息。”

看傅幼笙离开，齐宴之的目光从傅幼笙那纤细婀娜的背影挪开，摸了摸自己光滑的下巴，一边走，一边问助理："我看起来很老吗？"

助理看着英俊年轻的男人，陷入沉默："不老……"

齐宴之："刚才那姑娘看到我怎么一种看长辈的眼神？"

助理犹豫两秒，试探说："大概您的气质，比起您的长相，长得着急了点？"

齐宴之："……奖金不想要了？"会不会说话，什么叫他长得着急了！

傅幼笙没有将偶遇放在心里，一回到酒店套房，就趴在大床上，给殷墨发消息。

刚才在汤池想到他们领证之前那段时间，她莫名其妙地有点儿想他了。

傅幼笙指尖轻点照片，选了一张刚才泡温泉的时候，秦榛给她拍的一张照片发过去。

此时，殷墨正远在北城的御鼎会馆里。

御鼎会馆虽然接待的也是有钱人，但更偏向于娱乐，而非松庭会馆的商务风格。

顶楼尽头的一个包厢内，殷墨坐在牌桌前，和几个从小在一个院里长大的兄弟玩牌，俊美的面庞在烟雾缭绕下显得有点儿薄凉。

殷墨骨节修长的手指夹着一支燃烧得猩红的香烟，漫不经心地弹了一下烟灰。

殷墨拾起手边突然振动的手机，看着跳出来的照片。

漂亮女人泡在温泉汤池里，水面上朦胧的水汽如烟雾缭绕，雪白肌肤若隐若现，勾人眼球，殷墨的目光落在她左胸上侧，露出很小的朱砂痣，极为妩媚显眼。

他眼神顿了一秒，将牌一推："和了。"

下一秒，殷墨说走就走，拎起椅背上的西装外套："不玩了，回见。"

肖沉原叼着烟问他："才九点半，急什么？你家养的那位不是在外地拍戏，再玩会儿。"

殷墨睨了他一眼："急。"

见他真要走，坐在肖沉原身边的赵清音急了，她还没找到机会跟殷墨哥说说话呢，好不容易才让表哥带她来他们的聚会。

肖沉原被妹妹缠得无奈，明白她的意思："殷墨，你走的时候顺便帮我把我妹捎回家。"

殷墨没答，脚步也没放慢。

肖沉原下巴抬了一下，对赵清音说：“还愣着干吗，不是要跟你殷墨哥道歉吗？还不快去。”

赵清音提起裙摆就小跑跟在殷墨身后：“殷墨哥，你等等我。”

等赵清音跟殷墨离开包厢后有人起哄：“老肖，你这个大明星妹妹不会是喜欢咱们殷神吧？”

“那估计要芳心错付了，这么多年，殷神都一副无情无欲、不近女色的样子。”

肖沉原叼着烟，嗤笑一声：“小孩子家家的，什么喜欢不喜欢，就是为上次连累殷墨上热搜道个歉。”

至于殷墨？

肖沉原跟同牌桌几个从小跟殷墨一块儿长大的兄弟们对视一眼，仿佛听到了什么笑话。

旁人不知，他们可清楚，殷墨一直在麓荷别墅那边造了金丝笼，养了金丝雀，还一养就是好几年。

要不是这么多年，殷墨没介绍过傅幼笙给他们认识，更没把她带回家见家长，他们还真以为殷墨这是找到真爱了。

“没意思，我们也撤吧。”

肖沉原推开椅子，一群人一块儿离开包厢。

直到出了会馆，赵清音才追到殷墨。

“殷墨哥，你等等我。”

会馆外，殷墨长身而立，站在霓虹灯下：“肖沉原的车在左边，让司机送你回去。”

他语调平静，说完便准备上自己的车。

“殷墨哥，你是不是生我气了？”赵清音下意识地想抓殷墨的衣袖，却抓了个空。

殷墨长指扶着车门，冷静地看着突然开始委屈的赵清音：“你还有事？”

赵清音被他躲开后，手僵了一下，片刻才恢复正常，仰头看向他：“我给你打了很多个电话……你怎么不接？”

男人眉间深折，看在肖沉原的面子上，他残留最后一点儿耐心。

从价值几千亿的大脑中搜索出她说的那个电话，然后想起来——就是因为这个电话，让他失去了跟太太解锁办公室场景的机会。

殷墨眼神不含任何情绪："因为，我没有深夜接陌生女人电话的习惯。"

傅幼笙发完微信后，就漫不经心地趴在铺着浅蓝色床单的大床上。

小巧精致的脚丫子在半空中晃荡着，涂着鲜艳浅淡樱粉色的趾甲衬着雪白的皮肤，一晃一晃的，勾得人想抓住她的脚踝。

手机屏幕亮着，傅幼笙看着自己发了张照片过去之后，殷墨毫无动静。

她红唇轻抿了一下，殷墨半夜来不及回消息，肯定又出去玩了。

傅幼笙垂眸看了眼自己身上裙摆到大腿根的薄绸吊带睡裙，大V领的领口，边缘露出半边漂亮的白皙肌肤，那一点朱砂痣夺目又张扬。

她知道殷墨喜欢她这颗痣。

就在傅幼笙准备放下手机关灯睡觉时，原本安静的屏幕突然冒出来视频通话请求。

傅幼笙指尖下意识地点了接通，指尖的速度比脑子反应还要快。

等看到屏幕上出现男人那张俊美脸庞的时候，她有点儿后悔自己接得太快，不矜持。

男人看着她身后的背景，已经离开温泉池，在酒店房间，眼底划过一抹失望。

下一秒，他的视线落在傅幼笙身上穿着的自己替她准备的睡裙上，眼眸陡然深敛，薄唇勾了勾，忽然笑了。

他知道傅幼笙是想他了，这条睡裙像是暗号一样。

傅幼笙感觉自己好久没见到他了，听到他的笑声，小手揉了揉耳朵，男人嗓音沙沙的，让她耳朵都有点儿酥麻。

隔着屏幕，傅幼笙看着他那边是车厢里："这么晚还没回家？"

殷墨低笑："殷太太想来查岗？"

傅幼笙很想白他一眼："我没资格？"

殷墨压低了声音："有。"他倒真的告诉她自己今晚做什么去了。

听到他说跟大院里一起长大的几个兄弟聚会，傅幼笙双唇抿了一下，却看到男人揉了揉眉梢，眉眼像是倦怠："等忙完这段时间，就去看你。"

顿了顿，她轻轻地开口："好，你早点休息，别累坏了。"

挂断视频的时候，殷墨的语调突然沉了几分："等我过去。"

他的目光扫过她穿着的睡裙上，细细的肩带勾勒出骨肉匀称的身材，如想象中的那样，跟她很配。

视频挂断后，傅幼笙忽然想到殷墨那突如其来的话，漂亮的眼眸睁大了一瞬，殷墨不会是误以为自己在跟他求欢吧？

傅幼笙捂脸。她就是单纯地回忆起以前殷墨对她的好，选睡裙的时候，心里想着他，就选了他给自己购置的而已。

殷狗蛋满脑子都是什么废料！

躺进柔软的被窝里，傅幼笙闭上眼睛，满满的都是殷墨那张俊美面庞，手指放在心口蜷缩着，不可否认，确实有点儿想他了。

后来剧组开工后，傅幼笙每天数着日子，等殷墨来看她。

然而——

拍摄进度七天——

十天——

一个月后，傅幼笙都没有看到殷墨的人影。

直到拍摄进度到三分之一的时候，傅幼笙拿到了周卿和的邀请，要去TN总部参加年中酒会，介绍总部负责人给她认识。

至此，她都没等来殷墨。

跟导演请了几天假后，傅幼笙便带着经纪人前往了F国。

机场贵宾休息室内。

闻亭："行啊傅小笙，难怪你这么淡定，原来盯上了TN的全球代言人！"

相较于闻亭的惊喜，傅幼笙很平静："别又高兴得太早。"

闻亭感叹："我这是高兴你终于有了上进心。"

"就凭你这美貌、身材和演技，现在还有了上进心，你就算现在拿不下TN代言，以后也是前途不可限量。我相信你。"

傅幼笙垂眸看着手机，点开微信页面，看着她跟殷墨这一个月的聊天记录。

属于殷墨的微信页面上基本上都是她给殷墨发的消息，殷墨好像真的很忙，每次回复不是还在忙，就是在开会，要么就是更短的一个字——乖。

她漂亮的眼睛里划过晦涩的失望，但更多的是想见他。

傅幼笙想了想，趁着还没上飞机，给殷墨发了条微信：

等了你那么久，还没来看我，现在不用来了，我要去国外一段时间，有工作。

傅幼笙戳了戳殷墨的头像。

这还是她上高中的时候，给殷墨换的头像，是他们的影子。

她眼神低垂，有点儿委屈。

这次殷墨回得很快。

YM：去哪儿？

傅幼笙点了点屏幕：

傅幼笙：F国。

她指腹摩挲着有点儿冰凉的手机边框，垂眸轻点键盘——我有点儿想你了……

还没有发出去，手机轻轻振动了一下。

YM：知道了。

傅幼笙睫毛轻颤，悬在发送键的指尖顿住，然后一个字一个字地将已经打完的那句话删掉。

傅幼笙纤细的身子靠在真皮沙发上，用手背挡住眼睛，一言不发。

在休息室明亮的灯光下，她白皙的脸蛋被照得有些通透羸弱的感觉。

闻亭刚才不小心扫了眼她的聊天记录："跟你讲话又不理。又跟你那个除了能睡之外一无是处的老公聊天了？"

傅幼笙闭着眼睛嗯了声，便听到闻亭在她耳边叨叨："其实我觉得周卿和对你就挺不错的，还给你介绍TN的全球代言人资源。可惜他已婚了。

"哎，不过结婚了也能离，到时候你也跟你老公离婚，谁都不要嫌弃谁。"

傅幼笙见他越说越歪，本来情绪就不高，直接放下手背，用清冷冷的眼神看着他。

闻亭接收到她的眼神，很识时务地捂住嘴："你不爱听，我就不说了。

"不过我真觉得你可以换个老公，最起码换个周卿和这样的。

"好好好，我不说了，你别生气。"

傅幼笙不喜欢别人贬低殷墨："以后这样的话别说了。我不想听。"

傅幼笙一行人飞了整整一夜才抵达 F 国。

酒会是在晚上。

在周卿和的引荐下，傅幼笙与 TN 总负责人的见面很顺利。

傅幼笙为了拿到代言，这次也是做了全部准备。

她从自己收藏的旗袍里面，选择了最适合 TN 珠宝的那一套折枝桃花的旗袍。旗袍底色是象牙白色，上面手工刺绣上一朵朵几乎可以以假乱真的桃花图，长长的裙摆至脚踝，随着她走动，桃花像是活了一样，步步生花，并非是传言。

傅幼笙这次没有低调，身上佩戴着 TN 新季度全套的珠宝首饰——并非限量版，而是即将发售的款式。

明明是大众款式，偏偏被她佩戴出了高定都没有的高级感。

果然，一看到傅幼笙，TN 的负责人眼睛都亮了。

他身边那位 TN 珠宝的外国总设计师更是直白地惊呼："Oh My God，东方旗袍美人！我设计的珠宝，就应该佩戴在这样的女士身上。"

傅幼笙举手投足都是与生俱来的优雅从容，这是骨子里的底蕴，她一颦一笑都是优雅又迷人的。

"谢谢。"

其实也要感谢周卿和，在总部视频会议的时候，对傅幼笙赞不绝口，说她很适合 TN 珠宝的设计理念，这才有了傅幼笙的这次机会。

不然 TN 总部的年中酒会，可不是谁都能获得邀请的。

当酒会即将结束时，TN 负责人的助理过来要了傅幼笙经纪人的联系方式，说他们总裁想要跟她谈一下全球代言人的事情。

直到回到酒店，闻亭都是晕乎乎的。

他咽了咽口水："就这么轻易到手了？"有种不真实的感觉。

然后他看向站在电梯里的傅幼笙："你就不能有点儿正常人拿到高奢珠宝全球代言人的兴奋感吗？这可是 TN 的全球代言人啊！

"首位！

"轻轻松松拿下的！"

傅幼笙看手机的同时抬起浓密的睫毛扫了他一眼："轻轻松松？"她红唇微微勾起，"你知道我在周卿和他太太身上花了多少心血吗？

"连我家人送我的十八岁成年礼的旗袍都送出去了。"

这个世界上哪有无缘无故的轻松获取？

都是需要付出代价的。

闻亭沉默了一会儿，直到出了电梯，才认真看着她：“等你真的红透半边天，一件旗袍算什么，以后会有无数件旗袍。”

傅幼笙没说这件旗袍是她从家里带出来的唯一一件东西。

就算说了，闻亭也不会懂，可能还会庆幸她带出来这件旗袍，给她获取了一个机会。

回到房间后，傅幼笙还没来得及洗澡，手机便振动了两下。

她意识到什么，打开手机看到消息后，黯淡的眼神一下子亮了。

YM：总统套房1901，过来。

傅幼笙心里期待，却又不敢相信这个惊喜：你来F国了？

YM：嗯。过来。

傅幼笙看着这言简意赅的三个字，唇角不自觉弯了起来。

抬起头，看着镜子里的自己，口红掉了点，她重新从行李箱找了一管樱桃色的口红，涂到唇上。

镜子里的女人，轻轻一笑，美得明艳又夺目。

酒店私密性很好，傅幼笙一路上也没有碰到什么人，轻轻松松就进了顶楼。站在总统套房门口她才发现，门只是半掩着。

许久没有见到殷墨，傅幼笙的想念几乎要蔓延出来。她轻吁一口气，轻轻地推开了门。

房间内光线充足，入目便是坐在茶几旁用餐的男人。

他依旧穿着惯常的衬衣西裤，白衬衣的袖扣打开，半折上两圈，露出一截修劲有力的手臂；在柔和的光线下，素来薄凉冷漠的面庞，此时透着股温润感。

傅幼笙愣了一瞬，才反手关上门，足音极轻地朝他走去。

见他面前放置着一盘盘摆盘精致的法餐，视线一顿，然后习惯性地将自己依偎在他身边，漆黑的眼眸里，映着灯光，还有他。

两个人都没有说话，安静的房间里除了他们的呼吸声之外，只有殷墨用刀叉时候细微的声响。

傅幼笙静静地看着他吃东西。

殷墨慢条斯理地切了一块香煎扇贝。随随便便吃饭的动作，都被他做出了极致的优雅感。

见傅幼笙一直看着自己，殷墨长指顿了顿，放下扇贝，重新切了一小块牛排喂给她："饿了？"

殷墨动作很自然，仿佛做了无数遍。

傅幼笙那双恍若含情的桃花眼凝视着他，想到他以前也喜欢这么投喂自己，连她对扇贝过敏都记得一清二楚。

见傅幼笙细细嚼着口中食物，不说话，殷墨也不在意，继续投喂她。

足足将半块牛排喂完后，他端起旁边的红酒杯，递到她唇边。

傅幼笙低头刚抿了一口，还没来得及咽下去，精巧的下颌就被一双大手固定住，掌控着她抬头，又深又重地吻了下去。

傅幼笙没忍住问他："那你想不想我？"

殷墨反问："你说想不想？"

"你想我都不去探班。"傅幼笙探起柔软无骨的身子，搂住他的脖颈，主动亲他，"我都想你了。"

男人垂眸看着她，长指沿着她纤瘦的脊骨一寸寸往下，停在后背，像极了轻哄小宠物般的动作，低笑两声："放心，今晚我都是你的。"

今晚，他是她的。

傅幼笙心跳不争气地加快，一颗心被区区几个字搅得天翻地覆。

次日一早，阳光从窗外洒进来，映着大床上微微凸起的弧度。

傅幼笙听到手机铃声响起，才迷迷糊糊地睁开眼睛，下意识摸了一下旁边。

冰凉的温度让她陡然清醒过来。

她睁开水雾迷蒙的双眼，昨晚枕边陪她睡了一晚的那个男人，早就不见踪迹。

傅幼笙醒了神，探身从床头柜拿起振动的手机，嗓子还有点儿沙哑："喂？"

她手机旁边放着一杯水，不知道什么时候倒的，入口已经微凉。

昨晚睡得太晚，她都忘记喝水了。

闻亭在电话那边说："傅小笙，你跑哪儿去了？房间里怎么没人？！"

闻亭手里有她房间的备用房卡，一早去敲门没听到她回声，还以为出什么事情了。

傅幼笙迟钝地看了眼周围。

对哦，她昨晚来殷墨这边睡了。

薄薄的被子随她刚才探身的动作，顺着细腻柔滑的肩膀滑下。她昨晚来得仓促，并没有带睡裙，穿来的那件旗袍也被弄得皱成一团，完全穿不了，所以她此时是不着寸缕的。

被子滑下，傅幼笙感觉到了一阵凉意，才意识到什么。

虽然没人，但傅幼笙还是觉得不自在，纤指捞起被子，挡住胸前半弧雪色。

原地思考两秒，傅幼笙回他："在外面逛街。有事？"

闻亭差点儿头皮都炸了："你自己一个人跑出去逛街？你是不是忘记自己是个还算很有名气的女明星了！"

闻亭快要气死了，傅幼笙到现在都没有身为女明星应该有的自觉。

"在国外，我没那么红。"傅幼笙不跟他纠缠，"等下午我就回去。"

反正今天也没工作，是她的自由时间。

挂断电话后，傅幼笙想问问殷墨跑哪里去了，不是来看她的吗，怎么一大早就不见踪迹？

她还想陪殷墨吃个早餐，然后一起去香榭丽舍大道散步，反正在国外，也没有人会关注他们。

傅幼笙给殷墨去了个电话，电话被直接挂断，下一秒，手机振动一下。

是殷墨给她发的消息：有事出差，忙完见你。

一句话，将她原本的期待、惊喜完全打散。

所以，他昨晚就是为了来睡她的。

睡完就跑，他当她是什么？

她满怀期待地早早醒来，想要与他度过一个甜蜜的早晨，诉说一下相思之苦。

环顾四周，房间空旷又冰冷。

傅幼笙深吸一口气，相思的只有她一个人而已。

她安静地披着薄被起身去浴室。

细密淅沥的水珠喷洒在傅幼笙又白又嫩的皮肤上，濡湿了她漂亮娇美的脸蛋。她微微仰头，闭着眼睛，努力克制内心的委屈情绪。

她早就应该习惯了，不是吗？

殷墨每次都是这样，在她对他快要失望的时候，亲手喂给她一块儿糖，甜得她心软如蜜后，又亲手将她推到插满尖锐刀剑的深渊之中。

花洒喷下来的明明是暖意融融的热水，然而，她却感受到沁骨的寒意从心口蔓延开来，直至全身。

在 F 国没待两天，傅幼笙就接到了 TN 总负责人的邀请，去参观 TN 总部，并且签下她成为 TN 首位全球代言人。

作为国际高奢珠宝的 TN，从来没有用过全球代言人，可以想象，这个消息传到国内，会引起怎样的轩然大波。

闻亭看着签约合同，差点儿没忍住亲一口，看傅幼笙的眼神，宛如看一棵摇钱树："傅小笙啊，这是个好的开始。咱们以后再接再厉，争取拿下顶奢代言！"

听到闻亭这野心勃勃的宣誓，傅幼笙表情倦怠地看了他一眼："那你加油。"她兴致缺缺，一点精气神都没有。

"啧，你这两天怎么跟被男妖精吸了精气似的？"

傅幼笙垂下睫毛，当没听到他的蠢话。

闻亭却觉得她是默认了："三天前的早晨，我去找你，你不在房间，回来脚踝上还有吻痕，你别以为我没看到。"

傅幼笙："……闻亭，你要是不干经纪人，真的可以去 FBI 面试试试。"

这是什么出色的观察能力？她当时只遮了一下脖子上的吻痕，完全没有想到脚踝上的。

对于自家艺人的私生活，其实闻亭并没有太过限制。

毕竟女明星也是人，只要不被拍到不被抓到把柄，他可以睁一只眼闭一只眼。

"确定没有人拍到你吧？"

傅幼笙懒得跟他解释："没有。"

闻亭感觉自己操着老父亲的心："花了多少钱，现金还是转账，对方知道你是女明星吗？"

傅幼笙想到殷墨那身材本钱和技术，思考两秒，试探着吐出一个价位："一百万？"

"我去！一晚上你花了一百万！"

傅幼笙："……"幸好因为签了 TN 的合同，闻亭在振奋劲儿上，就没有在傅幼笙一夜花一百万上纠结，只是让她以后理性消费。

傅幼笙回国后直奔剧组，因为自己的事情耽误剧组拍摄进程，是她不想看到的。

进组之后，傅幼笙就专心拍戏赶进程。

导演直夸："幼笙实在是太有灵气了，绝对是我近几年见过的最有灵气的女明星。"

导演本来还以为投资方塞进来一个花瓶，没想到，真是给自己一个大惊喜。

透过拍摄镜头，傅幼笙穿着一件浅蓝色的广袖裙，清冷的气质，精致的五官，飘飘若仙。

她扮演的是仙界小公主云犀裳，与同门大师兄徐方舟相爱，后来因为一次剿魔行动，大师兄因救人而身中魔气，被所谓的名门正道放弃并下令追杀；云犀裳为了救爱人，用全身仙力换徐方舟转世机会；后来云犀裳被赶来的门中师尊镇压在仙狱上万年，再次出来时，云犀裳堕落成魔，成为新一任的魔尊，使整个仙界人间生灵涂炭，最后被转世再次修成仙身的徐方舟一箭穿心。

大结局是徐方舟为云犀裳重塑仙身的画面。

傅幼笙现在演的是前期还是小公主的云犀裳。

导演喊卡之后，扮演徐方舟的齐宴之朝坐在地上的傅幼笙伸手，笑意盈盈："演得很好，我都被你带着入戏了。"

没等傅幼笙踉跄着站起来，齐宴之已经隔着薄薄的衣袖，握住了她的手腕，强行将她从地上拉起来。

"又不是活在大清，难不成你还有什么男女授受不亲的思想？"

他很欣赏傅幼笙，这个女孩虽然漂亮，却一点儿都没有漂亮女孩的娇气，说跳水就跳水，说吊威亚就吊威亚，完全没用过替身。对于这种同样热爱表演尊重表演的人，齐宴之自然不介意跟她多多相处。

落在旁人眼里，穿着同样浅蓝色宽袖长袍笑容温润如玉的齐宴之，与傅幼笙穿得简直像是情侣装。

男的翩然如谪仙，女的清冷如仙子，简直就是天生一对。

守在旁边的小诺立刻上前接过傅幼笙。

等跟齐宴之分开后，小诺的脸红扑扑的："我们宴宴真的太有绅士风度了！刚才看宴宴朝笙姐你伸手的时候，我连你们龙凤胎的名字都想好了！"

她原本是齐宴之的女友粉，现在看齐宴之跟她们家笙姐拍戏，已经晋升为他们的粉丝了。

傅幼笙看着她眼睛里都冒桃心似的，敲了一下她的小脑袋："你脑子里装的都是什么乱七八糟的。还龙凤胎，想什么呢？”

“我有预感，这部电影上映后，绝对有很多你们的粉丝！真的太般配了。

“互动好甜！”

傅幼笙打破她的幻想：“后期就不甜了，还会特别虐。”

等到女主角黑化成魔，男主却是正义化身，到时候就是虐恋情深。

小诺摇头：“不不不，后期有吻戏啊，超级刺激的。”

傅幼笙又弹了她一下：“走了，去给我买杯咖啡。”

拍完一整天的戏份后，傅幼笙刚回到酒店休息，就看到闻亭匆匆进来：“一个好消息，一个坏消息，你想要听哪个？”

“好消息。”傅幼笙毫不犹豫。

闻亭：“好消息是你上热搜，短短两小时就涨了十万粉丝。”

“坏消息呢？”

闻亭将平板电脑递到她面前：“坏消息是，这十万粉丝大部分都是骂你的，剩下的是来八卦的。”

傅幼笙：“……”这算哪门子好消息。

她垂眸看了眼亮起来的屏幕。

是微博热搜，后面跟着一个“爆”字——齐宴之 傅幼笙因戏生情。

她怎么不知道自己跟齐宴之因戏生情了？现在的媒体记者发新闻，开局一张图，后面全靠编吗？

爆出来的图片是他们拍戏时候的路透。

最中央的一张图，是戏外齐宴之将她从地上拉起来含情脉脉对视的场景，因为两人穿的都是宽袖，所以照片里，齐宴之像是牵住了她的手一样。

这是什么神仙眷侣，随便一张路透照片都这么般配！

看齐宴之的眼神，就知道他一定爱惨了傅幼笙。

楼上幻想症发作，齐宴之平时看块石头都是含情脉脉的眼神。

仙女配仙子，两位真的不考虑一下假戏真做吗？

可能已经假戏真做了，众目睽睽之下手都牵上了，谁知道私底下爱得多么浓烈。

……

网友的话直接刺激到了齐宴之的女友粉们，一哄而上到傅幼笙的微博。

女友粉们让她远离她们的哥哥，别蹭热度。

傅幼笙觉得好笑，红唇翘了一下，眼神却没有什么温度。

闻亭看着不停上升的热度："其实你们趁机炒一波是最好的选择，对你们两个和这部剧都好。"

毕竟电影还没有上映，要是现在澄清关系，可能剧组这边不会同意。

傅幼笙忽然想起来殷墨当初跟赵清音"公开恋情"的热搜，有那么一瞬间，她是想要同意闻亭的做法的，但沉默片刻，她说："不炒。"

热搜挂了快要一天一夜，晚上傅幼笙给殷墨发了一张霸占热搜的截图。

很快殷墨打来电话，清冽的嗓音在黑暗中透着磁性："以后这样的热搜，直接告诉温秘书，让他给你撤了。"

傅幼笙温柔一笑："你觉得我们般配吗？"

他皱了皱眉："什么意思？"

傅幼笙口齿清晰："没看出来吗？殷总你被绿了。"

殷墨夹着烟的长指一顿，烟灰烫到他的虎口。他忽然笑了，弹了弹烟灰，声线慵懒了几分："故意气我？"

略一沉吟，他故意说："因为上次没有满足你？"

傅幼笙多年修养即将结束在他身上："滚！"

此时，殷墨办公室，温秘书站在桌前，听到了傅小姐这句结束语，对上殷总那双淡漠深暗的眼神，轻咳一声："女人一般喜欢说反话。"

殷墨看着挂断的电话，没生气，反而勾唇一笑。

很好。

第二天，剧组内。

今天拍的是一场淋雨后在山洞里湿身拥抱的戏份。

傅幼笙身上轻纱飘绕的广袖裙紧贴在那玲珑曼妙的身子上，几乎挡不住泄露的春光。

殷墨来探班的时候，恰好看到这样浑身湿漉漉的女人深情地扑向对面露出结实胸膛的男人，并踮脚搂住男人的脖颈。

从导演这边的摄影屏幕里看，山洞场景塑造得非常暧昧。

放大的近景，是男人覆在女人纤细腰肢上的大手，只隔了一件湿透的裙子。

殷墨眼眸微眯，冷睨着导演："我怎么不记得投资了一部三级电影？"

三级电影？导演蒙了。

“这哪里……三级了？”看着脸色不爽的投资人，导演试图解释，“这是正常的对手戏。”

“今天是大师兄终于发现自己对从小一起长大的小师妹有了男女之情。”

殷墨不听解释：“改。”

导演看他眼神漆黑地盯着傅幼笙，瞬间反应过来，女主角好像就是这位塞进来的。

但是为了艺术，导演还是据理力争：“要是拥抱不能拍，那后面的吻戏、床戏，岂不是也要改？”

还有床戏跟吻戏？

殷墨薄唇啜着冷笑：“全部删掉。”

导演：“……”没想到殷总对情人的占有欲这么强。

殷墨没打算跟导演继续浪费时间。

傅幼笙早就感觉到熟悉的眼神，可是拍戏不能分神，等这一场被导演卡掉后，她下意识看过去，却什么都没看到。

导演宣布：“这场暂时不拍了。下一场，女二、男二准备一下。”

既然不拍了，她就得换下来身上湿漉漉的戏服。

小诺刚给傅幼笙披上干燥的大毛巾，就被导演叫过去帮忙。

傅幼笙自己先回休息室。

谁知刚到休息室门口，一只骨节匀称的大手从门内伸了出来，一把攥住她细细的手腕子。

傅幼笙低呼一声：“谁？”

就着灯光，傅幼笙眯了眯眼睛，看清楚了殷墨那张俊美深邃的面庞。

殷墨突然俯身过来，将她按在门板上，薄唇吻着她的唇瓣，狠狠咬了一下。

傅幼笙甚至能感受到血腥气在口腔溢开，拽着浴巾的手一松。

“啪”。

一声细微的声响，浴巾掉地。

殷墨顺着她的唇，摩挲着到那粉色耳垂，一下重一下轻地吮吻着：“真想绿我？”

以前不是从来不接吻戏、亲密戏吗？

傅幼笙想避开他的亲吻，身子却诚实地软在他怀里，只能靠他抱着自己的腰肢才能稳住。

“别……”

这里是人来人往的休息室，殷墨都不看地方的吗？

殷墨确实不看。

男人那双沉静如墨的眼眸里面翻涌着暗色，她又不是不经事的小姑娘，当然明白他这个眼神代表了什么。

殷墨见了她只想做这个吗？

然而当他以为傅幼笙准备好了时，下一秒，傅幼笙突然捡起地上的大浴巾裹住身子，从里面褪下一团黑色的蕾丝布料，塞进殷墨的西装口袋，一把将他推出门外：“你出去，自己解决。”

第三章

想分手了

/

XINTIAO
BU
TINGHUA

到最后，殷墨都没有自己解决。

因为他没有在大庭广众之下表演的兴趣。

被傅幼笙从休息室推出来后，殷墨垂眸看了眼从口袋边缘露出来一点儿蕾丝的布料，冷漠的面庞似笑非笑。

他指骨弯曲，刚准备敲门。

下一秒——

“殷总，您怎么在这里？”来找殷墨的制片人问道。

殷墨漫不经心地放下手，将布料重新塞了塞，才不紧不慢地说：“哦，来找人。”

制片人看了眼贴了傅幼笙名字的休息室，立刻想起来这位跟殷总的关系，笑得谄媚：“要我给您敲门吗？”

“不用。”殷墨转身就走，“先谈谈剧本。”

“这边请这边请，编剧跟监制他们都在等您了。”制片人立刻请殷墨过去。

傅幼笙出门没看到殷墨，细眉轻扬了一下。

小诺走来：“笙姐，导演说今晚殷总请客，让我们都要去。”

“不去。”

已经到了夏天，傅幼笙天生怕热，就穿了件黑色吊带长裙，除了雪白的手臂外，其他地方一点儿都不露。

只不过她皮肤白，肩膀纤薄，穿这样的吊带裙很合适，身材秾纤合度；妆容很淡，只是涂了烟熏石榴色的口红，肤白貌美，乌发红唇，美艳又不失矜雅。

她随意一挑眉，一颦一笑皆是风情。

小诺见自家女明星高贵冷艳地往酒店走去，有点儿纠结："不去不好吧，闻哥说让你多参加点社交活动。要是闻哥知道，一定又要念叨你了。"

这段时间，闻亭忙着TN全球代言人官宣一事，没有时间陪傅幼笙蹲剧组。

傅幼笙不为所动。

小诺拗不过她，都要放弃了。

小诺跟在傅幼笙身边走："笙姐你要是不去，真是便宜组里其他女演员了，她们听到殷总来，都回去挑礼服了，生怕被你比下去。"

傅幼笙的美貌有目共睹，但凡她在场的局，其他女性都没有什么存在感。

傅幼笙忽然脚步一停："嗯？怕被我比下去？"

小诺一看她有兴趣，觉得有戏，一把拉住她："去吧去吧，笙姐去了肯定艳压全场！"

傅幼笙想了想，没再拒绝。

晚上七点，傅幼笙抵达餐厅包厢的时候，里面已经坐了两桌。

一进门她就听到导演的大嗓门，揉了揉耳朵。傅幼笙抬步走进来，入目便看到坐在主位上的男人，修长干净的手指端着一杯透明的酒水把玩着，姿态闲适又慵散，与四周那些大声说话的中年男人格格不入。

殷墨仿佛感应到了她的目光，抬眸看她一眼。

就在这时，导演也顺着殷墨的视线看过去。已经喝了两杯白酒有点儿上头的导演招手："小傅，你来晚了，过来自罚三杯给殷总道歉。"

傅幼笙在想自己现在转头回去的可行性有多高。

然而导演没给她思考机会，直接把她拉到殷墨面前，塞了一杯白酒给她："给殷总敬酒。"

傅幼笙看着白酒，再看看含笑不语的殷墨。

见傅幼笙不动，殷墨的指腹慢悠悠地摩挲着杯壁："不敬也没关系。"随即看了眼他旁边空着的那个位置，语调平淡："傅小姐请坐。"

傅幼笙忽然松唇，朝着殷墨笑靥如花："敬啊，怎么敢不敬殷总，我怕今晚就被封杀了呢。"随即看都没看他，只微微扬起头，将整整一杯白酒一饮而尽。

“豪气！”

“没看出来啊小傅，你还有这酒量。”

“小傅真会开玩笑，殷总可不是那种小气的人。”

酒局上，大家笑着调侃。

傅幼笙空腹喝了一杯酒后，强压下被辣得咳嗽的冲动。

喝完她才后悔，每次见到殷墨，她都冷静不起来。

傅幼笙揉了揉开始发晕的额角：“抱歉，我先去趟洗手间。”说完，傅幼笙抬步便往外走。

殷墨眼神沉敛，这么多年，她还是这个脾气，而且被他惯得越发见长，一气起来就不管不顾。

等她的身影刚消失在门口，殷墨不紧不慢地扯了扯领带，站起身：“去外面抽根烟。”

刚准备起身的齐宴之，思量片刻，也跟着起身：“我去外面吹吹风。”

众人：“……”

这一桌除了剧组高层之外，就是几个咖位大的主要演员，一个个都是人精，见气氛古怪，你一言我一语地打岔。

很快，包厢重新恢复了热闹。

殷墨走得很快，齐宴之迟疑的那一瞬间，他就已经消失了。

傅幼笙眼眸朦朦胧胧，完全没有看清楚自己进的是哪个厕所。

刚一进去，便听到男人一声喊：“啊！女色狼！”

傅幼笙入目便是穿着灰色牛仔裤的男人。

没等她看清楚，下一秒眼睛便被一双大手捂住，然后被拦着腰抱出去。

殷墨低沉的嗓音清晰：“抱歉，我家小朋友喝多了没看清标示。”

差点儿被傅幼笙眼神非礼的那个年轻男人，大概喝得也有点儿多，根本没看清楚她的长相：“喝多了就看紧点儿，万一把我吓到了谁负责？我家可是五代单传！”

殷墨眼眸微沉，刚准备开口，便看到被自己揽在怀里已经醉得眼神迷离的女人从包里拿出一张小卡片，夹到门把手上，扬声对那个人说：“拿去用，不用谢！”

她手不稳，小卡片飘到了地上。

殷墨扫了眼，视线一暗：“哪儿来的？”

傅幼笙趴在他怀里，看着他笑了一会儿。

在殷墨的耐心消失之前，傅幼笙忽然踮起脚，细软的手指捏住殷墨的耳垂，红唇贴近，吐气如兰："我小声告诉你，你别跟我老公说，其实我老公也有这个毛病。

"这是我特意跟别人要的专家号。"

殷墨将西装外套脱下来，挡住她的脸，然后在傅幼笙的惊呼声中，直接将她打横抱起，往外走去。

男厕所外，年轻男人从里面走出来，捡起来掉在地上的小卡片，突然笑了——这是什么活宝。

色调花花绿绿的小卡片上，非常清晰地写着：见证奇迹，应孕而生。下面一排小字：不孕不育，请到 ×× 路 ×× 区，幸福镇 1043 室，专家替您解决烦恼，让您未来生生不息，幸福一生。

殷墨的车就停在外面。

一上车，傅幼笙就从西装里拱出来，不断蹭着殷墨的脖颈，娇气说："口渴，想喝桃子酸奶。"

殷墨拎着她的后颈皮肤，面无表情："没有。"

傅幼笙醉酒之后，根本不怕殷墨的冷面，整个人都挂在他身上撒娇："你不疼我了，你坏！"

女人身上清雅的淡香与酒香融合在一起，形成一股醉人蛊惑的香气，诱得人不由自主地想要接近，深入品鉴。

殷墨见她嘟着红唇，满是不自知的撩人春色，本来冷淡的眼眸，渐渐漫上汹涌的幽暗。

本来不想在车上欺负她的，但是看到她这副模样，殷墨脑海中浮现出白日里在休息室的画面，呼吸窒了窒。

捏着她后颈薄薄皮肤的指尖，不知何时，成了带着其他情绪的砌磨，薄茧擦过后颈。

殷墨清晰看到怀中女人小脸上媚气横生。

"殷墨，殷墨。"女人眉心轻轻皱着，喊着他的名字。

殷墨多熟悉她啊，她想要什么，殷墨最清楚。

男人嗓音低哑："要我还是要桃子酸奶？"

傅幼笙纤薄的后脊毫无缝隙地贴在放倒的椅背上，被逼得直想哭。

殷墨慢条斯理地浅吻着她那枚小小的朱砂痣，薄唇渐渐逡巡而下。

司机将车停在了酒店外面的一片梧桐树林里。

隔着不远的尽头，音乐喷泉不知何时响起，一束水柱朝上喷洒，旋即水珠四散开来，洒在波光粼粼的水面上，溅起了零星水花，水花扩散的波纹一圈圈撞向池边，又被坚硬的泉池弹回去。

幽暗的车厢内，傅幼笙纤白的天鹅颈突然绷直了，眼眶中酝酿多时的泪珠，终于顺着绯色眼尾滑下来。

“殷墨，老浑蛋。”

向来清冷好听的声音，此时带着柔柔的颤音。

傅幼笙醒来时，感觉四肢跟离家出走了似的，软得没有知觉。

“醒了？”清冽淡漠的男人声音传来。

傅幼笙下意识看过去，男人带着细框的银边眼镜，端坐在沙发上，面前是开着机的笔记本电脑，上面密密麻麻写满了字。

入目便对上了殷墨那张俊美冷淡的面庞，银边眼镜，黑色衬衣，黑色西裤，隔着薄薄的镜片，能看到他眼眸毫无情绪。

傅幼笙脑海中冒出来八个大字——斯文败类，衣冠禽兽。

殷墨见她慢吞吞地从床上爬起来，要去浴室洗澡，忽然开口：“见证奇迹，应孕而生。不孕不育，请到 ×× 路 ×× 区，幸福镇 1043 室，专家替您解决烦恼，让您……”

男人磁性又好听的声音念着路边小广告，傅幼笙扶着浴室门：“什么东西？”

下一秒，她的脑海中忽然浮现出昨晚自己进错男厕所的场景。

傅幼笙本来红润的小脸蛋顿时绿了，也顾不得自己此时腿软了，快速走到沙发边上翻包。

果然，包里那个小卡片不见了，也就是说——

昨晚她走错厕所，又给人递小广告，还被殷墨当场抓包这件事不是在做梦！

傅幼笙不敢相信地捂住心口：“完了完了完了。”绝对被认出来了。

“呜呜呜，我没脸见人了。”

傅幼笙拿出手机，想看自己有没有上社会新闻。

热搜标题她都想好了，一定是“某知名女明星深夜潜入男厕所对男路人耍流氓”。

殷墨看着她这副模样，双手环臂，气定神闲地看着她：“不先跟我解释解释，什么叫你老公也有这个毛病？”

傅幼笙忙着呢，敷衍地摆摆手：“我喝醉了。你还要计较一个醉鬼的话吗？”

殷墨见她理直气壮：“那个卡片哪儿来的？”

傅幼笙：“当然是路边发小广告的塞给我的。”

把热搜从头刷到底，傅幼笙都没看到关于自己的新闻，这才松口气。

不过……

细白指尖一顿，傅幼笙看到了挤在中间的一个热搜：某知名风投大佬深夜在车内情难自禁，缠绵热吻不断。

傅幼笙对深夜这个词格外敏锐，点开后她瞳孔地震，骂了一声。

殷墨眉心深皱：“不许说脏话。”

现在轮到傅幼笙面无表情地将手机举到殷墨面前：“你干的好事。”丢脸丢到全国观众面前去了。

殷墨扫了眼屏幕，入目便是那辆熟悉的轿车，殷墨轻啧了一声。

视频中殷墨的侧脸虽然模糊，但依稀能认出来他，抱着一个上半身盖着西装的女人进了车厢内。

女人的腿又细又白，脚踝精致，还戴着一条细细的白金脚链，光看一双长腿，就知道是个大美人。

两人进车之后，在车里待了两个多小时才发动，明眼人都知道里面发生了什么。

傅幼笙刷了一下评论：

还说什么风投大佬，直接把殷墨打到公屏上算了！

没想到殷总这么持久，拍摄的记者说两个多小时呢！

真羡慕被殷总抱的女孩子，呜呜呜。

我更羡慕殷总，这双腿，太美了。

五分钟，我要这女人的全部信息！

怎么感觉这双腿有点儿眼熟呢？

脚链也有点儿眼熟？

……

傅幼笙看着评论，低声呢喃：“不会被人扒出我来吧？”要是扒出来的话……那他们要公开吗？

傅幼笙下意识看向殷墨，却见殷墨已经拿起自己的手机打电话：“通知公关部，撤热搜，所有的视频全部删掉，媒体记者手里的底片也全部买回来。”

傅幼笙原本有点儿期待他们公开，此时听到殷墨的毫无感情的声音，心陡然沉下来。

他就那么不想被人知道他们的关系。

之前他跟赵清音上热搜的时候，也没见他这么干脆利落地澄清撤热搜。

现在只是他刚跟她上热搜，热度甚至还没有升上来，就迫不及待地撇清关系，生怕有人发现他们的关系。

傅幼笙双唇紧抿着，半晌，才缓缓走进浴室。

殷墨打完电话后，听到浴室内传出来花洒声，垂下眼眸再次看了一遍被拍到的视频。

半小时后，傅幼笙裹着浴巾从浴室里出来。

殷墨依旧是那个姿势，专注地看着手机，听到开门声后，抬头看她一眼，将手机往沙发上一丢，忽然开口："这几天陪陪你。"

殷墨说到做到，说要陪傅幼笙几天，就真的要陪她。

最起码傅幼笙睡回笼觉醒来时，难得在枕边看到殷墨的身影。

殷墨靠在床头，大腿上放着笔记本电脑，正在看电子文件。

她从床上坐起来，习惯性地贴近他的颈窝，迷迷糊糊地问："今天怎么没有开会？"

殷墨空出来一只手，长指轻抚她的发丝："说好要陪你。今天想去哪儿玩？"

傅幼笙混沌的脑子渐渐清醒，感觉到自己又依赖地贴着殷墨，身子僵了一秒，然后重新恢复柔软，若无其事地撑着他的胸膛，借力下床："今天要拍戏啊。"

殷墨颔首："好，我在酒店等你。"

傅幼笙红唇动了动，看着他侧颜如画，安静地处理工作，让他回去的话到底没有说出口。

她刚准备去浴室，手机铃声忽然响起。

看着闻亭的来电显示，傅幼笙探身越过坐在床外的殷墨，拿了手机，一边接电话，一边起身。

谁知纤细腰肢忽然被一双大手箍住，她惊讶地垂眸。

下一秒眉心被轻吻了一下，男人低沉好听的声音掠过她的耳际袭来："早安吻。"

傅幼笙眉心一跳，晃了晃神。

幸好，手机传来闻亭那大嗓门，让她回过神来。

她敛了目光："闻哥，有事？"随即松开扶住他手臂的手，俯身在他唇角亲了口才转身，毫不留恋地进了浴室。

隔着浴室玻璃门，隐约能听到她跟经纪人的说话声。

殷墨想起她刚才亲自己时那微凉的红唇，拇指指腹轻抚唇角，若有所思。

浴室内。

傅幼笙细白的手指撑在洗手台上，打量着镜子里的女人。

刚才还旖旎多情的水波眸，此时清清淡淡的，像是润着一池冰泉水，直到闻亭那边的一句话打破了宁静的水面。

闻亭："傅幼笙，你又没在酒店房间！你跟我说实话，昨晚殷总车上那个是你吧？"

傅幼笙怔愣一下，下意识问："你怎么知道？"

闻亭见她默认，心情复杂，又高兴又激动又生气："你那条腿，别人认不出来，我还认不出来吗！还有那个脚链，你忘了是我陪你一块儿去买的！"

更何况，昨天晚上他知道殷墨跟傅幼笙在同一个酒局，哪儿有那么多巧合。

傅幼笙明白了："闻亭，我真心建议你去 FBI 应聘，当经纪人太委屈你了。"

"别跟我贫嘴。你怎么回事？跟你深爱的老公感情出问题了，还是知道在娱乐圈有后台的重要性了？"

傅幼笙不答，开始刷牙洗脸。

那边闻亭等不及："啧，我早就觉得你那个老公不行，这么多年被你藏着，也不敢露个面，这是得多见不得人。我劝你啊……感情不好就离了吧，谁也不耽误谁。

"就你这颜值气质学历，上位殷太太也不是不可能，到时候殷总的资源不是任你挑选。"

傅幼笙忽然低笑一声，笑他天真。

她当殷太太好几年，也没见有什么后门走，殷墨对于娱乐圈这些小打小闹，根本懒得搭理。

"要去剧组了，再见。"傅幼笙不耐烦听他唠叨，直接挂了电话。

闻亭这个经纪人其实很专业，就是太能唠叨了，功利心强，野心勃勃，不过……他虽然有这些缺点，但唯一的优点就是还算尊重傅幼笙的选择，不会对她用手段强行逼她如何，只会在她耳边给她洗脑，所以傅幼笙还能继续跟他合作。

傅幼笙一到剧组，就被副导演塞了新的剧本。

看着跟在他身后的编剧眼眶发黑，一副被吸干了精气的样子，傅幼笙眨了眨眼睛：“你们昨晚这是一夜没睡？”

副导演点头：“殷总下令改剧本，我们哪里敢睡啊。”

除了演员之外的全体剧组上层员工，昨晚吃过饭之后，全都集合改剧本。

傅幼笙深感幕后工作人员的不容易：“你们辛苦了。”

然后两个人眼神复杂地看着傅幼笙：“只要殷总少来剧组几天，我们就可以多活两天。”

傅幼笙：“？”

见她眼神困惑，编剧握着傅幼笙的手：“笙笙啊，你能不能跟殷总解释解释，整部电影不可能男女主连拥抱都没有一次吧！”

傅幼笙明白了，原来是殷墨干的。

她眉间轻蹙，殷墨这个人，要么不来看她，要么来看她就对她的工作指手画脚。

这是要为了他的占有欲，牺牲全剧组所有工作人员这几个月的辛苦吗？

剧本她看过的，根本就没有什么过分的暧昧戏。

傅幼笙一言不发，翻开新剧本看了看几处男女主角的对手戏，没了亲密戏，男女主的感情戏确实是少了味道。她轻咬了一下唇瓣，轻声说：“先拍戏吧。”

拍戏间隙，傅幼笙坐在休息椅上，跟小诺要来手机，考虑要怎么跟殷墨说。

她思索一会儿，纤白指尖轻点屏幕：

在干吗呢？

殷墨大概很闲，几乎是秒回，给她发了张照片，照片上是一家排了长队的甜品店。

她出国之前跟殷墨聊天时，说过喜欢吃这家店的蓝莓拿破仑，但要排很长时间的队，每天还限购，很难买。

傅幼笙看着照片，眼神恍惚了一瞬，感觉到掌心手机振动才回过神来。

她垂眸看着屏幕。

YM：除了蓝莓拿破仑，还想吃什么？

阳光下，傅幼笙眼睫低垂，安静地看着屏幕，红艳艳的唇瓣紧抿成一条线，许久，才松了唇。

殷墨放低身段哄一个人的时候，能把她的心都哄化了。

他明知自己这段时间因为他爽约探班又在睡过之后鸽了她而不高兴，偏偏不说，现在来探班也好，亲自排队给她买甜品也好，都是哄她开心。

抬眸看了眼中午的烈阳，傅幼笙想到他为了哄她在烈日下排这么长的队，她心间弯弯绕绕的有些酸涩，却不愿承认这种情绪。

许久，她动了动指尖：都可以，你买的我都喜欢。

YM：好。

殷墨陪了傅幼笙足足三天。

第四天早晨，傅幼笙再次从殷墨怀里醒来："你这几天不忙吗？"

他竟然愿意陪她这么多天。

这几天，她感觉自己像是在做梦一样，殷墨每天都等着她回来，准备好她爱吃的，晚上相拥一起睡觉，早晨给彼此早安吻，他们像一对真正的夫妻过日子那样。

因为刚起床，傅幼笙清甜的嗓音此时变成了哑哑的小奶音。

殷墨支起身子，侧眸看向傅幼笙："不闲，但陪你。"

听到殷墨的话，傅幼笙不由自主地心动。

这么多年，好多东西都成了习惯。

习惯性地心动。

明知道他是哄她高兴的，但还是渴望他陪着她，哄着她。

傅幼笙钻进他怀里，轻声问："那……还能陪我几天？"

"再陪你两天。"殷墨见傅幼笙软化，薄唇微微掀起一个弧度。

他的指腹摩挲着她的细腰，忽然覆在她身上，轻咬了一下她的耳垂，嗓音低低："上午放假，陪陪我。"

傅幼笙合上眼睛，顺从地抱住他的脖颈，靡丽小脸上是一副任君采撷的模样。

下一刻，殷墨温热的气息洒在她敏感的耳后："真乖。"

殷墨说再陪两天，果然一小时没少。

等殷墨走后，导演跑来跟傅幼笙谈删减后的剧本。

傅幼笙想了想，跟导演商量，决定拍一场拥抱的戏，还有一场借位吻戏。

殷墨也不会看她的电影，根本不会发现她阳奉阴违，就算发现了，她也可以说是现场自由发挥，与剧本无关。

为了拍出来效果好，为了所有人的心血，导演大着胆子同意了傅幼笙的建议。

杀青那天，导演对着傅幼笙感动得差点儿留下珍贵的男人泪。

毕竟要不是傅幼笙这个殷总的小情人当得有魄力，他们这部戏搞不好就凉凉了。

这边戏刚杀青，傅幼笙又踏上了拍 TN 全球代言人广告的行程。

在娱乐圈根本就没有秘密，她前脚刚拍完，后脚就有营销号爆出来她即将签约 TN 全球代言人的消息。

傅幼笙安静了几个月的微博，炸了。

啊啊啊，TN 果然没瞎，我们家旗袍尤物才是最适合 TN 珠宝的人！

一声不吭给粉丝丢下个大炸弹，笙崽真有你的！

咱家女明星太低调了吧，要是别家早八百年就出来炫耀了。

全娱乐圈最淡雅如菊的女明星实锤。

……

低调、淡雅、谦虚，各种褒义词往傅幼笙身上砸。

网友们就是变得这么快，上一次还说傅幼笙被赵清音艳压，今天见她拿了全球代言人，又说她跟赵清音的亚太代言人完全不是一个档次，完全把赵清音碾压。

傅幼笙听听就算了，完全没当一回事。

网友就是这样，见高就捧，见低就踩，很正常。

但是赵清音受不了这个委屈，拍戏中途得知这个消息后，直接在化妆间又砸了一部手机后：“她凭什么？

“凭什么！”

傅幼笙无论是学历还是家世，哪点比得上她，不过是靠着一张脸上位的女人，凭什么什么好事都是她的。

她不可能无缘无故拿到这个代言，一定是殷墨哥给她的资源。

明明自己跟殷墨哥才是最般配的，连殷叔叔他们都赞同以后自己成为殷墨哥的妻子。

一想到她拿到的是全球代言，而自己只是区区亚太区代言人，像是直接把脸放在地上给傅幼笙踩，赵清音咬着牙根，凭什么自己要被傅幼笙踩在脚下。

赵清音深吸一口气，让她眼睁睁看着傅幼笙借着殷墨哥拿了一个又一个资源，她做不到。

“莉亚姐，等会儿找跟我们工作室关系好的营销号，把这几张照片爆出去。”

经纪人看着赵清音：“爆出这些，如果以后你没有跟殷总在一起，会弄巧成拙。”

赵清音很笃定：“不可能，以后殷墨是要联姻的，不可能娶傅幼笙，只是玩玩她而已。殷叔叔跟殷阿姨都喜欢我，到时候殷墨肯定会选择跟我结婚。”

经纪人：“万一殷总那边……”

赵清音摇摇头：“不会。”

她想到上次说他们见家长，殷墨都没澄清过，这次肯定也不会澄清，就算看在表哥面子上，殷墨哥也不会为难她。

当天晚上，几张照片引起了网络沸腾。

照片是赵清音跟殷墨在车前的合照，有赵清音拉殷墨衣袖的，有殷墨开车门的，还有会馆门口一群穿着高级的男人当背景板。

很快，就有网友扒出来这些人的身份。

国内知名房地产老板的独子肖沉原，历史悠久的医学世家继承人、如今的国际脑科专家谈景，科技新贵沈行舟……看看这些都是什么人，全都是殷总圈子里的大佬啊！

所以，这是继见家长之后，殷总又带赵清音见兄弟吗？以后要是不结婚收不了场。

这是真爱了吧，不是玩玩的。

估计好事将近，开始一步步试探着公开，毕竟赵清音是新晋小花旦。

什么真爱，你们忘记殷总上次那个车震门了？豪门哪有真爱，估计是家世相当联姻罢了。

等等，上次那个车震门，腿好像也是赵清音的。我记得赵清音有次拍杂志照，戴过一样的脚链。

楼上你说真的？

还真有人把对比照片爆了出来。

妈呀，赵清音是什么人间公主设定，家世好，长得好，学历高，还有个专情未婚夫，慕了！

刚才还有人捧傅幼笙踩赵清音，现在看，傅幼笙真的一败涂地，光是出身这一块儿就被碾压了。

一个是真正的小公主，一个是乡下飞出来的凤凰女，哪有可比性。

……

傅幼笙赶完通告回麓荷别墅的家里睡了一觉，一醒来刷微博就再次看到殷墨跟赵清音出现在同一个热搜上，傅幼笙还能冷静地放大照片看。

她躺在床上看了眼时间——

晚上九点，殷墨还没有回家。

傅幼笙肚子有点儿饿，从回家洗了个澡就开始睡觉，到现在已经大半天没有吃东西了。

她穿着一条睡裙下楼，发现她以为没有回家的男人，竟然站在客厅露台旁抽烟。

男人背影挺拔，此时漫不经心地靠在落地窗旁，修长的手指娴熟地夹着烟。

赤脚踩在软软的地毯上，傅幼笙慢慢地走过去，忽然脚步一顿。

安静的空间，她隐约听到男人手机传出来的声音：“表哥，听说舅妈都给你订好婚宴酒席了，这是真跟赵清音好事将近？”

殷墨嗤笑一声，这是哪门子谣言？

没等他回答，忽然落地窗上倒映出身后傅幼笙的影子。

她赤着一双白皙的小脚，站在他身后，眉眼冷冷清清地看着他。

殷墨握着手机长指一顿，毫不犹豫地挂断了电话，三两步走过去，将她拦腰抱起来：“怎么又没穿鞋？”

客厅只开了一盏立式台灯，光线昏黄，傅幼笙任由他将自己抱到沙发上，往后躲了躲。

殷墨揽着她的肩膀，不允许她躲自己：“听到了？道听途说的谣言，我不会办婚礼。”

“微博上也是谣言。”傅幼笙双手环臂，向来含情的眼眸此时平静得没有一丝情绪，“电话也是谣言。”

“所以只要是谣言，就可以无所谓是吗？”

殷墨眉心深皱，还没来得及开口，下一秒傅幼笙就当着殷墨的面拿起手机，拨通了一个电话。

“闻哥，上次齐宴之团队想要跟我炒情侣的事情，我同意了。明天就给我们安排烛光晚餐，找媒体记者拍一下。”

闻亭惊讶：“什么，你之前不是说怕你老公不高兴吗？”果然是真的跟她老公闹崩了吧。

傅幼笙微微一笑：“我老公觉得没事，反正又不是真出轨。”

“只是谣言罢了。”傅幼笙咬字清晰地道。

殷墨一把按住了她的手腕，将她从沙发上抱到自己膝盖上，牢牢掌控着她的身体。

一连串动作，自然得仿佛每天都经历。

傅幼笙没想到他来这一出，手一滑，“砰”的一声，没有带壳的手机重重地砸到了地面上，屏幕直面坚硬的瓷砖地面，滚了一个圈，掉转过来。

傅幼笙面色微变，看到手机屏幕像蛛网一样裂掉，光线明灭一下，随即全暗了。

然而男人看都没看那手机，低沉嗓音带着致命的危险：“幼幼，你想做什么？”

傅幼笙听到久违的称呼，恍了恍神，随即想推开他炽热又迫人的怀抱，眼睫上撩，看着他：“殷总这是只许州官放火，不许百姓点灯？”

殷墨静静地看着她，见她那双漂亮的瞳仁里映照出自己的面庞，仿佛眼里只有他一个人。

他低低一笑：“火气这么大？”

傅幼笙红唇紧抿着，看着他含笑的面庞，明知道她在意什么，偏偏他就是连问都懒得问她。

傅幼笙纤细的手腕横亘在两人之间，抬眼看他：“殷墨，你把我当什么？”

殷墨俯身，在她脸颊上轻轻亲了一下：“当然是殷太太。”

她别开脸，声音又轻又淡："殷墨，你还是不明白。

"我们认识九年，结婚三年，你从没想过任何一刻名正言顺地带我见一下家人，没有想过让我融入你的朋友圈，甚至我到现在都不知道你平时在做什么。我每天就在家里等着你，等不到你的时候，我甚至都不知道如何找你，只能给你的秘书打电话，然后他再公事公办地告诉我，你在忙。可你在忙什么，你什么时候忙完，什么时候出差，什么时候回家，我都是最后一个知道。"

大概是怕自己后悔，傅幼笙赌着一口气说完。

她觉得自己很可笑，笑得眼眶都开始泛红："这就是你的殷太太。"

殷墨没有否认。

他眼神平静又淡漠地凝视着她，温热指尖轻柔地摩挲着她泛红的眼尾，唤了声："幼幼。"

他刚碰到那片肌肤，却被她重重推开。

见面前的女人今天情绪格外反常，她平时即便是发脾气，也从来没有像今天这样，连身体都在抗拒他，殷墨只好作罢，眉心隐忍般皱着。

沉吟半晌，他揉了一下眉梢，主动退了一步："幼幼，他们都不重要。如果你想知道我的行程，可以让温秘书每天发给你一份。"

果然不该对他有什么期待。

她想要的是那份行程表吗？

平复了几分钟，傅幼笙咬着唇，终于问出口："殷墨，你觉不觉得我像是被你包养的情人？"

他但凡将她当成他的太太，当成想要共度一生的妻子，但凡想要真的给她一个家，就不会这么敷衍，甚至连网上传他的妻子是别人，都无视得彻底。他到底有多不在意殷太太这个身份，才会随意地任人去冒充，去践踏。

包养？

听到她这句没良心的话，殷墨终于失去耐心。

在她心里，就是这么想他们之间的关系吗？

他如果想要包养她，何必去领什么结婚证，他身边这么多年只有她一个人，还不足够吗？

她就是仗着他的宠爱，有本事挥霍他的耐心。

"你见过伺候情人的老板？"

不等她反应，薄唇蓦地往下，吻住那张胡说八道的小嘴。

她怕热，身上穿着一条薄薄的睡裙，此时两人贴得极紧，甚至能感受到男人那肌肉匀称的胸膛上的热度，仿佛将她放在火上炙烤。

傅幼笙咬着下唇，让自己不要沉沦：“殷墨……”

“嗯？见过吗？”

殷墨就着灯光，欣赏灯下美人。

傅幼笙恍然无措，对上殷墨那似笑非笑的眼神，嗓音轻颤：“殷墨，你……”

见他居然对自己这样凌辱，傅幼笙心头委屈上涌，红红的眼眶泪盈于睫。

“你浑蛋！”

傅幼笙不躲了。

她忽然像是一头凶残的小豹子，紧紧地拽着殷墨的衣领，细白小牙毫不留情地咬上他的脖颈。

狠狠的，直到唇齿之间被血腥气味溢满。

大概是没想到傅幼笙会这么突然来这一下，殷墨缓缓松开她，轻抚了一下脖颈那咬痕，痛感袭来。

在一起这么多年，平时自己手指不小心破了皮，她都能心疼好几天，今天居然咬得这么狠。

傅幼笙看都不看他，也不管掉落在脚踝的睡裙，拿过沙发背上那个薄毯披在身上，一步一步离开他的视线。

唯独空气中有残留她身上淡淡的暧昧淡香缭绕和那被抛弃在沙发角落的真丝睡裙，以及碎裂的手机。

十分钟后，主卧浴室内，雾气朦胧，傅幼笙纤薄的身子浸没在几乎溢出水的浴缸中。

她缓缓滑下身子，温热的池水瞬间将她整个人淹没，大脑中所有的一切被汹涌而至的水冲刷着，只剩下一片空白。

直到呼吸不过来，傅幼笙才用纤白的手指撑在浴缸边缘，从水中钻了出来。

晶莹欲滴的水珠从脸上往下坠，不知道是水还是眼泪，融合成一起，一滴滴溅到水面上，白皙的小脸此时染上几分苍白，唇色却越发殷红。

想到刚才殷墨那完全没有眷恋爱意的眼神，她的心脏像是被一只手攥紧了一样，疼得窒息。她跟了他这么多年，想要的不过是他的感情而已。

他明知道她想要什么，却不肯漏出一点儿给她。

这栋豪华的别墅，她一度以为是殷墨给她的家，可……现在发现，这更像是一个打造完美的金丝笼，冷冰冰的，毫无人气，一直以来，好像都是她在自欺欺人。

傅幼笙忽然捂住脸，无助地将自己蜷缩在浴缸角落，刻意压低的哭声被开着的花洒声淹没。

厚厚的玻璃窗外，殷墨常开的轿车驶离了麓荷公馆的别墅，直奔市中心一栋大平层高级公寓。

夜色更深，路上几乎没有什么行人。

殷墨抵达的时候，肖沉原已经准备好了酒等他。

客厅亮若白昼，肖沉原为了接待朋友们，还特意在客厅一侧装了个吧台，酒柜里全都是难得的好酒。

肖沉原给他倒了一杯酒，骨节分明的手指摇晃了一下酒杯，才推到他面前："难得这么晚来找我喝酒。"

殷墨接过酒杯，面无表情地仰头将一杯酒一饮而尽。

炽亮的灯光下，男人白皙修长的脖颈上那一处新鲜的齿痕明目张胆地照耀着。

"噗……"

肖沉原余光瞥到那齿痕，还有齿痕旁边的抓痕，刚抿了一口酒直接喷了出来。

肖沉原忽然意味深长："这是被小野猫咬了？"

肖沉原跟殷墨从小一起长大，这位自小活得冷清禁欲，像是没有感情的冰雕似的人，现在忽然之间看到他脖子上这新鲜的痕迹，像是看到天仙下凡那么难见。

殷墨嗤笑一声，大概是咬得太狠，现在都半个多小时过去了，依旧能感受到那清晰的痛觉。

"确实挺野的。"

他也不知道，傅幼笙怎么就从家养的小奶猫，突变成了驯不熟的小野猫。

殷墨主动朝着肖沉原碰了一下杯子："老肖，这次不看你的面子了。"

肖沉原洞察力多强的一个人，立刻反应过来殷墨说的是什么事。

他轻啧了一声："这次确实是音音不懂事了，不过……"他本来还想给表妹说说好话的。

然而殷墨没有给肖沉原机会，只是眼神淡淡地看着他："她越界了。"

之前赵清音小打小闹，他看在肖沉原的面子上，没有理会她。但现在赵清音开始妄想殷太太的位置，试图用婚姻、用家庭来绑架他，完全踩中了殷墨的底线，他的耐性忍不了她。

听到殷墨这话，肖沉原沉默两秒："我明白了。"是他表妹作死。

殷墨在肖沉原这里喝到半夜，本来肖沉原还以为他会住下，没想到，他竟然直接喊了司机过来。

看着殷墨离开的背影，肖沉原忽然想到他脖颈上那齿痕，哂笑一声。

傅幼笙这个小情人，对殷墨的影响还挺大。

可惜——

依照他对殷墨的了解，殷墨不会为了任何一个女人停留。

这个人……是骨子里的无情无欲。

翌日，傅幼笙睁开酸涩的眼睛。

因为哭了许久，那双漂亮的水波眸此时眼皮微微肿着。但她的颜值太能打，即便是这个模样也不丑，反而给她平添几分惹人怜爱的小可怜模样。

昨晚她哭完之后给自己敷的冰块起了效果，不然现在这眼睛肯定肿得没法看了。

她习惯性地想要摸旁边的床铺，刚伸出手，指尖就僵硬地顿在半空，闭了闭眼睛，让自己不要去想他。

可是她却看到了昨晚被摔得粉碎的手机，此时好端端地摆放在她床头柜上，粉碎的屏幕换了一个。

打开之后，手机里面所有的 App、联系人等等，都完全没有消失。

要不是看到手机框还有被摔过的一点儿痕迹，傅幼笙还以为昨晚是一场梦。

就在她眼神怔愣的时候，手机振动了一下。

是秦榛给她发的消息。

快看快看，赵清音翻车了！

哈哈哈，她终于翻车了，殷总威武。

傅幼笙漂亮的小脸蛋上表情极淡，点开了她推送过来的微博。

昨晚挂在上面的那些殷墨不在意的"谣言"全部撤下去了，搜索不到一点儿痕迹。

只有挂着的"殷墨公开澄清与赵清音毫无关系"的词条挂在最上面，后面跟着一个蓝色的"荐"字，生怕别人不知道他买了热搜。

傅幼笙眼睫低垂，没什么情绪，甚至都没有点开里面。

秦榛这个时候继续发消息：

嘿嘿，你说殷总这是不是为了你才公开打脸赵清音的？你家殷总这次这事办得漂亮。

傅幼笙睫毛颤了颤，轻轻笑了：为了她？

分明是因为赵清音踩到那个人的底线了。

殷墨这个人，只要没踩到他的底线，他根本就懒得管；但如果越界了，即便是之前宠爱得再宝贝，他也会立刻翻脸。

大概是觉得单方面跟傅幼笙聊不太爽，秦榛一个视频电话过来："我还以为殷总这个澄清你得高兴疯了，现在怎么回事？"

看到傅幼笙情绪淡淡，秦榛敏锐地察觉到了不对。

傅幼笙拿起手机，一边往衣帽间走，一边缓缓开口："榛榛，我想跟他分手。"

分手？

秦榛震惊地睁大眼睛。

傻白甜恋爱脑终于恢复理智了？

不对啊，殷总这次不是澄清了吗，而且很不怜香惜玉地直接把赵清音踩到泥地里去了，不但把这次的监控视频公开出来，就连上次"见家长"的监控也拿出来了，完全否认了赵清音在网上那一波暗示他们的关系。赵清音现在简直快要被嘲死了。

还有赵清音的不少竞争对手浑水摸鱼，得知她的靠山不是殷墨后，顺便将她之前的负面消息一块儿爆出来。

如今，赵清音已经成了人人喊打的存在，特别凄惨。秦榛想不通她为什么这个时候想要分手，殷总也没出轨赵清音啊。

"你认真的？"

傅幼笙站在衣帽间，换上一条格外明艳夺目的红色长裙，站在落地镜前，对上镜子里自己那双乌黑清透的眼睛，一字一句，语气认真："嗯，想分手了。"

第四章

殷墨，我腻了

／

XINTIAO
BU
TINGHUA

傅幼笙在家里休息了七天，每天除了吃饭、睡觉，就是看剧本，整整七天，殷墨都没有出现。

看着空荡荡的别墅，傅幼笙视线不经意落在茶几上随意搁着的银边眼镜，脑海中不由得浮现出他戴着眼镜一边陪她一边办公的画面。

傅幼笙别开目光，不想让自己想他。

谁知，偏偏目光又停在岛台的情侣水杯上，是她刚上大学的时候，和殷墨一起逛大学城买的，没想到用到了现在。

傅幼笙漂亮脸蛋上的表情一瞬间崩裂。

怎么又想到他了？好像这个别墅哪里都有他的痕迹。

明明不想想起殷墨的，可无论看到哪里，她脑子就不受控地浮现出那个男人的身影。

根本不受她的控制。

傅幼笙靠在沙发上，想平复心慌意乱的情绪。

她蓦地站起身，给闻亭打了个电话："闻哥，你上次说的那个挑战真人秀，我决定参加。"

她突然不想一个人待在这个充满了回忆与那个男人身影的地方。

《超越自我》是最近很火的一档户外竞技真人秀节目，热度极高，每期上的嘉宾基本上都是最近很红的艺人明星。

傅幼笙上一季就接到过邀请，只是她懒得动弹，加上想要多陪陪殷墨，便没有接。

这季刚准备拍摄又给傅幼笙发来邀请。

这次傅幼笙答应参加录制，节目组要高兴坏了。

这次节目的主题是迪士尼游乐园。

傅幼笙扮演的是人鱼公主。

微卷的红色长发，衬着那张白净小脸越发明艳精致；波光粼粼的湖蓝色鱼尾裙，将她玲珑曼妙的身姿展露无遗。

尤其是她表情冷冷的，宛如真正的人鱼公主。

“站在幼笙身边，我们好像美人鱼旁边的虾兵蟹将。”常驻嘉宾秦天笑着说道。

傅幼笙眨了眨眼：“谢谢秦哥夸奖，您也挺……”仔细打量了一下秦天那野兽亚当的装扮，她缓缓吐出四个字：“人心兽面。”

噗！

哈哈哈！

人面兽心这个词要被她玩坏了！

大家指着秦天齐声大笑。秦天摸摸鼻子，跟着笑：“你们文化人的夸奖，让我慌得一批。”

因为傅幼笙这一个玩笑，顿时让全场气氛大开。

节目中，傅幼笙并没有什么作为美女的那种玩不开的矜持，也没有因为旗袍美人、古典美人的人设而放不开。

导演组看了之后，都想找傅幼笙当常驻嘉宾了。

她实在是太有综艺效果了。

就那张清冷冷的小脸说冷笑话的时候，真的非常反差萌，导演觉得她要是常来综艺节目，一定非常圈粉。

傅幼笙在节目里玩得很高兴，仿佛将脑海中那个一直徘徊的男人抛之脑后了。

直到中场休息时，傅幼笙卸下开心的面具，独坐在一个角落，细白小手撑着下巴，漆黑瞳仁像是没有什么神采一样看着远处游乐园来往的游客。

整个人环绕着一片孤寂寥落的气场，与四周的欢声笑语格格不入。

闻亭看着傅幼笙的背影，眉头皱了一下，端着她的保温杯过来：“你这两天怎么回事？”

傅幼笙睫毛上撩，接过他手里的保温杯，安静地抿了两口热水：“什么怎么回事？”

“就很奇怪啊。

“以前你休息的时候，不是抱着手机跟你老公聊天，就是打电话，这两天你也不碰手机了。”

轻笑一声，傅幼笙云淡风轻地回道：“大概我现在变得敬业了。

“怎么能在工作期间玩手机呢？”

“骗鬼呢。”闻亭习惯了自家女艺人一本正经地胡说八道，他一个字都不信。

想到上次傅幼笙打电话说答应跟齐宴之炒作，闻亭就觉得不对劲：“你是不是跟你老公离婚了？现在在离婚伤感期？”

傅幼笙听到“离婚”这两个字，双唇紧抿了一下，又举起保温杯喝了口水。热水升腾的薄薄雾气浸润了她的眼瞳。

是啊。

不是分手。

他们之间，是离婚。

傅幼笙端着杯子，依旧坐在角落那个长椅上，安安静静地看着一个地方。

四周喧嚣热闹，使得傅幼笙心中的空荡越发无处藏匿，身影伶仃，人也过于沉默。

没注意到，不远处的那一棵偌大松树下，一个年轻小姑娘对着她的侧影拍了几张照片。

林婧婧是傅幼笙的粉丝，从傅幼笙出道就喜欢她，始于颜值，陷于演技，忠于人品。

现在在傅幼笙的粉丝“西柚”里，算是大粉，微博粉丝破五万。

没想到今天来游乐园玩会碰到傅幼笙录节目，在粉丝群里尖叫了好几次，一直跟着节目组不断地拍傅幼笙。

本来休息的时候，她考虑要不要来找傅幼笙要个签名，没想到会拍到这样的傅幼笙。

照片里，背景是童话般的游乐园，人来人往，每个人脸上都带着璀璨活泼的笑容，而傅幼笙独自坐在一处木制长椅上，黄昏的太阳微微泛黄，莫名的……让人感受到一种孤独感。

单单是看着这张照片，林婧婧就有种想哭的冲动。

她没忍住，把照片发到了粉丝群里。

婧婧爱柚笙：呜呜呜，刚才拍到一张宝贝中场休息的照片，感觉要哭了，照片发在下面。

照片一出，粉丝群疯狂了。

我也看哭了……

感觉宝贝好寂寞好孤单，好想要去抱抱她。

宝贝是不是发生什么事情了？

你们有没有发现，这么多年，宝贝好像从来都是一个人啊，也没有提过家人？

不知道宝贝家里还有没有人，看到她这么孤单的样子，会心疼吧？

好心疼……婧婧去抱抱我们宝贝吧。告诉她，她还有我们！

然而当林婧婧看到这条消息，想要找傅幼笙的时候，却发现不知道什么时候，节目又开拍了。

傅幼笙脸上带着漂亮的笑容。

这次，林婧婧却觉得她笑容下，真实内心是跟世界都有了距离的孤寂感。

节目一直拍到下午六点多，太阳彻底落山的时候，傅幼笙还差一个任务卡就完成任务了。

她顺着指引，看到在昏暗遮挡下的假山上露出来一个小角，顿时眼前一亮："终于找到了。"

假山不高，任务卡就在最上面。

傅幼笙小心翼翼地爬了上去，抽出那张薄薄的卡片，她漂亮的眼睛在镜头里简直顾盼生辉，眼眸弯弯，晃了晃手中的卡片："我赢了。"

意外突然发生。

傅幼笙眼睁睁看着摄像师眼神惊恐地喊："小心！"随即一脚踩空，整个人从一米高的假山上摔下来。

她瞳仁倏地一缩，刹那间，一阵刺疼从脚踝传来。

拍摄中止，但是迟了一步。

游乐园没有清人，晚上也不闭园，为了拍出真人秀的效果，夜间游客很多，人来人往。

在傅幼笙被送到医院的短短时间内，网上已经传遍了她受伤的消息。

后来节目组即使反应迅速封锁消息，依旧有消息传出去。

医院里，傅幼笙看着自己打着石膏的左脚，有点儿头晕，到现在都没反应过来。

自己怎么就拍个综艺就拍进医院了。

闻亭站在病床旁，看着她的诊断结果，深吸一口气："轻微脑震荡，左脚脚踝轻微骨折。

"行啊你，傅小笙，那么矮的假山都能踩空，你眼睛长后脑勺去了！"

为避免被人听到，闻亭压低了声音，气急败坏："就算受了情伤，你也不至于自残吧！"

傅幼笙无奈揉了揉眉梢，到现在指尖仍是凉的："真的是意外，光线太暗，我没看清楚。"

她怎么可能自残……

闻亭脑洞大得快要漏了。

"现在好了，你晕倒抬上担架的时候被拍了，现在网上全都在说你心脏病发作，生死垂危。"

傅幼笙眼神划过一抹讶异，竟然闹这么大……

她下意识看向旁边，小诺眼睛里还挂着没有流完的泪水，点头附和："笙姐，你以后一定要注意点，今天真是吓死我了。"

看到傅幼笙晕倒的时候，她差点儿也跟着晕倒。

傅幼笙让她把眼泪擦干，说："好啦别哭了，我没事。把我的手机拿来。"

她靠在病床上，手指从蓝白条纹的病号服袖子里伸出来，露出来的手腕纤细又无力。

看着就让人心疼。

傅幼笙看了眼微博，虽然被爆出来了，却因为节目组处理及时，热度降下来许多。

看着一些极端言论，她无奈地弯了弯唇，想了想，让小诺给她录了个视频。

得让工作室发出去澄清一下，她好着呢。

小诺录完之后，心疼地碰了碰傅幼笙打着石膏的脚踝："哪里好了，肯定很疼。"

傅幼笙睫毛低垂，轻笑一声："还好。"

闻亭沉默地看着她。

想到以前傅幼笙手上擦破点皮都要跟她老公打电话撒娇喊疼，现在伤成这样，完全没有要给他打电话的意思。

"你受伤的消息都传出去了，你老公怎么还没给你打电话？"

傅幼笙指尖下意识握住了袖口，声音很淡："他可能……在忙工作吧。"

闻亭叹口气："多余的话我也不说了，既然他不珍惜你，该怎么办离婚就怎么办吧。

"离婚之后，你好好工作。

"以后找个更优秀的男人，让他后悔去吧！"

等闻亭他们离开后，傅幼笙躺在安静的病房内，表情平静地看着脚踝上的石膏，虽然是轻微脑震荡，但还是有点儿头晕的后遗症。

直到手机的振动声打破了病房内的宁静。

傅幼笙下意识地看向手机亮起的屏幕。

只一瞬间，她的眼神便恢复平静，看着秦榛发来的消息。

是秦榛问她伤势怎么样。

傅幼笙这才看到秦榛两小时前给自己发的几张照片，当时自己正在昏迷状态，没有回复。

照片上，波光粼粼的奢华泳池，一些知名的、不知名的超模穿着性感美艳环绕其中，慵懒地伸展着动人心弦的身材；岸边有不少年轻的公子哥。

傅幼笙甚至能认出来，这些人大部分都是殷墨的朋友。

每张照片这些人都是背景板，而主角是——坐在沙滩椅上喝威士忌的殷墨。

华丽的灯光打在男人精致修劲的腕骨上，他仰头将一杯酒一饮而尽。

下一张就是他拿着酒瓶倒酒的画面。

再一张是穿着泳衣的黑发雪肤的超模与他共同握着一瓶酒，像是要帮他倒酒。

傅幼笙表情平静得仿佛在看一个陌生人。将照片看完之后，傅幼笙才看到秦榛之前的留言，是她也在这个泳池趴，刚好碰到殷墨他们，本来是想要跟傅幼笙调侃殷墨魅力大，问她真舍得分手。

没想到后面会从网上看到傅幼笙晕倒的消息。

傅幼笙没有跟秦榛聊上面那几张殷墨的照片，也不关心他在做什么，只是跟秦榛报了平安。

按灭了手机，傅幼笙滑下身子，将自己埋在雪白的被子里，盖过脑袋。无尽黑暗将她包裹住，顷刻间，她仿佛有种置身在一场毫无指望的爱情里的感觉。

多亏了她自愈能力强，才撑住一口气。

大概是脑震荡的缘故，傅幼笙不知不觉睡着了。

第二天醒来时，看着冰冷空荡的病房，傅幼笙眼瞳有点儿迟钝地眨了眨，下意识从旁边拿出手机，按了快捷拨出键。

嘟嘟嘟……

手机机械的声音从耳边传来，傅幼笙混沌的脑子渐渐清醒过来。

纤薄的身子僵硬一秒，明明反应过来了，却没有挂断电话，等到那边无人接通后自动挂断，她才迟钝地将手机重新塞回枕下。

“笙姐，早餐来了！

“我扶你去洗漱一下吧。”小诺活力四射的声音打破了一室寂寥。

傅幼笙乌黑的瞳仁清澈见底，唇角勾起，笑意逐渐自然：“好。”

此时，远在国外的酒店客厅。

温秘书正等着殷墨开视频会议。

他看着国内传过来的关于傅幼笙受伤的消息，犹豫地抬眸看向不远处坐在沙发上眉眼深邃的男人。

殷总出国前说过，不想听到傅小姐最近的任何消息。

这才几天，傅小姐就出事了。

到底说还是不说？

温秘书不敢违背殷墨的命令，既然殷总不想听傅小姐的任何消息，估计是想要冷一冷她吧。

小情人恃宠而骄，越界了。

殷总素来不喜女人越界。

没等温秘书想清楚，殷墨已经抬眼看过来：“温秘书，我要的资料呢？”

温秘书立刻上前：“殷总，这里。”

他也没机会犹豫不决，立刻将傅幼笙受伤这件事情抛之脑后。

一个月后，傅幼笙踩着软软的平底鞋出院。

出院那天天气很好，盛夏难得有凉风徐徐。

傅幼笙穿着一件马卡龙粉的短款旗袍，露出一双纤白漂亮的长腿，少女感十足。

这次受伤仿佛没有在她身上留下任何的痕迹。

闻亭看着她："回家调整三天，就要入组了，时间够吗？"

傅幼笙唇角含笑："应该够吧。"

坐在车上，傅幼笙掌心的手机忽然振动一下。

一个多月没有动静的男人，终于给她发了第一条消息。

YM：出差结束，明天到家。

傅幼笙浓长的睫毛低垂，忽然轻笑出声："大概不用三天了。"

她很快就能将所有事情解决好。

因为住院很久，傅幼笙清瘦了点，五官却越发的精致立体，漂亮得像是瓷娃娃。

她柔软的指尖轻点屏幕，红唇勾着笑，明明神态很温柔，闻亭却看不到她眼神里的任何情绪。

傅幼笙对着手机话筒发了一句语音："我会做好晚餐等你回来。"

嗓音轻柔又温存，好听到极致。

第二天晚上六点，殷墨准时回了麓荷公馆的别墅。

客厅内已经亮起了柔和的灯光。

她在等他。

殷墨冷了一个月的脸色终于好了许多，薄唇勾起轻松愉悦的弧度，抬步进去。

一进客厅，殷墨目光不由得落在开放式的厨房。

傅幼笙背对着他正在切菜，纯色围裙细细的腰带勾勒出她苗条到不盈一握的腰肢，里面穿了一条真丝质地的浅蓝色衬衣，下面配一条短短的白色百褶裙，两条白生生的长腿裸在外面，甚至比裙子的颜色还要白上一分。

殷墨看着她，眼神划过一抹怀念，仿佛回到了第一次见她时的模样。

她也是这样类似的打扮，不过当初的面容还是稚嫩的，而今成熟明艳，一举一动皆是令他心动的风情。

傅幼笙正在做椰子鸡汤，她正在切椰肉的时候，忽然一阵熟悉而强势的气息从她背后抱过来。

她身子下意识僵硬一瞬，下一秒，耳边传来男人低沉磁性的嗓音：

“幼幼……”

男人喊她名字的时候，仿佛气息在舌尖缱绻，让人心动不已。

不过现在……傅幼笙平静如水。

她垂眸看着男人交叠在她腰腹上的手，眼睫轻颤两下，几秒后，才轻轻应了声。

她没有推开他，也没有回抱他，只是轻拍了一下他的手背：“我给你炖的椰子鸡汤。”

女人的声线温软动听。

殷墨依旧松松地环着她的腰，硬挺的下颌贴着女人细嫩的脖颈，漫不经心地看了眼她正在切的椰肉。

看着这一道菜，他心里明白，她暗示他们这场冷战彻底结束。

因为这道椰子鸡汤是傅幼笙第一次给他做的菜。那天他感冒了，傅幼笙为了照顾他，从网上查到感冒的人喝椰子鸡汤会好一点儿，就学着做。

后来他们约定，只要冷战之后，她做了这道菜，就说明已经不生气了。

殷墨单手揽着她，一手别过她细滑的脸蛋，亲了她唇角一口：“真乖。”

傅幼笙见他还要再亲，偏头躲过：“我在做饭。”

说着她从他怀里退了出去，一双漂亮的眼眸看着他：“你先去洗个澡，然后就吃饭了。”

虽然一个多月没回家，殷墨有点儿想了，但他现在更想跟傅幼笙说说话。

听着她动听的嗓音，殷墨扯了一下脖颈的领带，修长的手指扣在领口：“好。”

不着急，他们有整整一晚上的时间。

殷墨薄唇啜着淡笑，离开之前，俯身轻抚了一下她的百褶裙的裙摆，嗓音透着几分缱绻之色：“今晚这个打扮，我很期待。”

看着殷墨离开的背影，傅幼笙唇角平平地勾勒一个弧度。

透过亮得能反光的瓷砖，傅幼笙看到自己此时的打扮，他以为自己是在取悦他吗？

想得美。

傅幼笙垂眸将最后这一道汤端上了餐桌。

一桌中餐，全都是殷墨爱吃的。

色香味俱全，傅幼笙坐在常坐的位置上，双唇轻抿着，缓缓闭了闭眼睛。

既然做了决定，就不要后悔。指尖摩挲着被她放在旁边餐椅上的薄薄的牛皮纸袋，傅幼笙眼瞳深处那一瞬间的波动，逐渐恢复平静。

楼上，殷墨刚走近卧室，就看到放到落地镜旁边的行李箱。

行李箱不大，银白色的，殷墨看着还有点儿眼熟。

但傅幼笙的行李箱太多，他当然不会将这些无意义的东西记在心里，只扫了一眼，便抬步往浴室走去。

浴缸里已经放满了洗澡水。

殷墨的长指顺着水波滑动了一下，是他常用的温度。

殷墨将衬衣丢到脏衣篓里，手覆在腰间西裤边缘的时候，忽然顿了一下，从裤袋里拿出一个只有巴掌大小的精致首饰盒。

思考两秒，殷墨将首饰盒放到洗手台上很显眼的地方，傅幼笙只要进来就能看到。

半小时后，殷墨披了件深灰色的睡袍下楼，线条优美的胸肌微微露出，精致的锁骨上还有水珠从没擦干净的湿发上滑落。

他随意拿毛巾擦了两下短发。发丝虽然凌乱，但衬着他那张俊美深邃的五官，让他更有慵懒肆意的性感。

傅幼笙从他的脸庞看到湿漉漉的发丝上，指尖蜷缩了一下，没有跟往常一样，上去亲手帮他擦头发。

殷墨在她对面坐下，幽深的眼眸看着对面灯光下柔和美貌的太太，唇角勾起："殷太太今天辛苦了。"

傅幼笙静静地回看着他，没有说话。

今天就辛苦最后一次，以后他想要她辛苦也不可能了。

她亲手给殷墨舀了一碗鸡汤："喝汤。"

殷太太今天贴心得有点儿过分，殷墨的长指连带她的小手一起握住："今天这么体贴，嗯？"

"不但体贴，还给你准备了礼物。"傅幼笙红唇弯着，"你会喜欢的。"

殷墨清俊的眉峰轻挑："我们真是心有灵犀。"

傅幼笙率先举起旁边的酒杯，红润的唇角含着笑："祝我们未来更加美好。"各自安好。

殷墨觉得傅幼笙今晚有点儿奇怪，喝了一口酒外，便被她接连不断地布菜打断思路。

隔着透明的落地窗，外面夜幕彻底驱散阳光，黑漆漆的，带着几分压抑感。

直到殷墨吃完，起身想要从对面坐到她身边温存一下的时候。

傅幼笙站起身："我去厨房拿礼物，是我亲手做的。"

殷墨没有坐下，而是看着她离开的背影若有所思，下一秒他开口："我也去给你拿礼物。"

礼物，他早就准备好了。

殷墨抬步上楼，将原本打算给她惊喜的首饰盒重新握在掌心。

谁知刚一下楼，殷墨的目光陡然就顿在傅幼笙端着的那个蛋糕上。

裸粉色的蛋糕面上，用红色的果酱写了偌大的四个字——离婚快乐。

字迹明显到殷墨还在楼梯上就看得清清楚楚。

男人掌心陡然握成拳，下一刻，他长腿迈开，三两步下楼，长指一松，掌心的首饰盒从楼梯上砸了下去，在光滑的地面上滚了好几圈，最后滚落在傅幼笙的脚边。

精致的首饰盒子"吧嗒"一声，自己打开了——露出里面那枚闪烁着璀璨华光的鸽子蛋粉钻戒指。

"离婚快乐。"殷墨眼神沉敛，一字一句像是从唇缝中逼出来的，"幼幼，这就是你给我的礼物。"

傅幼笙弯腰，将戒指捡起来，细白的手指把玩着那枚粉钻戒指，它漂亮到几乎是所有女人梦想中婚戒的样子。

"是。"傅幼笙嗓音有点儿缥缈，轻得几乎让人听不清楚，却又清晰地响彻在他耳际，"殷墨，我不想再这么失去自我地去爱你。

"我们，离婚吧。"

殷墨看都不看那个令他耐心几乎消失的蛋糕："傅幼笙，你把婚姻当成什么？过家家吗？"

傅幼笙抿着唇，终于抬起长睫看他，眼神清冷冷的："你又把我当成什么？"

她忽然笑了一声，眸底是毫不掩饰的讽刺："你把我当成一个宠物养，有空的时候回来逗逗我，没空的时候，根本记不得这栋别墅里还有一个人在等你。

"殷墨，你从没把我当成妻子过，还指望我怎么尊重我们的婚姻。"

男人浴袍下的肌肉紧绷着，压抑着怒气，语调冷冽："幼幼，不是什么话都能说的。"

傅幼笙细白的指尖钩着那枚钻戒，静静地凝视着他："殷墨，这个戒指，我现在不想要了。"

叮的一声脆响，钻戒直直掉入她没有碰过的那杯红酒中。

酒红色的液体溅出破碎的水花，几滴甚至飞到了傅幼笙白皙的手背上。

没在意殷墨陡然沉下来的脸色，傅幼笙自顾自地打开牛皮纸袋，将里面一份薄薄的纸拿出来，推到殷墨面前：“这场婚姻，我还你自由。”

从九年前开始，她就是为了殷墨而活，现在，她想要为自己活一场了。

殷墨掌心按着那纸离婚协议，手背上筋骨突出。半晌后，他猛地将那已经签好字的协议猝然挥到地上。

即便这个时候，他还是想要哄她的。

伸手握住傅幼笙纤细的手腕，他压低了声音：“幼幼，我从来没有把你当作宠物过。”

作为男人，对自己的女人要大度一点儿，殷墨退了一步：“你想要什么我都可以给你，唯独不能离开我。”

傅幼笙忽然笑了：“我只想要你专心致志地爱我，可是你做不到啊。”

她一根手指一根手指地掰开男人圈住自己腕骨的大手。

殷墨看着被她掰开的手，点燃了一根香烟，指尖殷红的烟头燃起，音质偏哑：“真要离婚？”

傅幼笙脚步顿了顿，上楼将自己的行李箱拿出来，用行动证明她的决心。

傅幼笙环顾四周，看着奢华却空寂的别墅。从大学开始，她在这里生活了足足六年，这六年，她从未有过任何归属感。

现在，她终于还是要离开了。

见她头也不回地往外走，殷墨陡然掐灭了烟头，一把拉住她的手臂，将她扯进自己怀里。

清冽的薄荷烟味瞬间侵入了她的呼吸。

男人抱着她，薄唇亲着她的耳垂，低哑的嗓音充斥耳膜：“幼幼，收回离婚这句话，我当作今晚什么都没有发生。”

傅幼笙没有拒绝他，细白的手指摩挲着他短而潮湿的发丝：“以后洗完头发，记得吹干，不然年纪大了会头疼。

“你有胃病，以后参加酒局前，记得吃点东西先垫垫胃。

“以后早点儿睡觉，不要总熬夜，也不要总是加班，工作是做不完的。”

傅幼笙说了很多，仿佛要将未来一辈子的话都交代完。

仿佛——他们以后一辈子不会再见面。

她精心策划这一顿晚餐，就是想为这九年，画一个完整的句号。

也带着一点儿私心。

以后无论这栋别墅再住进了哪个女人，是他深爱的或者联姻的对象都好，只要他在这栋别墅吃晚餐时，都能想起她来，至少那晚午夜梦回，脑子里满满的只有她的身影。

傅幼笙缓缓推开男人的胸膛：“我走了。”

殷墨重重地咬了她的耳垂一下，带着发狠的意思：“幼幼，你可真心狠。”

外面不知道什么时候，淅淅沥沥地下起了小雨。

傅幼笙头也不回地打开了别墅的大门。

殷墨看着她离开的背影，面色沉得像外面的夜色。他眼神冷漠地重新点了一支烟，缓缓走向落地窗前，看着站在门口似乎在等车的女人。

朦胧的白雾将他的五官晕染得有些模糊。

细密的雨水像雾一样，丝丝缕缕缠绕着，夜空中像是垂下一幅朦胧的珠帘。

十分钟后，殷墨撑开一把黑色的雨伞徐徐走出别墅。

他站在门口台阶上，就着路灯昏暗的光线，缓缓走向雨帘中那个纤瘦脆弱的身影：“傅幼笙，离开我，你能活吗？”

恰好，一辆银白色的车停在路边。

傅幼笙手撑在车门上，大概是听到了这句话，她指尖动作停了一秒，蓦然转身，回眸朝着他笑得温柔含情，说出来的话却如同利刃刺破血肉：“殷墨，我腻了。”

九月的北城，开始进入盛夏尾端，天空压得人闷热又窒息，仿佛要将最后的余热一股脑儿地完全榨干。

市中心一栋保密性极好的高级公寓内。

公寓面积不大，但胜在精致温情，是傅幼笙想象中家的感觉。

这里的装修是她住院那段时间里，亲自画图布置的。

离开麓荷公馆，她只带了一个行李箱过来，里面装着她当年搬进去带的行装，她怎么搬进去的，又怎么搬出来。

殷墨为她置办的一切东西，她都没有带出来。

傅幼笙靠坐在沙发上，微微闭上了眼睛。卷长的睫毛耷下，在细白的皮肤上晕出一片浅浅的阴影，暗淡的光线下，像是精美易碎的瓷器。

闻亭自从得知她跟老公分居并找了律师准备打离婚官司后，差点儿没高兴得放烟花。

后来因为北城市区郊区都严禁私放烟花而歇了心思。

此时见她心情郁郁了好几天，闻亭立刻打包把她送到剧组："女明星开心点，男人嘛，多得是。尤其是你前夫这种没责任心、技术差、能力弱、身体不行、还胆小没见过世面的男人，离了就离了。"

傅幼笙红唇勾了一下，没什么情绪起伏："你说得对……"

见她赞同，闻亭以为她认可自己的话，拍了拍她纤细的肩膀，神秘兮兮地压低了声音："你知道这次跟你同组的男主角是谁吗？"

傅幼笙侧眸看他，这次她要接的戏是一部都市连续剧，女主角是旗袍设计师，男主角是一位优秀的检察官，听说是南江台的大制作，班底很厚，演员全都是演技派。

要不是傅幼笙在娱乐圈有"穿旗袍最美的女明星"这个赞誉，恐怕这个本子也递不到她手里。

毕竟，闻亭听说很多一线大花旦都有兴趣接触这个本子。

就这个班底，绝对是明年的大爆剧，不接是傻子。

所以当这个本子递过来的时候，即便不是电影剧本，闻亭也毫不犹豫地替她接了。

"是楚望舒啊！"

楚望舒？

傅幼笙脑海中不由得浮现他的履历。

倒不是傅幼笙对他有什么别的兴趣，实在是这位的履历太过传奇。

十六岁在上学的时候被导演挖掘拍电影《寻回》出道，第一部电影扮演一个被拐卖十六年回家的孩子，凭借这个角色，两度封影帝，成为国内最小获得影帝殊荣的男演员。

自此拉开了他传奇的演艺序幕。

他平均每年只拍一部戏，不限于电影或者电视剧，但部部都是精品、爆品。凭借超高的演戏天赋与清俊颜值，他俘获了一大批粉丝，屹立娱乐圈十五年不倒，真正的影帝巨星。

"从明天开始，你就要跟楚男神朝夕相处了。

"到时候你会发现，单身真好，跟男神拍吻戏、床戏、亲密戏毫无负担。"

看着闻亭那张笑成菊花的脸上满是垂涎期待，傅幼笙红唇抽了一下："不知道的还以为我是什么极品变态。"

拍戏是为了吃人家男演员豆腐吗？

闻亭的视线落在傅幼笙那张白生生的小脸蛋上：“不用你变态，就你这骨相，随便勾勾手指，再正直的男人都能为你变成禽兽。”

哦，那是不是说明殷墨连禽兽都不如？

傅幼笙皱了皱眉毛，指尖蜷缩了一下。怎么又想到他了？

她猝然站起身：“不想了！出发吧。”

闻亭被她惊了一下。

怎么还一惊一乍的！

因为是都市情感戏，拍摄地点在首都北城。

令傅幼笙一言难尽的是，剧组取景点刚好在殷墨的胜景投资大厦对面的办公楼里。

要是殷墨知道了，搞不好以为她在欲擒故纵。

幸好，殷墨这个工作狂，就算取景点在他们公司，估计他都不会注意。

拍第一场戏时，傅幼笙穿着一件素雅的象牙白旗袍。

她的旗袍全都在麓荷公馆没有带出来，所以她身上这些全都是剧组准备的。

白色的旗袍，但凡身材有一点儿瑕疵，就很难驾驭。

然而傅幼笙仿佛天生就是为旗袍而生，穿上这件旗袍后，甚至将旗袍衬托得更雅致自然。

为了让演员尽快入戏，第一场拍的就是雨夜分手拥抱戏。

傅幼笙看着面前男人那张清俊如斯的面庞，细密的雨滴顺着他的眉骨往下，滴滴答答的声音响彻耳际。

她仿佛再次听到离开麓荷公馆时，殷墨那句：“傅幼笙，离开我，你能活吗？”

就着雨帘，楚望舒目光低垂，面前漂亮风情的女人眼眶泛红，眼泪一滴滴顺着眼尾滑落，与雨水融合在一起，分不清楚是雨还是泪。

“分手吧，我累了。”

楚望舒一把将女人纤细的身子揽入怀中，薄唇贴着她的耳垂，嗓音沉哑，带着一丝丝的哀求：“我爱你，不要分手好不好？”

“卡！”

导演兴奋的声音传来：“这一幕太好了，太好了！”

“过了！”

本来他还担心傅幼笙会接不住楚望舒的戏，跟不上节奏，没想到……

这一幕傅幼笙直接入戏了，诠释得太好了！

楚望舒将工作人员递过来的大浴巾不动声色地先披到傅幼笙身上，才接过另一条擦拭着自己湿漉的头发。

他温声夸她："你演技很不错。"

"谢谢楚老师。"傅幼笙将浴巾裹在身上，遮住了那被水浸湿后而越发玲珑曼妙的身姿，仰头看着楚望舒，亲自感受了一下楚望舒的演技，她才知道什么是天外有天。

她的那点儿演技在楚望舒面前就是小巫见大巫，刚才能让导演满意，还多亏了他带她入戏。

见她谦逊从容，楚望舒视线在她那张水润面庞上顿了一秒后，才微微颔首离开。

闻亭抱着傅幼笙的浴巾走过来："楚影帝还挺平易近人。"主动将浴巾让给女演员。说好的性格淡漠除了演戏不爱搭理人呢，可见都是谣传。

傅幼笙点头："很绅士。"很有风度的一个男人。

刚才拍拥抱戏的时候，只取景上半身，而他放在自己腰肢上的手，一直都是握成拳的。

殊不知下戏后，楚望舒的休息室内。

经纪人许戈抱着行程表站在楚望舒身边："经过我的观察，傅幼笙单身的可能性为百分之九十。

"拍了一天戏，她没有打过一个私人电话。

"恋爱中的女人可不是这种表现。"

楚望舒卸妆后露出原本就清隽俊逸的面容，笑得温和雅致："知道了。"

许戈看着自家艺人一副深陷其中的样子，忍不住啧了声："没想到你情窦初开是这个模样。为了追女人，竟然来拍这种都市剧。"

想到导演说这部戏的女主角可能会找傅幼笙来演时，楚望舒毫不犹豫地推了一部预冲奥斯卡的科幻大片，自降咖位接了这部电视剧男主，唯一的要求就是女主定傅幼笙。

要知道，楚望舒出道这么多年，很少拍以感情戏为主线的剧。

他出道十五年，荧幕初吻都没送出去。

楚望舒自从看到傅幼笙那一组旗袍照之后，就一见钟情，一眼沦陷。

连他都不知道，自己当初怎么就鬼使神差地接了这部戏。

明明是顺水推舟，却像极了……水到渠成地蓄谋已久。

胜景投资大厦顶楼32层秘书室。

温秘书拿着一个高清望远镜往对面看。

傅小姐跟别的男人拍亲密戏拍到殷总眼皮子底下了。

旁边周秘书脸上带着精致的妆容，想到这一个月殷总那阴沉薄凉的脸色：“傅小姐真跟殷总分手了？”

“真分了，殷总上个月亲自画设计图定制的钻戒都没送出去。

“现在天天拿着那个钻戒睹物思人。”

温秘书平时跟着殷墨的时间比较长，知道点儿内情，见傅幼笙已经从麓荷公馆搬出去了，加上殷总这戒指没送出去，明显是被拒绝了。

温秘书将望远镜递给周秘书：“你看对面拍戏的那个男的，是不是号称全世界女人最想睡的男人排行榜第一的楚望舒？”

周秘书：“……”她不想跟温秘书一样八卦。

犹豫两秒，她没去看望远镜，直接调出来最近傅幼笙的行程表，然后看到了傅幼笙的新行程——和楚望舒拍都市爱情剧。

真是楚望舒。

看着资料里楚望舒的个人履历与品貌，全都是一等一的优秀。

两人对视一眼。

难怪最近殷总阴晴不定。他俩迅速心照不宣地当作自己什么都没看到，以免惹火上身。

温秘书把望远镜塞进最下层抽屉，用各种不用的资料挡得严严实实。

然而温秘书千防万防，没想到……有个词叫防不胜防。

半个月后，温秘书送殷总去会馆参加一个私人聚会时，看到了傅幼笙跟楚望舒，瞳孔一震。

殷墨见他突然停下，冷淡地掀唇：“有事？”

“没有。”见那边两人已经拐进尽头的一个包厢，温秘书松了口气。

他绝对不能让殷总看到他们，不然他可能会在明天娱乐新闻与社会新闻同时看到他们家殷总的身影。

“殷墨、楚望舒、傅幼笙三角恋情曝光”

“殷墨在会馆将某著名男演员打到残废”

想想他都忍不住打了个哆嗦。

殷墨凉凉地扫了他一眼，便不再管他，自己进了包厢。

跟楚望舒拍了半个多月戏，傅幼笙受益匪浅，因为他平时拍戏间隙也会教她怎么演戏，她感觉自己的演技都提升了一大截。

楚望舒的脾气很好，进退有度，就算是素来不喜欢跟圈内男明星相处的傅幼笙，也觉得跟这样的人相处很愉快。

所以当楚望舒说他有个朋友想认识她的时候，傅幼笙想了想，当然是答应的。

他很绅士地提出，可以带着经纪人一起去。

傅幼笙想着不带经纪人万一被拍到了，岂不是有蹭人家热度的嫌疑，自然是同意的。

她没想到，一进包厢，竟然看到一线杂志《VL》的主编桃杏坐在里面。

耳边听到楚望舒的声音："桃杏姐，这就是我跟你提过的傅幼笙，傅小姐。她很适合你下一期的封面风格。"

傅幼笙下意识地看向楚望舒，没想到他居然是给自己介绍资源的，一时之间心情有点儿复杂。

《VL》时尚杂志封面，下一期应该是十月刊。金九银十，一上来竟然给她这么大的饼。

楚老师到底是太善良还是……别有用心？

傅幼笙觉得应该是前者吧，因为后者，她真看不出来自己有什么东西可以被他别有用心的。

财还是色？

财她没他有钱，至于色——人家是全世界女性最想睡的男人，想要什么样的女人没有，这个也可以排除。

所以——楚老师大好人实锤了。

桃杏看向傅幼笙后，眼底带着惊喜之色："望舒，这次姐可真要好好谢谢你。傅小姐再适合不过了。"

她本来还在犹豫下一期找不到合适的要不要找个大牌女星将就一下，没想到楚望舒带给她这么大一个惊喜。

傅幼笙何止是合适，简直就是下一期主题为她量身定做的。

傅幼笙稳住情绪："楚老师，我……"

楚望舒轻轻地推了她一下："还不跟桃杏姐聊聊杂志拍摄。"

他在她耳边低低说了句："别想太多，巧合而已。"

哪有那么多巧合。

如果不是楚望舒，她可能都不会出现在桃杏面前，又怎么可能被她看中呢？

呜呜呜，楚老师是什么绝世大天使。

旁边的闻亭也愣住了，他看了看傅幼笙，又看了看手肘撑在桌子上，眉眼浅浅凝视着傅幼笙的楚望舒，忽然想起来自己进组前就跟她说的那句话。

果然没有男人能逃得过傅幼笙的魅力，即便是楚望舒这样的男人。

签合同的时候，闻亭还有点儿恍恍惚惚的。

倒是傅幼笙，总算明白楚望舒为什么会多说一句让她的经纪人跟着了。

签完之后，她便看到楚望舒靠在椅背上，单手玩手机，似乎正在跟人聊天。

送走桃杳，傅幼笙轻抿了一下双唇，然后坦然地看向楚望舒："楚老师，今天真的谢谢你。"她会回报他的。

对上傅幼笙那双乌黑清澈的眼眸，楚望舒笑了笑，下意识想要摸一下她的发顶，然而手刚抬起来便顿住了。

不能吓到她。

万一让她知道自己的心思，岂不是弄巧成拙？

楚望舒打定主意徐徐图之，自然不会在这个时候泄露："也是你运气好，刚好桃杳要找一个适合的人选。如果你不适合的话，我就算介绍你们认识也没用。

"所以，别想太多。

"要真想感谢我……"

楚望舒像是想起什么一样，晃了晃手机："不如陪我去参加个私人聚会？刚才朋友约我，巧的是就在这家会馆里。"

傅幼笙眨了眨眼睛，不明所以。

私人聚会？

楚望舒笑："这种私人聚会如果不带女伴的话，可能会被朋友们取笑，并且当场找几位女士陪我。我不太喜欢这种。"

想到楚望舒洁身自好的脾性，同在圈里，傅幼笙当然明白他那句几位女士是什么意思。

闻亭恍恍惚惚地先走一步，然后楚望舒就带着傅幼笙进了同楼层一个更大的包厢。

包厢内喝酒的人很多，所以一进去就是缭绕的酒气，隐隐夹杂着烟草味。

透过缭绕的白雾，傅幼笙看到一群熟悉的人，以及沙发尽头神态慵散漠然正自顾自喝酒的男人。

她瞳仁瑟缩两秒，转瞬恢复正常。

听楚望舒给她介绍这些人时，傅幼笙忍不住想笑。

没想到殷墨这九年都没有带她来见过的朋友圈子，他们分手半个月后，她竟然以这样的身份认识了他们。

傅幼笙穿着一件裸粉色露肩连衣裙，后背只绑了一个大大的蝴蝶结，露出漂亮白皙的肩颈线与精致到极点的蝴蝶骨，又纯又欲，美得惹眼。

即便是面对那么多人，她依旧笑得从容又优雅。

有人看到楚望舒竟然带着女伴来了，顿时调侃："老楚，这位就是你那个女神？"

"哈哈哈，咱们老楚不是全民男神，全民男神也有女神啊？"

"你们不知道，我上次看到老楚私人手机的屏保是个穿旗袍的女人举着扇子挡住半边脸的照片，问他是谁，他说是他女神。"

"现在能被他带来的，不就是女神吗？"

楚望舒绅士地揽住傅幼笙的肩膀，掌心松松地握成拳，没有趁机占便宜的意思，揽着她走向沙发上坐下，在她耳边低声说："他们喜欢开玩笑，别怕。"

傅幼笙仰头看着他，弯着眼睛笑："放心。"

楚望舒含笑。

那些喜欢开玩笑的人说："老楚，你跟傅女神是怎么认识的？"

"别说，傅女神也是我女神。"

"咱俩眼光还挺一致。"

楚望舒侧眸看向傅幼笙。

昏暗迷离的光线下，傅幼笙触及他那双像极了含情脉脉的眼眸，听他说："不是你的女神，是我一个人的女神。"

"哦！"

顿时一群起哄声。

傅幼笙清澈的眼眸划过一抹惊讶："……"

下一秒，身旁男人微微靠近她的耳侧："他们爱开玩笑，配合一下。"

大概是楚望舒在傅幼笙心里大好人的人设太过稳定，她压根没往别处想。

况且，她总觉得自己后背被一双冷飕飕的眼睛盯着，光滑细腻的肩膀起了一层小疙瘩。

不用想，她都知道看她的是谁。

偏偏傅幼笙一个眼神都没回过去。

旁边的肖沉原认出了傅幼笙，再一看身边开了一瓶烈酒的男人，怜悯地看着他黑中带绿的头发丝儿："兄弟，你这是被绿了……"

殷墨目光落到那在灯光下莹润到反光的雪白纤背上，扯了扯紧绷在脖颈处的领带，扯出一抹冷然的笑。

本来是他一个人独有的东西，偏偏现在……整个包厢里的人都能欣赏到。

旁边几个跟他关系熟稔的都知道傅幼笙。

他们对视一眼，然后许琮站起来，指着殷墨说："老楚，你身边这个妹妹有点儿眼熟啊。

"妹妹，你认识我们殷哥吗？"

傅幼笙本来正在跟楚望舒聊明天的戏，乍一听这话，回眸看过来，视线礼貌地在殷墨脸上停留两秒便移开，漂亮的眼睛带着十足的疑惑。

不知道的人还以为她从来没见过殷墨。

殷墨对上她那双含着水波一样的眼眸，竟然有一瞬间的失神。

忽然想起了他第一次见到傅幼笙时候的画面，那双水眸里仿佛住着一只迷路的小鹿，让他不受控地朝她伸出了手。

殷墨很少回忆过去，可自从傅幼笙离开那栋他亲自为她打造的别墅后，夜深人静时，他总能想起之前他俩一起度过的点点滴滴。

九年里，她像是一只黏人的猫儿，生气时伸出肉垫拍他一下，不生气的时候就永远黏着他，时不时对他掀开柔软的肚皮撒娇卖萌，让他疼疼她，让他恨不得将一切捧给她。

他没想到，有朝一日，那只恨不得永远黏在他身边的小猫咪，猝然朝他亮出了锋利的爪子。

将他的心抓得稀巴烂后，自己优雅又张扬地离开。

看着傅幼笙那陌生的目光，殷墨冷若冰霜的面庞紧绷着，心头仿佛梗着一块石头。

当她用温柔好听的声调说"不认识呀"的时候，殷墨心里那块石头陡然沉下，压得他向来薄凉平静的情绪几乎要敛不住。

不认识？

殷墨抿了口杯中烈酒，而后仰起下颌，将烈酒一饮而尽。

放下酒杯时，他薄唇抿起轻淡的弧度，迷离灯光下，让人看不清他到底是不是在笑。

气氛冷窒一瞬，很快被肖沉原岔开话题，继续恢复了之前的热闹。

只是原本坐在殷墨旁边的几个人走到了傅幼笙面前。

其中一个人倒了一杯烈性威士忌给她：“妹妹，哥哥真是佩服你。”

傅幼笙视线落在面前那杯晃动着漂亮光泽的酒上，勾唇笑了，明知道对方是来找茬儿，她也完全不畏惧：“想当我哥哥？你不太够格哦。”

对方压低了声音：“你觉得谁够？”

去帮傅幼笙拿甜品的楚望舒走过来，凝眉看着他：“盛占烈，她是我的女伴。”

盛占烈倒是给楚望舒面子，懒洋洋地站直了身子：“是女伴又不是女朋友。”

见楚望舒护得紧，盛占烈觉得没趣，便重新回到殷墨旁边：“墨哥，你这小丫头还挺野，难怪以前没见你带出来给我们看过。”

殷墨重新倒了杯酒，慢条斯理地轻啜着，仿佛在平复情绪，又仿佛本就没有情绪。

听着他说得差不多了，殷墨把玩着空掉的酒杯，修长的指尖散漫又无意地摩挲着杯壁：“所以……我的女人，凭什么带给你看。”

盛占烈被噎住：“墨哥你……”到底跟谁一边的！

环顾四周，殷墨颇觉得无趣。

尤其是那个永远喜欢待在他身边的女人，此时对别的男人眉开眼笑。

殷墨收回视线，起身从茶几拿起车钥匙，薄凉如冷玉的面庞上毫无情绪：“我先走了，你们继续。”

殷墨一走，有人小声说了句：“今天不知道谁得罪了殷总，他低气压到吓人。”

殷总气势太强，导致谁都忽略不了他。

盛占烈嗤笑一声：“他这段时间不都这样？”说话时，似笑非笑地看着傅幼笙。

傅幼笙漂亮脸蛋上的表情毫无变化，眉眼安静地听旁边楚望舒说话。

她没在意，却也能感觉到包厢里的气氛陡然一松，明显听到大家说话的声音都变大了。

半小时后，傅幼笙抿了口楚望舒特意给她准备的果汁。

大概是放开了，喝酒的人越来越多。

傅幼笙皱了皱鼻尖，偏头对楚望舒说了句话后，才站起身来，往包厢外走去。

谁知刚到洗手间门口，突然一双修劲有力的大手出现，掌心圈住她的手腕。

熟悉的松木香夹杂着威士忌的烈性酒气侵袭而来，傅幼笙脑海中瞬间浮出一个人的身影。

他竟然还没走。

傅幼笙反应很快，两只小手迅速抵住男人的胸膛，不让他靠近。

这么抗拒他?

殷墨微凉的指尖按住她纤细的手腕，像是能感受到她脉搏的跳动，垂眸沉沉地看着她。

被殷墨这么看着，傅幼笙动了动手腕，语调透着嘲弄：“你给我把脉呢？”

殷墨被她的话气笑了，他从来都不知道，她竟然还有这么毒舌的一面。

“对，给你把脉。脉搏显示你有病。”

“你才有病。”傅幼笙眉尖蹙起，戒备地抬起长睫看向殷墨，“你捏疼我了。”

殷墨不知道她是不是真的疼，不过倒是真的松开她的手了：“没心没肺不是病？你病入膏肓了。”

拐着弯骂她呢!

傅幼笙退到安全范围之内才冷睨着他：“怎么，看着我离开你之后活得好好的，不爽了？现在开始咒我病入膏肓。”

殷墨被她堵得心脏都要骤停了。

这个女人不想顺着他的时候，真的太清楚什么样的话能刺痛他。

殷墨背靠在冰冷的瓷砖上，从西装口袋拿出打火机跟烟。

当着傅幼笙的面点燃了一根，猩红的烟头发出明明暗暗的光。

男人吸了一口，白色的烟雾模糊了他深邃的五官。

半晌，等到傅幼笙快要不耐烦了，他才不紧不慢地弹了弹烟灰：“你说……我浑身上下，你哪里不认识?

“要不要重新认识认识？”

傅幼笙笑笑：“对不起殷总，我现在真不想认识你了。我有了更想认识的人。”

殷墨脸上的表情几乎绷不住，尤其是听到她这句话：“幼幼，你来真的？”

恍然间再次听到他喊自己的小名。

明明才半个多月，她却有种恍若隔世的感觉，这个缱绻的称呼已经激不起她心里任何波澜。

“殷总日理万机，我可不敢耽误你的时间戏弄你，当然是真的。”傅幼笙拍了一下裙边不小心被风吹过来的烟灰，拎起裙摆，笑得情生意动，“更想认识的人在等我，我先走了。”

“殷总有时间的话，记得让温秘书联系我，约个时间去趟民政局。”说完，傅幼笙翩然转身。

殷墨的目光定在她离开的身影上，克制住眉宇间的情绪，半晌，忽然说：“去民政局之前，先回家把你的东西都带走。

“既然要走，你就走得干干净净。留下那些东西，给我睹物思人吗？”

傅幼笙的背影顿了顿，然后头也不回地挥挥手：“在你家里的，都是你的，丢了或者送人都随你处置。”

晚上十点半。

殷墨坐在副驾驶，亲眼看着傅幼笙安全到家后，才让司机开车。

被抓来当司机的肖沉原：“老殷，这可不像是你平时的做法。”

殷墨的长指抵着眉梢，被风吹的身上酒气都散了许多：“路过，顺便。”

“啧……”肖沉原看了眼外面，这里是市中心。

他住的麓荷公馆临近京郊了，顺得哪门子路。

殷墨开着车窗，夜风将他的短发吹得凌乱。他指骨屈起轻扯领口，将往日系得一丝不苟的领口解开两粒扣子，眼眸微微眯起时，透着不羁的肆意。

从喉间发出的嗓音略略沉哑：“去大院。”

殷家老宅坐落在市区的老四合院，原本是一处受宠王爷的府邸。

这一片住的都是老牌权贵，有钱也买不到这边的院子，管理非常严格，进入需要层层审核，平时殷墨是懒得回来。

大院倒是距离这里不远。

肖沉原听了，忍不住笑了笑，为了圆那所谓的顺便路过，他这是连老宅都主动回了。

想到自家好兄弟今晚绿帽子戴得结结实实的，肖沉原轻咳一声，老老实实把殷墨送回去。

殷母今天参加个宴会，回来得迟，恰好与殷墨碰上，没想到自家这个工作狂儿子竟然大半夜回家了。

殷墨进门时，便看到自家母亲优雅端庄地坐在沙发上："妈。"

殷母看他一眼："回来了。"见他要回屋，她拍了拍身边的位置，"过来陪你久不见面的老母亲坐坐。

"你说你都多久没回家了。"

殷墨言简意赅："忙。"

"就算忙，也要注意身体。"殷母看着自家儿子眉宇间的倦色，皱了皱眉头，"你呀，都快要三十了，还没打算定下来？工作忙，所以身边更得有个贤内助才行。"

听着殷母这一调调，殷墨接过阿姨递过来的醒酒茶嗓音平静："贤内助没有。"

只有个小白眼狼，白眼狼还要跟别人跑了。

殷母手捏着银色汤匙，正在喝燕窝，听他话后，保养得当的指尖微微顿住："我觉得沉原那个表妹清音就不错，虽然不太懂事，但胜在长得漂亮也单纯，好调教。

"这样的你也不要。

"你跟我说句实话，你到底喜欢什么样子的。如果没有的话，我就自己给你安排……"

殷墨按了几下手机："您别给我安排，咱俩审美不一致。"说完，殷墨起身穿上西装外套就要出门，"忽然想起来要去公司一趟，下次再回来看您。"

外面夜色如墨。

看着儿子一听到结婚生孩子这个话题就干脆利落走人的背影，殷母头疼。

这都要三十了，连个女人都没有，他到底想干什么。

儿子大了，半点儿不由娘，说两句他就嫌烦。

殷墨再次回到麓荷公馆，已经将近凌晨。

殷墨洗完澡后，目光顿在浴室里属于女人的瓶瓶罐罐。

她平时每次洗完澡，都要对着这堆东西折腾一个多小时，从头发丝儿到脚后跟，在保养方面，精致得像完美主义。

殷墨从一开始等得不耐烦，到后面，甚至还会因为她撒娇而心甘情愿帮她涂身体乳。

此时，这些东西全都原样放在这里，仿佛她依旧住在这里一样。

他去拿睡衣时，看到男人与女人的睡前衣物也都挂在衣帽间一个单独的柜子里。

男性的衣服几乎都是冷色调的，反倒是女人的衣服，绚烂而暧昧，什么样子的都有。

他们曾经有多么亲密，就连他睡衣上的气息都带着女人身上独有的甜香。

殷墨指腹扣在衣柜边缘，稍一用力，指尖微微泛白。

家里全部都是她的痕迹，无论走到哪里，即便是一张地毯，他都能想到她平时喜欢赤脚踩在上面。

傅幼笙怎么都改不了这个习惯，殷墨就让人在卧室全部铺设了厚厚的地毯。

最后殷墨只在书房，心里才有片刻安宁。

唯独书房，是傅幼笙从来不涉足的地方。

书房寂静空旷，殷墨坐了半晌，给住在隔壁的管家打了个电话。

因为他和傅幼笙都不喜欢家里有外人在，所以家里所有的管家、用人，都住在后面一栋独栋的小楼里。

“明天找人把太太常用的东西整理一下，送到市中心的景园公寓。”

此时的景园公寓。

傅幼笙正躺在床上，晚上的事情完全没有对她造成任何困扰，她几乎是闭上眼睛就睡着了。她明天一早还要去剧组拍戏，没心思想七想八。

拍摄地距离她公寓不远，傅幼笙每晚都回家睡，只偶尔拍大夜戏时会住酒店，休息几个钟头。

她是被闻亭的门铃声吵醒的。

傅幼笙随意披了件睡袍，懒洋洋地躺在沙发上，看着闻亭给她安排行程。

“明天下午要拍《VL》的杂志。剩下的访谈、综艺邀约，我都给你推了，安心拍戏。

“一星期后的徐导执拍的那部《再爱一次》首映礼推不了。毕竟算是你的入圈恩师，有知遇之恩。”

当年傅幼笙入圈的那部民国电影，就是徐导演选中她，并且将闻亭这个圈里小有名气的经纪人推荐给她。

傅幼笙点头："可以。"

闻亭悄悄看了她一眼，轻咳一声说："《再爱一次》的女主角吴嘉容，跟你之前有过节。"

傅幼笙长睫倦怠地撩起来："娱乐圈哪个女明星跟我没有过节？"

同龄的，除了秦榛，好像都看她不顺眼。

"她们就是嫉妒你的美貌。"闻亭安慰道。

傅幼笙看了眼时间，就跟没骨头似的从沙发上站起来，漂亮的脸蛋上满是懒洋洋的散漫："所以，跟我有过节的人在娱乐圈都得排队，她算哪位。"

这人啊，就不能念叨。

一念叨，就阴魂不散地来了。

本来今天是媒体记者开放日，主演会接受媒体记者采访，偏偏吴嘉容选今天跑来探班了。

探的还是她——傅幼笙。

刚拍完一场对手戏，傅幼笙穿着一身黑色刺绣的旗袍，皮肤雪白，唇瓣殷红，很攻很 A 的那种打扮。

吴嘉容穿了件浅绿色的蓬松纱裙，编着蜈蚣辫，很纯很嫩，喊傅幼笙的时候，一口一个傅姐姐。

"姐姐，我来探班，你不高兴吗？

"傅姐姐，你拍完戏了吗？我请你吃饭啊。"

"傅……"

傅幼笙本来不想搭理她，谁知道她愣是故意来用这种调调恶心自己，明显就是知道自己不会在这么多摄像头面前对她翻脸。

然而现在的傅幼笙不是以前那个随遇而安、没有野心、怕给殷墨添麻烦的傅幼笙了。

她从休息椅上站起来。今天本来妆容气质就够御姐，她起身时，踩着高跟鞋摇曳生姿，比娇小的吴嘉容高出半个头。

她殷红的唇瓣微微翘着："原来吴小姐是来看我的？我还以为你是来给楚老师探班的呢，眼睛一直往楚老师那边看。"

吴嘉容原本甜笑的小脸瞬间跟凝固了一样，完全没想到傅幼笙竟然不按常理出牌。

在娱乐圈，怎么会有这样的人？

不都是要在媒体记者面前装一下姐妹情深吗？

而且徐导说过，傅幼笙会参加《再爱一场》的首映礼，她今天过来，就是想要借着傅幼笙，撩一下楚望舒的。

到时候就算后面爆出来，她也可以说是来探班傅幼笙的，毕竟她主演的电影首映礼傅幼笙都去了。

在场的哪个不是人精？

噗……

有人没忍住笑出声。

吴嘉容迅速反应过来，楚楚可怜地看着傅幼笙说："我当然是来探班姐姐的。"

傅幼笙懒得看她演戏，重新躺回了休息椅。

本来演戏就很累，休息的时候，她只想休息。

当媒体记者将拍到的视频发出去后，网友们差点儿没被傅幼笙笑死，但是更多人却在关注傅幼笙的打扮。

哈哈哈哈，傅幼笙太敢说了吧。

别说，笙宝这身打扮配上这个语气，真是A爆了！

第一次看到有人把黑色旗袍穿得又攻又欲，太美了，小姐姐可塑性太强。

漫画腿、漫画腰太绝了，这是真实存在的吗？

旗袍美人大战小白莲完胜。

优秀！不过不是旗袍美人，小姐姐就是行走的人间妖精。

等等，只有我觉得傅幼笙这样的颜值，才能配得上楚神吗？

楚神粉丝太多，不敢嗑。

可以嗑……听说楚神保存了十五年的荧幕初吻要献给小姐姐了。

媒体记者发出来，本来以为网上会群嘲吴嘉容，这也是一波热度。

万万没想到风向竟然转成了楚神的荧幕初吻……

傅幼笙回家之后，就关了手机准备专心攻读剧本，她还有几个地方不太清楚。

白天看到吴嘉容，搞得她一整天心情都不怎么样。

没想到……

心情还有更不好的时候。

例如她刚关上手机，准备攻读剧本，门铃就响了。

傅幼笙开门，看着外面麓荷公馆的管家恭恭敬敬地站在门口，身后跟着七八个眼熟的用人，每个人手里都抱着两个大箱子，后面还有几排几排的蒙着防尘罩的衣架。

傅幼笙双手环臂，靠在门口："我不要。你们都拿回去！"

女管家沉稳微笑："太太，这些本就是您的。先生说，您若是不想要，尽可以丢掉。"

说完，不等傅幼笙吩咐，他们便将东西给傅幼笙搬到客厅里去，又悄无声息地离开。

傅幼笙瞪眼看着占满客厅的东西，忍不住骂了一句。

看着那些全部都是她费心收集的旗袍，她哪里舍得丢掉这些。

傅幼笙打开那些箱子，看着里面的用品首饰，什么都有。

她面无表情地找出一个空箱子，然后从里面挑出来之前跟殷墨一起用的情侣款一样一样地丢进箱子里。

一小时后，傅幼笙戴着渔夫帽、口罩、眼镜，把自己裹得严严实实，抱着个箱子从公寓楼下来，直奔垃圾桶，没有注意到不远处停着一辆低调的黑色辉腾。

殷墨长指夹着燃烧的香烟，透过半开的车窗看到傅幼笙纤细的身影抱着一个大箱子下来，见她将那个箱子丢进垃圾桶，拍了拍手上的灰尘，转身回了公寓。

殷墨目光定定地落在那个垃圾桶上，直到手里香烟炙烫的温度让他猝然回神。

掐灭了香烟，殷墨推开车门，一步一步走向那个垃圾桶。

箱子被风吹开了一个口子，殷墨清晰地看到了里面装的东西。

下一秒他狠踹了一下垃圾桶，向来淡漠从容的男人忍不住骂出了声。

在垃圾桶旁平复了许久，他拨通了温秘书的电话："我在景园公寓楼下，你过来。"

景园公寓楼下？

温秘书一听，这不是傅小姐搬过去的地方吗？

听到殷总不怎么愉快的声音，温秘书警铃大作，趋利避害地本能地回道："殷总，好不容易有个假期，我在相亲……我也快要三十了，真的很想娶老婆了。"

"行了，不用来了。"

殷墨重新点了一根烟抽完，这才缓缓解开贴着腕骨的钻石袖扣，挽起衣袖，皱着眉头亲自将里面那个箱子原封不动地搬回车上。

车里。

殷墨几乎用空了一整包湿巾擦手，表情凝固、眼神沉沉地看着里面那些或者是她买的，或是自己送她的情侣款。

他就那么看了十分钟。

殷墨紧抿的薄唇忽然松开，眼眸深得浓郁的暗色宛如化开一样，染上几分笑意，最后没忍住，终究低低地笑出声。

她竟然把所有他送过去的情侣款都记得清清楚楚，一样都没有遗漏。

第五章

他后悔了

／

XINTIAO
BU
TINGHUA

傅幼笙回家看着原本宽敞整洁的客厅里的一排排长衣架和箱子。

这些旗袍是她的心爱之物，其他的倒是还好。

既然殷墨不要，她也舍不得丢掉。

傅幼笙查了一下自己的银行余额，这些年在娱乐圈她手里其实没有多少钱，而且也没有什么赚钱存钱的意识，导致现在余额也不多。

最后她咬了咬唇瓣，按下手机确定键，清空账户也要还他。

当殷墨收到傅幼笙两次转账时，差点儿没冷笑出声。

手机振动一下，随之而来是一条微信消息。

傅幼笙：钱给你，东西给我，我们两清。

两清?

他以前怎么不知道，自己捧在手里这么多年的女人，这么会往他心口里捅刀子。

殷墨闭了闭眼睛。

他还在傅幼笙楼下，透过车窗看向窗帘紧闭的 17 楼，半晌，才脸色肃冷，一个字一个字地输入：

YM：两清不了。

发送之后，殷墨将手机丢到副驾驶上，眼不见心不烦。他一踩油门，直接离开了这个地方，免得怕自己忍不住，会直接上楼把那个没良心的小白眼狼揍一顿。

本来殷墨被傅幼笙气得心情抑郁，但他只要稍稍算一下就知道，这一千万估计是她所有的存款。

在一起这么多年，除了他给她置办的东西之外，她很少主动花他的钱，就算后面进了娱乐圈，也是用自己的钱养工作室那一群员工，哪里会剩下什么余钱。

半小时后，殷墨还是拿起手机，第一件事就是把这钱转到他之前为傅幼笙开的一个账户里，规划获利最多速度最快的投资。

傅幼笙见殷墨没有把那钱转回来，彻底松了口气。

至于他发的那条跟撂狠话没什么区别的消息，傅幼笙当没有看到，直接眼不见心不烦地删除好友。

反正两清了。

至于离婚证，殷总日理万机，她会让律师联系温秘书。

这么看来，她好像也没必要留殷墨的联系方式。

合格的前任最好跟死了一样，她没有时不时出来诈尸的爱好。

当一个合格的前任，是她对殷墨最后的温柔。

傅幼笙看完剧本就准备上床睡觉，没想到发现好几个剧组群都炸了一样艾特她。

傅幼笙一脸蒙："？"

就连很久以前加的剧组群，本来已经冷群了很久，现在都有人出来艾特她，还问她跟楚望舒什么关系。

还能是什么关系？不就是临时的同事关系。

她可没有那么大的脸说跟楚神是朋友。

这个时候就看到楚望舒在娱乐圈的号召力了，许多演员明星都是他的粉丝。

傅幼笙很敏锐地拿出平板电脑打开微博。

一般大家这么激动的事情，微博上肯定有最直观的解析。

果然，傅幼笙一上微博，就看到热搜后面跟着"爆"字，还有她的名字。

"楚望舒关注傅幼笙"、"楚望舒、傅幼笙疑似公开恋情"、"楚望舒女神"……

傅幼笙看到这些词条，只感叹来自顶级男神强烈的号召力和网友们的脑补能力。

就因为楚望舒关注她微博，网友们就能联想出这么多东西。

傅幼笙一个一个地点开。

这时，闻亭电话打来，上来就直奔主题："微博看了吗？"

傅幼笙"嗯"了一声，一边继续往下刷微博，然后指尖顿了一下，细细的柳眉轻蹙："传得太离谱了，我什么时候成楚老师的女神了？"

闻亭："不是造谣，是楚神的圈外朋友调侃他的。你没看到那条微博吗？"

"看到了……"傅幼笙看到粉丝截图。

是一个圈外知名富二代的微博：

恭喜楚哥哥跟女神修成正果，太不容易。

起因是楚望舒公开关注她的微博，就这一件小事，因为这位富二代的微博，直接把微博给爆了。

傅幼笙："……"这是楚老师什么猪队友的朋友。

闻亭敲着键盘："现在楚神那边还没澄清，我们是继续蹭热度呢，还是联系楚神那边澄清？"

"我是来演戏的，又不是炒作的。"傅幼笙想都没想，直接否决前者。

"成，你又不是没有演技，咱们以后可是要拿影后的，炒作太没有格调。"闻亭当场决定了后续方案，"先花点钱控制一下舆论吧，现在都在骂你炒作，既然要走演员路线，我们不能被打上这种爱炒作的标签。"

傅幼笙沉默几秒："……"

闻亭："你有什么其他意见？"

傅幼笙想到自己刚才清空的账户，语调沉重："闻亭……我没钱了。"

闻亭："傅幼笙！你不会真把所有钱都留给你前夫，净身出户了吧？！"

想到现在自己的钱都在殷墨手里，好像闻亭这么说也没错，于是傅幼笙没说话。

闻亭心里：她默认了！

这都什么年代了，怎么还会有傅幼笙这样的傻白甜女明星！

闻亭很头疼，最后只好自己掏钱给傅幼笙垫上。

傅幼笙许诺："你放心，等我有了钱，一定立刻还你。"

闻亭叹气："我只希望你有了钱之后，不要再被你前夫那种渣男骗得一分不剩。"

没多久，傅幼笙接到楚望舒的电话。

楚望舒素来温沉清冽的嗓音传来："幼笙，不好意思，这次是我给你带来麻烦了。"

一上来，楚望舒就跟傅幼笙道歉。

他很少玩微博，这次粉丝们一直艾特他荧屏初吻的事情，楚望舒就看到了傅幼笙的热搜，顺手关注她，没想到带给她这么大的麻烦。

傅幼笙本来就是占便宜那个，况且这一看就不是他的错。

"是意外。"她顺便调侃两句，"还帮咱们的戏带了一波热度，导演肯定心里高兴死了。"

楚望舒语调中透着歉意："我这边会澄清，不会影响你。"

"谢谢楚老师。"

很快，傅幼笙就看到楚望舒那边出的声明，先给她道歉，然后才澄清。

短短时间就扭转了舆论，非但没有她的什么恶评，反而在夸他们情侣感强，正在拍的这部戏很值得期待，把舆论引到了新戏上，一举两得，堪称公关模版。

楚望舒的公关团队真不愧是娱乐圈公关能力最强大的，既专业又有效率。

不过，即便是公关迅速，可楚望舒的热度摆在那里，还是有很多网友觉得他们般配。

"傅楚"情侣这个话题的粉丝数，一夜激增十万多。

胜景投资。

殷墨坐在办公椅上，看着手机里媒体记者探班拍摄的傅幼笙跟楚望舒的视频。

旁边温秘书眼观鼻鼻观心，不敢吱声。

随后殷墨把手机放到桌上，端起温秘书给他泡的咖啡喝了口。他目光看向落地窗，隔着透明玻璃，能清楚看到对面天台上正在搭建的拍摄点。

温秘书小心翼翼地问："热搜撤吗？"

殷墨表情沉郁："撤。"

所有人都说他们是百年一见的般配，那他呢？

就在温秘书打电话给公关部的时候，殷墨忽然叫停，然后重新捡起手机，打开微博搜索傅幼笙和齐宴之。

她上次不是说要和齐宴之炒情侣吗？既然要撤热搜，就一起撤。

所有她跟别的男人无论真假的情侣视频照片，他都不想看到。

看到实时搜索，她跟齐宴之完全没有任何暧昧词条，殷墨眉心陡然皱起，怎么回事？

“上次我出差那段时间，他们没炒情侣？”殷墨用指骨点了点屏幕。

顺着殷总的示意，温秘书看向屏幕，是傅小姐和齐宴之。

他们两个没有炒过情侣啊。

等等，温秘书忽然想起了一件事。

那个时间段，傅小姐出意外了，住院一个月，好像当时殷总不让他说关于傅小姐的任何新闻，所以他就没说。

沉吟几秒，温秘书战战兢兢：“殷总，关于傅小姐，有件事要跟您说。”

几分钟后，殷墨往椅背上一靠，长指搭在眼睛上，沉默不语。

脑海中浮现出视频与图片中傅幼笙受伤时候的照片，向来在他面前娇气的女孩，受伤上担架的时候，脸疼得发白都没有哭，坚强得让人心疼。

殷墨从来不后悔。

但这一次，密密麻麻的悔意犹如淋漓剑雨穿透重重的铠甲，直逼他的心尖。

他后悔了。

后悔当初听到傅幼笙跟他赌气要和别的男人炒情侣的话，让秘书屏蔽她在国内的所有消息。

住院一个月，娇气如她，竟然一句都没有对他说过。

直至今日，殷墨终于明白，她为什么走得那么果决。

她不是赌气，是真的不要他了。

殷墨指尖摩挲着薄凉的手机，他想听听她的声音。

但足足在公司坐了一天一夜，殷墨这个电话都没有按下去。

第二天。

殷墨抬步往外走。

温秘书进门时恰好看到殷墨要往对面大厦拍摄点去，下意识问：“殷总，到早会时间了。”

“我请假，让副总主持。”殷墨一整夜没喝水，说话时嗓音喑哑。

温秘书反应过来，知道殷总要去看傅小姐。

这次他没有犹豫，立刻说道："您要去见傅小姐的话，恐怕得去郊山那边，她在那边拍《VL》时尚杂志的封面。"

温秘书自从昨天察觉到自家殷总对傅小姐的心思之后，一直想着将功赎罪，把傅小姐的行程摸得透透的。

殷墨脚步顿了顿，转而去了停车场："车钥匙给我。"

"殷总，您一夜没睡，我送您去吧。"温秘书看着殷总那眉宇间的倦怠沉郁和眼里的红血丝，担心地说。

"车钥匙。"殷墨俊美的面庞沉沉，不容置喙。

他想去见她，立刻、马上，不想在路上耽误时间。

一路飙车到了郊山，殷墨远远看着摄影棚，猩红的眸子倦涩地眨了一下，目光定定地落在不远处那个穿着一身古韵旗袍抱着琵琶的女人。

视线仿佛穿越时空，浮现出当年她高中毕业典礼的时候，也是穿着一身古色古韵的旗袍，抱着一把琵琶。

在舞台上弹奏，一颦一笑都美得旖旎又风情。

那个时候，他清晰地看到身边那些男生惊艳又痴迷的眼神，清晰地听到他们对她的爱慕与沉醉。

他第一次发现，那个喜欢捏着他衣角，喜欢黏在他身边的小姑娘，已经长大了，初绽风华便引得这么多人垂涎。

那个时候，少年意气的他有那么一瞬间，想要将她藏在所有人都窥探不了的地方，最好只有他一个人能欣赏她的旖旎美好。

殷墨堪堪扯回思绪，看着傅幼笙的身影，目光停顿在她旗袍下那纤细莹润的脚踝。

她抱着那么重的琵琶，会不会压得腿疼。

想到这里，殷墨终于推开车门。

他想立刻出现在她面前，亲眼看看她的腿伤好了没。

摄影棚内。

傅幼笙闭着眼睛，正让化妆师给她补妆。

细白如瓷的皮肤在阳光下毫无瑕疵，化妆师也是将她的妆容补一补而已，毕竟拍杂志照灯光很亮，彩妆浓一点儿上镜更好看。

不知道为什么，傅幼笙总觉得背后有人看自己。

"哎呀别动，差点儿戳到你的眼睛。"化妆师拿着眼线笔。

傅幼笙只好闭上眼睛，没多想。反正这里人这么多，可能是工作人员。

谁知刚补好妆，那边忽然簇拥着一个跟她穿着同款颜色旗袍的女人过来。本来已经准备好开拍的傅幼笙，看着那个熟悉的人，眉心轻轻蹙了一下。

"幼幼，好久不见。"对方嗓音软糯，如吴侬软语，说话时，一举一动带着古老世家的典雅仪态。

傅幼笙淡淡说："好久不见，程舒慈。"能叫她幼幼的，只有跟她家里有关系的人。

程家与傅家是世交，程家作为音乐世家，出了不少音乐家，而程舒慈作为与傅幼笙同辈人，学的是琵琶。

傅幼笙跟家里决裂的时候，程舒慈已经出国学音乐了，倒是没想到，现在在这里会见面。

看着程舒慈旁边那个娱乐圈有名的经纪人徐成善，傅幼笙了然，这是也要进娱乐圈。

程家是音乐世家，本来就与娱乐圈接轨，对于程舒慈进娱乐圈这件事，傅幼笙不觉得意外。

"幼幼，你怎么对我这么冷漠？"程舒慈笑着上前，"我们等会儿还要一起拍照呢，不要这么冷漠。"

一起拍照？傅幼笙微微挑眉，终于从椅子上站起来。

她本就漂亮的脸蛋上，此时化着精致的妆容，在光线下，雪白的皮肤泛着冷冷的光，唇瓣微启，看向旁边的拍摄负责人："什么意思？"

负责人解释："这次拍摄临时决定程小姐与您一起拍。"

傅幼笙不紧不慢："你们这是想毁约？"

负责人尴尬一笑："倒也不是毁约，这次封面拍摄是双人封。您跟程小姐一起拍。"

"不过……"负责人看着傅幼笙那张冷艳的面庞，想到这是桃杏主编亲自定下的也没用啊，程小姐的后台太硬了，"拍的时候，您站在程小姐后面。"

傅幼笙本来表情冷淡的脸上一下子染上微笑。

熟悉的人都知道，一般傅幼笙笑成这样，就是有人要倒霉了。

傅幼笙平静："好，你们毁约在先，我不拍了。"说完，她便将琵琶往椅子上一放，抬步就要离开。

她倒是想看看，《VL》怎么收场。

既然定了她拍单人封面，又加塞了一个程舒慈，明显是又想利用她的人气创收，又想让程舒慈踩着她出道，程舒慈那个后台在想什么好事！

刚想开口，程舒慈在傅幼笙耳边低声说了句："幼幼，你知道这个资源是谁帮我拿到的吗？"

傅幼笙顿了一秒："爱谁谁。"

程舒慈笑得温柔甜美："是傅叔叔呀。《VL》杂志社的 CEO 是傅叔叔在加州的同学呀。

"我就提了一句喜欢《VL》的杂志，傅叔叔就带我认识他了。"

"笙笙，我们走，这什么垃圾杂志社，咱们不稀罕！侮辱谁呢！"

抢也就算了，竟然还想要碰瓷他们上位。上一个碰瓷他们的赵清音，现在已经凉透了！

闻亭也得到了消息，一进来就直接抓着傅幼笙的手腕往外走。

什么玩意儿啊！欺负他们笙笙背后没人？

乌泱泱的一群人围着他们笙宝，不知道的还以为他们要打群架呢！

本来傅幼笙看到程舒慈，是没有任何情绪的。

反正就是小时候关系一般般的玩伴而已。

傅幼笙生活在那样的家庭，自然从小就很敏感，她能感觉出来，虽然程舒慈平时见到她都是一副好朋友的样子，但她知道，程舒慈眼神里的嫉妒是不掺假的。

也是，傅幼笙想自己长得比她好看，智商比她高，就连她最擅长的琵琶，自己随便学学也比她弹得好。作为同样的天之骄女，程舒慈从小处处被她压了下风，内心不扭曲才怪。

估计她当时离开傅家的时候，程舒慈要开心死了吧？

现在程舒慈又要来挑衅她，是觉得自己赢了吗？

傅幼笙嗤笑。

天真。

唯一能伤害她的，只有她那句"傅叔叔"。

傅幼笙被闻亭拉着离开时，脑子还有点儿蒙，没有反应过来。

那是她的——父亲。

因为她要进娱乐圈，而亲手将她赶出傅家的父亲，却帮一个世交的女儿跟自己的亲生女儿抢资源，让世交的女儿来侮辱自己的亲生女儿。

殷墨停车的地方距离这里有点儿距离，他走过来这段时间，傅幼笙已经迅速被闻亭从另一条路拉走了。

恰好与他错过。

殷墨没有去追。

想到傅幼笙离开时那惊鸿一瞥的黯淡眼神，殷墨眉心深皱，这是被欺负了？

《VL》也有胜景资本的手笔，一看到殷墨，负责人立刻迎过来。

不用他刻意打听，便能知道刚才发生了什么。

“殷先生，我是程舒慈。”程舒慈穿着一身旗袍，朝殷墨笑得优雅矜持。

殷墨的目光从她的旗袍移到她的脸上。

在察觉到程舒慈带点羞窘的表情时，殷墨不紧不慢地吐出了一句话：“这位小姐，你不太适合这身旗袍。”

程舒慈脸色一白。

殷墨完全不在意，很直白地表达自己的观点：“撑不起来。”

程舒慈：“……”

其他人：“……”

程舒慈的出现，让离开之后的傅幼笙想起许久不曾想起的家人。

她心里装着事儿，没有注意到殷墨的身影。

保姆车里，闻亭正在给桃杏打电话。

桃杏也是才知道程舒慈被安排进去了，但她就是个主编，完全没办法说服管理层。

最后桃杏抱歉地说：“要不改下期？”她自然也不好意思让傅幼笙去给一个新人作配。

即便这个新人在国外音乐界还算有点儿名声，但在国内并没有什么人认识，若是她要单独拍这一期，恐怕销量不会太好。

闻亭挂断电话之后，跟傅幼笙嘲弄说：“我等着她这一期销量破《VL》的最低纪录。

“咱们就这么忍了？”

傅幼笙终于从刚才的思绪里回过神来：“忍了？”她字典里可没有这两个字。

这么明目张胆地抢她的东西，程舒慈真以为她是面人捏的吗？

傅幼笙眼睫低垂：“你不是想让她破最低纪录吗？”

闻亭：“怎么？这不是明摆着的吗？”

“若是她再找一个人气女明星跟她合拍封面呢？”

不能踩着她，还不能踩着别人吗？

娱乐圈这么多女明星，总有人愿意。

闻亭恍然大悟："你的意思是……我们让其他人不敢答应跟她一起拍！"

闻亭在控制舆论这方面还算拿手。

傅幼笙冷艳的唇角轻抿，勾起一个浅淡的弧度。

她不是想要红吗？那自己就帮帮她。

在娱乐圈，自身如果没有跟资源相匹配的本事，这个资源本身对她而言就是最佳利刃。

当天晚上。

一条娱乐新闻慢悠悠地爬上了热搜的尾巴。

"某新人后台强大，出道即一线杂志银十刊"

营销号转发，根据可靠消息，这个新人为了销量好看，正在到处找人气女星给她作配，不知道这位冤大头花落哪家？

网民们对这种新闻非常感兴趣。

而且有闻亭的推动，基本上娱乐圈所有团队都知道程舒慈是这个后台强大的新人了。

但凡有点儿脑子的女明星团队，在这个新闻爆出来之后，就不会答应去给她作配。

到时候，岂不是自降格调还惹一身骚？

不值当。

殷墨看着网上突然冒出来的热搜，薄唇含笑。

盛占烈将牌一丢，让人替上后，就来沙发上找殷墨，看到他手机屏幕，眉毛一挑："啧，小妹妹倒是挺狠，就差把人家小新人给按死了。"

瞥了他一眼，殷墨端起酒杯抿了一口："她欺负别人，总比被人欺负的好。"

"就怕她踢铁板上。"盛占烈见殷墨有纵容的意思，拉长语调，"不过……要是你没跟她分手的话，倒是也能护着。"

"现在嘛……没名没分的，旁人也不会看在你的面子上对她网开一面。"

殷墨没答，往沙发上一靠："《VL》之前是你负责投资的，把他们总负责人的联系方式给我。"

"你还要帮她？啧，人家都不认你了，你何必呢。"

盛占烈是个彻头彻尾的风流浪荡子，自成年以后，身边女伴不断，根本不能理解殷墨这样的。

现在人家跟他分手，他还暗戳戳帮忙。

“像你这种男人，什么女人没有，那个傅幼笙也不过是长得好看点儿而已。”

想到傅幼笙那腿伤住院的那一个月，殷墨放下空了的酒杯，平静地说了句：“大概是，我欠她的。”

这得欠了多少，才这么伏低做小地哄。盛占烈忍不住又是啧了一声：“不说了，来玩牌。

“你不在，跟他们玩没劲儿。”总是赢。

傅幼笙恢复了拍戏日常，本来以为《VL》这件事已经过去了，没想到没过几天，闻亭突然把她拉到休息室：“刚才桃杳来电话，说他们高层重新商定，还是选择你去拍《VL》下期的封面。”

傅幼笙眼瞳诧异：“什么？”她还以为自己听错了，“怎么这么突然？”

闻亭：“听意思好像是上面觉得程舒慈扛不起销量，也没你适合。”

闻亭不知道，但是傅幼笙很清楚，绝对不可能是这个原因。

因为是《VL》的执行总裁给程舒慈这个资源的，怎么可能说改就改？

就在跟闻亭大眼瞪小眼的时候，傅幼笙的手机响了。

看着几年没有来过电话的铃声，傅幼笙眼睫轻轻颤抖。

在闻亭疑惑的目光下，傅幼笙指尖缓缓落在接听键上，乌黑清澈的眼睛里隐隐有期待划过，然而下一秒，便听到刻板又严厉的斥责传来：“傅幼笙，你真的太令爸爸失望了。”

傅幼笙红唇微微张着，那句“爸爸”还没有喊出声。

“舒慈想要跟你拍姐妹照，你不愿意也就算了，还抢了舒慈的机会？”

傅幼笙睫毛低垂，掩住失望轻轻地开口：“是她先抢我的。”

傅恩忱见女儿还敢顶嘴，皱着眉：“你在娱乐圈待了几年，变得我都不认识你了。你为了抢舒慈的机会，博取上位，竟然委身男人，世故又冷漠，完全没有我们傅家的清骨傲骨。

“你不配当我们傅家的人。”

当年被赶出家门时，长辈们那几乎异口同声的话，重新回荡在傅幼笙耳边。

她不配当傅家人。

她没有傲骨。

她没有清骨。

傅幼笙漂亮的脸蛋一瞬间惨白如纸。

她闭了闭眼睛，听到那严厉苛刻的斥责，忽然轻轻笑了：“爸，我答应你。

“她不是想跟我拍姐妹照吗，我答应。”

没等对方继续说话，傅幼笙便直接挂断了电话。

她指尖顿住，下一秒，还是将这个期待了无数次的号码拉黑了。

她这些年都在期待什么？

真可笑。

傅幼笙笑着笑着，眼尾不受控地滑落一滴泪珠。

滚烫滚烫的，落在细嫩的虎口上。

闻亭听着不是滋味：“不想笑就别笑了。无论什么时候，话语权只有强者才能拥有。”

他对傅幼笙的家庭略有耳闻，只知道她是书香世家，家里人不同意她来娱乐圈，所以跟她断绝关系，但是他没想到关系差到这种程度。

“只有站在巅峰，才有资本做任何你想做的事情，拒绝任何你想拒绝的人，不再惧怕任何人。”

傅幼笙回到公寓，在浴室里洗了将近两个小时的澡。

她爸说她为了博取上位，委身男人。

傅幼笙就猜到了是谁帮她，整个娱乐圈，除了殷墨，谁还会帮她，谁还有这个能力帮她撕下这个封面。

想到自己已经删掉了殷墨的微信，傅幼笙在屏幕上输入那串牢记于心的电话号码。

殷墨坐在麓荷公馆的别墅卧室里。

这里属于傅幼笙的气息越来越淡了。

冷清到在盛夏尾巴这个时间段，殷墨甚至能感觉到凉意侵袭。

接到电话，殷墨低叹了声：“幼幼。”

傅幼笙垂下眼睫：“殷墨，是你吗？”

“是……”殷墨明白她的话中之意，略顿了一下，“你跟你爸爸关系不好，也有我的责任，帮你是应该的。”

“没有什么是应该的。”也没有谁对谁好是应该的。

傅幼笙闭了闭眼睛：“殷墨，你想要什么？我能给你的。”

作为交换。

他们依旧两清。

这个杂志封面她不想失去，不是因为《VL》是一线杂志，而是因为……这是她爸爸想要给程舒慈的资源。

傅幼笙心里堵着一口气。

她不想看到程舒慈得意的样子，所以她不会拒绝这次殷墨的帮忙。

殷墨安静两秒，想说自己什么都不想要。

但……想到傅幼笙那乖僻敏感的性子，殷墨说了实话："除了你，我什么都不想要。我们和……"好吧。

话音未落，傅幼笙轻得几乎有点儿缥缈的声音传来："好，那你来景园公寓吧。"

四十分钟的路程，殷墨硬是缩短到了二十五分钟。

抵达景园公寓时，已经晚上十一点。

殷墨刚按响门铃，便看到一双纤细幼白的小手从黑暗的公寓内伸出来，一把将他扯进门来。

殷墨对她没有防备。

下一秒，他的脖颈便被这双柔软的手臂环绕，一个透着馥郁香气的曼妙身子顺势挂到他身上。触手是一片丝滑的薄绸布料，掌心顿时被温热肤理满溢。

"幼幼……"殷墨薄唇微启，抱着突然主动而来的软玉温香，轻轻地吐出她的名字。

眼睛适应了黑暗，殷墨看到了傅幼笙白生生的侧脸以及她肩膀上那个系成蝴蝶结的睡裙吊带结扣。

"嘘，别说话。"傅幼笙先竖起一根手指，抵住他柔软的唇瓣。

见他消音后，她才慢悠悠地握着他的手，勾着他捻起自己的裙边："这不是你最想要的吗？"

漆黑的空间里，傅幼笙看到殷墨那双像是染上幽暗火焰的眼眸，红唇突兀地勾起极淡弧度，不知道是笑，还是嘲弄。

总归他喜欢的只有她的身体，想要得到的也只是她的身体而已。

满足他，他们两清。

黑暗中，傅幼笙细白的手指插进男人短发里，水润的眼睛里溢满春色。

今晚风有点儿大，吹动着树叶发出清晰的簌簌声。

一窗之隔的房间内，安静笼罩着整个黑灯瞎火的空间，隐秘而躁乱。

傅幼笙抬起水波荡漾的眼眸，看着天花板都天旋地转了一样。

不知道什么时候，客厅的灯忽然被殷墨打开。

随即男人尤带水色的指尖一点点摩挲着她的唇角，呼吸间萦绕着她身上清甜的淡淡香气。殷墨想到麓荷别墅那里几乎已经消散的香气，不由得多亲了一会儿。

“满足殷太太。”

男人薄唇落在她唇齿，说话时，嗓音带点含混不明，却哑哑的，很诱人。

殷太太？

然而，傅幼笙听到这个称呼后，荡漾着水色的眼眸透着几分嘲弄，闭上眼睛，敛住了眼底的情绪。

隐约之中，傅幼笙模模糊糊听到耳边男人低沉的声音：“腿还疼吗？”

他掌心轻轻圈住她的左脚脚踝，傅幼笙像是被烫到了一样，平复了好一会儿才反应过来，眼睫低垂，挡住了眼底的眸光。

她主动搂住他的脖颈，在他耳边吹着气儿似的说：“你还有心思想别的，是我不够让你专心吗？”

迟来的关心，有什么用呢？

不如不说。

殷墨敏锐地察觉到了不对，但很快便被傅幼笙主动凑上来的粉润唇瓣……占据思绪。

按她的意思，他的掌心顺着她精致纤细的脚踝，撩开了那绸滑的裙摆。

两个小时后，傅幼笙从浴室出来。这会儿她换了一条裸粉色的睡裙，纤细的四肢露在外面。灯光下，她显得莹润通透。

锁骨处还没有干透的长发带出来一点水珠，少女中透着慵懒的风情，像是刚出浴的美人鱼。

她懒洋洋地擦着湿润的发丝，入目便是躺在她床上的男人。

她抬起卷长的睫毛看过去，声音平静又漠然：“你怎么还没走？”

“走？”殷墨本来还在欣赏她刚出浴的美貌。

乍一听她理所当然的话，向来从容沉静的男人差点儿没反应过来。

将头发擦干后，傅幼笙往梳妆台前一坐，开始睡前护肤，同时漫不经心地说：“不走留在这里做什么？”

殷墨脸色陡然一沉，突然明白了傅幼笙的意思：“你不是要跟我和好？”

“和好，殷总开玩笑吗？”傅幼笙忍不住笑了笑，觉得他在说什么笑话。

殷墨看着她那副爽过之后不认账的模样。

“你不想跟我和好，那你叫我来做什么？”殷墨闭了闭眼睛，让自己保持冷静。

“这不是你想要的吗？封面我要了，还给你你想要的，我们两清。”傅幼笙语调不急不慢，逻辑清晰，一番话把他们今晚这场他以为是和好的你情我愿直接明明白白地算成了交易。

殷墨怒极反笑：“你高考要是数学逻辑这么好，也不至于考个 86 分。”

傅幼笙：“……”说话就说话，算账就算账，戳人痛点算什么男人。

殷墨已经从床上站起来，身上只松松垮垮套着一条西裤，腹部优越的肌肉线条在灯光下格外强势。

他居高临下地看着傅幼笙，一字一句：“傅幼笙，你把我当什么？”

“当什么都行，反正我不是女朋友，更不是你的殷太太。”

说起殷太太，傅幼笙想起来他们好像还有个证没有办，细腻的掌心慢悠悠地乳化面霜，云淡风轻地补了句：“你今晚住这儿也行，刚好明天我们一块儿去趟民政局，把证办了。”

“……”

平复两秒，殷墨呼吸都重了几分，发现自己根本平复不下来。

他想上前，但目光落在她纤细羸弱的脚踝处，又狠不下心来。

最后殷墨直接被傅幼笙气走了。

傅幼笙听到房门关上的声音，交握的指尖蜷缩了一下，没有动弹。

短短几秒钟后，她便若无其事地继续给自己进行精致的睡前护肤，一样都没有落下。

似乎殷墨摔门离开，对她没有造成任何的影响。

殷墨没有回家。

早年许久没有的冲动，他再一次在傅幼笙身上感受到了。

坐在车上，殷墨看着傅幼笙那层楼灯光暗了之后，表情比外面的夜色还要浓郁。

想到傅幼笙把他气走后，她还没心没肺地睡觉。

殷墨狠狠碾灭指尖猩红的烟头。离开之后，他缓缓地敲了一句话发给她——你主动那次怎么算？

指腹点击发送。

下一秒，对方微信显示——对方已不是您的好友，后面跟着一个大大的鲜红色的刺眼的感叹号。

殷墨盯着那个感叹号，心梗得不行。

她居然把他拉黑了。

向来从容平静的脸皮几乎维系不住他往日的修养，指尖抵着眉梢，余光看向那已经暗下来的窗户。

脑海中的记忆招摇，有她乖乖依靠自己的画面，有娇气地耍脾气的画面，更有温柔地在灯光下等他回家的画面，最后……这些画面扭曲成她今日看着自己漠然又平静到没有任何感情的样子。

前一秒他们还亲密到如同一个人，后一秒她就能云淡风轻地说出诛心的话。

理智那根弦陡然崩掉，殷墨觉得自己要是不做点什么发泄一下，恐怕真的会失去理智。

楦曲山是一座公认的夜间飙车胜地。

公路宽敞蜿蜒，一路畅通，沿途四周是神秘又丰茂的树林，深夜的此地，更是蒙上了一层让人荷尔蒙迸发的刺激兴奋。

“墨哥，怎么今晚突然重出江湖了？”

盛占烈最喜欢这种刺激的游戏，可惜，自从殷墨七年前彻底不玩飙车后，他也少了个小伙伴。

毕竟飙车这项活动，还是得车技高超，才让人看得兴奋，也玩得兴奋。

殷墨穿着一身高定西装，仿佛刚从商务会谈中下来一样。

只不过他素来无情无欲的冷峻面庞上，在点烟的时候，整个人透着一股颓靡沉郁的冷感。

扯了扯脖颈处的领带，他长腿微曲起，身后靠着一辆银蓝色的跑车，肆意张扬的跑车车型，与他本身那副斯文禁欲的模样形成鲜明的对比。

“别废话，上车。”一根烟抽完，殷墨弯腰率先进了身旁这辆极少开出来的跑车。

光是麓荷别墅，这样的跑车就足足放了十几辆。

可惜，就跟盛占烈说的那样，自从七年前，他就再也没碰过跑车，更没来这里飙过车。

可早年少年意气风发时，飙车是他最喜欢的活动。

盛占烈看着疾驰而去如同蓝色闪电的跑车，忍不住吹了声口哨：“酷！”

他喊来不少人，当然少不了女人。

他的一个新欢小明星举着拍完照的手机，贴进盛占烈怀中：“盛少，刚才那个是胜景资本的殷总吗？”

捏着女人的下颌，盛占烈笑：“怎么，看上我这兄弟了？”

“这倒不是，是我的一个小姐妹，现在还单身。”小明星抛了个媚眼，踮脚在盛占烈脸上亲了一口，“你瞧，就是那个。”

盛占烈顺着她示意的方向看过去。

啧，倒是个漂亮的。

想到殷墨最近情绪不好，盛占烈若有所思：“成不成就看你那朋友的本事了。”

“您只要肯帮忙就好了。”小明星对盛占烈又是亲又是投怀送抱的。

盛占烈招呼一群人上车，跟着殷墨疾驰的方向而去。

只是他没想到殷墨完全没有停下的意思，跑了一轮又一轮，极速的跑车在公路上恣意地狂飙，仿佛没有尽头一样，光是看的人都觉得心潮澎湃。

盛占烈带来的那些富二代们从一开始一路上的激情捧场，互相飙车，玩得肆意极了，到后面发现，殷墨完全不带停歇的，心态都快要崩了。

但是盛占烈没有发声，哪怕他们已经被殷墨折磨得差点儿想要弃车而逃。以后谁愿意陪殷墨飙车，谁就是勇士！

直到天光大亮，殷墨才堪堪停在山顶。

打开车窗，他修长的手臂撑着车窗边，长指低垂，指尖夹着一支烟。

他仰头看着外面金色的阳光，穿透树林茂密的枝叶，像是根根金线一样，渐渐破开缭绕的飞云流雾。

淡薄的灰暗顷刻间被白光倾覆，然而殷墨的心情却没有半分的安宁。

“殷墨，你今晚是疯了吗？”盛占烈下车走到殷墨面前，天天熬夜泡吧的他都有点儿熬不住了。

殷墨淡淡地扫他一眼：“几点了？”

“五点半。”盛占烈揉了一下凌乱的头发，“找人送我们下山去酒店睡一觉再回去吧。”

“不用，我八点还有个会。”殷墨用着平平无奇的语调，说着让盛占烈震惊的话。

“你还是人吗？”

殷墨视若无睹，掐了烟直接发动车子。

看着跑车消失的影子，盛占烈额头有点儿疼，同样是年轻男人，怎么殷墨的精力就比他好这么多呢。

盛占烈开始怀疑自己的身体素质……

傅幼笙这几天工作排得很密，又要拍戏，又要紧锣密鼓地跟《VL》对接，拍下一期的封面。

毕竟本来因为在人选上的游移不定，这期封面已经耽误了很长时间，闻亭还给她接了一个看秀邀请。

幸好是在国内。

傅幼笙在看秀现场，没想到会遇到楚望舒。

想到他是这个顶奢品牌的代言人，傅幼笙又觉得不奇怪了。

两人同坐第一排，一边对拍照的媒体记者们微笑，一边私下闲聊。

傅幼笙见楚望舒似乎是在刷朋友圈，刚想要礼貌地移开视线，却发现……

他打开的视频里那个人有点儿眼熟。

视频中，男人惊鸿一瞥的侧脸傅幼笙是完全不会看错的。

毕竟在她枕边九年多。

“想看飙车？”楚望舒见她神情怔愣，随即也没有什么防备地将屏幕递到她面前，“这是一个朋友前两天出去飙车时发的视频。上次在会馆，你见过的。”

傅幼笙点点头：“有点儿印象。”

视频中，殷墨只是出现了十几秒钟。

他一身西装革履，温沉斯文，偏偏开着一辆霸气又招摇的银蓝色跑车，瞳仁深邃，像是一片无垠的云海，放纵肆意中透着神秘危险。

上车时，男人冷白色的指骨漫不经心地松开领口几粒扣子，薄唇勾起极淡的弧度，眼神锋芒毕露，一瞬间……

似乎刚从谈判桌上下来的斯文清隽的贵公子，变成了浪荡肆意的大少爷。

这样的他，傅幼笙有多久没有见到了？

七年前，她高二暑假的时候，跟家里闹了一场，殷墨为了哄她开心，带她去飙车。

那是她第一次感受那种极限速度的畅快淋漓又惊惧窒息。

下来之后，傅幼笙拉着他大哭了一场。

当时年少的殷墨还没有如今的内敛薄凉，反而摸着她的发丝，嗓音温淡又好听：“害怕了？”

傅幼笙哭得厉害："我不想你飙车，太危险了，我怕你发生危险。"

殷墨对她很纵容："不怕，我以后不飙车了好不好？乖，不要哭了。"

从那以后，傅幼笙再也没有见他开过跑车，也没有去飙过车。

而后他工作就开始忙碌，也渐渐地越发内敛成熟。不知道什么时候开始，傅幼笙再也看不穿他的心思了。

看到他仿佛回到了没有自己时候的样子，傅幼笙忽然抿唇笑了。

果然，没有谁离开谁是不能活的。

瞧，殷墨这么快就适应了没有她的日子。

或许很快，他就会有新的女朋友，组建新的家庭，然后……彻底忘掉她。

多好，以后他们就毫不相干了。

见傅幼笙对着视频发呆，楚望舒在她耳边轻声问道："怎么了，也想要玩吗？"

傅幼笙眨了眨眼睛，从回忆中彻底回过神来，笑着摇头："不行呀，我这小心脏，玩不了极限运动的。"

"那你还参加极限综艺。"楚望舒想到之前傅幼笙参加的综艺节目，皱了皱眉，以为是她经纪人背着她接的，"最近有个选秀节目邀请我，不过我对音乐这些不感兴趣，他们让我推荐一个人当导师，不如你去？我记得你出道时，是会很多乐器的。

"好像还拿过音乐方面的奖。"

"那多不好意思啊……"傅幼笙觉得自己已经占楚望舒便宜占得很过分了。

楚望舒实话实说："是请你去给他们帮忙，他们那边的导师不太好找。

"你如果感兴趣，也有档期的话，可以去了解一下。

"这个工作没有什么极限运动，都是跟一群孩子玩玩闹闹，很适合你放松心情。"

傅幼笙感觉到了楚望舒的好意。

他太敏锐了，竟然察觉到了自己的心情，如果再拒绝的话，那就是矫情了。

再说，这个节目并不是什么大饼，就算没有楚望舒的提议或者介绍，傅幼笙也能轻松拿下，倒也不算是太大的人情。

傅幼笙知道楚望舒大概是觉得上次《VL》的事情让他觉得有点儿对不起自己，虽然现在已经解决了。

其实，《VL》的事情本来就跟他无关的。

楚望舒这个人很有分寸，不会让傅幼笙觉得难承受，又恰到好处地表达歉意。

难怪人家能在娱乐圈屹立不倒。

傅幼笙觉得自己以后要跟楚望舒多多学习。

当选秀节目的导演知道楚望舒帮他约到了傅幼笙后，差点儿感动得泪流满面。

古典气质的旗袍美人导师跟一群潮流十足的帅气学生，反差萌绝了。

导演表示自己一定要说服傅幼笙参加他们这个节目！

楚望舒笑着挂断导演的电话。

如果成了，也算是傅幼笙与节目之间的缘分。

依照他在娱乐圈这么多年的嗅觉，这个节目，百分之九十的可能性会有高收视率。

傅幼笙本身就有点儿热搜体质，再如同导演所说的那样，古典气质的旗袍美人与现代潮流时尚的选秀生们，这种反差感，会很冲击眼球。

第 六 章

幼幼，我们别离婚

／

XINTIAO
BU
TINGHUA

傅幼笙提着迤逦的银色缠枝绣纹抹胸长裙离开会场时，曼妙的身材让人移不开眼睛。

会场外面还有许多媒体记者留守，对着傅幼笙就一顿猛拍。

楚望舒挡在她身侧，绅士地送她上了保姆车。

透过车窗，傅幼笙看到楚望舒被媒体记者们围住了。

闻亭跟着她一块儿看，感叹：“你看看楚神，多好一男人，娱乐圈也是有好男人的。

“你要是跟娱乐圈的男人谈恋爱，还会被骗得净身出户吗？

“估计对方恨不得拿钱给你封口。”

傅幼笙用指尖撑着下颌，忽然想起来一事儿：“谢谢提醒，差点儿忘了一件事。”

嗯？闻亭一脸蒙地看着傅幼笙拿出手机。

他提醒什么了？

傅幼笙听闻亭提起来净身出户，才想着她跟殷墨还有一个证得办。

上次跟他不欢而散，现在见他飙车那么开心，他应该是走出来了吧。

殷墨这个人，冷情冷性，不会为任何人停留。

傅幼笙并不觉得自己在殷墨心里重要到非要不可的程度，在她上次那么说过之后，他应该是放弃了。

她打开微信，才想起了自己把他的微信删掉了。

想都没想，傅幼笙直接找到温秘书：

傅幼笙：温秘书，殷总什么时候有空，我的律师想找他去签一下离婚协议，顺便抽个时间跟我一起把离婚证领了。

之前傅幼笙的离婚协议是提前准备好的，但她知道殷墨没签。按照他的脾气，离婚协议估计早就进碎纸机了。

发完之后，傅幼笙便将手机扔给小诺："我先睡一会儿，来消息叫我。"

"好，好的。"小诺收了手机后，小心翼翼地给傅幼笙盖了条毛毯。

宽大的保姆车内，安静昏暗的光线下，傅幼笙纤细的身影被薄毯盖住，只露出白得莹润的皮肤，清冷美丽。

闻亭本来还想说什么的，但看到她倦怠的样子，便停下了，只是拿出平板电脑，安静地看行程表。

而此时，正在加班的温秘书差点儿被手机里的消息吓死。

要不是这消息是傅小姐亲自发来的，他真以为是有人恶作剧。

等等……

离婚？

原来殷总跟傅小姐早就结婚了！

他竟然以为傅小姐是殷总的情人。

温秘书面临大型社死现场，向来稳重的精英男士，此时快要绷不住了，脑海中开始回顾自己之前对老板娘的态度有没有不好。

殷总藏得也太严实了吧。

不对……

温秘书冷静下来之后，仔细看了一遍傅小姐发来的消息。

离婚？

温秘书想到最近傅总那阴晴不定的心情，顿时明白过来。他就奇怪殷总怎么可能为了一个小情人要分手心情这么差，原来是正牌太太要离婚。

温秘书原地思考了一会儿，当机立断去见自家老板。

五分钟后。

殷墨接过温秘书的手机，俊美淡薄的面庞上眼神沉暗。

她这是有多迫不及待地要跟自己撇清关系。

温秘书偷偷看了眼殷总面前的电脑，发现从来都是工作狂的殷总，今天竟然开着微博页面，刚好是今晚傅小姐与楚望舒相偕离开看秀现场的照片。

下面一群粉丝嗷嗷地喊着好般配。

一个是儒雅绅士的娱乐圈顶级男神，一个是潜力无穷的当红小花；一个全世界女性最想睡的男人，一个是娱乐圈行走的人间尤物。有人可以根据他们两个写一本娱乐圈文吗？同样都在娱乐圈，同样颜值超高，太般配了吧！民政局搬来，求求你们就地结婚好吗！

他看着自家殷总在下面的对话框里还没有发出去的评论：哦，那没戏了，这辈子都结不了。

后面还带着一个微笑的小黄脸表情包，嘲讽意味非常浓郁。

以前他是看不出来殷总的话中意思，现在福至心灵——殷总这是不想离婚啊。

只要殷总不离婚，傅小姐怎么可能跟楚望舒结婚，这辈子都不可能。

“看够了？”殷墨的指骨漫不经心地敲着桌面，冷飕飕的声音从他面前传来。

温秘书一瞬间回过神来，冷汗都要流下来了：“殷、殷总……”

殷墨将手机推给温秘书：“回她，说我最近没空。”

温秘书刚想要拿回手机，殷墨指腹顿在了他的手机屏幕上：“我自己回，你先出去。”

温秘书看着自己的手机被殷总征用，犹豫两秒：“殷总，您可以用自己的号码跟傅小姐联系。”

为什么要用他的？

本来面色平静的殷墨，脸色陡然一沉，怒极而笑：“她把我拉黑了，这个理由，可以吗？”

“可以可以！”温秘书就差连滚带爬地往外走了。

傅小姐真是牛人，单方面要跟殷总离婚也就算了，竟然还把殷总拉黑了！

殷墨捏着温秘书黑色的商务手机，深邃的眉眼在炽白灯光的照耀下，透着冷峻感，指腹慢条斯理地打了一行字，点击发送。

等到傅幼笙看到并且回复时，已经晚上十点。

她刚从浴室洗完澡，家里没有人，她直接裹着一条浴巾出来。

目光落在被小诺放到客厅的手机上，才想起来，小诺说有人给她回消息了。

犹带着水汽，傅幼笙拿起手机，看到了温秘书的回复：

温秘书：殷总最近忙，要出差，没时间见律师。

傅幼笙眉心轻蹙：不见律师，怎么离婚？她可没时间亲自跟。

温秘书：你请律师，是想要分……殷总财产？

傅幼笙忍不住翻了个白眼，谁要分他财产了。

傅幼笙迅速敲了几个字过去：

傅幼笙：你想多了，我对他的财产不感兴趣，就想快点儿解决。

她刚点了发送，那边同时传来消息：

傅幼笙：你要是想分财产也行，亲自过来跟殷总谈，他会乐意分给你所有财产。

分给她所有财产？傅幼笙笑了一声，温秘书对他家总裁是有多不了解。

殷墨这个冷血的人，利益大过天，还分给她所有财产。

她的所有财产都在殷墨手里呢！

想到自己艰难地维持工作室的开销，傅幼笙就忍不住想要翻白眼，都怪殷墨非要把她那些珠宝、包包还有宝贝旗袍还过来。

温秘书：你找律师也没用，殷总这边财产太多。如果离婚，需要这边的律师对所有财产进行公证，等处理完毕后才能签离婚协议。

傅幼笙：我不要财产，我净身出户，只要离婚证。

温秘书：就这么着急想离婚？

殷墨看到傅幼笙那句恨不得立刻脱离他的话语，薄唇紧抿着。

傅幼笙：没错。

然而这次傅幼笙等了很久，等到她快要睡着了，手机才振动一下。她下意识拿起手机，睁开迷蒙的双眼，清醒了几分。

温秘书：我们殷总说，他不是那种白嫖的男人，跟您不一样。

傅幼笙感觉自己有被明示到，没等她回复，下一秒，那边再次发来消息。

温秘书：对了，殷总说，你上次算错账了，你多睡了他一次，什么时候让他睡回来，什么时候再谈离婚。

傅幼笙：“！”

她彻底清醒了，漂亮的眼睛睁得圆溜溜的，殷墨是不是有毛病啊，他怎么什么都跟秘书说！

傅幼笙深吸一口气，眼不见心不烦地将手机塞在枕头底下。

他要分财产就分吧，谁要跟他再睡一次。

做什么梦！

胜景资本，办公室内。

殷墨看着没有任何动静的手机，薄唇平静地抿起淡淡的弧度。

一条一条地将刚才跟她聊天的消息删掉，殷墨才将手机搁到桌面上。

他怎么可能会让别人看到他们之间的私密对话。

傅幼笙想要离婚，迟早会来见他。

殷墨想起她那天说过想要让程舒慈给她做配，于是拿起自己的手机，让盛占烈约《VL》的 CEO 见面。

之前被她气的，殷墨刻意忘记，不想真被傅幼笙气到，让她的目的得逞。

在一起那么多年，他怎么可能不知道傅幼笙真正的心思。

什么用身体来换资源，什么两清，她就是故意往他心里捅刀子，达到他一气之下跟她离婚的目的。

但现在……他还是见不得有人欺负傅幼笙。

程舒慈这个女人，跟幼幼家里有点儿关系，傅家向来是幼幼的痛处。

盛占烈作陪，殷墨跟《VL》的CEO谈完之后，他忍不住问："你到底对傅幼笙有多念念不忘？"

殷墨用指腹揉了揉眉心，这两天没有睡好，铁打的身体也受不了，嗓音带着几分沉哑："范围之内，为什么不帮。"

"啧，我女伴有个朋友，长得清纯又漂亮，听说还没有交过男朋友，怎么样，让她今晚来陪陪你？"

盛占烈拐了拐殷墨的胳膊，觉得让自家好兄弟忘掉上一段感情的最佳方式，就是再来一个新欢。

殷墨站起身，捡起放在椅背上的西装，漫不经心地往外走："没兴趣。"

"唉……你别急啊，等会儿还要去酒吧续摊儿呢。"

殷墨："累了，回家休息。"

盛占烈不信："你别骗我。再说家里什么都没有，回去干吗？喝酒啊。"

殷墨头也不回地摆了摆手，素来挺拔端方的身影，最近多了点颓靡肆意。

盛占烈忍不住感叹了句："爱情，呵——"

傅幼笙没想到自己还能再次回到郊山拍《VL》的杂志，摄影棚已经换了新的负责人，也换了新的摄影师。

这次的摄影师是国际上知名的摄影师，擅长拍那种高级色调的照片。

这次拍摄的主题是——犹抱琵琶半遮面。

傅幼笙安静地上完妆，就准备开始拍摄了。

她穿着一身绛紫色缎面旗袍。这样华艳无双的颜色穿在旁人身上可能会显得庸俗艳丽，但是傅幼笙却将其诠释得雍容又清冷。

她举着一把白玉琵琶坐在一张檀木椅子上，身后的背景是远山黛绿，天边雾气朦胧。她仿佛身在仙境，又像是在梦境。

尤其是傅幼笙那一抬眸的惊艳，更让人觉得身在梦中，因为现实中怎么会有这么风情万种又清冷美丽的女人！

而她身后，程舒慈穿着一身粉紫色的短款旗袍，手持琵琶，正坐在路边一块石头上弹奏。

摄影师拍摄的时候，角度非常刁钻，自然以傅幼笙为主，程舒慈远远的侧颜入镜。

傅幼笙等拍了几套衣服，中场休息的时候，程舒慈终于没有忍住，走过来："幼幼，傅叔叔说，我们拍的是姐妹照。"

她已经进了娱乐圈，当然知道傅幼笙成了主位，而她成了陪衬是什么原因，偏偏她当作什么都不知道，就那么委屈地看着傅幼笙。

美人垂泪，梨花带雨，是一幅很美的画面。

然而傅幼笙完全没有怜香惜玉的心，殷红的唇瓣逼近了她，嗓音徐徐，一字一句："程舒慈，这堂课告诉你，在娱乐圈千万要离我远一点儿。看在小时候的面子上，我不收你学费。"

程舒慈错愕地张了张嘴，没想到傅幼笙竟然这么直白地挑明，她就不怕吗？

傅幼笙重新躺回休息椅上，阖上眼眸闭目养神，顺便让化妆师给她补一补唇色。她等会儿还要去换别的衣服。

既然是时尚杂志，那不可能只是旗袍一样风格，还会有其他风格。

至于其他风格，傅幼笙就只是拍单人的了。

是《VL》总部那边下的命令，说只让程舒慈跟她合拍一组旗袍风格的照片就行。

倒是跟傅幼笙的想法不谋而合，不然她也会提出同样的建议。

她绝对想不到，这是她与殷墨的心有灵犀。

程舒慈还想说什么，却被她的经纪人拉走了。傅幼笙眼睫上撩，看着他们离开的背影，眉眼淡淡。

倒是闻亭担心这次傅幼笙又被欺负，跟着一块儿过来了，此时看他们灰溜溜离开的背影："算徐成善识时务。"

想到徐成善刚才离开的眼神，闻亭在她耳边多说了一句："徐成善这个人很记仇，这次咱们抢回了资源，但按照他的脾性，绝对不会善罢甘休。"

尤其是他们抢回了资源不说，还侮辱了程舒慈。

傅幼笙慢条斯理地补了句："那他们这对艺人经纪人的组合真般配。"

闻亭了然："那咱们得提前做好准备，免得他们拿这次拍摄做文章。"

傅幼笙葱白的指尖点了点下颌："嗯，你别把第一次跟《VL》签约的合同丢了就行。"

"明白。"

此时休息室内，程舒慈穿着一身粉色旗袍，明明带着少女古典的清纯，但被她脸上一闪而逝的阴沉破坏美感。

徐成善安抚："这次没有拍成也不算坏事，若是真拍成了，或许对你出道不利。

"本来网上对你的评价多为贬义，认为你靠后台上位，现在这个封面被傅幼笙拿去了，刚好可以洗白网友对你的评价。到时候引导得好的话，还会让他们对你产生愧疚，从而吸第一波粉。”

听着徐成善的话，程舒慈捏了捏指尖：“好。不能便宜了她。”

如果她能踩着傅幼笙上位的话，倒也不失为一个机会。

徐成善看着程舒慈白净细致的侧脸，觉得她跟傅幼笙还是有点儿相似的，例如这种骨子里透出来的气质。

不过……

虽然不想承认，但徐成善觉得，傅幼笙的气质像是与生俱来，存在骨子里的清贵矜持，而程舒慈这种气质更像是后天学来的，没有那种浑然天成的自然。

当然，作为女明星，不单单是气质好就可以的，还得会炒作。

傅幼笙到现在还是半红不紫的，就是亏在这里。

徐成善有点儿可惜，如果傅幼笙在他手里，现在早就跃升一线女明星了。

晚上，傅幼笙正打算去泡个澡。今天在山里灰头土脸地拍了一整天，她感觉自己浑身上下都脏得可以。

躺进浴缸里，傅幼笙拿出手机刚准备刷刷微博，便看到闻亭推送了一条论坛帖子给她。

标题——

某当红小花拍摄一线杂志封面时，怕被艳压，猛踩绝美新人。

楼主：事情是这样的，楼主得到圈内好友的靠谱消息，上次微博爬上热搜的那个后台强大，出道即一线杂志银十刊的小新人你们还记得吗，其实她是被炮灰了。

其实拿到这个工作的是旗袍小花，而新人是因为在一次国外音乐演出，其古典气质与绝美长相被高层看中，邀请她与小花一起拍摄。高层觉得她毕竟没有出道，所以是作为配角来辅助小花的。

但是呢，旗袍小花一看到新人比自己美，比自己气质好，就很有危机感，生怕自己被抢了风头，就提前发通稿来抹黑新人。

毕竟这个工作对小花而言也是首次一线封面，非常在意，自然不允许新人艳压她。

总之一句话，新人真惨。

人家就是一个搞古典音乐的才女，没想到一进娱乐圈，就被现实毒打了。

傅幼笙看着楼下那已经盖到了几百层的高楼，估计下一步就要被搬运到微博上了。

傅幼笙看到“旗袍小花”这四个字，忍不住笑了声，直接把她傅幼笙的名字打在公屏上算了。

懒洋洋地泡在浴缸里，傅幼笙感觉浑身上下都松懈下来。

至于这个帖子，她准备看看程舒慈下一步还要干吗再做决定。

人家好不容易想到要出道的法子，总得让人家先出了再说啊，不然一个素人，她真动用不了公关。

要花钱的。

最近她手头很紧，要省着点儿钱。

要是被程舒慈知道傅幼笙只是不想在她身上花钱，不知道她心里会是怎么一种体验。

傅幼笙刚闭上眼睛，准备养养神。

忽然手机铃声响起，她只好睁眼，抬起湿漉漉的小手，用旁边的毛巾擦干净水之后，才接起电话。

是个陌生号码。

傅幼笙还没来得及开口，那边便传来一道熟悉到极致的声音：“幼幼，我感冒了，38 度 9。”

男人嗓音沙沙哑哑的，带着不加掩饰的倦怠，隐约中……她甚至还能听出点委屈的意思。

委屈什么？他发烧烧糊涂脑子了？

傅幼笙觉得可能是自己泡澡泡得脑子不清醒了，殷墨怎么可能会有委屈这种情绪。

“你感冒了跟我说什么，去医院。”

傅幼笙说完就想要挂断电话，下一秒便听到男人继续说：“所以……我对你没有任何抵抗力，我想跟你复合，幼幼，我们别离婚。”

傅幼笙一言难尽地看着开了免提的手机，觉得殷墨可能没骗她，他是真的发烧了：“我看你是脑子烧坏了。”

傅幼笙拍了拍水花，半闭着眼睛，表情慵懒。

知道殷墨肯定是发烧烧得糊涂了，她心理倒是没什么压力了，反正等他好了清醒之后，肯定会后悔今晚跟她说这样求复合的话。

“生病了就好好治病，别烧坏脑子。

“你浑身上下最值钱的就是脑子了，要是坏掉，就是几千亿的损失。”

浴室雾气朦胧，她眨了眨因为水雾而湿润的睫毛，闲闲地说，再也没有往日得知他生病后的焦急与紧张。

“幼幼，你真的要跟楚望舒结婚了吗？所以才要跟我离婚。”殷墨幽幽的声音随之传来，嗓音大概是因为发烧，缓慢而带着微重的呼吸声。

傅幼笙玩水：“殷墨，我们都要离婚了，你管我跟谁结婚。”

她听到对方呼吸更重了。

“你跟他认识才几天就想结婚，我们在一起九年……傅幼笙，你说过的，这辈子只爱我一个人，永远不会离开我。”

也不知道他是不是真的烧得脑子不清楚了，这些事情倒是记得清清楚楚。

傅幼笙笑了笑，偏软的声线在浴室瓷砖的回音下，带着清冷又随意的音质：“哦，那你就当我变心了吧。”

那边只有沉重的呼吸声。

傅幼笙没有骗他：“不过我跟你离婚并不是因为楚望舒，我也没有跟他在一起，网上都是谣言而已。

“你也不要觉得伤自尊，好好休息，等病好了，我们去领个离婚证，好聚好散。成年人了，洒脱点儿。”

说完，傅幼笙便果断洒脱地挂断了电话。

她倒是洒脱了，殷墨听着嘟嘟挂断的电话声，躺在灰色的大床上，手背盖在滚烫的额头，向来幽暗深邃的眸光此时像是覆上了一层迷离之色。

等肖沉原过来时，发现殷墨快要烧到了 40 度。

“殷墨你疯了，昨晚烧到 40 度，刚醒来，你就工作，不想活了？”肖沉原第二天拎着早餐来医院看他的时候，没好气地说。

殷墨已经醒来，烧也退了许多，坐在病床上，冷白色的手背上，还打着点滴。

透明的药水顺着细细的针管流进青色的血管，而他面无表情地对着笔记本电脑，处理公司事务。

肖沉原将早餐拿出来，递到他面前：“要我喂你？”

殷墨终于给了他一个眼神。

那眼神，肖沉原总觉得带着杀气，不过他不怕："你怎么回事，生病了心情不好，还是说因为心情不好才生病不来看医生？"

殷墨接过白粥，倒是没有拒绝。

从昨晚开始到现在，他一口吃的都没碰，胃已经开始不舒服了。

他现在只想用工作麻痹自己，不然一空下来就会想到自己昨晚做的蠢事。

见殷墨那副冷冰冰的跟别人欠了他一千万的表情，肖沉原就好奇得很。

殷墨将空碗递给他，俨然把他当用人："你可以走了，让温秘书进来。"

"嘿，我是来伺候皇上您用膳的太监不成，用完了就让奴才退下。"肖沉原阴阳怪气地说。

殷墨揉了揉发胀的额角："聒噪。"

下一秒，肖沉原主动拎着保温桶起来："成成成，我不碍眼了。"殷墨这狗，真是一点儿好的幻想都不留给他，本来还想好好安慰一下的，真是喂狗了。

温秘书进来，小心翼翼地看着殷墨清冷的侧脸："殷总，傅小姐给您送了一束花，卡片上写着祝您早日康复，恢复健康……"

殷墨看着他抱着进来的那束白色菊花，忍不住冷笑了声。

送病人白菊花，真亏她想得出来。

见温秘书欲言又止，问："还有什么？"

温秘书轻咳一声："还有让您康复之后，记得早点联系她的律师，签好离婚协议，办离婚证，分道扬镳，各生欢喜。"

瞧瞧这措辞，真是直白得让人生气。

殷墨招手，让他把白菊递过来，然后微微泛白的薄唇抿起冷淡弧度："分道扬镳，各生欢喜？"

这危险的语调，让温秘书头皮发麻。

然而殷墨没有再说什么，苍白的指尖漫不经心地拨弄着白色的花瓣。

"你买了一束白菊花送医院去了？"傅幼笙候戏的时候，坐在化妆间听小诺说完，怔愣了一秒。

小诺无辜："对啊，您不是说要送给前夫的吗？送住院的前夫不送白菊花送什么。

"我还让店员精挑细选最白最新鲜的，保准他看了气死。"

行吧……

傅幼笙无奈，反正都送了。

她本来是想要随便送一束花，主要是从温秘书那边得知殷墨住院了，毕竟还没有办离婚证，还是得给个面子的。

越是冷静地不介意提起殷墨，越是说明她已经放下了。

傅幼笙莞尔一笑，她不在意殷墨看到之后会怎么想，总归她的话带到就行了。

主要是祝福他早日康复，然后早点来办离婚证，让大家都快点从婚姻中解脱。

傅幼笙换好戏服，就推开化妆室的门往拍摄棚走去。

她跟楚望舒这部都市剧《余生是你》现在已经拍摄了一半，大家已经进入状态，平时关系也很不错。

但是这次傅幼笙去拍摄点时，途中发现很多工作人员在她走过之后，小声低语，有指指点点的意思。

有些人甚至看了她也不打招呼了。

小诺没好气地看着这些听风就是雨的人："以前每次看到您，都一口一句'傅老师''笙笙姐'喊着，现在翻脸比谁都快。"

傅幼笙莞尔："娱乐圈不都是这样？捧高踩低，很正常。"

昨晚程舒慈那个帖子爆出去之后，网上对傅幼笙的评论便一边倒地贬低。

之前夸她低调、淡雅、气质美人，现在一窝蜂地说她配不上"旗袍美人"这个称号，更不配穿仿若国粹的旗袍，甚至还有人去《余生是你》的官博下面，让导演换掉她。

当然，还有人带节奏，说程舒慈能被她嫉妒，肯定穿旗袍比她美。

一群人喊着要这位小新人出道。

这个时候，徐成善爆出来一张程舒慈弹琵琶的照片，顺便将她的履历贴出来。

顿时，学霸美女、艺术美女、真正的古典美女等标签贴到了程舒慈身上。

一夜之间让她的微博吸粉几十万。

傅幼笙看着她"碰巧"被扒出来的那个微博私人账号，里面全都是岁月静好低调精致的留学生活，完全符合网友们对气质淡雅的大美女的想象。

小诺气鼓鼓："笙姐，咱们还要看她得意多长时间啊！现在您的微博下面都没法看了！"

傅幼笙红唇翘着："桃杏那边不是发了几条拍摄路透视频吗，可以找粉丝多的微博号发出去了。"

她略一沉吟："不，用工作室的号发。"她最近喜欢正面刚，这种感觉还挺有意思。

傅幼笙纤细的手指摩挲了一下小下巴，笑意盈盈。

小诺顿时眼睛一亮："我这就跟闻哥说！"

傅幼笙先不着急澄清，毕竟……程舒慈还没有承认，是自己欺负她。

这个时候，自己若是跳出来澄清，程舒慈只要装作什么都不知道的样子，再装一下受害者，岂不是更合了她的心愿。

傅幼笙既不想满足她，也不想现在看她踩着自己吸粉。

所以傅幼笙拍戏的时候，傅幼笙工作室的蓝 V 官博发了一条微博。

傅幼笙工作室 V：我们笙笙跟小姐姐相处很好呀，还是多年没见的好朋友呢～附了 10 秒的小视频上去。

十秒视频中，是傅幼笙第一次跟程舒慈见面时，程舒慈带了一群人居高临下地看着傅幼笙，主动问好："幼幼，好久不见。"

傅幼笙慵懒抬眸，红唇勾笑："好久不见。"后面的那句程小姐模糊了声音，大家只看到傅幼笙对她笑。

而且程舒慈带着一群保镖助理走向傅幼笙，分明就是大小姐出街，哪里有被欺负的样子，哪里像是炮灰了。

这个视频一出，网友们纷纷化身柯南。

总觉得工作室这话加上视频，有点儿意味深长。

哈哈哈，莫名觉得笙宝像是被欺负的那个。

说实话，程舒慈那个说话的调调跟语气，有点儿装清高。

总算有人说实话了！同样是穿旗袍，傅幼笙就有那种风情万种的绝世美人劲儿，仿佛谁都不看在眼里，睥睨天下的那劲儿劲儿的，但是那个新人，对比之下，就有点儿像背景板了，所以……帖子上说傅幼笙嫉妒她，感觉没什么必要啊。

所以……这是有人在登月碰瓷？

啧，现在的新人为了出道，真是能够炒作的。

其实新人也挺年轻貌美的吧，傅幼笙如果是那种容不下人的性格，嫉妒新人年轻也不奇怪。

来给楼上普及一个软知识，傅幼笙今年25岁，这位新人今年26岁，所以谁年轻，谁貌美？大声告诉我。

哈哈哈哈哈，笑死了，小丑竟是小新人？

所以，新人炒作实锤了吗？现在就开始嘲讽了？

所以傅幼笙踩新人实锤了吗？为什么你们讽刺了一晚上？谁不红谁有理是吗！

那能怪谁，只能怪咱们女明星太美太红活该被人嫉妒。

一出来点莫须有的负面消息，什么妖魔鬼怪鸡零狗碎的都蹦出来。

傅幼笙拍完一场休息时，一边看微博，一边悠闲地喝小诺刚给她买来的杨枝甘露。

倒是楚望舒走过来问她："网上的事情，需要帮忙吗？"

自从傅幼笙接了《VL》之后，楚望舒就发现给她带来不断的麻烦，有点儿过意不去。

傅幼笙笑盈盈："不用，小问题。"

如果徐成善聪明的话，这个时候就该收手了，当然，如果他急功近利想要程舒慈就算被污蔑也要让大众都认识她，那就随他好了。

总归……

对她不会造成任何影响。

只要杂志封面出来，一切谣言都会不攻自破。

他们也不过是趁着这个时间，想要踩她一脚，跟粉丝说的一样，登月碰瓷，抬自己的咖位，以后大家看到这个小新人，就会想到傅幼笙。

就如同之前赵清音踩着她碰瓷一样，可惜赵清音现在在娱乐圈已经几乎销声匿迹。

傅幼笙倒是想看看，心机重如程舒慈，能走多远。

毕竟，程舒慈比赵清音要聪明，而徐成善这个经纪人，手段也比赵清音的经纪人莉亚要厉害多了。

而还没等到程舒慈回应，傅幼笙之前参加的一档真人秀节目《超越自我》在十月一号国庆节这天就播出了。

粉丝们难得看到傅幼笙参加节目，还是真人秀节目，简直快乐得跟过年似的。

毕竟，这位女明星出道多年，平时除了拍戏之外，很少参加活动，更别说参加什么综艺节目了。

这档节目播出之后，傅幼笙直接被粉丝们刷上了热搜。

有生之年系列，笙宝竟然参加真人秀了！

红色长发超美啊！呜呜呜，旗袍美人与迪士尼公主破次元了。

我有个大胆的想法：旗袍配红发，旗袍配蓝发，旗袍配粉红头发！

啊！楼上，有画面感了。

傅姓女明星这种颜值，什么混搭都能hold住吧！

注意看内容啊，你们没发现笙宝太有梗了吗？本来以为她不参加综艺是因为性格问题放不开，是我想太多，可能她平时多半是懒得参加。

这个时候，傅幼笙工作室官博转发这条微博：

傅幼笙工作室V：答对了，不过最近我们女明星要努力营业了哦。

粉丝们激动不已。

然后更激动的来了。

选秀节目《青春纪念营》官宣傅幼笙为第一季乐器导师，这消息差点儿把微博掀翻。

当然，主要原因是傅幼笙平时太低调，除了大粉老粉之外，很少有人知道专注于演戏的傅幼笙还有音乐方面的才华。

网友们和傅幼笙竞争对手的粉丝们纷纷留言，她一个花瓶，不配当选秀节目导师。

还有说节目组为了能火起来疯了。

而这个时候，有大V爆出来一段程舒慈在国外音乐比赛上得到冠军的视频，随之而来的是她得钢琴、琵琶等乐器比赛奖项的履历，基本上都是这几年在外留学的时候参加的比赛，不是冠军，就是亚军，最低也是获奖的。

顿时，一群人想到程舒慈跟傅幼笙的联系，立刻跑到节目组下面留言。

说让程舒慈当导师，也比傅幼笙这个花瓶要好，他们的哥哥凭什么被一个花瓶管教。

温秘书第一时间通知了殷墨。

本来殷墨是想要让傅幼笙感受一下外面的疾苦，但看到家里整整一面墙上那些没有被傅幼笙带走的奖杯跟奖状——全都是冠军，一等奖。

只要她参加过的乐器方面的比赛，就没有输过。

殷墨敛眉思索两秒，用温秘书的手机拍了张照片给傅幼笙：

殷墨：你亲自回麓荷别墅拿。

傅幼笙接到殷墨这条彩信消息的时候，还以为是垃圾广告信息，消息横幅弹出来的时候，她差点儿连看都没看就跳过去了，漂亮脸蛋上的表情有点儿一言难尽。

见傅幼笙对着手机愣住，正在跟她讨论怎么解决花瓶问题的闻亭看到了："你在看什么？"

"彩信。"傅幼笙下意识地回答。

"彩信？"闻亭还以为自己听错了，是他知道的那个彩信？

他下意识看了眼她的屏幕，唇角一抽："你这是什么土包子朋友，竟然给你发彩信消息。"

傅幼笙抬眸扫了他一眼："哦，是未来前夫。"

闻亭："噗……所以，你前夫是什么时代的活化石？"

傅幼笙给殷墨回了条消息，随口回答闻亭："他用彩信有什么错你要这么讽刺他？他不过是个快要三十岁的宝宝而已。"

闻亭："！"

你更毒！还好意思说他的话是讽刺！

傅幼笙垂眸，看着他发来的照片，慢条斯理地输入：

麻烦殷总寄过来，到付。

殷墨：自己来拿，不然丢了。

傅幼笙：那不要了，你丢了吧。

殷墨：好。

傅幼笙看到照片里，殷墨把那些奖杯奖状从柜子里墙壁上拿出来，堆在一块儿，然后旁边是张垃圾桶的照片。

傅幼笙："……"

傅幼笙面无表情，敲下几个字：

傅幼笙：短信要花钱，我没话费了，以后联系靠缘分吧。

反正他们缘分早就断了。

没一分钟，傅幼笙手机振动了一下，是手机运营商发来的信息：

交费 10000 元，当前余额 10088。

手机话费余额从来不会超过一百元的傅幼笙，一脸蒙地看着突然冒出来的交费通知，满脑子都是问号。

正常人谁交话费一下子交一万？

随之而来的是殷墨的信息：

殷墨：一条一块，我们还有一万条短信的缘分。

原来傻子在这里。

傅幼笙沉默地看着手机屏幕。

所以，殷墨发烧烧到现在脑子都没恢复？

傅幼笙不想回他。

没多久，手机又振动了一下。

殷墨：过来。不想谈离婚了？

本来傅幼笙是不想搭理他的，但是没想到他居然用离婚来要挟自己。

离！必须离！

傅幼笙面无表情地准备按灭手机，然后闻亭凑过来看那张照片："你前夫还挺关注你。

"这些获奖证书都是你的？

"要是把这些发到微博上，恐怕就会直接反转了吧。

"妈耶，你居然全都是冠军，这些比赛好像在国际上都很有含金量啊。

"天呐，你竟然还拿到过朱莉亚音乐学院的入学邀请，这个是……"

闻亭放大了照片看那些挂起来的跟壁画似的奖状，没想到里面还夹着许多国际上有名的音乐家摇篮的学校入学邀请：“还有柯蒂斯音乐学院附带全额奖学金入学邀请？”

闻亭不说，傅幼笙都忘记这些东西了。

谁知道殷墨都给挂起来了，还保存得这么好。

这些都是高中时候，她拿到的一些奖。

她喜欢音乐，喜欢演戏，从小家里人就把她往琴棋书画、天文地理、礼仪修养等所有的全能型人才培养，成绩与各项能力都非常优秀。

所以如果她单纯地在音乐方面有天赋，而成绩方面无法平衡到与音乐同一水平时，家里人就会停止她所有的音乐学习，直到其他方面赶上来，她才可以继续学习。

而认识了殷墨之后，她想要参加的所有比赛，想要学习的东西，殷墨都会提前为她打点好。

从音乐到演戏，好像都是殷墨帮她的。

傅幼笙眉尖轻蹙，原本被殷墨惹出来的脾气也消散得一干二净。

其实她跟殷墨也没有什么深仇大恨、生死不相见的分歧误会。

他只是不够爱她而已。

是她之前像是抓住救命稻草一样，偏执地认定殷墨是她的救赎，渴望着殷墨给她一个圆满的家。

那个时候，殷墨是她的一切。

爱他时，她让自己变得很低很低，几乎低到尘埃里，却渴望尘埃里能开出花来。

可，尘埃里怎么可能会开花？

一切不过是她的一厢情愿，甚至一己之私。

而现在，自己终于想通了——心灵的解脱，并不能依赖于任何人。

所以，她放他自由，也放自己自由。

至于殷墨，他不肯放手的原因，并不是在失去她之后，发现自己多么爱她，而是不习惯而已，但总有一天他会习惯的。

所以，当闻亭提出要去把这些拿过来，到时候开直播打脸时，傅幼笙没有犹豫地答应了。

她不再抗拒见到殷墨。

就如同她知道自己即便是见了殷墨也不会后悔离开他一样。

闻亭看着傅幼笙上车：“真不用我陪你一起？”

傅幼笙摇摇头：“不用。你留下来，我很快就回来。”

一个小时后，傅幼笙站在许久没有来过的麓荷公馆别墅区，看着那栋她熟悉到几乎浸到骨子里的别墅，红唇勾了勾，心里再也没有任何的波动。

这不再是困住她的金丝笼，而她也不是被圈养的金丝雀。

她只是傅幼笙而已。

傅幼笙打开车门，弯腰从里面拿出来已经整理好的离婚协议书、自愿放弃婚后财产书，然后一步一步走进别墅。

别墅还录着她的指纹与瞳纹，她可以随意进出。

还没等她按门铃，别墅大门已经自动开启。

殷墨站在当初送她离开的那个台阶上。

十月的阳光干净又温暖，天空澄澈的蓝色纯粹极了，薄光给他俊美沉静的五官晕上了一层浅淡的颜色。他就那么安静地看着她，不知道看了多久。

傅幼笙红唇微微一笑："感觉好久不见了。"

殷墨对上她那双清透见底的桃花眼，眉心却狠狠一皱。

他从来没有见过傅幼笙这样的表情，仿佛真的一点儿都不在意自己了。

"进来。"殷墨掌心握成拳，没有想吓到她的意思。

他看似从容地率先转身，就连嗓音都沉静得没有任何波动。

他素来能忍，泰山崩于前而色不变。

傅幼笙只觉得释然，没有察觉到殷墨那一瞬间的情绪变化。再次回到别墅内，她的唇角甚至还挂着清浅的笑容。

或许，这是她最后一次来这里了，毕竟住了这么久，所有的地方都是有回忆的，以前傅幼笙不敢想起这些回忆，而现在，她一点儿都不怕了。

她随着殷墨走进他的书房。

住在这里这么久，傅幼笙还是第一次进殷墨的书房。

她没想到的是，自己的那些奖牌、奖状、奖杯，被殷墨拿出整整一面墙来保存收藏。

"谢谢你。"傅幼笙真诚地感谢殷墨。

乌黑清澈的眼睛仰头看着殷墨，眼神中除了感激之外，再也没有任何的……爱！

对上傅幼笙那双眼睛，殷墨陡然闭了闭眼睛，忽然一把捂住她的眼睛："别这么看我。"

傅幼笙下意识地眨眼，卷长的睫毛在殷墨的掌心颤动。

他下意识捂紧了几分："别动。"

男人修长挺拔的身子将她揽入怀中，抱得很紧，仿佛如果不抱紧的话，她会真的永远消失在他面前。

傅幼笙这次没有拒绝他的拥抱，缓缓抱住了男人修劲的窄腰，彻底告别自己这九年的青春。

告别……这个男人。

殷墨察觉到她的主动，身子僵了一秒，而后更加用力地将她紧紧扣住，想要把梗在心间好长时间的话说出口："幼幼，我们……复合吧。"

发烧那天晚上，他说的话自己都记得清清楚楚。

醒来之后他后悔过自己那天的卑微，他怎么可能会求一个女人回头呢？

但是，如果现在傅幼笙愿意回头的话，前面的一切，他都愿意一笔勾销。

他甚至愿意自己率先低头，向她求和，哄她回头。

即便到了现在，求她复合，他还是那种施舍她的语调。

可是……

怎么办呢？

她已经不需要他的施舍了呢。

傅幼笙一点点掰开殷墨的长指，后退几步，认认真真地看着他："这九年，我不后悔爱过你，对你的爱，也没有半分虚假，现在，我也不后悔放开你。

"殷墨，你了解我的，我决定的事情从来不会回头。"

殷墨看着她那双黑白分明的眼睛。

当年她义无反顾地牵住他的手，没有回过头。

后来她为了演戏义无反顾地离开傅家，也没有回过头。

如今，义无反顾地离开自己，她也不会回头。

傅幼笙将那两份协议轻轻地放到书桌上，黑色的书桌沉重而压抑。

然后她拿出一个纸箱子，将一些奖牌，还有挂在墙上的那些证书、入学邀请书一样一样地取下来，放到箱子里。

至于奖杯，太沉重的她都没有拿，最后收了整整一大箱子。她站在门口，看着从她说完话之后没有动过的身影："殷墨，我走了。

"剩下的那些你让人丢掉吧，或者不介意的话，我让人来取。

"希望下次见面，我们是在民政局的门口。"

略略一顿，她声线一如既往的柔软好听："那么，再见了。"

站在落地窗前，殷墨看着她渐行渐远的背影，忽然觉得，她是想要彻底离开他的世界。

“你居然偷摸着结婚了！现在人家要跟你离婚？”

会馆包厢里，肖沉原、盛占烈、秦叙、商琮几个跟殷墨自小一起长大的兄弟们，一块儿围着殷墨，全都是震惊的表情。

原本殷墨只是想找盛占烈喝酒的。

这家会馆是他名下的产业，没想到，盛占烈这厮，得知殷墨已婚并且现在要被离婚时，直接把其他兄弟们喊来看热闹。

殷墨懒得理他们，面无表情地喝酒。

“等等，你上次感冒还没好利索，现在喝什么烈酒。”肖沉原见他不说话，夺过他手里的酒杯，让盛占烈去上啤酒。

“不是，我更想不通的是你为什么要结婚，还隐婚？你爸妈那边也不知道吧？”

前两天他还听自家母上大人提过，殷夫人正在给殷墨找相亲对象，现在估计已经记了一个册子了吧。

殷墨淡淡地扫了他们一眼：“她想结婚。”

盛占烈递给他一瓶啤酒：“她想结婚你就结了？

“你知不知道我们这些人的婚姻代表着什么？”

盛占烈看得很清楚，所以他只会有女伴，甚至连个固定的女朋友都没有，毕竟他知道自己以后是要联姻的。

秦叙比较冷静：“所以你现在是不想离婚，在借酒浇愁？”

一语中的。

终于引得殷墨看他一眼。

秦叙给出简单粗暴的提议：“其实很简单，让她怀孕不就离不了了？”

殷墨：“……”顿了几秒，他缓缓吐出三个字，“馊主意。”

“你不用管馊不馊，管用就行。

“无论在法律上，还是道德上，或者是心理上，女人一旦怀孕，这个婚就很难离。

“到时候趁着这段时间，你好好哄哄，她不就回心转意了？”秦叙作为律师，给出的主意非常流氓。

商琮冷笑一声，看着秦叙那副斯文败类的样子：“你平时就是这么给你的当事人辩护的？”

秦叙推了推鼻梁上的无镜框眼镜，笑得云淡风轻："当然，不是。

"我是作为兄弟，给殷墨出一个最简单快捷的主意。

"如果殷墨是我的当事人，我会让对方因为高额离婚抚养费而吓得不敢离婚。"

离婚抚养费？给谁？给殷墨？

几个兄弟看秦叙的眼神，仿佛看一个神经病。

秦叙很从容："简单来说先让殷墨名下的资产变更为负资产，然后债务夫妻有共同偿还的责任。她如果想要离婚，就要面临高额的债务；如果她执意离婚，还得给破产的殷墨高额离婚费。"

"你这是打官司吗？你这是耍流氓吧。"肖沉原都听不下去了。

人家离个婚，还要担负好几亿的债务。

秦叙摊手："这样她就不敢离了啊。

"你们什么时候都变得这么高尚了，为达目的不择手段不是咱们的行事方针吗？"

"闭嘴。"盛占烈见殷墨眼神不对劲，为避免他把秦叙打一顿，立刻开了一罐啤酒，给秦叙灌了进去。

"咳咳咳……"秦叙不擅长喝酒，被灌得脸都红了一半。

商琮坐到殷墨身边，陪他喝了一瓶后，嗓音淡淡地说："如果真的舍不得离婚，就再努力试试。

"她能爱上你一次，就能爱上你第二次。"

殷墨攥着酒杯的长指微微一顿。

晚上八点。

傅幼笙发了一条半小时后直播的微博，顿时引来无数粉丝跟八卦的群众打卡。

短短时间，"傅幼笙直播"的词条已经刷上了微博。

我有种预感，每次傅幼笙被嘲，都会有反转剧情。

这次怎么反转？一个学历不高、家世一般的演员，难不成还有什么隐藏的音乐技能？

出道三年多了，也没见她唱过一首歌，更没见她碰过什么乐器，娱乐圈什么演员有这种隐藏技能能藏这么多年的。

哈哈哈，怕不是要唱首歌证明一下自己？或者弹首《小星星》？

作为粉丝，我都不敢期待……但！还是相信笙宝，接这个节目是有原因的！

有一条电视剧粉丝留言被网友淹没了。

你们都忘记两年前傅幼笙拍的那部古装戏演天下第一才女，导演在发布会上说过古筝是女主角真弹的吗？

然而这条微博没有引起任何人的注意，大家更关注的是傅幼笙这次直播，到底是怎么一个澄清法。

作为一个从来没有过任何音乐技能的女演员，突然参加一个选秀节目，当乐器导师。

节目组敢找她，她也敢接。

重点是现在新闻发酵了这么长时间，节目组居然沉得住气，一点儿都没有慌乱。

不知道是假装冷静，还是为了给节目炒热度。

有竞争对手想趁机拉傅幼笙下来，找了营销号污蔑她——准备抛弃淡雅如菊的旗袍美人人设。

傅幼笙对这一切评论都不置一词，准时开了直播，大家一窝蜂拥入了直播间。

八点半，直播准时开始。

傅幼笙出镜并没有穿旗袍，反而穿着一身简单的白 T 配军绿色短裙，露出一双雪白幼嫩的纤腿。红唇雪肤，在镜头中格外惹眼，极简穿搭更掩不住明艳风情。

看着屏幕上疯狂出现的弹幕，傅幼笙慢条斯理地晃了晃手打招呼：“晚上好。”

第七章

是我太太

／

XINTIAO
BU
TINGHUA

瞬间弹幕要被刷疯了。

傅幼笙看了眼屏幕，忽然双唇抿着轻笑："你们想看我弹棉花啊？

"对不起，没有工具，不如给大家弹个琴吧。"

下一秒，屏幕疯狂刷过——

哈哈哈来啦来啦，你要弹《小星星》吗？

那还不如弹棉花。

笙宝你就算什么都不做，我们也喜欢看。

不要听那些人的酸话。

我只想看大美女！

柚子你的腿好细好白啊，要不出一期美腿教程吧。

除了不喜欢她的人跟一些网友刻意的嘲讽之外，还有很多粉丝给傅幼笙刷屏。

当工作人员们将摄像头移到另一边后，粉丝们发现偌大的房间竟然像是音乐教室一样，摆放着各种不同的乐器。

基本上叫得出名字的，这里都有。

当然，最显眼的是一整面墙上挂着的奖状，还有随意丢在桌上没来得及整理的奖牌。

屏幕似乎安静了一瞬，大家同时以为自己眼瞎了。

这年头，女明星都这么拼了吗，直播晒假证跟假金牌？

我一个路人都看不下去了，前面是什么品种的傻子，她是疯了才敢直播造假吧！

妈呀，不行了，我快要笑死了。真打脸现场！

哈哈哈，我就问说她不会乐器的人脸疼不疼。

不，我就问咱们家女演员配不配当女导师！

啧，谁知道是不是拿了别人的证，有本事放大啊。

工作人员看到了这条弹幕，真的很有本事地切了个近景一一扫过所有的奖状、奖牌，务必让他们看得清清楚楚。

没等讥讽她的网友们找到新的角度，那边傅幼笙已经坐到一把木质的椅子上，明明是穿着现代的T恤短裙，偏偏抱着一把琵琶，那种骨子里的风雅即便脱离外表那些服饰妆点后依旧能让人感受深刻。

网友们仿佛看到了一位在江南水乡弹奏琵琶的女子。

琵琶声响，清脆悦耳如珠如玉。

当大家沉浸在古声古韵的琵琶音中时，下一秒，旁边递过来一架小提琴。

大家从琵琶音中抽离出来，小提琴曲空灵优雅，大家再沉浸时……

傅幼笙换了古筝、钢琴、萧、大提琴，最后以架子鼓落下帷幕。

弹幕从一开始的不敢相信：

这一定不是放的录音吧？

妈呀，傅幼笙这是什么神仙女明星，这首琵琶弹得堪比专业人士。

所以这些年她一直在隐藏实力？

到后面：

牛这个字我已经说厌了。

一排排的惊叹号表达内心已经震惊至极。

傅幼笙气定神闲地重新坐回原本直播的地方：“所以……我参加《青春

纪念营》，大家还有什么疑问吗？”

完全没有！

膜拜大佬。

关闭直播后，有个观众问：所以我就不明白，你这么牛，为什么要参加这种节目？

很快，等节目播出之后，大家对这个问题有了新的解读。

自从傅幼笙直播露了一手后，在微博上足足挂了好几天。

与此同时，络绎不绝的音乐节目来找她，都被闻亭拒绝了。

要一步一步地来，才能走得稳，现在傅幼笙的行程已经很满了。

拍完跟楚望舒合作的这部都市剧后，之前拍的那部电视剧要进入宣传期，还有她出道拍的第一部电影的导演徐导，之前执导的《再爱一次》首映礼，当时她跟女主角吴嘉容在网上传得有点儿不好，所以她就婉拒了。

现在这部电影票房已经破十亿，月中要开庆功宴。

庆功宴邀请了圈内不少人士参加，当然，傅幼笙也接到了徐导的再次邀请。

傅幼笙怎么着也得给徐导面子，这次必须要去的。

所以傅幼笙一杀青都市剧，就马不停蹄地进了《青春纪念营》的节目组，开始了第一期拍摄。

节目是边拍边播的模式。

第一期主要是导师们跟学员们见面，除了傅幼笙一个女导师，另外三个全都是男导师。

一个是音乐界的天王级别，拿过格莱美音乐奖；一个是才华横溢擅长作词作曲的音乐人，还有一个是如今的当红男艺人，唱跳俱佳。总之，都很厉害。

夹在他们中间，傅幼笙在音乐方面其实是不够看的，也就能唬唬那些啥都不懂的网友。

毕竟都是学生时代的事情了，她毕业后再也没有练习过。

众人一起去了拍摄场地——一栋粉色与蓝色相间的城堡。

城堡很大，容纳上百学员与工作人员们完全不在话下。

第一期拍摄花絮很快便被节目组上传到微博上——一群美男子之间，

就傅幼笙一朵鲜花独秀。

网友们纷纷留言：

所以，选择这个节目的原因，是借着工作去选夫的？

楼上真相了！

原来如此，选夫！

后宫佳丽三千啊，还选什么，成年人的字典里不做选择，都要了！

傅幼笙对于网上的这些调侃的话素来是不在意的，她正在考虑等节目拍完了之后，要去哪里度假。

自从大学毕业，殷墨工作开始忙碌，她就再也没有度过假。

然而，没等到度假，傅幼笙就等到了殷墨。

第二天录制现场，傅幼笙走出房门开始这一天的录制，便看到一群人簇拥着殷墨走来。

身边的工作人员议论纷纷。

“这栋城堡就是殷总借给导演的。没想到能亲眼看到殷总，颜值好高！”

“殷总不愧是豪门出身，财力雄厚，这样的城堡说借就借，也不怕被玩坏了！”

“对啊，我听导演说过，城堡里面摆出来的那些壁画、雕塑、花瓶等等，全都是真的古董！”

“有钱有才又有颜，第一次见到现实中的豪门钻石单身汉。”

傅幼笙跟殷墨远远地对视一眼。

见他很快收回视线，像是不认识自己，傅幼笙松口气，然而她这口气没有松太长时间。

上午训练完毕后，大家都去吃午餐，唯独傅幼笙留在那里，教一个颜值很高的男学员弹吉他。

傅幼笙穿着导演组统一发的类似于校服一样的适合运动的短款半袖，只要一坐下，就会露出一截雪白柔软的腰肢。

殷墨在走廊门口，看着傅幼笙毫无防备心地与那个男生离得那么近，指间燃起的香烟几乎烫到手指。

他脑海中浮现出自己来之前看到的网上评论。

说她是来选夫的。

选夫?

他还没死呢。

殷墨的眼神越发的冷沉。

一想到这样的她，被别的男人看到，殷墨心底那股子戾气就压抑不住。

傅幼笙专心的时候，是不会注意到外界的事情的，所以直到微笑着送走那位好学的学员后，都没有发现殷墨站在走廊边上。

她最后一个离开。

她刚走了两步，忽然被一道巨大的力气原地抱起来，像是抱孩子那样的姿势。

傅幼笙下意识地想要叫出声，下一秒便被一双大手捂住了唇瓣，独属于男性强烈的气息将她淹没:“想被所有人听到?”

本来傅幼笙吓得浑身僵硬，但是熟悉的声音让她停止挣扎，整个人像是劫后余生一样。

吓死她了。

还以为是什么极端粉丝。

冷静过后，傅幼笙狠狠地捶了他一下，漂亮的桃花眼里满是怒火。

大概是生气的缘故，她的眼尾像是沾了桃花蜜一样，微微泛着湿润的粉色，妩媚又多情。

知道她不会再喊出声，殷墨松开捂住她唇瓣的掌心，双手合抱住她的细腰往尽头一间房走去。

走廊奢靡又华丽，尽头那间高大金色的房门上刻着繁复神秘的花纹。

之前来的时候，导演组叮嘱过，这间是不能打开的，然后她亲眼看到殷墨用指纹开锁。

“殷墨，你疯了！走廊有监控的！”傅幼笙压低了声音，咬牙切齿地在他耳边说。

殷墨嗤笑一声。随着他抱起来的动作过大，傅幼笙本来就短款的上衣又往上攀爬了一截。

感受到掌心那不着寸缕的触感，殷墨语调冷得彻底，刚才她就是这样，在那么多男人眼皮子底下又是弯腰，又是坐下。

他眼底幽暗的戾气掩盖了原本的冷淡薄凉，像是素来冰寒一片的泉水上突然开始燃烧起火焰一般。

又冷又烫，冰火两重天。

进房间，房门便被砰地一声合上，随之而来的是男人几乎从唇齿中迸出来的话："我是疯了。"

傅幼笙怔愣一秒，完全没想到这样的话居然会从殷墨口中说出来。没等她反应过来，她便被男人扼住下颌，强迫她抬头看向这个房间。

傅幼笙这才发现，整个房间，四面甚至天花板都是透亮的镜子，能清晰地照出他们每一个表情。

镜子里，他们仿佛黏在一起一样，密不可分，中间没有任何阻隔。

傅幼笙错愕地张了张红唇："你想做什么？"

四周围着似乎像是压腿的栏杆，傅幼笙被殷墨按在栏杆上，整个人几乎顺着腰肢弯成一个弓形的弧度。

男人冰凉的手指像是有魔力一样，让她忍不住咬紧了牙关。

男女之间的力气差距在此时展现出来，但凡殷墨想要对她用强，傅幼笙就完全挣扎不开。

有时候她能感觉到身体跟心似乎是分开的。

她觉得自己已经不爱殷墨了，但没想到……这么多年的身体亲密，早就让他们的身体形成最契合的一对，身体拒绝不了他。

"想做什么？"殷墨粗粝的指尖慢条斯理地逡巡着，沿着她纤细柔嫩的脖颈，最后落在那殷红色的唇瓣上，"上次在景园公寓，你还欠了我一次，这次该还回来了。"

傅幼笙："……"

结束后，殷墨让傅幼笙躺在他胸口，不让她接触地面的冰冷。

他的指腹捏着她的小耳垂，听到她剧烈的心跳声渐渐平复："就你这个小身板，还选什么后宫三千？"

"嗯？"傅幼笙终于明白他今天为什么突然有病似的了。

合着半天，这是醋意大发。

傅幼笙突然觉得可笑。

以前想要他吃醋的时候，他毫不介意，现在她就是拍个节目而已，他就火急火燎地冲过来，这是想做什么？

傅幼笙看着他，红润的唇瓣缓缓吐出："可是，跟你有关吗？未来前夫？"

未来前夫这个词，彻底刺激到了殷墨。他猛地翻身，将傅幼笙按在透明的地面上。

锋利的薄唇堵住她的唇，幽邃沉入眸底，眼神逐渐开始失控："你放心，绝对不可能离婚。"

莫名的，殷墨脑海中突然浮现出秦叙那句话：让她怀孕，她就会乖乖地继续当殷太太。

“殷墨，不要！”

在濒临死亡的那种危险感抵达的那一刻，傅幼笙见他像是疯了一样按住她的腰，完全不给她往后躲的机会。

下午三点，录制开始。

傅幼笙换下来那已经被殷墨弄得完全见不得人的百褶裙，上半身穿着宽大的白 T 配铅笔裤，将身上的皮肤挡得严严实实，面无表情地跟着一群学员进入那间被开启的镜子房中。

有一个娃娃脸的学员说：“是不是没开窗的缘故，怎么感觉里面有点儿奇怪的味道？”

“殷总人真好，没想到不开放的房间都为咱们开放了。”

“这里四面都是镜子，太适合练群舞了。”

“感谢殷总，殷总好人！”

傅幼笙垂在腿边的纤指狠狠攥紧了。

什么好人？他算哪门子好人！殷墨他就是故意的！

看到他们在房间里四散开来，傅幼笙双唇紧抿，心情非常不好的样子。

她想过殷墨被离婚后，可能会生气，可能会不爽，也可能会有那么一点点的不习惯与伤心，但是她万万没想到……

殷墨竟然这么变态了？

第一期的拍摄，以傅幼笙硬着头皮面对这间镜子房而结束。

播出后，她还被节目粉丝截图，说她对学员们没耐心、黑脸、脾气差。

气得傅幼笙想要把殷墨拎出来揍一顿！

殷墨从城堡回来后，再也没有联系到傅幼笙，就连他的手机号都被拉黑了。

他发出去的消息全都石沉大海，陌生电话号码她也从来不接，甚至连温秘书的微信都被她拉黑了。

温秘书看着最近情绪更加阴晴不定的老板，终于忍不住了。

“殷总，您那天跟傅小姐发生什么误会了吗？”他斟酌了一下措辞，小心翼翼地问道。

城堡那日，是温秘书陪着殷墨去的，下午也是他给自家殷总送的一整套衣服。

难道是……殷总强迫了傅小姐？

他越想越觉得可能性很大，不然傅小姐不会气得连自己都拉黑了。

殷墨俊美深邃的五官薄凉沉郁，敛眉沉思：“误会？”那天是他被气到了。

事后殷墨是有点儿后悔，最后一刻也克制住了自己的情绪，恢复了理智。

即便如此，他还是不后悔那天对她的惩罚。他们现在还没有离婚，傅幼笙还是他的太太。

想到那些人看到傅幼笙的眼神，殷墨眼眸低垂，敛住了那几乎蔓延出来的森冷。

他们该庆幸，傅幼笙不喜欢他们。

不然……殷墨都不知道自己会做出什么事情。

温秘书见殷墨表情越发冷淡，连忙换了个方式：“要不您哄哄傅小姐？女人都是要哄的。

“您每次都太强势的话，按照傅小姐的脾性，或许会适得其反。”

殷墨若有所思。

温秘书趁热打铁：“我听说傅小姐要参加一个电影的庆功会，刚好，咱们公司也投资了这部电影。要不您带上礼物，去跟傅小姐道个歉？

“作为男人嘛，我们要宽宏大量一点儿！

“无论错没错，道歉总是没错的。”

殷墨用长指抵着眉梢，正在思考道歉的可行性。

就在这时，外面传来周秘书的敲门声。

办公室的门开着，周秘书踩着高跟鞋站在门口，精致妆容一丝不苟：“殷总，楼下有位姓元的律师找您。”

姓元的律师？

温秘书脑海中立刻浮现出北城最擅长打离婚官司的元大状。

傅小姐这是明摆着被惹毛了啊，直接把元大状请来了！

殷总见还是不见的好？

要是普通律师送律师函也就算了，重点是这位是元大状啊，不好不给面子。

温秘书附在殷墨耳边低声将这位的资料给说了一遍，殷墨被气笑了。

真是……

铁了心要跟他离婚，现在为了不跟他见面，直接叫律师过来。

该说她聪明呢，还是狠心呢？

周秘书："殷总，见不见？"

殷墨表情冷静，指尖把玩着金黑相间的钢笔，徐徐开口："见。为什么不见！"

他倒是想看看，自己不想离婚，谁能强迫他。

温秘书与周秘书相视一眼，默默地跟在殷墨身后。

傅幼笙接到元律师电话那天，恰好准备参加徐导那部《再爱一次》的庆功宴。

毕竟不是主角，傅幼笙也没打算喧宾夺主。

她穿着一袭复古黑色长裙，微卷长发，浓郁红唇，慵懒又风情，随便一拍就是绝美大片。

手机响了，傅幼笙新做了樱色透明指甲的手指轻轻一点，旁边举着相机的小诺一边拍照心里一边尖叫。

妈呀！就笙笙姐这种颜值气场，根本不需要什么拍摄技术，随随便便一拍，连修图都不必，就可以直接发微博。

闻亭看着小诺发照片："倒是给工作室省了摄影师的钱。"其他女明星都得要专业摄影师来拍，还要专业修图师来修。

虽然傅幼笙作为女明星真的很贫穷，但还真是省钱小能手。

殊不知傅幼笙接到元律师的电话，即将成为单身大富婆。

傅幼笙接电话时，本来表情是平静又冷然的。

殷墨上次那行为，彻底让她对他连和平分手、和平离婚的心思都消散了。

本来想着大家怎么着也在一起九年，能好聚好散就好聚好散，谁知道殷墨说变态就变态了。

她也懒得跟殷墨维系什么表面和平，撕破脸就撕破脸，总归先要离婚她才能安心。

毕竟变态了的殷墨，什么事情都做得出来。

果然之前是她太天真，分手后的情侣、离婚后的夫妻，怎么可能维系和平。

然而她低估了殷墨的变态程度。

傅幼笙红艳艳的唇瓣紧抿着，听完元律师逻辑严密的话后，眉尖跟着蹙起来，半晌才说："他要把名下所有不动产都给我？他疯了吗？"

殷墨名下到底有多少不动产，恐怕他自己都不知道吧。

元律师："虽然您的诉求是尽快离婚，甚至可以净身出户，但……对方要求分割他的财产给您，如果您强烈不要，协议不成的话，法院那边根据财产以及其他情况来判决。"

元律师第一次碰到这种夫妻。

一方非要给财产，一方只想尽快离婚，不要任何财产，他代理的还是受益方。

这位擅长离婚财产分割案的大状，第一次感到……无用武之地。

他不明白为什么傅幼笙要找他。

傅幼笙完全明白殷墨的意思，眼睫低垂："元律师，他名下的不动产很多，整理起来非常麻烦，我怀疑他是为了拖延离婚时间。如果这样的话，我该怎么办？"

"主要是两位属于协议离婚，对方还要求把名下众多财产给你，之前也并无感情破裂的证据，所以……对方如果想要拖延的话，只能分居两年。"

傅幼笙："……"她就想要赶紧离婚，谁要跟他分居两年再离婚。

元律师："我建议两位再坐下来好好协商一下，配合对方尽快梳理名下不动产。"

傅幼笙红唇抿着，在昏暗的光线下，冷艳极了，忽然觉得找人暗杀殷墨这个王八蛋可能效率比较高。

庆功宴。

傅幼笙一进来就引起众多人侧目。

徐导带着男女主演一块儿过来："幼笙，真是好久不见了。"

傅幼笙笑意盈盈，之前在保姆车里那冷然模样消失不见："徐导，祝贺。"

"给你介绍一下，这是我们男主角裴临，女主角吴嘉容，你们应该见过吧。"

在徐导面前，傅幼笙还是很给面子的。

仿佛之前那些她跟吴嘉容的不和都是网友们脑补出来的。

傅幼笙与吴嘉容相偕，往一群女明星闲聊的地方走去。

一路上，很多人都夸傅幼笙这身打扮美。

“亲爱的，你今天这个口红色号也太美了吧，好复古，是新品吗？”

傅幼笙挽着吴嘉容，笑着回应：“不是新品哦，是一款比较小众的色号。”

“你这条黑裙子好像是D家上个季度的高定款吧。上次看到有人穿得跟路人似的，没想到穿在你身上才是正确的穿搭方式。”

“哈哈哈，颜值高披个麻袋都好看。”

旁边作为本次宴会女主角的吴嘉容，嫉妒的目光快要从眼睛里射出来。

这些人都眼瞎吗？没看到她穿的是今年D家的高定新款，没有发布过的星空裙，为什么所有人都围着傅幼笙夸？

吴嘉容想要挣开，傅幼笙偏偏就是挽着吴嘉容的手，一路上硬要跟她站在一起。

傅幼笙那先天雪白盈透的皮肤，和吴嘉容后期用的白好几个度的粉底遮挡的白皙，单看还没有那么明显，可站得这么近，对比简直惨烈。

吴嘉容恨得牙痒痒，但徐导就在不远处，四周还都是一些投资商大佬、咖位比她高的明星演员，她根本不敢在这里跟傅幼笙翻脸。

忽然看到路过的捧着红酒的侍应生，吴嘉容眼睛一亮。

“傅姐姐，咱们上次有点儿误会，不如趁着这次喝一杯，一笑泯恩仇。”

傅幼笙见她趁势去拿红酒，双唇含着笑意：“我不记得跟吴妹妹有什么仇怨，妹妹上次不还给我探班吗？难道那次妹妹是找我报仇的？”

傅幼笙捂着唇，好像很惊讶。

吴嘉容眼皮子一抽：“当然不是，傅姐姐真会开玩笑。”

“那我们没必要泯什么恩仇。”傅幼笙见好就收，以免刺激过度了，把人给刺激疯了。

“别急啊。”吴嘉容连忙去拦，手上的红酒一瞬间往傅幼笙胸口泼过去。

电光火石之间，傅幼笙忽然看到身边走来一个熟悉的人，毫不犹豫地一把将人拉过来挡在自己面前。

哗啦，一整杯红酒如数浇到了殷墨的西装上，晕染到了雪白的袖口。

殷墨看着把他当挡箭牌的女人：“……”

这个世界上，恐怕只有傅幼笙有这个本事——让他吃了亏，一声也说不出来。

傅幼笙唇角的弧度不变，眼底毫无温度，语调带着歉意：“啊呀，殷总，真是不好意思，您这么大一个人突然杵过来，我条件反射。”

她嘴上说着不好意思，行动上却没有半分不好意思，连假装歉意帮他擦一下都不带愿意装的。

倒是旁边的人全都惊呆了。

尤其是吴嘉容，忍不住惊叫一声："殷，殷总。"连忙拿纸巾要给殷墨擦拭身上的酒液。

酒红色的液体顺着殷墨修整的衬衣袖口，滴滴答答地往下落，殷墨脚下渐渐累积了一圈水迹。

"殷总对不起对不起，我不是故意的。"吴嘉容都快要吓哭了，谁不知道殷总洁癖又冷漠的脾性啊。

她看向旁边的傅幼笙，眼睛含泪："傅姐姐，你怎么能拉殷总？"

傅幼笙："难道我该站在那里被你泼？"她理直气壮，完全不觉得自己有错的样子。

吴嘉容的表情一瞬间僵住了。

作为主人的徐导走过来："殷总，实在太抱歉了，我让人陪您去整理一下吧。"

殷墨漫不经心地将湿了一边手臂的西装脱下来，然后看向傅幼笙，下颌轻抬："不用找人了，就傅小姐吧，毕竟没有傅小姐，就没有殷某这场无妄之灾。"

傅幼笙冷艳地站在那里。

徐导为难。

不过傅幼笙看着殷墨那难得一次狼狈的样子，思索了几秒，还是点头了。

宴会里这么多人，她也不怕殷墨想要做什么，甚至懒洋洋地抬起白如藕段似的手臂，指了指自家经纪人："毕竟我是女性，单独陪殷总恐怕不妥，不如让我的经纪人一起。"

殷墨似笑非笑地看着傅幼笙。

现在对他防备心倒是真的重啊。

温秘书站在殷墨身旁，低声说："殷总，注意您的态度。您是要来挽回太太的啊！"

殷墨没有动怒，只觉得傅幼笙这警惕的小模样有趣。

好像自从她离开傅家后，她再也没有现在这般对他如此肆意过了。

殷墨一直保护她脆弱的内心，生怕当年她离开傅家后那一场心病再次复发。

没想到离开他之后，傅幼笙竟然恢复了脱离傅家之前的那种肆意，又好像比那个时候，更洒脱。

宴会厅灯光璀璨，殷墨看着灯下那笑得美艳绝伦的女人，眼神停顿了几秒。

傅幼笙白嫩的指尖捋了一下鬓间碎发："殷总介意吗？"

"不介意。"殷墨还能怎么说？说介意她就不跟自己走了。

闻亭跟在傅幼笙身边，一同随着殷墨他们去楼上休息室换衣服。

他在她的耳边小声说："你胆子太大了吧，就算跟殷总之前有过一段，也不必用这种方式引起他的注意啊！"

傅幼笙："？"等等，谁引起谁的注意？

傅幼笙凉凉一笑："明明是他为了引起我的注意，非要到我面前挨泼。"

闻亭还想要瞎说两句："你做梦呢吧，你别以为我没看到，是你先拉人家的！你这个一本正经地胡说八道的脾气什么时候能改改？"

没想到走到他们身前的殷墨突然停下，扭头看着闻亭："没错，是我为了引起她的注意。"

闻亭："？"啥玩意儿？

对上殷墨那双深邃幽静的眼眸，闻亭还以为自己出现了幻听。

下一秒他就看到殷墨走到傅幼笙面前："幼幼，我错了。"

不知不觉，他们已经走到了无人的走廊。

走廊光线没有宴会厅那么炽亮刺目，反而透着暗淡柔和的昏黄。

殷墨突然来的这一句，不单单让闻亭更蒙了，就连傅幼笙都有点儿措手不及。

殷墨竟然会主动道歉？这简直比他主动求复合还要让人震惊好不好。

傅幼笙卷长的睫毛轻轻眨了眨。

对于殷墨的道歉，除了震惊之外，她心里没有别的感觉，偏头看向旁边安静如鸡的温秘书："你们家殷总是不是又发烧了？既然有病，就别放出来传染人。"

温秘书："……"

第一次亲眼看到傅幼笙这么怼殷总，温秘书只想给她竖大拇指。

以前真是他眼瞎，竟然看不出来傅小姐就是殷总的正室太太，反而还以为是小情人。

温秘书尴尬一笑："傅小姐，殷总没发烧。他真诚地向您道歉，并且还为您特意准备了道歉礼物。"

殷墨即使被傅幼笙冷嘲热讽也能保持平静的心理状态，可见其心理素质之强大。

温秘书本来还担心殷总关键时候掉链子，到时候老婆没哄回来，还把人家再气跑得更远。

这时见殷总还能保持微笑，他总算是松了口气。

殷墨轻叹一声：“幼幼，我真的错了，那天不该……”

他略略一顿，大概是察觉到了有外人在，所以看了眼闻亭。

温秘书立刻伸手，拉走闻亭：“闻经纪人，让他们夫妻两个单独谈谈，咱们外人先给人家夫妻腾腾空。”

闻亭本来想挣扎，突然听到“夫妻”这个词，整个人都震惊了：“你说什么，再说一遍？”

他下意识看向傅幼笙，见傅幼笙没有任何纠正温秘书话的意思。

也就是说……

夫妻是真的？

他们居然是夫妻！

闻亭瞳孔一震，深深地看着这两位站在走廊，宛如一对璧人的夫妻。

他没等到温秘书的回答，反而是殷墨嗓音平静：“是我太太。”

被拖走之后，闻亭还残存一点儿理智：“是夫妻，不是情人？”

温秘书没想到闻亭这个经纪人竟然不知道傅幼笙的婚姻状态，忽然觉得自己以前不知道也很正常。

殷总跟傅小姐隐瞒得实在是太成功了，导致他们身边所有人都不知道。

这对夫妻很好很优秀。

殷总这边的人以为傅小姐是殷总的情人。

傅小姐这边的人以为殷总跟傅小姐是不正当关系。

温秘书怜悯地看着闻亭：“是夫妻，快要离婚的夫妻。”

闻亭感觉人生观都要颠覆了。

所以傅幼笙的软饭老公，就是胜景投资的殷总！

傅幼笙这个小骗子，骗得他太深了！

两个人站在角落，远远地看着那对婚姻即将破碎的夫妻两个。

傅幼笙一身婀娜的长裙，懒洋洋地靠在墙壁上，目光不经意落在殷墨雪白袖口上那斑斑红色酒滴，有点儿刺目，想要躲开那个位置，偏偏就是躲不开。

傅幼笙看到男人伸出那只手，将一个精致的小盒子递过来。

殷墨打开盒子，里面是一条流光溢彩的红色钻石项链。

没有女人能抵挡得了钻石与深情美男子的注视，然而傅幼笙只是看了眼，就移开视线："我不要。"

"不值钱，拿着玩，反正用你的钱买的。"

殷墨将项链塞进傅幼笙手里，那姿势，像是在一条路边摊上买的玻璃石头。

傅幼笙看着这条价值几千万的"不值钱"的项链。

等等，她的钱？

殷墨拿出手机，给傅幼笙看他之前给她注册的那个账号。

"你上大学的时候，我给你准备了一个基金账号，都是用你之前的奖学金、奖金等投资的，包括你上次给我的钱，也在里面，之前的那些翻了三百多倍，后面那笔也翻了十几倍。

殷墨磁性的嗓音，不疾不徐："等明天，就会有人专门将这笔钱打给你。"

傅幼笙本来还以为殷墨是骗她的，但当她看到初始金额真的只有一百多万时，总算是相信了。

这确实是她高中那几年参加各种比赛得的奖金，还有大学之后各种奖学金。

她高中的时候怕自己参加比赛的事情被家里人发现，所以奖金全都交给殷墨，让他帮自己保管，随便他想要投资也好做什么也好。

傅幼笙想想就觉得玄幻。

但是想到殷墨的本事，傅幼笙又觉得好像也没有那么难以相信。

傅幼笙站直了身子，蹙眉看他："为什么？"

"幼幼，你没看出来吗，我在哄你。"

殷墨看她情绪不对，完全不是温秘书说的那种会感动的表情，眉心沉敛："你不开心？"

"我有什么可开心的。"傅幼笙推开了殷墨的手，施施然一笑，"这本来不就是我的东西？"

殷墨："……"

傅幼笙："这就当你给我的离婚费了。"

"到底为什么离婚，真的是因为不爱我了？"殷墨见她要走，本来想要忍耐的，但还是没忍住。

他一把拉过她的手腕，将她抵在走廊的墙壁上。

修劲有力的手臂将她的活动范围完全控制住。

他只要一低头，就能清晰地看见傅幼笙那双乌黑漂亮的桃花眼。

以往每次看到自己便水润欣喜的，眼睛里仿佛有星星的眸子，现在像是看一个吃她豆腐的登徒子。

傅幼笙感觉很累。

殷墨这段时间其实一直都传递出想要复合的信息。

看着年少时的爱人，傅幼笙瞳仁迷茫。

当初那一往无前的爱，真的会消失吗？

还是……她心中一往无前爱的少年，好像永远只是那个少年。

而他根本不懂，自己现在为什么要那么决绝地分开。

殷墨见她沉默，当是否认，顿了顿问："那是因为我不够关心你？"

"当初你受伤，我……"他不是擅长解释的人，"是我的错，我胡乱吃醋，错过照顾你受伤。"

"不是因为这个。"傅幼笙可以听得了他强势霸道，听得了他高高在上，但是却听不得他这样的人突然开始剖析自己的过错。

她看着殷墨，一字一句地告诉他："我想跟你分开，只是因为你不爱我而已。

"殷墨，我累了。

"放过我吧。"

没有人永远是少年。

但她心里，永远有那个朝她伸出手，救她于黑暗的少年，他永远是少年。

之前她离开别墅那天，说她腻了，是气他的话。

但是这次……她说她累了，是真话。

麓荷别墅。

殷墨透过偌大的落地窗，看着外面漆黑一片的夜景，脑海中回荡着傅幼笙的话，突然碾碎了指间那支香烟。

因为太过用力，他指尖隐隐泛白。

他放过她，可是谁放过他呢？

"既然这么喜欢，就重新追回来吧。"肖沉原将一听冰镇的啤酒递给殷墨，自己也拿了一听，仰头喝了口才继续说，"上次商琮说得对，能爱上你一次，就能爱上你第二次。"

"她觉得我不爱她。"殷墨嗓音透着低低的沙哑。

肖沉原："那你爱吗？"

殷墨打开啤酒，眉心轻轻皱着："爱？"爱不爱重要吗？他们在一起不就好了？

他宠着她，随便她想要做什么就做什么，无所顾忌地享受着人生，追求自己想要追求的梦想。

肖沉原笑了笑，殷墨从小便冷情冷性，在他们知道傅幼笙之前，都觉得殷墨未来可能会皈依佛门，成为一个无情无欲的佛子。

即便是有了傅幼笙，他们也不觉得殷墨会爱上一个女人。

后来知道殷墨跟傅幼笙早就结婚了，又开始怀疑他是不是真的爱而不自知。

一个男人娶一个女人，无论是碍于什么，本身就证明这个女人在他心里了。

就算是他现在不爱，也距离爱不远。

也或许是……他明明已经爱了，却没有意识到这是爱。

"目前看来，无论你爱不爱，人家都想跟你离婚了。你硬拖着不离，只会越推越远。

"所以啊，兄弟，我建议你……以退为进。"

肖沉原拍了拍他的肩膀，将一听啤酒一饮而尽，转身离开了露台，给殷墨一个安静的空间思考。

殷墨将一听还没有喝完的啤酒捏紧。带着泡沫的液体从里面飞溅出来，冰凉的触感让殷墨头脑清醒了许多。

傅幼笙录制青春营第二期时，重新搬回了城堡。

她刚准备开始化妆，换衣服，进行第一次公演。

公演是要进演播厅录制的。

这算是第一次公开亮相，傅幼笙作为导师，自然有一个单独的化妆间。

闻亭拿着手机进来："殷太太，温秘书给您来电话了。"

听着闻亭这阴阳怪气的话，傅幼笙挑眉睨了他一眼："再阴阳怪气，信不信我换经纪人了。"

闻亭："算你狠！"他将手机塞给傅幼笙，眼不见心不烦。

好不容易遇到个抱上如此金大腿的女明星，感觉自己都可以不用努力就能就跟着她鸡犬升天。

万万没想到这位不按套路出牌，说离婚就离婚，人家那边疯狂挽留，她都不带给面子的。

傅幼笙接过电话。

那边不是温秘书的声音，而是殷墨的声音。

他好像是一夜未睡，又像是许久没有喝水的缘故，嗓音沉哑："幼幼，离婚协议书我已经签好了。"

傅幼笙指尖不由得攥紧了手机，有种尘埃落定的松懈感。

她红唇张了张，许久才轻轻说出来一句话："你能想通就好。"

"好，抽空你让人来公司拿吧。"殷墨说完，便没有再说话，但是也没有挂断。

傅幼笙也没有说话，安静地听了几秒，忽然说："谢谢你。"

语调真诚得殷墨差点儿绷不住脸上的表情，俊美的面庞上带着彻夜未眠的倦怠，但眼神却是深邃透彻的，仿佛能洞察人心。

半晌，他薄唇幽幽溢出一声轻叹："好。"

傅幼笙挂断电话之前："那离婚证？"

殷墨："……放心，我既然答应签离婚协议，就不会哄骗你。

"你想想，我骗过你吗？"

也是，殷墨好像真的没有骗过她。

傅幼笙放心了。

殷墨心里再沉郁，还是安抚她："办理离婚证，我们总得见面约个时间，你也知道，我平时比较忙，女明星离婚也需要安排，不然我们前脚一办理离婚手续，后脚就要上热搜。

"你也不愿意跟我一起上这样的热搜吧。"

挂断电话后，傅幼笙还是觉得殷墨的语气怪怪的，但当她让闻亭亲自跑了一趟胜景资本大厦，拿到了殷墨已经签好字的离婚协议后，又怀疑自己是不是小人之心了。

闻亭看着签好字的离婚协议，仿佛看煮熟了又飞了的鸭子。

重点是这个鸭子他连味儿都没闻到，眼睁睁看着在他眼皮子底下飞走了！

拿到离婚协议后，傅幼笙确认无误，终于可以安心录制节目。

面对闻亭的死亡凝视，傅幼笙翘着唇角："放心，我绝对不会告诉殷总，你说他是鸭子。"

闻亭："！"他什么时候说殷总是鸭子了！

傅幼笙气定神闲地将离婚协议书收起了。

公演开始那天，傅幼笙没想到节目组请来的嘉宾竟然是楚望舒。

她跟楚望舒自从戏杀青之后就再也没见过。

很少上综艺节目的他，这次居然以嘉宾身份参加了这个节目。

后来她想到楚望舒跟导演是朋友，又坦然了。

节目组知道他们两个刚刚拍完戏，即将进入宣传期，所以特意将他们安排在一起。

偶尔楚望舒跟傅幼笙会私下聊天，然后节目组很会搞事，把他们私下聊天的画面全都截下来，然后制成短片发到微博宣传。

节目录制结束，晚上导演组请客。

傅幼笙坐在包厢里，看着节目组官博发的微博，似笑非笑地看了眼旁边坐过来的导演："导演，您效率可真高。楚哥这节目还没有拍完，就被您物尽其用个彻底。"

导演："哎呀，别这么夸我了，我会害羞的。

"怎么你们一个个的，这么爱夸我。

"刚才望舒也是这么夸奖我的。"

楚望舒无奈："脸皮越来越厚。"

以前拍纪录片的时候，导演还算是正常人，自从改拍综艺节目，这位老同学是越来越厚脸皮。

说完，楚望舒看向傅幼笙："他就这样，你多包涵。"

傅幼笙其实还能接受这种宣传。

毕竟导演组没有把气氛搞得很暧昧。

有那种综艺节目组，就算没有暧昧，也能后期给你们剪辑上暧昧。

整个包厢里的都是年轻人，大家玩得很嗨，就连傅幼笙也随大流地喝了两杯酒。

她漂亮的眼睛透着水润润的光芒。

因为一录制完毕就来聚餐，所以傅幼笙身上还穿着录制公演时候的亮片裙。

银色的吊带亮片裙，将她秾纤合度的身材衬得又美又纯——漂亮的肩颈线，天鹅颈，穿这样的裙子最能展现她完美的身材；外面裹了一条白色流苏披肩，此时因为喝着酒，披肩滑落到肩膀。

楚望舒看着她白嫩纤细的手臂，默了一秒，抬手给她将披肩提上去一点儿，挡住那片白嫩的皮肤。

殷墨进来的时候，便看到这样一幅画面。

随殷墨一同而来的肖沉原跟着他一块儿顿住脚步，安抚地拍了拍他的肩膀："冷静。"

殷墨当然很冷静。

他都同意给傅幼笙离婚协议书了，可想而知他有多么冷静了。

他修长的指骨弯曲，心平气和地敲了敲包厢门。

导演立刻站起来："殷总来了！"

"殷总来了，快请进。"节目组上层们一看到殷墨他们，立刻起身迎接，"肖总也来了，欢迎欢迎。"

肖沉原："客气。大家聊什么呢，笑得这么开心？"

肖沉原说话时，直接跟殷墨一块儿往里面傅幼笙他们坐的沙发走来，并没有上牌桌。

傅幼笙乍一看到殷墨，还以为自己出现什么幻觉了，后来才想起，殷墨是这个节目的总投资商，最大的投资人，导演请他来好像也很正常，反正都在北城。

殷墨坐得离傅幼笙很近，近得傅幼笙甚至能嗅到他身上浅淡的薄荷烟草的味道。

熟悉而……让人沉迷。

傅幼笙揉了揉发胀的额角，觉得自己肯定是喝醉了。

殷墨旁若无人，温声问她："喝了多少？"

傅幼笙虽然有点儿微醺，但理智还是残存的，理智告诉她，他们离婚了，要离远点儿。

所以，傅幼笙默默地往楚望舒旁边靠了靠，远离殷墨。

长条的沙发上，只坐了他们三个人。

楚望舒察觉到他们之间的气氛奇怪，很绅士地问她："要跟我换个位置吗？"

"好……"傅幼笙刚准备点头，实在是殷墨的气息太过强势了。

没等傅幼笙说完，殷墨薄唇含笑，也不生气："傅小姐，能单独聊聊吗？关于今天你经纪人从我这里拿到的那份文件。"

傅幼笙："……"

文件？什么文件？

除了离婚协议书还能是什么文件？

殷墨不疾不徐："可以吗？"非常谦和有礼貌。

就是那种你要是不愿意的话，那我也不会逼你的斯文绅士。

楚望舒听了，还以为是工作上面的文件。

虽然觉得傅幼笙面对殷墨时有点儿奇怪，但一个漂亮优秀的女孩子，被同样优秀的男人喜欢，也是很正常的。

楚望舒看着傅幼笙跟殷墨离开的背影。

肖沉原端着一杯酒走来：“楚先生，我最近手里有一部戏，非常适合您，要聊聊吗？”

这部戏是殷墨投资的刻画正能量军人形象的大项目，许多一线甚至超一线的男演员，都想来试这部戏的男主角。

殷墨舍得把这个男主角拿出来给楚望舒，主要是因为这部戏要拍一年，而且要去情况非常艰苦的地区，连跟外界联系都很难。

一个优秀的同样觊觎自家老婆并且被老婆青睐的男人，把他送得远远的，是最好的解决方式。

殷墨自然舍得。

而且殷墨了解过楚望舒的所有资料，知道他是想要转型的真正的热爱表演的演员。

这部戏送到他面前，他只要不是没脑子，都会答应。

楚望舒从来都知道，世界上没有白吃的午餐。听肖沉原说完这部戏后，他低笑一声：“肖总为什么会选择我？”

肖沉原脸不红心不跳地对楚望舒拍了一连串彩虹屁：“因为你的演技好啊，肖某本人特别喜欢你演的电影，你本人也没有什么绯闻，为人低调演技又好，这样有意义有价值的正能量大戏男主角非你莫属。”

一番话说得真情实感。

伸手不打笑脸人，楚望舒没有答应，也没有拒绝，只是说回头跟经纪人商量一下，看看档期有没有撞。

肖沉原特别想说，就算撞了，他们这边也可以为他调整，但太热情了反而不美，倒是让人觉得他别有目的。

于是他克制住了，只是朝着楚望舒举了举酒杯：“那么……希望有幸能与楚影帝合作。”

楚望舒：“谢谢您。”

仅只有一墙之隔的另一个包厢。

包厢不大，傅幼笙与殷墨两人对坐，也不显得空旷。

依旧是古色古香的设计，空气中弥漫着与隔壁烟酒气息格格不入的淡雅檀香。

一墙之隔，宛如两个天地。

傅幼笙安静地看着殷墨。淡淡雅致的檀香让她微醺的酒意消散几分，只余白皙脸颊上那一抹桃色，能堪堪看得出她方才是喝过酒的。

见殷墨挺拔的身姿端正坐在单人沙发上，修劲精致的长指正拎着一个精致小茶壶，慢条斯理地沏茶。

闲适优雅的举止，让人宛如正在看一幅流动的工笔画卷。

定制的西装熨帖工整，就连脖颈上那颗衬衣扣子都系得一丝不苟，一举一动都透着禁欲矜雅的风骨。

傅幼笙撑腮欣赏他的茶艺。

等他将一杯茶推到她面前后，傅幼笙才缓缓开口："谢谢。"

"不用客气。"殷墨嗓音透着温淡的笑意，"毕竟……我在追求你。"

傅幼笙刚端起茶杯，抿了一口茶，差点儿被他的话呛出来。

什么玩意儿？谁追求谁？

傅幼笙睫毛上撩，震惊地看着对面那个表现得温和无害的男人。

"慢点儿喝。"殷墨不疾不徐地给她添茶，"你想喝多少，我都给你泡。"

傅幼笙："……"

殷墨解释道："放心，答应你的离婚我不会反悔。

"不过幼幼，你能不能给我一个重新追求你的机会，三个月为期，如果你不满意，不再接受我，我会……跟你办理离婚手续。

"给我三个月的时间。

"我会学着以你喜欢的方式爱你。

"好不好？"

傅幼笙安静地听完："所以你爱我吗？"

隔着檀木桌子，两人视线在半空中相遇。

殷墨薄唇微启，像是叹息："除了你，我心里从来没有过别人，所以，你教我好不好？

"让我追求你，重新学着爱你。"

男人的嗓音磁性又温雅，看着她的眼神，仿佛看他唯一的心上人，爱至深而浴火重生。

傅幼笙眼睫低垂，淡淡地说了句："随便你。"

追求是他的事，答不答应是她的事，所以她有什么好抗拒的呢？

就当他是最普通的追求者。

本来殷墨听傅幼笙答应了自己追求她的事情觉得很高兴，然而他很快就明白了，女人心狠起来，真没男人什么事。

第二天，傅幼笙给他寄过来一式两份的合同，合同内容是三个月后，去办理离婚手续，不得反悔。

殷墨扫了一遍后，拿起钢笔签上自己的名字。

既然她想要这个保证，那他就给她。

离婚协议他都签了，还差这个保证合同吗？

第八章
离婚VS追求

/

XINTIAO
BU
TINGHUA

十月底。

傅幼笙代言TN高奢珠宝的广告，开始大面积投放。

就连北城市中心最繁华商场外的大屏上也24小时不间断地播放傅幼笙的这段广告，一时之间，傅幼笙的长相、名字，几乎随处可见。

与此同时，她给《VL》拍摄的十月刊也开通预售。

三秒售空，打破了《VL》时尚杂志最快的售罄记录。

今年的十月，是傅幼笙彻底爆红的一个月。

影视、综艺、时尚全面开花，傅幼笙彻底跻身一线小花，源源不断的好剧本像是雪花一样飘来。

工作室的休息室内。

傅幼笙表情平静地靠在沙发上，看着微博上疯狂上涨的粉丝数，竟然觉得有点儿空虚。

“你这是什么表情？”闻亭即便是带出过一二线的男女明星，现在傅幼笙荣升一线，心情还是很兴奋的。

但是他一扭头，便看到傅幼笙那平静得跟吃了顿午餐似的表情，忍不住问道。

傅幼笙捡起来沙发边上看了几天的剧本，翻了一页：“这只是开始，有什么可兴奋的。”

闻亭向傅幼笙竖起大拇指，果然……这位就是办大事的人，荣辱不惊，这是怎么样的心态。

难怪能拿下殷总这样优秀多金的男人。

想起来殷总，闻亭凑过来问："所以，你跟殷总真的离婚了？"

傅幼笙指尖在剧本边缘顿了一下："三个月后。"

闻亭疑惑，这年头有钱人离婚都是要选日子的吗？跟结婚似的，离婚也要选个良辰吉日？

"不是。"傅幼笙云淡风轻地说，"他还想再追求我三个月，挽回婚姻。"

闻亭："？"

谁追求谁？谁挽回谁？

一想到殷总这样的男人，还要挽回女人，闻亭忽然顿悟了，那自己这样的男人，想挽回前妻好像也很正常。

闻亭五年前因为工作繁忙，与发妻聚少离多，离婚了。

最近偶遇前妻，他这几年将自己沉浸在工作里，无心谈恋爱，本来以为自己要孤独终老，直到碰到了前妻，他才发现，自己还是会心动的。

只是心动的那个人，还是最初的那个。

他本来下不定决心，莫名地听到连殷墨都要挽救婚姻，就觉得自己也可以试试。

闻亭合上了行程表："你跟我说说，殷总是怎么追求你，挽回你的？"

傅幼笙悠悠地看了他一眼："干吗问这个，跟你有关系吗？"

"抄作业。"闻亭理直气壮地回道。

他觉得自己不会追老婆，抄作业总会吧。

殷总各方面都很优秀，追老婆一定更优秀。

傅幼笙本来不想说，但听闻亭哭唧唧一张脸说自己单身五年了，想要挽回老婆。

她迟疑两秒，然后还是摇摇头："我觉得殷墨的作业不适合你抄。"

闻亭："为什么？"

傅幼笙红唇轻抿："因为他的追求，我一点儿都不想答应。

"所以，你确定是要抄他作业？"

闻亭："……"所以殷总到底是怎么追求的？

就在这时房门被敲响，小诺抱着一束粉色玫瑰花走进来："笙笙姐，殷总给你送花了。"

"哦，放那儿吧。"傅幼笙下巴抬了抬，随意地指了指落地窗旁边的架子。

随着傅幼笙示意的方向，闻亭看到五颜六色的玫瑰花随意地堆放在那儿。

这几天他有事情没有来工作室，今天也没注意到那个角落，看到小诺随意地将粉玫瑰丢到架子上，唇角抽搐一下："这是……殷总的追求？"

傅幼笙点点头。

小诺意味深长："不止如此。"

随即她转身去了门口，然后提进来一个精致的三层饭盒："这里还有殷总每天送来的爱心午餐。"

闻亭有种看学霸做 1+1 等于 2 的题目一样，让他抄都没有劲儿抄，因为自己都会做啊！

傅幼笙夹着一张从花束里拿出来的卡片，看了眼，然后夹进了剧本里。

这个她准备接的本子里，已经夹了六张卡片，每张都是手写的情话。

傅幼笙觉得殷墨好像真的挺努力的，明明天天忙得加班，还得抽出时间来从网上搜这种土味情话写下来。

她怀疑殷墨每次写的时候，估计都是强忍着恶心。

想到那个画面，傅幼笙淡淡笑了一下。

"对了，这个剧本我想接，你帮我约一下导演。"

傅幼笙指着手边这个剧本，对闻亭说。

闻亭扫了眼，是最近那些剧本其中的一本。因为傅幼笙火了，许多导演、制片人都想要签下傅幼笙升一线后的第一部戏。

毕竟别的不说，热度是有了，甚至省了宣传的钱。

闻亭看了眼剧本，眉头皱了一下："《盛世》？你想接这个戏？

"环境会很苦的。

"而且拍摄周期很长，等到上映的时候，票房不好的可能性也很大。"

毕竟是主流影片，这种正能量向带点科幻的军事片，在市场上的流动性一般般。

当红的女明星，很少去拍摄这种影片。

周期长、拍摄苦，而且在里面风吹日晒的，一个好端端靠颜值吃饭的女明星，都能变成灰头土脸的女汉子。

看着自家身边这个明艳娇媚，完全受不了什么苦的女明星。

她怎么会想到去拍摄这样的电影？

而且剧本虽然送来了，但这部戏还是需要试镜的，万一试镜不成，搞不好还要丢脸啊。

好不容易升上一线，傅幼笙搞什么刺激游戏！

闻亭摇头："我不同意接这个。"

随即他从一摞剧本里挑出来："你看这个，百亿票房导演许誉的新电影不好吗？还有这个《福华传》不好吗？给你的片酬都很好，上来就是女主角，不用试镜。

"还有一部非常有潜力的青春电影。最近这几年，青春电影非常火，这个本子是知名大导周安执导的，百分之九十会有很高的的票房，而且会拿奖，你不想当影后吗！"闻亭苦口婆心。

傅幼笙不是听不进道理的人，只是她觉得《盛世》这部戏实在是太好了。

女主角是个双面间谍，类似于双重性格，非常有张力，而且很锻炼演技。

"周导那部青春电影我也很喜欢，跟《盛世》的拍摄时间刚好是错开的。"

《盛世》前期选人估计就要用三四个月的时间，而周导那部电影，下个月就可以开机，所以时间上来得及。

见闻亭还要说，傅幼笙决心已定："行了你别说了，《盛世》我肯定要去试镜的，你先去签周导那部。"

闻亭从一开始跟傅幼笙意见有分歧的时候，他就从来没有一次能说服过她。

他觉得自己像一个工具人！

工具人闻经纪临走之前理直气壮地顺走了傅幼笙房间里的一束新鲜空极的粉玫瑰。

他美其名曰："精神损失费。"

知道闻亭是要借花献佛，挽回前妻的，傅幼笙大方地让他带走了。

傅幼笙去试镜《盛世》那天，一进试镜大厅就发现里面等候区竟然已经坐了不少女明星。

从一线、二线到十八线的都有，有娱乐圈耳熟能详的实力派女演员、颜值派小花旦、女爱豆等，也有几个已经半退圈的老牌女演员。

试镜的角色不同，年龄段也不一样。

傅幼笙被分到了女主角的试镜区。

闻亭跟着她一起来试镜的，对这个壮观的场面也是颇为震惊。

因为他私下得到的消息是，这部戏虽然各方面都好，但女明星们都不愿意受苦，所以很少有人接触这个戏。

万万没想到这些人居然都是障眼法！

嘴上说着太辛苦不来试镜，实际上……全都来了。

这群人竟然联合起来欺骗他，这是有多害怕傅幼笙来竞争。

闻亭沉默地看了眼傅幼笙，觉得有时候她真是运气好得可以。

“还是你聪明。”

傅幼笙穿着一身简单的湖蓝色连衣裙，清丽雅致，优雅地坐下，听到闻亭这话，侧眸看了他一眼：“果然是抢着的才是最香的。”

闻亭：“……”咱们两个不是一队的吗？你为什么总喜欢无差别攻击！

傅幼笙没想到在自己前面试镜的竟然是……赵清音。

多久没有见到她了？还以为她退圈了。

没想到，她竟然还能拿到《盛世》的试镜邀请，果然不愧是大小姐！

赵清音与傅幼笙擦肩而过时，眼神有点儿复杂，不过却没有像以前那样直白地攻击她。

这是……学乖了？

傅幼笙眉眼淡淡，对赵清音也没有什么想要赶尽杀绝的想法。

赵清音咬了咬唇，还是没忍住，在傅幼笙耳边低声说了句：“殷家不会让殷墨哥娶你的。”

傅幼笙忽然笑了笑，这位恶毒女配当得不称职啊，不知道她跟殷墨已经进入了第四阶段吗？

恋爱——结婚——婚后——感情破裂——离婚。

第四阶段还有不到三个月结束，很快进入最后一个阶段。

而赵清音现在还活在第一阶段。

看到傅幼笙那浅淡的笑，赵清音觉得这个女人是在胜利的笑，是在挑衅自己。

她手指忽然捏紧了，深吸一口气，对自己说：忍住。

表哥说了，她如果想要在娱乐圈继续混下去，就不能再跟以前一样，尤其是不能再欺负傅幼笙。

为了《盛世》的女主角，她忍了。

看到傅幼笙走进女主角的试镜现场，赵清音抿唇笑了，真想看看等会儿傅幼笙试镜失败时候的表情。

此时，女主角试镜室内。

傅幼笙一走进来，几个考官眼前一亮。

尤其是给傅幼笙发试镜通知跟剧本的导演，他个人是属意傅幼笙的。

因为傅幼笙第一部出演的民国剧，那一转身的回眸惊艳了他，她就是他想要的这部戏的女主角。

其中一个人格神秘危险又风情万种，而另外一个则是心软善良的小天使。

在导演心里，是想要傅幼笙来试镜第二人格的，只要没问题，就定她。

万万没想到投资商今天也来试镜现场，而且觉得上一个赵清音适合当女主。

在这行这么长时间了，导演当然明白投资商爸爸的意思。

他就很纠结——一面是心中的白月光，一面是资方爸爸的威压。

如果说导演看到傅幼笙是惊喜的话，那肖沉原就是惊吓。

尤其是听到傅幼笙用清冷的嗓音说："诸位下午好，我是傅幼笙，来试镜女主角秦烟一角。"

肖沉原只是短暂的蒙了一瞬，然后迅速摸出手机给殷墨打电话："殷墨！你老婆来试镜《盛世》女主角！"

本来这部戏是肖沉原为了安抚家里那个被殷墨伤透心的表妹，第二是为了让楚望舒接了男主角之后，离开北城一段时间，免得妨碍殷墨追老婆。

万万没想到傅幼笙竟然来试镜了！

这是什么巧合？这是什么难题！

肖沉原头大，挂断之后又赶紧给殷墨发消息：

肖沉原：怎么办，让你老婆落选吗？

楚望舒那边已经点头当男主角了，要是让傅幼笙当女主角，他不单单是对差点儿得抑郁症的表妹失约，还等于直接把兄弟老婆推给别的男人。

肖沉原眉头皱得很紧，差点儿就没有听到制片人在他耳边小声提醒。

"肖总，导演问您呢。"

肖沉原："什么？"

导演看了刚才傅幼笙的试镜表现，问："肖总，我觉得就傅幼笙的表演更有爆发力，相较而言，之前那个就有点儿清淡了。"

之前那个是谁？还不是他表妹。

肖沉原倒不觉得自家表妹输给傅幼笙有什么丢脸的，毕竟能被殷墨看上的女人，总不是真的花瓶。

只是他现在为难的根本不是演技啊！

傅幼笙站在舞台中央，看着肖沉原那皱得很紧的眉毛，已经想到了结果。

赵清音是肖沉原的表妹，难怪她今天能来试镜女主角。

傅幼笙轻笑了一声，这次试镜大概要走过场了。

她只是随便笑了笑，但是落在肖沉原眼里，就有点儿头皮发麻的感觉。

看着毫无动静的手机，肖沉原神态冷静，内心已经开始怒吼：殷墨，你关键时候快点回消息啊！

等到殷墨看到消息，已经是半个小时之后的事情。

殷墨在会客室里见了一个大客户，回到办公室后，他一边慢条斯理地扯开脖颈上系得很紧的领带，一边往办公区域走去。

温秘书跟在他身后："殷总，刚才肖总给您发消息，您正在开会没看到。

"肖总给我打电话，让您开完会速回他电话。"

殷墨接过手机，看了眼肖沉原的微信消息，素来清冽透彻的眼眸微微一暗，随即在办公椅上坐下。

温秘书眼观鼻鼻观心看着，目光不经意落在旁边黑色木质办公桌上那几本跟商业文件格格不入的书籍：

《如何正确挽回妻子的心》

《如何拯救没有感情的婚姻》

《追妻一百八十八种专业姿势，教你幸福一生》

《女朋友生气离家出走怎么办？》

《女人最爱听的情话散文诗集》

《拯救爱情的情话篇，句句酥到心里》

《哄老婆的九十九招，招招很绝》

……

整整齐齐两大排。

其中殷总面前还有翻开的一本《哄老婆的九十九招，招招很绝》，每一招旁边都用刚劲有力的字迹做了注解笔记，密密麻麻的。

温秘书估计以前殷总上课时候做功课笔记，都没有这么认真。

不愧是傅小姐，能把殷总逼到这个境地。

此时殷墨已经给肖沉原拨了个电话过去。

肖沉原：“你终于回我电话了！”

殷墨用指骨轻敲着面前那本做了不少笔记的书，语调凉凉：“她试镜是怎么回事？”

肖沉原：“还能怎么回事，你老婆来试镜《盛世》女主角，表演非常优秀，除了我之外的所有考官都满意！”

气氛沉默两秒，肖沉原忽然听到殷墨清冽又低沉的嗓音说：“你对她的表演有什么不满？”

肖沉原：“……现在的重点是这个吗！重点是，这个女主角要不要给你老婆。”

殷墨手肘撑在桌子上，指尖抵着眉梢：“跟楚望舒解约，所有损失我来出。”

他没有那么大方，让自家老婆跟一个觊觎她的男人在偏远的地方朝夕相处一年时间。

楚望舒不觊觎她也就罢了，但上次他亲眼看到了，楚望舒看傅幼笙的眼神，分明是男人看女人的眼神。

不是欣赏，而是爱慕。

肖沉原犹豫两秒：“那……我表妹怎么办？这个角色本来是给我表妹的。

“喂，我跟你说你可别赶尽杀绝啊。我表妹虽然之前做了点错事，但罪不至死，何况已经得到教训了。

“怎么着也是我亲表妹，我姑姑只有这么一个女儿。”

殷墨：“你表妹是哪位？”

肖沉原：“……你在逗我？”

他上次差点儿把他表妹弄成抑郁症，现在人家好不容易重新振作起来，搞了半天，罪魁祸首竟然把她忘了！

“哦，你妹妹太多，记不清了。”

殷墨语调徐徐。想到傅幼笙，他揉了揉额角：“既然不重要，那就随便给个配角，你那部戏不是有很多女配角吗？”

《盛世》这个本子是殷墨牵头出资的，肖沉原出面，但最后决定的人还是殷墨。

肖沉原还想为自家表妹争取一下，然而殷墨已经挂断了电话。

啧……

看着嘟嘟作响的手机，肖沉原转头对助理说："那个《明明就是真人秀》综艺的常驻嘉宾，不是还缺一个女嘉宾吗？就赵清音吧。"

总归是弥补她一下。

转而肖沉原通知《盛世》的导演组，女主角定傅幼笙，赵清音降为女二号。

导演觉得肯定是傅幼笙用演技征服了资方爸爸，所以资方才把原本内定的女主角改成女二号。

傅幼笙在试镜时看到肖沉原跟在赵清音之后，就觉得自己拍《盛世》的计划肯定要泡汤了。

虽然试镜完毕后导演让她回去等消息，两个工作日后通知她，但她已经开始研究周安导演的那部青春电影。

谁知没等两小时，导演组便通知她当选女主角，三个月后正式入组，开始围桌攻读剧本。

傅幼笙接到通知后很奇怪："导演，为什么选我？"她略一顿，"我看肖总好像不是很喜欢我的表演。"

导演笑道："怎么会？肖总非常喜欢你的表演，期待你入组后的表现。最近这段时间准备一下吧，女主角需要瘦到八十五斤，我知道你是专业的演员，可以做到的。"

身高一米七，体重九十五斤的傅幼笙陷入沉默。

虽然她骨架小，但该有肉的地方都有肉，看似玲珑纤细，腿长腰细脸蛋小，但是体重也是实打实的。

闻亭等傅幼笙挂断电话："你不是说投资商爸爸是赵清音的亲表哥吗，怎么会选你而弃赵清音？"

傅幼笙蹙眉。

她已经猜到了，除了殷墨，谁还能让肖沉原改变主意。

她把殷墨的号码从黑名单里拉出来，拉黑后首次给他打了电话。

对方几乎是秒接。

他嗓音透着几分愉悦："你把我从黑名单里拉出来了。"

这话一出，傅幼笙就很想把他重新拉回去。

“殷墨,《盛世》是你帮我的吗？”

殷墨俊美的面庞上笑意一敛：“没有帮你，是你本身的演技打动了导演。”

“本来定的女主是赵清音。”傅幼笙声音平静，“是你让肖沉原改变主意的。”

殷墨嗤笑了声：“是我见不得有人靠裙带关系进组，到时候票房不行，还得我亏本。”

嗯？所以资方爸爸其实是殷墨？

傅幼笙刚想说什么，便看到闻亭疯狂朝她使眼色：快点感谢资方爸爸啊！

傅幼笙：“谢谢。”

闻亭：“？”你这是感谢的语气？不知道的还以为殷总欠你钱。

傅幼笙没搭理闻亭：“谢谢你帮忙，有空请你吃饭。”她随便客气了两句。

殷墨翻着《如何听懂女人的言外之意》想了想，说：“什么时候请我？我最近都有空。”

“我最近没空，三个月后吧，刚好我们办完离婚证，我请你吃大餐庆祝一下。”说完，傅幼笙干脆利落地挂断了电话。

闻亭无言以对，最后幽幽地憋出来一句话：“跟你相比，我觉得我前妻真的很好追求。”

虽然他到现在也毫无进展，然而对比殷总的待遇，最起码他前妻还愿意跟他一起吃饭。

殷总皱眉看着最新一页——如何听懂女人是否是拒绝。

然后发现……傅幼笙对他的拒绝，是真情实感，并不是欲擒故纵。

殷墨薄唇紧抿，一言不发地将这本书丢到垃圾桶，然后换了一本新的。

旁边温秘书问：“傅小姐很喜欢旗袍，您不如投其所好？”

为了他们这些跟殷总朝夕相处的下属们不再继续面对殷总的阴晴不定，温秘书勇敢进言。

旗袍？

殷墨想到家里傅幼笙那几乎占据半个衣帽间的旗袍，露出若有所思的神色。

当天晚上，殷墨开车回了老宅，一进门便看到殷母优雅地坐在沙发上喝咖啡。

殷墨：“这么晚了，还喝咖啡。”

殷母看到自家儿子：“真是稀客呢。

“今晚刮的什么风，把日理万机的殷总刮回家了。”

听着母亲的冷嘲热讽，殷墨直奔主题：“妈，去年奶奶八十大寿，您给她定制的那套旗袍，是从哪里定的？”

殷墨在傅幼笙身边耳濡目染，自然也清楚什么旗袍是珍稀的，是好的。

那当然是以前那些专门做旗袍的老裁缝，一针一线地手工缝制，才能制作出那种韵味十足的旗袍。

殷母福至心灵：“你想给谁做旗袍？女朋友？

“终于想通了，要找个女朋友了？”

面对这一系列问题，殷墨拒绝回答，并且朝她伸出手：“你不给我联系方式，以后再也不可能有儿媳妇了。”

殷母：“不行，你要是不给我说是给谁准备的，我不给你联系方式。

“这位可是已经不再接单的老裁缝。当初你奶奶生日，还是我费了两年时间，好不容易说服老人家，才预定好这件旗袍的。”

两年时间？殷墨等不了，他只有不到三个月的时间了。

见殷墨要走，殷母立刻站起来：“你等等……”

殷墨：“没时间，等不了。”

殷母：“……”

果然是给喜欢的女孩置办旗袍，不然儿子怎么会这么热切？

这儿子怎么这么闷，直接说是有了喜欢的女孩，很难吗？

殷母这么想着，也这么问出来了。

殷墨平静地回她：“难。因为她三十五岁之前都不想生孩子，今年二十五岁，还有十年，您能不催吗？”

那当然是不能！结了婚不生孩子这是要上天？

他们殷家绝对不能十年内都没有下一任继承人，这不单单是殷墨一个人的问题，还是整个家族企业的问题。哪家继承人不早早地生下下一代，好稳定军心。

“儿子，我觉得宋家的女儿……”很不错，而且人家希望婚后一年就生孩子。

殷墨不等她说完：“先走了。”

殷母："殷墨！你不想要联系方式了？"

看到殷墨连女朋友都不想要的样子，已经母胎单身快要三十年了，殷母决定退一步。

先把女孩拐到手再说，到时候她再跟小姑娘谈谈。

只要身体没有问题，怎么能迟迟不生孩子。

小姑娘家家的，早点儿怀孕生孩子，也能早点儿恢复。

要不是看在他年纪大了，还没有个女朋友的份上，殷母绝对不会妥协。

哎……养个儿子全都是债！

最后殷墨还是拿到了老裁缝的联系方式。

离开之前，殷母问他："女孩到底是什么样子的？"

恰好，客厅电视正在播放傅幼笙拍的 TN 珠宝代言广告，殷墨面色平静地抬了抬下巴："跟她挺像。"

说完，殷墨干脆利落地离开，只留下殷母看着傅幼笙的广告。

偌大的电视上，傅幼笙精致漂亮的脸蛋上带着明艳肆意的笑容，纤细的天鹅颈上挂着一串璀璨珠宝，一袭湘妃色的旗袍，优雅迷人，又掩不住周身的钟灵毓秀。

殷母第一反应就是这小姑娘真漂亮。

第二反应就是幸好不是这个小姑娘，不然看着她那小细腰小细腿的，瘦巴巴的可怜，就瘦成这样，谁舍得让她生孩子。

只要不是儿媳妇，殷母还是很欣赏小姑娘的颜值的。

尤其是穿旗袍，特别有味道。

她上一个看到能把旗袍穿成这种感觉的，还是她那个出身于昆曲世家的婆婆，家族底蕴在那里，才能养出来婆婆的气质。

倒是不知道这个小姑娘是怎么养的。

广告只是一闪而过，殷母没有多想，甚至都没有注意到傅幼笙的名字。

殷墨拿到联系方式后，直接定了最早的一趟飞机，前往南方虹城去亲自见这位老裁缝。

他一连在虹城待了一星期，直到傅幼笙要进组了，还没有回北城。

傅幼笙这次进组的是周安导演的那部《归来仍少年》，是一部青春电影，就差女主角了。

所以，一定下傅幼笙，她立刻就可以进组了。

这是傅幼笙今年拍的第三部戏。

短短时间，接连不断地进组，她神经也有点儿紧绷，但如果不进组不拍戏，她不知道自己要做什么。

还是拍戏吧，她最喜欢的不就是拍戏吗？

《归来仍少年》这部戏的男主角是演技派的小生沈毓，不过比傅幼笙要小三岁，今年才刚刚毕业。他是童星出道，前几年拍了一部古装剧的男配才重新被大众记起来，是少见的没有长歪反而越发好看的童星之一。

沈毓虽然年纪小，但跟穿校服又纯又美的傅幼笙还是很有情侣感的。

沈毓年轻，孩子心性，对傅幼笙非常热情。

一进组就姐姐长姐姐短，而且特别喜欢跟傅幼笙自拍，并且发微博，一副小迷弟的样子，格外圈粉。

惹得不少傅幼笙的粉丝们都对他好感噌噌涨。

然而傅幼笙总觉得这位少年看她的眼神怪怪的。

直到一天晚上，傅幼笙卸妆回房间洗完澡，准备看看剧本然后休息时，外面突然传来一阵敲门声。

为了舒服，傅幼笙穿着简单的吊带睡裙，想了想，问了声："谁呀？"

外面传来清朗的少年音："姐姐，我有事找你，开开门好吗？"

傅幼笙听到是沈毓，从落地镜前看了眼自己此时的打扮，将挂在旁边的浴袍裹在身上才开门。

傅幼笙开门后，入目便看到抱着剧本站在门口的身影。

见她开门，少年已经有了棱角的面庞染上一抹笑，乌黑深邃的眼眸看着她："姐姐，我能跟你提前对一下剧本吗？我对明天的对手戏，有不懂的地方。"

他晃了晃手中厚厚的剧本，一脸单纯无辜，眼底闪烁着求知欲。

傅幼笙看了眼时间——晚上八点半，倒也不算晚。

"好，那你等我一下。"傅幼笙说完，便往后退了两步。

沈毓听后，下意识地要跟进去，但砰的一声，房门在他面前关上。

沈毓："？"他浓密的睫毛眨了眨，有点儿反应不过来。

不是答应了吗？怎么把他关外面了？跟想象中的不一样啊。

五分钟后，换了身外出穿的衣服，傅幼笙拿着自己的剧本重新出现在门口，然后对着沈毓扬手："我们去一楼大厅的咖啡厅对戏。"

沈毓："……"

他坚强地笑了笑："好。"他能说不好吗？

为什么他都暗示得这么明显了，傅幼笙就好像完全接收不到他的信号?

傅幼笙看着他一下子低迷下来的表情，眼睫低垂，果然沈毓对她别有所图。

咖啡厅。

傅幼笙是真的心无旁骛地跟他对戏。

沈毓看着她白生生的侧脸，心猿意马。

“姐姐，你有男朋友吗？”沈毓忽然开启直球模式。

傅幼笙的指尖顿在剧本薄薄的纸张边缘，抬眸似笑非笑地看他：“你猜。”

“我猜姐姐肯定没有男朋友。要是有男朋友的话，怎么舍得让姐姐一年到头不休息地拍戏呢？”沈毓的语调满是心疼。

他果然是了解过她的，不然怎么会知道她前段时间的行程。

原本沈毓是与她相对而坐的，但是说着说着话，沈毓已经很自然地坐到傅幼笙身边，那双极其迷人的狗狗眼看着她：“我看了都心疼，女孩子都是需要被保护的。

“姐姐，以后我来保护你好不好？”

傅幼笙快要被他肉麻死了。

她觉得自己大概是已经进入冷淡模式，对于这枚酥脆香甜小鲜肉的撩拨，除了头皮发麻之外，根本没有任何心动，看他的眼神像是看儿子一样。

她摸了一把他的头，语重心长：“你还小，还是好好保护自己吧。

沈毓：“？”他使出最后的迷人眼神绝招，竟然都被躲过去了！竟然有女人能抵挡住他的魅力！

从小到大在女人方面战无不胜的沈毓，第一次遭遇到了挫折。

眼睁睁看着傅幼笙云淡风轻地从另一侧离开后，沈毓靠在椅背上，给自家亲哥打了个电话。

“哥，你真是料事如神。”沈毓叹气，“傅幼笙果然不好撩。”

对面传来成熟男人清冽好听的声音：“沈毓，别动她。”

沈毓翻了个白眼：“动不了……她看我的眼神，跟看熊孩子似的，让我怎么撩得下去！”

男人低低笑了声：“倒是符合她的作风。”

沈毓听到他那调调，酸得牙都要掉了：“哥，不是我说你，暗恋人家这么多年，最后还被别的男人截和，亏你还笑得出来。”

沈行舟："女人总得经历点失败的感情，才会珍惜现在。"

沈毓："……"

大度量如您，真不愧是脱离家族，白手起家，短短十年就创造出商业帝国的传奇男人。

厉害！

沈行舟的嗓音传过话筒："我让你去是帮她的，没让你做些有的没的，再敢乱来……"

威胁的话没说完，沈毓已经认㞞："绝对不敢！这可是我未来嫂子，我哪敢啊。"

沈行舟被他那句"未来嫂子"取悦了。

等挂断电话后，沈毓拍了拍小心脏，心有余悸。

幸好跟大哥坦白了，不然要是以后傅幼笙真成了他嫂子，跟大哥提起自己撩拨她的事情……

不敢想不敢想。

傅幼笙本来以为既然沈毓昨晚来那一出，那他是不会轻易放弃的。

没想到从第二天开始，他就从时不时地撩拨她的态度，一下子转变成——真把她当亲姐姐了。

傅幼笙："这年头的孩子，都是这么善变的吗？"

闻亭听傅幼笙提起过那晚，毕竟傅幼笙担心万一被人拍到了，也有应对措施。

闻亭翻着微博，就看到沈毓在微博上狂吹傅幼笙的彩虹屁。

沈毓V：这就是我的亲姐姐。

照片上，是沈毓偷拍的傅幼笙看剧本的侧面照。

甚至他还在这条评论上自己抢沙发：

沈毓V：要跟姐姐学习。

毫无暧昧的意思。

底下一群粉丝打卡狂欢。

闻亭幽幽地说："你说他是不是想要蹭你热度？"

傅幼笙粉丝数已经破六千万，而沈毓虽然是当红小生，但粉丝数也就是傅幼笙的一半，说他想要蹭热度，倒也是有可能的。

“只要他不来打扰我，随便他。”傅幼笙点了点自己的微博最近的热度，“总归，是双赢。”

只要不是炒绯闻，这种姐弟情傅幼笙并不在意。

况且，虽然沈毓上次玩了一出夜光剧本，但他尺度拿捏得刚好，傅幼笙倒是没有很厌恶。

他大概是孩子心性。

闻亭不经意刷到一条微博。

他打开，发现是一个旅游博主，她说自己在一个小镇旅游的时候，竟然发现一个颜值超绝的男人。

古色古香的青石板，男人穿着一身雪青色长衫，像是误入凡尘的谪仙。

男人鼻梁高挺，眉眼俊美深邃，正站在木质廊檐下，看外面细雨靡靡，像是在躲雨。

下面留言纷纷，不少人认出来是胜景资本的殷墨殷总。

一群迷妹纷纷尖叫。

这张偷拍简直像是大片。

闻亭将手机在傅幼笙眼皮子底下晃了晃：“殷总怎么去乌木镇了？

“难怪自从你进组后，就再也没有看到他送花送爱心午餐了。”

傅幼笙看了眼照片上的男人，眼眸微微眯起。

脑海中忽然浮现出他们第一次旅游的画面。真不是她对殷墨念念不忘，主要是那段记忆太深刻，看到这张照片，回忆一下子就浮现出来了。

当时她高中毕业旅行，因为那个时候她喜欢古建筑，所以殷墨特意带她去南方一个古色古香的小镇上住了半个月。

小镇有千年传承，一眼望去是九曲弯折的阡陌巷子，青石板铺路，青石板铺桥，所有的建筑物都是用古朴悠远的木头制成的，走在巷道之间，让人的心一下子便沉淀下来。

他们来的第二天，小镇便开始下起了绵绵细雨。

殷墨就撑着一把当地人用的油纸伞，带她行过小镇的每一条巷道。

每次回去后，他肩膀一侧都是湿漉漉的。

后来他们找到一家裁缝店，店内做旗袍与男士长衫，两人各做了一件。

两人回到客栈，天色昏昏暗暗的，换好衣服各自从房间内走出来时，已经夜色朦胧。

不知道是夜色太美好，还是受了对方的蛊惑，又或者是……水到渠成。

傅幼笙已经忘记是谁先亲的谁，总归那天晚上，那两件刚刚做好的衣服全都报废了。

最后的记忆，傅幼笙只想起那红色滚着银边的旗袍被扯坏丢到木质的地板上，而……青色长衫随意地盖在上面，只露出一点儿薄绸布料。

外面是雨水拍打荷叶的声音，耳边是素来无情无欲的男人重重的呼吸声。

“笙啊，你想什么呢，没听到我跟你说话吗？”闻亭看到傅幼笙久不说话，推了她手臂一下。

傅幼笙终于从浅浅的回忆中抽离出来，细白的指尖揉了揉眉心，嗓音带点哑意：“听到了。他去哪儿跟我有什么关系？”

他们的记忆太多，她有心忘记，但一旦有了引线，还是会时不时地从记忆里飘出来。

闻亭：“真不明白你！殷总哪里不好，也没出轨也没家暴，长得好看各方面都优秀，还愿意降低身段主动挽回你。这么好的一个男人，哪里去找？”

傅幼笙没有搭理闻亭，翻着剧本。

就在这时，下戏的沈毓突然冒出来：“闻哥你说我姐要去找男人？什么男人，比我帅比我高比我优秀吗？”

这一声姐喊得自然无比，要不是知道他们俩认识是在进组之后，闻亭还真以为他是傅幼笙的亲弟弟呢。

闻亭吓了一跳：“你从哪儿冒出来的！”

沈毓嘟嘴：“怎么了，我姐跟我还有什么秘密不能让我听吗？”

闻亭：“……”这是哪里来的自来熟？他们又不熟！

见傅幼笙专心看剧本，沈毓凑过来：“姐，其实这个世界上好男人多得是，闻哥一看就知道没见过世面，你可不要被他误导了。”

傅幼笙合上剧本，饶有兴致地看了他一眼：“所以呢？”

沈毓理所当然：“所以……你不能被前男友给哄回去啊！”

闻亭脸色一变。

倒是傅幼笙，眼眸微眯，桃花眸冷静地看着他：“你怎么知道我有前男友。”

沈毓“啊”了一声，然后他眼珠子一转，解释道：“当然是因为我刚才听到闻哥跟你说谁谁谁没出轨没家暴还挽回你，这么好的一个男人哪里找。

闻哥说话声音太大了！幸好我在旁边给你们守着，不然要是被什么有心人士听到了，岂不是糟糕！”

他还倒打一耙：“姐姐，你要不换个靠谱的经纪人吧，闻哥这个嗓门迟早害到你。”

闻亭：“？”我说话声明明很小，而且你故意偷听才是真的有问题好吧！还美其名曰给他们守门。

怎么会有这么厚颜无耻的男明星！

沈毓安慰：“姐姐你别担心，我肯定不会出卖你的。再说了，你之前有男朋友的事情，圈内不都知道吗？”

圈内人明明传的是她背后有人，什么时候传她有男朋友了。

傅幼笙抿了抿唇：“算了，以后不要偷听了。”总归就算是沈毓听到了，他说出去也没用，毕竟也没什么证据。

再说……她跟沈毓没仇没怨的，资源也不冲突，他干吗要搞她。

沈毓乖乖答应：“好的姐姐。”

本来傅幼笙觉得这件事到此为止了，然而万万没想到这事还有后续。

那是在一次剧组聚会上。

傅幼笙白天去见了一位投资商，是靠金矿起家的房地产大佬，看中了她的商业潜力，想要给她的工作室投资。

傅幼笙想到如今工作室营业还挺艰难的，便应了闻亭去见一下，迟了点抵达包厢，结果竟然听到剧组女二号在包厢里暗示大家。

有演员问：“傅老师怎么还没来？”

“可能是有急事吧。我们先开始。”

这个时候，剧组女二号忽然笑了：“我来的时候恰好看到傅老师跟一个中年富商进酒店，不知道是不是有什么私人行程。”

“私人行程”这四个字说完后，她还咯咯笑着。

“听说傅老师背后好像有人出钱，难道就是这位吗？”另外一个十八号女明星附和道。

“就不能是男朋友吗？”女二号嗔了一句。

十八号捂嘴：“是我说错话了，大家见谅。”

傅幼笙准备敲门的手顿住，看着她们唱作俱佳的表演，像是看戏一样。

她刚准备直接推门进去，便听到一声拍桌子的声音：“胡说八道！你们知不知道造谣是要负法律责任的！”

沈毓脾气暴躁，要不是经纪人在旁边拦着他，他直接想要把酒泼到那两个女人脸上了。

“沈毓弟弟，你还小，不懂得娱乐圈的规则。”

沈毓气呼呼：“我是不懂什么规则，但傅幼笙有男朋友！青梅竹马从小一块儿长大，男方家世显赫，本人年轻优秀，名校毕业，白手起家现在身价几千亿，重点是长得比我还好看，她要什么资源没有，为什么要找什么中年富商包养，脑子进水了吗？

“可惜，我姐就是跟你们不一样，她不喜欢靠男人要资源，人家就优秀就要靠自己，你们算什么东西在这里胡说八道！”

偌大的包厢一瞬间安静下来。

如果这话是傅幼笙自己说的，他们还以为是吹牛，但现在这话是沈毓说的，沈毓没必要帮傅幼笙吹牛啊！

傅幼笙站在门口听到后，表情一言难尽。

他口中描述的这个人，真的跟殷墨就像是同一个人。

难不成沈毓知道殷墨的存在吗？

还是说，他认识殷墨？

就在傅幼笙站在门口思考要不要进去的时候，肩膀上忽然落下一个柔软的掌心。

这个时候，包厢内传出来女人的声音：“那你倒是说说，这么优秀的男人到底是谁啊。

“国内身价过千亿的也就那几个人吧，年轻的指向性更明确。难道你想说傅幼笙的男朋友是胜景资本的殷墨殷总吗？”

没等到沈毓的回答，傅幼笙就听到了男人低沉磁性的嗓音在耳边响起：“要我帮你进去圆场吗？”

傅幼笙侧眸，看到了好几天都没有见的男人。

殷墨一身西装革履，薄唇含笑站在她身侧。

傅幼笙本来还算平静的表情崩了一瞬。

虽然沈毓那牛不是她吹的，但是被殷墨听到这话，她还是有点儿心态崩塌，双唇慢慢吐出一句话：“不用，身正不怕影子斜。”

殷墨垂眸看着她，眉心轻皱了一下：“幼幼，你没必要拒绝我，就当我为了追求你，好吗？

“别进去，不然三个月约定作废。”踮脚在殷墨耳边说完这句话，傅幼笙推开了门，在大家看到他之前，将他严丝合缝地关在外面。

第九章

破产了，你养我

/

XINTIAO
BU
TINGHUA

殷墨靠在走廊墙壁上，从裤袋里拿出一支烟点燃。

自从傅幼笙离开他之后，他的烟瘾就越来越重。

薄荷烟的味道在空气中弥漫开来，隔着迷蒙烟雾，殷墨短暂地自嘲一笑。

殷墨觉得傅幼笙真的太倔了，明明自己这个帮她打脸的工具可以随她使用，偏偏她非要自己一个人去面对。

温秘书捧着一个精致雕花的木盒子走过来："殷总，您不进去吗？导演说傅小姐就在这个包厢。"

看殷总神色沉敛，温秘书有点儿困惑，刚才下车的时候不是心情还不错吗？

怎么就他去拿礼物这段时间，殷总心情变化这么快。

"她不让我进。"殷墨薄唇微启，吸了一口香烟，语调淡得让温秘书毛骨悚然。

然后他盯着门板，出了个主意："殷总您想知道里面发生了什么吗？"

殷墨凉凉地扫了他一眼："有话就说。"

卖什么关子？

温秘书抱着礼物盒子："这个会馆也是盛少名下的产业，为避免里面发生冲突或者意外不可知，所以包厢内全部都装了监控。"

他提议："你如果担心傅小姐，不如暗中关照？到时候万一傅小姐有什么意外，您也能及时英雄救美。”

殷墨看着紧闭的房门，沉吟半刻，随温秘书一同往监控室走去。

此时包厢内。

傅幼笙一进去，原本还在说话的一群人，跟被扼住喉咙似的，哑口无言，齐刷刷看着她。

傅幼笙漫不经心地往空着的座位上一坐，晃了一下面前已经倒好的红酒。

白腻的指尖与暗红色的液体交织，莫名透着一种神秘又危险的气息。

“怎么不说了？继续说呀。”

沈毓一看到傅幼笙进来，立刻挤开傅幼笙旁边的演员，坐到她身侧：“姐，她们就是嫉妒你漂亮又优秀，觉得只有诋毁你，才能心里畅快，这些人心理都扭曲了。

“别搭理这群心理扭曲的丑女人。”

这话一出，那几个说话的女演员，脸都绿了。

女二号表情还算能稳得住：“沈毓，你别说得这么难听，我们只是好奇而已。

“毕竟傅老师背后有人的事情，整个娱乐圈谁不知道。”

“我怎么不知道？”傅幼笙轻抿了一口红酒，忽然开口。

女二号：“傅老师，您常住在麓荷公馆的别墅区是吧。

“能买到这里别墅的人非富即贵，您当初在进入娱乐圈之前，可就住这里的别墅了，您可别说是您家就在这儿。

“对于您的家世，恐怕您自己最清楚，就是普普通通小镇上长大的女孩。

“怎么可能在入圈前就买得起麓荷公馆的别墅。”

傅幼笙听到她逻辑分明的话，显然是有备而来。

连她入圈之前的事情都了解得一清二楚。

白天为了谈投资，傅幼笙换了一身正式的双排扣西装裙，优雅从容，在一众花花绿绿的小裙子里，显得格外正式端方，杀伤力很强。

此时她就那么浅浅淡淡地看着她们，听到质疑也没有慌乱：“所以……于小姐，就连我住在哪里都需要跟你汇报一下吗？”

信誓旦旦的女二号被傅幼笙这话问住了。

其他人也恍然。

对啊，傅幼笙背后有没有人跟他们有什么关系……

场面一瞬间寂静。

沈毓忍不住给傅幼笙点赞，不愧是他亲哥看中的女人，瞧瞧这魄力，三言两语就把人怼得哑口无言。

他哥真是想多了，傅幼笙根本不需要他帮忙保护啊，自身就是一个大杀器。

然而很快，沈毓就知道，非但傅幼笙不需要他帮忙，甚至他的帮忙还是扯后腿。

那个十八号小声说："那刚才沈毓说的什么身价千亿青梅竹马的男朋友，也是帮傅老师吹牛皮的？

"没想到傅老师跟沈毓弟弟私下关系这么好。"

因为沈毓是童星，算是从小到大被观众们看着长大的，大家都习惯叫他沈毓弟弟。

沈毓下意识看向傅幼笙，他当然知道除了男朋友之外，其他的全都是真的。

傅幼笙幽幽地看了眼这个帮倒忙的，怀疑他是不是反装忠。

小沈卑微地对着傅幼笙尴尬一笑，悄声说："姐你放心，我绝对不会让你难堪的！"

说着，他抬高了下巴，面对其他人："谁说我姐吹牛皮，身价千亿青梅竹马的男朋友本来就存在。

"开创智能科技领域的商界新贵大佬沈行舟知道吗？

"那就是我们家姐姐的男朋友。

"只是姐姐平时低调。"

谁？沈行舟？

傅幼笙下意识地看向沈毓。

恰好是他侧脸对着自己，傅幼笙眼底恍了恍神，总算明白自己对沈毓为什么莫名其妙地觉得熟悉了——他跟初中时候的沈行舟长得很像啊。

沈行舟高中一毕业就出国了，直到现在都没有回国一次，要不是沈毓忽然提起来，傅幼笙都快要忘记他长什么样子了。

沈毓，沈行舟。

他们两个是什么关系？

没听说沈行舟有个弟弟。

沈家与傅家是世交，家教同样的严格，比起傅家有过之而无不及，只不过沈行舟从小看起来温文尔雅，但当他一满十八岁，很有魄力地果断脱离沈家，出国留学，白手起家。

众人哗然。

傅幼笙没解释，越抹越黑。

等到场子结束后，女二号跟几个相熟的演员私下悄悄说："沈总一直都在国外，怎么可能是傅幼笙的男朋友？一定是联合沈毓吹牛的。

"你们谁能联系到沈总？到时候我们当众打脸他们。

"太过分了，竟然碰瓷沈总。"

虽然沈行舟主要的商业活动在国外，但作为开创了智能科技领域的商业大佬，经常在国内做慈善，并且颜值非常能打，以绅士温润、热心慈善的真正商人闻名。

监控前。

殷墨听到傅幼笙他们的对话，长指抵着手机，沈行舟？

他倒是有所耳闻，并且作为商人中两大颜值扛把子，偶尔还会被一起提及。

只是他没想到傅幼笙跟沈行舟有什么过去。

他跟傅幼笙在一起九年，将近十年，从来没有听她提起过这个人。

所以刚才沈毓只是为了给傅幼笙解围？

温秘书在旁边叹气："沈毓还是太幼稚了，这种为傅小姐解围的方式，后续很容易出问题啊。而且万一有人认识沈总，岂不是当面就被拆穿了？"

殷墨看着傅幼笙姗姗离开，眼神沉静。

她宁可顺着沈毓的话默认一个陌生男人当挡箭牌，也不愿意给他打个电话，让他立刻过去帮她。

"殷总，您去哪儿？"眼看着殷墨往外走去，温秘书立刻抱着檀木礼盒跟出去。

酒店距离会馆门口很近。

她没有乘坐沈毓的车，戴着口罩墨镜，慢慢地沿着灯光炽亮的路边步行回去。

沈毓跟在她身后姐姐长姐姐短的。本来傅幼笙想要问一下沈毓跟沈行舟什么关系。

突然一辆黑色的轿车在路边停下。

后座车窗降下，露出男人那张俊美无双的侧颜。

在炽白的路灯照耀下，男人皮肤呈冷白色，透着几分清冷薄凉：“上车。”

傅幼笙下意识望过去，入目便是殷墨那显眼的俊美面庞，语调不容置喙。他最近这段时间表现得太过无害，傅幼笙差点儿忘了这个男人平时说一不二的性格。

“你是谁啊？”沈毓立刻挡在傅幼笙面前，警惕地看着突然出现的男人。

作为豪车爱好者，沈毓第一眼就看到这辆车价值不菲，绝对不是普通有钱人能开得起的。

他脑海中立刻浮现出自家大哥说过的，傅幼笙喜欢的那个男人——殷墨。

傅幼笙见殷墨睨向沈毓。

为避免他得罪殷墨，傅幼笙从他身后站出来，偏头看他一眼：“我认识，你先回酒店吧。”

而温秘书已经从副驾驶下来，亲自给傅幼笙拉开后车门：“傅小姐，请上车。”

傅幼笙坐进车里，车子立刻启动，隐约能听到外面沈毓那一声：“姐姐！”

见傅幼笙一直看向车窗外，殷墨握住她的手，缓缓地与她十指相扣，不容她拒绝：“他有什么可看的？”

“看我，我比他好看。”本来傅幼笙因为殷墨不经过她同意就牵她的手，想要挣脱开来，没想到会听到他在耳边用似乎带着怨气的调调说出这样一句话。

当她看向他时，他又快速将她的脸蛋按在自己肩膀上：“别看我。”

傅幼笙额头撞上他冰凉的西装外套，轻呼了一声：“殷墨，你干吗！”

“你先看我的。”殷墨倒打一耙，很自然地替她揉了揉被撞红的额头。

傅幼笙：“……怎么你还见不得人？”

殷墨不做声。

光线昏暗的车厢内，前排的温秘书已经很有眼力见儿地让司机把挡板打开，给他们一个私密的环境。

密闭的空间安静无声，傅幼笙甚至能听到耳边殷墨轻轻浅浅的呼吸声，闻到清冽薄荷烟的气息。

看着外面越来越陌生的景色，傅幼笙忽然问：“你要带我去哪儿？”都快要九点钟了。

殷墨扫了眼旁边那个雕花檀木礼盒："约会，看电影。"

傅幼笙："……我不想去，太晚了，想睡觉。"

殷墨不同意："不是答应让我追你的吗？不跟我约会相处，怎么重新了解我？怎么培养感情？"

谁要跟你培养感情？

傅幼笙无语地看着殷墨，分明是他自己单方面做的决定好不好！她只是答应三个月后才离婚，又没答应配合他培养感情。

"九年都没培养出来，你准备三个月怎么跟我培养？"傅幼笙的红唇抿成一条直线，在昏暗的光线下，透着清清冷冷的感觉。

殷墨不紧不慢，甚至还露出微微笑意："九年时间，但我们平时见面相处的时间也不过一两年而已，所以我决定这三个月，一直陪着你。"

傅幼笙："你不工作了？"工作狂失去一天工作都受不了。

"没事，如果我破产了，那就你养我。"殷墨指尖慢条斯理地挠了一下傅幼笙的掌心，"以后我有的是时间陪你。"

傅幼笙："……"

这是人话吗？她要一个破产需要她养的小白脸干吗？

傅幼笙似笑非笑地看着他："你要是真破产了，我才不会养你。

"我有这个钱，养个年轻貌美的小鲜肉不香吗？干吗要养你这个老腊肉。"

殷墨听到她的话，素来平静淡漠的表情差点儿克制不住。

他哪里老腊肉了？

深吸一口气，殷墨在她耳边咬牙切齿，一字一句："就算老了，也绝对能让殷太太满意。"

男人温热的气息洒在她薄薄的皮肤上，傅幼笙揉了揉泛红的耳垂。

不是因为害羞，而是身体的本能。

她绷着一张小脸，倒是没有继续怼他。

很快，车子在 24 小时营业的商场停下。

即便已经到了夜晚，商城依旧是灯火通明，逛街的人很多，尤其是顶楼的电影院。

温秘书将两张电影票和观影必备的零食饮料准备好后，便功成身退。

傅幼笙从来没见过殷墨捧着可乐爆米花的样子，很接地气。

好像从认识他那一刻起，傅幼笙就把殷墨当成了她的光，她的救命稻草，将他奉若神明。

她从来不会像真正的女朋友或者妻子那样去要求殷墨做这个做那个，善解人意到……从来没让殷墨带她来电影院看过一场电影。

毕竟家里有看电影的影厅，去外面吵吵闹闹的电影院，不如在家里安静的一起看电影。

当然，这是殷墨的想法。

傅幼笙以前还是很有少女心的，想要跟殷墨手牵手或者挽着他的手臂，一块儿在外面逛街，去游乐园，去看电影，去约会，去做情侣会做的所有最普通却又最浪漫的事。

但殷墨没时间，并且不喜欢被人围观。

今天竟然是她第一次看到殷墨有烟火气的样子。

殷墨想要牵傅幼笙的手，这次却被她躲开了，率先往观影厅走去。

因为捧着东西，殷墨没来得及握住，只好紧紧地跟在她身后。

“慢点，太黑了，别摔着。”殷墨低沉的声线在暗淡光线的影厅内响起，惹得不少看夜场电影的观众们看过来。

傅幼笙找座位的时候，甚至还能听到有女孩子低声夸他声音好听的话语。

以前她可能会骄傲自己有这样的男朋友，现在……傅幼笙心如止水。

坐下后，殷墨触碰了一下她的指尖。

殷墨刚捧过冰镇可乐的长指冰凉，就这么碰上傅幼笙的指尖，惹得她一个激灵。

“干吗？”傅幼笙白了他一眼。

“暖暖手。”殷墨不由分说，长指握住了她温暖的小手，真把她当成暖宝宝了。

傅幼笙双唇张着，还想要说什么的时候，殷墨逼近她的耳垂，薄唇擦过她细薄幼软的耳垂，不知道是故意的，还是无意的。

他压低了嗓音：“别说话，刚才旁边有人看你。”

傅幼笙忍住想要揉耳朵的冲动，绷着一张小脸，不跟他说话，殷墨也不介意。

整整一部电影的时间，他也没怎么看电影，就看傅幼笙。

好像很久她都没有这么安静地待在自己身边了。

黑暗中，大家都在专心地看电影。

唯独殷墨思绪万千，握着她小手的掌心早就染上同样温暖的温度，他攥紧了一秒。

听到傅幼笙皱眉低呼了一声，殷墨下意识松了松，但却没有松开握着她的手。

“幼幼。”男人的嗓音在耳边响起。

就着正在播放的影片声音，傅幼笙清晰地听到他轻叹一声：“到底要怎么样，你才愿意回来？”

傅幼笙眼睫低垂，没有看他，只是男人的轻叹声让她心脏不受控地轻颤了一下。她闭了闭眼睛。

直到电影结束，其他观众都陆续离场，偌大的观影席位上只剩下他们两个人后，傅幼笙轻飘飘的声音才缓缓响起：“不会回去了，殷墨。

“晚了就是晚了。”

从离开那栋别墅开始，她就没有想过回去。

他们陷入静止的沉默，就在傅幼笙以为殷墨会生气离开时，下一秒，殷墨拉着她的小手从位置上起来：“走吧，我们该回去了。”

傅幼笙眼底划过一抹诧异。

短暂的失神，不知不觉她已经重新回到车里。

上车后，殷墨将已经放了一晚上的檀木礼盒递给傅幼笙：“你可以不回家，但不要拒绝我对你好。”

他眼神幽深，带着傅幼笙看不懂的情绪：“就如同我从来没有拒绝过你一样，好吗？”

直到傅幼笙回到酒店，从浴室出来，脑海中依旧挥不散殷墨在车上说的那句话。

看着被她搁置在茶几上的盒子，傅幼笙脚步转了一下，还是走了过去。

细白的手指按在木盒上，指腹下是雕刻不平的触感。细细地摩挲了几秒，她才一点点将盒子打开，露出里面那件以殷红色为底的绸缎旗袍。

旗袍上面是手工刺绣的精致百花图案，繁复细致的盘花扣，婉约风情的小高领，即便是单单这么看着，便能脑补出来，穿上这件旗袍会是多么的美艳动人，风情雅致。

傅幼笙多么了解旗袍，一看这个绣工与裁剪，甚至于近乎失传的盘扣，就知道殷墨为了得到这件旗袍，一定费了很多心思。

这件旗袍，大概是傅幼笙那一堆旗袍里面，最得她心的了。

傅幼笙爱旗袍，但这次却也只是重新将木盒盖起来，放到了衣柜最下面。

眼不见，心不烦。

她强忍住想要穿上身试一试的冲动。

虽然脑海中已经脑补出来自己穿这件旗袍的样子，需要佩戴什么首饰，但她还是忍住了。

手机陡然振动了一下，傅幼笙看了眼，才发现是殷墨的微信消息。

今晚分别之前，殷墨拿着她的手机，亲自将自己重新加了回来，并一本正经地跟傅幼笙说，他们两个就算是分开，也没有深仇大恨，没必要老死不向往来；除非她忘不了他，怕自己一看到他的消息，就会爱他无法自拔。

自恋到傅幼笙都按不下那个拉黑的键。

算了，总归殷墨有句话说得挺对。

他们又不是深仇大恨，老死不相往来没必要。

她打开微信。

YM：穿上发张照片我看看，有没有哪里不合适。

傅幼笙敷衍地回：

傅幼笙：合适。

YM：骗我？

傅幼笙轻抿了一下唇瓣，他怎么这么敏锐？

她刚准备把手机反扣在床头柜上，去进行睡前身体护肤。

下一秒，手机突然在她手上振动起来。

她没注意，不小心碰到了绿色的按键，男人那张俊美好看的面庞出现在屏幕中。

既然接都接了，傅幼笙也懒得做那些掩耳盗铃的反应，将手机往床上一丢，自顾自地开始往腿上涂身体乳。

殷墨刚才一刹那看到了傅幼笙那双点了白色乳液的双腿，立刻明白过来："在涂身体乳？需要我帮忙吗？"

平时只要殷墨晚上回家睡觉，都是他帮忙涂身体乳的，他这话也只是下意识地脱口而出。

傅幼笙扫了眼屏幕上的男人，凉凉笑了声："殷总现在还会特异功能了，能瞬移过来给我涂身体乳？"

殷墨举着手机站在酒店走廊边上，看了眼紧闭的房门，嗓音含笑："只要你开门，就能看到我。"

傅幼笙这才认真看了眼他身后的背景。

好像是她住的酒店的走廊？

她瞳仁陡然收缩一秒："你别站我门口，想被拍吗？"

狗仔能偷偷溜上酒店也不奇怪，毕竟他们有特别的方法。

尤其是她的房间门口跟沈毓的门口，都是重灾区。

殷墨虽然看不到她的人，但光听她的声音就能听出来。他忽然笑了声："你穿那身旗袍给我看，我立刻就走。"

傅幼笙："……殷墨！"

殷墨姿态闲适地靠在走廊墙壁上："答应我，我立刻就回房间。

"不然就被拍吧，拍了我就承认。"

这次他绝对不会再为了不让傅幼笙在娱乐圈的名声受挫，而拒绝宣告主权。

之前她在娱乐圈没有站稳脚跟，关于他们两个捕风捉影没有实锤的绯闻，他都会立刻撤掉，生怕给她添什么麻烦。

而现在……

想到傅幼笙如今的地位，好像有个公开的男朋友，也不会有任何的职业危机。

傅幼笙看着他那副破罐破摔的样子，深吸一口气："穿，不就是穿件旗袍吗？你先回去。"

她本来就打算跟殷墨撇清关系的，怎么能现在又扯上关系了。

殷墨这个人的脾气绝对说到做到，她不敢赌。

穿件旗袍而已，又不是什么大事。

相信傅幼笙不会骗他，殷墨这才举着手机不急不慢地进了……傅幼笙隔壁的那个房间。

傅幼笙看到后："……"

殷墨这货到底要作什么妖？为什么要住在她隔壁，难不成真的要在剧组陪她三个月？

殷墨回到房间，坐在沙发上，安静地看着屏幕上镜头显示天花板的手机："我到了。"

意思非常明确，你可以穿了。

傅幼笙将刚塞到衣柜最下面的那件旗袍重新拿出来。

丝滑的绸缎如水一样，从她掌心倾泻而下，让她看到了旗袍的全貌。

光是用眼睛看，傅幼笙就确定，是她的尺寸，一分一毫都没有错。

就在傅幼笙拿着旗袍准备去浴室更换的时候，视频中殷墨的声音忽然响起："别换了，下次再看，今天太晚了。"

傅幼笙脚步顿了一下："你耍我？"

她都准备好了，并且还挺期待这件旗袍的上身效果，现在跟她说不用试了，下次再说。

这是明摆着让她今晚睡不好觉啊。多大仇！

殷墨："你明天不是还要拍戏？下次当着我的面换，我想亲眼看。"

傅幼笙没好气地挂断视频。

等房间内恢复安静之后，傅幼笙犹豫地看着被她挂在手臂上的旗袍。

试一试？

嗯……她就试一试。

这么漂亮的旗袍不试试岂不是浪费？况且又不是为了殷墨试的。旗袍无罪。

傅幼笙拿着旗袍还是回了浴室。

浴室内有一偌大的落地镜，等她穿好之后，站在镜前映照出来的女人，纤腰合度，身姿婀娜曼妙，不多一分也不少一分，就是那种恰到好处的骨感莹润，抬眼间，不经意流转潋滟春色。

旁人穿这种艳丽颜色，可能会显得太过艳俗，然而穿在傅幼笙身上，便是相得益彰的美人风情，活色生香。

就算不待见殷墨，但殷墨送的这件旗袍，却是送到她心坎里了。

他确实是费了心思的，尤其是在尺寸方面。

平时除非她亲自去量衣裁定，不然很少会有这么契合服帖的旗袍。

没忍住，傅幼笙对着镜子拍了几张照片，然后发给秦榛。

秦榛一个彩虹屁电话迅速飞过来。

"啊啊啊，这是谁家仙女下凡了！超美。

"这身旗袍穿在你身上真的太绝了。旗袍美人、人间尤物果然名不虚传。

"我就在想，我们家宝贝美成这样，到底谁才能配得上，现在才发现，仙女岂是什么凡夫俗子能玷污的！

“就算是殷总也是凡夫俗子，他不配！”

傅幼笙开了免提，细白的指尖慢条斯理地打理着因为刚刚吹过的卷长蓬松的发丝。

“清醒点儿。”

秦榛头脑发热，最初跟傅幼笙接触，就是对她的美貌一见钟情。

这件旗袍简直美爆了，她还放大了细看，甚至没有听清楚傅幼笙的话：“过几天的慈善晚宴，你就穿这件，绝对艳压所有女明星。

“去年你低调，穿了件小西装礼裙被挤到了最边边上，之后被一群女明星通告艳压，这次绝对要血洗耻辱！”

傅幼笙没化妆，毕竟要睡觉了，但还是选了耳环戴上。

她看着镜子里越发美艳动人的女子，心下满意：“私下穿穿也就算了，我不会穿到晚宴上去。”

秦榛已经放大了照片，忽然放大了盘花扣，顿时嗓音提高了：“妈呀，笙宝，这是旗袍大师门卿老先生亲手制作的啊。

“他不是去年为殷家老太太做完那件旗袍就宣布这是最后一件亲自设计亲自制作的旗袍，以后不再做任何旗袍，你这件是怎么回事？”

门卿老先生？

傅幼笙怎么会不知道他的名声。

国内称之为真正传承旗袍手艺的大师，也就是门卿老先生了。只是老先生的旗袍，非常难求，就算是傅幼笙，直到老先生封山之作，也没有预约到。

所以她看到这件旗袍，根本没往老先生的方向想。

如果真是门卿老先生的作品，那这件旗袍的意义更珍贵了。

那边秦榛还有点儿小激动，想着下次跟傅幼笙见面的时候，一定要亲手摸一摸门老先生的旗袍作品：“你不会也不知道吧？别人送你的？”

傅幼笙应了声：“殷墨送的。”

秦榛立刻反应过来：“我知道了！”

傅幼笙莫名其妙：“知道什么？”

秦榛一边打着电话，一边给傅幼笙发了张照片过去：“之前有个旅游博主发过殷总的照片，就是在陵琅镇上，门卿老先生的老家就在陵琅镇啊！

“他一定是亲自去求老先生为你定制旗袍的。

“妈呀，不知道殷总得费多少心思，才能让封山的老先生再次出山为你定制一款旗袍。”

傅幼笙站在镜子前，指尖微微收紧了。

镜子里如诗如画的女子眼睫低垂，绮丽的旗袍也掩不住她身上淡如烟水的气质。

秦榛最后得出结论："殷总虽然平时挺狗的，但好像这次追你是认真的。"

傅幼笙没说话，等挂断电话后，才重新看了眼秦榛发过来那张殷墨站在廊檐下等雨停的照片。

她细白的手指拂了一下领口那繁复盘扣，确实是门老先生的作品。

倒是不知道殷墨做了什么，才能从门老先生手里得到这件旗袍。

隔着镂空雕花的屏风。

女人站在屏风后，薄薄的屏风，完全挡不住那惑人心弦的纤细曼妙身姿，昏黄的油灯，光线平生几分浅淡的暧昧，淡淡的檀香缭绕其中。女人穿着一件完全掩不住那活色生香的绯红色旗袍缓缓从屏风后面走出来。

她每走一步，都像是踩在他心尖上。

殷墨自小冷清克制，甚至很少有欲想难求的时候。

直到他对上那双含着浅淡水波的桃花眼，眼尾微微泛红，带着她不自知的引诱，单纯又勾人。

而这一眼，却让他素来薄凉清冷、无情无欲的心土崩瓦解，而后扎根妄念。

妄念如催生的种子一样，迅速生长。在女人走到自己面前的这段短短的时间，妄念已经将他那颗寡欲的心脏完全缠绕，密密麻麻的没有留下一丝缝隙。

殷墨隔着绸缎的旗袍，缓缓抱住了她不盈一握的腰肢。

入目的是那双比旗袍还要红的唇瓣，是他清醒前唯一的残存余念。

殷墨猝然睁开眼睛。

线条优越的胸膛在黑暗中起伏不定，按着紊乱跳动的心脏坐起来时，殷墨垂眸看了眼从他腰腹滑下来的被子，眼神幽暗。

翌日。

傅幼笙准备去剧组拍戏，一出门就碰到了站在走廊等她的男人。

男人身姿挺拔高大，见她开门时，清隽眉眼染上一抹温色："早餐吃了吗？"

视线往下，傅幼笙看到男人长指勾着一个纸袋，递到她面前。

眼睫眨了一下，傅幼笙关上门，往电梯走去：“谢谢，我吃过了。”

殷墨也不纠缠，就那么跟在她身后下楼去车库，跟着她一起上了保姆车：“搭个便车，刚好我也要去剧组。”

保姆车内，闻亭惊悚地看着两个人一起上车。

“殷……殷总？”

倒吸一口凉气，虽然早前知道这两位的关系，但闻亭很少见他们同框，完全没有真实感。

现在看到殷墨跟着傅幼笙一块儿从酒店出来，还一起上保姆车，闻亭忍不住咽咽口水：“你们这是？”

殷墨朝着闻亭颔首：“这些年，幼幼劳烦你照顾。”

闻亭心里一慌：“应该的应该的。”然后悄悄看了眼傅幼笙，又看了眼殷墨。

殷总这是追妻成功了？想到自己跟前妻还是不温不火的样子，闻亭心里哭唧唧。

闻亭默默地看着殷总给自家女明星递牛奶，然后心里暗自发誓，有机会一定要私下请教殷总，是怎么成功追妻的。

一路上，因为多了殷墨，气氛有点儿凝滞，就连闻亭跟傅幼笙说行程的时候，都是磕磕绊绊的。

幸好酒店距离剧组不远，十分钟时间，保姆车便停到剧组门口。

傅幼笙下车时，没想到殷墨也跟着她下车，她手疾眼快地将殷墨重新推了回去：“你等等，谁让你跟我一块儿下车的，不知道你见不得人吗？”

要是殷墨跟她一起从保姆车上下去那还得了，估计没一会儿，整个剧组都传遍她脚踏两条船。

殷墨被推进车里，看到傅幼笙那紧张的小表情：“好，我不进去。”

“你盯着他。”傅幼笙重新下车，看向闻亭，让他盯着殷墨。

闻亭：“好，我陪殷总。”什么盯，他哪里敢盯殷总，还想不想在这行混下去了，傅幼笙就会给他出难题。

看着傅幼笙翩然离开的身影，闻亭朝着殷墨尬笑一声，然而殷墨已经拿出笔记本电脑，平静地说了句：“请自便。”

闻亭：“……”这到底是谁的地盘。

很快，闻亭就知道这是谁的地盘了。

殷墨的两个秘书、两个助理上了保姆车，他直接在保姆车上开视频会议。

坐在角落的闻亭感觉自己不该在这里。

会议开了两个小时。

殷墨看了眼腕表，终于将目光移向闻亭，嗓音清淡温沉：“闻先生，我太太大概几点拍摄完毕？”

闻亭下意识看行程表：“今天拍到中午十二点，下午三点准时拍摄，没有夜戏。”

等到一连串回答完殷墨后，闻亭才顿住，他到底是谁的经纪人，为什么这么狗腿！

就在闻亭怀疑人生的时候，殷墨吩咐周秘书：“订十二点的餐厅。”略略一顿，他补充了一句，“订个日料吧，她喜欢。”

保姆车停在剧组外，有工作人员意外地看着这辆车进出，里面有不少看起来就像是精英的人士。

殷墨倒是没露面，但傅幼笙的保姆车有精英人士进出的消息还是传遍了整个剧组。

傅幼笙拍完戏候场的时候，听到化妆师好奇地问她。她红唇轻抿了一下，差点儿把刚补好的口红给抿没了，笑了笑：“一个朋友，借用车子。

“总归是放在那里不用，便借了。”

随口解释完，也不在意化妆师会不会相信，她拿出手机，给殷墨发了一条微信：

傅幼笙：殷墨，你到底要干吗？

殷墨很快回复。

YM：我像不像被你金屋藏娇？

藏娇你……祖宗啊！

“别眨眼，差点儿戳到你的眼睛。”化妆师惊呼一声。

傅幼笙的指尖戳着屏幕：

傅幼笙：你正常点！

YM：订了你爱吃的日料，下戏早点回来。

大概是之前殷墨的话太惊悚，所以后面殷墨说吃饭，傅幼笙接受度高多了。

YM：我就在车里等你。

得，合着不去不行了。

傅幼笙平复心情：

傅幼笙：你说实话，是不是真破产了？

YM：放心，就算破产了，也养得起你。

傅幼笙将手机关了，放弃跟他对话，感觉完全跟他对不上脑电波。

沈毓拍完单人戏下来后，便跑到傅幼笙面前："姐姐，中午我请你吃饭吧！我知道有一家特别好吃的火锅店，咱们一起去打卡啊。"

他也听说保姆车事件了，不过对比其他人，沈毓清楚里面是谁，不就是大哥的一生宿敌嘛！

昨晚他没有认出来殷墨，事后回到酒店才反应过来，顺便搜了一下殷墨的消息，才知道原来殷墨就是大哥提到的那个傅幼笙喜欢的男人。

他总算明白大哥的想法了。

这样段位的情敌，若是没有实力，怎么跟他抢。

难怪大哥这些年在国外加班到胃出血住院都坚持不放弃，就是为了早点儿回国吧？

现在好不容易等到他们两个分手，大哥也要回国了。

不行，他不能眼睁睁看着未来嫂子又被追回去，所以听到傅幼笙说"中午有约了"，沈毓立刻回："有约了没关系，我可以陪你一起去。姐姐你作为公众人物，私下跟人吃饭被拍到很容易闹绯闻的。我和你一起就不一样了，我们这边影视城狗仔很多的。"

傅幼笙看着沈毓那张天真纯粹的小脸，犹豫两秒，然后点点头："那也行。"

倒不是拒绝不了沈毓，而是觉得沈毓说得挺对的，万一跟昨天似的，又被人看到和殷墨私下约饭，又解释不清了。

倒不如带上沈毓。

有沈毓在，殷墨也能收敛点儿。

下戏后。

殷墨原本看到傅幼笙上车时，眼眸含笑，然而触及她身后紧跟着的笑得清朗如月的沈毓时，唇角弧度一僵。

殷墨看着他们，眉眼淡淡："什么意思？"

傅幼笙为避免被人瞧见，迅速跟沈毓上车，然后便拉上车门："一起吃，人多热闹。"

总归昨晚也被沈毓看到她上了殷墨的车，所以傅幼笙也没什么避讳。

殷墨沉默不语，倒是沈毓非常热情："殷总好，我叫沈毓，是幼幼姐的弟弟。"

"谁准你喊她幼幼？"殷墨覆在笔记本上的长指陡然用力，指尖微微泛白，冷冷地睨着沈毓。

幼幼这个名字，是傅幼笙的小名，只有最亲近的人才会这样叫她。

自从傅幼笙离开傅家之后，这个名字便只有殷墨知道。

现在突然从一个俊朗少年口中这么自然又亲昵地喊出来，殷墨掀了掀眼皮，嗓音清冽却隐隐透着沁凉的寒意。

沈毓仿佛感觉不到殷墨的冷色，笑眯眯地抱住傅幼笙的胳膊，更亲昵了："这是我姐啊，我喊什么我姐都乐意。殷总又不是我姐夫，管不着吧。"

殷墨凉凉一笑，薄唇微启："谁说我……"

他话音未落，便被傅幼笙猛地捂住了嘴，女人清甜的气息在耳际弥漫："别胡说八道。"

为避免殷墨曝光他们的关系，傅幼笙从沈毓手里抽出胳膊："行了，叫姐就算了，别乱喊我小名。"

殷墨揽着她纤细的腰肢，终于冷静下来。

他最近越来越不冷静了。

尤其是碰到傅幼笙跟别的男人相处亲昵的时候，他就完全失去应有的理智。

吃过午餐之后，傅幼笙感觉到身边男人的沉默。

不知道他在想什么，不过却让她略略松了口气。

回到酒店午休时，傅幼笙看着殷墨送她到门口离开的背影，忽然喊住了他："殷墨……"

殷墨缓缓转身，回眸看她一眼，眼底透着几分浅淡的意外。

傅幼笙抿了抿唇角，低声说了句："昨天那件旗袍，谢谢你。"

旗袍是按她的身型定制的，傅幼笙要也不是，不要也不是。

但……莫名的，想到殷墨昨天跟她说的那句话，就像是他以前从来没有拒绝过她那样，她也不要拒绝他的好。

一想到这个，傅幼笙就无法说出不要他费尽心血拿到的旗袍。

殷墨脚步顿了顿，随即轻笑一声："你喜欢就好，好好休息。"说完，他的身影消失在走廊。

傅幼笙看着他离开的背影，轻抿红唇，右眼皮突然跳了一下。按着乱跳的眼皮，她眉心轻皱，总觉得有事情会发生。

果然，下午拍完戏回到酒店没多久，安静的空间中突然响起手机铃声，是闻亭的来电铃声。

傅幼笙探身拿出手机，刚接听，耳边听到闻亭的声音。

他甚至来不及寒暄，立刻说道："幼笙，导演说投资商塞过来一个新的女主角，现在正在跟编剧讨论加上来这个女主角的剧情，要分散你一半的戏。"

这都拍了多少天了，加角色，还是女主角？

"什么意思？我当女二？"傅幼笙觉得可笑，片方得昏了什么头，才会做出这种决定。

闻亭一言难尽："不是你当女二，是要让你们两个平番。导演做不了主，除非他不想拍了。"

他叹口气："最近感觉你身边总是有小人作祟，你要不要抽空去庙里拜拜。"

每个大一点儿的资源，都会伴随着小人。

本来以为这次这部青春电影顺顺利利，没想到，都拍了一个多星期了，还能冒出来这种事情。

"我也觉得。"傅幼笙感同身受，"所以，到底是哪路大神？"

闻亭想到导演说得那个人，唇角抽了一下才回："说出来你可能不信，就是上次那个跟你抢《VL》杂志封面，然后杂志开售之后，被你压得完全没人提起来她是谁的程舒慈。"

程舒慈？

傅幼笙思索间，手机插入了一个电话。

是制片人的。

傅幼笙跟闻亭说了声后，接听了制片人的电话。

制片人上来就先跟傅幼笙道歉，然后说：“要不今晚我组个局，咱们一起坐下来聊聊？”

她还没来得及卸妆洗澡，脸上妆容精致，慵懒地靠在浴室冰凉的墙壁上，炽白色的灯光洒在她那张白皙莹润的皮肤上，仿佛清冷得透明。

她殷红的唇瓣轻轻勾起来，声线柔和又温雅：“好啊。”

若是此时熟悉的人听到她这个调调，一定知道这是傅幼笙生气的前奏。

然而制片人并不了解傅幼笙，还以为她很好说话，便愉快地决定：“那我们等你了，早点来啊。”说着把地址发给她。

傅幼笙挂断电话后，漂亮脸蛋上的表情一瞬间冷下来，然后给闻亭回了个电话：“我们去襄园会馆，把这部戏的合同带着。”

闻亭秒懂。

当初合同上可明明白白写着，傅幼笙作为女主角，剧组选择其他演员时，需提前获得她的同意，并且她是作为毫不动摇的一号女主角与剧组合作，如果违约，需要赔她巨额违约金。

闻亭在这方面上，并没有劝傅幼笙息事宁人。

主要是程舒慈这边，吃相太过于难看了。

人家都开始拍摄了，又找机会进组分一杯羹，多损啊。

半个小时后，傅幼笙率先到了会馆。然而傅幼笙还没有进到包厢内，就看到大厅内坐着的依旧儒雅的中年男人，脚步一瞬间顿住。

她眼底恍然，原来又是他在帮程舒慈。

对方听到门口声音后，已经抬眼看过来，神情严肃：“过来。”

一如既往的命令的语气。

从小到大，傅幼笙听过无数次他用这样的口吻跟自己说话。

例如：“做不出这道题，不许睡觉。”

“去罚跪。”

“连字都写不好，去写一百遍，写不完不许吃饭。”

“……”

从大三那年，她被赶出傅家后，傅幼笙再也没见过这位父亲大人。

没想到她会在会馆这种地方看到他。

傅恩忱面无表情地看着这个素来听话的女儿，为了进入娱乐圈，不惜与家人决裂。

作为国内数一数二的大学的哲学系教授，且出生于书香世家，自小接受严苛的教育，傅恩忱身上有一种疏离又儒雅的气质。

只不过看傅幼笙的时候，他的眼神却是冷漠与失望的。

他自小精心培养的女儿，翅膀硬了后，竟然敢脱离家族。

傅幼笙一步一步朝着傅恩忱走过去，直到与他面对面，才抬眸看向他的眼睛。

傅恩忱："离开傅家三四年，连爸都不会叫了？"

傅幼笙双唇张了张："爸……"

看着傅幼笙比起离家时候消瘦了一圈的身形，傅恩忱皱眉："现在你退出娱乐圈，回家给长辈们道个歉，大家也不会跟你一个小辈计较。"

傅幼笙的唇角勾了勾，眼神安静地看着自己的亲生父亲，跟傅恩忱相似的桃花眼里满是决然："那个家族让我窒息。所以，我不会回去。

"爸，我还喊你一声爸，程舒慈的事情，您别管。"

傅恩忱想到程舒慈跟他说过的话，眉心紧紧皱着："你这么有恃无恐，真的是被男人包养了？那个男人是谁？

"傅幼笙，别让爸爸对你最后一点儿希望都变成失望。"

"是我。"忽然之间，一道低沉磁性的嗓音传来。

傅幼笙黯淡的眼神随着男人的声音而渐渐恢复清晰。

这个时候，她腰间搭上了一个修劲有力的手臂，仿佛将她所有不安都支撑住。

"别怕，我带你走。"

殷墨知道，傅家所有人都是傅幼笙心中最不愿意揭开的伤疤。

傅家的过往，都是她试图抛却的，恨不得永远不再回顾那种被长辈支配的灰暗日子。

"你是谁，有什么资格在我面前带走我的女儿？"傅恩忱横眉冷对，看着突然冒出来的高大男人像是野兽一样充满着危险。

这个男人是傅恩忱最不喜欢的一种人。

殷墨感觉到傅幼笙在他怀里轻轻颤抖的肩膀，掌心盖住她的后脑，让她把脸埋在自己胸口，才看向傅恩忱，这个他名义上的岳父大人，语调平静："我是她名正言顺的丈夫，您说我有没有资格。"

傅恩忱脸色陡然一变："你结婚了？什么时候的事？"

傅幼笙趴在殷墨怀里已经稳定住了情绪。

听到傅恩忱的话，她红唇勾起浅浅弧度："我都被您亲自赶出傅家了，我跟谁结婚，什么时候结婚，与您有关系吗？

“反正您也不在意不是吗？您在意的只是有没有一个优秀的傀儡可以供你们所有人来欣赏，可曾有一点儿关心在意过我这个女儿？”

傅幼笙抬起眼眸，笑得清艳又讽刺。

“我没有家了，还不能再拥有新的家吗？”

第十章
英雄救美

/

XINTIAO
BU
TINGHUA

襄园会馆地处影视城附近，来往有不少明星，所以私密性很好。

傅幼笙他们在大厅休息区这边说话的时候，会馆工作人员还特意给加了屏风遮挡。

她的话语很轻，除了在场的两个男人之外，并没有任何人听到。

尤其是离她最近的殷墨，听得清清楚楚。

覆在她腰间的长指倏然一顿，眼神掺杂着几分复杂情绪，他垂眸看向傅幼笙。

傅幼笙没有关心殷墨的眼神，只是定定地看着傅恩忱："所以，看在我们父女一场的份上，您能不能放过我？就当没有我这个女儿吧。"

傅恩忱眉心紧紧皱着，许久，没有开口，转身离开了这个地方。

看到傅幼笙那双眼睛，他完全待不住。

等到傅恩忱离开，傅幼笙才闭了闭眼睛，让自己心情平复了许多，从殷墨怀里起来，眼睫上撩，朝他笑了笑："刚才谢谢你。"

殷墨捂住她的眼睛："不想笑就不要笑。"顺势重新将她揽入怀中才发现，傅幼笙身子竟然纤瘦到这种程度。

掌心下她单薄的后脊，让殷墨不由得放轻了力道，仿佛不小心用力一下，就会令她碎掉一般。

就一次，让她靠一靠。

傅幼笙闭着眼睛，手指自然下垂，指尖轻轻蜷缩，最后还是用手圈住了男人劲瘦的窄腰。

在熟悉又令她唯一有安全感的怀里安静地待了几分钟。

让她脆弱一会儿。

就一会儿。

几分钟后，傅幼笙从殷墨怀里站直了身子，眼睛里没有半分水色，漂亮的脸蛋干干净净的，仿佛什么都没有发生。

“你怎么会来这里？”

殷墨见她无意提刚才的话题，便也顺着她的话：“几个朋友过来，约在这里聚一聚。”

傅幼笙客客气气地道歉：“那我是不是打扰到你了？”

“没有。”殷墨垂眸凝视她。

就在这时，不远处有人站在大厅外喊：“墨哥，你在跟谁说话呢？”

殷墨看了眼，然后没回答。

倒是傅幼笙知道是喊殷墨的，朝他轻轻一笑：“不打扰你了，我也该去包厢了。”

余光不经意瞥到大门口，闻亭拿着一个牛皮纸袋正往这边走来，她看向殷墨：“我经纪人也来了。

“这次谢谢你，改天请你吃饭。”

说着，傅幼笙客气地点点头，然后率先离开这个开放式的休息区。

殷墨看着她纤细羸弱的背影，眼神浅沉。

“看什么呢？”裴叙已经走来，拍了一下殷墨的肩膀，随着他的方向看过去，“刚才你在跟谁说话？看起来好像是傅幼笙？”

他也是看娱乐新闻的，刚才傅幼笙那惊鸿一眼，他还是辨认出来。

殷墨扫开他的手，神色平静地往包厢走去：“跟你有关系吗？”

裴叙没好气地翻了个白眼。原本在外面西装革履、一丝不苟的律师大状，此时领口凌乱地开着，连带着头发都被他揉得凌乱，细碎的刘海随意搭在额头，带着点放荡不羁的意味。

他快走两步，勾住了殷墨的脖子：“理理我啊，刚才看到你们好像还抱了。怎么样，是要复合了吧？”

殷墨一路上没有说话。

进了包厢，盛占烈、商琮、肖沉原他们三个都在。

看到单方面跟殷墨勾肩搭背进来的裴叙，盛占烈嘲笑：“又被墨哥无视了？”

“失恋的墨哥可不好惹。”肖沉原笑着调侃，“你们可别得罪一个失恋的男人。”

“这用我们年轻人的话来说，墨哥这叫……追妻火葬场哈哈哈。”盛占烈给殷墨倒酒后，忍不住笑出声。

裴叙率先端过酒杯：“那你们可就猜错了，我刚还看到墨哥跟人抱了。”

殷墨手肘搭在沙发上，另一只手把玩着酒杯，没有喝酒。

他白皙的指尖摩挲透明的杯壁，眼眸低垂，脑海中不断浮现出傅幼笙的话。

结婚是因为她想要一个家。

那么……现在呢？她想要离婚是因为什么？

殷墨想起当初傅幼笙离开时候说的话，说他没有把她当妻子，而是当宠物。

他怎么是把她当宠物呢，她到底从哪儿来的这些误解？

若当她是宠物，他又何必在她提出要结婚的时候，毫不犹豫地答应。

“想什么呢？”肖沉原往他身边一坐，“说出来让兄弟们给你分析分析呗。”

对于殷墨跟傅幼笙的事情，肖沉原比其他人知道的要多，所以裴叙说他们在外面抱了，他可不觉得是和好了。

尤其是看殷墨难得露出这种烦恼的表情。

他素来没有情绪，如今倒为了个女人心烦意乱。

殷墨没有提傅幼笙的家事，骨节匀称的长指敲了敲沙发扶手，沉吟片刻：“婚姻都不能给一个女人安全感吗？”

这话问住了在场的所有男人。

毕竟，除了英年早婚的商琮之外，其他的全都是单身狗。

“商琮你说。”殷墨扫了一圈，最后视线落在商琮身上。

商琮喝酒的手顿了一下，万万没想到自己被点名。

不过他也看不下去了，明明喜欢那个女人，甚至爱而不自知，偏偏还看不清楚自己的心。

商琮：“你先跟我说说，当初为什么要结婚，你不说清楚我怎么给你分析？”

殷墨揉了揉眉梢。

知道这群人不会将傅幼笙的事情说出去，但他还是模糊了她的身世，毕竟傅幼笙不想太多人知道傅家。

“她跟家里闹翻了，被我带走后，一直处在没有安全感的环境里，所以她提到结婚时，我就答应了，然后就领证了。”略一顿，殷墨补了句，“我想给她安全感。”

这些人都是第一次听殷墨提起来他为什么会跟傅幼笙结婚，皆是面面相觑。

他们也是没想到，殷墨这么随意地就把婚姻大事给定下了。

这群人，谁不是商业联姻，他们现在虽然女伴多如过江之鲫，但从来没想过，会随随便便跟外面的女人结婚，因为他们的婚姻都是一场交易。

商琮大概明白了。

一个是没有家了，所以想要一个新的家。

一个是怕她没有安全感，出现心理问题，所以给一个让她有安全感的身份。

商琮抿了一口酒，悠悠地说道：“之前我跟我老婆谈恋爱的时候，她每天都要按着我的头，发跟她秀恩爱的朋友圈，最后必须要以‘我爱我老婆’为结尾。等结婚之后，但凡出席宴会，女伴必须是她，她说这叫宣示主权，要让全天下的人都知道我是她的，家里所有的钱都归她管……”

一群人被秀了一脸。

好好说话能死吗？秀什么恩爱！

最后商琮下结论：“所以，女人想要的安全感，不是一张薄弱到谁都能随便撕碎的结婚证。现在人家小姑娘想通了，觉得与其跟别人索取安全感，不如自己强大起来，自己给自己安全感。”

殷墨眼神沉暗，看着面前那杯冒着冷气的威士忌，像是坠入冰窖一般。

感觉到了殷墨的情绪不对劲，其他人也不敢乱说，就那么安静地陪着殷墨喝酒。

就连最爱说风凉话的盛占烈都闭嘴了，生怕自己一吭声，就成了殷墨的撒气包。

殷墨头一次认认真真地反思自己，然后倏地站起来，想要亲口告诉傅幼笙，不是她想的那样。

他不公开，是因为——想把她保护在一个安全的环境里，不必再去过那种被长辈掌控的日子。

殷墨沉郁的眸光透着几分清晰的懊恼颜色。

他就不该为了简单，直接隔绝她与自己身边所有人的交际。

商琮说得对，这不是婚姻。

见殷墨往外走，盛占烈他们一块儿跟出去。

而此时，剧组包厢内，傅幼笙正坐在制片人旁边，身后站着面无表情仿佛保镖的闻亭。

制片人见傅幼笙给面子过来，笑眯眯地塞给她一杯红酒："小傅啊，你果然是明白事理。

"听说你跟程小姐从小一起长大，那可真是太好了，以后你们在剧组要互相照顾啊。"

傅幼笙红唇含笑，没有丝毫动怒的意思。

反倒是沈毓快要忍不住了。

幸好他旁边的经纪人扯住了他："你别激动，看傅老师的表情就知道她胸有成竹，你别给人坏事。"

沈毓想到自己上次拖后腿帮倒忙，捏着拳头，他忍还不行吗。

程舒慈笑意盈盈，朝着傅幼笙举杯："幼幼，还请你多多指教了。"

"指教倒是谈不上。"傅幼笙慢条斯理地朝着闻亭伸手。

闻亭手疾眼快地将纸袋里的合同拿出来，嗓音沉稳又沉静："确实是不敢指教，毕竟很快就要解除合作了。"

随即他将合同复印件推过去："很遗憾地告诉大家，因为剧组违约，所以我们家笙笙只好离开剧组。

"虽然笙笙舍不得大家，没办法，合同就是合同。

"如果几位觉得没问题的话，那明天会有律师专门来对接解约一事。

"我们出于道义，提前通知几位一下。"

就差打着人家巴掌说人家不道义了。

傅幼笙很满意闻亭这段软硬皆施的话。

原本热闹的包厢内，气氛一瞬间凝滞，唯独沈毓忍不住憋笑，真不愧是他未来嫂子，这一出打脸简直大快人心。

直接摔合同，说老娘不干了！

整个娱乐圈有谁这么大胆？

程舒慈没想到傅幼笙竟然这样宁为玉碎不为瓦全，蹙着眉尖："幼幼，你这样会得罪人的，傅叔叔一定不希望看到你这样……"

犹豫两秒，她缓缓吐出来一句话："这样张扬行事。"

傅家家风严谨低调，平生最厌恶张扬肆意地行事。

几个剧组高层也反应过来，试图挽留傅幼笙："对啊，年纪轻轻的，不要这么张狂。又不是要砍掉你的女一番位，只是加个角色而已，剧本随着拍戏修改，这不是很正常的事情吗？

“况且也不算是剧组违约，你就算跟剧组打官司，也没用的。还会平添一身腥。”

一般而言，如果有演员遭遇这种待遇，只要不是剧组太过分，都会睁一只眼闭一只眼，毕竟只是一部戏而已。

演员也不愿意为了一部戏搭上自己的名声。

本来制片人以为傅幼笙也是这样，没想到她居然直接就甩了合同过来。

傅幼笙没想到程舒慈还会提到她爸，忍不住心中嗤然，不知道的还以为程舒慈才是她爸的亲生女儿。

她看着程舒慈，双手环臂，云淡风轻地说：“好啊，那你把他叫来亲自跟我说。”

程舒慈还真拿起手机准备给傅恩忱打电话。

她知道傅恩忱今天也来了，还是她把傅恩忱请来的，就为了防着傅幼笙反抗。

打电话时，程舒慈唇角还露出一抹娇俏的笑。

“喂，傅叔叔。您过来跟幼幼好好聊聊吧，她……”

下一秒，程舒慈娇俏的笑容僵在唇角，下意识看向傅幼笙。

“好吧，那不打扰您了，等回去我再去看您跟阿姨。”

挂断电话后，程舒慈咬着下唇，凑到傅幼笙耳边小说声：“幼幼，傅叔叔对你很失望。”

傅幼笙想到刚才在大厅那一幕，深以为然，尤其是听到她背着家里人跟殷墨结婚的消息，估计她爸心态都崩了吧？

现在他肯定回家冷静去了，哪有心思管程舒慈跟她这点打打闹闹的小事儿。

总归剧组这次直接踩着她的脸，她不会继续拍下去了。

撕破脸又怎么样，要是这次不让人看清楚她不是软柿子，恐怕以后每一部戏，都会有人效仿这次，欺压她。

程舒慈是不想公开傅幼笙身份的。

毕竟现在网上传的是傅幼笙是穷乡僻壤的小镇出来的凤凰女，这个标签只要安在她身上，她未来的星途就会受到阻碍。

既然傅幼笙不说，那自己又何必帮她。

傅幼笙环视一周，看着这些人的表情，有点儿腻歪。

她漫不经心地起身，一本正经地睁眼说瞎话："既然大家聊得愉快，那这件事就这么定了。明天解约，导演您记得催一下让他们早点准备好解约费哦。"

周安导演个人是非常喜欢傅幼笙的，但是明显他争不过，见傅幼笙决心已定，朝她伸出手："希望下次我们能有机会合作。"

"老周你说什么呢，怎么能解约！"制片人一把拉住周安，风度全无。

要是傅幼笙走了，他们不但要赔偿一大笔解约费，更少了一个优质演员，亏大了！

一群人把傅幼笙她们围住："你不能走！"

傅幼笙漂亮的眼眸微微眯起："怎么，您这是想要非法绑架我？"

一群人中，除了节目组上层工作人员外，就是几个主要演员，然而大部分人都明哲保身，完全没有动。

有个喝高了的投资商张口就来："你一个小演员而已，竟然敢在我们面前大放厥词。别说绑架，就算我现在在这里弄死你，都没人敢说出去。"

说着，他还要上前拉傅幼笙的手。

他早就看上傅幼笙这张清清冷冷又风情万种的美人脸了。

程舒慈在旁边看戏，甚至还拿出手机准备拍摄。

最好傅幼笙被这个投资商给玷污一下，就算只拍到她被亲的画面，到时候运作一下，也能让她万劫不复。

傅幼笙表情陡然冷下来，要躲开那个投资人的咸猪手。

沈毓离得远，还被人隔开了，就要冲开人群去保护他未来嫂子："你们敢……"

下一秒，包厢门被陡然推开，殷墨在门口听到了那句话，难得没有往日的仪度修养，直接踹门进来，一把推开了投资人，投资人一屁股坐在了地上。

殷墨突如其来的暴戾，让傅幼笙怔愣住。

在一起九年，她从来没见过殷墨这个模样。

直到殷墨反握住她的手腕，男人指尖冰凉的触感让她漂亮的眼珠乍然活了过来一样："殷墨……"

离得近了，她甚至还能听到男人心脏跳动的声音，耳边传来他低哑的嗓音，呼吸微微沉重："别怕。"

看到傅幼笙平安无事，他眼底划过一抹庆幸。

本来因为刚才的刺激而心跳加速的傅幼笙，听到殷墨的声音后，渐渐平复下来。

“行啊，墨哥，有点儿年轻时候的意思了。”盛占烈笑得肆意，用力拍了拍殷墨的肩膀。

盛占烈几个人几乎把门口给堵死了，那些想要往外跑的人一个都没跑得了。

灯光昏暗的房间内，殷墨肃冷着一张俊美如画的脸，周身寒意让人不敢靠近。

投资商揉着屁股，坐在地上，不敢动弹。

原本呆愣住的制片人终于反应过来：“殷……殷总……”

“盛总？”

竟然还有商总跟裴大状，妈呀！

徐总这是什么运气！这次这个脑袋算是白开花了。

圈子里谁不认识殷墨那张脸，重点是……殷墨身边站着的那些人，全都是耳熟能详的大人物。

投资商踉踉跄跄地扶着桌子站起来，他脑子还没有反应过来。

他压根就没有认出来殷墨，大声叫嚣着：“你给我等着，我要告你们！”

肖沉原怕殷墨控制不住再出手，到时候就不好办了，于是挡在殷墨面前，侧眸说：“这里我来处理，你要不先送傅小姐回酒店？”

场面十分混乱，只有少数人看到了傅幼笙被殷墨拉着的手，例如凑过来的沈毓和一直关注傅幼笙的程舒慈。

程舒慈目光紧紧盯着他们牵着的手。

居然是殷墨！怎么会是殷墨呢？

难怪上次殷墨那么说她，原来是为傅幼笙出气啊。

肯定是傅幼笙在殷总面前说她坏话了，真是小人。

程舒慈纤细的指甲掐进掌心，阵阵刺疼让她脑子清醒多了。

这个时候，她不能出头。

傅幼笙脑子已经清醒过来，下意识挣脱殷墨的手。

但殷墨攥得很紧，直到跟着殷墨离开包厢，她都没把自己的手腕挣脱出来。

幸好她今天穿的裙子是荷叶长袖，挡住了殷墨拉着她的手腕，加上场面混乱，倒是没有引起什么轰动。

然而没等他们出去，就听到了外面警车呼啸而来的声音。

肖沉原耸肩：“看来今天你们走不了了。”

外面不少人围观，傅幼笙踮脚在殷墨耳边说："你快点松手！外面全都是人。"

被圈里人看到也就算了，他们也就互相之间八卦一下，但是要被外面人看到，她绝对是要上热搜的！

殷墨眉心深皱，自然而然地松开了傅幼笙的手腕，看向肖沉原："等会儿你和商琮送她回酒店，裴叙跟我去警局。"

"我跟你一起去。"傅幼笙作为当事人，不想逃避。

肖沉原笑了声："女明星想上今晚的热搜？放心，谁有事，也不是他有事，不然裴叙这个律师也不用当了。"

本来当背景板的裴叙，啧了一声，还以为是来看热闹的，没想到……最后他竟然成了主卫军。

"行了行了，有我在呢。"裴叙摆摆手，随意看向其他工作人员跟演员们，"你们还不走？想一起去警局喝茶？"

这些演员都是娱乐圈有名有姓的，去警局无论什么原因，都会被解读成负面的，他们想要去才怪呢！

本来满满当当的包厢，走得只剩下几个主要人员。

就连傅幼笙都被肖沉原和闻亭给强行带走了。

尤其是闻亭。

"哎呀，快点儿走吧，殷总能解决的。还有裴律师，怎么可能吃亏，要是你不走被拍到了，才是辜负了殷总刚才救你呢！"

虽然殷总救人救得暴戾了点儿。

但是闻亭想到刚才那个徐总的咸猪手，都恨不得动手把他揍一顿，也就是自己打不过。

还是殷总牛。

听到耳边传来肖沉原打电话的声音，正在封锁今天会馆里的所有消息。

关于今天被拍到的消息，如果被人发到网上，需要第一时间删掉。

从后门离开的时候，傅幼笙远远地看到很多人拿出手机拍摄。

虽然这家会馆私密性很好，但……工作人员也没有资格查看所有客人的手机。

"跟着警车。"傅幼笙抿了抿红唇，看着呼啸而过的警车，忽然开口。

这话一出，倒是让一直沉默的商琮看了她一眼。

倒也不是真的没良心。

肖沉原打完电话，刚好也听到了傅幼笙的话："他等会儿看到你，应该会惊喜。”

傅幼笙这是第一次跟殷墨的朋友单独相处，气氛有点儿凝滞，但听着肖沉原的话，倒是缓和了许多。

商琮轻描淡写地开口：“他很在意你。”

傅幼笙眼睫上撩，意外地看着他们：“……”所以殷墨这两位好兄弟是来给他当说客的？

真没看出来，这两位活跃在财经杂志的人物，还有这种闲工夫呢。

车停在警局路边，傅幼笙没有下车，商琮跟肖沉原倒是一块儿进去了。

隔着玻璃，傅幼笙眼睛眨都不眨地看着门口。

闻亭坐在她身边叹口气：“今晚真是吓死我了。

“看样子我还是得给你请几个保镖，万一再遇到徐总这样的人，岂不是很危险。”

毕竟也不是时时刻刻都能被殷总撞上的。

之前傅幼笙不爱交际，生活低调简单，根本不需要什么保镖跟着。

但现在随着她咖位越来越大，许多交际避免不了，粉丝也越来越多，到时候她参加活动或者路上被粉丝认出来，恐怕要被围攻。

没有几个保镖真不行。

“不过刚才殷总可真是太酷了！”闻亭感慨，“你没看到当时他看徐总的眼神，简直跟要弄死他似的。

“殷总还是很在意你的，眼神骗不了人。”

傅幼笙没有阻止闻亭的话，她坐在靠窗的位置，侧脸在暗淡的灯光下，莹润透白，目光怔怔地看着外面，安静得仿佛易碎的瓷器。

她红艳艳的唇瓣抿得有些泛白，没有说话。

看傅幼笙这个模样，闻亭小声嘟囔了句：“既然还互相在意，又何必闹成这样。”

等殷墨一行人从警局出来时，傅幼笙终于开口：“走吧。”

“啊？不等殷总了？”闻亭看着他们等了好几个小时，终于等到殷总他们出来，却要这么离开。

傅幼笙睫毛安静垂下：“走吧。”她看到温秘书已经在路口等着。

闻亭拗不过她，只好让司机开车离开。

路过一家 24 小时药店时，傅幼笙喊了停下，然后戴上口罩帽子，亲自去药店走了一趟。

一个小时后，殷墨回到酒店房间门口，看到了门把手上挂着的药店塑料袋。

虎口上不小心被酒瓶碎玻璃划出血的地方，血迹都干了，没想到却被她发现了。

殷墨淡漠的唇角终于露出今天晚上第一个上扬弧度。

她还关心他，不是吗？

之前听到肖沉原说傅幼笙在外面等他，殷墨还不信。

现在看着这个药店的塑料袋，殷墨信了。

她心里还是有他的，只是不愿意承认。

殷墨后退两步，看着隔壁那个紧闭的房门，眼里有一丝势在必得，他不会放弃。

不过，他现在先把那个玩意儿处理了才是。

殷墨抬起手，精致修劲的腕骨上的腕表显示——凌晨一点半，她应该洗完澡睡了。

殷墨这才抬步刷开面前的房门。

第二天。

傅幼笙被闻亭的电话铃声吵醒。

“我去！”傅幼笙揉了揉酸胀的太阳穴，看着手机上显示还不到六点半，“你一大早发什么疯？”

“殷总太威武了！徐恒州的公司，一夜之间股票狂跌，快要申请破产了。

“估计等他从医院出来，得负债累累。

“不知道他得多后悔自己昨天晚上的那一顿酒。”

闻亭看着新闻，语调是掩盖不住的愉悦。

“哈哈哈，徐总这个新闻一出来，刘制片人就给我发来解约合同，违约金一分钱没少。这怕不是被吓到了。”

傅幼笙从床上起来，拉开了紧闭的窗帘。

刹那间，阳光透过玻璃窗，倾泻进来，洒满整个房间。

傅幼笙走向浴室，将手机开了免提丢在架子上。

“周导这部电影，没了徐恒州这个投资人，是不是没法做这个项目了？”傅幼笙一边洗漱，一边问。

其实周导这个剧本，傅幼笙还是很喜欢的，而且这个明显是为了冲奖的，要是这么废了，有点儿可惜。

傅幼笙若有所思。

闻亭闻弦而知雅意：“你是想买下这个剧本？”

“只想买剧本团队跟导演。”傅幼笙觉得投资一下好像也不错。

反正现在投资人已经凉透了，周导还想要拍这部电影的话，就需要立刻找投资，还得赔偿她上亿违约金，这个钱，估计全都得由剧组出。

程舒慈得知自己还没有来得及签约这部戏，就被踢出剧组的消息。

她知道肯定是傅幼笙想要报复她，也顾不得什么，立刻去了傅家。

现在只有傅家能阻止傅幼笙的报复了。

程舒慈哭得梨花带雨：“傅叔叔，没想到幼幼现在变化这么大，竟然手段这么狠。她怎么会变得这么冷血无情啊？”

傅恩忱与傅夫人坐在沙发上。

两个人还没有从昨晚才得知唯一的女儿早就把自己婚姻交代出去的事情中缓过来。

现在又听到程舒慈哭诉。

之前傅恩忱帮程舒慈，一则是因为傅、程两家交好，程家人是音乐世家，与娱乐圈本就避无可避，他没想到程舒慈会求他帮忙，孩子都求上门来了，他帮也无妨。二则是因为程舒慈说可以进娱乐圈帮忙劝一下傅幼笙，她们两个从小感情好，她的话傅幼笙会听。

可是因为她一直跟傅幼笙见不上面，所以请傅恩忱出手帮忙。

傅夫人听到程舒慈说她女儿冷血无情，本来柔和娴静的脸上表情微微一变。

程舒慈及时反应过来，握住傅夫人的手：“阿姨，刚才是我口不择言了，不过我没有别的意思，就是觉得幼幼跟小时候真的不一样了。

“可能我也劝不了她回家。”

想到她跟殷墨的关系，程舒慈垂着眼睑：“幼幼现在在娱乐圈有靠山，谁都不放在眼里，她这样迟早会吃亏，毕竟靠山也不能靠一辈子。”

之前程舒慈有意无意地说傅幼笙被人包养，还拿出好多照片和视频。

傅恩忱还真的信了，并且对傅幼笙恨铁不成钢，觉得她堕落了，还惹得傅夫人哭了好多次。

然而昨晚傅恩忱从殷墨与傅幼笙口中亲自听到，他们不是包养关系，而是夫妻关系。

相较于被包养，傅恩忱更能接受他们是名正言顺的夫妻。

包养这种自甘堕落的行为，是他最不能接受的。

此时听到程舒慈还欲言又止地提傅幼笙被包养，傅恩忱眉峰紧皱着，语调有点儿严肃："舒慈，那些捕风捉影的事情，以后别提了。

"还有这次，叔叔帮不了你。"

说完，他径自上楼去书房，留下泪珠欲掉不掉的程舒慈。

她完全没有反应过来，傅叔叔这是什么意思？

傅夫人优雅地从沙发上站起来，递给程舒慈一张纸巾，嗓音一如既往的温柔："舒慈，就算他们父女闹得再僵，也是亲父女。"

程舒慈瞳仁不由得放大。

傅夫人："所以，以后别来了。"

程舒慈不由得伸手："阿……阿姨……"

看着傅家大门在自己面前关上，程舒慈紧咬牙关，难道她就这么放弃吗？她不甘心。

凭什么傅幼笙从小就活在所有人赞赏的目光里，无论做什么都优秀，所有长辈都夸奖她，甚至自己都被比到泥地里去。

好不容易她出国了，傅幼笙又叛逆地离开傅家，她耳边终于清静了。

偏偏傅幼笙出现在娱乐圈又是被众星捧月，顺风顺水地拿到最佳新人奖，拥护喜欢她的粉丝成千上万地增长。每次看到傅幼笙热搜下面全都是夸奖她的美貌，夸奖她的才华，夸奖她的演技，程舒慈脑海中就浮现出从小到大被她压迫的画面。

她真的不甘心啊。

傅幼笙凭什么能不费吹灰之力地得到所有人的目光与赞美？

她比傅幼笙更努力，更优秀，可以比傅幼笙做得更好。

只是因为她没有殷墨那样的靠山。

程舒慈深吸一口气。

脸颊上的眼泪已经干了，她转身回了程家老宅。

傅幼笙既然决定要拿下这个剧本，下手便干脆利落。

本来她以为要费点儿功夫，万万没想到制片人竟然满口答应，恨不得立刻把傅幼笙迎接来。

早知道傅幼笙有钱投资，他们还怕什么徐恒州啊！

现在好了，把人得罪了。

制片人毁得肠子都青了。

可惜傅幼笙投资后的第一件事，就是把制片人踢走，然后自己做制片人。

制片人：“……”

周安导演本来觉得自己这部电影凉了，万万没想到，峰回路转。

他立下军令状：“你既然这么相信我，我一定不会再让你失望！”

这部戏，有傅幼笙在，绝对可以冲国际大奖，而且票房也不会太差。

傅幼笙点点头：“我是信任周导的。”

周安一个大男人，差点儿被感动哭了。

有了傅幼笙的投资，剧组重新恢复正常运行，以前那些八卦傅幼笙的演员们也安静了，剧组进入了前所未有的和谐期。

而这段时间，殷墨一直没有离开。

傅幼笙依旧每天都可以看到殷墨在酒店门口等她一起去剧组，然后在保姆车里安静地办公，等她下戏后一起吃午餐、晚餐。

大夜戏的时候，他还会给她准备宵夜。

最近听温秘书说，殷墨开始学着自己做饭了。

就这么过了一个月后，傅幼笙晚上回酒店时，殷墨问她：“我有事想要跟你谈一下，能进去吗？”

傅幼笙想到他这个月的陪伴：“好。”

进了门，殷墨给她递了一张请柬：“我妈准备在这个晚宴上给我相亲。”

傅幼笙：“？”什么意思，想告诉她，他有多受欢迎？

殷墨对上她的眼睛：“所以，你能帮帮我吗？”

帮帮他？

傅幼笙透亮的眼眸带点惊讶地望着他，有点儿不敢相信这话是殷墨说出来的。

他也有求人帮忙的时候吗？

不过这种事情她怎么帮？

傅幼笙眼睛低垂，轻轻颤了一下：“对不起，我可能没法帮你。”

殷墨将请柬塞到傅幼笙手里，顺势握住她的手指，将请柬圈住，不允许她松开：“现在我们还是夫妻，你不帮我谁帮我？”

“可是……”傅幼笙指尖松开，想把请柬还回去。

殷墨垂眸，用那双幽邃深沉的眼睛静静地看她：“难道你想眼睁睁看我被抓？”

"被抓什么啊？"傅幼笙无语。

不就是相亲吗？干吗上升到这么可怕的高度？

"重婚罪。"殷墨悠悠看着她，"依照我母亲的行事作风，一旦当场看中未来儿媳妇，就会立刻让我跟她培养感情，一个月结婚，两个月怀孕，生个儿子最好，如果生的是个女儿的话，休养一年后，再要二胎，直到生到未来继承人为止。"

傅幼笙听得瞳仁陡然瑟缩一秒。

殷墨这话是什么意思……

他是在解释为什么不把他们结婚的事情告诉家里人。

那现在他又为什么要带她去宴会，他母亲应该也在吧？

殷墨才不会让傅幼笙成为他家的生育工具。

她有自己的人生。

现在他带她去见家人，不过是因为她如今已经不会再一切以他为主，即便是面对他母亲的催生，也不会为了无法拒绝长辈，不会为了不让他难做而违心答应。

有时候，殷墨也觉得，傅幼笙离开他成长是一件好事。

他终于让她对她自己在意了，不是吗？

他不用再小心谨慎到担心有人一句话，就能将她本来被家人伤害的心，继续伤得千疮百孔。

傅幼笙漂亮的眉尖蹙着。

殷墨笑着说："怎么，怕自己会心软答应我妈给我生孩子？"

"怎么可能。"傅幼笙下意识否认，"我才不想生孩子。"

以前她或许想过跟殷墨生一个属于他们自己的孩子，组建一个真正的家庭，一个不会抛弃她的家庭。

而现在傅幼笙已经想通了，家不是靠别人施舍的，也不是靠别人给予的。

"是，你还小，还不想生孩子。"殷墨薄唇上扬，"所以，这次不过是帮我拒绝相亲而已。

"看在我为了你还留了疤的份上，帮帮我，好不好？"

傅幼笙吃软不吃硬。

看到殷墨虎口处那个白色的疤痕，还是上次为她用酒瓶子砸人的时候留下的，她说不出拒绝的话。

最后她还是被殷墨说服了，又不是儿媳妇见婆婆，有什么可怕的。

“放心，我妈不会过去。”最后，殷墨为了给傅幼笙安心，说道。

然而傅幼笙不知道的是，殷夫人虽然不会过去，但是……更重要的人会到场。

临去之前，傅幼笙犹豫穿什么比较好。

穿得太华丽，感觉有点儿像是去砸场子，不知道的还以为殷墨在她心里多重要呢！

但是穿得太低调普通，万一那里面有比她更漂亮的女人怎么办？她可不想被任何人比下去。

尤其是在容貌方面，这是她唯一的底线！

傅幼笙没有犹豫太久，殷墨便给她发了消息：

YM：明天你穿上次我给你定制的那件旗袍，我还没有看你穿过。

傅幼笙想到那件被她压箱底的旗袍，轻咬了一下红唇。

那个旗袍太耀眼了。

而且太红了吧？参加人家的相亲宴，她穿那么红干吗？

傅幼笙：太红了，不适合在明天的场合穿。

万一传到他家里人耳中，还以为她是故意去砸场子的。

YM：一件旗袍而已。别想太多，你心里又没鬼。

傅幼笙指尖颤抖了一下，什么叫她心里没鬼，别想太多，殷墨到底在说什么！

她有种被人看穿的羞耻感。

傅幼笙漂亮的眼底划过零星火花，红唇抿着，殷墨不是让她穿吗，那她就穿，到时候看谁难堪。

总归帮殷墨这一次，就当还他上次救她的恩情了。

翌日。

傅幼笙请了一天的假期。

上午醒来她便开始化妆，换衣服。

上次虽然试穿过一次，但并没有化全妆，这样一件旗袍，如果不化全妆的话，傅纫笙的脸美则美矣，却容易被那艳丽的颜色压住本来的容貌。

傅纫笙的五官本就是浓艳长相，尤其是化了全妆，更能将五官的精致绮丽展现出来。

就连帮忙上妆的化妆师都惊艳于傅纫笙的长相。

本来这次青春电影，傅纫笙多是淡妆，走清纯路线，化妆师的很多化妆手段都没有得到发挥。

这一次化妆师忍不住感叹："给你化妆，真的特别容易给化妆师自信。"

旁边的小诺听了忍不住笑。

这类似的话，她听过无数次。

"上次笙笙姐拍杂志封面的时候，摄影师也说，给笙笙姐拍照，特别容易增强摄影师对自己技术的自信心。"

随便一拍就是大片，不知道的还以为摄影师的摄影技术多好呢！

听到小诺的话，化妆师也跟着笑。

化妆师给傅纫笙拍了张照片："这是我化过最好看的妆了，让我拍个照。"

傅纫笙自然同意。

小诺见状也忍不住了："我也要拍。刚好最近您天天在剧组拍戏，工作室好久没有新照片给粉丝们发了，要不您换上旗袍再拍？"

傅纫笙想着今天参加的是私人宴会，而且还是殷家举办的，私密性不用说，轻轻颔首："可以，不过晚点再发。"

小诺："明白！"

旁边的化妆师也点头："那我明天转发你们工作室的照片就行，可以写上造型跟妆容是我吗？"

傅纫笙含笑："当然，本来就是你做的。"

化妆师惊喜地看着傅纫笙："可以想象，我在化妆师圈可能要火了，哈哈哈。"

"到时候就有太多的女明星找琳姐您化妆。我们笙笙约您的时候，您可要抽出时间哦。"小诺开玩笑似的说道。

化妆师信誓旦旦："当然当然，以后给咱们笙笙化妆，我保证随叫随到！"

傅纫笙在化妆师和小诺的帮助下，将那身旗袍换好，然后便得到了两个惊艳的眼神。

“美，真是太美了。”

“我总算明白什么是人间尤物了。”

“天呐，这组照片要是发出去，绝对要上热搜的。”

“旗袍美人名不虚传，我一个女人看着小心脏都扑通扑通地跳。”

“之前还有人说赵清音是人间富贵花。真该让他们见识见识，什么才是真正的行走的人间富贵花！”

傅幼笙听她们两个你一言我一语的夸奖，都听得快要麻木了。

好不容易脱离她们，傅幼笙出了酒店大门，坐到殷墨已经派人停在路边的轿车里，又撞上了殷墨那双幽暗深沉的眼眸。

他素来漆黑薄凉的眼神，此时划过一抹惊艳。

他想象过傅幼笙穿这身旗袍的样子，当真正出现在他面前时，完全是两种概念。

女人极致的美貌与风情就这么毫无防备、横冲直撞地进入他的视线之中。

萦绕在她身上浅淡的清香，浓郁到开始乱人心弦了。

殷墨眼眸微闭，重新坐了回去。

傅幼笙坐在他旁边，已经弄好了裙摆，见他这副表情，没忍住：“你这是什么意思，我丑得让你没眼看？”

美而不自知最诱人。

殷墨唇角上掀，终于睁开眼睛看着她，轻叹一声：“你这是对自己的美貌多么一无所知。”

傅幼笙：“……”

被他这么隐晦地夸奖噎了一下，她偏过头不去看殷墨，小声嘟囔了句：“想说我漂亮就直接说，还这么隐晦。”

要不是她聪明，还真听不懂殷墨在夸她。

看着她乌黑卷长的发丝，被一串细细的钻石链挽起来，露出优越纤细的天鹅颈，耳垂上戴着与钻石链同款的耳环，相得益彰。

除此之外，再也没有其他首饰，却足够惊艳。

殷墨目光落在傅幼笙雪白的耳垂上，此时隐隐泛着一抹绯色。

果然，她这个习惯还是没有改——一害羞，就会先耳朵粉红。

殷墨放在膝盖上的手指犹豫两秒，最后还是没有触碰上去。

天知道，他是用了多少自制力，才控制住。

临下车之前，傅幼笙听到殷墨在她耳边低声说了句：“真不想让你被别人看到。”

傅幼笙：“……”

果然，占有欲这个习惯，殷墨是改变不了的。

不过，他像是随口说说而已。

他率先下车，亲自替她开了车门，然后朝她伸出了骨节修长的手。

看着面前熟悉的男人手掌，傅幼笙敛了敛情绪，还是将自己柔软无骨的小手搭了上去。

掌心那纤指触手莹润滑腻，让殷墨舍不得松开。

然而傅幼笙下车之后，已经将手从他掌心抽出来，如滑腻的小鱼儿一般。

幸而那只手挽住了他的手臂，才让殷墨堪堪收回了想要去抓她回来的动作。

宴会在北城殷家名下的一家五星级酒店的顶楼宴会厅里举行。

傅幼笙他们到的时候，高大华丽的金色大门被守在外面的侍应生推开，绚烂明亮的灯光下，里面已经是衣香鬓影，随处可见的顶级社交名人，正端着酒杯，四处交际。

穿着华丽礼服的名媛贵妇聚在一起，彼此分享着有趣话题，笑得优雅又端庄，就连喝酒的姿势，都像是经过丈量的一样。

傅幼笙之前担心自己穿得太过耀眼，完全都是瞎担心。

这里面，每一位女性都是经过细细打扮的，盛装出席，这才是真正的争妍斗艳的现场。

傅幼笙还看到有人的裙摆绣着层层叠叠的钻石，被灯光一照，简直华丽得闪瞎眼。

如果她穿得太低调，一进去就会成为背景板。

这就是殷墨所处的世界吗？傅幼笙的睫毛轻颤了几下，没有说话。

她甚至忘记了问殷墨，这不是他的相亲宴吗？怎么什么人都有？更像是社交宴会。

虽然来得有点晚，但傅幼笙与殷墨出场时，还是引起了轰动。

大家看着站在殷墨身边那个穿着一袭红色华美旗袍的女人，薄绸旗袍裹着她完美的身段，明明是低调不张扬的旗袍，穿在她身上，却是风姿绰约，尽显婀娜华艳风情，偏偏一颦一笑都是沁入骨子里的风雅端然。

美得让人移不开视线，甚至开始怀疑，这样的美貌，是真实存在的吗？

殷墨带着傅幼笙气定神闲地往里面走，不少人跟殷墨打招呼，还有相熟的互相询问让人介绍一下殷墨身边的女伴。

有人笑着说："这还要介绍吗？在场的谁没有看过傅小姐的作品。"

"傅小姐是一名优秀的演员。"

"原来是女明星啊，难怪这么漂亮。"

"不漂亮能被殷少带来吗？"

听着四下他们小声议论的声音，傅幼笙终于反应过来，扯了一下殷墨的袖子："你不是说相亲宴吗？这是怎么回事？难道你家里人还让你跟男的相亲？"

殷墨听着她的话，亲昵地敲了一下她的小脑袋："说什么呢？这些都是奶奶的客人。"

等等？谁的客人？

傅幼笙漂亮脸蛋上的笑容僵了一瞬，有点儿反应不过来，好几秒后才狠狠掐了一下殷墨的手肘："你骗我！"

殷墨像是感觉不到疼，垂在身侧的手将傅幼笙那只小手牵住，然后自然地换了只手握住她，薄唇含笑，迎面走向坐在沙发上那个正在和旁边几位老太太闲聊的穿着青色旗袍的殷老夫人。

"奶奶，我来看您了。"

殷老夫人看到殷墨牵着一个小姑娘的手，顿时眼睛一亮。

她随即打发了旁边几个老朋友："我孙子来了，等会儿再跟你们聊。"

几位老太太年轻时候都是一个大院里住过的。

此时看到殷墨带着小姑娘，活了七八十年的老太太们瞬间明了："原来是孙子带女朋友回来了。成，我们不打扰你们一家说话了。"

老太太们离开时，对傅幼笙笑得和蔼，甚至还感叹："哎呦，老殷家要抱孙子了。"

傅幼笙本来笑得还算自然，乍一听这话，唇角弧度一顿。

殷老太太一把握住了傅幼笙的手："真漂亮啊，墨墨眼光真好，给我找了个穿旗袍这么漂亮的孙媳妇。"

老太太本来就喜欢旗袍，平时无论是在家里还是出门，身上都是一袭旗袍，所以也喜欢穿旗袍的年轻女孩，尤其是能把旗袍穿出这种风雅感觉的。

老太太眼睛多精明啊，一看自家孙子看人家姑娘的眼神，就知道关系匪浅，能领到自己面前的，肯定是要结婚的，所以直接褪下手腕上的玉镯子，亲自给傅幼笙戴上："还缺个镯子，嗯，这样就更好看了。"

看着傅幼笙纤白柔软的手腕上戴上那通透玉质的白玉镯，老太太非常满意。

“殷奶奶，我不能收……”太贵重了。傅幼笙还没有反应过来，手腕上就多了一抹温润。

当她想要褪下来还给老太太时，老太太握住她的手：“长者赐不能辞。”

殷墨拉着傅幼笙坐在沙发上：“收下吧，奶奶给孙媳妇的见面礼。”

她很快就不是了！

见殷墨承认这是孙媳妇，老太太的眼睛顿时更亮了。

这些年老太太一直在国外疗养院，就连八十大寿都是在国外办的，今年身体养好了才回来，没想到一回来大孙子就给她这么一个惊喜。

老太太乐得一直看着傅幼笙笑。

从小长在严苛家庭里的傅幼笙，第一次感受到长辈发自内心的喜爱，看到老太太欢喜的表情，有些话根本说不出口。

殷墨看着傅幼笙乖乖陪老太太说话，薄唇上扬。

早就知道奶奶最管用。

瞧，一出马就让她默认了自己的孙媳妇的身份。

第十一章

我家小朋友

/

XINTIAO
BU
TINGHUA

宴会休息区。

殷老太太作为这次宴会的主角，自然没太多时间陪他们聊天。

嘱咐殷墨好好陪着傅幼笙玩后，老太太便去了主宴会厅。

而傅幼笙坐在休息区的沙发上，薄绸旗袍裁剪得宜的下摆贴着她露出来白得晃眼睛的小腿上。漂亮脸蛋面无表情，在灯光照耀下，她殷红色的唇瓣抿成一条直线，清淡又冷艳。

殷墨端着一碟吃食过来放到她面前："饿了吧，吃点东西。"

他的嗓音清冽温沉，带着柔色。

傅幼笙的眼皮子抬了抬，晕染了浅淡粉色的眼皮扬起，漆黑瞳仁清冷冷的："所以，你骗我来这里做什么？"

竟然不是相亲宴。

殷墨将碟子放下，坐在她旁边，轻轻圈住了她的手指："奶奶今年八十一岁了，这次回国不知道能待多长时间，想让她见见你。"

略一沉思，他没有告诉傅幼笙，先见过奶奶后，他妈就算要做点什么，也要考虑奶奶。

"所以，相亲宴是骗我的？"傅幼笙看着他。

"没骗你，确实也是相亲。"殷墨揽上傅幼笙的肩膀，示意她往宴会厅看，"跟奶奶说话的那家人，是同一个大院的，他家里有个刚从国外回来的女儿。

“刚才你一直盯着看的那个穿了一身钻石的女人，是咱妈闺密的女儿。

“还有……”

傅幼笙没好气地拍开他的爪子。

要不要说得那么直白，什么叫她一直盯着看的那个女人。

“我就是觉得她裙子上的钻石很闪，没有盯着看！”

“好，是我说错话了。”殷墨大度地退让。

刚才他去拿吃食时，顺便给温秘书发消息，让他也给傅幼笙定一款钻石更多的裙子。

傅幼笙宛如一拳打在棉花上，让她有劲儿也使不上。

她表情怠懒地重新坐回沙发：“算了，随你吧，反正以后我也不会来了。”

余光瞥到手腕上那个透亮的白玉镯子，傅幼笙就要撸下来还给殷墨。

殷墨深邃的五官上情绪微敛：“幼幼，你不喜欢麓荷公馆的别墅，我们就在市中心买一个大平层，离你的公司近，而且很热闹。

“家里有你，有我，未来你想要孩子了，我们就要个孩子，再养一只你喜欢的猫，你不想要这样的生活吗？”

殷墨的话很有画面感，让傅幼笙本来漫不经心的表情变成了怔然。

这样的画面，她自从离开傅家之后，就想过无数次。

专属于她的家。

殷墨重新将她褪下来的玉镯戴回去：“幼幼，当初结婚是你提的，现在离婚也是你提的，你不能这么……欺、负、我。”

傅幼笙红唇张了张，还没来得及说话，便听到不远处有人喊他。

殷墨清冽好听的嗓音压低：“这件事，我们以后再说。你在这里坐一会儿，我很快回来。”

看着殷墨离开的背影，傅幼笙忍不住想要叹气。

殷墨真是豁出去了，竟然跟她撒娇？

真是疯了。

傅幼笙转着手腕上触手莹润的镯子，心里乱七八糟的。

然而没等她心乱太长时间，一阵香气从她身前擦过。

傅幼笙入目就是那一裙子钻石，差点儿闪得她眼睛重新闭上。

“傅小姐，你好。”“钻石裙”笑得单纯优雅，“我叫连容，和殷墨从小一个大院里长大。你是他女朋友吗？”

莲蓉？

傅幼笙忽然想吃月饼了。

她没回答。

连容自顾自地继续说："昨天还听殷阿姨担心殷墨没有女朋友，怎么今天就有女朋友了。"

她吃惊地捂嘴："难道殷阿姨还不知道你的存在吗？

"也是，殷阿姨一直心心念念的儿媳妇，是名媛淑女。

"殷墨也是担心你跟殷阿姨闹矛盾吧。"

傅幼笙插了一块儿刚才殷墨给她送过来的那两碟子吃食，先吃了一块儿水果，就那么含笑看着她说话。

刚才一进来的时候，她第一眼还觉得这里不愧是上流社交场，都是真正的名媛贵女，然而真的跟名媛面对面交流的时候，好像……也跟普通女孩差不多。

连容被傅幼笙笑得心里感觉有点儿怪怪的，她虚张声势："我没跟你开玩笑哦。"

"多谢连小姐提醒。"傅幼笙慢悠悠地感谢。

被感谢的连小姐："……"她不是真要提醒的意思！

她就是想要试探试探，傅幼笙跟殷墨到底是什么关系。

连容心里有点儿抓狂，但是面上还是维系着名媛淑女的优雅："你真不是殷墨找来假扮女朋友的吗？"

连容过来的时候，不少人都朝这边看。

其他人虽然也好奇傅幼笙的身份，但是在场都是具有良好教养或者自认上流人士，自然不会直白地过来问。

毕竟是人家的私事，就算看到殷墨带傅幼笙参加宴会，也不会到处乱说，只会小范围地在圈子里好奇一下。

像连容这样的是少数。

而连容也是仗着从小在殷夫人眼皮子底下长大，与殷墨算是青梅竹马，才会这么直白。

"不是假扮女朋友，"傅幼笙倒是饶有兴致地回答她，"也不是女朋友。"

看着连容那脸上明显染上惊喜的表情，傅幼笙忽然问："你喜欢他？想给他当女朋友？"

连容捂脸："哎呀，你说话怎么这么直白呀，我就是暗恋而已。"

连容还挺喜欢傅幼笙演的戏，此时听傅幼笙说不是殷墨女朋友，直接忽略了她前面那句话，甚至还很热情地挽着傅幼笙："只要你不是殷墨的女朋友，那我们就可以做好朋友。

“你自己一个人待在这里是不是很无聊，我带你认识一些新朋友呀。”连容非常热情地挽着傅幼笙的手臂。

傅幼笙想要拒绝连容，然而连容已经热情地把她带走了。

殷墨回来没有找到傅幼笙，还以为她发生什么事情了。

直到听到不远处传来傅幼笙清甜悦耳的声音：“我每天回家都会蒸一下脸，这样毛孔打开，也容易卸妆……”

殷墨脚步停下，看到自己找了半天的殷太太此时身边围了一群女人，正表情认真地听她讲护肤的事情，淡色的薄唇微微上扬，眼底一闪而逝的宠溺划过。

商琮站在他身后，看着那群女人里面也有他的商太太。

商琮温润的面庞上带着同样的笑容：“其实，你也没必要担心她融入不了。”

殷墨敛了笑，摇摇头：“我担心的不是这个。”

他不是担心傅幼笙融入不了。

商琮不知道，他却很清楚，幼幼从小也是在傅家那种真正有底蕴的书香门第长大，怎么可能应付不了这些新贵家族的人呢，只是……殷太太的身份公开之后，她可能就没办法拍她喜欢的戏了。

殷太太这个身份，对于傅幼笙而言，是束缚。

商琮晃了晃手中酒杯：“那当初为什么不公开你们结婚？”

殷墨轻轻吐息，嗓音低沉透着喑哑：“殷家未来的主母，不能是一个娱乐圈的演员。一旦被家里人知道我们领证，一定不允许她进入娱乐圈。

“她那么喜欢演戏。”不惜与家人决裂。

当初好不容易从傅家混乱的家庭中脱离出来，如果让她出了虎穴又入狼窝……

想到傅幼笙当时的心理与精神状态，殷墨眼神沉沉，万一再出问题……

当然，如果他有时间的话，或许会想一个折中的法子，可那时候，恰好是他事业最繁忙的时候，理智让他选择了最简单的法子——隐婚。

她顺利进入娱乐圈，谁都不会阻止她当演员。

商琮仰头将杯中酒饮尽，然后才拍着他的肩膀说：“趁着她还没有喜欢上别人，好好弥补吧。”

当初但凡他用点儿心，想一个折中的方法，都不会沦落到现在这种地步。

真正爱一个女人，就要为她扫清所有的障碍。

回程路上，殷墨看着傅幼笙靠坐在车椅上，昏昏欲睡，问她："今天玩得开心吗？"

傅幼笙抬起眼皮看他一眼："如果某人没骗我这是相亲宴的话，我会更开心。"

殷墨："……"轮到殷墨被她噎住。

不过殷墨没有放弃，继续问："以后经常带你来玩好不好？奶奶很喜欢你，还说让我带你回老宅看她。"

傅幼笙想到那个和蔼的老太太。

她也是第一次看到有老太太穿旗袍穿得那么大气矜贵，骨子里的风韵情致，即便是满头银丝，也掩盖不住那周身优雅华贵，反而平添了岁月沉淀后的神秘。

不过，她又能以什么身份去看老太太呢？

傅幼笙没说话，重新靠回椅背上，闭上眼睛。

"幼幼……"

傅幼笙："别说了，我累了。"

殷墨看着车厢昏暗光线下她那张白生生的脸蛋，到嘴的话全部被堵了回去。

他轻轻叹了一口气。

不是没听到殷墨的叹气声，只是傅幼笙不知道怎么面对他。

不知不觉，她竟然真的在平稳的行驶中睡着了。等到睁开眼睛时，傅幼笙看着熟悉的天花板，猝然清醒。

这里是麓荷公馆的别墅！

她猛地坐了起来，起得太突然，脑子一下子有点儿晕。

耳边传来男人恢复平静温淡的声音："酒店距离剧组比较远，等回去得深夜了，所以先来这里休息一晚上，明早送你回去。"

傅幼笙下意识抬眸，入目便是只在腰间裹着一个白色浴巾，露出修劲漂亮的腰腹胸肌线条的男人。

他站在床边不远处，卧室内只开了壁灯，昏黄的光线透着难以言喻的暧昧，尤其是男人的下颌一颗晶莹水珠顺着微微凸起的喉结，一路淌到他结实的腹肌，最后没入围在腰间的浴巾边缘。

傅幼笙僵在那里，感觉脑子有点儿缺氧，反应不过来。

“还没看够？”殷墨随手将浴巾取下来，丢到沙发椅背上。

“你干吗！”傅幼笙下意识捂住眼睛。

殷墨下面穿着一条棉质的宽松短裤，根本不是想象中的画面……

他故意逗她：“我身体哪个地方你没见过，现在有什么好害羞的。”

“啊你闭嘴！”傅幼笙被殷墨这么一捣乱，已经忘记要回剧组的事情，把自己蒙在被子里，不想见人了。

殷墨低低笑着，倒是没有往床上睡，而是从衣柜里拿出被子枕头，放到沙发上。

她从被子里钻出来站在床上，居高临下地看着殷墨：“殷墨，你能不能有点儿羞耻心啊！”

一本正经说这种话，真的很崩人设。

“追老婆，不能有羞耻心。”殷墨悠悠地回道，“有羞耻心的，老婆都跟别人跑了。”

傅幼笙看着他下半身穿得整整齐齐，立刻反应过来，这货刚才又是故意逗她。

她一口气没上来，重新坐回床上。

不要脸！

白了他一眼，见他很自觉地睡沙发，傅幼笙稍微满意了点。

殷墨岔开话题：“你还没洗澡。”

傅幼笙这才发现，自己身上穿着的还是那身旗袍，原本整齐的旗袍此时裙摆都皱了。

傅幼笙惊呼一声：“啊，我的旗袍！”

完了完了，门大师最后做的这身旗袍，不会被她穿成一次性的吧。

傅幼笙心疼死了：“旗袍坏了怎么办……”

殷墨不急不慢：“坏了我再赔你一件。”俨然是忘了，这件旗袍也是他送的。

殷墨见傅幼笙犹豫要不要洗澡，补了句：“你脸上的妆也没卸。”

傅幼笙：“！”

她用谴责的眼神看着殷墨。

殷墨无辜：“我怕我给你脱衣服卸妆，你醒来后会生气。”

傅幼笙深吸一口气，让自己保持冷静一点儿，毕竟在别人的地盘上。但只有一个呼吸的时间，她发现自己冷静不下来，咬牙切齿道：“那你不会喊醒我！”

非要让她继续睡，她又不是猪！

说完，傅幼笙也顾不得自己是不是在殷墨房间里了。

什么都比不上她的脸重要。

带着妆睡觉，简直像是慢性自杀！

不对，她宁可死，也不要变丑。

傅幼笙等卸妆洗澡护肤养发一系列流程结束之后，忽然想起来，她好像过于熟稔了。

她这才发现浴室里所有的她的东西，殷墨都没有丢掉。

还是按照她离开之前的熟悉的位置摆设的，虽然护肤品之类的都换了新的，但都是她常用的牌子。

傅幼笙裹着裸粉色浴袍出来的时候，殷墨已经躺在沙发上睡着了。

她缓缓走近沙发，眼眸低垂看着殷墨。

男人睫毛很长，尤其是闭着眼睛的时候，又浓又密，洒在薄薄的眼下的皮肤上，落下一层细密的阴影。

他大概是今天累了，呼吸均匀，明显是真的睡了，不是装睡。

跟殷墨同床共枕这么多年，傅幼笙当然能看出来，他是真的睡着，还是假的睡着。

睡着的殷墨很没有攻击性，纯粹安静，甚至还有点儿孩子气。

谁能想到，睁开眼睛时，他那双幽暗通透的眼眸仿佛能看穿一切。

傅幼笙觉得自己在殷墨面前假装不在意，都完全暴露在他眼里。

明知道自己不该这样的。

会继续沦陷的。

可心却不受控制。

在一个地方摔倒一次，就不应该再在这里摔倒第二次。

傅幼笙看了他好几分钟，才轻轻地推开房门出去，到隔壁的客房睡。

翌日一早，傅幼笙就回了剧组。

对于她昨晚去客房睡这件事情，殷墨并没有提起，依旧陪她到剧组。

傅幼笙说服不了他，只能由着他去了。

一进组，她就受到了不少人的调侃：“今天傅老师又靠美貌上热搜了吗？”

“上了！”

“哈哈哈，傅老师的美貌，我们能就近欣赏，真是天大的福气。”

傅幼笙等拍戏的时候，拿出手机看今天的热搜。

果然……是小诺用工作室的号发了她昨晚那套旗袍照片。

“傅幼笙 红色旗袍”上了热搜，还是第一。

天呐，烈焰红唇，复古港风真的好适合傅幼笙。

妈耶，说一声娱乐圈的颜值天花板不过分吧？

这种浓艳的旗袍，也就穿在傅幼笙身上，才能有这种惊艳效果，穿在别人身上怕是灾难。

一人血书跪求傅幼笙穿旗袍拍一部戏！

楼上，安利你一部傅幼笙跟楚男神的电视剧《余生是你》，旗袍设计师和检察官的情侣组合，花絮超绝！

这部戏明年才会播啊，呜呜，好想现在就看。

像傅幼笙这样的颜值，也就楚男神能压得住吧，其他男演员在傅幼笙面前，有点儿像背景板。

这部戏绝对是电视剧历史上的颜值巅峰，快点收藏等看吧。

傅幼笙跟楚男神好配……

……

热搜焦点两边倒。

一边是垂涎傅幼笙这一身红色旗袍的绝美颜值和身段。

一边是路人粉丝嗑傅幼笙跟楚望舒这一对荧幕情侣，喊着般配。

傅幼笙倒是觉得无所谓，总归也是为她们明年播出的戏打广告，但是，刷着刷着，她忽然发现，在自己这个热搜上，好像刷不到楚望舒了。

起初还以为自己不小心屏蔽了楚望舒这三个字。

没想到竟然是全网关于她跟楚望舒的合照与词条都消失了。

什么鬼，他们还怎么宣传剧？

傅幼笙一看就知道这出自谁的手。

她趁着还没有拍戏，给殷墨发了条消息：

快点把我跟楚望舒的词条恢复！

保姆车内，殷墨本来满意地刷着只剩下自己老婆照片与名字的热搜第一，却看到老婆发来的消息，指尖顿了一秒。

恢复？怎么可能？

他是凭本事删掉的，凭什么恢复？

YM：恢复不了。

殷墨还附加了一个微笑表情包。傅幼笙看着那特别像是挑衅的小黄脸微笑，脸都黑了。

殷墨最近是放飞自我了吗？

闭了闭眼睛，平复想要冲到保姆车里按着他的头让他恢复的冲动，傅幼笙一个字一个字地敲上去：

傅幼笙：你全删了，这不是掩耳盗铃吗？你信不信现在肯定有粉丝们在群里分享说我跟楚望舒早就好上了，才心虚删词条照片。

殷墨皱眉，抬眼看向前面正在处理工作的闻亭："闻先生，幼幼的粉丝群怎么加？"

闻亭差点儿把笔记本电脑丢出去。

加什么东西？

本来他已经开始习惯殷总每天在保姆车里等傅幼笙的惊悚画面。

他万万没想到，还有更惊悚的事情在后面。

殷总……这位日理万机，时间就是金钱，并且按秒计算的大佬，竟然问他……粉丝群怎么加！

这比地球撞月球还要不可能发生好不好！

殷墨瞳仁漆黑如墨，语调薄凉："我不能加？"

"能能能！"闻亭被这眼神吓得一凤，连忙从副驾驶下来，坐到殷墨面前。

然后他亲自将殷墨这个宛如小号一样的微博账号拉入傅幼笙的微博官方粉丝群。

此时粉丝群已经议论纷纷地刷屏。

都在说全网搜不到关于傅幼笙跟楚望舒的照片和消息，是不是真的在一起了。

突然撤照片词条就是因为心虚，跟傅幼笙说的一个字都不差。

殷墨的眼眸微微眯起。

闻亭也看到了，咽了咽口水："殷总，那个是您让人撤的？"

"他们更误会幼幼跟楚望舒的关系？"殷墨没回答，淡淡地问。

一听殷总默认，闻亭便知道，也是，除了殷总，谁有这样的本事。

只是没想到殷总不是在工作吗，怎么还有时间关注自家艺人在微博上的动向？

闻亭腹诽着，表情却非常谄媚："这很正常，网友们都这样，越不让他们看，越不让他们知道，他们越想要探究，越觉得是秘密，更想要扒出来，扒不出来就猜测，往越不可能猜测的方向猜测，就觉得自己猜对了。"

殷墨垂眸看着手机屏幕。

粉丝群果然开始猜测傅幼笙跟楚望舒是什么时候开始的。

轻啧了一声，殷墨下颌轻抬："你去澄清。"

闻亭不是经纪人吗？

闻亭尴尬一笑："一般经纪人出来澄清，在粉丝跟网友眼里，都是垂死挣扎的默认……"

殷墨："……"娱乐圈怎么奇奇怪怪的。

闻亭小心翼翼："要不您还是恢复吧。总归只是宣传剧，自从笙笙戏杀青之后，就再也没有跟楚男神见过面了。"

这一个多月，闻亭算是看出了殷总的势在必得。

殷墨揉了揉眉梢，两秒钟后扫了眼旁边安静如鸡的温秘书，低声吩咐："去恢复。"

温秘书："是。"

看着温秘书离开的背影，闻亭大松了一口气，他最怕的就是殷总破罐子破摔，直接在网上公开傅幼笙已婚的消息。

幸好殷总还有点儿理智。

闻亭强调，傅幼笙跟楚望舒绝对没有任何工作以外的关系。

然而很快闻亭就被啪啪打脸了。

傅幼笙下戏回来，第一句话就是："去兰亭馆，约楚老师吃饭。"

闻亭："？"他下意识看向后座那个等了一上午的男人。

傅幼笙看都不看殷墨一眼。她身上还穿着戏中的白 T 恤、蓝色百褶裙，细细的腿上还穿了一双白色的长筒袜，配小白鞋，清纯美好，坐在西装革履的殷墨身边，特别有禁忌的感觉。

两个座位是并排的，中间隔着一个小的走廊。

傅幼笙一边说，一边捋顺了裙摆，下午拍戏还要穿呢。

见司机久久未开车，她轻皱了眉头："怎么还不开车？"

殷墨冷淡地看了眼前排的司机跟闻亭："放下挡板。"

闻亭咽咽口水："那要去兰亭馆吗？"

傅幼笙脸上的表情一僵，不可置信地看着闻亭："你是谁的经纪人？"

他们俩在保姆车里混了一个多月，不会是混出什么感情了吧？

闻亭尴尬地轻咳一声。

刚才殷总说，要给他们工作室投资呢！这可是投资人！

殷墨看着傅幼笙这副生无可恋的样子，云淡风轻地说："去，为什么不去。"放别人鸽子可不是他的作风。

傅幼笙警惕地看着他！"你要干吗？"

殷墨微微一笑，目光扫过她身上这套清纯学生打扮，气定神闲地回道："怕家里小朋友不懂事，不会招待客人。"

他视线最后落在她的眼睛上，慢条斯理地整理了一下扯松的领带，一字一句："所以，我陪你一起去招待客人。"

谁是小朋友？谁是客人？她跟楚老师同意了吗！

然而车子已经开了，傅幼笙想要把他从车上丢下去都没有机会，最后只能气鼓鼓地让殷墨这个跟屁虫跟着。

更气的是，他们进入兰亭馆的时候。

经理亲自过来迎接殷墨，看到打扮得很青春的傅幼笙时，还特别和蔼地说："殷总是带家里小辈来玩啊？殷总真是平易近人。

"我们这里也有小姑娘玩游戏的区域。小女孩不都喜欢密室逃脱吗？您可以带小姑娘去玩玩。"

戴着口罩的傅幼笙："……"什么意思？

她下意识仰头看向殷墨，却发现殷墨脸色更沉。

傅幼笙忽然福至心灵，露出来的眼睛弯成月牙状，笑出声来。

说她是殷墨的晚辈，不就是说明殷墨老吗？

傅幼笙本来憋了一路的郁闷，在这一刻，终于彻底释放出来。

殷墨听到傅幼笙幸灾乐祸的笑声，一垂眸就看到她那双弯弯的桃花眼，笑得眼泪都快要流出来。

面对经理疑惑的目光，殷墨轻嗤一声，当着经理的面一把搂住傅幼笙的肩膀，抬步往楼上走去："不是小辈，是老婆。"

经理眼底的疑惑顷刻间一震，一脸被镇住的表情。

看着一男一女离开的背影，男人西装革履，一丝不苟，一看就是有钱大佬，女孩蔚蓝色百褶裙、白色长筒袜，纤细幼嫩，最多只有高中生的年纪，不能再多了。

经理忍不住咽咽口水，真不愧是有钱人，真会玩。

傅幼笙被殷墨强行揽着肩膀往前走："你放开我。信不信等会儿就传出殷总强迫未成年少女的新闻！"

殷墨面不改色："哦，那就传吧，我无所谓。"

"不要脸。"傅幼笙见他软硬不吃，脸皮厚得刀枪不入，使劲踩了一下他的脚。

然而她穿的是平底鞋，踩在殷墨的脚背上，完全没什么感觉。

像是被小猫踩了一脚似的，殷墨拎着她的后颈捏了一下薄薄的皮肤："继续踩，不用你赔。"

傅幼笙："……"

打不过，脸皮也没对方厚，傅幼笙忍气吞声："你能不能另外在隔壁开一个包厢？"

殷墨很意外地看着她："你觉得我像傻子吗？"

傅幼笙无语："这跟傻子有什么关系？"

殷墨："只有傻子才会让自己老婆跟别的男人单独相处，还在隔壁等着。"

所以殷某人是用实际行动证明自己不是傻子。

傅幼笙悠悠地看着他："不知道某人以前做过多少次傻子。"说完，傅幼笙不管他，敲了敲面前包厢的门。

楚望舒早就提前在这里等着了。

殷墨还沉浸在傅幼笙那句做过多少次傻子的话里，忍不住揉着眉梢。

嘲弄一笑，他还真是。之前仗着傅幼笙不会离开他，现在看着这个只要不牢牢抓住，随时随地就会从他掌心滑走的女人，殷墨觉得都是他咎由自取。

楚望舒穿着一身简单的休闲装坐在包厢内，浅蓝色的卫衣，倒是显得年轻许多。

见傅幼笙进门时，他眼底划过一抹温柔的笑意，起身迎她："幼笙，你来了。"

下一秒，他的笑意在看到傅幼笙身后的男人时，戛然而止。

殷墨看到楚望舒身上穿的蓝色卫衣，再看看傅幼笙蓝色的百褶裙，清隽的眉心轻轻皱了一下。

就跟他这个正室亲老公才是多余的一样。

他在心里给楚望舒打了个标签：这男演员心机真重。

傅幼笙坐下后："楚老师，好久不见，您倒是越来越年轻了。"

楚望舒唇角的笑意自然了点儿："你也更漂亮了，也更……年轻了，我都不敢站在你身边，怕被人当成你的长辈。"

"这位是胜景资本的殷总吗？"楚望舒很有礼貌地问。

殷墨倒是伸出手，气质清贵矜雅，完全没有刚才在傅幼笙面前的无耻，语调徐徐："楚先生，您好，我是殷墨。感谢您照顾我家小朋友。"

谁是他家小朋友，亏他说得出口。

傅幼笙："……"

想要翻白眼，但总算是记得在楚望舒面前，她忍住了。

同为男人，楚望舒很清楚这个称呼里的占有欲与亲昵。

见傅幼笙没有否认，楚望舒的目光黯淡了几分。

楚望舒演技多好啊，只是短暂的黯淡，迅速恢复正常："殷先生，您好。

"幼笙很优秀，演技也出色，不需要我照顾，之前还要多谢她照顾我。"

殷墨幽幽浅笑："嗯，她就喜欢做好事。"

楚望舒："……"

傅幼笙觉得气氛有点儿奇怪："你们站着做什么，坐下吧。

"楚老师最近不忙吗？"

"最近在对接一部戏。"楚望舒恢复往日温和的浅笑，"明年开拍，这段时间应该会很闲，所以准备去度假。"

傅幼笙羡慕："真好啊，我好久没有度假了。"

自从高中毕业，她再也没有好好度过假了。

殷墨给傅幼笙剥了一只虾，嗓音平静："想去哪儿，我陪你。"

"殷总日理万机，还是不浪费你的时间了。"傅幼笙警告地看了他一眼，顺便在桌子底下踹了他一脚，让他闭嘴！

殷墨慢条斯理地抽出纸巾擦了擦指尖，然后无辜地看着她："幼幼，你踢到我了。"

傅幼笙："？"她下意识看向楚望舒。

楚望舒很有礼貌地当没有听到。

大型社死现场！

傅幼笙轻吁一口气，冷静几秒，然后微笑着将目光移向殷墨："殷总，您在隔壁不是还有饭局吗？

“不如现在就过去吧。”

两个小时后，傅幼笙与楚望舒告别。

这次楚望舒除了来探班之外，还有就是顺便给她介绍了一个投资人。

他听说过，傅幼笙最近在找投资。

送他离开后，傅幼笙起身去了隔壁包厢。

包厢门没关紧，傅幼笙进去时，就看到男人坐在旁边沙发上，高挺的鼻梁上架着一个金丝边眼镜，神色淡漠地正在处理文件。

旁边桌子上的午餐，一样没动。

此时傅幼笙进门。

殷墨只是抬眸看她一眼，然后重新低头工作。

隔着薄薄的镜片，男人那双幽邃双眸毫无情绪，抿着薄唇，领口本来系得一丝不苟的领带被随手丢在沙发上，松开两粒扣子，特别的斯文败类。

傅幼笙看他这样子，细眉扬起，这是有小脾气了？

等等，他还好意思有小脾气。

傅幼笙转身就要走，刚才自己真是鬼迷心窍了，念着他老老实实出来，还想要来看看。

“你都不来哄哄我吗？”殷墨清冽的嗓音在包厢中回荡。

傅幼笙脚步一顿。

下一秒，殷墨压低了声音：“我还没吃饭。”彻底让她歇了离开的心思。

这都下午三点了。

“你不吃饭是想让我给你叫救护车吗？”傅幼笙转身回到餐桌前坐下，手背碰了一下碗，发现已经冰凉。

傅幼笙将口罩帽子戴上，然后招来服务生，让服务员重新上了一份新的。

看傅幼笙点的餐，全都是他喜欢吃的，殷墨心里那点郁气散了一点儿。

刚才傅幼笙转身的时候，他其实心里也没底，如果她真的干脆利落地走了，那他也没辙。

殷墨自嘲地笑了笑。

这时，傅幼笙喊他：“还在那里干什么？过来吃饭。”

殷墨放下钢笔，将袖扣扣上，这才缓缓走过来。

男人本就容貌俊美，尤其是戴着眼镜的时候，特别有优雅矜贵的感觉，也是傅幼笙最抵抗不了的一面。

殷墨安静地看着她。

傅幼笙被男人深邃的眼神看着，睫毛轻颤了两下，虚张声势："看什么看。

"没见过这么漂亮的仙女？"

"没见过这么没良心的仙女。"殷墨白皙长指提起旁边的小茶壶壶盖，亲手煮了一壶热茶，倒给傅幼笙。

袅袅雾气升腾，模糊了男人精致的五官。

傅幼笙没好气地说："谁让你打扰我正常社交的。"

"和在热搜上挂着的绯闻对象之间的正常社交？"殷墨睨着她，语调微凉，"你们作为绯闻对象，需要减少接触，最好不要接触。"

他没打算暴露楚望舒对她的心思。

毕竟看她这样子，就知道她并不知道楚望舒对她的心思是男人对女人的心思。

可惜，楚望舒掩饰得再好，也逃不过他的眼睛。

傅幼笙红唇微张，刚准备喷他一顿。

下一秒，殷墨忽然捂住胃，皱了皱眉头："我有点儿胃疼。"

一下子把傅幼笙后面的话噎了回去。

殷墨将眼镜丢到桌上，冷白的肤色透着点病态的虚弱，掩不住那病美人的俊美，让人看了就心疼。

傅幼笙知道他有胃病，一旦不按时吃饭就会犯病，此时一看到殷墨这个样子，立刻上前扶起他："你没事吧？手机给我，我给温秘书打电话。"

一听这话，殷墨双臂环住傅幼笙的细腰，下颌搭在傅幼笙细白的脖颈处，薄唇像是不经意擦着她的耳垂说："不用叫他，等会儿吃点东西就好了。"

服务生敲包厢门的时候，傅幼笙还被殷墨抱在怀里。

她推了推他的胸膛："你先松手。"虽然这里私密性很好，但被人看到他们这么亲密，也不妥。

殷墨低低喘了声，仿佛压抑痛楚一样，素来磁性好听的声音，透着喑哑："疼……"

傅幼笙："……"他居然还撒娇。

一把将殷墨的脸按在自己的颈窝，傅幼笙背对着门口："进来吧。"

几个来送餐的服务生大概没想到里面竟然是这样的画面。

衬衣西裤一看就是业界精英的男人，他的下颌搭在一个穿着跟高中生似的年轻少女的颈窝，恍若交颈缱绻的情侣。

男人微微抬眸，那双漆黑如墨的眼眸吓得服务生立刻回过神来，连忙退了出去。

“两位请慢用。”顺势还帮他们把包厢门给关上了。

几个服务生面面相觑，站在走廊门口，脑海中回想起那个男人的眼神，小心脏还扑腾扑腾地跳个不停。

“你们站在这里做什么？”经理路过时，恰好看到她们，想到这个包厢是殷总新开的那个，“殷总这边发生什么事情了？”

“没事没事。”服务生们摆摆手。

经理不信：“没事你们一副看到什么不该看的画面的表情？”

服务生尴尬一笑：“……”

看着她们脸红的表情，经理忽然想起殷总跟那个高中生少女亲密并肩上来的画面，忍不住咽了咽口水。

殷总不会是没忍住在包厢里就……

经理挥挥手：“行了，这里不用你们守着了，该干什么干什么去，不要打扰这里的客人。”

万一打扰了殷总的雅兴怎么办？他这个餐厅还开不开了。

傅幼笙并不知道外面这个插曲。

因为面前这个大龄老男人，还要她喂！

殷墨虚弱地拿起筷子，然后手一抖，筷子摔到了桌子上：“不用你喂，我自己可以。”

傅幼笙看着他，感觉自己的耐心快要一点点消失，最后她直接端起一碗粥，用勺子舀了一勺，怼到他唇边，言简意赅：“吃！”

她才不是心疼殷墨，她就是觉得他再这么抖下去，浪费时间。

殷墨顺从地张开唇瓣，吃下后：“幼幼，你对我真好。”

然而没等他后面的话说出来，傅幼笙已经一勺一勺迅速地塞进男人嘴里，不给他说话的机会。

将殷墨送回酒店休息后，傅幼笙便带着闻亭回剧组。

路上，闻亭想到刚才去接他们的时候，看到的画面：“我看到你喂殷总，这是和好了？”

傅幼笙对着镜子整理了一下妆容，等会儿可以直接去拍戏，不用补妆了:“和好?你什么时候瞎的。”

“那你们刚才在包厢里……”

傅幼笙轻飘飘笑了声:“哦，我可能是喝醉了，所以好心发作。”

闻亭震惊:“你喝酒了?等会儿要拍戏啊!”

傅幼笙面无表情:“没喝酒，喝茶了。”

闻亭:“?”

傅幼笙补好妆，均匀地涂好果冻色的唇膏，然后看着闻亭，一字一句地回道:“忘了告诉你，我醉茶!”

噗!闻亭本来吓了一跳，现在听到她的话，松口气的同时，没忍住被口水呛到。

“咳咳咳……”

你怎么不说自己醉AD钙奶!

傅幼笙一脸正经地忽悠他:“殷墨给我倒的茶，我怀疑他可能给我下毒了，你要是没事的话，可以回去验验。”

闻亭咳了半天，终于缓过来，然后一脸鄙视:“我看不是殷总给你下毒了，你本来就有毒!”醉茶这种鬼话都说得出来。

傅幼笙摇摇头，就近拍了拍闻亭的脑袋:“哎，真是一点儿都不好骗了。”

闻亭:“别弄乱我的发型。有本事你去拍殷总的脑袋。”拍他算什么本事。

傅幼笙摊手，理所当然:“我没本事。”她怕又被殷墨黏上。

闻亭想到正事:“对了，刚才楚神的经纪人跟我聊了一下，楚神好像有意给咱们工作室投资。”

傅幼笙想到楚老师说要给她介绍投资人，难道就是他本人?

还有这种好事儿?

傅幼笙眨眨眼睛，就算再迟钝，也察觉出不太对劲了。

傅幼笙倒不是对自己过于自信，而是楚望舒对她好得好像有点儿过分。

说是介绍投资人也就算了，如果他真的亲自投资的话——

“楚望舒估计是看上你了。”闻亭直接抛出来。

大概是楚望舒在傅幼笙心里的好人人设太过坚挺。

傅幼笙犹豫两秒，自己都不确定:“或许……他只是爱心过剩?”

“什么爱?”

“教你演戏，给你介绍资源，给你蹭热度，现在又花钱给你投资，除了深沉又不求回报的如山父爱，就是想跟你做……哦不，是想跟你产生——爱。”

傅幼笙：“那楚老师可能是父爱。他教了我这么长时间，也算是我的老师。不是说一日为师终身为父吗，他对我产生父爱也不是不可能。”

闻亭眼皮子一抽：亏她敢想！

“那你叫楚神一声爸爸，看他敢答应吗？哦，可能你还没叫，就被殷总锁死了。”

闻亭想到殷总素来的作风，觉得也不是不可能，忽然打了个哆嗦。

他咽咽口水：“要不咱们还是答应殷总的投资吧，殷总怎么着也算是自己人。”

总比被殷总金屋锁娇，退出娱乐圈的好。

再说，不答应殷总投资，他们也真不好拒绝楚神。

傅幼笙润泽的唇瓣轻轻抿着，其实她心里很清楚，楚望舒这绝对不是前辈对后辈的提携。

有点儿过了。

虽然楚望舒是所有女人的梦想，但傅幼笙觉得自己对他没有任何的男女之情，以后应该也不会有。

难道真的要开始疏离楚老师吗？

傅幼笙好不容易找到一个志同道合、亦师亦友的好朋友，真不想就这么失去。

可是，她对吊着男人更没兴趣。

旁边的闻亭感叹：“楚老师也没跟你告白，咱也不好当作什么都知道。”

傅幼笙忽然有点儿庆幸今天没有在楚望舒面前撇清跟殷墨的关系，不然岂不是又给他希望了。

现在就希望楚老师以为她跟殷墨是那种关系，主动疏远她，这是最好的结果；不然如果她主动疏远楚老师，有点儿像过河拆桥。

保姆车在剧组门口停下，傅幼笙急着去上戏，摆摆手说：“拍戏重要，其他的你看着解决吧。这不是你这个经纪人应该做的吗？”

闻亭：“……”是，处理这种事情是经纪人应该做的。

但他们一个比一个大牌，让他怎么解决？

闻亭捡起被傅幼笙放到椅子上的小镜子惆怅地照了照自己的头发，觉得自己老婆还没有追回来，就要秃了。

只是没发愁太长时间，闻亭就被殷墨一个电话叫来酒店。

酒店房间。

闻亭看着披着一件黑色真丝睡袍、眉眼冷峻淡漠的男人，完全没有之前被傅幼笙喂时的无害。

殷墨平静地抬手，示意温秘书将一个文件夹递给闻亭。

闻亭困惑地翻开文件，看到里面的合同后，瞳仁放大：“殷总，这是……”

殷墨揉了揉眉梢，神色淡淡，没有回答。

之前在包厢里，他并不是骗傅幼笙的，虽然也有故意的成分在，但胃疼也是真的。

温秘书已经接过来话头：“闻先生，是这样的。殷总觉得贵工作室非常有潜力，所以想要投资。”

这第一轮投资直接丢过来十五个亿。这不是投资，这是做慈善吧？

闻亭一言难尽地看着温秘书：“这个我不能做决定。”

“听说楚望舒先生也有意投资贵工作室，不过，殷总的意思是，不想让殷太太与楚先生有过多的接触，您觉得呢？”

温秘书说得非常客气，但是闻亭就是听出了里面的威胁。

而且殷总怎么知道楚望舒要给他们工作室投资？

他也是刚从楚望舒经纪人那边知道的，他知道之后才告诉傅幼笙的，所以殷总是怎么知道的？

妈呀！这个世界上到底还有没有秘密！

温秘书是何等的人精，当然看出闻亭震惊的原因，他微笑着说：“这个世界上只要殷总想调查的事情，就没有调查不到的。”当然，是在法律允许的范畴之内。

闻亭当然知道这个世界没有秘密，但第一次亲身经历，还有点儿回不过神来。

最后殷墨说了句话：“说服她，以后你会是她唯一的经纪人。”

闻亭：“……”你们夫妻两个是故意的吧，一个两个都威胁他，他不干了还不行吗？

当然不行……

闻亭置气了一秒钟，然后㞞了。

而且看到这十五个亿，有这些钱，他还愁什么工作室的运转。

本来因为傅幼笙手里多了几个亿，他还想着工作室终于可以正常运转了，不那么贫穷了，万万没想到……这败家女明星，直接全部投了这个电影。

等到电影回款，还不知道猴年马月了，而且投资电影这种事情，比炒股风险还要大。

万一电影就是不上座，或者遇到什么意外上映不了，可能性也是有的。

最后闻亭拍拍胸脯：“我一定说服幼笙！”

殷墨满意地勾唇：“好。”

最后拿着这价值十五个亿的合同出门的闻亭，还有点儿虚，这年头还有人争着抢着送钱，还担心对方不要的。

有殷总这座大靠山在，闻亭觉得自己可能真的要跟着鸡犬升天了。

签下傅幼笙，是他这辈子做得最正确的事情。

周安导演这部电影，原定三个月杀青，没想到，因为后面换人换投资商，所以后续所有演员不敢作妖，老老实实上戏下戏。

尤其是傅幼笙的戏，这段时间安排得很紧密，也拍得很顺利，提前了一个多月就杀青了。

甚至还没等闻亭找到机会跟傅幼笙聊一下殷墨投资的事情。

傅幼笙杀青当天，导演握着她的手，信誓旦旦：“你放心，我一定亲自剪辑，绝对不会让你这个钱白花。”

“好。”

如果不是相信周导演的本事，以及这个剧本，傅幼笙怎么会压上所有的钱。

沈毓恋恋不舍地跟在傅幼笙身后。

“姐姐，我以后还能找你玩吗？”

傅幼笙听到他这个调调，听习惯了，还觉得挺有意思。

她拍了拍他的肩膀：“很快我们还要一起宣传。”

“舍不得你。”沈毓依依不舍地缠着傅幼笙，抱着她的胳膊晃来晃去地撒娇。

如果别的一米八五高的猛男撒娇，真的会很辣眼睛。

但是沈毓长了一张小奶狗俊俏的脸，完全没有任何的违和感，还会勾起女人的慈母心肠。

傅幼笙对着沈毓笑了笑。

虽然剧中扮演情侣，但是戏外，沈毓一口一个姐姐，她也把他当成弟弟了。

“好了，下次见。”

就在沈毓还想要拉着傅幼笙的时候，不远处传来一道男人低沉肃冷的声音：“幼幼，该上车了。”

傅幼笙听到了殷墨的声音。

她其实也没想到，殷墨竟然真的结结实实陪她拍了两个月的戏，除了偶尔有重要合同要面谈之外，他会出去一两天。

其他时候他都在她身边。

见傅幼笙不答，殷墨徐徐走过来，丢下一个炸弹：“奶奶想见你，妈送她一起来了。”

第十二章

解压方式

/

XINTIAO
BU
TINGHUA

谁?

傅幼笙一下子从离别情绪中抽离出来，看向殷墨的漂亮眼睛闪过震惊。

殷墨眉眼温淡，很有耐心地重复了一遍：“奶奶和妈来了，就在外面等我们。”

要不是还有沈毓在，傅幼笙真的很想掐死殷墨。

她轻吁一口气，然后笑意盈盈地看向沈毓：“我还有事，我们有机会再联系。”

沈毓站直了身子，不再撒娇。

他看向殷墨，眼底划过警惕，大哥这个对手实在是太强大了，而且他们好像和好了，不然怎么会见家长。

大哥怎么还不出手啊!

不行不行，这样到手的嫂子岂不是要飞了?

眼睁睁看着傅幼笙跟着殷墨上车，沈毓立刻拿出手机，躲到一边给自家大哥报忧去了。

哎，他这个弟弟当得真是太操心了。

此时，傅幼笙坐在车上与殷墨大眼瞪小眼：“你说实话，是不是骗我的？因为不想看到我跟沈毓聊天。”

殷墨顺从地看着她，说出来的话却与表情相反，完全不是傅幼笙爱听的："很遗憾，是真的。"

傅幼笙跟殷墨对视了几秒，然后面无表情地从保姆车上的行李箱里翻出她的包，从里面拿出来两个结婚证："我们先去把离婚证领回来吧。"

难怪他没找到结婚证，原来是被她带走了。

殷墨眼眸微微眯起，瞳色幽沉，看着她手里两个深红色的小本本："给我。"

看着殷墨朝她伸出手，语调冷飕飕的，傅幼笙警惕地将结婚证揣回去："不给，等到了民政局再给。"

殷墨深吸一口气，让自己躁郁的情绪平复下来，最起码不能当着她的面发飙，免得让这两个月的心血白费。

他将手收回来，不再执着于要那两个红本本，但是语调却笃定认真："离婚你别想了，我不可能答应。"

"殷墨，你又骗我！"傅幼笙瞳仁放大，不可置信地看着他，然后又从包里拿出两个月前他们签好的合同，"说好最晚三个月要离婚的。"

殷墨看都不看那合同一眼，他那份早就进碎纸机了。

"幼幼，我没骗你。三个月是想要给你一个期限，让你重新爱上我，接受我。但是……"

殷墨语调微顿，眸色深深地看着她："但是如果你不接受我，我也不会放开你。"

"殷墨，我又不喜欢你了，你干吗非要拖着我？"傅幼笙漂亮的眉尖轻轻蹙起来，感觉面前这白色的合同有点儿碍眼。

果然，她是永远斗不过他的。

殷墨的薄唇忽然勾起一抹笑："幼幼，你只有说假话的时候，才会这么轻轻松松地说不喜欢我。"

傅幼笙对上男人那双幽邃透彻到能看穿内心的眼睛，忍不住想要骂人。

谁喜欢他了？真不要脸啊。

不过殷墨是打算将不要脸贯彻到底了，他直接一伸手把傅幼笙从座椅上拉到自己膝盖上，下颌抵在傅幼笙柔嫩纤细的脖颈："幼幼，以后我会好好对你的。

"只要你别离开我。"

想到殷墨那笃定的眼神，仿佛认定自己还喜欢他，真的太欺负人了。

傅幼笙强撑着，才没有让自己眼眶红了。

不过下车的时候，眼尾还是有点儿殷红色，不明显，不仔细看的话，还以为是眼妆本来就有的。

傅幼笙指尖还紧紧攥着那两个红本本。

殷墨下车时，顺势从她手里把两个小本本抽出来。

傅幼笙并没有放弃离婚，她才不想被殷墨牵着团团转，条件反射地夺回来："你还给我！"

"你们在做什么？"一道轻缓舒服的女人声音传来。

傅幼笙拽着结婚证一角的手僵住。

还是殷墨手疾眼快，将结婚证丢进车座上，然后一把关上车门，顺势牵着傅幼笙的手走过去："妈，奶奶呢？"

"奶奶在里面坐着。"殷夫人的目光落在殷墨旁边那个漂亮精致得如同瓷娃娃一样的女孩身上，恍然大悟。

难怪上次殷墨指着电视里的女明星说喜欢这样的，原来就是她。

傅幼笙不是第一次见长辈，毕竟上次见过奶奶。

曾经她不止一次希望能见到殷墨的家人，想知道他是在怎么样的家庭里长大的，想要了解他的过去，然而殷墨却没有给她机会。

现在她不想要了，殷墨却又让她见了一个又一个亲人。

从奶奶到妈妈。

殷墨牵着傅幼笙，对殷夫人介绍："这是您儿媳妇，她叫傅幼笙，小名幼幼。"

然后他对傅幼笙说："这是你婆婆，叫妈。"

傅幼笙无语地看着殷墨，他倒是敢说，有本事刚才把结婚证亮给他妈看啊。

殷墨如何看不懂傅幼笙的意思，无奈地看着她，眼神很明显：还不是为了你，你不是还没准备好吗？

但凡现在被他妈知道他跟傅幼笙结婚几年了，他妈不会强迫他们离婚，但是会强迫傅幼笙生孩子，退出娱乐圈。

依照殷墨对他亲妈的了解，他妈绝对是不达目的不罢休的那种人。

最后的结果要么是傅幼笙被他妈折腾得更想跟他离婚了，要么就是顺了他妈的心意退出娱乐圈，无论是哪种结果，都不是殷墨想要看到的。

剧组旁边有家咖啡厅，老太太就在里面等着，让殷夫人出来迎一下。

见了面后，殷夫人对傅幼笙的容貌很满意，以后孙子或者孙女的颜值她算是放心了。

难怪老太太一直说，她会喜欢这个儿媳妇的。

殷夫人和蔼地看向傅幼笙，为避免她局促，笑着说：“幼幼是吧，我是殷墨的妈妈，你叫我阿姨就行。”

傅幼笙心里松口气，幸好没有让自己喊妈妈。

她微微一笑，很有礼貌：“阿姨您好。”

殷夫人看到她仪态、礼仪完全没有问题，没有小门小户里出来的女孩那种小家子气，倒也放心了几分。

本来她想的是，既然殷墨喜欢，家世什么都不是问题，总归儿媳妇是跟儿子过日子的，她只关心未来孙子什么时候出来。

她们一起进了咖啡馆，傅幼笙看着依旧穿着一身旗袍的老太太。

这次出门，老太太脸上还带着一副很酷的墨镜，第一次发现，墨镜跟旗袍竟然很配。

殷老夫人：“奶奶这身打扮怎么样？”

傅幼笙听到老太太问她，这一副求夸奖的模样，实在是太明显了。

她忍不住弯了弯红唇：“奶奶很酷，很好看！”

“还是幼幼眼光好。”老太太说这话的时候，还瞥了旁边的儿媳妇一眼，之前出门时儿媳妇还说她这样搭配不好看。

殷夫人无奈地给老太太换了杯水：“您血糖已经很高了，不能喝奶茶。”

老太太在国外待了很多年，所以性格也快要被那边的潮酷老太太们同化了。

喜欢喝奶茶，喜欢穿得很潮，但是又喜欢旗袍，所以她在旗袍的搭配上，会配上其他很潮的首饰。

殷夫人将话题拉回来：“殷墨年纪也不小了，既然在一起了，你们打算什么时候结婚？”

“不急，她还小。”殷墨抿了口咖啡，“我最近工作很忙，没空结婚。”

“结个婚而已，怎么会没空。”殷夫人皱眉，然后看向傅幼笙，“幼幼，你也不想结婚吗？”

“妈你别问她，她说了不算。”殷墨将话题接过去，“等再过两年吧。”

一听到两年，殷夫人急了：“殷墨，你是不是不知道自己多大年纪了？人家跟你一样年纪的，孩子都好几个了，你连婚都不结，是想气死我跟你爸吗！”

多大年纪？也就是个三十岁的宝宝而已。

傅幼笙腹诽。

傅幼笙放在膝盖上的小手被殷墨握住，在长辈面前，她只是偷偷地掐了一下他的手心，让他松开，他却没有松手的意思，像是感受不到痛。

他面带笑意地看着他妈："儿媳妇也跑不了，急什么。"

"我不同意。"殷夫人接受不了两年。这要是再等两年，他们殷家下一代什么时候才能出来？

殷墨现在三十岁了，连个继承人都没有，会给公司造成动荡。

殷夫人绝对不允许。

殷墨早就料到会谈崩，然后给他奶奶使了个眼色。

老太太接收到眼神示意，轻咳一声，终于轮到她出场了。

"行了行了，人家年轻人还想多谈谈恋爱，结婚之后再谈也可以。到时候生了孩子，我们帮他们带，绝对不给他们添麻烦。"

殷夫人不吃这套。

老太太皱眉："早知道你这么啰唆，我就不带你出来了，以后我就自己偷偷见孙媳妇，不带你了！"

殷夫人被老太太噎了一下："您不能自己出门，外面很危险。"

老太太："既然你以后还想跟我出来，就别念叨了。"

殷夫人："……"

一家人又去吃了午餐。

分别之际，傅幼笙被殷夫人握着手："幼幼，结婚这件事你不能听殷墨的，我们女人都需要婚姻，才有安全感。"

傅幼笙浅浅地笑，似是听到心里去了。

实际上傅幼笙真的很想告诉殷夫人，婚姻并不能给女人任何的安全感，自己才能给自己安全感。

车上，殷墨把玩着那两个红色的结婚证，悠悠地看着傅幼笙。

"现在知道我为什么不让你跟我妈见面了吧？"

傅幼笙这才反应过来，眼神淡淡地看着他。

"幼幼。"殷墨指尖一松，将结婚证搁在中控台上，轻叹一声，"没有将我们的婚姻公之于众，确实是有我的私心。但看在这一切私心都起源于我不想让你受一点点苦的份上，原谅我一次好不好？给我们一次重新开始的机会。"

傅幼笙安静地望着他，半晌，才轻轻地说："殷墨，你从来不把我当成一个可以与你并肩的爱人，而是把我当成附属品，什么都为我做好，却从来没想过跟我商量，一起解决。

“爱情是旗鼓相当，而不是一个人自以为是的保护。”

说白了，殷墨就是把她当成一个柔弱的需要依靠他的金丝雀。

“这是殷总给你的。”

闻亭终于有机会告诉傅幼笙投资的事情了。前段时间她拍戏行程安排紧密，就算是闻亭也没找到她的空档。

现在戏杀青了，趁着傅幼笙在家里休息时，闻亭带着合同过来。

她翻了一下合约，最后目光落在那数不清的零上，红唇紧抿：“不接受任何人的投资。”

闻亭：“咱们工作室已经入不敷出了，亲！”

傅幼笙淡淡地看着他：“我最近有空，接几个合适的代言吧。”

平时傅幼笙很少接代言。

尤其是接了TN的高奢后，代言接的更少了，因为要走高奢路线，不能自降咖位。

“不合适吧……”闻亭觉得不妥，见傅幼笙打定主意不接受投资，只好拿出平板电脑划了几下。

“既然有空，那就接一个综艺吧。有一个综艺，还挺适合你的，不过是个恋爱节目，给出的价格很高。

“还有一个生活慢综艺，就是去吃吃玩玩，就当你去山清水秀的景点度假了。

“接哪个？恋爱综艺给钱高。”

闻亭比画了一个数字。

傅幼笙睫毛上撩，这可比拍一部戏还要高了。

难怪最近那么多演员愿意上综艺节目。

比拍戏轻松，钱还多。

傅幼笙看着两个综艺，若有所思：“我考虑考虑。”

秦榛得知傅幼笙要上综艺，立刻拍板：“这还用说吗？当然是恋爱综艺！谁会嫌钱多啊！”

傅幼笙点了点投资商的名字。

“殷墨会拦截。”傅幼笙悠悠地回道，“投资商是他。”

她白皙的指尖点着的名字，正是殷墨。

“既然这个综艺送到你面前，估计是没有走殷总那边。”

“是下面的人自己决定的。”

“我觉得殷总不至于连这种小投资都过问。”秦榛最后下了总结，“所以，殷总肯定不知道你要参加这个节目！

“你要想忘记殷总，就去找个小鲜肉谈一场恋爱啊，就算是假的，也是甜甜的，搞不好还能弄假成真。”秦榛捧腮，“你没看嘉宾表吗？

“这档节目选的嘉宾哦，都是颜值跟身材兼备的！

“各种类型的美男供你选择。”

傅幼笙悠悠地说：“上次你怂恿我当选秀节目导师，也是这么说的。”

秦榛默了两秒，然后理直气壮地说：“那些都是弟弟！

“可能不符合你的审美，这次不一样，这次不单单有弟弟，还有哥哥、叔叔。去参加吧。

“年纪轻轻的，参加什么慢综艺，你又不会做饭，也不会做家务，去了啥都不会干，等着播出被批评吗！”

真相了。

傅幼笙在这两个综艺选择中，考虑慢综艺时犹豫的原因就是像秦榛说的这样。

总不能她去当大爷，让人家前辈嘉宾做饭打扫之类的吧？

最后让傅幼笙下定决心的是闻亭的话。

闻亭看了投资商之后，立刻要把这个综艺划掉：“这个综艺不行，要是被殷总知道，啧……不敢想不敢想。”

就连闻亭都这么害怕殷墨。

傅幼笙捏了捏拳头，激起了她的胜负欲。

凭什么她要做什么事情，还要害怕殷墨。

一直被殷墨这个未来前夫牵着鼻子走。

他嘴上认错，实际上还是那个掌控欲强的男人。

他一直担心他母亲掌控欲强，所以不敢让她们见面，那他呢……掌控欲不也一样强吗？

只不过现在自己不按他想象中的路走，所以他慌了。

等到他们和好之后，殷墨肯定还是会故态复萌。

傅幼笙不怀疑殷墨对她的喜欢，但他的掌控欲是大于喜欢的。

她直接拿过闻亭的行程表，填了一笔：“定了这个综艺。

“先去签合同，合同标注对方不能毁约，毁约的话，要酬劳的十倍。”

闻亭：“……”

亏您敢要。

但是恋爱综艺大概是太想要傅幼笙了，所以直接点头，恨不得立刻就跟她签约，只要傅幼笙这边不出问题，他们那边绝对不会主动解约。

而且给她的待遇最好，例如与她约会的男嘉宾，会选综合条件最优秀的，绝对不会让她失望。

闻亭眼睁睁看着傅幼笙迤迤然跟节目组商量，并且迅速地谈好了合作，还被傅幼笙威胁："你如果敢告诉殷墨，就别给我当经纪人了，直接去给殷墨当经纪人算了。"

闻亭："……"

你们夫妻两个真不是一家人不进一家门。

瞧瞧这威胁人的调调。

他投降："我不说。

"但等到节目组官宣的时候，你确定殷总不会知道？"

傅幼笙嗤笑一声，打开手机屏幕给他看了眼："他要去国外出差一个月。

"所以，基本上等到消息传到他那儿，就尘埃落定了。"

闻亭用佩服的眼神看着傅幼笙，本来以为她是故意气殷总的，万万没想到，人家是经过调查之后做的决定。

气到殷总算什么，人家目的是要——气死殷总。

默默为殷总哀悼两秒。

节目一定下傅幼笙之后，本来是想要官宣的，然而傅幼笙工作室这边给出来的要求是，当神秘嘉宾。

等到路透出来的时候，再宣布也不迟。

节目组一听，觉得也有道理，观众们对于未知事物会更加期待，所以他们给出来的神秘嘉宾标签是——颜值天花板，人间尤物，综艺新人。

但是——宣传照却用的是穿旗袍的影子照片。

这跟把她名字写出来有什么区别？

傅幼笙看着节目组发的微博，忍不住无言以对。

行吧，最起码没有把她的名字大张旗鼓地打出来。

只是猜测而已。

傅幼笙的粉丝们此时特别给力，完全不相信他们家女明星会参加什么甜甜的恋爱综艺，这跟她素来的形象完全不符合。

相信她参加恋爱综艺，还不如相信她参加生活慢综艺呢。

所以，这群粉丝们一直在那些猜测是傅幼笙的节目粉下面说——没官宣，不约，请大家关注女明星的在播剧，待播剧，以及即将上映的两部电影，谢谢。

傅幼笙觉得她们家这些粉丝还挺可爱。

关键时候，还是粉丝靠谱。

半个月后。

这段时间，殷墨一有空就给她打电话、视频、发消息，一天都不落下。

傅幼笙一开始不怎么爱搭理他，也耐不住他每天都用温柔低音炮说话啊。

有时候傅幼笙真的非常明白一句话。

什么叫烈女怕缠郎。

殷墨真是很难缠啊！出差就不能好好出吗？

幸好后来他大概是工作太忙了，所以就减少了电话视频，才让傅幼笙喘口气。

不知不觉，录制节目的时间也到了。

录制地点不在北城，而是四季如春的宜城。

从机场接傅幼笙她们的车子驶入一个环境非常幽静的别墅区，这里的别墅从外面看特别像是木质的别墅。

很清雅的环境。

四周人烟稀少，几栋别墅零散却又很有设计感的坐落在四周，绿化也是很漂亮的。

道路两边，是繁茂的梧桐树。

即便是已经到了深冬，这里的天气依旧是温暖舒适的。

难得沐浴着阳光，傅幼笙已经换下了从北城来时穿的白色毛呢大衣，只穿了白色吊带配彩虹色的宽松镂空毛衣，下面穿了一条破洞的牛仔小脚裤，白色板鞋，非常的青春活力。

跟她以往淡雅如菊的旗袍美人形象判若两人。

但是节目要的就是这种效果。

这种反差的人设，才会更吸粉。

如果在这种近乎是真人秀的节目里，还穿着旗袍，立那种旗袍美人的人设，会让观众没有新鲜感。

傅幼笙从下车时，就开始拍摄了。

今天拍摄的是几个嘉宾一起见面，然后节目组通过几轮游戏，测试彼此的契合度，选出最契合的恋爱对象。

一共有四位来自娱乐圈的嘉宾。

两位男的，两位女的。

为避免有嘉宾炒作演戏的嫌疑，所以给他们配对的恋爱对象都并不是娱乐圈的，而是来自各界优秀的素人。

节目组贴出来的宣传语就是——寻找真爱。

最好能真的谈恋爱配对成功。

这一季跟上一季是不太相同的方式。

上一季全都是娱乐圈的男女明星，荧幕情侣粉真情实感地粉了那么长时间，等到节目播完后，几乎全都干脆利落地分手，堪称大型打脸现场。

所以这一季节目组就改规则了，变成素人跟明星的配对。

节目组会筛选真正优秀的素人，而不是那种……假装精英的。

不然岂不是要被粉丝们骂死。

毕竟请来的明星都是年轻歌手或者演员，别的不多，就是粉丝多。

傅幼笙抵达的时候，别墅里明星嘉宾们已经到齐了。

傅幼笙觉得自己跟赵清音真是冤家路窄，这样都能碰上。

另外两个男嘉宾，一个是这几年很火的男歌手，另外一个是不温不火的男演员。

难怪节目组舍得花老本也要签约她，就这样的阵容，这个节目要想出彩，可真是不容易。

傅幼笙不知道的是，节目组原本想要定一个一线男艺人，然而一线男艺人的粉丝们集体罢工，不允许他们的偶像参加这种恋爱综艺，所以就不了了之了，最后紧急选了一个不怎么火但是路人缘不错的男演员来顶上。

所以节目组把原本预定给男艺人的钱，全都用来给她了。

傅幼笙拖着行李箱的手微微一顿，目光从赵清音身上挪开，跟大家打招呼。

“傅小姐真的比电视里还要漂亮。”一个穿着衬衣西裤，看起来很斯文的男演员主动打招呼。

能进娱乐圈，颜值自然都是可以的。

不过傅幼笙见惯了殷墨穿衬衣西裤，斯文败类的模样，再看这个男演员这种打扮，就觉得太寡淡了，撑不起来。

但她依旧友好地弯腰："袁老师您也很帅。"

剩下那个年轻的男歌手也主动跟傅幼笙打招呼。

赵清音现在经过社会的磨砺，也没有以前那么任性了，尤其是在镜头面前，还是能挤出来一个笑容的："欢迎。"

傅幼笙柳眉轻挑："谢谢。"

他们到齐后，导演组带着四个素人嘉宾出来了。

傅幼笙看到站在最中央，那个同样穿着衬衣西裤，偏偏被他穿出温润风致感的男人时，眼底划过一抹惊讶。

好多年没见，但傅幼笙还是第一眼认出来。

这是……沈行舟？

他怎么会参加这种节目？

不过两个人从小一起长大的默契让他们没有同时移开视线，当作不认识的样子。

导演："这四位就是这次节目的素人嘉宾。

"上午暂时先不做游戏，大家熟悉一下；下午开始通过游戏，选择心仪对象。

"选好之后就不能更换了。"

导演说完就把场地交给他们了。

不熟悉的人，做起游戏来也是尴尬居多。

两个素人男嘉宾同时走向傅幼笙，被晾在一旁的赵清音差点儿没忍住翻脸。

幸好她脑子里还记得自家表哥的叮嘱——要是她再做蠢事，表哥就不管她了。

她只能依靠表哥，要是表哥不管她，那她就完了。

沈行舟手里拿着一个橙色的橘子，非常的新鲜好看，往上抛了一下才递给她："见面礼。"

看着白净如玉的掌心里躺着的那个橘子，傅幼笙一瞬间像是回到了那个夏天。

沈行舟离开时，谁都没有告诉，唯独告诉了她。

在机场，他见她哭得厉害，不知道从哪里买了个橘子，然后抛了一下，塞到她手里，朝着她笑得洒脱又自由："幼幼小宝贝，等下次见面，哥哥一定要你刮目相看。”

傅幼笙本来平静的情绪，因为这个橘子一下子倾泻出来。

另外一个倒了杯水过来的男嘉宾看到他们两个人这样对视的样子，觉得自己基本上已经出局了。

他耸耸肩，无所谓地将水递给了旁边的赵清音。

殷墨一回国，就被来接他的盛占烈接到了会馆。

他这段时间要么工作，要么追老婆，倒是跟他们好长时间没聚了。

想着傅幼笙说她在忙工作，殷墨觉得来聚聚也无妨。

十几个小时的长途飞机，让他有点儿倦怠，懒洋洋地喝了口酒，便靠在沙发上闭目养神。

旁边是盛占烈跟同一个圈子里的公子哥闲聊的声音。

“你说沈行舟这是玩的什么游戏，一回国脚不沾地地去参加恋爱综艺，这难道是新型的解压方式？”

公子哥家里跟沈行舟有过合作，所以略略知道他的行程。

倒是盛占烈很感兴趣：“就是那个用十年时间，白手起家，开创智能科技领域的商界新贵大佬沈行舟？”

就算是他这样的二世祖，也听说过沈行舟的传奇。

每次家里长辈骂他不务正业的时候，就会用沈行舟的传奇创业史当正面教材，圈子里哪个二世祖不知道沈行舟的大名？

“人家之所以能够白手起家创立千亿资产，就是特立独行了一点儿。”

盛占烈揽住殷墨的肩膀：“你瞧咱们家殷总，也是圈子里能跟沈行舟并称商界二皇的男人，特立独行了吗？

“还不是跟我们这些群众的解压方式一样。”

旁边的裴叙嗤笑一声：“你可真会往自己脸上贴金。

“咱们殷总的解压方式还不够特立独行吗？”

盛占烈跟他一唱一和：“那你说说，咱们殷总的解压方式是什么？”

裴叙灌了一口酒：“当然是追着老婆跑！

“圈子里谁跟咱殷总爱好一样。”

殷墨淡淡地抬眸扫了他一眼。

没说话，但是足够让裴叙感受到危险。

他把嘴做拉拉链状：“我闭嘴。”

说笑间，旁边那个公子哥拿出手机搜索沈行舟参加的综艺，裴叙懒洋洋地去看："我还不知道沈行舟私下长什么样呢。"

"听说比咱墨哥还要帅。"

"这我可不服。"

盛占烈是见过沈行舟的，他笑了声："论长相，墨哥的五官更精致深邃，更优越一点儿，但是沈行舟长得更符合大众审美，是女孩子最喜欢的那种温润如玉贵公子的气质哦。"

裴叙看着照片上的男人，啧了一声。

还真是。

殷墨对此丝毫不感兴趣，直到盛占烈忽然将那个二世祖的手机抽过来："等等，这个不是墨哥老婆吗？"

本来神色漠然的男人终于抬起眼皮："她怎么了？"

盛占烈将手机怼到殷墨眼皮子底下："你老婆给你戴绿帽子了，刺不刺激，惊不惊喜？"

殷墨漆黑如墨的眼眸微微眯起，看向他手里的照片。

照片上，编着法式麻花辫的少女，雪肤红唇，青春洋溢，正与身高腿长、长相清隽如画的男人对视，唇角还带着又浅又甜的笑容。

这样的笑容，殷墨还是在五六年前才能从傅幼笙脸上看到。

后来她的笑越来越少，现在居然对着一个陌生男人笑得这么甜美。

殷墨直直地看着照片里少女的笑容。

"墨哥，您轻点儿啊，别把我的新手机捏碎了！"二世祖心惊胆战地看着自己脆弱的小手机。

殷墨面无表情地松开手机。

盛占烈："墨哥，您没事吧？"

殷墨没有喝酒，从沙发上站起来，将西装外套穿上，单手系好扣子。

他薄唇染着笑："我能有什么事。"

北城距离宜城光飞机就要三个半个小时，加上来回机场的时间，就要足足六小时。

温秘书定了前往宜城最近的一趟航班。

轿车飞快地在街上行驶，两侧路边的街景都成了残影。

车厢内气氛有点儿凝重，温秘书轻咳一声："殷总，您是要去见太太吗？"

殷墨坐得端正，眉眼清冷，像是能渗出冰水来，眼睫上撩，漠然地看着他。

被殷总这个眼神看得心里一慌，温秘书立刻回：“是太太去参加恋爱综艺的事情，刚刚上热搜了。”

绝对不是他早知道，而不告诉殷总。

他哪有这个胆子。

“这个综艺是咱们胜景投资的……”温秘书咽了咽口水，特别想要把负责这个项目投资的人拎出来打一顿。

偷偷摸摸看了眼殷总，温秘书说：“也不知道谁这么没大局观，连这种恋爱综艺都投，回头就扣他工资！”

“恋爱综艺？”

殷墨用指骨漫不经心地敲了敲膝盖上扣着的笔记本电脑，发出沉闷的声音，让温秘书心惊胆战的。

然后他拿出手机，给自家老板普及恋爱综艺的一系列知识，顺便刷了刷热搜。

殷墨看了眼温秘书递过来的手机微博热搜，薄唇溢出冷淡的笑：“所以，沈行舟已经沦落到需要参加恋爱综艺找对象的地步？”

“对！”温秘书福至心灵，立刻点头，“沈行舟哪里比得上殷总您的魅力无穷，想要脱单，只能靠节目组了。”

看到沈行舟给傅幼笙递橘子的画面。

殷墨：“她是小孩？”

被一个破橘子哄得眉开眼笑？他平时是缺了她吃还是缺了她喝。

“不过太太审美在线，肯定不能被这点糖衣炮弹迷惑。”温秘书立刻说道，“这一定是在演戏，没错，一定是太太演技好。”

殷墨摆摆手，示意温秘书赶紧把手机拿走，他不想看，辣眼睛。随即他揉了揉眉梢。

殷墨闭着眼睛时，眉心都是蹙起来的。

看得温秘书战战兢兢，低声补充：“我刚才联系过节目组那边，太太签合同的时候特意标注过，可以不跟嘉宾谈恋爱。

“节目组邀请太太去，主要是为了太太的人气……太太开始就没打着要去谈恋爱的打算。”

想到前段时间闻亭发过来的消息，说太太拒绝他们殷总的投资。

温秘书咽咽口水：“太太参加这个节目，估计是缺钱了。

“节目组给太太的价格还挺高。”

殷墨面无表情，脑海中浮现出傅幼笙对沈行舟笑得纯粹无邪的样子。

她是不是在演戏，别人不知道，他还不知道吗？

她对这个男人，分明是信任的。

就如同当初她依赖他一样的信任。

同一时间。

傅幼笙正在别墅里与其他嘉宾一起准备午餐。

一起吃饭是最好的增强熟悉感的方式。

两个明星女嘉宾，两个素人女嘉宾，除了傅幼笙只会一点家常菜之外，另外三个人都很会做饭。

就连赵清音这段时间参加各种综艺，也学了几手。

傅幼笙站在岛台旁，有点儿迷茫。

赵清音没忍住，一脸不耐烦："你要是不怎么会做，就去外面歇着。"别在这里碍手碍脚的。

当然，后面这句话，当着镜头的面，赵清音没敢说出口。

傅幼笙当然听得出来赵清音的言外之意。

她也是没想到，参加恋爱综艺也得自己动手做饭。

去换衣服的沈行舟气定神闲地挽着袖子下来，形状好看的唇瓣含着浅淡的弧度："小公主不太会下厨很正常。"

赵清音被怼得噎了一下。

傅幼笙算是哪门子小公主，没有公主命，偏偏一身公主病。

沈行舟直接走向傅幼笙身边："我教你做。"

依照沈行舟的心思，傅幼笙根本不需要学什么厨艺，但是……那么多镜头看着，总不能让她一个人无所事事，其他人干活。

他就假装让她学一下。

说着，沈行舟在镜头看不到的地方，朝着傅幼笙勾唇笑了笑。

两个人即便是多年没见面，再次见面依旧是默契的。

傅幼笙明白他的意思，老老实实跟在沈行舟身后。

看得旁边的赵清音气得不行。

赵清音觉得傅幼笙到底是什么吸引优秀男人的体质，殷墨哥也就算了，现在全部嘉宾里长得最好看、最优秀的男人，也对她献殷勤。

她切菜的刀下意识就用力了几分。

旁边几个嘉宾默了几秒，然后各自该干什么干什么去。

傅幼笙看着沈行舟动作流畅地下厨，觉得他在国外可能真的受了不少罪，连下厨都会了。

以前在家里时，他可是十指不沾阳春水的大少爷。

沈家与傅家皆系书香名门，都崇尚“君子远庖厨”。

“怎么，这下是不是崇拜哥哥了？”沈行舟调侃道。

傅幼笙：“没想到你现在连这个都会。”

沈行舟笑着看她：“当年走的时候不是答应过你，下次见面要让你刮目相看吗？”

想到这些年来关于沈行舟的报道，傅幼笙轻叹一声：“你已经很好了。”

独自一人为了挣脱家族束缚，空有一腔孤勇，流落异乡，还能闯出这样一番事业，可想而知期间受过多少苦，才能有今天。

“沈先生，原来你跟傅小姐认识啊。”另一个跟沈行舟一起来的素人男嘉宾好奇地问。

这话一出口，在场所有人的目光都看了过来，就连节目组导演都表情惊讶。

不会这么巧吧？

沈行舟气定神闲地看向傅幼笙：“怎么办，好像被发现了。”

话语很担心，表情很从容，仿佛早就料到了。

毕竟他们要相处很长时间，其实很容易被发现，总不能一直装不熟。

到时候要是被扒出来他们以前认识，却在节目里装不熟，也有欺骗观众们的嫌疑。

最开始见面的时候，不太好暴露。

本来是自我介绍的时间，要是他们那个时候暴露的话，所有的镜头估计都放在他们身上了，对其他嘉宾不公平。

所以他们心照不宣地选择了不说。

现在也是顺其自然地被发现。

傅幼笙长睫轻眨了两下，接过了沈行舟的话：“那还能怎么办？”

“原来你们真的认识啊！”导演组都惊呆了。

其他工作人员们小声讨论：“难怪咱们能请到沈总这样的人物，合着半天，沈总这是为了傅老师来的啊。”

导演深以为然：“我本来还以为是这个综艺剧本打动了沈总，现在看来真是我想太多。”

就在他们讨论的时候，导演忽然接到了一个电话。

等接完电话回来后，他的表情开始一言难尽。

副导演问："什么事，表情这么凝重？"

导演："咱们这个节目要么黄，要么一飞冲天。"

"啥意思？"

导演深呼吸："我们的投资商也要加入这个节目！"

副导演没忍住骂了一声，这句不小心随着话筒传了出去。

本来还在闲聊的嘉宾们，齐刷刷看向导演组。

副导演拽着导演，尴尬地跑到一边："你说清楚，投资人要来干什么，难道也想找对象？"

要是他没记错的话，投资人应该是胜景资本的殷总吧。

找什么对象？导演也很蒙啊，总不能是真的要来找对象的吧！

难道嘉宾里有什么人被殷总看上了，不至于吧，除了傅幼笙之外，也没有什么美到能让这个等级的大佬一见钟情的人。

"难道是殷总要来抽查？"副导演脑洞大开。

导演摇摇头，投资方那边的人还说，今天不能让他们配对成功。

这不就是说明，殷总是为了里面的人来的。

且不说殷总亲自来抽查的可能性几乎为零，就算是抽查，那也没必要不让人家配对啊。

导演目光扫过在场的所有女嘉宾，最后默默地落在了赵清音身上。

这里面只有赵清音跟殷总有过绯闻，虽然后面被殷总强势澄清，但……或许是人家情侣之间分分合合闹的，现在殷总看到赵清音参加恋爱综艺，着急了。

导演于是开始关注赵清音有没有跟男嘉宾相处太过密切。

如果稍微密切了一点儿，他就立刻喊停。

想要抢镜头而准备跟另外一个素人男嘉宾稍微亲密点儿的赵清音："……"

导演组是傅幼笙雇来的吧？

这边大家都很好奇傅幼笙跟沈行舟是怎么认识的。

沈行舟不疾不徐："我跟小公主家里是世交，所以从小一起长大。

"她刚出生时，第一个抱她的人不是她的父母，而是我。"

想到傅幼笙刚出生时粉粉软软的样子，沈行舟眼底划过一抹真切的笑。

这些年沈行舟在外面，被称为商界的笑面虎，看起来对谁都是温润浅笑的斯文样子，实际上，手段黑起来，谁的面子都不给。

他前一刻还对你笑，后一刻就能让你破产。

而现在，他提到与傅幼笙的回忆，素来疏离的笑意，也变得真真切切。

了解他的人都看得出来傅幼笙对他的重要性。

难怪沈行舟对傅幼笙说话，一点儿都不在意的一口一个小公主。

本来以为沈行舟是撩傅幼笙撩得有点儿明显，没想到，人家是真的从小就叫小公主的。

沈行舟还想说一下傅幼笙小时候的事情，傅幼笙扯了一个车厘子塞到他嘴里："行了，别提我小时候了，我不要面子的吗！"

沈行舟心甘情愿地咬下那颗车厘子："好。不说了。

"小公主是要面子的。"

大家看到他们两个的相处，总觉得插入不进去，只好默默地各自该干什么干什么去。

等到下午分组之后，他们就可以有自己的镜头了。

不然现在……

让他们跟傅幼笙抢镜头，真是抢不过抢不过。

然而万万没想到的是，导演组竟然说下午是自由活动时间，不分组了，明天再分。

既然是自由时间，用过午餐之后，沈行舟便约着傅幼笙一块儿去散步。

他们许久没有见面，是该好好聊聊。

天气晴朗，别墅区环境很幽静。

看着外面没有北城市中心那种高楼大厦，钢筋水泥的繁华都市，却自是一片净土。

他们走到一个凉亭。

看着外面的风景，沈行舟说："这里跟我们小时候住的地方倒是有点儿像。"

沈家、傅家是沉淀了百年的书香门第，选择居住的地方，自然不会是那种尘世烟火浓重的城市，而是清雅幽静、古色古香的世外桃源。

这里安静的环境，倒是有点儿小时候的意思。

傅幼笙眼底也透着点怀念。

"本来以为你看到我会忍不住哭着跑过来说想哥哥了。"沈行舟忽然开口，揉了一下傅幼笙的脑袋，"没想到真是长大了，到现在也不叫一声哥哥。

“没有以前可爱了。”

沈行舟很是怀念十年前抱着他不让他走的小姑娘，哭起来都是可可爱爱的样子。

“你别把我头发揉乱了。”

傅幼笙拍开他的手：“我都多大了，还哭，又不是小哭包。”

“怎么不是小哭包。”

“小时候多爱哭，我还有一堆你小时候哭唧唧的照片。”沈行舟看她终于放开了几分，心中轻叹，时间果然还是给他们留下了陌生感。

其实傅幼笙倒不是觉得跟沈行舟有什么陌生感，沈行舟除了气质沉淀得越发成熟，打磨得更如玉石一样温润沉静，跟以前没什么区别。

而是……现在她都二十多岁了，怎么可能还跟十几岁似的，抱着沈行舟哭。

看着沈行舟英俊清隽的侧脸，傅幼笙忽然想起来沈毓。

“对了，哥……哥，你跟沈毓什么关系？

“我之前听他提过你。”

傅幼笙叫他的时候，还有点儿不太流畅，顿了一下，她补充道：“不然我还是叫你名字吧，感觉叫哥哥有点儿太幼稚。”

沈行舟弹了她一下：“没礼貌。

“叫哥哥。”

傅幼笙妥协：“好好好，哥哥。”

反正就是一个称呼而已，叫了十几年了，冷不丁让她换也有点儿不习惯。

只是每次叫哥哥的时候，傅幼笙脑子里都会浮现出殷墨的脸。

殷墨以前经常哄她喊他哥哥，也不知道什么毛病。

傅幼笙才不惯着他。

沈行舟见她乖乖叫哥哥，终于满意了，这才想起来自己那个蠢弟弟：“是我弟弟，他给你添麻烦了？”

“没有。

“我怎么不知道你还有个弟弟？”傅幼笙从来没见过沈行舟的弟弟。

“他跟我妈离开的时候，你年纪小，没人在你面前提过，你不知道也正常。”沈行舟解释。

傅幼笙是知道沈行舟父母离婚的，但她从来没听任何人提过他的母亲。在他们这种家族，离婚是一件非常难以启齿的事情，所以沈行舟的父亲离婚，只有他们上一辈的人知道，并不会跟小辈提及。

傅幼笙张了张嘴，觉得很不可思议。居然真的有人能在沈家、傅家这样的家族，成功离婚，并且还带走男丁。

沈行舟见她惊讶的小表情，忍不住笑了笑：“很惊讶？

“其实我妈想离婚也正常，就像我们为了自由摆脱那个家族一样。她本来就是充满浪漫情怀的女性，觉得爱情就是一切，所以义无反顾地嫁给我父亲；等到结婚后她才知道，婚姻从来不是两个人的事情，而是两个家族的事情。

“她接受不了沈家处处规矩，就想办法离婚。我是沈家未来的继承人，她带不走，只能带走当时还小的沈毓。”

这件事情在沈家是禁忌，所以像是傅幼笙这样的小辈，不会有任何人向她们提起沈毓母子。

大概是聊到了沈行舟的家事，气氛一下子凝滞了几分，后来还是沈行舟打破这个氛围。

“像我们这种家族，娶个老婆可真不容易，搞不好就被欺负走了。”

傅幼笙抬眼看他：“所以你来参加综艺节目，就是因为找不到老婆？”

“是啊，哥哥是不是很惨？

“你要不要心疼心疼哥哥，嫁给我，咱们就皆大欢喜了？”沈行舟看着她，温润如水的眸底似笑非笑，“相信我们两个家族的人都会非常同意。”

傅幼笙完全不觉得沈行舟是认真的，她一脸无辜地摊手：“那我可帮不了你，毕竟现在我爸妈都不认我了。”

沈行舟轻轻一笑：“没关系啊，你还有哥哥。

“对了，你前几年不是跟哥哥说，有男朋友了吗？现在怎么样了？”

自从她有男朋友之后，与沈行舟的联系就越来越少，最后几近于无。

傅幼笙以为是因为许久没有见面，所以朋友最后都会渐行渐远，没深入想过他不再联系自己的原因。

此时，听沈行舟提起殷墨，她抿了抿唇瓣：“就那样。”不愿意多提。

沈行舟识趣地岔开了话题。

他们说话没有戴麦，而且跟拍摄影师经过沈行舟的提醒，没有跟在他们身边，只是远远地拍摄。

摄影师只能拍到他们聊天时候愉悦的表情，却录不到任何声音。

一下午时间就在傅幼笙跟沈行舟的聊天之中度过了。

毕竟两个人这么长时间没见面，都有话要跟彼此说。

晚上八点。

因为提前结束这一天的录制，所以傅幼笙用过晚餐之后，就回房间休息。

她原本应该和另外一个素人女嘉宾同一个房间的。

但是不知道为什么，她进屋之后发现，房间里只有她一个人，而且楼下非常安静，好像偌大的别墅就住了她一个人一样。

而与此同时，节目组导演们感叹："殷总真是冲冠一怒为红颜，为了不让喜欢的人受委屈，竟然把别墅区另外几栋别墅都包下来了。"

"一个嘉宾一栋别墅。"

"不愧是投资人。"副导演抽了口烟，啧了一声，"出手就是大方。"

导演："我们跟着赵清音占便宜了，今晚把赵清音那边的摄像机关了吧，免得拍到什么不该拍的东西。"

副导演："好，我找工作人员设置一下。"

"不，你亲自去，务必看着全部关闭。你今晚就在赵清音那边盯着，我盯傅幼笙这边。"

虽然正式录制结束，但是每栋别墅房间里都会有摄像机，节目组会告诉嘉宾哪里有摄像机，然后嘉宾做隐私事情的时候，可以盖住。

傅幼笙没忘记闻亭提醒她的——让观众们看一下她的素颜。

所以当她穿着白色带宫廷款花边的宽松睡裙从浴室出来时，卧室内的摄像机并没有关闭。

直接转到傅幼笙的脸上。

从导演那边的监控画面上，可以清晰地看到，傅幼笙白得如同剥了壳的鸡蛋一样的脸部皮肤，在高清摄像机下，细腻得甚至看不到任何毛孔，莹润透白；唇色红润润的，仿佛鲜艳欲滴的小樱桃，唇红齿白，乌发雪肤，简直就是小仙女下凡。

导演感觉自己小心脏都抖了一下。

这是什么神仙美颜暴击！

他也是拍过不少女明星素颜的，也有网传的那些素颜女神，但是没有一个皮肤条件有傅幼笙好的。

将画面转移到赵清音那边后。

恰好赵清音也刚洗完澡出来，也是素颜出镜。

她觉得自己素颜很能打，各种医美昂贵护肤品堆砌出来，就算本身条件再差，也好过无数素人。

再者这段时间她参加了不少综艺，也有露素颜的环节，她一次出水的镜头，还上了热搜，被称为素颜女神。

所以她现在也很敢露出素颜。

如果不看傅幼笙的话，其实赵清音也算还行，但导演刚刚看过傅幼笙，觉得赵清音的素颜真的寡淡了。

然后他默默地切回傅幼笙的画面。

这样的盛世美颜，就算是傅幼笙什么都不干，光干坐在那里，他作为观众都能看一晚上。

傅幼笙洗完澡出来后，安安静静地开始护肤。

她动作很慢，明明很日常的动作，偏偏一举一动都好看到骨子里。

就连导演都不知道这样的日常护肤有什么好看的，不是所有女人睡前都会这么拍拍打打的吗，怎么着就她格外好看呢。

等到后来某一天，傅幼笙家世爆出来后，导演看到热搜，才明白，这就是骨子里的仪态修养，从小到大养成的风雅气质。

当然，这是后话了。

而现在，导演余光不经意瞥到傅幼笙的别墅门口的影像。

一辆打着灯的车停下，很快，车上下来一个身上还穿着黑色呢大衣的男人。

男人身形极好，长款的呢大衣衬着他腰窄腿长，单单看背影，就知道是个大帅哥。

但是再帅还不是个傻子！

宜城四季如春，谁会穿冬天的衣服，也不怕中暑。

导演光看着就觉得热得慌。

不对，重点不是这个，重点是外面保安怎么会把人放进来！

导演就在傅幼笙别墅隔壁，他立刻带着工作人员赶出去，避免什么私生粉之类的，吓到嘉宾。

温秘书见自家老板不换衣服，他也不敢动，两个人就这么穿着冬天的外套，站在别墅门口。

温秘书：“殷总，要不先找导演问问情况？”

殷墨举手便要敲门，听到话后，腕骨微微顿住：“你去。”

“你们是什么人！”导演突然冲出来大声喊道。

温秘书在别人面前还是精英模样，然而导演下一句话差点儿让他精英表象崩塌。

导演："鬼鬼祟祟的想要干吗！"

温秘书看导演的眼神，宛如看一个快要凉凉的人，这位导演以后还想不想在这个圈子里混了。

得罪殷总，比封杀还可怕。

"导演，我是殷总的助理，我姓温。

"我们殷总找傅小姐有点儿事情。"

谁？殷总？

导演举着喇叭的手差点儿垮掉，一脸蒙地看着站在台阶上那个黑衣冷漠的男人，然后不受控地咽了咽口水："殷总？"

殷墨眼神漠然："是我。"

"您是不是走错门了？"导演脑子一蒙，没听到温秘书那句殷总是来找傅小姐的，下意识地说，"赵清音的别墅就在那边。"

他指着另一栋别墅说道。

下一秒，殷墨俊美面庞上的冷色都快要渗出来了。

谁要找赵清音？

温秘书眼见着导演一直在自寻死路，终于忍不住了："导演！

"我们殷总找的是傅小姐，你要是能开门的话，赶紧开门。"

黑暗中，导演终于接收到了温秘书给他传递的眼色，脑子开始回炉。

"能能能。"

身体的反应永远快于脑子。

导演把门给殷总打开后，脑子里才开始反应，原来那个被殷总钟情的女人不是赵清音，而是傅幼笙！

妈呀，这是什么神奇走向？

从来不知道殷总跟傅幼笙还有这段。

看起来八竿子打不着的人，竟然是一对儿！

等殷墨进了别墅后，温秘书才松口气，把自己身上厚重的外套给脱下，只穿着一件衬衣，才感觉活了过来。

导演："温秘书，殷总跟傅幼笙是……这个？"

他对了对大拇指。

看着他的动作，温秘书唇角抽了一下，不过良好的职业修养还是让他露出一个微笑："对，请不要说出去。

"对了，我们殷总也打算参加这个节目，不如我们讨论一下明天的安排？"

导演心肝都要炸成烟花了："好好好。"满脑子都是殷总也要加入他们节目。

直到跟着温秘书一起进了隔壁别墅监控区域，他才猛的想起来——傅幼笙那边的摄像机没有关闭。

温秘书笑盈盈："没关系，我们殷总到时候会看一看，如果有可以剪辑的，也可以给你们节目组用。"

导演："！"还有这种好事？收视率不愁了！

他们这个恋爱综艺，是要曝光女明星真正恋爱的综艺了？

想到他们节目组之前跟傅幼笙签合同的时候，答应傅幼笙不炒荧幕情侣，就是给他们节目带一带热度，大家你好我好全都好。

现在听温秘书的意思，好像是可以跟殷总炒啊。

到时候违约金——有殷总在，怕什么！

导演顿时胸脯都挺起来了。

与此同时。

傅幼笙正在跟沈行舟发微信。

他们上一次的微信消息，还是傅幼笙进入娱乐圈的那次，他问她为什么要进娱乐圈，傅幼笙回答他，因为喜欢演戏。

沈行舟祝她梦想成真。

从那次开始，他们就再也没有聊过天。

傅幼笙垂眸看着微信。

窗户跟窗帘都关得很紧，别墅卧室隔音也好，所以她没有听到外面的声音。

屏幕上。

沈行舟：今晚会有雷雨，自己一个人住怕不怕？

宜城虽然温暖如春，但偶尔晚上会突然下雷雨，一般持续时间不长，第二天又是大晴天。

恰好今晚就是雷雨天。

傅幼笙指尖顿了顿，倒是没想到，沈行舟还记得她怕打雷。

就在傅幼笙准备回复的时候，忽然之间听到了敲门声。

敲门声？

傅幼笙白净的脸上闪过一抹疑惑。

是工作人员还是沈行舟？不会是沈行舟吧？

傅幼笙又看了眼沈行舟给她发的消息，然后忽然之间，她听到一道雷声，响彻云霄，像是要把这黑暗天幕劈开一样。

傅幼笙打开房门，下意识地开口：“哥哥，我……”不怕打雷了，所以自己可以一个人。又不是小时候。

“叫谁哥哥？”熟悉的男人清冽冷漠的声音陡然响彻耳际。

在傅幼笙听来，甚至比那道雷声还要清晰。

傅幼笙水润的眼眸划过一抹惊讶迷茫，仰头看向正对着光源的男人。

依旧是那张俊美如斯的面庞，此时炽白的灯光倾泻而下，男人面如覆霜，素来内敛有度的情绪管理不复，沉沉地看着她。

仿佛在看他红杏出墙的老婆，然而他也没打算等傅幼笙回答，修长指骨按住她的肩膀，推进了房间里。

砰的一声，房门猝然合上。

下一秒，傅幼笙感觉自己手腕被按在冰凉的墙壁上，男人滚烫的唇瓣覆了过来。

“唔……”

一切都是电光火石之间，傅幼笙甚至来不及防备，后背便紧贴在墙上。

随即整个人完全被男人的力道给束缚住，怎么都挣脱不了。

她眼睛正对着卧室明亮炽白的灯，眼睛酸了一下。

眼睛下意识闭了闭，就在这时，她闻到了男人身上浅淡熟悉的薄荷烟草的味道，隐隐带着一点点的酒气，意识到他低下头，高挺的鼻梁从她脸颊划过，随即寻到她的唇。

唇齿之间，男人的气息汹涌而潮湿。

傅幼笙甚至能感觉到他身上的热度，小手下意识地推着他的胸膛。隔着厚厚的呢子布料，她忽然怔愣了一秒，有点儿恍惚。

这么热的天，他居然穿这么多，难怪身上热得都要冒热气了。

傅幼笙的皮肤凉凉的，穿得单薄，宽松的睡裙衬着她跟纸片人似的，羸弱纤细，腰肢不盈一握。

对比之下，两个人刚好是冰火两重天。

男人在她唇边哑着声音低喃了句：“真该给你贴上我的标签。”

第十三章

我来找对象的

/

XINTIAO
BU
TINGHUA

"殷墨——"傅幼笙偏了偏头，好不容易才堪堪避开一点儿，红色微微泛着一点儿肿的唇瓣含糊溢出几个字，"先放开我。"

随着她偏头的动作，刚吹干的蓬松长发凌乱地洒在殷墨的手背上。发梢软软的，透过薄薄的皮肤，让他不由得指骨缩紧。

殷墨瞳仁沉暗，透着失控的幽深，却没有任何松开她的意思。

温热的呼吸依旧在她脖颈处蔓延。

距离一寸寸地缩近。

下一秒，在他准备更深一步的时候，傅幼笙缓过气来，猛地推了他好几下："有摄像机在！"

她终于把话说了出来。

房间内明亮的光线，将一切照得无所遁形。

尤其是傅幼笙细白如玉的小脸上，不知道是气的还是羞的，绯红一片。

殷墨手臂撑在她靠近脸庞的一侧墙壁上。

他的胸口虽然被她推远，但是依旧牢牢将她掌控在自己的势力范围之内，但凡她有想要逃跑的意思，就会被立刻抓回来。

呼吸仅在咫尺之间，清晰可闻。

傅幼笙睫毛上撩，就能看到殷墨白皙的下颌，此时正冷冷地绷着。

她余光扫了眼正对着他们的摄像头，头皮都发麻了："殷墨，你冷静一点儿。真的有摄像机，你自己看。"

殷墨没垂首就能看到她乱颤的睫毛，她紧张的时候是什么样子，殷墨最清楚。现在大概就是她最紧张的时候。

殷墨从胸腔溢出一抹嗤笑，他完全不顾及，甚至看都没看傅幼笙示意的那个摄像机，神态漫不经心，凑近她潮湿的发丝："洗澡了？"

"洗了……"

傅幼笙感觉今天殷墨有点儿变态，为避免他在摄像机前做出什么变态事情，心中忍着，决定先哄好他，等明天他酒醒了，再收拾他。

殷墨原本恢复一点儿平静的眼神一瞬间深不见底："洗澡了还敢给陌生男人开门？"

傅幼笙："……"她也是万万没想到。

本来以为是随口问问，谁知他居然在这里等着自己。

她深吸一口气，漂亮脸蛋上挤出来一个微笑："其实我知道是你才开门的。"

殷墨下颌搭在她肩膀上一动不动，似乎在思考。久得傅幼笙快要没有耐心了，才听到耳边传来幽幽的声音："所以，你叫的哥哥也是叫我？"

"当然。"傅幼笙见殷墨松动，立刻回答，速度快得毫不走心。

殷墨明知道她说的是假话，心里失控的汹涌情绪却被他克制住了，甚至不愿意让她看到自己此时的眼神，怕吓着她。

就在傅幼笙考虑自己说的话，是不是不太走心，人家不信的时候，忽然之间，男人轻而易举地将她打横抱起来，顺势按灭了门口所有灯的开关，脚步很稳地往大床走去。

男人的嗓音低沉："那你等会儿多喊两声，我听听是不是一样。"

傅幼笙下意识抱紧男人脖颈，才没有摔下去："！"

房间内只有床前壁灯开了一盏，灯光幽暗迷离。

不知道什么时候，原本会跟着人转动的摄像机，早就一动不动地停在朝向门口的方向。

傅幼笙躺倒在柔软的大床上时，一把掀开被子裹住自己："殷墨，这里到处都是人跟摄像机，你别乱来啊。"

殷墨的掌心撑在柔软的床上，傅幼笙感觉脸颊旁边的床都陷下去一块儿。

压迫的气息逼近，傅幼笙眼睫轻颤，细白脖颈动了一下："殷殷殷墨，你千万别乱来……"

跟殷墨生活了这么长时间，傅幼笙自然清楚，殷墨现在这样，是想要做什么。

殷墨的目光落在她唇瓣上，刚准备覆过去，忽然眉心轻折了一下，停在半途中，然后傅幼笙眼睁睁看着殷墨撑起身子站起来。

傅幼笙：“？”

殷墨站在床边，终于将身上那件大衣脱掉，此时正解着衬衣领口的扣子，修长的指尖捏着纽扣，明明是很正常的动作，偏偏被他做出了勾人的样子。

然而傅幼笙见殷墨只是脱了大衣，解开衬衣两粒扣子，就不再有其他动作。

原本怦怦加速的心跳，也渐渐恢复平稳。

过了几分钟后，殷墨才看着她：“放心，我也不会让你被任何人看到，任何人听到。”

原来刚才是吓唬她？

又不太像。

房间内光线暗淡。

傅幼笙清晰地看到男人深沉如墨的眼神，此时宛如燃烧着黑色的火焰，火舌几乎蔓延出来，带着焚烧一切的温度。

空气仿佛凝固了一样。

就在这时，忽然，傅幼笙搁在床边的手机亮了亮。

殷墨随意扫了眼，眼神顷刻间顿住：“这么晚了，沈行舟还要来看你？”

看着殷墨向来一丝不苟的领带此时被凌乱地扯下来，随手丢在沙发靠背上，整个人透着不羁的散漫，却充满了危险性。

傅幼笙有点儿心虚，毕竟她现在还不算是单身，但……想想，自己现在还没恢复单身怪谁？

还不是怪殷墨这个就是不离婚的！

傅幼笙参加这个节目，一则是为了钱，二则就是赌殷墨的脾性。他的自尊心很强，如果知道她来参加恋爱节目，一定会气得跟她离婚。

然而她也是没想到，他居然会追到这里。

不过，傅幼笙还有更没想到的事情。

明天她才会知道。

现在面对沈行舟深夜发来的微信，而且还是要来陪她睡觉的消息，傅幼笙望着殷墨，心里挣扎。

是要借沈行舟气得殷墨跟她离婚呢，还是解释一下？

殷墨双手环臂，冷静地看着她："想好怎么编了没？"

"……"

傅幼笙：这还让她怎么编。

算了，一个谎言要用无数个谎言去圆。

傅幼笙深吸一口气，仰头看着站得很直的男人，有种压迫感。

"你先把摄像机关了，再坐下，这事说来话长。"

"说来话长？"殷墨锋利的薄唇抿起极淡的弧度，不知道是嘲弄，还是冷笑，"你们有多少说来话长的故事。"

"不听就走。"傅幼笙还不伺候了呢。

反正她是看准了殷墨不会在这个地方对她动手了。

殊不知殷墨现在不碰她，只是单纯的洁癖犯了而已。

从国外到北城再到宜城，快要三十多个小时，他都没有洗过澡。

殷墨刚才嗅到傅幼笙身上清甜的淡香时，恍然反应过来，所以才堪堪停住。

有一晚上的时间，他不着急。

殷墨原地站了几分钟，然后抬步走向没有转头的摄像机。

摄像机老老实实地拍摄门口，不敢转动。

而此时监控着这个摄像机的导演与温秘书清晰地看到殷总那张俊美冷冽的面庞出现在镜头中，男人嗓音沉沉："这栋别墅所有的摄像机，全部关闭。"

然后傅幼笙清晰地看到摄像机开关闪烁了两下，齐齐发出关闭的声音，她这才彻底松口气，刚才小声在殷墨面前说话的模样，也变了。

她从床上站起来，居高临下地看着殷墨："殷墨，你竟然在摄像机面前威胁我！

"这也就算了，你竟然还无耻地吃我豆腐，被导演他们看到了怎么办？！

"我还要不要做人了！"

殷墨看着她变脸速度之快，非常怀疑她刚才就是骗他把摄像机关了。

被她气笑了，他也不说话，抬步就往床边走。

男人腿长，三两步就从门口到了床边，即便是比站在床上的傅幼笙矮了一小截，身上那个气势还是冷飕飕的让人害怕。

傅幼笙不甘示弱，黑白分明的眼睛瞪着他："怎么，我哪里说错了？"

"我就是对你太放养了，才让你现在养成这种肆无忌惮的性子。"殷墨就要把她从床上抱下来。

傅幼笙早就防着他呢，在他动手之前，动作灵活的宛如一尾滑不溜丢的小鱼，避开了他的大手。

傅幼笙："有话好好说，动手动脚不是君子所为。"

殷墨指着床边："你坐下，不然我立刻让导演开直播。

"把你现在这个样子放给全国观众看看。

"旗袍美人私底下是个熊孩子。"

傅幼笙："殷墨，你还是人吗！就你这样还追老婆，你一辈子孤独终老吧！"

她一把将枕头丢到殷墨身上。

殷墨单手接过枕头，冷冷一笑："放心，你会陪着我终老。"

"不闹了，我们休战。"傅幼笙在身体条件上绝对是比不过殷墨的，刚才也不过是强弩之末，她不痛快，也不让殷墨痛快罢了。

气喘吁吁地坐在床边，傅幼笙感觉在床上不太妥当，于是走到沙发上坐下，然后指着对面："我们谈谈，好好聊聊。"

殷墨也懒得跟她折腾，他已经三十多个小时没有睡觉了，揉了揉眉梢往沙发上一靠："说吧，不说出什么合适的理由，明早就跟我回北城。

"节目也不用录了，我会让导演把你的解约费打到你账户上。"

傅幼笙："……"

作为一个具有职业道德的演员，她要是中途拿钱走人了，可想而知，导演组面临的是什么。

要么运气好能找到一个跟她咖位差不多的女明星顶替，要么这个节目就只能中途凉凉。

她只要签过合同的，除非对方出现问题，不然是不会为了自己而故意解约。

这是她的职业底线。

傅幼笙双唇抿了一下，反正也打算跟他说，没必要在这件事情上跟殷墨置气，身体被气坏了，还是她自己的。

"沈行舟是虞安沈家的人，世代都会出大儒的沈家，我们两家隔着一条街，所以从小一起长大。"

傅幼笙嗓音如潺潺流水，沁人心脾，然而殷墨却感觉如汩汩陈醋，汹涌而来。

"青梅竹马，两小无猜？"男人咬牙切齿的调调几乎毫不加掩饰。

傅幼笙没好气地看了眼殷墨，觉得他肯定是喝多了，不然说不出这样的话，生怕别人不知道他吃醋了。

“还听不听？”

“听，为什么不听？”殷墨抬了抬疲倦的眼皮，凉凉说，“青梅竹马的故事我就特别爱听。”

你要是说话别咬牙切齿，那她可能会信一点儿。

傅幼笙看着殷墨的俊脸，居然觉得这样的他有点儿可爱。

一定是她昏头了，哪里可爱了？

“没什么故事。我上初中的时候，他就出国了，干脆利落地脱离家族，剩下在国外白手起家后的事情，你估计比我还清楚。”

同样在金融圈，殷墨跟沈行舟绝对算是神交已久。

见殷墨眼神幽黑地凝视自己，傅幼笙看出了点死亡凝视的意思。轻咳一声，傅幼笙接着道：“总之我跟他就是兄妹关系。你别整天以为别人跟你似的，满脑子都是乱七八糟的东西。”

殷墨站起身，也不说话，就抬步往浴室走去。

傅幼笙看着他修劲挺拔的背影，一脸蒙：“？”

他这是什么意思？聊着聊着，想上厕所了？上厕所最起码吱一声啊。

傅幼笙心里忍不住吐槽。

谁知浴室门刚关了一半，男人露出半张冷峻的面庞：“我洗澡。”

傅幼笙：“……”

沉默两秒，立刻从沙发上起来：“那我先走了，你好好洗，洗完在这里睡就行。”

她多了解殷墨，一看他要洗澡，就知道肯定不安什么好心，肯定是有什么不正经的想法。

“你走吧。”

“这栋别墅以前闹过鬼，你要不怕就自己随便找个地方睡。”殷墨说完，便随手关上门。

傅幼笙轻哼，她才不怕呢！只要一整晚都开着灯，怕什么鬼。

然而下一秒，殷墨磁性低哑的嗓音穿透浴室门：“对了，其他房间都没收拾，灯也没有。”

导演组为了节省拍摄支出，自然是只收拾出来了需要拍摄的地方，其他不需要拍摄的地方，干吗要收拾？甚至连灯都没有换。

傅幼笙出门溜达了一圈。

外面雷声阵阵，客厅偌大而空旷，雷声特别清晰。

每一次打雷，傅幼笙小心脏都颤抖一下。

打雷真的太可怕了！

尤其是客厅还有那些黑乎乎的跟眼睛似的摄像机镜头，傅幼笙感觉头皮发麻，缩了缩纤瘦的小肩膀，溜溜达达地回了之前那个卧室。

殷墨竟然没有骗她。

导演组太抠门了吧！

哦，不对，是殷墨这个投资商太抠门了！

傅幼笙回房间之后，还能听到浴室淅淅沥沥的花洒声。

莫名其妙地原本因为出门那趟而身体发凉，此时渐渐回温。

从浴室传来的水流声，也成了催眠的声音，让她很有安全感，什么鬼鬼怪怪的都被抛之脑后。

今天虽然拍摄任务不怎么紧，但她整个人一直在镜头下，精神都是紧绷着的，现在终于放松下来，不知不觉地睡着了。

殷墨出来的时候，便看到傅幼笙闭着眼睛熟睡的样子。

脚步顿了两秒，最后殷墨还是什么都没有做，上床抱着她一起睡。

三十多个小时，铁人都会倦怠。

更何况是前段时间一直都在熬夜加班，希望能早点回来陪她的殷墨。

本来他就没打算今晚对傅幼笙做什么。

夜晚外面雷声越来越轻，最后消散于无形，一下子安静下来，甚至还有蛙鸣声响起。

傅幼笙迷迷糊糊之间，忽然感受到一种威胁感很重的气息迫近。

挣扎着睁开困顿的眼眸，偏头往身后看去，落地窗外月光洒下，她入目便是男人那张轮廓深邃、白皙透冷的侧颜。

红唇张了张，话还没有说出口，男人已经折身覆了过来。

清冷冷的月光掠过殷墨微微滚动的喉结，傅幼笙眼眸逐渐清晰，往上，便对上了他那双在黑暗中仿佛跳动着的火焰的瞳仁。

还是没躲过。

在傅幼笙混沌之前，脑海中只有这一句话。

不知不觉，天边渐渐由深至浅，太阳升起。

傅幼笙哑着嗓子唔了一声：“几点了？”

旁边男人早就起来，正靠在床边处理工作，垂眸看了眼还睡得迷糊的女人，郁气依旧没有散去：“八点了，还早。”

殷墨想到傅幼笙昨晚被他折腾起来后，忽然跟他要手机，要给沈行舟发微信，差点儿没把他气死。

偏偏傅幼笙就用那双眼睛看着他，惹得殷墨快要没有兴致。

殷墨深吸一口气，眼睁睁看着她给沈行舟发微信，说她睡着了，不害怕打雷，让他别担心。

瞧瞧这个措辞，要说是普通朋友，谁信啊？

殷墨觉得傅幼笙是真的没有把他放在眼里。

他直接把手机往地上一丢，重新把人好好惩罚了一顿。

看了眼墙壁上的时间，殷墨薄唇含着清冷的微笑。

果然……

在听到殷墨说出时间后，原本还蹭了一下枕头准备继续睡觉的傅幼笙，一下子从床上弹了起来："几点了！

"八点了！你怎么不叫醒我！"

傅幼笙手忙脚乱地裹着被子下床，去翻自己的行李箱，丝毫不管床上的殷墨身上穿了什么。

殷墨薄唇紧抿，轻吁一口气，让自己保持冷静，然后缓缓地把睡袍腰带系紧。

昨晚回北城的时候，他的行李箱都没有从车上取下来，就直接带着行李箱来宜城了。

见傅幼笙快速地梳洗换衣服，然后把他连带着他的行李箱都赶到浴室，才问过导演后，开了摄像机。

浴室内，殷墨看着自己银灰色的商务行李箱，再从洗手台镜子里看到自己穿着睡袍的凌乱样子。

殷墨长指抵着额角，忍不住笑了："傅幼笙，我们是偷情吗？"

傅幼笙听到他在浴室里还不安稳，小声靠近浴室："别说话！"

殷墨："……"很好。他就这么见不得人？

聚集点被安排在傅幼笙旁边的一栋木质别墅内。傅幼笙到的时候，其他嘉宾都到了。

想到沈行舟昨晚给自己发的消息，傅幼笙见他走过来，忍不住尴尬。

主要是最后她给沈行舟回消息的时候，尴尬啊！

沈行舟："昨晚你话说了一半就消失了，我还以为你发生什么事情了呢。"

傅幼笙发挥演员特长："我能有什么事情，就是不小心睡着了。"

这么多镜头呢，私下她对沈行舟没什么可隐瞒的，但这里不单单是他。

沈行舟轻笑一声："你没事就行。"

闲聊两句，便听到赵清音问："导演，今天可以分组了吗？"

分组吗？沈行舟刚想问傅幼笙要不要直接跟他一组。

然而导演忽然说："先不着急，咱们还有两个嘉宾没有来。"

众人一脸问号。不是说好了就四组嘉宾吗？怎么还多出来一组？

导演神秘兮兮："是神秘嘉宾！"

不知道为什么，傅幼笙看到导演说神秘嘉宾的时候，往自己这边扫了一眼，她忽然有种不太好的预感。

不会是殷墨吧？

直到身边女嘉宾们惊呼声响起的时候，傅幼笙才回过神来。

顺着她们的视线看过来，一男一女顺着台阶上来。

傅幼笙没有看女的，目光直直地落在殷墨脸上，漂亮脸蛋上的表情一瞬间崩裂。

殷墨到底想干吗？疯了吗？参加恋爱节目！

耳边是两个素人女嘉宾说话的声音。

"这个小哥哥好高好帅啊，跟沈行舟不同类型的帅，而且身材比男模还要好！"

"那个女生是不是拿了大满贯影后的秦胭脂，她怎么也来了，难道也想找个男嘉宾谈恋爱吗？"

"真是活久见。"

谁？秦胭脂？

傅幼笙本来被殷墨搞蒙的脑子开始转动，下意识看向他旁边那个穿着一袭湖蓝色刺绣连衣长裙的、秀雅风姿的女性，虽然看着年纪不算小，但是那种岁月沉淀的美，是年轻少女们所没有的。

内敛沉淀的成熟美。

娱乐圈提到秦胭脂的履历，很简单——她得过所有演员奖。

是一位天赋异禀的为演戏而生的演员。

真正的不食人间烟火，只为了演戏而生，所以如今即将四十岁，依旧单身。

重点是，她是傅幼笙进入娱乐圈追求的目标，是傅幼笙的偶像。

当初傅幼笙就是看了秦胭脂的一部电影《半生》，才毫不犹豫地放弃家里人为她安排好的人生，勇敢地进入娱乐圈，就是为了有朝一日，能像秦胭脂这样，成为一名优秀的纯粹的演员。

冷不丁见到偶像，傅幼笙脑子里已经完全没有什么殷墨、沈行舟了，只有秦胭脂。

而殷墨看到傅幼笙这个表情，薄唇微微勾起浅淡的弧度。

秦胭脂在他身旁，眼底带着轻描淡写的笑："就是这个小姑娘？"

"是她。"殷墨的薄唇缓慢而珍重地回答。

"这几天，就麻烦您了。"

秦胭脂笑："好，看在当年你是唯一一个愿意给我投资电影的分上，我也会帮你这个忙。"

何况，还是一件好事。

秦胭脂这几年虽然是半隐退的状态，但在场的所有人，说都是看着她的电影长大的，也不为过。

她一到场，几乎成了大型追星现场。

傅幼笙没有上前，但是眼神却没有移开过秦胭脂的脸。

殷墨站在她旁边，没有说话，倒是同样站在傅幼笙旁边的沈行舟，平视着他，忽然扬唇伸出手："殷总，久仰。"

殷墨自然不会无礼，握住沈行舟的手，彬彬有礼："沈总，同样久仰大名。"

沈行舟看了眼傅幼笙，眼眸带着宠溺的笑："这几年，劳烦您照顾我们幼幼小公主了。"

幼幼小公主？殷墨脸上笑意一敛，眼神偏冷，对上沈行舟的眼神："应该的，毕竟……是我老婆。"

见沈行舟表情变都没变，自然是早就知晓他们的关系。

殷墨面上平静，心里已经想要把傅幼笙拎起来打屁股一百遍了，昨晚还说跟沈行舟是普通的一起长大的关系，却把她心里最隐秘的事情告诉他，这得多信任。

两个男人隔着傅幼笙，眼神几乎要刀光剑影。

幸而没多久，等大家激动过后，导演说："好了好了，知道大家看到秦老师很激动，但是我们还是要开始分组了！"

节目还是要开始拍的。

虽然导演也快要激动死了，他也是今天早晨才知道，秦影后要来参加他们综艺节目。

他差点儿疯了。

妈呀！他们这个节目不是要火的节奏，而是要爆炸的节奏啊！

秦胭脂出道二十多年，没有上过任何综艺节目，没有上过任何访谈，更何况是真人秀。

现在一上竟然是恋爱综艺！疯了疯了！

导演想到温秘书的交代，收敛了一点儿脸上的蜜汁笑容。

“秦老师作为最大的前辈，拥有优先选择组队的权利，大家没有意见吧？”

众人：“没有！”他们完全忘记了昨天导演还说要做游戏组队，这就是偶像的力量。

傅幼笙更没有意见。

倒是沈行舟，听到导演这话之后，立刻反应过来，他清隽的眉心轻皱，下意识看向殷墨。

殷墨却面无表情只将目光落在傅幼笙身上，丝毫不在意会被摄像机拍下来。

果然下一秒，秦胭脂笑着看向沈行舟：“我看沈总很有眼缘，不知沈总愿不愿意跟我组队？”

沈行舟听后了然，果然他猜得没错，秦胭脂是被殷墨找来，专门针对他的，这是怕幼幼选择自己。

沈行舟淡色的唇瓣缓缓地露出一个笑，很好，能被殷总这么慎重地对待，说明自己在幼幼心里很重要，不然对方为何一出手就是这么大手笔。

“怎么办？我已经答应我们家小公主了。”沈行舟苦恼地看着导演。

导演这才从幻梦中醒过来。我去！光想殷总跟傅幼笙的关系了，差点儿忘了，沈总跟傅幼笙是青梅竹马，这次来参加节目也是为了傅幼笙。

秦胭脂没等导演回答，忽然眨了眨眼睛，看向傅幼笙：“小公主，你的骑士能借给姐姐几天吗？”

傅幼笙脑子开始炸烟花。

啊，偶像叫我小公主！我真是全世界最幸运的小公举了！

傅幼笙小脸控制住情绪，不能在偶像面前失去形象：“哥哥，你就答应秦老师吧，你要庆幸自己能被女神选中，回头记得买彩票。”

沈行舟：“……”看到傅幼笙那眼底深处的璀璨星光，他总算明白，为什么殷墨会选择秦胭脂了。

原来如此，原来如此。

错过了她十年多，真是错过了她太多爱好。

不过没关系，他有足够的时间可以继续了解。

沈行舟没拒绝：“那这段时间，就请多多指教。”

他刚好也想了解一下，小公主喜欢的偶像，是一个怎么样的人，值不值得他们家小公主喜欢。

等分组结束之后，傅幼笙懵懵懂懂地发现自己好像跟殷墨分成一组了。

这边傅幼笙终于从秦胭脂的突然出现中缓过来，想起来旁边的男人了。

漂亮的眼睛里满是无奈与生气，她走到背对着镜头的地方，压低了声音，捂住自己跟殷墨两人的麦，在他耳边问：“你到底是来干吗的？”

殷墨见她这副做贼的样子，慢条斯理地覆在她的手背上，一根一根手指地松开她捂住麦的手，云淡风轻地开口：“哦，来找对象的。

“怎么，只能你来找对象，我不能来？”

傅幼笙被他的话弄得蒙了一瞬，下意识抬眸看向他。

上午的阳光和煦温暖，浅金的薄光洒在男人乌黑的碎发上，透着温润无害感。

然而傅幼笙却觉得他绵里藏针！

短暂地被他的美色吸引了一瞬，傅幼笙立刻回过神来，扫了眼被他重新打开的麦，抿着红唇不说话了。

谁说话是傻子。

到时候还不知道怎么剪辑。

导演都是殷墨那边的人，要是她说了什么奇怪的话被剪进去，哭都没地方哭。

“不准？”殷墨毫无顾忌，俯身在她耳边低低地问。

男人声线磁性，休息过后，少了昨夜的倦怠喑哑，在本就清润的空气中回荡，格外好听。

傅幼笙下意识捂住耳朵，却被早就知道她这个反应的殷墨握住了手腕。

傅幼笙确定殷墨就是来作妖的，她看了眼对着他们拍摄的跟拍摄影：“这段剪掉不能播。”

殷墨气定神闲：“可以播。”

跟拍摄影：“……”你们到底要怎么样，能不能商量清楚？

摄影师尴尬一笑，不敢说话。神仙打架，他这个路人，哪有说话的资格！

默默地举起摄影机将自己的脸藏起来，他就是一个没有感情的摄影机器。

傅幼笙背对着镜头，漂亮的小脸皱巴巴地仰头看向殷墨："你找对象就找，能不能离我远点？"她余光瞄了眼秦胭脂跟沈行舟。

"不能，你就是我要找的对象。"殷墨现在说起这种情话来已经非常自如了，掰过傅幼笙偷看别的男人的小下巴，"他有我好看？"

傅幼笙一言难尽："你闭嘴吧。信不信要是真的播出去，影响殷家素来的商业形象？别这么幼稚，赶紧走。"

他们两个在角落说话，除了跟拍摄影尽职尽责地拍摄之外，其他嘉宾是听不到他们说话声的，毕竟都在跟彼此的组队对象培养感情。

很快，导演宣布："从现在开始，五组嘉宾各自回到各自的别墅吧。"

五栋别墅，已经准备好了。

毕竟是恋爱节目，情侣们分开拍摄也正常。

临走之前，赵清音还是走到殷墨面前："殷墨哥。"

殷墨看都不看她一眼，目光一直落在旁边绷着一张小脸的傅幼笙身上。

而此时，沈行舟也过来叫傅幼笙。

"小公主，过来，哥哥有话要交代你。"

傅幼笙立刻变脸："来了。"速度之快，甚至都没给殷墨拦住的机会。

眼看着傅幼笙直奔沈行舟，殷墨脑子里回荡着两个大字——"哥哥"。

果然啊，这个小骗子。

哥哥就不是喊他的。

昨晚还义正词严地说，只叫他一个人哥哥。

现在沈行舟怎么成她哥哥了，殷墨想到刚才她一口一句哥哥，觉得生气。

难道沈行舟在她心里不是人？

傅幼笙朝着沈行舟走过去，完全不管过来找殷墨的赵清音。

与赵清音擦肩而过时，还朝她露出一个浅浅的弧度。

来得真是时候啊。

赵清音却觉得傅幼笙这个笑容有点儿阴森森的意思。

她很被害恐惧症地想，傅幼笙不会是占有欲强得连她跟殷墨打个招呼都不行吧。

赵清音原地想了想。

喜欢的男人就在面前，她还是没忍住跟殷墨说话，绞尽脑汁找话题："殷墨哥，没想到你会来参加这个节目，是为了傅幼笙吗？"显而易见的问题。

问完之后，赵清音觉得自己问了一句废话，然而没想到殷墨竟然还真垂首看她一眼：“是。”

赵清音还想说什么，但是又找不到话题，这个时候不小心看到傅幼笙跟沈行舟说话，她又说：“傅幼笙跟沈总关系还挺好的，殷墨哥你知道吗？”

“知道。”殷墨笑得斯文温和，“是从小一起长大的小伙伴而已。毕竟幼幼平时很善良，不会因为小伙伴找不到对象而歧视他。”

赵清音：“殷墨哥……”

没等赵清音把话说完，却听到殷墨漫不经心地对摄影师说了句：“刚才我说的话都拍下来了？”

摄影师：“拍下来了……”

殷墨满意：“很好，播出的时候这段好好剪。”

正在看着的导演：“是，殷总。”

玩，还是您会玩。不过您确定傅小姐愿意吗？

殷墨不管，看向手腕上的腕表，抬步走向傅幼笙，都说了一分钟零二十秒了，多少话还没说完。

沈行舟正嘱咐傅幼笙用餐的时候，自己去给她送，毕竟殷墨一看就是不会做饭的样子。

傅幼笙点点头：“好。”她也不想做饭给殷墨吃，免得他得意。

“说完了吗？”殷墨不紧不慢地走过来问，说话时，眉眼深邃悠淡，薄唇还含着浅浅的笑，并不觉得有任何的不耐烦。

演戏他还是会的。

傅幼笙看了眼殷墨，心里吐槽，但是为避免殷墨针对沈行舟，傅幼笙还是挥挥手：“那我们先回去了，拍摄顺利。

“对了，好好照顾秦老师。”

沈行舟朝她笑得宠溺：“好，都听你的。”看得殷墨直皱眉。

笑得跟大尾巴狼一样，难看死了。

殷墨垂在身侧的指骨捏了又捏，最后还是没忍住，直接扣住傅幼笙的后脖颈：“还不走。”

“喂！”傅幼笙被捏了一个趔趄。

敏锐的脖颈肌肤被他冰凉的手指触碰，感觉身上跟过了电似的，跟拍摄影尽职尽责地跟在他们身后将这一幕拍了下来。

导演看在眼里，心里炸开了烟花，真的太太太自然了！

这才是真正的恋爱综艺啊。

甜甜的恋爱来了！

导演摩拳擦掌："快，再给殷总和傅老师那边多加几个摄像机！"

旁边温秘书听了，也没吱声，想必殷总也是乐意的。

不过温秘书看着手里自家殷总的工作表，陷入了深沉的沉默。

之前殷总虽然每天在剧组陪太太拍戏，但最起码还有时间处理工作。

现在好了，这两天工作全都压在他头上了。

等殷总追回老婆之后，他一定要让——啊不，求殷总给他加奖金！

给殷总当贴身秘书，真是太不容易。

他总算明白为什么周秘书跟其他秘书团成员听说殷总要出差的时候，直接把他推出来了。

是他太年轻。

那些都是老油条！

需要殷墨亲自处理的事务，温秘书整理得整整齐齐，等他有空时才敢过去。

很显然，现在殷总没空。

重新回到之前那栋别墅后，傅幼笙发现，好像白天没有晚上那么可怕。

四周装修得很有森系田园风，就连墙壁上挂着的壁画，都是用植物设计的。

桌子上、柜子上的插花也很有风格。

殷墨见傅幼笙一直盯着插花看，淡淡地说了句："没你插的好看。"

傅幼笙睫毛上撩，看向殷墨："说吧，到底怎么样你才能不影响拍摄。"

殷墨坦然回看她："我也是接受导演邀请，来拍摄节目的。不信你问导演。"

"导演都被你收买了，我才不信他。"傅幼笙没好气地说。

她知道殷墨的脾性，一旦决定了，就不会反悔，所以他是真的要拍摄。

傅幼笙真的很想要掰开殷墨的脑子，看看他到底在想什么，之前死活不公开，就算上了热搜，也要撤下来。

现在倒好，自己上赶着要公开，生怕别人不知道他们隐婚。

殷墨去岛台那边给她倒了一杯水："你不能歧视我。"

歧视？谁敢歧视殷总。

傅幼笙冷睨了他一眼，也没客气，接过他递过来的水杯，就跟喝酒似的，一饮而尽！

水温恰好是她平时入口的温度，傅幼笙根本连试都没有试水温，很自然直接干了。她也不担心殷墨给她倒的是开水，好像早就习惯了他倒水的温度一样。

然而镜头里，方才殷墨倒水的时候，倒在玻璃杯里的是开水，殷墨动作流畅又自然地用两个杯子来回将水倒凉，最后用手背试了一下温度，才拿给傅幼笙，动作自然得像是做了无数遍。

全都被岛台那边的摄像机记录下来。

等到导演后期翻看的时候，特意将这一段放大镜头剪辑出来。

喝完一杯水后，傅幼笙渐渐平静下来，然后她觉得她是请不走这尊大神了。既然他要来参加什么真人秀节目，就让他感受感受什么是真人秀的疾苦，这位不食人间烟火的大少爷，迟早要走的。

“看到厨房里的菜和肉了吗？”傅幼笙线条漂亮的小下颌轻抬，示意他看过去。

殷墨顺从地点头：“看到了。”

“昨天导演说，今天之后的三餐，都是要自己做的。”

明知道她要为难自己，殷墨还是一副不疾不徐的样子：“好。”

“好什么好，你会做吗？”傅幼笙只见过殷墨做那种简单的傻瓜操作的早餐，例如温个牛奶，热个面包片，做个三明治。

完全不需要任何的技术含量。

而现在，那是一堆生肉生菜，还有一条没宰杀的大鲤鱼。

殷墨慢条斯理地解开衬衣上的钻石袖扣，往上挽了两圈，露出白皙精致的手臂，腕骨上扣着一只名牌腕表，走向厨房。

俨然就是不食人间烟火的矜贵公子，一下子下凡了。

傅幼笙看着他自然地弯腰把地上那装菜的塑料袋拿到水池里。

水珠飞溅。

傅幼笙目光落在他工工整整的白衬衣黑西裤上，心里叹了一声。

这一顿饭做完，他这身定制的衣服就报废了。

想到昨天是她放的围裙，傅幼笙还是没忍住：“你后面的柜子里有新的围裙。”

殷墨先是应了一声，随后转身去找。在柜子里翻了半天也没找到，他转而看向傅幼笙：“在哪儿？”

“就在柜子里那个黑色破壁机后面。”傅幼笙见他找半天，有点儿耐不住，走了两步，恨不得自己上手去帮他找。

殷墨翻了两下：“没有。”

“不可能。”

昨天就是她放的，她放进去的都是没有用过的新的围裙，刚好给殷墨这个洁癖狂用。

傅幼笙双唇紧抿着，终于没忍住走过来，推开杵在旁边的殷墨，踮脚去看柜子里面。

殷墨站在她身旁。女人身上清甜的淡香随之弥漫开，他缓缓地将手臂覆在她的腰肢上，把踮着脚的纤细身子抱起来，让她能轻松地看到里面。

傅幼笙被突然抱住，惊了一下。

男人清冽嗓音响起：“别乱动，小心掉下去。

“找到了吗？”

找什么？傅幼笙蒙了一下。

她终于想起来自己要找什么了。

视线聚在破壁机后面那么明显的围裙上，傅幼笙没好气地将围裙拿出来，丢到殷墨脸上：“你年纪轻轻眼神就不好使了？”

趁着殷墨去拿脸上的围裙时，她挣开他的怀抱，踩在瓷砖地面上，才略松一口气。

谁知殷墨竟然直接用缝着浅粉色花边的围裙，蒙在傅幼笙那张气鼓鼓的小脸上。

傅幼笙没反应过来。他怎么这么小气，还这么幼稚地报复她！

傅幼笙：“殷墨，你……”她想要掀开围裙，好好地骂一骂这个狗男人。

万万没想到下一秒，刚获得自由的腰肢就重新被修劲有力的手臂揽住。

男人单手撩开薄薄的围裙，挡住摄像机的镜头。

傅幼笙没有防备，光线被阻挡中，察觉到男人跟着钻进了围裙挡住的小小的空间中。

他温热的气息陡然袭来，俯下身，对准了那双漂亮红润的唇瓣，浅浅地吻在她唇角，辗转，渐渐转深，最后在傅幼笙反应过来推开他的时候，还趁势咬了一口那润如布丁的红唇。

足足持续了三分钟，傅幼笙觉得自己快要窒息了，咬着她的唇齿终于松开，随之而来的是男人低哑幽森的嗓音：“还敢不敢叫别人哥哥了？”

傅幼笙：“……”

殷墨也没等她回答，气定神闲地将那个蒙住两人的浅粉色花边小围裙摘下来。

顿时，两人重新出现在镜头画面里。

就算是没看到刚才围裙里的场景，单单是看傅幼笙那张透着绯色的脸蛋和那股红的破了皮的水润唇瓣就知道，肯定是做坏事了。

傅幼笙一边捂着快要爆炸的心脏，一边瞪着殷墨，想骂他，但是缺氧的感觉，让她暂时说不出话来。

倒是殷墨，若无其事地把摘下来的围裙围在自己劲瘦的窄腰上，似乎完全不顾及这是个少女心十足的围裙。

俊美深邃的面庞，带着一点儿餍足的弧度。

他转过身去处理午餐的时候，还伸出拇指，漫不经心地对着傅幼笙擦了一下自己唇角的湿润痕迹，动作自然又绮丽。

傅幼笙下意识想要抿唇，谁知刚抿了一下，就疼得“嘶”了一声。

殷墨听到她抽气的声音：“疼吗？”

傅幼笙黑白分明的眼睛满是怒火，我咬你一下你试试疼不疼！

殷墨微笑：“疼就对了。”叫别的男人哥哥，就该被咬。

说完，殷墨重新回头，还打开了水龙头，继续洗菜。

傅幼笙盯着他看了好几秒，才确定，殷墨是真的正儿八经在做菜。

她到底为什么会喜欢这样的男人！一定是年少无知！傅幼笙深吸一口气。

深知自己打不过他，而且很有可能会被他这个不要脸的在镜头前强迫着做什么没羞没臊的事，她直接去了客厅。

她就不该好心，真是好心没好报。

对于殷墨这样的狗男人，就该让他自生自灭。下意识摸了摸还有点儿发疼的下唇，傅幼笙心情更差了。

别墅并不大，就是那种小而精致的木质小别墅，所以厨房是开放式的。

殷墨即便是做饭，存在感也特别强。

傅幼笙不想跟他处在同一个空间，也不管镜头了，直接上楼。

反正连在镜头下跟殷墨接吻都干了，还有什么不能干的。

殷墨的目的又不是让她在娱乐圈社死，肯定不可能让导演把她发脾气时候的片段播出去。

在这种事情上，傅幼笙还是相信殷墨的。

但凡殷墨想要她社死，有的是手段，完全没必要还陪她上节目，故意气她，让节目组拍到她发脾气的样子，再发出去，那他得多有闲工夫。

傅幼笙上楼后，跟拍导演犹豫了两秒，想到总导演的交代，也带着一个摄影师上去。

毕竟他们主要拍的还是傅幼笙啊。

这才是他们的人气来源。

万一前面这些两人相处的画面都不能播出，拍一点儿傅幼笙单人的画面，也好有个交代。

傅幼笙上去得早，一进门就去了浴室。

浴室镜子里映照出女人眼波含水、面泛桃色的脸蛋，水波眸，睫毛轻颤，都能荡漾出万种风情。

傅幼笙将视线凝聚在泛疼的唇瓣上，形状漂亮的唇瓣此时微微红肿，娇艳欲滴，甚至仔细看，还能隐隐看到那唇角的齿痕，一看就是被人咬的。

傅幼笙两只手撑在洗手台上，躬身往前看，越看越觉得明显，越看越想打死楼下那个罪魁祸首。

还有她这双眼睛是怎么回事！

傅幼笙见自己眼眸水波潋滟，忍不住揉了揉眼睛，又搓了搓小脸蛋。

她还怎么见人！

都怪殷墨！

傅幼笙用凉水洗了好几遍脸，才堪堪恢复白皙的颜色。

只是眼睛还是那样，水润润，靡丽又风情，怎么用凉水冰镇都不管用。

傅幼笙折腾了十几分钟才放弃。

用擦脸巾擦着脸蛋从浴室出来的时候，入目就是站在角落已经找好角度的跟拍导演们。

傅幼笙猝不及防，下意识捂住脸。

跟拍导演以为傅幼笙洗了脸素颜出镜害羞，想到刚才惊鸿一瞥的雪肤红唇，他安慰道："傅老师您的素颜超级漂亮，不用藏。"

傅幼笙没有松手，她哪里是觉得自己素颜丑才藏的，她是觉得自己现在这双眼睛见不得人。

只露出一双眼睛，傅幼笙瓮声瓮气地问："你有没有觉得我长得有点儿奇怪？"

跟拍导演摇摇头："一点儿都不奇怪，特别美，特别上镜。"

看样子他们是没有看出什么。

导演离她这么近都看不出来，到时候就算播出，观众们也看不出来吧。

傅幼笙这么想着，才放心地将脸蛋露出来。

摄影师恨不得将镜头怼到傅幼笙脸上，真的完美无瑕，要不是亲眼看到傅幼笙刚才擦脸，真的不敢相信这是素颜。

趁着傅幼笙护肤上妆的时候，跟拍导演问：“傅老师，能把您护肤化妆的一整套流程拍下来吗？就当是给粉丝们的福利，毕竟是您亲自出的美妆教程呢。”

傅幼笙觉得这两天拍摄的，确实没啥可用的东西，于是从善如流地点头：“可以。”

等镜头弄好之后，傅幼笙想了想说：“我的宣传片，就用这段吧。”

跟拍导演问过总导演之后，得到了肯定的回答。

这一段足足拍摄了将近一个小时。

等到把妆容重新弄好之后，傅幼笙感觉肚子空空的，有点儿饿了。

这个时候，沈行舟给她发来消息，是一张午餐的照片：

沈行舟：过来吃午饭吗？

昨天还享用过沈行舟的厨艺，虽然说不上是天赋异禀，但是比她自己做的要好吃多了。

肯定也比殷墨这个厨房三脚猫强。

就在傅幼笙准备回复沈行舟的时候，忽然房间门被敲响。

殷墨修长挺拔的身影立在门口，已经摘下那个有点儿可笑的小花边围裙，清隽矜贵：“该吃午餐了，我做好了一桌子菜，都是你爱吃的。”

听到殷墨强调的话，傅幼笙不太相信。

跟拍导演倒是开口了：“傅老师，那我们下去看看吧。”

傅幼笙握着手机下楼，离殷墨远远的，殷墨由着她。

一下楼，她的视线就落在餐桌上，眼底划过一抹错愕：“你这是叫外卖来的吧！”

餐桌上，大概是菜刚刚上桌，所以还冒着袅袅热气。

隔着升腾的白色热雾，傅幼笙坐在餐椅上，周围萦绕着浓浓的饭菜香气，惹得人垂涎欲滴。

傅幼笙看着色香味俱全的五菜一汤，最中央甚至还有一盘色泽透亮的松鼠鱼，真是没白费那条大肥鱼。

想吃……

然而，傅幼笙偷瞄了一眼面无表情的男人，捂住咕咕叫的肚子：“能吃了吗？”

“外卖送的，别吃了。”殷墨语调沁凉。

傅幼笙也就是礼貌性地问问而已。

谁管这男人的小脾气。

问完之后，她便拿起筷子，丝毫不客气地夹向那条翘起来很有食欲的鱼。

殷墨双手环臂，静静地看着她吃，下过厨后，他是没什么食欲。

她吃了一口后，眼睛都亮了，然后又夹了几筷子，才转战其他菜。

糖醋小排，也是她喜欢的。

殷墨见她一直吃菜，看了半晌，还是给她倒了一碗奶白色的鱼汤。

修长白皙的手指搭在青花瓷的碗壁上，慢条斯理地推到她面前："喝汤。"

虽然说话还是冷冰冰的，但傅幼笙已经感受到他的妥协。

吃人家的嘴软，但傅幼笙还是能感觉到嘴角那咬过的刺疼感，到现在都没消失，不能因为这区区一顿饭而揭过。

他这种脾气不改，以后肯定还得作怪。

傅幼笙一边吃，脑子里一边考虑，要怎么才能让殷墨不作怪，安安静静地好好做人。

等到她吃完，殷墨微微笑着看她："吃饱了吗？"

傅幼笙点头："吃饱了，谢谢招待。"

瞄了眼手机，发现有几条来自沈行舟的消息，她才想起来，还没有回复他，就拿起手机准备走人："我出去消消食。"刚好可以去隔壁看看偶像。

本来打算起身收拾碗筷的殷墨，听到她这话陡然顿住，下一刻，朝着傅幼笙露出一个微笑："别急。"

傅幼笙停下，困惑地看着他："还有事吗？"

看到殷墨薄凉面庞上那勾起的弧度，突然有点儿不太妙的预感。

然而没等她开口，殷墨就已经弯腰抽出她手里的手机，把收好的碗筷放进去："去洗碗。"

傅幼笙："？"

见她不动弹，殷墨推着她的后背，一路把人推到了厨房，顺便拧开了水龙头，把她的手跟碗都放进去，再滴上洗洁精："洗吧。"安排得明明白白的。

这也就算了，弄完这一系列后，他守在厨房门口，神态慵散地靠在门上，安静地……监工。

傅幼笙看着自己又白又嫩的小手，再看这一片狼藉的洗碗池，顾盼生辉的眼眸此时明显带了几分震惊。

这是人干的事？她在家里都没洗过碗。

仙女娇娇嫩嫩的纤纤玉手怎么能碰洗洁精这种具有伤害性的凶猛液体！

她扭头看着殷墨。殷墨明白她眼神的意思，清隽面庞上表情从容，一字一句地徐徐说：“我只给我太太刷碗。”

傅幼笙：“……”好，你这样的，你就不应该有太太这种生物。

殷墨看着她恨不得抽出的小手问：“所以，你是我太太吗？”

傅幼笙整个人都不太好了，努力让自己保持冷静。不能飙脏话，她是仙女，仙女是不能骂人的，骂人会变丑陋。

平静下来后，她觉得殷墨就是拿准了自己不想承认是殷太太这件事为难她。

但她就不让他如愿，总是被他牵着鼻子走怎么行？

傅幼笙看了眼厨房那个摄像机，把挂在墙壁上的那个围裙取下来，盖住。

此时像是被蒙蔽了双眼的导演看着一下子黑下来的屏幕：“……”

他们这是把围裙当什么了？

厨房炽白灯光明亮，傅幼笙脸上才化了精致妆容不久，唇色嫣红，整个人在灯光下，白得冷艳通透。

尤其是抿着唇瓣，眼眸眨都不眨地看着人的时候，有魅力的同时更有危险感。

殷墨看着她缓缓朝自己走来。

一步一步走得很轻，像是猫儿肉垫踩在地板上一样，每一步都踩在他的心尖上。

直到两人咫尺之距。

从外面看，像极了傅幼笙将殷墨壁咚在门板上。

傅幼笙歪了歪头，笑意盈盈地看着他：“别动哦，让你好好感受一下，我是不是你的殷太太。”

殷墨的动作稍稍停住，因为傅幼笙纤白细腻的指尖顺着殷墨的手背轻点了一下，而后不等他反应，又顺着手臂往上，最后落在他脖颈侧边敏感的脉搏处。

与男人粗粝的指腹不同，她的指腹软软的，顺着男人修长的脖颈，轻轻摩挲至喉结。

指尖寸寸在喉结处放肆，比起引诱，更像是……挑衅。

殷墨垂眸深深凝视着她，喉结滚动，刚想开口，傅幼笙已经趁机把他推到厨房里，身体灵活地从他身后钻了出去，一把将厨房透明玻璃门关上，顺便从外面锁死。

傅幼笙笑得眉眼弯弯，眼底得意："好好刷碗，刷完了让导演放你出来。"说完就开心地走出了别墅大门。

还治不了他！

殷墨靠在台面上，眼睫低垂，长指抵着额头，忍不住轻轻笑了一声。

还真是……

外面的导演看得心惊胆战的。

傅老师真不愧是能拿下殷总的女人啊，竟然敢把殷总关在厨房里刷碗。这还有什么是她做不出来的！

导演小心翼翼地打开厨房门："殷总，要不我找个工作人员刷碗吧？您这么尊贵的身份……"

殷墨很快便直起身子，俊美面庞也恢复了往日的薄凉清淡："不用，你去跟着她。好好跟着。"

"明白明白。"导演让摄影师切了一个殷总刷碗的景之后，立刻带着工作人员走了。

殷墨有条不紊地把所有碗碟刷干净后，又收拾了梳理台，重新用洗手液洗了三遍手，才擦干手上所有水分，离开厨房。厨房干净得像是没有用过一样。

温秘书抱着工作资料进来时，眼观鼻鼻观心，不敢多说话，感觉殷总心情好像很一般。

想到刚才来时看到太太往隔壁沈行舟的别墅去的身影，殷总心情阴晴不定也不奇怪。

温秘书将文件递给殷墨，然后一边说今天跟明天的全部行程。

今天该推的都推了，不能推的让副总去代替处理，再有重要会议，就视频解决。

下午刚好就有一个国际会议推不掉。

殷墨不是那种为了儿女情长就真的不顾工作的人。

从有限的时间里，抽出所有的空余精力，全都用来追老婆。

温秘书忍不住感叹，确实是真爱了，当初自己怎么就蠢蠢的以为太太是殷总的小情人呢？

难道是因为殷总几年如一日地把太太当成小情人宠爱?

殷总每次出差回来，都忘不了给太太带礼物，参加什么拍卖会，每次都是拍给太太用的珠宝首饰，珍稀物件。

这谁能信是给老婆的。

殷总看起来也不像是什么有家庭的男人啊。

长成这样，身世、个人、能力都出类拔萃，这样的人还早婚，说出去谁信。

所以就算是他们秘书团的人，也都一致认为殷总这样的男人不可能这么快把自己囚禁在婚姻的枷锁里；傅幼笙还是娱乐圈一个漂亮的女明星，他们自然下意识地把她当成是小情人。

殷墨看了眼明天的行程表，淡声问：“这一期拍摄几天？”

温秘书迅速回神：“今晚就结束拍摄了。凌晨有一趟回北城的机票，剩下的就是明天一早的机票，您定什么时间？”

一期基本上拍摄两三天，隔一周或者两周时间会拍摄第二期，毕竟要统筹艺人的时间安排以及节目组的安排。

下期去的地方就不是宜城了，所以节目组也要提前去下一站做安排。

殷墨沉吟片刻：“定明早的机票。”

2 号小别墅，是秦胭脂与沈行舟拍摄的地方。

用导演组挂在别墅门口的小牌子来说，叫——爱的小窝。

但是傅幼笙进去之后，丝毫没有感受到什么谈恋爱的粉红泡泡。

反而两个人井水不犯河水，一个在看剧本，一个在办公。

虽然同处在客厅内，但是明显是泾渭分明的两个空间，直到傅幼笙进来后，才打破了这有点儿凝滞的环境。

秦胭脂笑着给傅幼笙倒了一杯枸杞水：“这里没有什么小姑娘爱喝的饮料，只有温水。我带了点枸杞，给你加进去几颗尝尝。”

傅幼笙接过偶像递给自己的水，差点儿没捧稳，一改刚才面对殷墨时候的小得意，紧张兮兮：“谢谢秦老师，我很喜欢。”

“有点儿烫，小心。”秦胭脂看着小姑娘黑白分明的眼睛。

其实她看过傅幼笙演的电影，觉得傅幼笙是如今娱乐圈很难得的有灵气的年轻演员。

傅幼笙渐渐平复下来紧张情绪，跟秦胭脂说话也流畅许多。

“秦老师，我很喜欢您的戏。”傅幼笙把水杯放下后，小手放在膝盖上，坐得跟小学生似的标准，看得旁边给她拿甜品的沈行舟忍俊不禁。

有时候她跟小时候比也没什么变化。

记得她有一次学钢琴的时候，遇见崇拜的钢琴老师，也是这样的小学生坐姿，小手还捏成拳头捏得紧紧的，现在还是这个样子。

秦胭脂笑盈盈：“我也喜欢你拍的戏，非常有灵气，以后叫我胭脂姐吧。”

“胭脂姐。”傅幼笙眼睛亮了，“真的吗？谢谢您的夸奖！”

她进入娱乐圈最想得到认可的人就是秦胭脂。

只是傅幼笙目光黯淡了点儿：“比起您，我还差得远。”她连一个具有真正含金量的影后奖杯都没有拿到，而秦老师已经是所有影后奖项的大满贯了！

“你还年轻。”秦胭脂点了点手中剧本，突然说，“有兴趣吗？”

“这是？”傅幼笙接过来剧本。

秦胭脂看着傅幼笙白生生的侧脸：“这是我做导演筹拍的第二部戏，里面有个角色很适合你。下星期公开试镜，要试试吗？”

如果是别人，告诉她让她去试镜的话，傅幼笙会觉得，可能是在故意羞辱她。

按照她现在的咖位，大制作的电影电视剧女主角都如雪花一样飘来，供她选择，根本没必要去试镜一部普普通通的电影。

但是这不是别人啊！

这是她偶像执导的电影，她要是试镜成功入组，岂不是要跟偶像一起拍戏了！

她做梦都梦不到。

傅幼笙点头：“想的，不过我下个月还要进组，大概得明年才有档期。”

秦胭脂笑意更浓：“想就行。你很适合这个角色，好好准备，试镜一定没问题。

“电影拍摄时间在明年中旬，不急。”

“我一定不会让您失望的！”傅幼笙顿时信心倍增。

一般试镜是不会给演员全部的剧本，但是秦胭脂让傅幼笙把全部剧本拿走了。

傅幼笙觉得偶像是在给她开后门。

追星的最高境界不是跟偶像同框，而是……被偶像开后门啊！

一下午时间，傅幼笙没有跟沈行舟聊上几句，反而一直跟秦胭脂聊演戏上的事情。

秦胭脂是一位很好的老师。

直到快要做晚饭的时间，导演提醒了，傅幼笙才依依不舍地告别。

沈行舟看着她离开的背影，无奈地笑了笑。

秦胭脂抿了口枸杞茶，悠悠地说：“小姑娘非常可爱，也难怪你们喜欢。”她第一次见面就喜欢了。

长得漂亮，对演戏真诚，偏偏还有灵气，天生就是演员。

秦胭脂脑海中浮现出这句话。以前她听到别人这么介绍傅幼笙的时候，有点儿不屑一顾，但看到傅幼笙演的戏，今天又跟她聊过演技方面的话题后，却觉得这句话，有了新的意义。

不演戏，可惜了。

演技好的人很多，但是每部戏演技都进步的演员却很少，尤其是演技上的失误，在前一部戏上会看到，但第二部戏就看不到了。

傅幼笙的敏锐与直觉，是为演戏而生的。

沈行舟不介意在秦胭脂面前暴露心思，毕竟，他们上午已经彼此揭开了，都不是为了谈恋爱上的节目。

到时候会让导演把他们的镜头，在不影响整体节目的前提下，大部分剪掉。

沈行舟语调淡而重：“我是为她而来。”

他离开是为她，回来也是为她。

秦胭脂摇摇头。

也不知道傅幼笙是幸运呢还是不幸，有两个这么强势的男人都爱她，到时候也不知道是什么你死我活的修罗场。

傍晚的风拂过，温柔和煦，吹着秦胭脂乌黑长发美如画卷，然而沈行舟却只看着傅幼笙消失在 1 号别墅的纤细身影，几分钟后才缓缓转身回别墅，声线优越朗润：“今晚秦老师想吃什么？”

秦胭脂的嗓音有点儿模糊：“你是厨师，你说了算，我就一蹭吃的。”

傅幼笙跟秦胭脂聊得很愉快。

即便是要回去见殷墨了，都没有让她的快乐心情消失。

她一进客厅，便看到了坐在沙发上，戴着细细金丝边眼镜的男人，正面无表情地抬眸朝她看过来。

隔着薄薄的镜片，傅幼笙觉得殷墨看她的眼神，特别像看一个刚从外面偷吃回来的老婆。

傅幼笙脸上的笑意凝固了几分。

然后她换了鞋子，朝着殷墨轻哼了一声：“我饿了，殷师傅，做饭了吗？”

俨然是把他当成厨师师傅了。

殷师傅：“饿着吧。”

傅幼笙嫌弃：“你怎么回事，一点儿职业道德都没有。”

“哦。”殷墨扯了扯因为开会领口系得一丝不苟的领带，然后朝着傅幼笙丢下一句话，“明早跟我回北城，你爸妈约了我们见面。”

傅幼笙瞳仁瑟缩了一下：“什么！”

殷墨：“哦，还有你公公婆婆一起。”

第十四章

见家长

/

XINTIAO
BU
TINGHUA

傅幼笙白皙的脸蛋上的情绪一下子冷凝下来。

她乌黑长发柔顺地搭在肩膀上，纤细手指轻轻捏紧了手里的剧本，莹润的指甲因为用力而隐隐泛着白色。

殷墨明白她为什么这个样子。

他摘下眼镜，缓缓上前握着她的手，带到沙发上。

傅幼笙脑子里满满的都是自家爸妈要跟殷墨爸妈见面的场景，根本无暇顾及殷墨是不是牵她手了。

她下意识蜷缩在沙发里，白皙的小腿曲着，整个人是防备的状态，脆弱得如同易碎的瓷器。

傅幼笙哑着嗓子问：“摄像机关了吗？”她进来的时候没看到摄影师他们。

殷墨垂眸看她：“嗯。”他早就让人把这里的摄像机关了，毕竟他要开视频会议，不方便录像。

傅幼笙又沉默了许久，好半晌，咬着下唇：“为什么要见面？”

殷墨想到傅恩忱给他来的电话：“你母亲想见你一面，也想看看你嫁的人家是怎么样的。”

想到傅夫人在电话里那思念女儿的啜泣声，殷墨知道自己不能为傅幼笙做决定。

毕竟……

她与家人之间，是三观理念不和，而非有什么深仇大怨。

他思量过后，还是决定如实告诉她这件事，让她自己决定要不要见。

他刚才用那种随意的语气说出来，也是为了不让她突然被刺激到。

傅幼笙小手抓着殷墨的衣袖，有点儿茫然："我妈妈要见我？"

殷墨反握住她的手，没有用力："是。

"如果不想见，可以拒绝。"

傅幼笙已经几年没有见过妈妈了，在她的印象里，妈妈是一个真正的温柔到骨子里的女人，但骨子里更是以夫为天。

小时候她因为课业太过繁重而抱着妈妈哭泣时，妈妈心疼地抱着她哭得更厉害，但哭过之后，还是让她听爸爸的话，爸爸是为她好。

即便是她义无反顾地为了进入娱乐圈被逐出家族，她母亲也是用那一双悲伤的含情眸看着她。妈妈天生就是需要依附男人的菟丝花，根本没办法抗拒她父亲的任何决定。

傅幼笙以前觉得幸好，她母亲这样的性子，嫁给了她父亲。

虽然傅恩忱很大男子主义，但正是这样的大男子主义，才保护了她母亲那不谙世事的天真——她只需要听丈夫的话就好，在她心里，丈夫说什么做什么都是对的。

大概就是一个愿打一个愿挨吧。

她可以拒绝傅恩忱这个父亲，却没办法凉薄地拒绝那个从小对她好的母亲。

傅幼笙忍不住轻轻叹了一声，双手捂住脸，将近半小时，才下了决心："见……就见吧。"

妈妈应该是从爸爸那里得知了自己跟殷墨结婚的事情，所以不放心，才想见一见对方和对方家庭。

傅幼笙了解傅恩忱，他决定的事情，无论怎样都会做成。

即便是她今天不同意见面，傅恩忱可能会直接去找殷墨的父母，到时候，更无法收场。

在外人面前，傅恩忱最起码不会失去书香门第的礼仪教养。

这是他的底线。

看着她睫毛乱颤，殷墨收紧了握着她的手："放心，我会陪着你。"

傅幼笙仰头看着殷墨。

对视间，空气流淌，仿佛世界都只剩下彼此。

然而下一秒，殷墨捏了一下她的小脸蛋："一码归一码，下午你去见野男人的事情，老实交代。”

傅幼笙：“……”

真是感动不过两秒。

她晃了一下搁在沙发上的剧本：“我是去干正经事了好不好，谁跟你一样满脑子不知道想什么！”

看着剧本上那偌大的《你的心声》本子，殷墨倒是顿了两秒，哂笑一声，秦胭脂倒是打的好主意，拿了他的投资不说，还把他太太给弄上车。

这部戏，很多投资商不敢投的原因是，太过惨烈的悲剧性结局，而且秦胭脂还不允许投资商加人改剧本，又不是商业片，回本的可能性很低。

也就殷墨这个“冤大头”才全额给她投资。

殷墨自然从来不做赔本的买卖，即便是投资团队对这个项目也不认可，殷墨还是用个人财产投了。

一则是让秦胭脂帮忙，二则就是为了帮傅幼笙圆梦。

不过，他本来没想过让她参演这部电影。

剧本他看过，全文都是很压抑的场景，他担心傅幼笙入戏太深。

现在看她这么高兴的样子，殷墨使劲儿揉了一下她的脑袋。

傅幼笙毫不留情地拍向他的手背：“你干吗！不知道仙女的头发摸不得吗！给我摸油了怎么办。”

殷墨看着自己干燥干净的掌心，不知道的还以为他手多么脏呢！他又多揉了一下。

殷墨：“我给你洗。”

翌日一早。

傅幼笙和殷墨一起踏上了回北城的飞机，临近中午才抵达，刚好直接去了约好的餐厅。

傅幼笙挽着殷墨的手臂，相偕进了包厢。

包厢内。

毕竟是要跟未来亲家见面，殷墨父母自然很重视，在选择见面地点上，就非常用心。

知晓傅幼笙家里是书香门第，殷墨父母特意选择了很有韵致的设计典雅的中餐厅，提前定了最有意境的包厢。

傅幼笙一进门，就感受到了他们的用心，心里暖了一下。

傅幼笙的父母还没有到，傅幼笙与殷墨进来时，跟殷父殷母打了声招呼。

殷夫人是很喜欢傅幼笙的，虽然傅幼笙不愿意生孩子，但是年轻人，她可以再劝劝。

现在都要见家长了，那距离结婚还远吗？都要结婚了，距离生孩子还远吗？

殷夫人越看傅幼笙越顺眼。

殷墨的父亲以前是风流浪荡的贵公子，后来遇到殷夫人浪子回头，是圈内典型浪子回头的标杆。

几十年浸淫商场，将他年轻时候的棱角完全打磨通透，他如今是个很有魅力与魄力的商人，即便年近六十，身材依旧保持得很好。殷墨长得像他，五官深邃。

面对傅幼笙的时候，殷父笑得温文尔雅，还让她不要紧张，都是一家人。

包厢气氛一直很好，傅幼笙紧绷的情绪也渐渐松弛下来。

然而傅恩忱夫妻的到来，打破了此间的气氛。

包厢门被敲了三下，傅幼笙纤细的肩膀陡然瑟缩了一下，漂亮的瞳仁闪过一抹暗色。

下一秒殷墨握住了她的手，强行跟她十指相扣，而后带着她站起身："岳父，岳母，请进。"

血缘关系是打不断的，殷墨也无意在自家父母面前不给傅恩忱他们面子。

听到自家儿子的称呼，殷家父母对视一眼，从彼此眼中看到了同样的表情——儿子真不把自己当外人，这就叫上岳父岳母了。

人家答应把女儿给他们了吗？

若是殷墨此时知道父母如何想，一定会回答他们，正是这两位，亲自把女儿推到他身边。

如果没有他们，自己不知道还能不能跟傅幼笙相遇，更不知道如果是在宠爱家庭中长大的傅幼笙，会不会想跟他结婚。

傅恩忱看到殷墨一家人起来迎接，对他们的礼节还算满意。

殷家父母："两位亲家来了，请坐。"

儿子都叫岳父岳母了，他们当然得给儿子面子。

殷夫人主动握住傅夫人的手："亲家母真漂亮，我总算知道幼幼为什么长得这么漂亮了，原来是像亲家母啊。"

傅夫人眼睛看着傅幼笙，那一双跟傅幼笙如出一辙的水波眸含着点雾气，确实是非常美的。

倒不是殷夫人说客气话，傅夫人想跟女儿好好说说话。

这么多年没有见面，女儿真的长成大姑娘了。

傅夫人一直都有关注傅幼笙在娱乐圈的动态，想要见她，但碍于丈夫说一不二的性子，只能把思念放在心里。

傅恩忱不赞同："漂亮不过是一副皮囊，红颜枯骨，人活一世，为后人留下珍贵的文献才会永远留存。"

从小傅幼笙被夸漂亮，傅恩忱就不屑一顾。

漂亮有什么用，她应该做的是利用那个他遗传给她的智商基因，发扬傅家的清骨，为国家做贡献。

气氛一瞬间凝滞。

下一秒，殷父笑着给傅恩忱倒了一杯茶："说得对。不过在这个社会，漂亮也是锦上添花。"

傅恩忱看着殷临的泡茶技艺，眉头皱得更紧了，这些商人就是附庸风雅，这种茶艺也拿得出手。

傅恩忱接过来殷临的茶具，表情紧绷："我来吧。"

殷临手指顿了顿，还是让出来位置，然后看到了傅恩忱行云流水的茶艺，有点儿尴尬。

傅恩忱眉目清傲："好茶不能浪费。"就差说殷临茶艺不好，浪费好茶了。

殷临也是万万没想到，这位亲家是这么不给面子的人。

这是看不上他们家？

也是，有些书香门第，是看不太上他们这种行商家庭。

殷夫人也察觉到了不对劲。

倒是傅夫人，忍不住扯了一下自家老公的衣袖："我们是来跟亲家们聊他们婚事的。"

傅恩忱自然记得。

他觉得自己为了女儿，跟这些铜臭气甚浓的商贾之人坐在同一张饭桌上，已经很忍辱负重了。他恨不得立刻就拧袖离开。

傅幼笙黑白分明的眼睛看着他们，看在殷墨父母的面子上，紧抿着红唇，放在膝盖上的手攥紧，不能在这种场合跟他们吵架。

傅夫人察觉到了自家女儿情绪不对，使劲拽着傅恩忱："说点重要的事情吧。”

看着妻子哀求的眼神，傅恩忱闭了闭眼睛，然后清清冷冷地看着殷临他们：“既然他们已经领证这么多年，那婚礼绝对不能不办。

“傅家没有无媒无聘就把女儿嫁出去的先例。

“这么多年都没打算办婚礼，你们家怎么教养孩子……商人家庭果然只会教孩子赚钱，不会教……”

“够了。”傅幼笙一听到他的话，终是没忍住维护殷墨，“殷家的教养没有任何问题。”

她见不得任何人攻击殷墨，以及殷墨的家庭。

尤其是在领证这件事上，殷墨自始至终没有做错任何事，就算有错，也是他们之间感情的问题，与教养甚至负责都没有关系。

这边，殷夫人终于从迷茫中缓过来：“领证？”

殷夫人脸上的笑意一下子冷下来，皱眉看向自家儿子。

还领证好多年？

她怎么不知道儿子早就已经领证的事！

倒是旁边的殷临还算平静，想起昨晚儿子跟他说过这茬，不过他忘记跟太太说了。

“爸，我有话要跟你单独说。”傅幼笙终于忍不住了，挣开殷墨的手，站起来看着傅恩忱。

傅恩忱觉得女儿太没有礼仪，刚准备开口斥责，随即被傅夫人拉着站起来：“幼幼，我们去外面亭子里聊聊。”

傅幼笙勉强对殷父殷母笑了笑：“叔叔，阿姨，不好意思，我们先失陪一下。”

看着傅幼笙脸上的笑就跟要哭出来似的，殷夫人叹口气：“去吧，没事。”

然而就在殷墨想要跟着一起出去的时候，殷夫人脸色一变：“你给我留下！好好交代清楚！”偌大的包厢只剩下他们一家。

殷墨不放心傅幼笙，想到她是为了维护殷家才翻脸，缓缓开口：“领证是我的错，没告诉你们也是我的错，她一直很期待与你们见面，是我自作主张。

“爸妈，这件事，别怪她。”

殷夫人忍不住锤了殷墨一下：“在你眼里，你爸妈就是这样的人吗？结婚这么大的事情都不告诉我们，还瞒了好几年。

“是不是非要等到孩子能打酱油了，才告诉我们孙子都有了？”

殷临拍了拍妻子的后背：“行了，事已至此，还是想想怎么解决吧。幼笙的这个父亲，不太好说话。”而且从骨子里是看不起他们这些行商家庭的。

殷夫人差点儿维系不住优雅知性的贵妇人修养：“大清都亡了多少年了，居然还有人鄙视商人。”

殷墨解释了一下：“傅家不是普通的书香世家，是绵延百年的真正的富有底蕴的书香门第，传承没有随着时间而丢失，所以傅家依旧传承着几百年前的家训。”

清高、孤傲，却又……真正的大公无私。

誓要将傅家继续传承下去，所以每一代都会有当世大儒，传承至今，倒不仅仅是文学方面，无论是哪个方面的研究，物理、化学、数学、科研等等，只有做到顶尖，才可以流芳千古。

他们对傅幼笙的期望值有多高，如今见她进入娱乐圈，就会觉得她自甘堕落，失望就有多深。

殷临摆摆手：“行了，你出去看看吧，你妈这里我来说。”

“好。”殷墨转身离开包厢。

此时，户外凉亭内。

傅幼笙跟傅恩忱相对而立。

傅恩忱不满地看着傅幼笙对自己连一点儿父亲的尊重都没有。

“你这是什么表情，我都是为了谁？

“你以为无媒苟合很好听吗？”

冬天的北城，中午的阳光格外亮，甚至还带着一点儿温度。

偏偏傅幼笙感受不到任何的温度，整个人像是坠入冰窖。

她紧抿的红唇勾起冷冷的弧度：“为了我？

“傅先生，你是为了傅家所谓的清骨吧。

“有一个随便把自己嫁出去的女儿，确实是很没有面子，所以……”

“幼幼！”

傅夫人察觉到傅幼笙想要说什么，立刻上前想要抱住她，却被傅幼笙躲开了。她眼眸里含着泪，却努力仰头，不让眼泪掉下来。她一字一句地说：“所以，就当没有我这个女儿。”

傅恩忱看着她那绝望的眼神，忽然心口刺了一下，但是骨子里的骄傲却没有让他退步："傅幼笙，你是我的血脉，不是一句简简单单的没有你这个女儿，就可以斩断血脉亲缘的。"

傅幼笙定定地看着他："那我把这身血脉还给你，你就能放过我了吗？"

"你敢！"傅恩忱被她的话刺激到，没想到他从小乖巧的女儿，居然会说出这么诛心到极点的话，举起手掌，狠狠的一巴掌扇了过去。

傅幼笙闭着眼睛，甚至能感受到掌风呼啸而至。就这样吧，她也不怕被人发现了。

"不要。"傅夫人哭着抱住傅恩忱的手臂，然而傅恩忱已经气急了，她那点力气完全不管用。

就在这时，傅幼笙身前，一个人影突然出现。

"啪"的一声，掌心落在脸颊上的声音响起。

傅幼笙没有感觉到任何疼痛，她下意识睁开眼睛，看着挡在她身前如同山峰一样巍峨挺拔的熟悉身影，忽然怔愣住了。

即便是为傅幼笙挨了一巴掌，殷墨依旧站得很直。

就如以前每一个她需要他的时候，他都站在自己面前一样。

傅幼笙乌黑眼瞳中那强撑着的眼泪，在看到殷墨的一刹那间，陡然从眼尾滚落——

"疼不疼？

"你是傻子吗？"

麓荷别墅。

傅幼笙没想到，自己有一天会心甘情愿地跟殷墨回到这里。

客厅灯光很亮，映照在殷墨冷白色面庞上的那一抹红色更加清晰。

傅幼笙指尖沾着药膏，动作小心地给他涂抹，还带着哭腔没好气地骂他。

殷墨看她眼尾红红的，又想哭又要给他涂药，还憋着眼泪的小模样，忍不住轻轻握住她的手腕："不疼，不用涂了。"

"不涂你明天就成猪头脸了。"傅幼笙这个时候都没忘记颤着奶唧唧的哭腔嫌弃。

她知道他是故意让自己不担心他。

殷墨眉目沉敛，想到一小时前把她从中餐厅里带出来的时候。

她周身的颓靡绝望、心如死灰的磁场，让他仿佛看到了几年前，她要进娱乐圈拍戏，离开傅家那年。

也是他把她从傅家门口带回这里。

相较于她现在强颜欢笑的样子，殷墨更希望她哭出来，发泄出来。

把傅幼笙指尖上的药膏擦干净，殷墨握住她的手腕，稍一用力往自己怀里轻扯了一下："难过就靠一会儿。"

傅幼笙猝不及防，撞到了他胸口上，鼻子一酸，睫毛瞬间被眼泪濡湿。

哭了许久，傅幼笙感觉到殷墨胸口的衬衣都湿透了，才趴在他怀里瓮声瓮气地说了句："不是我要哭的，是被你的胸膛撞疼的。

"都怪你。"

殷墨拍了拍她纤薄的后脊，瘦得掌心下都是骨头。他眉心轻折，果然她自己在外面住，就是不会照顾自己。

殷墨："放心，不让你赔衬衣钱。"

傅幼笙掐了一下他修劲结实的腰，小声嘟囔："狗嘴里吐不出象牙。"

"哭够了吧？"殷墨突然问她。

傅幼笙："……"

你这么问，谁还能哭得出来！她一言难尽地看着他。

只是那双黑白分明的眼眸，因为哭久了，眼眶红彤彤的，跟只受了大委屈的小兔子似的。

也确实是受了委屈。

殷墨把她从沙发上牵着手拉起来："带你去个地方。"

"都晚上了，还去哪儿？"傅幼笙看着外面暮色茫茫。

北城冬天五点的时候，太阳就准备要落山了，她现在就想要洗个脸，然后睡觉，虽然可能睡不着。

殷墨把她拉起来，然后强势地揽住她的腰往外走："去了你就知道了。"

不然在家里，在安静的环境里，她总是会胡思乱想。

司机就在外面，几分钟后，轿车驶出麓荷公馆的别墅区。

车厢内光线很暗，傅幼笙看着殷墨给温秘书发了条微信后，温秘书来了电话。

殷墨朝向她这边的脸侧，还有红色的印子，印子很明显。

她爸就是气急了，完全没有收敛力气。

傅幼笙别过眼，红唇紧抿着，好半晌，等殷墨挂断了电话。

她才说："你顶着这张脸出去招摇什么，也不怕被拍到。"

热搜标题她都想好了——惊爆！商界男神殷墨被打肿脸视频曝光。

殷墨捏了一下她的脸蛋：“小白眼狼。”

“怎么就小白眼狼了。”傅幼笙否认。

然而等车子停到目的地后，傅幼笙终于明白殷墨为什么叫她小白眼狼了。

抵达游乐园的时候，天色已经彻底暗下来了。

北城的游乐园晚上也是营业的，但是今天不知道怎么回事，马卡龙色华丽的大门已经关闭，里面空无一人。

四周除了外面一圈暗色的灯带之外，再也没有任何亮光。

原本白日里童话般的建筑，此时完全隐没在黑漆漆的夜幕之下，哥特式的高耸尖塔伫立着，显得有点儿阴森森的，特别像吸血鬼的城堡。

傅幼笙下意识抓住殷墨的衣袖，就要往后退：“我们来这里做什么？”总觉得在这种环境下，会有什么奇怪的生物突然冒出来。

她碎碎念：“第一次发现，游乐园晚上没开灯的时候这么吓人。什么睡美人的城堡，现在这个更像是吸血鬼的城堡。”

殷墨没说话，只是牵着傅幼笙的手，推开没有锁上的游乐园大门。

突然之间，游乐园所有的灯光同一时间，全部亮起来。

五彩缤纷、美轮美奂的灯光，映得游乐园如同童话梦境，傅幼笙脑海中什么吸血鬼，什么阴森森，一瞬间被这突然大亮的灯光驱散。

甚至于白天里发生的事情，都消失得无影无踪。

她的眼睛里，心里，全都是这乍然盛开的绚烂世界。

好像……这个世界也没有那么令人窒息，反而美好得令人留恋。

傅幼笙猝然转身，看向站在她身后的男人。

殷墨看着她，薄唇含笑。

璀璨的灯光里，他眼里倒映出她一个人的身影。

傅幼笙下意识想要踮脚触碰他的眼睛。

殷墨察觉到她的意图，抬手按住她的肩膀，主动弯下腰，握住那双小手，按在自己眼尾处：“怎么了？”

傅幼笙站在平坦的彩虹长道上，不用抬头，不用踮脚就能轻而易举地触碰到他。

他素来矜贵自持，傅幼笙从未见过殷墨向谁弯过腰。

无论何时何地，他那挺拔端正的身形从来都站得笔直。

而此时，他面对她的时候，却从容的仿佛把弯腰当成一件很自然的事情。

只是为了不让她踮脚而已。

傅幼笙忽然想到以前无意中听过的一句话——你不用踮脚，会有人弯腰爱你。

她红唇张了张，半晌，才低声地说："想知道，这是不是真的。"

明天醒来后，她怕发现这是一场梦。

殷墨忍不住轻笑一声，弹了一下傅幼笙的额头："疼吗？"

傅幼笙憋着小嘴："疼。"

殷墨顺势握住她的手，往里面走去："既然疼，那就是真的。

"白天是噩梦，现在才是真实。"

傅幼笙看着他："为什么？"

殷墨已经带她走进了游乐园游戏区，温柔地回道："还能为什么，为了哄你。"

不得不说，她真的有被殷墨这个大手笔哄到了。

"傅小姐，请问殷某有这个荣幸邀请你坐过山车、海盗船、摩天轮、云霄飞车吗？"

本来还挺感动，听到这话后，傅幼笙被他逗笑了。

然后她没好气地白了他一眼："不行，你没这个荣幸。"因为这位天不怕地不怕的殷总，殷少爷，恐高。为了哄她，他竟然还想要玩这些刺激游戏！

而且虽然里面全都是灯光，但大晚上的，玩什么刺激游戏！

傅幼笙还是想要安安静静的，所以她拉着殷墨去玩鬼屋了。

鬼屋应该……不刺激吧？

傅幼笙就是典型的又㞞又想玩，最后是被殷墨抱着出来的，死活扒在他脖子上不下来："呜呜呜好恐怖，这些工作人员为什么大晚上了还这么敬业！"

她本来想趁着鬼屋没有工作人员假扮鬼的时候去涨涨见识。

没想到这些人这么敬业！

就算只有他们两个人，都努力营业，把人吓个半死。

走到旋转木马那边，殷墨托着她两条长腿的手动了一下，把她放到一匹矮脚马上："还不下来，想趁机吃我豆腐？"

"谁吃你豆腐，我口味没那么重。"傅幼笙听到了缓和快乐的音乐声，原本被鬼屋背景音吓得浑身发软的身子，终于渐渐恢复知觉。

不过下马是下不去的，但她又不想待在这个小马上。

她指着旁边那个很高的白马："我想坐那个。"她又指了指她现在坐的这一匹马，得寸进尺："你坐这个。"

殷墨不纵着她，越纵着她越来劲儿。

见他不动，傅幼笙也不生气："你不是哄我的吗，就这么哄？连这样一点点小小的请求都不答应。"

殷墨低笑了声："这是哄老婆，还是哄祖宗？"

"完了，我又要抑郁了。"傅幼笙捂住自己的小心脏，一副伤心过度的样子。

看着她，殷墨幽幽说了句："你这个演技，能通过秦胭脂的试镜吗？"

"怎么不能！你别乌鸦嘴啊！"傅幼笙一听到这个，也顾不得装抑郁，就要去捂住殷墨那张嘴。

"呸呸呸，童言无忌，童言无忌。"

童言无忌？殷墨的薄唇被傅幼笙那双冰凉的小手捂住，只露出一双深邃如墨的眼睛。

要不是没有那么多手，傅幼笙真的很想连他眼睛都捂住，免得他总用这样的眼神看她。

最后两个人各退一步，一起坐在被两匹马拉着的蓝白相间的豪华马车里。

转了一圈又一圈，最后傅幼笙才意犹未尽地让殷墨给她拍了张照片。

"玩够了吗？"

"差不多了。"

"心情好点了吗？"

"也差不多了。"

"想不想更好一点儿？"

听到殷墨最后这个问题，傅幼笙仰头看他。

不知不觉的，他们已经在城堡正中央的音乐喷泉广场前。

刹那间，瞬息万变的烟花从城堡上空绽放，璀璨了整个黑漆漆的夜幕。

原本令人惶惶不安的黑暗天空，被绚烂烟火挤满，尽情又肆意地绽放着瞬间美丽。

傅幼笙怔怔地看着天空。

烟火绽放中，殷墨带傅幼笙去了不远处早就准备好的摩天轮。

摩天轮缓慢升起，傅幼笙感觉自己距离那绚烂的烟花很近很近，几乎触手就能碰到。

她从来没有从这个角度看过烟花。

摩天轮在最高处停了五分钟，等到傅幼笙从烟花盛景中抽离出来后，却看到坐在她对面的殷墨紧绷着下颌。

她这才想起来殷墨恐高。

傅幼笙第一次主动握住他的手："你是不是傻，明明恐高，还让人停在这里！"

殷墨抬起低垂的眼睫，幽幽看着她："我不恐高。"

"好好好，你不恐高。赶紧让工作人员把我们放下去。"傅幼笙坐在他身边，揽住男人修长的脖颈，让他靠在自己颈窝，"别怕。"

殷墨："……我不怕。"

傅幼笙哄他："行行行，你不怕，那你闭上眼睛，我就相信你不怕了。"

没等她拿殷墨的手机通知工作人员，停住的摩天轮就重新转动起来，就在这时，傅幼笙感觉自己被殷墨握住的那只手，无名指一凉。

她下意识看了眼，瞳仁陡然定住。

摩天轮内光线看不清楚，但是就着外面闪烁的灯光与还在绽放的烟花，傅幼笙清晰看到自己指骨上套了一枚粉钻戒指。

有点儿眼熟。

是当初她要跟殷墨离婚那天，他给她带的礼物。

傅幼笙偏头看着眼眸微微闭起来的男人，额角上似是被冷汗浸湿，薄唇带着点淡淡的苍白颜色。

想到他今晚布置的一切，都是为了让她忘掉白天的压抑。

明明恐高，他还是打算陪她玩刺激项目。

那一瞬间，傅幼笙不想在这个时候，对他说什么决绝的话。

她也说不出来。

迟疑片刻，摩天轮已经缓缓停住。

殷墨睁开眼睛，没有提这个钻戒的事情，反而抱着她纤瘦的身子："我有点儿晕，让我靠靠。"

傅幼笙也默契地蜷缩了一下指尖，然后扶着殷墨，像是被一个大型玩偶给包裹着一样，一步步走出灯火明亮的游乐园。

他们背后。

烟花依旧肆意。

灯光依旧璀璨。

将他们两人的身影拉长，再拉长，最后彻底融为一体。

消散在黑暗之中。

那天晚上的事情，两人都默契地没有再提过。

除了傅幼笙首饰盒里多了一枚昂贵的粉色钻戒外，像是一场美好的梦境。

这场梦境，驱散了白日的噩梦。

傅幼笙没有因为那天而留下任何的阴影，只不过偶尔发呆的时候多了点儿。

临近年底，颁奖晚会与走红毯渐渐多了起来。

傅幼笙之前很少参加红毯，所以经常会有女明星艳压的通稿下来，用她们的红毯造型跟她的街拍造型比美。

难得傅幼笙今年营业心比较重，闻亭选择了几个比较有含金量的颁奖典礼参加。

保姆车里，傅幼笙穿着一袭蓝色渐变镂空星空长裙参加国内知名电视剧盛典。

她今年也有两部电视剧播出，并且收视率都很优秀，平均破2的水平。

走红毯的时候，傅幼笙被导演安排跟楚望舒一起走。毕竟明年他们两个的电视剧就要开播，这个时候不合体，什么时候合体？

傅幼笙自从那次楚望舒去剧组探班之后，就再也没见过他了。

想到之前闻亭说的楚望舒喜欢她，傅幼笙就有点儿小尴尬。

傅幼笙在红毯前，被小诺扶着上了楚望舒的车，到时候他们两个要从这里下车一起走红毯。

“楚老师。”傅幼笙看着车厢内穿着铁灰色暗纹西装的男人，恭恭敬敬地问好。

楚望舒看她这副恭恭敬敬如同上坟的表情，忍不住扶额笑：“你这还真是见老师呢，这么紧张，怕我现场考你表演课？”

傅幼笙：“说出来您可能不信，见到您，我比见到老师还要尊敬！”

“我有这么老吗？”楚望舒眼底笑意收敛了几分。

都是聪明人，他自然听得出傅幼笙言外之意。

她是把他当成长辈的。

楚望舒忽然有点儿后悔，之前跟她第一次见面的时候，就不应该把自己摆在教导她的位置上。

见不得她这副小心翼翼唯恐让他误会的样子，楚望舒摆摆手，恢复随意地笑："行了，只要你别把我当成牌位上的供奉，当什么都行。"

见他开玩笑，傅幼笙终于松了口气，她觉得楚望舒是要放弃了。

果然，跟聪明人说话就是轻松，于是傅幼笙跟楚望舒相处的时候轻松了点儿。

走红毯之前，傅幼笙像是想到了什么一样，向小诺要回自己的手机，然后给殷墨发了一条微信：

傅幼笙：要走红毯，别给我打电话，接不到。

平时他都是七点下班准时给她打电话的。

顿了顿，傅幼笙还发了一张自拍给他，意思是没有骗他。

下一秒，殷墨回复：

YM：发卡里反射的那个男人是谁？

傅幼笙看到这条消息后，白净指尖顿在屏幕上，乌黑瞳仁满是不可思议。

几秒后她才反应过来，用拇指与食指放大屏幕上的照片。

她给殷墨发的是一张靠在车椅上的半身照自拍。

蓬松柔软的长发被烫了漂亮的大卷，慵懒又风情。

耳朵上方夹了两个银白色的发卡，因为发卡很闪，傅幼笙放到最大，也只能看到上面一个大概的轮廓。

殷墨是什么眼神？这样都能看出来是男人？

傅幼笙缓了几秒，把那个放大的发卡图发过去，才敲了几个字回复：

傅幼笙：你是怎么从这上面看到有男人身影的？

YM：果然有。

傅幼笙：……

殷墨竟然诈她！

YM：是谁？

傅幼笙盯着手机屏幕，漂亮的眼睛一眨不眨，倒是引起了对面楚望舒的注意："怎么了？"

傅幼笙下巴抬起，露出一双顾盼生辉的眼眸。

楚望舒眼眸微眯起，对上她的目光，相较于之前看他时候的紧张，此时傅幼笙乍然抬起时，眼睛里像是盛满了薄薄的光。

是因为跟她发消息的那个人吗？

楚望舒想起那次在包厢里看到的男人。

殷墨。

傅幼笙反应过来："没事，朋友发来一张图片，有点儿惊到我。"说着就按灭了手机，她懒得聊殷墨。

他什么时候都忘不了套路她。

恰好也快要轮到他们出场。

楚望舒知道她不想多聊，很配合地岔开话题，顺着车窗玻璃，能看到外面红毯上，已经是群星闪耀。

深冬腊月的季节，还是晚上。

外面看起来都光彩照人，实际上多冷，女明星们自己最清楚。

车厢内温度开得刚刚好，以免等会儿出去一下子冷热交替，会感冒。

就在这时，小诺指着傅幼笙的手机："笙笙姐，您手机响了，要不要看看？"反正还没有上场。

傅幼笙扫了眼屏幕，是殷墨跟她说，让她走红毯的时候多穿点儿，免得冻感冒。

小诺也看到了，拿出提前准备好的台下用的披肩。

傅幼笙看了眼那个披肩，只有欣赏价值，没什么抗冷价值："还不如不用。"

小诺："……"好吧。

远远地看到工作人员飞奔过来："楚老师，傅老师，下一个就轮到你们两位了，请做好准备。"

楚望舒笑得温和，轻轻颔首："谢谢，我们知道了。"

颜值暴击。

女工作人员被楚男神的西装"杀"到了，来的时候脚步飞快稳健，回去的时候脚步漂浮，跟踩在棉花上似的。

小诺感叹："楚神今天是真的帅，都把工作人员帅蒙了。等会儿您跟楚老师走红毯，直播肯定要疯了。”

简直就是荧幕情侣粉们的梦想。

傅幼笙被她逗笑：“希望楚老师的粉丝们手下留情。”说话时，车门已经缓缓打开。

楚望舒率先下车，然后朝她绅士地伸出一只手。

望着她时，男人英俊的面部轮廓在浅光下格外瞩目，他有一双很典型的琉璃目，波光粼粼。

他认真看着一个人的时候，那双眼睛，是能把人看进心尖尖上的含情脉脉，让人不由得心跳加速。

用粉丝的话来说，楚神别说是看人了，就算是认真盯着一面墙看，都是深情款款的。

所以当他这么看着傅幼笙的时候，即便傅幼笙没有喜欢面前这个男人，还是不由得被他这双眼睛惊艳了一下。

也仅仅是欣赏的惊艳。

楚望舒却有点儿失望。

不过他演技好，根本不会让人看出来他的情绪，形状好看的唇瓣微启：“我的粉丝随我，不会欺负喜欢的人。”

霎那间，一阵闪光灯与粉丝们的尖叫声响起：“啊啊啊啊啊！”

“楚神！我们爱你！”

声音很大，山呼海啸一样，几乎满场都是他们的声音。

傅幼笙的粉丝们不甘示弱：“笙宝，妈妈更爱你！”

噗……

傅幼笙被粉丝们此起彼伏的尖叫声给逗笑，没听清楚望舒后面那句话。

在各路媒体记者的镜头下，傅幼笙将手放到楚望舒手里，提起裙摆，优雅地下了车。

她略一沾手，便很快松开，换做挽他的手臂。

没有触碰到彼此的一分肌肤，疏离有度。

傅幼笙想到刚才没有听清楚的那句话，准备踏上红毯时，问了句：“你刚才说什么，我没听清楚。”

粉丝随他，然后呢？好像是什么欺负？

没听清楚。

楚望舒含笑摇头：“没什么重要的话。”侧眸时，目光落在她裸露在外的白生生的皮肤上。

寒风凛冽，仿佛能瞬间穿透那薄薄的皮肤，楚望舒看着都替她冷。

红毯边缘，楚望舒忽然脚步顿了顿："稍等一下。"

傅幼笙困惑地看着楚望舒重新走回那辆依旧停在不远处的车，然后手臂上挂着一件长款高级灰色的男士呢大衣重新回来。

傅幼笙："……"难道楚神是冷了？

下一秒，楚望舒走到她面前，将这件大衣直接裹在她纤细精致的肩膀上："外面太冷了，冻坏了不值得。"

一阵暖意将她包裹。

傅幼笙也是没想到，楚望舒竟然跑回去给她拿衣服。

两人短暂对视，随即当作什么都没发生的样子，楚望舒重新将手臂递给傅幼笙："该上红毯了。"

红毯两侧的粉丝跟媒体记者们差点儿炸了。

官方发糖，最为致命啊！

就因为这一次红毯披衣事件，傅幼笙跟楚望舒的荧幕情侣话题又增了二十多万人，快要破五十万大关。

可以预见，等他们电视剧播出之后，傅楚的荧幕情侣粉丝会成为娱乐圈最大的荧幕情侣粉丝团体。

而这一幕自然也被官方直播镜头记录下来，并且迅速爬上当晚热搜——"楚望舒给傅幼笙披衣服"

哥哥好温柔嘤嘤嘤。

楚神看傅幼笙的眼神好专情，啊呜，快要甜死了。

来人，把我这条狗杀了给两位助助兴！

假的吧，估计是为了宣传新戏。

你们看前面多少走红毯的男女搭档，男搭档为了宣传新戏，关心女搭档冷不冷的？

哈哈哈，巴不得对方露更多上热搜宣传新戏。

虽然楚神看什么都含情脉脉，但他对傅幼笙真的不一样。

以前一旦有绯闻，楚神工作室澄清起来绝对不给女方一点儿面子，你们没看上次跟傅幼笙的澄清文案，就差把错误全揽在自己身上了。

这是什么绝美爱情。

对视杀好绝！

胜景资本，总裁办公室。

温秘书捧着平板电脑，战战兢兢地念微博上关于楚望舒给傅幼笙披衣服的评论。

而办公桌前，殷墨后靠在椅背上，眼神凉凉地看着手机上红毯直播回放。

温秘书念得口干舌燥，看到殷总脸色越来越阴沉，觉得他简直就是自虐。

“殷总，这个楚望舒真的太不注意男明星自我修养管理了，竟然对有夫之妇这么殷勤！

“网上还说他绅士风度，都是虚假传播！

“人家女明星走红毯，就是为了美美美，这披上他那件大衣，完全挡住了我们太太的完美身材！”

温秘书使劲吐槽楚望舒，渴望得到自家老板的认可。

然而下一刻，殷墨慢吞吞地抬起眼皮睨着他：“披衣服就不完美了？”

在披野男人衣服和她在红毯上挨冻，这两个选项，殷墨理智上是选择后者的，但心理上接受不了。

温秘书：“完美完美，如果这披的是您的衣服就更完美了！”

殷墨俊美面庞上的表情一顿。

“这种颁奖典礼要持续多长时间？”

“大概要十二点以后。”温秘书看了眼时间和行程表，“今晚肖总约您去酒局，结束后去接太太刚刚好。”

殷墨并不觉得刚刚好。

此时颁奖现场。

傅幼笙的座位被安排在第一排，和楚望舒靠着，而侧后面坐着的是赵清音，再后面居然还有程舒慈。

真是全都聚在一起了。

可想而知这个颁奖典礼多么盛大，娱乐圈一多半的明星都到场了。

傅幼笙没想到程舒慈竟然还能混到这种颁奖典礼，还提名了最佳新人奖。

看着她身边几个同时提名最佳新人奖的，傅幼笙猜测，这个奖项，搞不好会落在程舒慈身上了。

楚望舒见她多看了程舒慈几眼，想着经纪人跟他说的，追女孩要多跟她有共同话题。

“这个新人，在模仿你。”楚望舒喜欢傅幼笙，所以对她从出道到现在的情况，基本上都了若指掌。

此时看到程舒慈穿着一身浅粉色改良旗袍，一颦一笑，都带着傅幼笙的影子，像是刻意模仿过一样。

傅幼笙随意地靠在椅背上，神态慵散轻慢：“随她吧。她从小就是这样，不撞南墙不回头。”

如果此时温秘书在的话，一定会发现，傅幼笙这个眼神，甚至于气场，都像极了殷墨。

楚望舒：“从小？你们还真认识。”他还以为网上那些，是对方传出来碰瓷的。

说起来，楚望舒对傅幼笙的家庭，还真是不太了解。

她隐藏得太好。

还有就是，有人帮她藏着。

不然他不可能什么都查不到。

程舒慈这段时间，通稿铺天盖地，隔几天上一次热搜。碍于她与傅幼笙有点儿关系，所以楚望舒之前调查过程舒慈，确实是出自古典音乐世家，倒也不奇怪为什么一出道，她就会有这么强的资源。

后来发现程舒慈跟傅幼笙没有资源冲突，楚望舒才没有让人关注她。

傅幼笙点点头，这也没什么可隐瞒的：“对，从小她就爱学我，习惯了。随便她吧。”反正不痛不痒。

娱乐圈新人里面想要复制她的路的比比皆是，然而最后要么销声匿迹，要么就换了路线。

想要大红大紫，在娱乐圈最忌讳的就是复制前人的路，而没有自己的风格。

所以，傅幼笙甚至都已经看到了程舒慈在娱乐圈的终点。

只要她不来碰瓷自己，傅幼笙懒得管她。

看着她乌黑瞳仁里的漫不经心，楚望舒唇瓣忍不住轻轻扬起。倒也不愧是他喜欢的女孩，看得如此通透。

镜头就在这时切到了他们两个的特写。

傅幼笙散漫的眼神一变，露出女明星营业微笑。

因为傅幼笙这个笑容，楚望舒唇角也有了浅浅弧度，连眼睛里都是星星点点的笑，透着他自己都察觉不到的宠溺，却被镜头清晰地捕捉到了。

下一秒，主持人声音响起："楚老师跟傅老师说什么悄悄话呢，让我们也听听呗。"

起哄声此起彼伏。

傅幼笙眼神有点儿迷茫，倒是楚望舒拿起话筒笑着回答主持人的话："既然是悄悄话，当然不能给你们听。"

"哎呦!

"牙倒了，楚神不愧是您！"主持人忍不住打趣，自然情商也很高的，顺势转到另外一个明星身上。

临近十二点，傅幼笙感觉自己坐得浑身都要僵了，颁奖典礼才终于结束。

她捧着最受观众喜爱女演员和最佳女演员的两个奖杯，与楚望舒一起从后门退场。

傅幼笙的保姆车就在会场外面。

她没有看到不远处一辆黑色的轿车也停在那里。

"今天谢谢楚老师的衣服。

"不然我就要冻死了。"傅幼笙笑意盈盈，将自己放在一个小辈的位置上。

四周安静，除了他们的工作人员远远等在车里外，好像没有任何人看到。

楚望舒轻轻吐息："笙笙，我有话想要对你说。"这是他头一次叫她叫得这么亲昵。

傅幼笙错愕地撩起睫毛，仰头看向他。

傅幼笙知道楚望舒想要说什么，她却不想听。

因为她知道，一旦有些话说出口，就再也收不回去了。

"楚……"。

她想要阻止楚望舒的话。

就在这时，一道散漫又沁凉的清冽嗓音响起："楚先生想要对我太太说什么话?

"殷某能一起听听吗？"

楚望舒素来剔透如琉璃的眼眸划过一抹不可置信。

他难得在别人面前失去情绪管理。

太太?

楚望舒定定地看着身形挺拔修长的男人徐徐走来，穿着一件仿佛刚从谈判桌上下来的高定西装，眉眼深邃冷峻，气质清贵从容。

他自然地站在傅幼笙身边，长臂一伸，揽住了那个自己无数次想要拥抱的纤细身影。

傅幼笙乖乖地任由殷墨揽着，没有在楚望舒面前不给他面子，但是在楚望舒看不到的背后，傅幼笙的手指掐住殷墨劲瘦的腰。

浑蛋！

谁准他突然曝光他们结婚的事情的。

殷墨对上她的眼睛，用眼神告诉她：防止你到处招猫逗狗。

第 十 五 章

我们在一起了

/

XINTIAO
BU
TINGHUA

深夜的会场后门，临近道路。

两侧路灯光线很暗，但也足够看清楚他们之间的眼神交流，根本插不进去第三人。

片刻，楚望舒的唇角才渐渐抿起一个清淡缥缈的笑："你结婚了？

"怎么不告诉我，没给你准备结婚礼物。"

傅幼笙听到楚望舒的话，掐殷墨腰的手指都顿住了。

她知道楚望舒一直是一个看起来很温柔实际上很难走进他心里的人，没想到，他会对自己温柔到这种地步。

是那种骨子里的温柔。

明明他有双清澈透明的眼睛，而此刻他的眼底深处却黯淡得像是星光都灭了一样。

但他还是朝她笑，抱歉地说没有给她准备结婚礼物。

这让本来对楚望舒喜欢自己这件事心态很稳的傅幼笙，心里也不由得生出一点儿难过的情绪。

她眸带歉意，看向楚望舒："楚老师不好意思，因为没公开，所以没跟您说。"

楚望舒摇摇头："没关系。

"好了，外面太冷，上车吧。"

随即楚望舒朝着殷墨礼貌性地点点头："那么殷总，告辞了。"

目送楚望舒离开的背影，傅幼笙悠悠地叹了声。

殷墨捏了一下她冰凉的耳垂："有什么好看的？"

"他就骗你这种天真又单纯的小傻子。"殷墨不觉得疼，直接握住她的手，往自己停在路边的轿车走去。

趴在保姆车玻璃窗上的小诺差点儿就觉得自己死了。

她早就知道笙笙姐跟殷总是真的夫妻，但……却很少见到他们这么相处的样子。

轿车车内。

殷墨没有让司机过来，而是自己开车来的。

一进去，里面刺骨的冰冷，车停了很久了。

傅幼笙没忍住打了个寒战："你什么时候过来的？"

颁奖典礼的现场暖气开得很足，结束后一出会场，傅幼笙就穿上了小诺送过去的长及脚踝的羽绒服，高跟鞋都换成了白色毛茸茸的雪地靴，就怕冻着。

殷墨先是开了暖气，从后座拿了件自己的黑色大衣，盖在她身上。

傅幼笙身材纤细，即便是穿着羽绒服，依旧能把自己裹进殷墨的大衣里。

她这才感觉浑身温暖了许多。

"也没多久，就两三个小时而已。"

傅幼笙没想到他居然等了两三个小时，惊诧地抬了抬眼，看向他。

殷墨冷嗤一声："我等了两三个小时，好不容易等到太太出来，太太却差点儿被男狐狸精勾走。"

"……"

傅幼笙觉得自己今天穿得这么美，不适合翻白眼那种不雅观的动作，假装耐心："人家不知道我结婚了，还有，我不是你老婆，我是你未来前妻。"还没打算跟他复合呢。

不过……

傅幼笙想起楚望舒的那双眼睛，还真的挺勾人，幸好她定力比较强。

但人家楚老师是正经人好不好！

就在殷墨准备开车离开这里时，忽然车窗被敲响了。

傅幼笙下意识看过去，入目是小诺的脸。

傅幼笙降下车窗，就被塞了两个奖杯："笙笙姐，晚上回家记得发两张奖杯的照片到微博，粉丝们都等着您今天发微博呢。”

小诺说完就溜走了，还挥挥手：“闻哥让我提醒您，别忘了明天有封面拍摄，早点睡。”

为什么非要刻意重读“早点睡”这三个字。

她有证据证明小诺被闻亭带坏了。

殷墨见傅幼笙还在吹冷风，直接把车窗关上，发动了车子。他随意扫了眼傅幼笙怀里那两个奖杯：“以后冬天这种颁奖典礼不用参加了。

“家里你这样的奖杯一面墙的柜子都放不下。”

女明星冬天还要穿礼服，只要风度不要温度，就为了领个这样家里一抓一大把的奖杯。

傅幼笙看他一眼：“你懂什么，这些是我在娱乐圈征战的勋章！

“越多越好。”

傅幼笙才不管殷墨是怎么想的呢。

车厢内温度渐渐升高，她把殷墨的那件黑色大衣垫在奖杯下面，然后拍了一张奖杯照片。

又自拍了捧着奖杯的照片，这才准备发微博。

谁知她一按手机，发现手机竟然没电自动关机了。

她瞥了眼殷墨的手机：“把你手机借给我用用。”

殷墨漫不经心：“用吧。”

傅幼笙本来打算问他密码，没想到刚一拿起来，手机对着她的脸就自动解锁了。

“你的手机是怎么设置我的脸开锁的？”

她怎么一点儿印象都没有了。

殷墨目光看着前面红绿灯，刹车：“你不是说开不了我的手机，你没有安全感吗？”

傅幼笙一边捣鼓手机一边问：“所以？”

殷墨：“上次温秘书送新手机过来，你还在睡觉，顺便给你设置了面部识别。”

“好吧。”

傅幼笙有点儿印象，还是今年上半年的事。

刚才的照片没法用了。

傅幼笙又用殷墨的手机拍了两张照片，然后准备下载一个微博。

万万没想到殷墨手机里居然有微博。

傅幼笙一边打开微博，一边说："你居然玩微博？"

殷墨听到后，原本平静的表情一下子僵硬半秒，然后迅速从傅幼笙手里抽出手机。

幸好红灯很久，他们现在还停在路口。

傅幼笙一脸蒙地看着空荡荡的手机："你还有什么秘密？"

殷墨退出微博账号，并且清理了账号缓存。

看着干干净净像是刚刚下载的新 App，殷墨才把手机还给她。

"有秘密。

"不告诉你。"

傅幼笙怀里重新塞了手机。

前方的红灯变成绿色，轿车重新驶向目的地。

傅幼笙双唇抿着，居然真的有秘密。

输入自己账号后，傅幼笙先把微博发了，免得忘掉，这才有心情刷了刷殷墨手机上的微博。

忽然她红艳艳的唇瓣勾起一个弧度："哦，我知道殷总的秘密是什么了。"

殷墨是不是不知道手机这些软件，都会有大数据推送？

软件会根据你平时最感兴趣的内容给你推送微博。

现在是大数据时代。

殷墨平时肯定很少刷微博刷那些 App，所以根本没关注这个。

殷墨删得干干净净，以为傅幼笙诈他，毫无反应："知道什么了？"

"知道你追星啊。"傅幼笙抿着唇笑得乐不可支，"殷墨，真没看出来啊，你竟然还会用微博追星。追谁啊，追我吗？

"有没有加粉丝群？

"要不要我教你？"

殷墨听着她魔音贯耳，本来因为她那句是不是微博追星而恍了一下神的情绪，一下子平静下来。

"回家之后，我再跟傅老师好好讨教。"

傅幼笙："……"

这时她才发现，殷墨车开的方向不是市中心，而是麓荷别墅。

傅幼笙眉尖轻蹙："我要回家！"

"这就是回家的路。"

傅幼笙："回我自己家。"

殷墨依旧很镇定："哦，正好，这就是你自己家。"

"殷墨！"

殷墨表情从容镇定："听得见，你先生还没聋。"

"你是谁先生啊？"

傅幼笙被他这句自然的自称给弄得耳朵有点儿发红，没好气地嘟囔了句。

"你先生。"殷墨回道，"麓荷公馆本来就在你名下，你以后可以理直气壮地回家住。

"市中心那个公寓，够放你在娱乐圈打下的那些军功章吗？"

不得不说，殷墨这话说服了她。

虽然傅幼笙还没打算搬回麓荷公馆，今晚却也没再跟他犟着回市中心的公寓。

殊不知因为傅幼笙这一次用殷墨的手机发微博，还给发出了绯闻来。

殷墨的手机型号跟傅幼笙的不一样。

发微博时，小尾巴上会带着手机型号。

粉丝们都是多么的火眼金睛。

傅幼笙微博一发，下面就有一群疯狂捧场她美貌的粉丝，还有恭喜得奖的。

本来评论很正常，然而很快就开始走偏。

等等，笙宝膝盖上那件垫奖杯的黑色大衣，好像是男款？

去掉好像，就是男款，是G家的限量款黑色大衣，十几万一件，有钱人。

不是，难道你们没从笙宝自拍的奖杯反光里看到她这是在副驾驶吗？

有什么可能让女明星有后排不坐，坐副驾驶？

天哪！楼上都是福尔摩斯吧，这都是什么眼睛。

这就是我跟楼上大佬们的区别，我只看到了女神令人垂涎的美貌身材，而你们透过现象看到了女神秀恩爱的本质，厉害。

呜呜呜，女神不会真的跟楚男神在一起了吧？

除了楚望舒还能是谁，前一秒还红毯秀恩爱，下一秒就晒照秀恩爱。

啊啊啊我死了。

男神也发微博了，这真是暗戳戳地公开了吧？

照片里，是楚望舒刚刚发的微博。

微博中，也是黑漆漆的车厢内，只有两座靠在一起的奖杯。

今晚楚望舒也拿了两座奖杯。

最佳男演员，最受观众喜爱男演员。

跟傅幼笙除了男女二字的不同，其他的都一模一样。

用粉丝们的话说就是连得奖都这么般配，怎么可能不是一对。

傅幼笙知道这件事，还是洗过澡出来之后。

她在客房洗的澡，本来打算直接在这里睡。

没想到，一出门就看到坐在床边，裹着一件黑色浴袍，面无表情把玩着她手机的男人。

像极了——兴师问罪。

傅幼笙穿着一身真丝吊带的象牙白睡袍，绸滑的布料很好地勾勒出她玲珑曼妙的身姿。

乌黑蓬松的发丝已经吹得很干，慵懒地披散在纤薄后背，随着她走动，发梢撩起勾人的弧度。

脸上妆容卸掉，露出那张白生生的脸蛋，依旧是唇红齿白，桃花眸轻轻撩起，便是万种风情。

此时看着殷墨这个表情，她气定神闲地往梳妆镜前一坐，旁若无人地准备给自己护肤。

他心情好不好跟她有什么关系。

女人要把自己的美貌维系好了，心情才能愉快，才不会变老。

美人即便做什么都是美的，让人看着便心生愉悦。

然而殷墨现在并没有欣赏美人的心情，他见她居然还这么嚣张地不搭理自己，直接三两步走到她面前，将自己的手机屏幕放到她眼皮子底下。

傅幼笙看了眼屏幕，是微博页面，还是楚望舒的微博页面。

傅幼笙第一反应就是："你追星追的居然是楚望舒？"

下一秒，她仰头对上殷墨那张紧绷的俊脸，他看她的表情仿佛看一个智障。

傅幼笙呼吸凝滞了一瞬，然后给自己挽尊："一个小小的玩笑都开不起。”

殷墨双手环臂，垂着眼睫看她：“现在还觉得他不是个心机男狐狸精？”

又来了。

傅幼笙怀疑现在楚老师在殷墨心里的形象就是一个要勾引他老婆的狐狸精，而且是怎么都扭转不过来的。

她终于静下心来看微博了。

微博很正常啊。

参加了这个颁奖典礼的嘉宾，获奖的应该都会发一个奖杯的照片吧。

“你到底是怎么从一条正常微博，看穿楚老师心机狐狸精内质的？”

傅幼笙真的很好奇。

很快，殷墨调到她微博的热门评论，傅幼笙才恍然大悟：“这都是粉丝们脑补的。

“你跟着凑什么热闹。

“要是闹大了澄清就是，没闹大就当是宣传新戏。”

傅幼笙很随意，重新将注意力放在自己的脸上。

她撕开一张面膜，细白指尖轻轻按着上面的精华，动作自然又随意，甚至表情都没有丝毫变化，完全不觉得粉丝们的误会有什么问题。

殷墨看着她对这种绯闻评论一点儿都不在意的样子，突然有种搬起石头砸自己脚的感觉。

傅幼笙这是在惩罚他。

惩罚他当初就是对绯闻这么不走心的。

因为那个时候他相信她只爱自己。而现在的傅幼笙，殷墨真的没什么信心。

尤其是看到傅幼笙与楚望舒挽着手臂一起走红毯时候的画面，仿佛下一秒，她就会挽着这个男人走到他面前，笑着对他说：“殷墨，我有其他喜欢的人了，我不喜欢你了。”

殷墨的眼底划过复杂懊恼的神色，眉眼低敛，定定地看了傅幼笙一会儿，忽然捡起桌上的手机，转身说：“我去书房。早点睡觉，晚安。”

听到房门关上的声音，傅幼笙按摩皮肤的动作没有丝毫的停顿。

不紧不慢地护肤完毕后，傅幼笙才慢条斯理地给闻亭发了一条微信消息：

傅幼笙：你转发我的微博，侧面澄清一下我跟楚老师的关系。

然后她把手机丢到床头柜上，自己枕在柔软的枕头上。

傅幼笙并不认床，很快便在客房温暖的被子里睡着。

殷墨回主卧躺下后，感觉自己脑海中一片混沌，不知不觉就开始闭目养神，想要放空自己。

他想要拨开云雾。

忽然之间——云雾破碎，画面逐渐清晰。

他看到了今天在手机直播中看到的红毯画面。

华丽丽的红毯两侧是媒体记者与粉丝们的欢呼声，而红毯尽头，穿着一身正红色薄绸旗袍，纤腰细腿，美得不可方物的女人，亲密地挽着身高腿长英俊男演员的手，两人相偕看着镜头露出一模一样的微笑。

女人对着主持人递过来的话筒说，声音一如既往的悦耳清甜："粉丝们猜得没错，我们在一起了。"

黑暗中。

殷墨陡然睁开双眼，不知道什么时候，眼底布满了猩红的血丝。

胸腔里，心脏不受控地紊乱跳动。

他脑海中自虐一样，不断地回放着刚才梦境中的场景。

那个傅幼笙挽着的男人，一会儿是楚望舒的脸，一会儿又变成沈行舟的脸，来回不断地变换。

而唯一不变的就是傅幼笙挽着别的男人，朝着镜头笑得风情万种，说——我们在一起了。

我们在一起了。

她会跟别的男人在一起。

想到那种可能性，殷墨感觉自己此时已经紊乱的心脏，像是被一双手狠狠捏住。

他布满血丝的眼眸越发殷红，黑暗都掩盖不了的颜色。

看着天花板许久，殷墨倏地掀开盖在身上的被子，下床开门，一步一步走向走廊尽头的客房。

男人的脚步声在深夜的走廊里，格外清晰。

一如他没有冷静下来的心跳一样。

他缓缓推开了客房的门，客房亮着一盏昏黄的壁灯。

傅幼笙一个人睡觉的时候，晚上都会开着壁灯。

这是一种很没有安全感的行为。

她本身就是一个没有安全感的人。

只有殷墨陪她一起睡的时候，她才会放心地关了所有灯光安眠。

她这个习惯恰好也方便了殷墨。

就着昏黄迷离的灯光，殷墨一步一步缓缓地走向床边。

地上铺了柔软防震的长毛地毯，踩在上面，走路是不会发出声音的。

傅幼笙睡得毫无察觉。

殷墨没有在床边停留，而是掀开被子，一把揽过她纤瘦却柔滑的身体抱在怀里。睡着的女人乖乖地被他抱在怀里，他才感觉自己空洞的心脏有了真实感。

大概是他的心跳过于紊乱，又或者是他抱得太紧，原本安睡的傅幼笙嘤咛了一声，睫毛不断轻颤着，挣扎了许久，才缓缓睁开双眼。

熟悉的怀抱，傅幼笙没有因为半夜床上多了个男人而紧张，反倒是习惯性地摸了一把他的手臂，清甜的嗓子因为睡觉而沙沙的："怎么身上这么凉？"

被窝都被他弄凉了。

傅幼笙感受到从身后抱着她的男人，握在她腰肢的手又用力了些。

她柔软的小手搭在他的手背，拍了拍。

下一刻，听到背后男人呼吸有点儿重，棱角分明的下颌骨摩挲着她的脖颈，呼吸也带着同样的凉意："做噩梦了。"

男人嗓音喑哑得不成样子。

"做了什么噩梦，吓成这样？"

傅幼笙下意识想要转过身看看他，却被男人坚硬如铁的手臂箍得紧紧的，完全动弹不了。

隔着薄薄的布料，傅幼笙都能清晰听到殷墨那杂乱无章的心跳。

这得是多可怕的梦，才能让殷墨到现在都缓不过来。

不过——

这个世界上，居然还有梦能吓到殷墨。

傅幼笙本来半夜醒来脑子还有点儿迷蒙，现在听着对方的心跳声，她逐渐恢复清醒，双唇张了张，想要笑话他两句。

下一秒，细微的一声响，壁灯被关上。

偌大的房间陡然陷入一片黑暗。

傅幼笙下意识闭了闭眼睛，再次睁开的时候，还没有来得及问出口。

殷墨透着压抑的沉哑声音在她耳侧响起："我梦到，你爱上别的男人了。"

傅幼笙心尖像是被什么重重地敲了一下。

她眼眶酸涩，忍不住闭上眼睛，想要控制因为殷墨这句话，汹涌而至的情绪。

殷墨反握住傅幼笙覆在他手背上的小手。

他稍一用力，就与她十指相扣。

"幼幼，不要爱别人。"

傅幼笙轻轻吐息，让自己因为殷墨的话而跟他同样紊乱的心跳，努力平复。

过了不知道多久，久得殷墨握着她的手快要麻木了。

她忽然开口："如果我爱上别人，你又能怎么办？"

一想到那个真实得如同未来会发生的梦境，殷墨低哑的声线停了几秒："我可能会疯掉。"

傅幼笙双唇紧抿着，感受到殷墨难得一见的脆弱。

她觉得明天早晨醒来，殷墨可能会后悔自己今晚露出这样的一面。

素来坚不可摧、没有任何弱点的男人，却将自己的弱点摊开在她面前。

像是河蚌朝着人类打开保护自己的坚硬外壳，露出里面柔嫩的肉，任人摆布。

"睡吧。"

男人没有再说什么，掌心轻轻拂了一下她的眼睛，像是羽毛一样，而抱着她的手臂却一夜都没有松开。

仿佛一松开，她就会消失一样。

以前没有安全感的是傅幼笙，睡觉的时候，她永远都是要抱着殷墨的。

而现在，傅幼笙被殷墨抱得紧紧的，感觉自己和他调过来一样。

患得患失的成了他。

早晨傅幼笙起得早。

醒来的时候，身边殷墨难得没有睡醒。

看着他眼下那青色的痕迹，傅幼笙轻轻叹了一口气。

即便是睡着了，他依旧握着她的手，不过略略松了力气，大概是怕她手麻。

她刚一动弹，原本还睡着的男人，陡然睁开双眼，眼神深深地看着她问：“你要去哪里？”

傅幼笙这才看到他眼底布满了猩红的血丝，忍不住皱了皱眉尖：“你眼睛都快成兔子眼了，赶紧闭上眼睛再睡一会儿。”

说着，她从殷墨手里抽出自己的小手。

揉了揉还是会有点儿僵硬的手指，傅幼笙从枕头下摸出来自己用的真丝眼罩，亲自戴到他眼睛上。

殷墨视线一下子重新陷入黑暗，耳边传来傅幼笙轻轻柔柔的声音：“我要去工作，闻亭已经在外面等着了。

“你今天多休息一会儿吧。”

殷墨没要掀开眼罩，嗓音依旧低哑：“要去多久，晚上我接你？”

傅幼笙眼神掠过一抹复杂，看着躺在湛蓝色床单上的男人，即便是戴着眼罩，依旧掩盖不住他俊美如斯的面庞。

只不过，他今天却格外安静低迷。

傅幼笙是见不得殷墨这样示弱的。

她可以接受他霸道、强势地决定要接她，却接受不了他用这样不确定的询问。

空气沉默许久，久到殷墨以为傅幼笙已经不在了。

忽然一双柔软的手握住他露在外面的手腕，放进被子里。

殷墨甚至能感受到她垂首时，发梢不经意扫过他脖颈。眼睛看不见时，其他感官都格外清晰，女人身上清甜的淡香在他呼吸之间弥漫开来。

他被放到被子里的长指不由得反握住了她的小手。

下一秒，傅幼笙用另外的手拍了拍他的手背：“随你。”

即便傅幼笙已经离开了卧室，殷墨也始终能感受到她指尖柔滑的触感，好像一直都存在一样。

“哎，女人心真是难琢磨啊。”

肖沉原端着酒杯，看着站在落地窗旁边一根接着一根抽烟的男人，忍不住感叹。

他今天本来是去胜景大厦接殷墨的，没想到工作狂殷总竟然今天请假了。

这可把肖沉原震惊到了，直接呼朋唤友地来看殷墨，到底是得了什么大病。

当然临近年关，大家都挺忙的。

除了闲来无事的盛占烈之外，其他人都没跟他来看热闹。

没错，肖沉原是来看热闹的。

殷公子的热闹可不是想看就能看的，现在不看，以后更没机会了。

盛占烈跷着二郎腿坐在沙发里刷微博："墨哥，你老婆昨晚不就澄清跟楚望舒的关系了吗，你干吗还这副老婆跟人跑了的样子？"

殷墨指尖夹着的香烟，猩红烟头几乎要燃烧到他手指上了。

他像是毫无察觉。

此时听到盛占烈的话，他才缓缓地抬起眼睫看他："……"

"你别用这种吓人的眼神看我。"盛占烈反思一下自己刚才的话，知道自己说错话了，"墨哥我错了，我不该说你老婆跟人跑了。"

肖沉原上前拍了他一巴掌："闭嘴吧你。"

"我闭嘴了谁给墨哥出主意？

"墨哥，要不你用苦肉计吧？女人的心最软，苦肉计最管用。"

肖沉原悠悠地看了盛占烈一眼："女人心硬起来，比男人都狠。"

"啧，我就说没事娶什么老婆，瞧瞧墨哥现在混的，婚姻真是男人的坟墓。"盛占烈仰头躺在沙发上，"咱们墨哥这个身材这个长相还有资产，要什么女人没有，要我说，这个不行就再换一个，女人多的是。"

肖沉原意味深长地看了眼殷墨："可惜啊，弱水三千，咱们殷总只取一瓢饮。"

"行了，都闭嘴。"殷墨将烟头捻灭，用指腹揉了揉被他们念叨的发胀的额角，"没事都滚吧。"

"我有事！"肖沉原立刻举手，"真的是重要的事。"

见肖沉原不走，盛占烈也不走："我给肖哥当司机。"

"说。"

殷墨修长双腿裹在灰色的家居裤内，一改之前西装革履的矜贵自持，坐下时透着散漫不耐。

"就之前《盛世》那部戏，你还记得吗？"

殷墨冷淡地扫了他一眼。

意思非常明显，废话。

肖沉原轻咳一声，也不生气："之前不是早就定下楚望舒是男主角，后来因为嫂子想要演这部戏，就想让楚望舒解约。

“这事儿……没办成。”

这要是让他们在那种鸟不拉屎的地方朝夕相处三个月甚至半年，岂不是把殷总老婆往情敌怀里推?

所以这段时间肖沉原一直想办法，现在是真想不到了。

“原因。”殷墨的反应没有肖沉原想象中的震怒，只是语调更冷了些。

冷得坐在旁边围观的盛占烈都忍不住搓搓身上的鸡皮疙瘩。

肖沉原：“导演跟编剧等所有工作人员，联名请求，不能换掉楚望舒，换掉楚望舒，这部戏就没了灵魂。

“据说……这部戏的男主，就是以楚望舒为原型。”

所以他这段时间一直都在找能取代楚望舒的男主角。

娱乐圈这么大，男演员这么多，他就不信找不出一个比楚望舒还要合适的。

然而现实就是，真的找不到。

当然，这些事情都是瞒着楚望舒那边的。

肖沉原办事素来都是谨慎的，在没找到取代他的人之前，自然不会先冲过去要求解约把楚望舒得罪了。

毕竟，投进去的都是钱。

这十几个亿怎么都稳赚不赔的大制作要是打水漂了，他觉得自己在风投圈真是别混了。

若不是真的找不到取而代之的，殷墨知道，肖沉原不会跟他提，毕竟现在这部戏也快要进组了。

殷墨苍白劲瘦的指骨敲着沙发扶手，发出沉闷又有节奏的声响，差点儿把肖沉原的小心脏敲得想把自己送走。

“墨哥，咱不能一意孤行换角啊。”肖沉原等了十分钟，还是开口劝解。

他生怕殷公子一怒之下，为了不让老婆跟情敌在一起拍戏，直接把这十几个亿给扔水里玩。

又是半晌，等得肖沉原快要窒息的时候，殷墨终于开口了：“不换了，就这样吧。”

他防得了一时，防不了一世。

傅幼笙对演戏、对剧本有多么的认真，他最清楚。

现在殷墨不想因为自己的自私，而毁了傅幼笙这一部心心念念要拿奖的电影。

想到傅幼笙看到秦胭脂的时候那羡慕的眼神，殷墨眼神暗了暗，他不想让她羡慕任何人，明明她比所有人都要优秀。

肖沉原万万没想到，殷墨最后竟然是这么一句话。

“你不介意了？”

老婆跟情敌拍戏三个月或者可能要半年时间呢。

殷墨揉了揉眉梢，嗓音低沉喑哑：“在意。

“正是因为在意，所以才不会成为她演艺之路上的阻碍。”

“……”

肖沉原跟盛占烈齐齐沉默。

如果之前他们还带着开玩笑的意思想傅幼笙跟殷墨的关系，那么现在殷墨这话让他们真真正正地明白，她对他的重要性，并不只是他在意的一个女人而已。

而是他真正地放在心尖尖上的——爱人。

爱非占有，而是尊重。

肖沉原与盛占烈对视一眼，明白以后见到傅幼笙的时候，应该怎么做了。

他们真的会把她当成兄弟的太太来重视，不需要殷墨提醒，他们都会自动改变态度。

殷墨看了眼时间，下午两点。

他没搭理肖沉原他们，主动给傅幼笙发了微信消息。

此时正好是拍摄间隙。

这次拍摄的封面并不是什么时尚封面，而是慈善杂志封面，是为了做公益而拍摄的。

所以场地并没有那些一二线杂志那样舒服。

即便是傅幼笙，也只有一个小小的休息室，顺便用来化妆换衣服。

一共三套衣服。

一套是运动服，一套是国内公立学校那种宽大的中学校服，还有一套是职业装。

妆容都不需要很浓。

闻亭调侃：“拍摄这个杂志，感觉就跟来玩儿似的。

“这个学校风景倒是好。”

并没有离市中心很远，不过要辗转两个地方拍摄。

最后一站是学校校园。

巧的是，拍摄地点还是傅幼笙上过的高中学校。

再次穿着校服来学校时，傅幼笙感觉跟以前完全不一样了，看着依旧熟悉的教学楼，甚至熟悉的操场，就连校外那条小吃街，什么都没有变。

拍摄方已经跟学校打好招呼了。

他们趁着学生们上课的时间，来操场拍摄。

不过操场还是有一些学生在上体育课的。

现在的学生大部分都是玩微博追星的，一看到拍摄团队过来，就知道肯定有明星，但是却没想到居然会是傅幼笙。

等拍摄的时候，傅幼笙还能听到有学生青春洋溢的声音：“啊，是傅幼笙！”

“本人太美了吧！”

“咱们学校这么土气的校服穿在她身上，怎么跟潮服似的？”

“果然还是人长得美，穿什么都好看。”

“我之前还觉得是校服太丑，没想到是我太丑，小丑竟是我自己！”

傅幼笙隐约能听到他们的说话声，忍不住勾唇一笑。

她眼神忽然落在不远处的樱花树下，有一个很清瘦修长的高个子男生，蹲下来给一个扎着马尾的女生系鞋带，系完之后，起身时还故意摸了一把女生的脑袋。

女生自然地一把拍开男生的手，跳起来要摸回来。

男生一边往后退一边说什么，像是逗她，闹到最后，高个子的男生还是被女生摸到了头。

看到女生得意的小表情，男生唇角带着宠溺的笑。

“看什么呢？”闻亭给傅幼笙递水的时候，见她看得那么认真，顺着她的目光看过去，“年轻真好啊。”

“从校服到婚纱，听着是浪漫，可惜……不知道毕业之后，他们还能不能坚持住这样纯粹的感情。”

傅幼笙接过保温杯，轻抿了一口温热的水。

水温有点儿烫，不是她平时喝的温度。

傅幼笙忽然想起殷墨，如果是他的话，一定会将水温弄到她可以入口的温度再把水递给她吧。

她纤长的眼睫轻轻眨动了两下，发现自己现在已经不再避讳想起殷墨了。

闻亭见她收回了视线，忽然想起，她跟殷总好像也是高中时候认识的，他俩在一起将近十年。

“话说你跟殷总也算是难得地从校服到婚纱，修成正果的。

“也没有家里人阻碍，更没有被现实打败，九九八十一难全都过了，调教好的老公，现在要是把他拱手让给别的女人，你不觉得亏？”

他想到平时傅幼笙跟殷总的相处。

在他眼里，一直都是傅幼笙占据主动的位置。

傅幼笙的目光落在对面那一对校园小情侣身上，将他们的脸换成殷墨和别的女人，细白的指尖不由得攥紧了保温杯。

确实挺亏。

“亏。”

闻亭一拍手：“亏就对了。

“那你还不抓紧！”

傅幼笙却勾唇笑了笑，虽然没有华丽浓艳的妆容，但是傅幼笙本来就明艳的长相，在阳光下，轻轻一笑，便惊艳极了。

“抓紧什么？

“现在是他得求我。”

施施然把保温杯还给闻亭，傅幼笙眼尾轻抬：“水温太烫。”

等一会儿不就放凉了吗？

想到傅幼笙刚才只是抿了一小口就不喝了，闻亭翻了个白眼，不知道谁惯的这些毛病。

水温还必须要到她入口的温度才喝。

拍摄一直到下午四点才结束，恰好卡在学生放学之前，没有被围观。

跟拍摄组告别后，傅幼笙上了保姆车。

身上的校服，拍摄方送她了，傅幼笙就没有换下来，准备回家再换。

没想到车子刚发动出了校园，闻亭忽然让司机停下：“等等，那个是不是殷总的车？”

傅幼笙拿手机的手一顿，下意识看向窗外。

学校门口那棵巨大的梧桐树下，一辆黑色的轿车安静停着。

闻亭努努嘴：“殷总来接你了。”

外面天气很冷。

殷墨并没有在车里等，而是站在外面，俊美的面庞上没有什么表情，只是看向学校入口。

大概是看到了她的保姆车，原本端方挺直的身姿动了一下，抬步走来。

穿着昨晚那件被她当奖杯坐垫的黑色大衣，衬着他本就挺拔的身躯更加优越，宽肩窄腰长腿，即便是闻亭作为男人看了，都忍不住夸赞。

“你说就殷大佬这个长相身材，你到底是自控力多么强大，才能面对这样的极品男人，做到岿然不动的？”

在这方面，闻亭还是很佩服傅幼笙的。

要他是个女人，有这么优秀的男人追求，早就被征服了。

偏偏……

闻亭看了眼傅幼笙，发现她白皙的小脸上并没有什么惊喜愉悦，反而一脸平静，忍不住感叹：“真不愧是做大事的人。

“我现在相信你就算是靠自己都能爬上娱乐圈巅峰了。”

瞧瞧现在才正儿八经营业不到一年时间，她就从二线爬到一线。

等到今年陆续拍摄的电影、电视剧上档之后，她就彻底坐稳了一线女演员的位置。

她就差几座具有含金量的国际影后奖杯。

傅幼笙看到殷墨已经走近了车门这里。

“你们先下班吧。最近这几天没行程了吧？”

闻亭立刻摇头：“没有，你有足够的时间谈甜甜的恋爱。”

他恨不得给傅幼笙放个假。

最近这段时间，傅幼笙天天搞事业。

就连闻亭这个事业狂野心狂经纪人都有点儿受不了了。

他还没追回前妻呢！

“行，那给大家放假几天，等《盛世》开拍再上班。”傅幼笙一边说着，一边给自己包裹好。

幸好是冬天，即便是带着厚厚的帽子、围巾、口罩出门，也不会太引人注意。

傅幼笙穿戴整齐后才下了车，闻亭下意识想喊她，忘记穿外套了。

然而下一秒就看到殷墨脱下来身上的呢大衣，披在了傅幼笙只穿了校服外套的身上。

闻亭眼睛一亮：“快开车，快点快点！”给殷总献殷勤的机会啊！

司机听后，立刻踩油门，冲上了宽阔的大路。

傅幼笙站在学校门口，一下车她就想起来了，然而殷墨给她披衣服的速度太快，后来的保姆车已经开走了。

她只好作罢。

殷墨将大衣的扣子扣上：“这么冷，怎么不多穿点儿？”

傅幼笙仰头就能看到殷墨低垂着眉眼给自己系扣子的样子。

从她的角度，能清晰看到男人优越白皙的下颌线，下午阳光洒下，他整个人像是被镀上了一层薄薄的淡光。

明明寒冬腊月，却温暖至极。

只不过他身上只剩下了一件黑色的高领毛衣。

傅幼笙摸了一下他的毛衣，一点儿都不保暖。

知道殷墨不会把已经穿在她身上的衣服脱下来，傅幼笙直接拽着他的手腕：“先上车。”

一上车，她就感觉到车厢里暖意融融的。

傅幼笙像是活了过来：“今天倒是记得没关空调。”

殷墨俯身给她系上安全带，想到昨天晚上她在车里冻得瑟瑟发抖的样子，怎么会忘记呢。

“以后都会记得。”殷墨嗓音低沉有磁性，没有了今早那嘶哑。

傅幼笙等他系好安全带要折回驾驶位时，忽然按住了他的肩膀：“我看看你的眼睛。”

殷墨睫毛上抬，眼眸深邃沉静，之前的红血丝消失不见。

“看完了，回去吧。”

见他确实是今天有好好休息了，傅幼笙松开按着男人肩膀的手，往后舒舒服服地靠在椅背上。

男人的目光落在她莹润漂亮的红唇上，喉结克制地微微滚动。

他最后还是没有亲下去，听她的话，坐回了驾驶位。

刚才傅幼笙被殷墨那眼神看着，还以为他要做什么不正经的事情，毕竟殷墨每次跟她见面，都只想着这事儿。

如此傅幼笙才会误会殷墨只喜欢她的身体，却不知道男人真正喜欢一个女人时，就是会想着时时刻刻与她亲昵。

傅幼笙从情窦初开时就只跟殷墨一个人在一起过，所以她对男人的所有了解，对爱情的所有憧憬，全都来自殷墨。

所以其实她对男人的本性并不了解。

就在她发呆的时候，殷墨不疾不徐地开口：“晚上想吃什么？”

以前每次吃饭，都是殷墨直接定餐厅，而很少会询问她想要吃什么。

怎么说呢？

这算是一个进步吗？傅幼笙侧眸看了他一眼。

男人开车的时候素来是很认真的，说话也不会偏头看她，所以傅幼笙只能看到他轮廓完美的侧颜。

完美到想要拍照。

忍住痒痒的小爪子，傅幼笙嗯了一声："天气这么冷，适合吃火锅。"

殷墨答道："好。"

看着车子汇入车流，傅幼笙拍了一天的照片，有点儿困顿。

她靠在车上昏昏欲睡。

怕她现在睡着，等会儿下车会感冒，殷墨主动找话题："今年过年，跟我一起回家吧。"

之前过年，都是大年三十，殷墨中午回老宅，然后用了午餐就立刻回麓荷公馆陪傅幼笙，一直到守岁结束。

后来傅幼笙工作逐渐开始变多，就连春节都会工作，随随便便就度过了新的一年。

例如去年。

想到去年自己一个人在剧组酒店内，守着一碗蔬菜沙拉，看着春节联欢晚会，傅幼笙就觉得委屈。

本来说好了殷墨要去探班的。

后来他出差了，没来得及赶回来。

傅幼笙扁了扁嘴，终于不困了。

"不去，要是你中途又要去出差，我一个人在你家多奇怪。"

"不会，哪怕把所有工作都推了，也会陪你过年。"殷墨语调笃定。

傅幼笙轻哼一声："你去年也是这么说的，还不是有了工作，立刻就抛下我出差了。

"我对你殷某人已经产生信任危机了。"

殷某人："……"

信任危机。

这个罪名有点儿大。

殷某人轻叹一声。

恰好红灯，他踩了刹车后，这才偏头过来，轻抚了一下傅幼笙的脑袋。

"以后答应你的事情，我一定会做到。"

傅幼笙忽然脑海中浮现出校园里，那个男生宠溺地摸女生脑袋时候的样子，眼神跟殷墨现在的眼神真的很像。

无奈又透着丝丝缱绻意味，虽然一闪而逝，却被傅幼笙捕捉到。

有些时候，当局者迷，旁观者清。

眼前那些模糊的影像，好像一下子拨云见日了一样清晰。

傅幼笙没有跟上次那样拍开他的手，只是对上他的眼神，漂亮的双唇溢出了模糊几个字：“随你……”

说完她就偏过头，准备闭目养神，把不想再聊这个话题的态度表现得明明白白的。

一顿火锅吃完，傅幼笙感觉整个人都暖和过来，现在就算是让她去门口吹冷风吹个十分钟，她都能忍下来。

吃完之后傅幼笙忽然想起来：“完了完了，导演让我减肥的，快要入组了我居然吃了这么多！”

傅幼笙低头看到自己平坦的小腹凸出来一小块，欲哭无泪地按了一下。

这么多肉，要减多长时间啊。

殷墨看着她小巧精致的脸蛋和纤细的能摸到骨头的身子，不赞成：“你不需要减肥，太瘦了。”

“角色需要，而且女明星上镜都会变胖，尤其是大荧幕，会变大饼脸的。”傅幼笙绝对不允许自己在大荧幕上出现大饼脸！

什么大饼脸？殷墨觉得她得再胖个一百斤才能称得上大饼脸。

然而女人对自己身材严苛起来，堪称自虐。

傅幼笙站起来：“不行，我要健身！还有两星期时间，要瘦十斤！”

殷墨眉头深锁：“不行。你太瘦了。”

“殷总，你现在要时刻牢记自己的身份，不然——”傅幼笙双手环臂，傲娇地看了他一眼，晃了晃食指，“你现在在我面前，没有说不的权利，懂吗？”

殷墨：“……”他俊美的面庞上毫无表情。

即将面临被解雇的观察期老公，确实是没有什么权利。

不过殷墨眼眸染上丝缕笑意：“健身也好，那你从今天开始，就回麓荷公馆住吧。

“明天让人帮你搬家。”

等等，话题怎么就变成了她住在哪里？

傅幼笙黑白分明的眼睛里划过一抹迷茫：“谁说我要搬回去了？”

殷墨微微一笑：“麓荷公馆有专门的健身室，还有专业的健身教练。

“你回公寓那边住，难道要去外面的健身馆？”

傅幼笙真不想去外面的健身馆。

之前她陪秦榛去过一趟。

人又多，又杂乱，每次去都能被拍到。

而且本来就很累了，还要从健身馆回家，更累。

这么一想，好像回麓荷公馆住更方便。

见她松动，殷墨继续丢出诱饵：“放心，回家之后，我搬到客房住，你什么时候允许我回主卧，我再搬回去。”

一听这个，傅幼笙心里已经倾向于搬回去了：“我再考虑考虑……过两天再说。”

殷墨徐徐图之，反正迟早会搬回他眼皮子底下看着。

然而没等傅幼笙多考虑两天，在吃完火锅，殷墨送她回家的途中，闻亭打来电话：“笙笙，你回家没有？”

傅幼笙听到闻亭着急的声音，略愣了一秒：“还没有，快要到了。”

闻亭声音很大，旁边开车的殷墨都听清楚了。他将车开到了路边停下。

闻亭：“你跟殷总被拍了！”

闻亭的声音响彻在密闭性极好的车厢内，还带着回音，震得傅幼笙耳朵都有点儿疼。

她揉了揉耳朵：“怎么回事？”

“狗仔得到你今天的拍摄行程，守在学校门口偷偷拍你，刚好拍到了殷总接你时候的视频。

“还有殷总给你披衣服的画面。

“好在并没有拍到殷总的正面，也不知道是不是狗仔不敢得罪殷总，所以特意没有发殷总的清晰照片。”

闻亭解释了一下，然后倒吸一口凉气：“现在网上已经乱套了。”

毕竟这可是傅幼笙第一次在私下被拍到与男人的绯闻。

之前那些她跟楚望舒甚至其他合作演员，基本上都是片场花絮，要么就是一群人一起，都是粉丝们通过这些东西脑补出来的。

而真正的私下被拍到的，一次都没有。

不对。

是有的，上次在车上也被拍到过。

只不过殷墨处理及时，而且没有拍到傅幼笙的脸，那个火还烧到了赵清音身上，因此并没有任何粉丝联想到傅幼笙。

傅幼笙悠悠地看向殷墨，很想知道，他这次打算怎么撤热搜。

对上傅幼笙的眼神，殷墨安抚地捏了一下她垂在膝盖上的小手，然后拿出手机。

傅幼笙听到那边闻亭提醒："你市中心公寓的位置也被爆出去了，媒体记者狗仔们已经蜂拥而去，所以千万不要回去，不然刚好被媒体记者抓个正着。"

好了，现在不搬回麓荷公馆也不行了。

傅幼笙垂眼看向被殷墨握着的手，倒也没有挣脱。

她挺想看看，殷墨这次打算怎么处理。

"公关部准备怎么公关？"傅幼笙语调还算平静，似乎并不觉得这个绯闻爆出来是多么严重的事情。

闻亭："现在有两个公关方式，还是要听你的决定。

"一个是承认恋情，一个是打死也不承认。碍于你跟殷总已经形成婚姻事实，如果现在不承认的话，以后被人扒出来，就有点儿打脸而且还存在欺骗粉丝的嫌疑。

"我们是建议承认恋情，但是不能曝光殷总身份，最起码在你拿到影后奖杯之前，不要曝光。"

不然，之后她无论拿到任何荣誉，都会被曲解成依靠男人。

傅幼笙眼睫低垂，若有所思："我明白了。"

闻亭有点儿不放心："这个时候你可别恋爱脑，完全公开对于你们而言，都不是好事。"

如果是之前的话，傅幼笙除了演戏没有任何的野心，但是现在，她除了想要演戏之外，还想要获得跟殷墨并肩的资格，而不是一直守在他身后，求他空闲时间的一点儿怜惜而已。

闻亭虽然总是让她抱紧殷墨的大腿，但是关键时候还是看得清的。

私下怎么抱都行，真正放在面上，不可以曝光。

他拿捏得清。

这也是闻亭功利心野心都重，而傅幼笙还愿意用他的原因。

他拎得清。

"放心。我先看看。"

傅幼笙还一直没有看到网上曝光的到底是怎么样的视频。

说好微信联系后，他们就挂断了电话。

旁边的殷墨已经打开车门去外面通电话。

透过车窗，傅幼笙看着他挺拔端方的身姿靠在车身，指尖夹着一支烟。

傅幼笙收回视线，没有喊他。

她打开了闻亭给她发来的链接。

作为超级巨星，傅幼笙的热度不是说说而已。

她还没回家呢，两小时前发生的事情，已经冲上了热搜第一。

“傅幼笙恋情曝光”

视频大概是从远处拍的，虽然她将自己遮盖得严严实实，但是她从保姆车上下来，穿着的校服，还是之前拍摄的衣服，根本没法抵赖。

裹得这么严实，狗仔还能认出来，这眼神绝了。

离大美女的私生活远一点儿，离戏近一点儿好吗？

莫名其妙，女明星就不能有私生活了吗？

也没亲也没抱的，怎么就按头是恋情曝光了啊？

现在绯闻的含金量这么低了吗？以前最起码得有亲吻或者拥抱等亲密动作才算是恋情实锤吧，披个衣服算什么实锤？

对啊，男性朋友都可以披衣服吧？

不是，你们粉丝眼睛都瞎的吗，没看到那个男人那件黑色大衣，就是傅幼笙昨晚照片里的黑大衣吗？限量版，没有那么多巧合！

所以女神男朋友不是楚男神！

我粉的荧幕情侣就这么没了，呜呜呜……

不要啊，女神快出来澄清！

@傅幼笙工作室，出来干活了，澄清绯闻还不快点。

……

傅幼笙看着这些评论，指尖顿了顿。

理智告诉她，闻亭那个公关方式是最佳的，公开恋情可能会引起轩然大波，但是她又不走人气明星路线，粉丝脱粉不脱粉，关系不大。

现在她成为人气巨星也是巧合。

傅幼笙细白的指尖揉了揉眉梢，有点儿头疼。

不承认其实也可以，只要她以后真的不跟殷墨在一起了。

离婚。

再也不联系。

那么就算是媒体记者再神通广大，也查不到他们这一段。

可她——真的想要跟殷墨老死不相往来吗？

就如同闻亭说的那样，把好不容易调教好的男人推给别的女人，亏吗？

确实挺亏。

说是思考，其实答案已经很明显了。

就在傅幼笙垂眸低笑的时候，车门打开，殷墨带着一身淡淡薄荷烟草的凉气进来："幼幼。"大概是在外面打电话的时间有点儿长，殷墨清冽的嗓音带着点沙哑低沉。

傅幼笙揉了揉酥麻的耳朵，用这种调调叫她小名也太犯规了吧。

傅幼笙故作冷静，睫毛上撩地看着他："干吗？"

殷墨想到刚才温秘书提醒他的话，先给太太道歉："今天被拍，是我的错，没有注意到身边有人偷拍。"

傅幼笙眼底划过一抹意外，竟然还知道自我忏悔了？但她也不是不讲理："狗仔跟的是我，倒也不全是你的错。"

殷墨见她语调缓和，默默地伸出手，握住她的小手："那既然不是我的错，你能给我一个名分吗？"

噗——

傅幼笙也是万万没想到，殷墨竟然是在这里等着她？

堂堂身家千亿的商界大佬，竟然要一个女明星给他名分，说出去怕不是要吓死人。

然而女明星只是错愕了一秒，下一秒就傲娇了："你说说看，我为什么要给你名分？

"你身上哪一样值得我损耗粉丝人气给你名分？"

殷墨漆黑如墨的眼睛看着她，陷入诡异的沉默："……"

傅幼笙强撑着，没有在他的眼神下败退。

对视半晌，殷墨幽幽的声音响起："伺候你十年，还不值得你给我个名分吗？"

傅幼笙脸上表情一僵。

这男人说话怎么这么厚脸皮，他到底是怎么顶着那张矜贵斯文脸说出这么羞耻的话的。

她点了点殷墨的胸膛："上次我们被拍，你怎么不要求给名分？

"现在要什么名分，殷总对这些不是毫不在意？"

殷墨反握住她细细的手腕，然后放在自己掌心把玩："不是不在意。

“而是上次被拍对你的名声不好。”

傅幼笙瞬间就想起了那次被拍的事，那次的事要是被女明星沾上了，确实对她的名声不好。

傅幼笙立刻反应过来。

难怪当初新闻爆出来之后，殷墨做的第一件事就是让人把所有的照片视频全部撤掉毁掉。

原来是为了保护她。

没想到他当时竟然是这么想的。

傅幼笙白皙的小脸上满是怔然。

殷墨忽然意识到什么，幽邃的眼眸微微眯起：“你当时是不是误会我了？

“以为我不想和你公开才撤掉热搜？”

傅幼笙立刻摇头：“当然没有。我又不在意。”

“还嘴硬。”殷墨的长指爬上她的脸颊，用力捏了一下。

“疼！”傅幼笙被他那么用力的动作捏得眼泪汪汪。没想到他居然真的用力！

“不公开了，你家暴！”傅幼笙给自己系上安全带，“司机师傅，麻烦送我去麓荷公馆，谢谢。”

殷墨被她这么理直气壮的动作气笑了，把他当司机不说，转移话题还这么生硬。

不过殷·某人·司机师傅还是开车回了麓荷公馆。

至于给名分什么的，殷墨薄唇抿起浅淡弧度，不给也得给。

轿车停下后，傅幼笙就准备下车，却被一双大手拉住了手腕：“这位乘客，你没给车费。”

傅幼笙扭头看着他：“？”

殷墨伸出另一只手：“给车费，不然不让下车。”

这是人话吗？傅幼笙哼了声，一巴掌拍到他掌心：“没钱！今个儿本小姐就坐霸王车了你能怎么办吧！”说完，干脆利落地推开车门往外走。

殷墨施施然跟在她身后：“没钱可以选择肉偿。”

傅幼笙干脆利落：“我拒绝。”

“拒绝无效。”他上前牵住了傅幼笙的手，“要么给钱，要么给人。”

回家之后，傅幼笙从包里好不容易找出一个小诺之前放进去的硬币，拍到殷墨掌心：“我给钱。”

殷墨重新将硬币塞到傅幼笙小手里，然后一起包在自己掌心，慢条斯理地给她算账："殷太太，我的时间是按秒计费，一秒一万，就算刚才从路边到麓荷公馆的开车时间，是二十分钟，换算成秒是1200秒，一秒一万，合计1200万。"

傅幼笙："殷墨，你的钱都是这么抢来的吧？"

殷墨微微一笑："当然，如果是我太太的话，那么我心甘情愿用这价值1200万的时间送她回家。"

真——时间就是金钱。

傅幼笙坐到沙发上，不管去倒水的殷墨，拿出手机，啪啪啪敲了几个字，然后经过公关修改之后，准备让工作室发微博。

等殷墨端着一杯温水迤迤然递到她面前时，傅幼笙一手接过水，一手将手机递给殷墨："一条微博两千万，买不买？"

殷墨看向手机，是一条傅幼笙工作室的微博草稿：

> 非常感谢大家对笙笙的关注，笙笙本不欲将私人感情曝光于网络之上，奈何身为女明星，个人生活避免不了被大众公开讨论，但对方并非圈内人士，所以请媒体记者朋友们手下留情，多多给笙笙一些空间。

殷墨看后，点评："如果你能把'老公'两个字打在上面的话，我愿意出十个亿买你这条微博。"

傅幼笙没好气地抽回了自个的手机："想得美。"

随即她让闻亭将微博发上去，喝了一口殷墨递给她的水。

入口是刚好的温度。

傅幼笙这才勾了勾唇瓣，抬眸看他："当然，如果你表现好的话，也不是不可能。"

第十六章

公开恋情

/

XINTIAO
BU
TINGHUA

傅幼笙说让殷墨好好表现，本来也没对他抱有什么真能好好表现的期待。

毕竟殷总每天工作都做不完。

然而傅幼笙站在厨房门口，看着敞亮干净的厨房内。

身材挺拔、气质清贵的男人，正神态自若地做菜。

“殷先生，你来真的？”

家里的厨师用人全都被他放了长假，他俨然是要专注于当一个上得厅堂下得厨房的优秀老公。

殷墨偏头看她一眼，眼神淡定：“难道殷太太是开玩笑的？”

傅幼笙对上他那双深邃的眼眸，双唇动了动，打击他的话还是没有说出口。

她倒也不是开玩笑，而是没想到让他好好表现，他居然表现得这么彻底。

她上次没有亲眼看到殷墨做菜的过程，现在站在门口，清清楚楚看到他行云流水一样的动作。

殷墨看着她迷茫的眼神：“这里有油烟，你去外面等。”说着盖上锅盖，转身将傅幼笙推出厨房，还顺便把门关上了。

傅幼笙站在门口，隔着玻璃门看他，然后敲了一下门：“其实表现也不一定是做饭。”

殷墨薄唇含笑，就那么静静地凝视着她，差点儿把傅幼笙看得心虚跑掉。

她紧绷着一张小脸蛋，不让自己情绪外露："看什么看。我还不是觉得你没有专业厨师做的好。"

殷墨也不生气："那你吃我做的比吃厨师做的多。"

傅幼笙："……我那是给你面子！"

他完全不值得心疼。

傅幼笙转身就走，眼不见心不烦。

坐到沙发上等晚餐的时候，傅幼笙才想起来还没有看工作室微博公开之后的评论。

都怪殷墨，总是打断她的正事。

傅幼笙一点儿都不客气地把锅甩给殷墨，不过想到闻亭发了微博之后，就没有给她打电话，那估计是问题不大。

要是舆论控制不了的话，他早就来电话商量了。

现在一定是在可以控制的范围之内。

傅幼笙安心地点开了微博，这还是她第一次公开恋情呢，有点儿刺激。

不过她点开微博之后，发现——

嗯？怎么系统崩了？

傅幼笙还以为是家里网不好，虽然这个可能性不太大。

麓荷公馆什么都是顶尖的配置，网速都可以给专业的电竞选手训练打游戏了，怎么可能会网速差。

进了好几次，傅幼笙才进去。

然后就明白了，原来崩是因为她！

"傅幼笙公开恋情"这个热搜直接爆了，词条后面跟着血红色的"爆"字。

傅幼笙第一次感受到自己惊人的人气，竟然还能把微博系统搞崩了。

这时，她才看到闻亭十分钟前给她发的微信消息。

闻亭：瞧瞧你这热度，我仿佛已经看到了你跟殷总未来公开结婚时候的场景了，估计不单单是微博崩掉，其他新闻软件也全都会崩掉。

傅幼笙回了他一句：

傅幼笙：放心，等到我跟殷墨公开的时候，可能就没那么多粉丝了。

闻亭：……你就气我吧。

傅幼笙不管他了，这才打开词条。

第一热门的就是傅幼笙工作室发的那条公开微博，下面转发评论都已经破了十万，点赞更往着百万方向冲。

而这只是工作室的微博。

评论有脱粉的，也有祝福的，当然，大部分都是祝福的。

那些脱粉的看热闹的，都被忠粉们压下去了，单单看热门评论的话，倒是岁月静好。

傅幼笙往下刷了刷最新评论：

呜呜呜，含泪祝福。

心好累，但女神开心就好。

不想祝福，但更不想让笙宝伤心，还是祝福吧。

三分钟时间，我要这个男人的所有资料！

查无此人啊。

男的连脸都不敢露，网上连资料都没有，怕不是什么吃软饭的？

傅幼笙脸长得不错，就是眼光有问题。楚神多好多绝一男人，她怎么就能看上什么圈外的。

可怜楚神，一腔真心，竟然被一个圈外软饭男截和。

百科上都没有的男人，傅幼笙是从哪个垃圾桶里捡来的？

身材倒是挺不错，难不成纯粹是看中对方的身体？

傅幼笙本来还觉得殷墨被传成软饭男有点儿酸酸的，但当看到那条看中殷墨身体的留言之后，忍不住红唇抽了一下。

什么身体，俗不可耐！

她当初分明是被殷墨那张脸骗走的！

但凡初见时殷墨没有笑得那么好看，她是绝对不可能跟他走的。

所有一见钟情的故事，都来自一个人的见色起意。

当傅幼笙看着那条评论，想到他们的第一次见面发呆时，掌心的手机忽然振动了两下。

傅幼笙指尖轻点，便看到闻亭发来的消息。

闻亭：别忘了转发工作室微博，不然粉丝还以为是工作室单方面公布的呢。

傅幼笙：知道了。

本来她就想要转发一下，表示她绝对不是看重男人身体的那种庸俗女人，顺便澄清一下殷墨才不是软饭男。

要说吃软饭，还是她吃殷墨的。

嗯，没错，她只是顺便帮殷墨澄清一下，绝对不是为了给他澄清，特意发微博。

傅幼笙转发工作室微博。

傅幼笙V：在一起快十年了，谢谢关心。//傅幼笙工作室蓝V：……

一句话秒杀。

十年前，她还没有进入娱乐圈。在网友们眼中，她就是一个从小镇上出来的姑娘，哪有钱让男人吃软饭。

软饭这个话题不攻自破。

不过十年？

粉丝和网友们炸了。

十年啊，妈呀，居然在一起这么长时间了，藏得好严实。

呜呜呜呜，原来女神早就有男朋友了。

爱了，这是什么神仙爱情，十年我成了女明星，就算你再普通，我也愿意为了你公开。

男方再普通，但人家有一位专情的女明星女朋友啊。

呜呜呜，我们家崽崽真是太专情了吧。

女明星的……纯情童养夫？

这是什么奇奇怪怪的走向哈哈哈哈。

……

傅幼笙回复了其中一条：

好好学习，别学我。

粉丝：啊啊啊，女神回复我了！

@傅幼笙V：还好好学习呢，你那清大是怎么考上的！

傅幼笙V：有人给我补习。//橘子爱喝汽水：@傅幼笙V还好好学习呢，你那清大是怎么考上的！

今天女神怎么回事，竟然有闲情逸致各种回复粉丝们的提问。
于是乎他们更激动了，恨不得把男方的祖宗十八代都问出来。
不过傅幼笙嘴很严。

傅幼笙V：他养我，我养不起他。//柚子甜甜：女神，你别养小白脸了，分手我养你！

傅幼笙V：学历比我高，家庭比我好，年龄比我大五岁，职业是起早贪黑上班族，长相跟身材差不多一个等级。//笙笙世世爱笙笙：呜呜呜笙宝，男方学历如何，家庭如何，年龄多大，什么职业，长得怎么样？

于是大家脑补出了一个长得很帅的上班族。

厨房内。
殷墨接了盛占烈的电话。
"哈哈哈哈哈，你知道你老婆怎么形容你吗？
"说你是起早贪黑上班族，哈哈哈。
"形容得太贴切了，哈哈哈。"
上来就是无数个哈哈哈哈，哈得殷墨直接挂断。
盛占烈的笑声戛然而止，立刻又是一个电话打过去："墨哥，我错了。
"我就是想打电话恭喜您，即将守得云开见月明。要不要我去网上回复一下嫂子？"
殷墨将手机开了免提，然后自顾自地炒菜："不用，我们不打算现在公开我的身份。”

盛占烈听到电话那边沙沙沙的，好奇问：“墨哥你干吗呢？声音奇奇怪怪的。”

殷墨：“做饭。”

盛占烈：“……”

“！”

他愣过之后满是震惊：“天哪，哥你还会做饭！我从来没有吃过你做的饭，我要去蹭饭！”

“哦，我只给我太太做饭。”殷墨闲闲回道，“所以，不欢迎。”说完直接挂了电话，懒得听他聒噪。

电话挂了之后，肖沉原他们那些看到网上消息的都给他打电话。

殷墨烦不胜烦。

都是看热闹的。

他直接关了私人手机，懒得搭理他们。

私人手机倒是安静了，工作手机却响了。

殷墨看到是温秘书，接了电话。

温秘书：“殷总，上次您跟太太一起参加的恋爱综艺导演问您，要趁机将您与太太的片段公布出去吗？

“毕竟这个恋爱综艺，还要继续拍摄五期。”

恋爱综艺一共分为六期录制，原定计划是录制到一半后再开始播放。

现在导演有点儿按捺不住了。

殷墨眉心深折：“暂时不必。”

听幼幼跟她经纪人的意思，似乎是要等她拿到国际奖杯之后，才能公开。

温秘书点头：“那我这边通知节目组，录制延期。

“刚好等您跟太太想要公开时，再放出来恋爱综艺，也是锦上添花。”

总归是他们投资的，延期倒也无妨。

殷墨同意了。

温秘书挂电话之后，忽然笑着说：“殷总，您可以看看太太今天回复粉丝们的评论，很有意思。”

殷墨忙着做饭，自然没有看到微博。

刚才盛占烈提过，现在温秘书也提，殷墨终于把这事儿放在了心上。

一小时后，等到看到一桌子她喜欢吃的菜后，傅幼笙粉白漂亮的小脸扭曲一秒："我是要减肥的女明星啊！

"殷墨，你是不是故意的！"

殷墨正端着最后一道当归乌骨鸡汤，端端正正地搁在餐桌最中央，然后才看向傅幼笙，云淡风轻地拍了拍她的小脑袋："吃饱了再减肥。"

缭绕而不散的香气，引人垂涎。

就算是被闻亭打上自制力百分百标签的傅幼笙，都完全控制不住自己的食欲。

看着桌上其他的菜色，全都是她爱吃的荤菜，只有一盘素炒青菜和炒木耳山药看起来最适合她这种减肥人士吃。

她可怜巴巴地把筷子伸到这两盘菜里。

正在刷手机微博的殷墨看不下去了，拍了一下她的手背，将倒好的鸡汤递过去："先喝碗汤。"

明知道他用心险恶，傅幼笙的脑子还是没控制住自己的小爪子。

然后她就打开了食欲的大门，筷子从青菜愣是拐了个弯夹向那一盘色泽鲜艳的糖醋鲈鱼。

殷墨看着她，薄唇微微勾起淡淡的弧度，安慰她："这就对了，今晚多吃点没关系，等晚上运动一会儿，就消化了。

"明天一早也要运动，这样减肥健康瘦得也快。"

一边吃肉一边健身。

傅幼笙幽幽地说："按照你这样的方式，我可能会长一身腱子肉。"

傅幼笙这话特别有画面感。

殷墨看着她，脑海里瞬间就浮现出她金刚芭比的形象，向来平静淡漠的表情有那么一刹那的紧绷。

傅幼笙不紧不慢地咬了口小排骨："所以，明早给我做减肥餐吗？"

殷墨："……"

"好。"

健康减肥餐，相较于别人给她做，殷墨觉得还是自己给她做更放心一点儿。

见他答应了，傅幼笙才扬起笑脸。

殷墨做完饭之后，向来是没什么胃口的，所以继续看傅幼笙的微博，谁知微博给他推送了一条新闻——

"楚望舒含泪祝福傅幼笙"。

殷墨白皙的指腹顿了一秒，干脆利落地点开了那条新闻。

营销号发的是楚望舒的微博截图。

楚望舒只是给傅幼笙微博点了个赞。

殷墨嗤笑一声，这都能脑补出什么恩怨情仇吗？

看着下面一系列评论说楚望舒跟傅幼笙没在一起太可惜了。

全都是哭的表情包，快要把这个词条给淹了。

傅幼笙听到殷墨的笑声，探身看了眼他的手机。

“你看这个干吗？”她觉得很正常，有些网友每次看到一张艺人同框照片都能瞎想，更何况是现在亲手拆情侣，没大面积脱粉就已经很好了。

想到这里，傅幼笙黑白分明的眼睛看着殷墨：“我跟楚老师的电视剧还没播，要是因为公开恋情影响我们的收视率，你就等着吧。”

殷墨漫不经心，现在已经有了名分，他就很大胆：“电视剧是靠演员演技跟剧情来影响收视率的，要是因为什么搞荧幕情侣而影响收视率，说明你们这部剧的质量本身就不行。”

“就你能说。”傅幼笙轻哼一声，倒打一耙，“殷墨你该反思一下了，你最近特别聒噪。”

殷墨：“……”

肖沉原说得对，女人心果然是琢磨不透的，之前嫌他话太少不在意她，现在又嫌他话多聒噪。

不过殷墨想到刚才看到傅幼笙在微博上回复粉丝那些维护自己的评论，薄唇弧度一直没有降下去。他使劲捏了一下她的脸颊。

“殷墨，你最近的习惯特别不好！

“把我脸捏大了你负责吗！”

傅幼笙气呼呼地瞪着他。

一直到临睡之前，她都没有消气。

看着她紧闭的房门，殷墨却没忍住，低低笑出声。

翌日，闻亭一早就来了麓荷公馆的别墅。

虽然不是第一次来接傅幼笙，但这是他第一次进来。

傅幼笙刚刚从健身房出来，锻炼完毕顺便洗了个澡。

一进客厅，她随手跟闻亭打了个招呼，就问在岛台旁倒水的男人：“殷墨，我饿了，早餐做好了吗？”

“再等会儿，运动完不能吃饭。”殷墨慢条斯理地给她递了一杯水。

傅幼笙想都没想，直接一口就喝光了。

闻亭看得胆战心惊的。

等傅幼笙回客厅后，他拉着她：“你平时都是让殷总这么伺候你的？”

傅幼笙扫了他一眼：“他这是献殷勤，求我给他机会。”

闻亭：“昨晚公开的事情，殷总没生气吧？”

傅幼笙嗯了一声：“还是有点儿不太高兴。”

嘶——

闻亭倒吸一口凉气，偷偷看向殷墨。

果然是豪门，不愿意曝光也很正常。

然而下一秒，傅幼笙的话差点儿让闻亭咳死过去。

她说：“哦，他觉得公开微博没有带上‘老公’这两个字，有点儿不够完整，还要出两个亿买带老公的公开微博。

“我当然是不为金钱所动，坚决用了原本的。”

闻亭：“！”是我低估了你，你把殷总压得死死的。

闻亭想起什么似的，忽然小声说：“要是真把殷总公开了，你婆家那边愿意吗？”

下一秒，却见傅幼笙漂亮脸蛋上的表情僵了一瞬。

她刻意想要忘记之前那场闹剧，然而闻亭这话还是让她的心揪了起来。

她这才发现，餐厅里的记忆已经如影随形，完完整整地镌刻进脑海。

虽然事后她跟殷墨的父母道过歉，但……傅幼笙还是过不了心里那一关。

闻亭看到傅幼笙的表情，已经脑补出来平民女明星嫁入豪门之后不被婆家认可的悲剧生活。

他拍了拍傅幼笙的肩膀：“难怪你不愿意跟殷总复合，原来是因为婆家不认你。

“哎，还是努力搞事业吧，总会被认可的。”

傅幼笙本来陷入了回忆，然而听到闻亭这话后，红唇一抽。

没等她开口，从厨房里已经出来的殷墨云淡风轻地说：“不是她不被婆家认可，是我不被她家认可。”

闻亭：“啊？假的吧……”

殷墨走到傅幼笙身后，慢悠悠抚了一下她的发丝：“奶奶和妈听说你最近休假，想带你去逛街。”

偌大的客厅内，仿佛只有殷墨磁性的声音回荡着。

傅幼笙怔愣两秒，下意识侧身握住殷墨的袖口，仰头看他：“啊，奶奶也要来？”

“奶奶想你了。”殷墨含笑，见她小脸紧绷那严肃的表情，“别紧张，奶奶说给你带了礼物。”

“呜……”傅幼笙捂脸，“我没脸面对你家人。”

“没事，他们不在意这个，又不是你的错。”殷墨被她牵着衣袖，也动不了，就那么隔着沙发椅背拍拍她纤薄的脊背。

见她情绪稳定不下来，殷墨知道是那次双方家长吃饭给她留下了阴影。他眼神微微一暗，岔开话题：“不过妈可能会催我们生孩子。”

生孩子——

呜，更紧张了。

傅幼笙水润的桃花眼都快要被逼出眼泪了。

自从傅幼笙想跟他离婚后，这还是殷墨第一次看到她对自己流露出依赖的眼神。

他忽然觉得，妈跟奶奶来得好像还真是时候，让傅幼笙可以一心一意地依赖他，跟以前一样。

傅幼笙可怜巴巴地眨了眨眼睛：“你会一直陪着我吧？”

本来打算让她们三个一块儿去逛街，而他去公司上班的殷墨沉默了。

“当然会陪你。”

他应了，但却没说可能她婆婆跟奶奶不想让他陪。

殷墨为了防止她胡思乱想：“你不是想减肥吗？可以跟奶奶请教一下，奶奶为了穿旗袍，从年轻时候到现在一直保持稳定的体重，上下浮动不超过三斤。”

果然，女人很容易被这样的话题吸引。

傅幼笙想到奶奶穿旗袍时候的好身段，完全相信殷墨这话。

总算是让傅幼笙没有沉浸在紧张情绪之中，殷墨拍了拍她的手背：“好了，你该吃早餐了。”说着，便反握住她的小手，牵着她一块儿去餐厅。

一旁听蒙了的闻亭也跟了过去。

趁着殷墨去厨房端早餐，他赶紧问：“大笙笙啊，刚才殷总说真的？

“不是他家不认可你，是你家不认可他？

“你到底什么家庭？”

闻亭总算是反应过来，傅幼笙会那么多乐器，会跳舞，会各种才能，完全不可能是小镇家庭培养出来的。

而且他听说傅幼笙跟家里人关系不太好。

想到傅幼笙平时举手投足的仪态修养，闻亭瞪大眼睛：“你不会也是什么豪门大小姐吧！”

傅幼笙睫毛上撩，抿唇淡淡回道：“豪门哪有那么多。

“我会这些只是因为家里人都是教学的。”

其实傅家也就听起来是底蕴悠长的书香世家，实际上有一派传承的清骨，自诩风雅，看不起士农工商最低的商人，自然也不会允许小辈行商，除了微薄的工资来源外，全都是靠祖产度日。

也幸亏祖宗留下来的古董字画以及其他的金银首饰等都保护得非常好。

除了捐赠国家外，其他的也足够后辈挥霍了。

更何况，傅家都是不喜奢靡挥霍之人，钱财除了用在小辈学业外，大部分就是用于慈善。

虽然傅家长辈们都很迂腐，但在慈善方面是很大方的，经常捐款给国家研究、医疗机构、山区孩童等。

傅幼笙说得云淡风轻，闻亭可没天真得以为真是这样。

他了然：“原来是书香世家，难怪你的气质跟其他女明星不太一样。”

傅幼笙若无其事地笑了笑：“有什么不一样。

“还比不过她们。”

若是可以选择的话，她宁可真的出生在普通家庭。

殷墨端过来一盘正儿八经的减肥早餐。

种类丰富，摆盘漂亮，但……也掩盖不了这就是一盘蔬菜沙拉的真相。

傅幼笙想到昨晚的美食，再看今早这一碗草，眨了眨眼睛：“就这？”

殷墨将盘子推到她面前：“你不是要减肥餐？”

然后他又端过来一盘。

煎的培根、鸡蛋、三文鱼，还有两块涂了草莓酱的烤面包。

对上傅幼笙眼巴巴的视线，殷墨微微一笑，用叉子插起一块儿三文鱼：“这是我的。”

傅幼笙再看自己的蔬菜沙拉，连酱都是素然无味的：“……”

殷墨肯定是故意的！

下一刻，殷墨不疾不徐地说：“我还做了拿破仑，第一次做甜品，效果不错。可惜你要减肥，也不能吃了。”

傅幼笙最爱吃甜品。

她忽然一本正经地将蔬菜沙拉推给殷墨，然后把他面前放满一堆肉的雪白盘子拿过来："我觉得减肥这件事不是一蹴而就的。"

殷墨认可她的话："那……明天再减？"

傅幼笙："可以。"

旁边闻亭听了全场，表情一言难尽。

这位女明星，你的自制力未免太差了吧！

亏他上次还觉得傅幼笙是全娱乐圈自制力最强大的女明星，果然是他的错觉！

然后闻亭眼睁睁看着殷墨重新去厨房拿出来一份被傅幼笙掳去的同款早餐和精致的甜品。

大概是闻亭眼巴巴的视线太明显。

殷墨将他紧盯着的蔬菜沙拉推过去："闻先生，一起吃吧。"

闻亭低头看着五颜六色的蔬菜沙拉："……谢谢您。"

闻亭塞了一肚子草之后，感觉自己快要成小白兔了。

他这才坐下来喝了杯热茶，跟傅幼笙商量网上的事情。

说好的放假，最后他还是要加班。

闻亭幽幽地看了眼淡定地坐在傅幼笙旁边的男人，然后把资料递给傅幼笙："这是公关组商量过后给出的公关策略。

"就……你和殷总公开的事。"

昨天那个公开只是试探而已。

根据粉丝们的反馈而调整后续方案。

傅幼笙认真地翻看，越看眉心蹙得越紧："时间拉得太长，要是被粉丝们偶遇……"

闻亭义正词严："所以，请两位在这段时间内，务必不要到处招摇，约会在家里就行，不要一块儿出门。"

傅幼笙："我答应。"

殷墨："我拒绝。"

他们领过证的夫妻，为什么要跟偷情一样。

闻亭："殷总……"

没等闻亭想好什么话来说服这位大佬，旁边傅幼笙很果决地说："拒绝无效。

"你没有上诉权，只有认同权。"

殷墨："……"

傅幼笙看他："所以，你认同吗？"

殷墨面无表情回道："认同。"

不知道为什么，闻亭总觉得殷总这面无表情中还透着委屈。

妈耶！没想到傅幼笙的家庭地位这么厉害。

本来看到刚才餐桌上，傅幼笙被殷总哄骗不减肥的时候，闻亭还以为她在殷总面前是个单纯好骗的小肥羊。

万万没想到——

实际上竟然是个霸王羊！

闻亭默默给自家艺人竖起了大拇指。

瞧瞧这家庭地位，不知道的还以为嫁入豪门的卑微灰姑娘是殷总呢。

傅幼笙懒洋洋地窝在沙发里："既然大家都认同，那就这么办吧。"

反正她过段时间就要进组了，拍戏是半封闭式的，等到她杀青回来，基本上就可以完全公开了。

殷墨也就委屈个十天八天的。

傅幼笙想得很美好，大不了这段时间她都不出门了，然而下午两点，殷老太太带着殷夫人一块儿来到了麓荷公馆。

傅幼笙才想起来，她们是要去逛街的。

……现在拒绝还来得及吗？

殷墨揽着她的肩膀，她对上老太太兴致勃勃的眼神，完全说不出拒绝的话。

老太太很期待跟孙媳妇一块儿逛街，因为她嫌弃殷夫人的审美。

面对殷夫人的时候，傅幼笙还是有点儿紧张。

殷夫人倒是早就接受了，她现在想的是什么时候能抱上孙子。

殷夫人握住傅幼笙的小手："虽然婚姻是两个家庭的事，但既然殷墨选择了你，以后你就是我们殷家的人。

"无论谁，都不能欺负殷家人。"

傅幼笙很感动，然而下一秒，殷夫人话锋一转："作为殷家人，殷家有难，你是不是要帮忙？"

傅幼笙："啊？"

旁边的殷墨瞬间明白自家母上的话中之意，立刻岔开话题："妈，您今天是陪奶奶逛街的。"

"别打扰我们娘俩说话。"殷夫人白了他一眼。

还不是儿子不争气，儿媳妇才不愿意生孩子的。

现在自个出手，这个蠢儿子还拖后腿。

傅幼笙被殷夫人拉着手，然后便听到她说："我们殷家现在最大的难题就是没有下一代继承人，导致公司上层不稳。你看殷墨平时天天加班，还不是因为要压着殷家旁系那群想要造反的东西，而这一切根源都是后继无人。

"他惨不惨？"

面对婆婆的这个问题，傅幼笙张了张红唇："……确实挺惨。"

但她也没见殷墨天天加班，最近好像还挺闲的，今天工作日都没去上班。

不过想到以前，她偶尔晚上起夜，都会看到殷墨在书房加班。

真是这个原因吗？

傅幼笙对商业经营不太了解，不过殷墨的胜景资本不是他自己创业的吗，跟殷家旁系有什么关系？

殷夫人解释："你爸爸年纪也大了，心有余力不足，所以殷氏集团也是由殷墨负责。他一个人负责两个大公司，还没有继承人，肯定根基不稳。"

傅幼笙想到上次见到的公公，身体素质还很好啊。

"行了，别跟我孙媳妇提这些公司上的事情。"殷老太太自从知道傅幼笙跟殷墨已经领证之后，心情愉快得不得了，一直想要见傅幼笙，现在哪能被殷夫人一直霸占着。

于是她直接上手抢："孙媳妇，你也换上旗袍，我们穿祖孙装。

"我给你定做的一套新旗袍，非常漂亮。"

傅幼笙略松一口气，笑意盈盈："谢谢奶奶。"

祖孙两个去换旗袍，殷夫人只好把目标转移到儿子身上。

"殷墨，本来我想着你能把人拐到咱们家户口本上也算是有点儿本事。

"原来是我高看你了！

"结婚这么多年了，连个孩子都没有制造出来，你是不是有什么身体方面的毛病？你跟妈说，妈不歧视你，还会给你找最优秀的医生。"

殷墨给他妈奉茶："您以后别跟幼幼说生孩子的事情了。

"她自己还是孩子呢，生什么孩子。

"最重要的是，我不想要孩子。"

二人世界没过够，要什么孩子？

商琮那不就是典型的前车之鉴。

自从有了孩子，他老婆天天围着孩子转，朋友圈完全没有了商琮的身影，生活完全被孩子霸占。

殷夫人看殷墨的眼神，仿佛在看一个冥顽不灵的傻子。

“好，孩子先不说，那你们准备什么时候办婚礼？”

殷墨揉了一下眉梢。

一个比一个死亡的问题。

殷夫人：“不是公开了吗，婚礼也该提上日程了吧？”

傅幼笙穿着一袭花青色素雅旗袍从楼上款款下来，大概是等会儿出去会冷的缘故，外面披了同色系滚了兔毛边的披风。白皙皓腕往上，细指捏了一把奶奶特意配给她的团扇，一举一动都是风姿绰约。

同样的颜色穿在奶奶身上就是岁月沉淀的含蓄高贵气质，穿在傅幼笙身上，却被她明艳的容貌衬得惊艳出尘。

殷墨余光不经意看到她下来，定了定神。

他忽略了背对着楼梯而站的殷夫人的说话声。

傅幼笙浓密的睫毛低垂着，与殷墨穿过半个客厅对视。

下一秒——

“你听到我的话了没？”

殷夫人见儿子不说话，掐了他一把，打破了那一瞬间的凝滞。

殷墨的眼神顿了一秒，终于看向被掐的手臂。

女人到底是怎么在掐人方面达到空前统一的。

傅幼笙看着他们母子两个互动，忍不住抿唇笑了一声。

老太太也从她身后走出来。

扶着老太太下楼时，傅幼笙还想着刚才殷墨被殷夫人掐的样子。

不过想到殷夫人跟殷墨刚才聊的话题，她红唇的弧度微微收敛了一点儿。

殷墨之前真的没有夸张，他家人是很想要他们生下下一代的。

如果不是殷墨这几年拦着，恐怕她早就被殷夫人说服了。

毕竟之前的她，一心只有殷墨。

当时如果知道殷墨需要一个孩子的话，她恐怕会毫不犹豫地答应。

现在呢？

扪心自问，傅幼笙现在也不抗拒和殷墨拥有一个完整的家庭，可是……在这之前，她还有更重要的事情要做。

女人，不应该将自己的一切全部押在男人身上。

只有自己变得优秀了，才会达到心灵的自由。

老太太才不管他们这些年轻人在想什么呢，谁都不能阻止她去逛街，优雅一挥手：“走，我们去逛街。”

傅幼笙偷偷地攥住了殷墨的衣袖。

殷墨安抚地捏了捏她的手指：“奶奶——”

没等殷墨说话，倒是殷夫人就打断他：“怎么，你一个大男人，还想跟我们逛街？赶紧去公司上班。”

殷墨见母上大人对他越来越不待见，也不在意：“奶奶。”

老太太笑了笑：“你妈说得对，今天这次出行，是我们仙女之间的活动。”

殷墨无奈：“您放心，我不掺和你们仙女之间的活动，就想跟幼幼单独说两句话。”

傅幼笙本来有点儿紧张，她紧张的原因是怕自己受不住婆婆的催生，真的点头答应了，婆婆的说服力真的太强了。

她向来是吃软不吃硬的，尤其是面对对她这么好的两位长辈，更是没办法拒绝她们的任何要求。

况且婆婆的要求其实是很合理的。

不过听到奶奶的话后，她心里放松了一点儿。

奶奶确实是很可爱的仙女奶奶。

殷夫人跟老太太说：“妈，我先扶您出去，让他们小两口单独说说话。”说着，没好气地白了自家儿子一眼。

真是白养了蠢儿子。

殷墨朝着她微微一笑，一点儿都不觉得自己哪里有错。

等到她们离开后，殷墨才递给傅幼笙一张黑卡：“妈跟奶奶想要买什么东西，用这个卡刷。

“密码是你的生日。”

傅幼笙仰头看他，水润的眼眸看起来可怜巴巴：“……”

这是重点吗？

面对她这双眼睛，殷墨轻叹了一声：“没事，妈要是催生的话，你就说是我不想生。

“我已经跟她说过了。

“但她肯定会从你这里入手，你就咬定我不愿意。”

傅幼笙细白的手指紧了紧，顾盼生辉的桃花眸安静地看他：“那你真不愿意吗？”

殷墨大概是没想过傅幼笙会问这个问题。

乍然之间，他顿了两秒。

恰好是这两秒时间，让傅幼笙抽出他掌心里的黑卡："我知道了，会照顾好奶奶她们的。"

殷墨看着傅幼笙离开的纤细曼妙的背影，忍不住揉了揉额角。

最近他揉额头的次数有点儿多，因为头疼的事情太多。

自己都没有回答，她到底知道什么了？

她们没有去别的地方，而是去了殷家名下的高级商场，里面基本上全都是高奢顶奢商铺或者私人定制的工作室。

随便进去消费都不会低于六位数。

私密性极好，监控没有死角，到处都是安保人员，更是禁止拍照的。

能来这里的基本上非富即贵，所以即便是有人知道傅幼笙的身份，也不会外传。

这类似于之前傅幼笙参加老太太回国宴会那次，虽然有很多人都猜到傅幼笙跟殷墨关系匪浅，但是没有人传出去。

殷老太太一进商场，就偶遇了她的老姐妹。

老姐妹带她去了一个新开的旗袍工作室，说要看旗袍。

所以就剩下傅幼笙跟婆婆两个人留在原地。

"先去看看珠宝。"殷夫人看着傅幼笙身上没有一件首饰，直接拍板，接着又问了句，"殷墨平时对你小气吗？"

傅幼笙和婆婆一块儿进了D家，正在考虑要不要戴个口罩别那么嚣张就出现在人群面前，免得给自家公关部增加什么新的工作。

所以她没第一时间反应过来婆婆的意思，下意识回："还好吧，他挺大方的。"

"平时给你买过什么珠宝首饰？"她一边进去选购珠宝，一边随口问道。

这话问的，傅幼笙第一反应是婆婆怪儿子大手大脚给儿媳妇花钱。

她思考了两秒，怕影响人家母子关系，于是慎重回："是送过几次。"

殷墨正儿八经亲自送她的首饰，例如上次那个粉钻戒指，傅幼笙两只手都数得过来。

所以她这话倒也没什么毛病。

殷夫人表情一沉，沉得傅幼笙小心脏也跟着沉了。

下一秒，殷夫人直接跟销售说：“把你们这里所有的新款珠宝，适合我儿媳妇的全部拿出来。”

销售是认识傅幼笙的，此时乍一听她们家高级 VIP 殷夫人的话，差点儿腿软。

网上不是说，傅幼笙的男朋友是个起早贪黑的上班族吗？

为什么殷夫人说傅幼笙是她儿媳妇？

殷家什么家庭，旁人不知道，她们这些人还不知道吗？

这个全北城最贵的商场，就是殷家名下的！

换言之，傅幼笙这是嫁入豪门了？那网上她说的那个相爱十年的男友是谁？

销售一边给殷夫人去拿最新款的珠宝，一边偷偷看了眼漂亮明艳的傅幼笙：贵圈真乱！

旁边的傅幼笙眼底划过一抹惊讶：“妈，我……”

“来试试。”殷夫人拿起一条镶满钻石的手链，亲自给傅幼笙戴在手腕上，“你们年轻人，还是戴钻石好看。”

傅幼笙皓腕如玉，把本来只有八分美的手链硬生生衬托出了十分美，就连旁边的销售都真诚夸奖：“傅小姐长得好看，戴什么首饰都是好看的。”

殷夫人扫了眼其他首饰，然后指着那些小颗的不怎么大气的钻石：“这些不要，剩下的都包起来，送到麓荷公馆。”

销售就算是见多识广，也被殷夫人的大手笔给惊住了，多问了一句：“您确定全都要是吧？”这可是价值好几百万了。

殷夫人颔首：“下次有什么新款也送过去给我儿媳妇过目。”

傅幼笙一看这全都是殷夫人给自己买的，黑白分明的眼睛划过一抹惊讶：“妈，我用不了这么多。”

“女孩子的首饰都不会嫌多。”殷夫人刷卡毫不客气，也没有限额，“你要是有喜欢的就去买，反正殷墨赚钱够多，不给你花给谁花。”

说着，她还要给傅幼笙塞卡，傅幼笙立刻推辞：“妈真不用，我有钱的。”

“你的是你的，这是我给你的。”殷夫人直接塞到她手里，然后挽着她的手，“我们去看看玉饰。你喜欢穿旗袍，旗袍配翡翠最佳。”

旁边的销售看着傅幼笙的婆婆，简直要羡慕哭了。

傅幼笙这是什么人生赢家。

有这样的婆婆，居然还在外面养什么起早贪黑的小白脸。

不对啊，如果傅幼笙真的嫁入豪门，那怎么可能大张旗鼓地说那是她相爱十年的男朋友。

真相只有一个——傅幼笙昨天说的那个男朋友，跟殷夫人的儿子，是同一个人！

起早贪黑上班族等于商界大佬殷公子。

销售觉得自己三观都要炸裂了！这个秘密要是透露出去，绝对全网都要爆炸。

殷夫人跟傅幼笙聊天时说："你不用担心这里的员工会透露出去，她们都签了保密协议的。"

傅幼笙笑着点点头："嗯，我不担心。"她都做好了面对最差的结果的准备，大不了让殷墨赶紧撤掉微博热搜，反正他经常做这样的事情。

两个人说话间，已经到了一家翡翠玉石店。

"帮我把这个拿出来。"傅幼笙看中一个紫罗兰翡翠玉镯，觉得跟婆婆的气质很般配，想要给婆婆买一个。

忽然，一道声音从她身旁传来："伯母，这个玉镯跟您很般配。"

傅幼笙眉心轻蹙，看都没有看她们，直接跟销售说："给我包起来。"说着，把卡递给她。

"这位小姐，这个玉镯是我们看中的。"女人声音如春风一样，沁人心脾，格外柔软好听。

傅幼笙刚侧眸看过去，就听到赵清音熟悉的声音响起来："舅妈，周姐姐，我们看看别的吧。

"这个帝王绿玉镯也很好看，舅妈试试？"

傅幼笙知道她们是一起的，倒是没想到赵清音竟然没趁机跟自己抢镯子。她不是很喜欢抢自己的东西吗，现在怎么懂事了？

赵清音现在恨不得躲着傅幼笙。

尤其是上次恋爱综艺，亲眼看到殷墨是怎么对待傅幼笙的，她不傻，再加上表哥在一旁提醒她。

要是自己再跟傅幼笙过不去的话，那她绝对就毁了。

本来自己就依附于肖家，要是连表哥都不管她，那她又要回到过去那样，在小镇上过普普通通的日子。

经历过这样的豪门生活，她怎么愿意回到过去？所以她看到傅幼笙就躲开。

不要跟傅幼笙起任何冲突，成了赵清音的行事准则。

但是赵清音的思想并不代表肖夫人与周婧妤。

肖夫人觉得赵清音这个外甥女还是有点儿小家子气，一般她们出来，只有别人让她们的份，哪有她们让别人的份。

尤其是傅幼笙只是个小明星。

因为这家玉石店分三层，所以傅幼笙跟殷夫人是分开来逛的。

殷夫人去楼上定制一套翡翠首饰，傅幼笙闲闲的，所以才下来逛逛。

倒被人误以为是她自己一个人。

周婧妤是肖沉原家里给他选的未婚妻，此时陪未来婆婆逛街，自然是顺从婆婆的意思。

她笑得如沐春风，让人不好意思拒绝："傅小姐，这个镯子，是我们先看中的。"

然而傅幼笙并不是什么不好意思的人。

她漂亮的睫毛上撩，不紧不慢："我先来的，怎么就成了你们先看中的？"

周婧妤完全没想到傅幼笙会这么不给面子，依旧温柔似水："傅小姐，不是谁先来就算谁的。"

话里话外都是傅幼笙抢了她们的镯子。

傅幼笙懒得跟她们浪费时间，直接跟柜姐说："包好给我送到三楼。"说完便抬步上楼。

一直没有说话的肖夫人冷着声音说："谁家孩子，这么没教养。"

周婧妤安抚："是一个娱乐圈的女演员。您别跟她计较，再看看别的。"

赵清音快要听不下去了："舅妈，周姐姐，这里是什么女演员随随便便就能进来的吗？"

周婧妤惊讶抬眸："你的意思是，这位小姐是被包养了？

"真没想到，好好的一个漂亮女孩子。"

赵清音："……"

她看周婧妤的眼神仿佛看到当初的自己。

以前她的脑回路也是这么清奇吗？

肖夫人嗤笑一声："娱乐圈这种花花世界，年轻女孩就容易被诱惑。清音，你可要坚持住本心。"

赵清音："……"

不愧是未来婆媳，真是同样的脑回路，真为表哥的未来生活而感到忧心。

傅幼笙上楼时，并没有跟婆婆提起楼下的事情，觉得没什么必要。然而没想到她们竟然也跟着上楼了。

肖夫人一看到殷夫人，表情立刻变得高贵又凛然：“这不是殷家太太吗，你也来这里选首饰？”

殷夫人跟肖夫人年轻时候都是圈子里的名媛，后来嫁的也是同一个圈子里的风流浪荡子，不过殷临浪子回头，但是肖夫人的丈夫一直到现在身边都是花花草草不断；也幸亏有肖沉原这个能干的儿子，不然肖家早就被败光了。

因此，肖夫人一直就很嫉妒殷夫人，明明她们出身相同，当初嫁的也差不多，但是现在她家庭幸福，老公听话，而自己……老公天天不归家，不是小三上门就是小四上门，家里天天鸡飞狗跳。

即便如此，她依旧很喜欢跟殷夫人攀比。

年轻时候比美，后来比谁过得好，而现在就比儿媳妇。

肖夫人对自己这个儿媳妇很满意。

周婧妤出身豪门，是圈里有名的名媛闺秀，性格好，处事得体，长得也端庄柔静。

现在看到殷夫人，肖夫人先是介绍了一下自己未来的儿媳妇，然后说：“等到他们结婚时就给你送请柬。沉原跟殷墨打小关系就好，到时候你可要赏脸啊。

“对了，听说殷墨还没有女朋友，这可不行，都三十了。”

殷夫人微笑不变，就那么安静地听她说，内心波澜不惊。

要是以前的话，她早就气死了，毕竟殷墨三十没找对象，再被肖夫人这么一刺激，能不生气吗？

然而现在，殷夫人看了眼站在自己身旁面不改色的漂亮小姑娘，再看看肖夫人身边那个一脸假笑的周婧妤，觉得还是自家儿媳妇漂亮又真实。

肖夫人继续：“别我们家沉原孩子都有了，你们家殷墨还没结婚。要我给他介绍个女朋友吗？”说着她把赵清音拉过来，“我家这个侄女就不错，听说殷墨还挺喜欢她，要不咱们亲上加亲？”

赵清音万万没想到这火居然烧到了自己身上。

她一脸惊恐：“舅妈，殷墨哥一点儿都不喜欢我，您别说了。”

人家正牌女朋友还在呢！

而且看殷夫人跟傅幼笙单独出来，明显是认可了这个未来儿媳妇。

也是，有殷墨哥在，只要是他真心喜欢的，怎么可能不让她被家里人认可呢?

肖夫人没好气地瞥了赵清音一眼，真是没出息。

殷夫人终于开口了:“清音是个好孩子。

“不过呢就不劳你费心了……殷墨已经领证了，碍于我们家儿媳妇的身份，婚礼不能太简单，要办一场盛大的婚礼，所以一直都在准备着，等准备好了，绝对忘不了给你们老肖家请柬的。幼幼，过来认识认识你肖阿姨。”说着，殷夫人拉过傅幼笙的手。

肖夫人震惊地看着傅幼笙，然后忽然笑了:“原来你儿媳妇是个女演员啊，难怪藏得这么严实。”她语调中带着不加掩饰的不屑。

殷夫人脸色一沉:“女演员怎么了?你老肖家的曾奶奶还是民国第一女演员，现在过世多少年了，还是成千上万人心中永远的偶像。

“有些人死了，她的作品永远流芳百世;而有些人活着，谁都不知道她是哪位。”

殷夫人拍了拍傅幼笙的手背:“幼幼，你要跟肖家曾奶奶学习，当一个流芳千古的好演员。”

傅幼笙被婆婆维护，心里一暖。

尤其是她提到女演员的时候说的话，与父亲提到演员时候的不屑，在她脑海中不断地重叠挣扎，最后殷夫人温柔又有力的声音掩盖了一切。

傅幼笙不知道肖夫人她们是什么时候离开的，只记得殷夫人那清透明亮的眼神。

这让她对演员这个职业，有了新的憧憬。

晚上十点。

殷墨子凭母贵，终于被傅幼笙放进了主卧。

他洗完澡从浴室出来，就看到傅幼笙披头散发，穿着一条薄薄的绸缎质地的吊带睡裙，坐在沙发上看剧本，格外努力。

擦了擦还潮湿的发丝，殷墨披着黑色睡袍走过来，温热的掌心碰了一下傅幼笙露出来的肩膀，触手冰凉。

他直接把人从沙发上端着抱到床上:“明天再看，早点休息。”

傅幼笙扒拉开殷墨的手:“不行，我要好好准备，拿到影后奖杯，不能让妈失望。”

这还是傅幼笙第一次这么顺口地喊妈。

殷墨眼底划过惊诧，把她抱在腿上，垂眸问："说吧，妈今天到底怎么给你洗脑了？"

"妈才没有。"傅幼笙白了他一眼，"妈真是一个有智慧的女人。"

殷墨："……"

这不是单纯地洗脑，这是连脑子都给她换了吧？

第十七章

你想换个老婆？

/

XINTIAO
BU
TINGHUA

等傅幼笙把今天逛街的事情说给殷墨听了后，殷墨第一反应并不是他妈多么智慧。

而是——

“她们欺负你了。”

傅幼笙不以为意：“妈已经怼回去了。好了，你别影响我努力。我一定要捧回国际最具影响力的影后奖杯，不让妈以后在肖夫人面前没有面子！”

殷墨觉得自己的家庭地位越来越危险。

他敛眉沉思一会儿，忽然开口：“你难道不怀疑妈这是先给你一颗甜枣，实际上是为了哄你生孩子吗？”

傅幼笙抬起眼皮子看他：“殷墨，你这是人话吗？妈不是这种人。”

“你不了解她，她就是这种人。”殷墨抱着她的细腰，漆黑如墨的眸子认真地看着她。

傅幼笙一把捂住殷墨的眼睛：“就算妈是为了让我生孩子，我也愿意给她生！”

向来从容不迫的男人第一次觉得事情非常棘手。

什么叫给他妈生孩子？他妈到底是怎么给他老婆洗脑的？

殷墨把不搭理他的傅幼笙放到床上，然后拿着手机离开主卧。

傅幼笙对于殷墨的离开，也只是看了他一眼，而后将心思全部放在剧本上。

她一定要好好拍戏。

《盛世》这部戏，她有预感，一定会让她突破演技瓶颈，再进一步。

客厅落地窗前，殷墨难得深夜致电母上大人。

“妈，你今天跟幼幼说什么了？”

殷夫人觉得这个儿子真是白养了，上来不能问一下她这位老母亲今天累不累，就兴师问罪：“怎么？”

殷墨薄唇微抿，语调沉郁：“她居然说要给你生孩子。您到底怎么给她洗脑了？”

殷夫人被逗笑了：“真是我的好儿媳妇啊，比儿子懂事！儿子真白养了。”

殷墨听她那调侃的调调，就知道问不出什么，于是他不紧不慢：“您的好儿媳现在被您刺激得一心扑在演戏上，说要努力拿国际奖杯，不让您在肖夫人面前丢脸。

“所以，孙子您也别想了，支持您儿媳妇拿奖吧。”

殷夫人笑声戛然而止。

“过两天我说说她，事业重要，家庭更重要。”

殷墨：“您可别，万一再说两句，她把您当菩萨供奉起来也有可能。

“或许您更想拥有一个信徒一样的儿媳妇？”

殷夫人：“！”

儿子到底会不会说话？

挂断电话之后，殷夫人看向旁边看书的殷临：“你说殷墨到底像谁？”

殷临：“长得像我，帅。”

殷夫人没好气：“聪明狡诈也像你。”

殷临求生欲很强，好听的话跟不要钱似的：“聪明肯定像你，全家你最聪明。”

“别没皮没脸的，这么大年纪了，稳重一点儿。”殷夫人关了灯，顺便踢了他一脚，幸亏儿子这方面没像他。

儿子从小就早熟冷静过头，真——基因突变。

沉默几分钟，殷夫人叹气声响起：“哎，你说我们什么时候能抱上孙子啊。”

殷临：“等着吧。”

殷夫人：“不行，就殷墨那效率，等到我们牙齿掉光都不见得能等到孙子孙女。”

还是得她出手才行。

这边，殷墨挂断电话后刚准备回房，却接到了肖沉原的来电。

略一沉吟，想到大概是因为今天的事情，殷墨漫不经心地点了接听。

“墨哥，嫂子在吗？今天的事儿我听清音说了，都是我妈跟周婧妤的错，我替她们给嫂子道个歉。”

肖沉原跟殷墨的关系自然不用说，电话接通后第一件事就是道歉。

殷墨顺手开了免提，转身从露台走回客厅，将手机丢到茶几上，弯腰从下面柜子里摸出一盒烟，语调凉凉：“哦，她睡了。”

这语调，听得肖沉原心惊胆战的。

“那明天我组个局，让周婧妤当面跟嫂子道歉。”

殷墨把玩着指尖没有点燃的香烟，若有所思：“倒也行。”

一听愿意接受道歉，肖沉原松了口气，然后换了个调调哭诉：“墨哥你不知道我有多惨，我妈说你都结婚了，就让我把婚礼办在你前面，孩子也要赶在你前面生。”

殷墨对他没有任何的同情心：“既然是你自己选的，早晚都得结。”

肖沉原叹了口气：“以前我觉得周婧妤还算是懂事，以后在家里当个花瓶太太也无妨，但经过今天这事儿，我觉得她并不是想象中的那样。”

她不会甘心只当一个花瓶太太。

殷墨随口回：“这个不行，再换一个。”总归他又不爱周婧妤，商业联姻的对象那么多，换一个就是。

就在殷墨说完这话转身时，恰好看到下楼倒水喝的傅幼笙。

那边肖沉原的声音清晰地从开了免提的手机里传出来：“墨哥你说得对啊，这个老婆不行，再换一个。

“太对了，我这就去——”

殷墨没注意听肖沉原后面的话，下意识看向傅幼笙。

傅幼笙手里握着空杯子，灯光下，漂亮白皙的脸蛋上扬起一抹笑，格外惊艳：“换个老婆？”

“是肖沉原要换，我肯定不换。”殷墨差点儿把指尖把玩的香烟掐断，轻咳一声，俊美深邃的面庞上的表情纹丝不变，抬步走向傅幼笙。

“不信你问肖沉原。”说着，把捡起来的手机递给傅幼笙，“刚好他想跟你道歉。”

傅幼笙本来打算走人的，然而那边已经传来肖沉原的声音：“是嫂子吗？

“嫂子，今天的事儿真是太对不起了。我妈就是那个脾气，从年轻时候就爱跟殷伯母比，您多担待。明个儿我让周婧妤亲自给您道歉。”

傅幼笙没有私下跟殷墨的这些朋友们说过话，更没有聚会过。

除了上次那个意外。

傅幼笙温温淡淡地说：“不用了。”

肖沉原：“用的。墨哥可舍不得您受一点儿委屈。”

这次肖沉原对她说话的语气，明显比上次要恭敬许多。

傅幼笙抬眸看了眼殷墨。

什么原因？肯定是殷墨跟他说了什么。

殷墨从傅幼笙手里接过手机：“行了，有什么事明天再说。”

傅幼笙已经走向岛台，倒水喝。

殷墨把手机放下后，第一时间去接过她的水杯：“我给你倒。”

“不用，怕殷总累到，想换老婆。”傅幼笙睨了他一眼，慢悠悠地开口。

殷墨脸上含笑，忽然揽着她纤细的腰肢，把人抵在岛台上，垂眸看她：“怕我换老婆，原来你还想给我当老婆。”逻辑没问题，但是傅幼笙现在不吃这套。

餐厅没开灯，只有就着客厅昏黄灯带照进来的薄光。

傅幼笙穿着一身湖蓝色的吊带睡裙，露出来如藕一样雪白莹润的皮肤，在淡光下，像是白得反光一样。

此时她微微仰着下巴，脖颈纤细如骄傲的天鹅，用那双漂亮潋滟的桃花眸似笑非笑地看着他，带着不加掩饰的勾人风情。

不可否认，殷墨真的被她骄矜又风情的样子勾到了。

他修长手指覆在她纤细的腰间，如同弹琴一样，漫不经心地轻点。

傅幼笙红唇扬起绮丽的弧度，柔软手臂覆上他的脖颈，踮起脚尖。

清甜浓郁的香气陡然在殷墨呼吸之间炸开。

然而下一秒，傅幼笙带着笑意的声音响起：“殷先生，给你当不当老婆不重要，重要的是我想给你妈妈当儿媳妇。”

她知道殷墨在意什么，所以故意说完，还在他耳朵上咬了一口。

她轻描淡写地伸出细白的小手推开他：“那么，今晚你睡客房吧。”

殷墨本来以为傅幼笙的主动是想通了。

耳垂上那酥麻的疼感，让他仿佛还能感受到她唇瓣的柔软。

什么是天堂地狱只在一线之间？直到怀里那温软馥郁的身子消失，殷墨才深深感受到。

看着傅幼笙探身去端水时，背影柔软靡丽的弧度线条，他忽然极淡地轻笑了一声。

下一刻，傅幼笙整个人被他从背后抱起来。

“殷墨！啊！你快点放开我！”

半杯温热的水完全洒在她薄薄的睡裙上，顿时晕开一大片。

傅幼笙惊呼一声，想要挣脱他的怀抱。

但男人手臂硬得跟铁钳似的，越挣扎，他抱得越紧，轻而易举地便抱着她一路上楼，回到卧室。

因为她奋力挣扎，等回到卧室后，身上的睡裙肩带歪在手臂上，露出来大片雪白细腻的皮肤。

殷墨也不怎么好过，本来洗过澡的缘故，只披了一件真丝睡袍，现在凌乱中透着不羁。

两人一块儿摔倒在大床上。

傅幼笙警惕地用被子挡在他们中间。

殷墨不紧不慢：“挡什么，这不是夫妻生活的一部分？”

想到殷墨随口说得那句换老婆的话，傅幼笙表情就不太愉快：“我不想跟你过夫妻生活。要不你考虑换个老婆？”

殷墨看着她几秒，然后坐直了身子，探身从床头纸巾盒里抽出几张纸巾给她擦拭脖颈左右的水迹：“你跟肖沉原他们的未来太太都不一样。

“他们的太太都是商业联姻，带着商业选择的性质，就如同选择商业盟友一样，这个盟友不行，在签订合同之前，可以根据实际情况进行更换，为了更好的商业发展。”

傅幼笙任由他伺候自己，消化完他的话后，靠在床头看他：“那我跟她们有什么不一样？

“都是老婆，都能换。”

卧室壁灯迷离暧昧，男人的眼神深邃笃定地看着她：“她们是商业选择，而你……是我中意的。”

“啊啊啊！殷总真的这么说，甜炸了。”

傅幼笙与秦榛约了在新开的日式游泳馆游泳。

她们订的是私人泳池，能一边游泳，一边跟好闺密聊天。

“圈子里传说中清心寡欲的男人，都为了你开始说情话了，这还不是爱？你赶紧束手就擒吧，我都看不下去了。”秦榛舒展着身体，说道。

本来傅幼笙是想吐槽一下殷墨变得太快，没想到秦榛居然让她束手就擒。

谁要跟殷墨投降？

傅幼笙从泳池里出来。

在游泳馆明亮通透的光线下，刚刚上岸的女人，穿着一身珠光白色的比基尼，身上水珠不断滑落，波光粼粼，像是美人鱼。

那身材，看得秦榛都想吹口哨了。

“瞧瞧你这胸腰臀比例，皮肤又白又细又滑！”

傅幼笙一言难尽地看着她，忽然，余光不小心瞟到了门口布帘外一抹熟悉的身影。

“手机给我。”

傅幼笙从秦榛手里抽出手机，对准了外面。

“啧……那不是老爱碰瓷你的那个程什么东西来着？”

秦榛探身看向傅幼笙拍的照片。

她这手机真不愧主打高清摄像头，没白买。

瞧瞧，离这远都能拍清楚她的假睫毛了。

傅幼笙将手机还给秦榛，慢条斯理地拿起浴巾擦了擦身上的水迹：“人家叫程舒慈，不是程什么东西。”

秦榛随意摆摆手：“一个意思。”

她见照片上是程舒慈挽着的一个中年男人巧笑倩兮的画面，好奇地问：“她家世不是挺好的吗，怎么也出来陪人了？”

这个中年男人还是娱乐圈知名传媒大佬、众华传媒的总裁，重点是，他在网上营销的是爱妻爱子人设，还挺被网友们追捧。

这要是爆出去，程舒慈的娱乐圈之路绝对就要断送。

傅幼笙潋滟水润的眼眸微微眯起，她刚才拍照是条件反射的自我保护行为，因为这两个人在一块儿，怎么看都不太对劲。

程舒慈因为家世，向来自诩清高傲然，所以这件事情看起来就很怪异。

“这倒是也正常。在娱乐圈想要更好的资源，要么一步一步往上爬，靠实力，要么走捷径。她估计是想走捷径，又不想被家里人知道。”见傅幼笙不答，秦榛自顾自地猜测，“背着家里，想要更顶级的资源。不过你拍她这个照片，是想要曝光她？”

傅幼笙看向秦榛，睫毛微微上抬，幽幽回道：“我看起来有那么无聊吗？”

秦榛：“那倒没有……

“我们笙笙仙女好不容易下凡，忙着呢。”

“贫嘴。”傅幼笙没好气地嗔了她一眼。

“众华传媒的总裁上次在宴会里，邀请我跳舞，被我拒绝过。”傅幼笙指尖抵着下巴，若有所思，“后来他通过别人约过我几次，都被闻亭挡回去了。

“现在程舒慈忽然跟他约上了，我有点儿不太妙的预感。”

秦榛倒吸一口凉气：“……你别吓我啊。”

“最好没有。”

傅幼笙了解程舒慈，从小就想要把她踩在脚下，现在在娱乐圈，怎么甘心当她的一个影子。

程舒慈这段时间没有动静，搞不好是要放大招。

“防人之心不可无。”

“没错，在娱乐圈，我们还是得警惕点儿。”

傅幼笙拉着秦榛：“我们拍照先发微博。”

秦榛：“好。”

这还是傅幼笙公开有男朋友之后，发的第一条微博。

为免殷某人占有欲发作，傅幼笙没有发比基尼的照片。

她的身上还披着一件长长的绸质睡袍，红唇勾起明艳清冷的弧度，微微撩起的衣摆，露出一双雪白纤细的长腿，清冷中透着勾人的风情艳丽。

秦榛就比较肆意了。

一身鹅黄色的比基尼，展露好身材。

大部分都是合照。

微博一发，原本那些因为傅幼笙有男朋友而想要脱粉的粉丝们，一下子又被她的颜值给吸引回来了。

眼神太酷了吧，爱了爱了。

不脱粉了，这颜值这身材全娱乐圈没有替代品。

秦榛小姐姐也好美。为什么笙宝没有比基尼照？

秦榛还特意回复了这条粉丝评论：

秦榛V：因为笙宝家里管得严。

粉丝们炸了。

啊啊啊，秦榛小姐姐多说点笙宝跟她男朋友的事情吧！

秦榛小姐姐见过笙宝男朋友吗？

多谢小姐姐照顾我们家笙宝。

……

秦榛还真的饶有兴致地回复：

秦榛V：放心，Y先生跟笙笙很配，各个方面配得上，以后你们就知道了。

粉丝们更嗷嗷嗷叫了。

Y先生。

姓岳？

于？

杨？

还是叶？

很快粉丝们的视线，转移到开始猜测Y先生到底是谁。

原本还抱有一点点希望的傅楚两人的粉丝们，彻底放弃了。

楚望舒——CWS哪个字母都跟Y先生对不上。

当然，还是有人期待傅幼笙跟男朋友分手，然后跟楚望舒在一起的。

不过更多的是开始在娱乐圈或者什么优秀的圈外人士里面找Y先生。

就连沈毓这个跟傅幼笙拍过电影的都被掀出来了。

原因是沈毓的毓是Y。

不过有粉丝维持秩序，说好了是圈外人士，让大家不要胡乱猜测，总之各种姓氏都猜测了，就是没有猜到殷墨的殷。

御鼎会馆。

肖沉原组局给傅幼笙道歉。

傅幼笙在肖沉原殷切的邀请下，游泳完毕后还是让秦榛送她过来了。

会馆私密性很好，她从特殊通道进来的，一路上并没有碰到任何人。

到了会馆之后，傅幼笙被服务生引着走向包厢。

此时，包厢内。

因为殷墨禁止他们抽烟，连喝酒都是低度数的红酒或者香槟，所以难得的清净。

盛占烈、肖沉原他们都在，还有几个圈子里关系比较好的朋友。

盛占烈一边玩牌，一边刷微博，恰好看到推送给他的傅幼笙的微博。

看着照片上的美人，他忍不住啧了一声：要说这审美，还是墨哥最在线。

这么想着，盛占烈又扫了眼今天带着女朋友或者未婚妻或者老婆过来的其他兄弟们，又看看墨哥的老婆：果然，墨哥不愧是哥，眼光就是毒辣。

从小就薄情寡欲的，本来以为他是骨子里的冷清，没想到人家就是单纯的眼光高啊。

“看什么？”殷墨掀起眼皮睨他一眼。

盛占烈把手机往殷墨眼皮子底下一晃：“你老婆发照片了，颜值真绝。”

殷墨漫不经心的面色收敛几分，目光落在被放大的照片上，眼底划过一抹沉郁。

见殷墨表情不太对劲，盛占烈敏锐地猜测：“墨哥，你不会是生气了吧？

“嫂子也没露什么，你看她旁边那个女明星，都穿比基尼拍照，这很正常。

“年纪轻轻，别这么古板！”

殷墨冷冷地看他，看得盛占烈心惊胆战的。

裴叙看了眼说：“什么古板，咱墨哥这是占有欲发作了。

“不想让别的男人，看他老婆。”

“哈哈哈哈，墨哥你不是吧，嫂子可是娱乐圈的女明星啊。

“以后拍的戏会被越来越多的人看到、喜欢，你吃醋可吃不过来。”肖沉原拍了一下殷墨的肩膀，笑意盈盈。

本来他们说话开玩笑都不避讳，但周婧妤忽然插话说：“傅小姐既然已经嫁给殷总，应该也要退出娱乐圈了吧，怎么还会继续拍戏呢？”

几个男人脸上的笑意顿时消散不见，尤其是肖沉原。

本来他觉得换商业联姻对象挺麻烦的，要是周婧妤知错就改的话，那就再观察观察，现在——

他一点儿都不想观察了，这个人真是太蠢了，还自作聪明。

就在这时，包厢门被敲响。

盛占烈打破了此时凝滞气氛："一定是嫂子来了，我去看看。"

这是傅幼笙第一次参加殷墨的兄弟局。

进门，傅幼笙便看到懒洋洋坐在牌桌前的男人用修长白皙的指尖随手将牌丢下去，另一只手看着手机。

盛占烈在傅幼笙眼皮子底下晃了晃："嫂子，你一进来就看墨哥，我这么大人，你没看到啊？"

傅幼笙收回视线看向盛占烈，轻轻一笑："你好。"

她不卑不亢，清清淡淡，不热情也不失礼，仿佛就只是跟丈夫的普通朋友打招呼一样。

盛占烈看着她，忽然想到了刚才周婧妤见到他们时候的表现。

明明也是名媛出身，明明也不失礼仪教养，偏偏就没有傅幼笙这样的气质。

虽然傅家迂腐了点儿，但确实还是真正的有底蕴的书香世家，在教养后辈礼仪气质方面，是骨子里透出来的风雅。

"过来。"殷墨朝她招招手，将手中的牌全部丢了，嗓音磁性又低沉。

傅幼笙越过站在门口的盛占烈，示意一下，才信步走过去。

空气中没有任何烟酒的味道，倒是让傅幼笙略松一口气。

她其实不太喜欢那种烟酒气息太过浓郁的社交场合。

牌桌附近的沙发椅子上，或多或少坐着一些人，在看到傅幼笙后，都主动起来跟她问好，顺便做自我介绍。

等傅幼笙到了殷墨旁边后，基本上都认完了全部的人。

殷墨把玩着她细白的小手，还想要问问她今天微博上的照片，见肖沉原已经很快速地端着一杯酒，朝他们走过来，还把周婧妤拉起来一块儿。

此时看到傅幼笙，他非常诚心地给傅幼笙奉上这杯没有什么度数的香槟："嫂子，昨天我母亲的事情，真的很抱歉。"

他已经跟周婧妤说好，要给傅幼笙道歉的。

傅幼笙自然不会在这么多人面前，不给肖沉原面子。

况且，她看得出来，肖沉原的道歉是真心实意的。

她接过来他手中的酒杯，轻轻抿了一口："没关系。"

肖沉原略松一口气，他道歉完毕之后，没忘记周婧妤这个挑事儿的罪魁祸首："给嫂子道歉。"

周婧妤不太情愿，但表面上依旧维持着教养："傅小姐，抱歉。"道了歉后，她眼睫低垂着，柔和声线带着点沙哑，"昨天在知道你想要那个镯子时，我不该因为伯母喜欢，而与你起争执的。"

这话说完的下一秒，众人看傅幼笙的眼神有点儿怪怪的。

这怕不是仗着墨哥，恃宠生娇吧？

一个镯子而已，还跟长辈抢，未免有点儿小家子气。

肖沉原脸色立刻沉了下来："周婧妤，你胡说什么！让你道歉你就好好道歉。"

周婧妤无辜又委屈地看向肖沉原："沉原你说什么呀，我是在道歉。要是昨天知道傅小姐跟殷总的关系，那我肯定不会因为伯母喜欢而请求傅小姐让给我们的，最后还发生了误会争执，都怪我。"

说着，泪珠一串一串地顺着她眼尾流下来，梨花带雨，泪盈于睫，非常美好。

傅幼笙坐在殷墨旁边看着周婧妤哭。

肉眼可见的，殷墨的眼神冷冽下来。

她安抚地拍了拍殷墨的手背，在他耳边轻飘飘说了四个字："我自己来。"

而后她慢条斯理地站起身，还顺便抚平了一下因为坐下而有一点儿折痕的裙摆，一步一步走近周婧妤面前。

周婧妤哭得眼眶红红，看着便让人心疼，而旁边的肖沉原只感觉烦躁，并且后悔带周婧妤过来，谁知道这个女人这么不讲道理，当着这么多人的面哭。

本来大家想要说话的，但是被殷墨一个眼神给吓得全都闭嘴了，只能眼睁睁看着傅幼笙走近周婧妤。

包厢内的灯光迷离，映照出傅幼笙那张艳丽灼灼的面庞，桃花眸微微上扬，忽然逼近了周婧妤，似笑非笑地捏住了她的下巴。

"哇哦。"商琮的老婆忍不住小声惊呼，"妈耶，太帅了，我都快要爱上殷墨的老婆了。"

正在给老婆剥葡萄皮的商琮："墨哥管得严，你别想了。"

商太太："啧……没情趣。"被塞了一嘴葡萄，她捧腮继续看戏。

他们两个躲得远，说话声自然没有影响到这边。

周婧妤个子娇小，穿着高跟鞋的傅幼笙轻而易举地俯视她，红唇勾起，对上她那双陡然惊恐的眼睛。

傅幼笙细白的指尖漫不经心地抚着她的眼尾："周小姐，这么漂亮的眼睛，哭得真动人。

"不过你忘了——我是演员呀，你这哭戏，还缺点儿东西。"

忽然之间，傅幼笙指尖摩挲两下："我教教你呀。"

周婧妤猛地推开她，眼神猝不及防地泄露出几分真实的情绪："你你你……"

她一闪而逝的恶意被众人清晰看到。

傅幼笙早有防备，一把抓着殷墨的手臂，躲在他身后："周小姐，你这是做什么？我只是看你对演戏感兴趣，想跟你互相讨论讨论而已。你没必要推我吧？"

然后傅幼笙学着刚才周婧妤的样子，委屈又隐忍。

明明是相同的表情，偏偏傅幼笙却演得浑然天成。

不对比还好，一对比，大家才发现——周婧妤刚才演得好尴尬啊。

更尴尬的是，他们居然信了。

现在想一下，他们真的好傻啊。

周婧妤被大家复杂的眼神看着，气得暴露出本来性情。她本来就不是什么柔静温婉、淡雅如水的人，她其实性格冲动，而且还有野心。

这下她是真的被气哭了，转头就往外跑。

傅幼笙的表情一瞬间收住，眼睛红都没有红，慢悠悠地问："肖总，你不去追吗？难道真准备换个老婆？"说这话的时候，傅幼笙还似笑非笑地看了殷墨一眼。

殷墨立刻表态："不用管他，过来坐。"说着，便牵着傅幼笙的手，让她坐在沙发上。

殷墨还拿了裴叙刚才拿过来准备自己吃的果盘，递给傅幼笙。

裴叙："……"他只想安静地看戏，怎么还被抢了瓜。

肖沉原头疼："换换换！必须换！"

本来尴尬的众人，趁着这个机会，立刻缓和气氛："肖哥什么样的老婆没有，这个不合适，再换下一个。"

大家谈笑间，傅幼笙慢悠悠地吃了块殷墨递过来的西瓜，然后闲闲开口："以前他们也是让你这个不行，再换下一个？"

殷墨："……我从来不跟他们讨论这种问题。"

旁边听了一耳朵的裴叙嗤笑一声。

下一刻，接收到了殷墨漆黑如墨的眼神，裴叙立刻安静。

要说我们这位大律师最怕的是什么，那么全天下也就是殷墨了。

他从小被殷墨打到大的，他已经产生了心理阴影，一看到殷墨就尿。

殷墨不想在这个话题上浪费时间，直接按开手机："把这个微博删掉。"

傅幼笙扫了一眼，是她今天发的微博。

她就知道，殷墨这个醋精肯定会生气。

她推开殷墨的爪子："我有用，不能删。"

殷墨俊美深邃的面庞上的情绪微微淡下来："什么用，需要你拍这种穿泳衣的照片？"

"你是透视眼吗？"傅幼笙没好气地白了他一眼，"照片上我挡得严严实实，你从哪儿看出来我穿泳衣拍照的？"

"背景是泳池。"殷墨这句话像是从唇齿中一个字一个字吐出来一般。

背景是泳池，所以就算穿着浴袍，大家还是能脑补出她里面穿的泳衣。

傅幼笙顿时解锁殷墨话中意思，小声嘟囔了句："怎么这么小气啊。"

"男人都是这么小气。"傅幼笙身后传来一道含着笑意的女人声音。

傅幼笙是见过商琮的太太的，之前还在一次宴会上讨论过保养法则。

此时乍一看到熟人，傅幼笙顿时抛开殷墨跟商太太聊起来。

殷墨揉揉眉梢，旁边换成了同样被老婆抛下的商琮。两个男人对视一眼，然后齐齐避开视线，仿佛被彼此辣到眼睛一样。

晚上十一点左右，局就散了。

单身的如盛占烈、裴叙、肖沉原，再次约了去酒吧续摊儿，而有家室的如殷墨、商琮，各自带老婆回家。

今晚傅幼笙倒是没有拒绝殷墨水到渠成的夫妻生活。

许久不经情事，傅幼笙似是紧张。

主要是为了哄殷墨不要把注意力放在让她删微博上，这个微博她是真的为了有备无患。

隔着黑暗，殷墨垂眸，目光划过女人那潋滟唇色，最后落在她走神的眼眸，磁性的嗓音染上了性感的暗哑："宝贝儿，你在想什么，这么不认真？"

男人白净光洁的额角此时布上了一层汗水，薄唇抿得极紧，像是在克制着眸底深处那翻涌的情绪。

傅幼笙轻轻吐息，勉强让自己心跳不那么快，主动搂住男人脖颈，趁机要挟："只要你别管微博，今晚就随你。

“不然——”

傅幼笙这个“不然”还没说完，男人就彻底没了耐心，淡色薄唇覆下，将她后面的话完完全全地堵在唇齿之间。

翌日清晨。

昨夜不知道什么时候下起了大雪，此时透过半开的窗帘，隐约能看到外面已经是一片耀眼的银白色。

因为光线耀眼，傅幼笙又没有戴眼罩，挣扎着醒来。

她揉了揉眼睛，下意识从床上坐起来，入目便是落地窗外那一片皑皑雪色。

卧室温度是最适合人体温度的恒温，仅隔着透明的玻璃，便与外面雪色寒冬分裂成两个世界。

傅幼笙起身时，丝滑的绸质被子从她身上倾泻而下。她皮肤又薄又白，轻轻碰一下，就会有红印子。

更何况，昨晚殷墨没轻没重的，此时她的身上跟外面盛大雪景中绽放的料峭红梅一样，红得格外惹眼。

傅幼笙偏头就看到还躺在床上安静睡着的男人。

最近好像经常早晨醒来的时候能看到殷墨。

年底不是公司很忙吗？他到底哪来的时间？

傅幼笙目光愣愣地看着殷墨，他向来睡姿端正，修长白净的手指交叉在腹部位置，压着薄被，双眸安静闭着，呼吸均匀。

想到他昨晚的眼神，对比现在的安逸睡姿，傅幼笙眼神渐渐回神，心里有点儿气不过。

她身体酸得不行，见不得殷墨这么闲逸地睡觉，就抬起软软的小脚，直接一脚踩到了殷墨的腿上。

殷墨在她动的时候就醒了，想看看她想做什么，没想到她醒来第一件事，居然是踩他。

殷墨睁开那双幽邃的眼眸，眼底含着点笑意，完全没有刚睡醒时候的迷糊。

傅幼笙一看就知道他在装睡，直接气得又踹了好几脚：“你竟然还装睡！”

殷墨温热的大手从被子里伸出来，一把握住那踢过来的小脚。

傅幼笙天生骨相好，即便是一双脚都雪白漂亮，珍珠似的脚趾上涂着冷粉色的指甲油，低调气质，衬得原本的冷白皮莹润精致。

被男人攥着脚踝，她下意识想要抽回来。

然而殷墨没有给她机会，一个用力，顺势揽住女人细细的腰肢，直接将她从床上拦腰抱起，下床走向浴室："该起床了。"

"你也知道该起床了，昨晚还折腾那么长时间。"傅幼笙怕摔倒，不得不抱住他的脖颈。

殷墨抱得很稳，听到她这话，薄唇擦着她耳侧，语调悠悠："为什么折腾这么长时间，你不清楚吗？"

傅幼笙："……闭嘴！"

他回道："好。"

浴室内，傅幼笙余光不经意瞥到镜子，更心塞了。

不好意思看自己这张脸，傅幼笙使劲箍住面前男人的脖颈，将脸埋在他颈窝处："都怪你，我现在这个样子怎么见人啊！"别人一看就知道她肯定没做好事。

被她蹭着颈部敏锐的皮肤，殷墨身体微微有点儿僵硬，不过他极力克制住了自己。

"总归是休假，那就不要见人了。"殷墨轻拍了一下她的后背，安抚说。

"今天还约了商太太一块儿去做美容，岂不是要放人家鸽子？"

而且她是要做全身的，身上这些痕迹是绝对遮不掉的。

傅幼笙可以想象得到，自己顶着这一身痕迹去做美容美体，绝对要被笑话死。

傅幼笙现在脸皮没有那么厚。越想心里越憋屈，目光挪到近在咫尺的殷墨修长的脖颈上，她磨了磨牙。

想到罪魁祸首，傅幼笙还是没有忍住自己蠢蠢欲动的小白牙，就近一口咬在殷墨那修长白皙的脖颈处，还连连咬了好几个地方，绝对没有留情。

殷墨倒是纵容她，等到她咬到喉结时，原本任由她发脾气的男人一瞬间动了。

他一手揽着她的腰肢，一手抬起那精巧羸弱的小下巴，不给她拒绝的机会，直接吻了上去。

"唔……"傅幼笙水润潋滟的眸子里划过一抹错愕。

半小时后，殷墨从浴室里出来，慢条斯理地穿上出门时的西装，正对着落地镜系领带。

傅幼笙躺在温热的浴室内泡澡，好不容易才缓过来。

雾气朦胧间，女人抬起湿润的睫毛，本来粉润的唇瓣，此时红艳艳的。

得，这下真的不用出门了。

气得傅幼笙在浴缸里砸水花：“殷墨，你今晚睡客房吧！”

殷墨慢悠悠地走到浴室门口，丝毫不避讳地看向在浴缸里发脾气的女人，微微扬起下颌，让她看自己的脖颈：“我们扯平了。”

傅幼笙不看，她冷哼一声：“你是活该。”

“好，我活该。”殷墨顺着她的话，“那你泡了澡之后再睡一会儿，中午我让温秘书接你去公司，一块儿吃饭。”

傅幼笙偏过头：“不去。”

殷墨自顾自：“嗯，那就这么定了。”

傅幼笙：“……”

谁跟你这么定了。

隔着朦胧雾气，傅幼笙只能看到男人云淡风轻离开的挺拔背影。

她很气啊。

傅幼笙泡过澡之后，就跟商琮的太太戚烟发了微信。

昨晚她跟戚烟聊过之后，发现特别合拍，便约了今天一块儿逛街做美容喝下午茶。女人嘛，尤其是有钱有闲的女人，最爱干的三样事莫过于此。

傅幼笙最近就很闲，并不想在家里待着。

然而计划赶不上变化，傅幼笙跟戚烟说改天再约。

戚烟：不用道歉，其实我也去不了……我们去不了的原因一样。

傅幼笙的睫毛眨了一下，很惊讶：

傅幼笙：你怎么知道我去不了的原因是什么？

她刚才好像没说吧？

下一秒，她手机振动一下，看到对面发来新的消息。

戚烟：已婚少女除了老公晚上作妖，还能有什么原因阻挡我们去逛街美容下午茶！

傅幼笙：仙女的认同！

傅幼笙后面没有收到戚烟的回复，便继续看剧本了。

胜景资本，办公室。

温秘书提醒：“殷总，十分钟后要开会了。”

“嗯。”殷墨从办公椅上起身，“走吧。”

见殷墨一边往外走，一边系着袖扣，温秘书看了眼他脖颈上的齿痕：“您就打算这样去开会？”

殷墨淡淡扫了他一眼：“不然，我还要准备准备？”

“不……不必！

“您请！”

温秘书被自家老板这一眼看得冷汗直流，到嘴的话咽了下去。

脖子上痕迹那么明显，殷总不应该看不到。

素来清冷寡欲的工作狂大老板，突然顶着一脖子暧昧的齿痕吻痕进入肃穆的会议室，差点儿闪瞎公司所有上层的狗眼。

殷墨对他们震惊的眼神视若无睹，慢条斯理地坐下：“开始。”

“是、是……”副总第一个反应过来，然后开始点人上来汇报工作。

两小时会议时间刚结束，殷总带着一脖子吻痕上班的消息，已经传遍了整个胜景资本大厦。

会议结束后，殷墨率先回办公室，留下温秘书被副总拦住：“温秘书，殷总这是……什么情况？”

风投圈谁不知道，殷墨向来清心寡欲，冷情冷性，不近女色，仿佛下一刻就能坐化成佛，就这样一尊佛，突然身上沾上了红尘气息，怎么能不让人震惊。

温秘书欲言又止，最后深深叹口气：“以后您就知道了。”

副总：“……”

嗯？什么叫以后他就知道了？

副总本来以为这个以后估计要很长时间，万万没想到当天晚上他就知道了。

自然，这是后话。

殷墨回到办公室后，丝毫不管其他人是怎么看他的，处理了一会儿公事后，忽然想起什么一样，将背扣着的手机拿出来，对着脖颈上星星点点的齿痕、吻痕拍了张高清照片，然后发给傅幼笙。

尤其是喉结那处齿痕，拍得格外清晰。

傅幼笙接到照片时，差点儿把手机丢出去。

YM：刚才开会，员工们都盯着我看，你猜他们看什么？

傅幼笙一口气憋在小心脏。

看着那截修长白净的脖颈处，暧昧缱绻的齿痕，她差点儿昏过去。

他竟然顶着这一脖子在公司招摇！

第 十 八 章

见笑，殷某家教严

/

XINTIAO
BU
TINGHUA

傅幼笙深吸一口气。

她现在非常庆幸，之前没有公开他们两个的关系，不然就凭着殷墨这一脖子齿痕，她都能上热搜。

热搜标题绝对是她最不想看到的那种！

当时咬的时候，她没想那么多，但她更没想到的是，殷墨居然会这么一点儿面子都不要，大大方方露出来，大冬天他围个围巾也不会奇怪啊。

好不容易平静下来，傅幼笙一个字一个字地给他发过去：

傅幼笙：你、不、能、挡、一、下、吗！

殷墨给她发了个定位。

YM：你弄的，你想办法。晚上还有个商务酒局。

傅幼笙："……"

YM：所以，中午一起吃饭吗？

傅幼笙看到他那条消息，本来不打算去跟他一块儿吃午餐的，看着他就生气。

她想要拒绝殷墨，但是男人那截修长脖颈上星星点点的齿痕，让她还是坐不住。

白天被员工们看到也就算了，他们也不知道是她，要是跟殷墨一块儿参加同一个酒局，搞不好就有人知道她。

毕竟，殷墨的那些朋友们都知道了，兜兜转转都是一个圈子里的，以后她怎么见人。

傅幼笙：我自己过去，让温秘书在停车场等我。

YM：外面雪没有融化，让司机去接你。

她开车，殷墨不放心。

傅幼笙从沙发上起来，伸了个懒腰，身上的酸麻感还没有消除。透过窗户，她看着外面已经开始扫雪了，但是工程量很大，即便是现在，也没有扫完。

也难怪殷墨不让她自己开车了。

在这方面，傅幼笙没有刻意跟他置气，刚好她也要化妆准备一下。

女明星的职业底线，就是出门一定要化妆，谁知道会不会遇到粉丝。

她对着镜子，看着脖颈上那不忍直视的吻痕。

其实已经淡化很多了，可惜傅幼笙皮肤白皙，依旧很明显。以前她的脸上都没有用过遮瑕液，现在倒是用在脖子上了。

傅幼笙看着自己脖颈上的印记渐渐消失，这才略松一口气，然后盖了点散粉定妆，这才换衣服准备出门。

出门之前，她顺手把遮瑕液塞进包里，想了想，又从衣帽间找了条男士围巾。

双重保障，应该没问题了吧？

傅幼笙抵达胜景大厦后，直接走总裁通道，并没有遇到任何人。

进了殷墨的办公室后，她环顾四周，目光陡然停住。

这个电梯是在殷墨办公室内的。

电梯一打开，隔着办公室里的隔断玻璃，她能清晰看到坐在办公桌前正在处理文件的男人。

空调温度开的适宜，殷墨只穿了一件黑色衬衣，工整熨帖，越发显得他皮肤冷白清透，在阳光下，眉目竟然透着几分绮丽之色。

他很少穿黑色衬衣，家里都是白色、蓝色等浅色居多。

傅幼笙认真看他，竟然觉得有点儿新鲜感。

大概是察觉到了傅幼笙的视线，殷墨微微抬眸，隔着玻璃，清晰地看到她眼底一闪而过的惊艳，薄唇瞬间掀起一抹弧度："过来。愣在那里做什么？"

傅幼笙立刻回过神来，想到自己今天来要做的正事不是欣赏他的美貌。

她小脸一垮，把手里的围巾就丢到殷墨怀里："戴上！"

离得近了，她清晰看到男人脖颈上那"辣眼睛"的东西，比照片上还刺激。

她今天真是脑子抽了，才会为了报复，把他脖子咬成这样。

不对，应该是她脑子抽了，才以为殷墨这个狗男人会有点儿羞耻心。

这种东西，他完全没有。

"你今天就这样开会？"傅幼笙见殷墨把玩着围巾，就是不戴在脖子上遮羞，忍不住上前替他戴。

殷墨顺势握住她的手腕，微微一用力，就把人带进了自己怀里。

偌大的办公室，只有他们两个人，近得仿佛只能听到彼此的呼吸声。

傅幼笙下意识看向殷墨："你放开……"

殷墨俯身亲了她唇角一下，面不改色地回道："我也没看到，开完会才发现。"

"骗谁呢！"傅幼笙白了他一眼，没有被面前的男色给迷住，"你眼睛得瞎成什么样，早晨穿衣服的时候才看不到这么大的痕迹？"

傅幼笙说着，上手摸了摸他的喉结，喉结左侧，那一小圈齿痕，分明就是被女人咬的，辩驳都辩驳不了的那种！

"幼幼。"殷墨圈住了她纤细的手腕，薄唇贴着她的耳垂，"下午还有会议，所以，别闹。"

傅幼笙："……"

他这话什么意思？

她的桃花眸都快要瞪成猫眼了。

下一秒，殷墨用一只手挡住她的眼睛，苦口婆心地说："我知道你很想要，但是等晚上回家好不好？"

傅幼笙："你脑子里装的都是什么东西！"

听到这个问题，殷墨突然想起了上次看过的情话大全。

标准答案就是："我脑子里装的全都是你。"

听到殷墨这话，傅幼笙第一反应就是拿起围巾把他勒死。

就在这时敲门声响起，救了殷墨一条狗命。傅幼笙从殷墨膝盖上起来，然后抚平了大衣上的折痕。

殷墨这才开口："进来。"

周秘书带着午餐食盒进来，即便是看到傅幼笙，也能保持面不改色："殷总，殷太太，请用午餐。"临走之前，她顺便把门紧紧关上。

原本墙面是透明的玻璃，但是早前温秘书得知傅幼笙会来，便提前换成了单向玻璃。

从里面能看到外面，但是外面看不到里面，非常可靠地保护了殷总的隐私。

看着周秘书那忙不迭离开的身影，不知道的还以为她看到什么不该看的画面了呢！

傅幼笙饿了，也懒得跟殷墨折腾，小下巴傲娇地抬起来："吃饭，吃完饭送我回家。我还要看剧本呢。"

殷墨淡定地拎着盒饭，跟着老婆一块儿去了旁边会客的沙发上吃午餐。他让周秘书订的基本上都是傅幼笙爱吃的菜。

傅幼笙吃着吃着才想起来："我要减肥啊，你怎么点这么多高热量的菜。"不是糖醋就是红烧。

殷墨不紧不慢地给她夹了一块儿小排骨："多吃点儿，等会儿在这里看剧本。"

"你别岔开话题，殷墨，你还说要追我呢，一点儿都不上心。我减肥期，你还订这种午餐。说什么认真追求，果然，男人的嘴都是用来骗女人的！"傅幼笙幽幽地说道。

见她戏瘾上来了，殷墨早就料到她会来这一出。

他修长的指尖按了一下食盒，从最下面拿出一盘蔬菜沙拉："那你吃这个吧。"

傅幼笙："……"

殷墨你怎么这样！

当初她就是被殷墨这张脸给迷惑了，还以为他是什么仙人下凡拯救她的，现在越看越觉得他是下凡来折磨她的。

殷墨看了她两秒，重新把那盘蔬菜沙拉装回去："这是餐厅送的，不是我点的。"

傅幼笙来劲儿了：“所以你的意思是，我只配吃附送的吗？”

殷墨：“……我错了。”

商琮说得对，女人一旦发脾气，是没有任何根据的，而且也不需要逻辑，更不需要他们给她们去顺逻辑，只需要道歉就行。

傅幼笙双手环臂：“错哪儿了？”

下一刻，被殷墨夹了一筷子剃好鱼骨的鱼肉塞嘴里：“哪里都错了，你好好吃饭。有什么事，吃完饭再说。”

傅幼笙：“……”

她嚼了两下，鱼肉鲜嫩滑口，完全没有因为外送而损失味道。

殷墨又给她夹了几块：“吃鱼肉不会长肉，鸡肉也不会长肉。嗯，排骨也没什么肉，更不会长肉。”

傅幼笙听着这话，吃起来没什么罪恶感，等吃得小肚子鼓鼓的之后，才后知后觉：“回去又要多跑好几圈。”

外面的雪还没有融化，冬阳暖雪，这样的天气就适合用来睡觉，用来锻炼身体真的有些浪费。

殷墨掌心盖在她鼓起来的小肚子上，面不改色：“一点儿都不胖，太瘦了，都摸不到肉。”

“那你现在摸到的是什么？是肉的灵魂吗？”傅幼笙没好气地拍开男人的狼爪，站起来从旁边拿过自己的小包包。

“你过来，仰头，我给你盖一下。”

殷墨眼睁睁看着傅幼笙从包里拿出一管跟口红一样大小，只不过偏淡黄色的小瓶子。

“嗯？”

“嗯什么嗯，来遮丑！”傅幼笙见他不动弹，直接上前拽住他的领带，强迫他低头。

殷墨：“……”

他感受到脖颈处冰冰凉凉的触感，素来平静淡漠的俊脸上有一瞬间的僵硬。

“老实点儿哦。”傅幼笙难得见他这个样子，故意说，“小心涂你脸上。”

殷墨的余光看到她红唇扬起，似乎很是高兴的样子，顿了顿，当真没有动。但是很快傅幼笙就开心不起来了。

因为遮瑕液根本没用！

不知道为什么，明明殷墨也是冷白皮，肤色跟她差不多，偏偏就是盖不住。

尤其是那个齿痕，都盖了厚厚一层了，还能看得出来，还不如不盖，盖了之后，更是欲盖弥彰，气得傅幼笙拿出湿巾使劲给他擦脖子：“丑死了。”

殷墨的脖子被她擦得隐隐泛红，然后那些痕迹更明显了。

殷墨如娃娃一样，任由她折腾，也不生气，反而在她生气的时候，还慢悠悠地安慰：“不着急，慢慢来，遮不住就遮不住。”

“那你别出门，开会戴围巾。”傅幼笙放弃了，捧着殷墨线条轮廓优越的下颌看着他的眼睛，认真说。

殷墨拍了拍傅幼笙的小脑袋：“你觉得可能吗？”

傅幼笙将脸埋在殷墨颈窝，一想到别人知道是她咬的，就没脸见人：“早知道就不咬你脖子了。你当时怎么不提醒我。”

“我以为你想宣示主权。”殷墨轻抚了一下脖颈上那个齿痕，悠悠然说道，“只好满足殷太太的占有欲。”

傅幼笙：“……”

因为傅幼笙不愿意直面“惨淡的人生”，所以下午直接让温秘书怎么接得她，就怎么把她送回去。

她完全不想看到殷墨那个脖子，一看到他的脖子，她就想到了被人知道这是她干的。

相较于傅幼笙羞耻心爆棚，偷偷躲起来不愿意直面，殷墨对这个“宣示主权”一点儿都不遮遮掩掩。

晚上七点，殷墨自然如约参加酒局。

殷墨坐在包厢内，看着手机里傅幼笙给他发的满地打滚的表情包，薄唇抿起淡淡的弧度。

这时，有人跟殷墨敬酒。

“殷总最近忙什么，约你几次都约不到。”荣曜科技的林总举起酒杯，笑着问道。

殷墨长指漫不经心地抬起酒杯，仰头喝了一口，才说道：“有家事处理。”

旁边温秘书忍不住腹诽，家事等于追老婆，然后微笑，给殷墨倒酒。

包厢内灯光有点儿昏暗，但林总恰好看到殷墨喝酒的动作，目光突然定住，然后露出一个意味深长的笑：“哦，家事是殷总最近养了只小野猫吗？”

说着，他指了指自个的脖颈示意。

殷墨抿着烈酒，面不改色。

虽然都是大佬，但人都有好奇心，大佬们也不例外，齐刷刷看向殷墨。

谁不知道这位是尊无情无欲的大佛，哪只小野猫这么厉害，能把大佛拉下神坛。

之前网络上关于殷墨的一些绯闻消息，大家都知道是捕风捉影，毕竟他们才是真实见过殷墨的人，自然知道殷墨是什么脾性。

对于女人，他素来是敬而远之。现在看他脖子上那一块儿，明显是被女人咬的。

小野猫只是代称而已，大家都心照不宣。他们也就猜测是个什么小情人之类的，却见殷墨微微一笑，似是不经意地开口：“让诸位见笑了。”

一般话到了这个时候，大家都不会再问，但是现在这个人是殷墨啊，从来不近女色的殷墨！他们简直好奇死了。

尤其是林总。他之前跟殷墨一块儿参加过国外的商业会谈，结束时，大家一块儿去泳池趴散心。当时那可是美女环绕，什么类型的都有，就连家里有母老虎老婆的几个大佬都没忍得住，更何况其他单身大佬。

偏偏就是殷墨，明明年轻气盛，最受不了勾引的年龄，却对送到嘴边的美色全都拒绝，而且拒绝得毫不留恋。整整一场下来，殷墨愣是连一个女人的头发丝都没有碰过。

就是这样一个清心寡欲的男人，现在被女人咬脖子，留下这么深的印记，他们能不好奇吗？

林总不放弃，继续试探：“殷总是有什么不可说的？”

殷墨晃了晃只剩下一个底的酒杯，嗓音极淡，却又透着几分莫名的靡丽感：“倒也不是不可说，只是殷墨惧内而已。”

“咳……”

“咳咳咳……”

几个正在喝酒的大佬，被殷墨这句话给刺激得形象都稳不住：您用一本正经的表情说着惧内的话，这是认真的吗？

而且……惧内！

信息量太大，不知道从哪里开始震惊起。

林总缓了缓：“殷总，你结婚了？”

殷墨面对他们的狼狈震惊，依旧维持清隽的淡笑：“是，内子的职业原因，不方便公开。”

众人："！"

真结婚了！

不单单是旁人，就连跟殷墨一块儿来的胜景集团的副总都差点儿把酒杯摔了。他跟了殷总这么多年，怎么不知道殷总还有个内子！

后面大家喝酒聊天的时候，都有点儿恍恍惚惚，想要问殷墨，又不知道问什么。

毕竟人殷总都说了，不方便公开。到底是什么人，才不方便公开啊！

大家心里跟猫抓似的。

哪个女人这么大本事，非但拿下了风投圈第一钻石男神，还能让殷大佬隐婚？

重点是，还能让殷大佬惧内。

殷墨对他们的表情毫无反应，安静喝酒，进行酒局营业。

这时，他手机振动了一下。

傅幼笙：什么时候回来？我有事要跟你谈！

殷墨垂眸时，唇角含着笑意。下一刻，他缓缓站起身，把搭在椅背上的大衣穿上，这才端起面前倒满的酒："诸位抱歉，殷某有点儿事，先走一步。"说完，他将酒一饮而尽。

这时，殷墨的手机又振动了几下，林总坐在他旁边，下意识瞄了一眼，发现备注是"老婆"。

"殷总，你太太管这么严呢，这还有门禁呢？"林总笑着调侃。

殷墨已经把手机收起来，慢条斯理地整理了一下袖口，清冽的嗓音徐徐道："见笑，家教确实严。"

晚上十点整，家教严格的殷某人准时到家。

偌大的别墅内，客厅依旧亮着灯，透过落地窗，隐约能看到坐在旁边贵妃榻上看剧本的曼妙身影。

殷墨眼底划过一抹暖色，信步进了别墅。

空荡荡的别墅，终于再次迎来它的女主人。

明明只是多了一个人而已，殷墨却觉得，原本的空旷寂寥消失得无影无踪，取而代之的是满心满肺的温暖舒适。

"幼幼。"殷墨将大衣挂在玄关，换了拖鞋后，便直接走向落地窗旁边的贵妃榻上，“想我吗？”

傅幼笙已经洗过澡了，此时穿着一件雾霾蓝色的吊带睡裙，膝盖上盖了一条薄毯，半躺在榻上。乌黑长发蓬松迤逦，头发已经长至腰下，随着她的动作，几乎垂到干净的地毯上。

听到殷墨的声音后，她懒洋洋地掀了掀眼皮：“自作多情。”

看着居家又柔软的女人，殷墨忽然弯腰抱了她一下，嗓音磁性低哑：“幼幼，让我抱抱。”

幸好她回来了，即便是没有以前对他温柔撒娇的体贴模样。

撒娇也好，发脾气也好，任性也好，甚至就算没有以前那么爱他也好，只要她肯回来，就好。

殷墨从来没想过，自己居然也有要求这么低的一天。

他刚从外面回来，身上还渗着彻骨的凉意。傅幼笙没好气地推开他，将身上的薄毯丢到他身上：“你身上冷死了，赶紧去洗澡换衣服。我有重要的事情要跟你说。”

她认认真真地看着殷墨，黑白分明的眼睛眨都不眨，强调：“非常重要。”

殷墨轻笑了声，能让她这么严肃得都忘记问他今天吻痕有没有被人发现，得是多么重要。

“你可以先说。”殷墨感受到她丢过来的毯子温暖柔软的触感，像极了她给自己的感觉。

说话时，他的长指漫不经心地摩挲了一下毛毯布料。

傅幼笙拍了他手臂一下：“你能不能正经点。”裹着毯子，还没忘记勾引人，不知道自己长什么样吗？

傅幼笙推着他：“快去洗澡。”

见他不动弹，傅幼笙只好站起身，亲自拉着他上楼，把人送到浴室，并且关上门。

傅幼笙刚要休息一会儿，浴室内某人又作妖了。

“幼幼……”

傅幼笙不想搭理他，他在洗澡能有什么事情。

“幼幼。”浴室门被拉开，男人身上不着寸缕，只在腰间围了一条深蓝色浴巾，完美的身材展露无遗。

傅幼笙本来是坐着的，入目就能看到男人线条漂亮的腹肌、人鱼线。

“好看吗？”

男人含笑的声音让傅幼笙顿时回过神来，立刻收敛眼神，理直气壮："看看而已，你还害羞？"

殷墨自然地点头："你不但可以看，还可以亲自试手感。"

傅幼笙按捺住蠢蠢欲动的手，让自己表情看起来严肃一点儿："你好好洗澡不行吗，又出来做什么？"

殷墨幽邃的眼神透着几分无辜意味："你没给我准备睡衣。"

"你自己没手，还要别人给你准备？"傅幼笙没好气地吐槽了一句，怕他又浪费时间，赶紧打开他在卧室的柜子，随便丢了件睡衣给他，"快点。"

"是是是，殷太太。"

看着殷墨消失在浴室的背影，傅幼笙默默地摸了一下耳垂，小声嘟囔了句："男狐狸精。"他还说楚老师是男狐狸精呢，也不照照镜子看看自己的样子。

殷墨当然知道自己什么样子，也知道自家太太喜欢他什么样子。

洗完澡后，殷墨擦着湿发出来。他素来不耐烦用吹风机，以前都是傅幼笙帮他吹的。而现在傅幼笙只是坐在床上，瞄了他一眼："去吹头发。"

殷墨薄唇微张，想说什么时却被傅幼笙打断，桃花眸看着他："吹不吹？"

殷墨认命地退了回去："吹。"

等吹干了头发之后，殷墨想要上床，傅幼笙小下巴一抬："别急，先去沙发上坐着。谈事情，态度端正点儿。"

素来在公司说一不二的殷总奇妙地安静两秒，端端正正在沙发上坐下。

"殷太太，到底什么事情？"

傅幼笙在他对面坐下，要不是夫妻两个都穿着睡衣，这气氛严肃的就跟开正式会议一样。

"刚才你妈给我打电话了。"傅幼笙开门见山，"说今年过年回家见亲朋好友。"

殷墨顿时了然："妈想让我们办婚礼。"

"没错。"傅幼笙见殷墨明白，略松一口气，红唇轻轻抿着，"但是我现在还不能办婚礼，而妈的意思是婚礼要大办。"

"要办婚礼自然是要大办。"殷墨从来没想过要低调地把婚礼办过去。

低调领证已经是他的极限，他要让所有人知道，傅幼笙是他的殷太太，谁都不能觊觎。

傅幼笙眉尖轻轻蹙起来，水润漂亮的眼睛望着殷墨。

殷墨走到她身边坐下，轻轻握住她的手指，不疾不徐：“我知道你在担心什么。放心，等回家我会跟妈聊的。就算要办婚礼，也在你拿奖之后，好不好？”

长夜漫漫，他完全不想聊天，只想睡觉。

现在他不抓紧时间，等年后她进组拍《盛世》就更没有时间了。

傅幼笙得到殷墨这句话就放心了，柔软的小手主动反握住殷墨，窝进他怀里，勾着他的脖颈，红润小嘴嘟起来，轻轻在他耳边吹气儿：“殷总真好。”

察觉到怀里馥郁香甜的主动，殷墨下意识松开她的手，准备将人横抱起来。

下一刻，傅幼笙灵活的身体从沙发上跳下去，顺势走向门口，打开了主卧大门，朝他笑得艳丽风情：“殷总，您该走了。”

殷墨怀里一空：“？”然后看向站在门口的女人，眼底带着没来得及掩饰的意外。

他真的没想到，刚才还搂着他主动要亲吻的女人，下一刻就能赶他走。

“去哪儿？”殷墨坐着不动。

傅幼笙撩了一下散落在胸前的长发，朝他笑意盈盈：“当然是去……客房。殷总可别忘记，今天说好的，你去客房睡。”

殷墨就那么坐在沙发上，甚至还靠在傅幼笙经常靠的抱枕上：“宝贝儿，你这利用完了就丢的习惯，是怎么来的？”

听到他这个称呼，傅幼笙的潋滟水眸没好气地瞪了他一眼。

昨晚就这样叫了她整整一晚上，现在一听到，她就条件反射。

灯光下，傅幼笙殷红的双唇微微抿起，浓艳精致的五官透着清清冷冷：“你教的。”

殷墨站起身来，缓缓走过去：“真让我睡客房？”

离得近了，傅幼笙清晰看到他脖子上的齿痕明显，闭了闭眼睛：“谁跟你说假话了。”

“好。”殷墨顺从地答应下来。

傅幼笙仰头看他，眼底划过一抹狐疑，脸上故作清冷的表情都差点儿维持不住。

他会这么痛快地答应吗？

幸好她想到自己此时的骄矜人设，扬了扬下巴，给他让出一条道：“那还不快走？”

殷墨没想到傅幼笙前一秒索吻，下一秒笑着让他去客房，而傅幼笙也没想到，殷墨前一秒答应去客房，后一秒直接把她原地扛起来，大步往客房走去。

一下子倒挂在男人劲瘦却宽阔的肩膀上，傅幼笙顿时头晕眼花，小脸充血，惊叫一声：“殷墨！”

然而殷墨像是没有听到，还冷静地拍了一下她的腿：“小心掉下去。”

“那你倒是把我放下啊！”傅幼笙觉得自己整个人都要爹毛了。

殷墨居然把她倒着扛起来！这还是人吗？！

从监控画面上看，傅幼笙头发又长又密，特别像殷墨肩膀上倒挂着一个女鬼。

路过客房落地镜时，殷墨不小心扫了眼，眼底染上浅笑，然后也不着急去床上了，就那么站在落地镜前，示意傅幼笙看镜子：“你看你现在像什么？”

傅幼笙现在只想下去！她下意识瞥向镜子：“殷墨！”

素来从容沉静的男人，听到她气急败坏的声音之后，竟然笑出声了。

低沉磁性的笑声在空旷的客房内，分外清晰，傅幼笙小心脏扑腾扑腾地跳。

殷墨终于把她从肩膀上放下来了，还帮她抚着后背：“被自己吓到了？”语调中透着隐隐笑意。

傅幼笙使劲儿踹了他一脚：“浑蛋！”

殷墨依旧笑着。

他越笑，傅幼笙越生气，跳到他身上要掐他脖子。

殷墨纵容她解气，还怕她掉下去，顺势搂住女人纤细的腰肢。

两人都穿了薄薄的睡衣，隔着两层布料，能清晰感受到彼此身上的温度。

殷墨一开始还能任由傅幼笙发泄，几分钟后，他就有点儿受不住了。娇妻在怀，身上香气越发清甜馥郁，他能忍住才奇怪。

客房没有开灯，就着走廊透进来的暗淡光线，傅幼笙将他按在地毯上，垂眸便能清晰看到他眼底那幽暗深沉的火焰。

傅幼笙眯了眯眼睛，忽然小腹一阵熟悉的感觉侵袭而来，傅幼笙整个人原地顿住。

感觉到怀里女人终于不挣扎了，殷墨下意识想要探身抱住傅幼笙，修长指尖顺着她丝滑的裙摆，似乎是在等待机会。

“去床上吗？”男人的薄唇擦过她细白的耳垂。

傅幼笙忽然对他笑了一下，然后漂亮的指尖顺着男人的胸膛轻轻往下点着。

殷墨还带着咬痕的喉结轻轻滚动一下，被她撩到了；然而当他准备下一刻动作时，一双小手撑在他的胸膛，一缕幽香沁入他的呼吸之中。

傅幼笙若有若无地在他薄唇上亲了一下：“我来大姨妈了。”

殷墨胸腔原本跳动的心脏停滞了一瞬，就连傅幼笙从他怀里出去，他都没有反应。

“所以，你自己解决吧！”傅幼笙一路小跑回了主卧，然后在浴室得意地笑出声。

殷墨平复好心态之后才敲了敲浴室门：“你不是三天后才来吗，怎么提前了？”

傅幼笙素来时间准，一天都不差的，这次突然提前三四天，殷墨表情微微透着几分凝重。

傅幼笙轻哼一声：“肯定是因为你昨晚没轻没重。”

殷墨敲门的指骨顿住，转而拿出手机搜了一下女性生理期提前会有什么不舒服，要怎么处理。

看完医生解答后，殷墨见浴室门紧闭，也没有非要敲开，转身下楼去了厨房。

等傅幼笙把自己弄好出来时，便看到空荡荡的房间。她眼底情绪收敛了几分，睫毛低垂，慢慢地回到床上躺下。

她闭着眼睛，仿佛空气中都是清冷气息，刚才那一场嬉闹仿佛做梦一样。

忽然之间，呼吸中除了清冷之外，多了一点点甜丝丝的香味。

傅幼笙下意识睁开眼睛，却见原本离开房间的男人，端着一个玻璃托盘走过来，白皙精致的手腕让人下意识忽视掉他手上的器皿。

见傅幼笙眼神怔愣，殷墨嗓音温沉低柔：“疼吗？”

一般来说，提前三四天问题不大，但殷墨想到傅幼笙平时都很准时，这次突然提前，可能是身体不舒服，她最近压力大，也可能会表现在这方面。

听到殷墨温柔的声音，傅幼笙没有说话，双眼眨都不眨地看着他。

殷墨以为她是疼了，长指扶着她的纤细手臂，让她稳稳地靠在床头，顺手在她身后塞了个靠枕。

随即，男人坐在床边，将保温桶里的红糖姜茶倒进白瓷碗里，动作徐徐，格外自然从容，仿佛做了无数遍。

随着盖子打开，原本淡淡的甜味一下子扑面而来，姜独有的辛辣味道与红糖的甜蜜恰到好处地融合在一起，瞬间侵占了傅幼笙的呼吸。

她下意识皱了皱眉：不喜欢吃姜，很辣。

见傅幼笙偏过头，殷墨直接用勺子舀起来一勺，递到她唇边："喝了就舒服了。"

"我肚子不疼，不用喝。"傅幼笙没有趁机跟殷墨撒娇，她就是单纯的不想喝姜糖水。

殷墨不着急，吹了吹热气："我特意给你煮的，多少喝一点儿？"

"你刚才是出去煮这个了？"傅幼笙隔着白瓷碗上方漂浮的白色雾气，看着殷墨俊美如斯的面庞。

怎么看都不像是贴心的男人。

以前她每次经期，都是保姆给她煮红糖水，不加一点儿姜的。

殷墨将勺子重新递回傅幼笙唇边："所以给个面子，殷太太。"

傅幼笙定定地看了他一会儿，最后还是张开红唇，一口一口地让他把红糖姜水喂给自己。

一嘴姜味，她又重新去浴室刷了个牙才回床上。

明明觉得自己睡不着的，但不知道为什么，身旁男人的体温让她很有安全感，很快便陷入睡眠之中。

次日七点。

殷墨起得早，去书房开完视频早会，下楼看到放假回来的厨师已经在厨房了。

别墅内是有其他用人管家打理的，只是平时住在别墅后面的院子里，不会打扰到他们的生活。

今天殷墨把厨师跟用人全叫回来，照顾傅幼笙。

"太太还没起床？"殷墨下楼走向岛台，准备倒杯水。

管家已经将温水递过来："是的先生，太太还没醒。"

殷墨看向厨房："这几天，多给太太做一些女性滋补的饮食。"

等他们应答之后，殷墨补了句："今天早晨先煮个红糖姜茶。"

下一刻，惯常给傅幼笙做滋补食物的厨师疑惑："太太从来不喝姜茶的，平时只喝红糖水。”什么时候把这个习惯改了？

殷墨握着杯子的手一顿：“为什么不喝姜茶？”

厨师理所当然地回答：“太太对姜味敏感，偶尔一点儿调味还可以入口，但如果是很重的姜味，就难以下咽。”

想到傅幼笙昨晚喝完姜糖水后那皱巴巴的小脸蛋，殷墨长指抵着眉梢，眼神幽暗，吓得厨师还以为自己说错什么话了。

“先……先生？还要做吗？”

殷墨情绪收敛，淡淡的语调透着点低哑：“做她爱喝的。”

本来打算上楼继续工作的他突然改变主意，叫来管家记录厨师说的傅幼笙喜欢吃的、平时忌讳、日常习惯。

殷墨听着他们的话，忽然发现自己对傅幼笙在这栋别墅内的生活，似乎一点儿都不了解。

他以为自己给了她舒适又奢华的生活，其实完全没有走到她心里，没有分出一点儿时间，去真正地了解她的喜好。

他对她的一切喜好都浮在表面。

例如他知道傅幼笙平时喜欢吃火锅，但是却不知道，她不能晚上吃，晚上吃火锅会很久都睡不着。

他知道每次夫妻生活过后，傅幼笙会哭得缺水，需要缓半小时后喝一杯温水补充水分，但是却不知道，她如果第二天有活动的话，晚上是不能喝水的，因为早晨很有可能会水肿，上镜不好看。

越听，殷墨的脸色越发的阴沉，沉得用人们大气不敢出一声，不知道到底发生了什么事情，直到楼上响起脚步声。

“太太，您起了。”用人立刻迎过去，“您要用早餐吗？”心里却暗松口气，太太来了，殷总应该就能放过他们了吧。

果然，在听到傅幼笙下来的声音后，殷墨脸上阴沉的情绪一扫而空，转身走出厨房，顺手端走了厨师刚刚做好的红糖水。

傅幼笙本来看着殷墨手里的红褐色的糖水，表情有点儿复杂。

昨晚碍于他难得的贴心，她不好意思拒绝他的好意，免得打击到男人的自尊心，但不代表她第二次还会任凭自己喝不爱喝的东西。

傅幼笙：“我不喜欢吃姜。”

殷墨将红糖水端过来，眼神定定地看着她，嗓音暗哑：“我知道，没有加姜。”

分明只是一件很小的事情，但是从那天开始，傅幼笙发现，殷墨好像真的变了。

他没有以前那么独断专行，年底百忙之中，还会抽出时间，关心她的生活。

傅幼笙听管家说过，殷墨无论多晚回来，都会询问用人她在家的情况，从饮食到心情，无微不至。

傅幼笙怀疑，殷墨可能是愧疚了。

这么多年过去，他现在才来愧疚，反应是不是太迟钝了点。

腊月二十九那天，傅幼笙接到了来自傅家的电话，让她没有心思再考虑殷墨这段时间是不是不对劲。

是她妈妈打的电话。

“幼幼，今年过年，你能回家吗？”

傅幼笙一听到妈妈悲伤又恳求的声音，唇角弧度僵硬了一瞬：“不回去了，我答应殷墨他妈妈，今年去殷家过年。”

傅夫人听到女儿跟婆婆相处得很好，其实心里也是为她高兴的。

只是她犹豫许久：“幼幼，你爷爷今年会回来过年。就算你大年三十不能回来，初一能回来一趟吗？”

傅幼笙可以拒绝她父亲和母亲，却不能拒绝去看望老人。

尤其是小时候，她的启蒙都是爷爷亲自教的。

傅老先生是当世大儒，十年前老妻去世后，便去守墓隐居多年。

除了家庭医生与老管家跟着他以外，他不见任何人。

傅幼笙不想回那个家，更不想见傅恩忱。她睫毛低垂：“以后有时间，我会回去看爷爷的。”但不是这个时候。

傅夫人轻叹一声：“那妈妈能去看看你吗？妈妈想你了。”

傅幼笙想到妈妈对自己的维护，虽然在这样的家庭中，妈妈也有错，但……妈妈只错在性格太软弱，依附丈夫。

在傅幼笙这个独女身上，傅夫人真的付出了全部的心血与爱。

傅幼笙很清楚，这也是她可以对傅恩忱说狠话，却对着妈妈说不出狠话的原因。

“好。”最后她还是没有拒绝妈妈。

傅幼笙轻轻说：“您自己来，别带任何人。”

傅夫人喜极而泣：“好好，妈妈一定自己过去。”

从傅幼笙那里得知地点后，傅夫人立刻开始张罗起来。

这些年亲手给女儿做的旗袍——旗袍是每年生日送给女儿的礼物，还有给她准备了二十多年的嫁妆——从她出生第一年就准备，即便后来她离开傅家，傅夫人也没有一年是忘记的。

她听丈夫的话，不跟女儿联系，私底下却依旧偷偷地想念女儿。

但她没想到，女儿已经把自己嫁出去了。

想到殷墨的品性和他上次毫不犹豫地站在女儿面前的样子，傅夫人悲伤的眼底终于染上淡淡的暖色。

幸好女儿眼光好，选择的女婿，是真心对她的。

等到傅恩忱从学校回来，便看到家里就跟被人抢劫了似的，他皱眉问家里做饭的阿姨："怎么回事？"

阿姨一边收拾，一边回道："夫人把小姐的嫁妆都收拾出来，说要给小姐送过去。"

傅恩忱下意识就想给傅夫人打电话让她回来，但手刚握住电话，却陡然顿住。

想到上次会馆分别时，女儿那决绝的眼神，傅恩忱最后闭了闭眼睛，重重地坐回木质沙发内。

掩住了眼底一闪而逝的脆弱。

罢了，事到如今，她想要如何就如何吧。

相较于傅恩忱内心的挣扎苦楚，傅夫人想到很快就要跟女儿见面，一路上的笑容就没有消失过，完全忘记跟丈夫说了。

傅夫人满脑子都是快要见到女儿了，不知道她会不会喜欢自己准备的这些嫁妆与礼物。

麓荷公馆。

傅幼笙知道妈妈快要到了之后，便让人准备妈妈喜欢的茶点。

虽然是寒冬，但下午阳光是极好的，透过落地窗，坐在露台喝喝茶吃吃点心聊聊天，悠哉又舒服。

以往在家的时候，傅幼笙很少这么悠闲。

记忆中，她所有的假期不是在学习，就是在学习的路上，甚至比上学时候还要安排得紧。

因为她上学的时候，是老师安排的；而假期时间，是她父亲亲自安排的。

然而傅幼笙没想到，她妈妈的身后居然跟了好几辆车，像是搬家一样。

就连家里见多识广的管家，从监控器里看到外面的车队，脸上都闪过惊讶的表情："太太，这是您母亲单独来拜访？"

因为用人们只准备了双人下午茶，如果还有人的话，他们是要重新准备的。

傅幼笙看着监控器里出现母亲那张柔美娴静的面容，红唇抿了一下："是她一个人。去接一下。"

管家："是。"

傅幼笙本来不想亲自去接，但不知道为什么，腿脚不受控地走到玄关外。

看见傅夫人身后那两人抬的木箱，足足有二十多个。

傅夫人见管家出来，优雅一笑："麻烦您找几个人出来帮忙抬一下好吗？"

管家："……是。"

这些木质的箱子，如果她没有看错的话，应该都是沉香木的吧？

天哪！把沉香木当成普通箱子来装东西，这是什么家庭？

不对，应该是用沉香木装的东西，得多珍贵！

顿时，管家立刻转身回去，提醒那些帮忙搬东西的用人，一定要小心再小心，不然弄坏了，卖了他们都赔不起从箱子上掰下来的一小块上等沉香木！

傅幼笙目光从母亲身上移到那些东西上，漂亮的眉头轻轻蹙起："妈妈……"

"幼幼。"傅夫人看到傅幼笙，立刻上前握住她的手，水润的眼眸上上下下地将她打量一个遍，发现她并没有憔悴之后，这才略松一口气，"殷墨把你照顾得很好。"

比起上次，女儿的脸蛋红润不少。

傅幼笙见到妈妈那欣喜满足的表情，抿了抿唇瓣，倒是没有说什么扫兴的话。

只要傅恩忱没来，傅幼笙还是愿意跟妈妈说说话的。

"妈妈，你怎么带这么多东西过来？"傅幼笙不想拿关于傅家的丝毫东西。

傅夫人听得出傅幼笙的意思，眼底的高兴瞬间转变成悲伤："幼幼，这些都是妈妈给你准备的嫁妆，从你出生就开始准备了。现在你结婚了，妈妈只能给你这些。你不要嫌弃妈妈好不好？"

她知道傅幼笙不想提到自家丈夫，也知道他们之间的矛盾不可逆转，所以并没有说是他们一起准备的。

别墅客厅很大，但当所有箱子都搬进来后，就被塞得满满当当。

傅夫人牵着女儿的手，打开一个箱子，露出来里面刺绣精致的旗袍："这些都是妈妈亲手绣的旗袍，每年一件。"

她保养得当的手温柔地轻抚旗袍上的纹路，轻轻地说："你离开之后，妈妈依旧每年都会给你做一件。

"幸好你当了女演员，网上有你身材的数据，妈妈再估算一下，应该适合你穿。"

说着说着，傅夫人眼尾滑下一滴眼泪。她擦了擦眼尾，笑着说："妈妈太软弱了，本来不想在你面前哭的，好像又没忍住，对不起，宝贝女儿。"

傅幼笙从看到那一针一线亲手缝制的旗袍开始，眼眶就红了，在看着傅夫人笑着说对不起的时候，强忍的情绪忽然没有绷住，用力抱住了傅夫人。

"妈妈。"带着哽咽的哭腔，这一声妈妈，仿佛要将所有委屈都喊出来。

"对不起，对不起。"傅夫人回抱住女儿清瘦的身子，不断地说这三个字。

管家在察觉到母女情绪不对劲的时候，就很有眼力见儿地带着用人们离开，将空间留给这对母女。

当然，管家自己也需要空间，消化一下她照顾了这么多年的太太，家世底蕴竟然这么厚重的惊天秘闻。

她本来以为太太跟先生应该是现实版的灰姑娘和王子，万万没想到——

是自己天真了。

什么灰姑娘，分明就是公主隐藏身份！

果然，现实要比小说更梦幻。

殷墨回来的时候，已经是晚上八点。

刚进门，便被客厅满满当当的箱子堵了个正着。他长指勾了勾领带，越过那些箱子，抬步走进去："这些是什么？"

管家立刻回道："是太太母亲送来的，好像是给太太的嫁妆。"

她隐约听到过嫁妆这两个字，应该是了。

殷墨想到岳母来过，清隽的眉心深折："太太心情怎么样？"

管家低声说："哭过了，现在睡着了。"

殷墨来不及喝口水，将大衣交给管家后，径自上楼去了主卧，并没有看楼下那堆贵重的嫁妆。

因为担心傅幼笙，殷墨在门口沉吟了几秒，才轻轻推开了房门。

本来以为傅幼笙睡着了，没想到刚进门，就听到她说话的声音。

“谢谢哥哥，如果没有你，我都不知道怎么办。”

傅幼笙音质本来就偏软，刚刚又哭过，哑哑的小烟嗓喊哥哥，特别勾人。

然而问题是——

这个哥哥喊的并不是他？

殷墨听到她的声音后，幽邃的眼眸微微眯起，忍不住冷笑一声，径自进来。

“老婆。”殷墨尽量让自己的声音听起来很平静。

傅幼笙大概是没想到殷墨会进来，扭头的时候眼底划过一抹惊讶，却没有被抓包撩小哥哥时的心虚：“你回来了。”

殷墨应了声，走到傅幼笙身后，入目便看到她手机屏幕上出现的男人面庞清俊，他忽然笑了：“哦，跟咱哥聊天呢。”

第十九章

本能 VS 名分

/

XINTIAO
BU
TINGHUA

这一声“哥”，不但震住了傅幼笙，连带着视频对面的沈行舟都被他震住了。

气氛陡然凝滞了几秒，傅幼笙才没忍住笑出声来，在视频看不到的死角掐了他一下，示意他闭嘴。

殷墨仿佛没有感受到，直接在傅幼笙身边坐下，薄唇抿起极淡的弧度，礼貌从容：“沈总，许久不见。”

见殷墨恢复正常，傅幼笙终于松口气。

她真的可害怕殷墨一口一个哥地喊沈行舟，让她没法直面这个称呼。

沈行舟若不是亲眼看到亲耳听到，还以为刚才那声哥是幻听。

他眼睛微眯，神色沉重。

傅幼笙不知道，他却很清楚，殷墨这是在挑衅他。

情敌之间，素来是敏锐的。

沈行舟定定地看着殷墨：“殷总，晚上好。”他淡色唇瓣勾起一个弧度，“我跟幼幼聊一些小时候的事情，殷总应该不会想听吧？”

殷墨微微一笑：“不，我很有兴趣。

“幼幼平时不爱说小时候的事情，沈总与幼幼从小一起长大，不如你跟我说说如何。”

说着，殷墨伸出一只白皙手掌，气定神闲地调整了一下手机方向，很快，屏幕里就只出现他一个人的面庞了。

殷墨摆弄完毕后，还侧眸看了眼傅幼笙："幼幼，厨师准备了宵夜，下去吃。我陪你哥哥聊一会儿。"

"哥哥"这两字说的时候，他面上带着似笑非笑的弧度。

本来傅幼笙觉得这个称呼真的没啥问题，谁知道会被殷墨这个醋精听到。

傅幼笙突然被排斥出来："？"

怎么就成了殷墨跟沈行舟聊天了？

等到傅幼笙喝完燕窝上来后，殷墨跟沈行舟居然还没有挂断视频。

"你们俩有多少话题可以聊？"傅幼笙桃花眸睁得圆溜溜的，惊讶地看着他们。

沈行舟清冽干净的声线透过话筒传出来："殷总盛情难却。"本来他只是想跟幼幼小宝贝儿聊天的，谁知道殷墨居然这么无耻，中途插进来。

等傅幼笙一走，殷墨居然连装都不装，直接拿起平板电脑当着他的面处理公务。

自然，沈行舟更是懒得装，也开始处理公务。

于是两个人面对面视频，自顾自地办公，谁都没有说话。

直到傅幼笙脚步声传来，沈行舟看到殷墨突然把平板往床上一放，立刻也将自己办公的文件放好。

傅幼笙狐疑地看着殷墨：他能对沈行舟这么热情？

"你盛情什么了？"

殷墨被沈行舟摆了一道，自然要摆出来盛情的态度来。他唇角掀起，忽然含笑温声说："嗯，我盛情邀请沈总来参加我们的婚礼，并且担任伴郎。"

沈行舟："……"

傅幼笙："……"

殷墨大概觉得自己说得不够盛情，继续道："如果沈总愿意，也可以给幼幼当伴娘，我不介意。"

沈行舟忽然低笑了一声："如果殷总不介意，那我更不介意。牵着幼幼的手参加婚礼，是我从小到大的梦想。"

随即他徐徐说道："幼幼小时候还说要嫁给行舟哥哥。"

下一秒，殷墨的眼神一瞬间肃冷下来。

两个男人隔着屏幕遥遥对视，殷墨不疾不徐："可惜，现在行舟哥哥只能给她当伴娘。"

一分钟后，看着挂断的视频，殷墨耸耸肩：“他高兴得把视频都挂了。”

傅幼笙举手在他眼皮子底下晃了晃：“你年纪轻轻就瞎了？他明明是生气了。”

“哦，原来是生气了。”殷墨漫不经心地牵着傅幼笙的手，“那你这个哥哥脾气有点儿暴躁。”

傅幼笙想到平时温润清淡的男人，他明明脾气最好，怎么在殷墨这里，就成了脾气暴躁了。

“你是不是惹他了？”傅幼笙总觉得他们两个气氛不太对。

虽然刚才挂断的时候，沈行舟依旧能保持优雅，微笑跟他们道别，但傅幼笙就是看出他情绪有点儿不太对。

“这么关心你——哥哥？”殷墨眼眸幽暗，沉沉地看着她。

“都说了是哥哥，你别钻牛角尖。”傅幼笙没好气地拍了他一下，“我就是跟他说一声，大年初一去看我爷爷。”

“爷爷？”殷墨倒是听傅幼笙提起过她爷爷，只不过老人家隐居多年，不喜见人。

不过，他的注意力不在这里，而是眼眸静静看着她：“你让他陪你去看爷爷？”

这个调调，傅幼笙甚至能猜到殷墨后面肯定要说自己对他始乱终弃了。

现在的殷墨，可真是非常矫情。

果然，还是工作不够忙才让他天天有空想些有的没的。

“爷爷也想见他，所以我们刚好一起去。”傅幼笙眼睫低垂，轻轻叹了一声，“我不想自己去傅家，你陪我一起，跟我自己去是一样的。”

傅幼笙没有说得很清楚，但是殷墨却听懂她含含糊糊的话。

她的意思是他们是夫妻，是一样的。

到时候如果发生什么矛盾，殷墨是坚定不移地站在她身边。虽然傅幼笙想要这样全心全意的维护，但就理智而言，这样会更加激化矛盾。

傅幼笙不想在爷爷面前，与父亲发生什么冲突。

刚好沈行舟给她打电话问回不回去过年，傅幼笙就顺便跟他说了。

沈行舟今年也是要回去的，毕竟他当初年轻气盛离开沈家出去白手起家，但他终归是沈家唯一的继承人，跟傅幼笙不一样，他对沈家是有责任的。

如今沈家呈大厦将倾之象。因为沈行舟的离开，沈家内部矛盾重重，纷争不断，不单单沈行舟会回去，就连沈毓也得回去认祖归宗。

跟殷墨解释清楚后，傅幼笙话锋一转："所以，你解释解释，刚才是不是欺负他了？"

殷墨的表情有一瞬间的别扭，但是很快恢复原本的平静淡定："没有。

"我们……相谈甚欢。"

说着，不等傅幼笙继续审问，他揽着傅幼笙的肩膀："我还没吃晚饭，顺便聊聊你下面那些嫁妆怎么处理。"

"喂，你别想岔开话题。"傅幼笙没好气地拐了他手臂一下。

见她精力不错，似乎没有因为今天岳母的到访而有什么心理阴影，殷墨倒是放心许多。

至于楼下那些嫁妆，殷墨看了几眼之后便知道，这是岳母精心准备的，包含着对一个女儿深沉厚重的宠爱。

他不知道这里面有没有岳父的手笔，但单单凭岳母，应该收拢不了这么多好东西。

许多都是价值连城的古董，随便拿出来一样，都会引起轰动。

如果真的把傅幼笙逐出家门，怎么舍得给一个与家里断绝关系的外嫁女这样的一份嫁妆。

况且，没有岳父的允许，岳母怎么可能将这么多东西从傅家带到麓荷公馆。

傅幼笙看着那些沉香木箱子，双唇紧抿着："除了妈妈给我亲手做的旗袍，其他的东西我都不想要。殷墨，等年后我们送回去好不好？"

偌大的客厅，灯光明亮而璀璨，将那几个打开的箱子照得清清楚楚。

面对这样巨大的金钱诱惑，殷墨只是牵起傅幼笙的手，俯身在她额头上印下一个轻飘飘的吻。

男人的嗓音温沉好听："好，我们家殷太太说了算。"

气氛恰到好处，傅幼笙眼睫轻眨了两下，忽然笑出声："既然我说了算，那大年初一我跟行舟哥哥一块儿去看爷爷，不带你。"

"傅幼笙！"殷墨眼底的柔情一下子消散，取而代之的是危险幽深，隐隐还能看到气急败坏。

殷墨脱口而出："我不想沈行舟陪你去。"

本来，这样的情绪不可能出现在无情无欲神仙一样的殷大佬身上。

之前她看过一个关于殷墨的采访报道，记者曾经是这么形容他的，傅幼笙觉得很贴切。

胜景资本的殷墨殷总，骨子里就是冷情冷性的，无悲无喜如一尊雕刻完美的玉雕，仿佛没有人身上的烟火气，没有任何弱点，自律克制到令人发指，大概这样的人，以后获得的成功也无疑是不可估量的。

那篇报道，是在殷墨刚刚创立胜景资本没多久的时候登出来的。

而那个记者也说对了，像殷墨这样心无旁骛搞事业的脾性，短短时间，他便在事业上获得旁人无可估量的成就。

但在爱情上，从来都不是一个人的单向奔赴。

傅幼笙想看他真正染上情欲的烟火气息，而不是之前为了留下她而假装入凡尘。

他真真正正像一个恋爱中的男人一样，不会用理智去衡量感情上的任何事情。

傅幼笙看着殷墨眸底刻意隐藏的气急败坏，却忽然笑了，这一次真的主动环抱住他的脖颈，踮脚在他唇角亲了一口："奖励你。"说完，她翩然转身上楼。

殷墨眼底划过一抹错愕，似乎是没想到傅幼笙会来这一出。

奖励？奖励什么？

殷墨的指腹轻轻摩挲了一下被她亲过的唇角，女人的馥郁清香在呼吸之间缭绕不散。

唯独傅幼笙知道她奖励的是什么，不过是奖励他……终于不再衡量利弊。

他这次吃醋，更多的是本能行为。

明知道沈行舟陪着他们一起去会更好，但他却说出不想让沈行舟一起去。

如果是理智中的殷墨，权衡过后，肯定会选择让沈行舟随行，这样会更好地缓和傅幼笙与傅家的关系。

爱是一件很单纯的事情，真正的爱不会用理智去衡量一件事的利弊，而是凭借一腔爱火，本能而行。

大年三十那天，傅幼笙一早就跟殷墨回了殷家过年。

殷老太太带着傅幼笙跟她的老姐妹们炫耀："这是我们家墨墨的媳妇儿，今年来家里过年了。"

然后老太太收获了一众姐妹们对孙媳妇容貌气质的夸奖之后，心满意足地放傅幼笙出去了。

然而傅幼笙并没有松口气，因为婆婆要带她去大院里溜达。

名为溜达，实为炫耀。

不得不说，这对婆媳在炫耀儿媳妇上面，是出奇地统一。

白天带着傅幼笙在大院里转了一圈之后，殷夫人还特意说，千万让他们保密哦，还没有打算公开。

被秀了一脸的大院众人："……"

刚好傅幼笙去年拍摄的一部电影最近上映，反响非常好，这才短短两天时间，据导演说，票房已经预定爆了，在网上也很出圈。

大院里很多年轻人得知自家父母今天见到傅幼笙，纷纷央求家长带他们去殷家要签名。

于是黄昏时分，殷墨从书房下来，便看到老宅客厅里挤了一堆人，连带着他父亲大人都被挤到旁边："爸，这是？"

殷临悠悠地说："都是儿媳妇的小粉丝们。"

傅幼笙也是没想到，这部电影居然一夜之间真的爆了，网上讨论的全都是她的演技和电影剧情。

这部是少有的仙侠电影里面拍摄制作精良的，当然，这也要得益于投资商的大手笔投资。

傅幼笙扮演的小师妹跟齐宴之扮演的大师兄，因为这部电影，荧幕情侣粉丝们又精神了。

自从电影拍完之后，又参加了几场活动，后来傅幼笙就跟齐宴之没有太多联系，不过偶尔也会在微信群里聊两句。

这次大批荧幕情侣粉丝崛起，重新把他们两个联系在一起，还有人发出来当初傅幼笙跟齐宴之的片场花絮。

此时殷墨刚走近坐在沙发中间的自家太太旁边，就听到邻居一个初中小姑娘说："呜呜呜，小师妹你一定要跟大师兄好好在一起，最好再生两个宝宝，龙凤胎，我祝你们幸福。"

傅幼笙听惯了这种把电影当成现实的粉丝开玩笑的话，刚想要笑着回她，身边已经站了一个挺拔修劲的身影："我太太只会跟我生孩子。"

初中女生不可置信地看着傅幼笙跟殷墨相握的手，原本期待的眼神一下子希望破碎："呜……你太坏了，居然抢走大师兄的小师妹，我要告诉大师兄！"

四周大人们纷纷笑得不可抑制，反倒是小姑娘哭哭啼啼。

傅幼笙将签名递给她："别哭了，那是电影剧情。"小姑娘思考几秒，觉得好像是哦。

经过她这么一闹腾，其他人都带着孩子们走了，偌大的客厅恢复安静。

殷墨握着傅幼笙的手：“你什么时候才能给我一个名分？”

他不满足只是公开这一点，他想要全世界都知道，傅幼笙是殷墨的太太。

临近傍晚，客厅内开着亮堂堂的灯光。

老太太喜欢喜庆热闹，还让儿子殷临挂了好几盏红彤彤的小灯笼。

老宅装修是殷夫人喜欢的美式奢华风格，但老太太住进来之后，多加了许多中式元素，却不觉得突兀不契合，反而有种混搭的温暖随性风。

就着舒适的光线，傅幼笙仰头看着站在沙发旁边牵着她手的男人，莫名地感觉到男人眼底深处的隐晦情绪。

明明房间里还有其他家人，但傅幼笙却看到殷墨瞳仁只映出她一个人的身影，仿佛他眼里心里只有她一样。

她下意识生出这样的错觉，红艳艳的唇瓣动了动，甚至沉溺于他的眼神，想要答应他的任何要求。

幸好，殷夫人亲自端着果盘走过来，打断了他们的对视：“着什么急，等婚礼的时候再公开，岂不是更有意思。”

傅幼笙也是没想到婆婆竟然这么有恶趣味。

殷夫人也是今天才知道微博上那些人是怎么评论自家儿子与儿媳妇的。

没想到儿子居然被当成小白脸，她看得津津有味。

现在听到儿子委屈巴巴跟儿媳妇要名分，想到自己在儿子这里吃过的瘪，殷夫人就对儿子落井下石，并且一点儿愧疚之心都没有。

毕竟，对她而言，只要有儿媳妇，以后能生孙子孙女就行，至于儿子的名分，不重要。

又不是孙子的名分。

“妈——”殷墨看向母上大人，无奈地叫了一声。

“哎呦，殷总还知道自己有个妈呢。”殷夫人坐在傅幼笙面前，亲自给她递了个洗得干净的白草莓，“幼幼吃点儿水果，等年后有时间妈带你去做个备孕检查，婚礼之后备孕刚刚好。”

傅幼笙一听这话，觉得婆婆递过来的草莓特别沉重，差点儿没拿起来，求救似的看向殷墨。

这个时候想到他了。

殷墨还是上来解救她：“妈，我们婚礼过一年再举行吧。明年都没空。”

殷夫人脸上愉悦的表情一顿，凉凉地看着殷墨："你要气死我？"

殷墨："没有。"

殷夫人："你还想不想要名分了？"

"……想。"怎么不想。

听到殷墨的回答，殷夫人直接总结："你想要名分，还要再过一年办婚礼？"

殷墨觉得自己都快要被母上大人的逻辑给征服了。

傅幼笙在旁边听着心惊胆战的，忽然一瞬间，明白殷墨当初为什么不让婆婆知道他们早就结婚的消息了。

当年初出茅庐的她，绝对会被婆婆这种神奇的逻辑给说服，然后退出娱乐圈结婚生孩子。

傅幼笙心有余悸地攥紧了殷墨的手。

殷墨安抚性地捏了一下她纤细的手指："一年时间，刚好可以用来准备婚礼。您不是想要办盛大的婚礼吗，这几个月的时间怎么能够？至于名分这件事，幼幼随时都能给我。"

说着，殷墨眼眸含笑看着傅幼笙："对吗幼幼，你会很快就给我名分的吧？"

傅幼笙被绕晕了，他们母子两个怎么套路都这么多？说来说去，最后结果就是要她给他名分。

傅幼笙双唇抿着，憋着笑，感觉殷墨有点儿可爱，为了名分，居然兜这么大的圈子。

既然殷总这么努力，傅幼笙又怎么能不给他机会。

于是大年三十深夜，春晚正在倒计时半小时，傅幼笙偷偷发了一条带照片的微博，顿时以一己之力把春晚上的节目热搜全部顶了下来。

傅幼笙V：新年快乐。

说的话跟其他明星艺人朋友们的差不多，唯独配的照片，简直要惊死人。

一张结婚证，一张男女牵手照。

大热女明星新年自爆已婚，这个热门新闻一下子传遍了微博。

重点是，傅幼笙还特意在这条微博下留言：

你们组荧幕情侣，有人醋海翻了要名分。

粉丝们手抖得差点儿年都过不好。如果不是春晚还在播放着，他们真以为今天是愚人节。

这是什么？新年第一弹？炸晕了我。

啊啊啊啊，仙女居然结婚了，我失恋了！

那个百科搜不到的小白脸到底何德何能，居然能跟女神在同一户口本上！

呜呜呜，我心都碎了。

姐妹们支棱起来！谈恋爱能分手，结婚也能离婚！

我要把微博名从“今天傅幼笙分手了吗”改成“今天傅幼笙离婚了吗”。

所以这个得到女神芳心的男人到底是谁？真没人能扒出来吗？

@营销号 你们倒是干活啊，不是在圈子里都有对娱乐圈百晓生的朋友吗？现在巨星都官宣结婚了，你们连一点儿消息都没得到？什么东西？

@营销号 都别干了，这都扒不出来。

有粉丝绝望总结：今天一定是愚人节。

当然，以为今天是愚人节的还有闻亭！他只想安静地过一个春节，有那么难吗？为什么傅幼笙要给他在这种日子找事情！

傅幼笙还没来得及看粉丝们的评论，就接到了闻亭的电话。

她看着外面烟火通明，笑意盈盈：“新年快乐，闻哥。”

“新的一年，这就是你送我的新年礼物？”闻亭的大嗓音穿透话筒，直逼傅幼笙的耳朵。

傅幼笙早就有防备，提前将手机远离了自己耳朵，却依旧能清晰听到那边暴跳如雷的声音。她指尖轻点着窗外那绽放的烟花盛景，瞳仁里全都是漂亮的烟花，就连声线都有点儿模糊：“他想要名分。”

“他想要你就给了？”闻亭现在也不说让傅幼笙抱大腿的事情了，正在迅速联系公关部加班，他的工作手机，已经快要被媒体记者打爆了。

“他太可怜了。”傅幼笙懒洋洋地换了个姿势，“没关系，他闹出来的事情，胜景资本的公关部会处理。”

胜景资本投资范围比较广，所以手下有很多公关团队，给殷墨用的公关团队更是最好的。

只是女明星的绯闻而已，他们会轻松处理好。

闻亭看了眼此时网上的风向，果然并没有太多负面的，这才略略放心下来。

哪个当红女明星被爆出来已婚甚至早就谈恋爱，不会虐一批粉？

幸好傅幼笙之前就说过已经有相恋十年的男朋友，现在爆出来结婚，引导正确的话，搞不好还能给傅幼笙吸一波粉丝。

毕竟当红女明星在红了之后，依旧不抛弃素人男朋友，甚至还跟他结婚，多么纯粹干净善良的女明星。

在娱乐圈简直就是一朵出淤泥而不染的白莲花。

傅幼笙听到闻亭这话后，无奈地揉了揉额角："白莲花这是夸人的话吗？"

身后男人的影子倒映在落地窗的玻璃上。

她挂断电话后，男人温热的掌心从背后揽住纤细的腰肢，说话时微启薄唇，不经意般擦过面前那细白盈透的小耳朵："头疼？"

修长的手指顺着傅幼笙秀气的指尖落在她刚才揉的额角。

傅幼笙扭头看他："对啊，头疼死了。还不是某人要名分惹的。"

殷墨薄唇抿起一点儿弧度，素来幽邃的眼神透着几分愉悦。

傅幼笙对上他的眼神："现在高兴了？"

"如果你让公司官博转发的话，我会更高兴。"殷墨得寸进尺，揽着她腰肢的手臂微微用力，更紧地抱住了怀中柔若无骨的身子。

公司官博转发？

傅幼笙没好气地捏了他手背一下："你怎么不直接拿话筒把你的身份证号也说出来得了。"

"嗯，身份证号没必要，倒是可以说我的名字。"殷墨从善如流，反手把她乱动的小手包起来。

不跟他贫。

傅幼笙有点儿惆怅："妈妈好像真的很想让我们生个宝宝。"

但她还想继续拍戏。

如果怀孕的话，她肯定是不能拍戏的。

后面的《盛世》和她偶像秦胭脂导的戏，工作量都很大，而且还有很多武戏。

“别有压力，按照你本来的计划走。”殷墨低沉的嗓音在她耳边响起，“不要为任何人去改变你原本的人生计划。即便是妈，也左右不了你的未来。”

殷墨扶住她的手臂，让她面对着自己。

她背后的玻璃窗外，烟花陡然绽开。

男人垂眸静静地看着面前女孩那双乌黑清透的眼瞳：“幼幼，就算你不想生孩子，也不会有任何影响。”

只不过需要费点劲儿来说服他爸妈而已。

那天晚上，傅幼笙脑海中只有殷墨那双认真笃定的眼神，以及身后那不断绽放的烟花声。

砰砰砰——

一如她当时久久不能平复的心跳声。

翌日一早，傅幼笙醒来时，殷墨已经穿戴整齐坐在床头看手机。

她迷迷糊糊地探身过去，入目便是她的微博：“你在干吗？”

将旁边温好的热水递到她唇边，殷墨徐徐说：“等你起床。不然你等会儿想自己出去？”

“我又不是没有腿，怎么不能自己出去？”傅幼笙喝了水后，终于清醒了点儿。

不过感觉身体还是很沉重，她整个人砸在殷墨身上，顺手把他的手机也牵过来。昨晚发了微博之后，她还没有来得及看后续呢。

殷墨将卧室里准备好的衣服给她拿出来，然后站在床边不急不慢地说：“今天上午亲戚朋友来给奶奶拜年，你确定等会儿自己下去时看到一客厅陌生人不会闹我？”

傅幼笙刷微博的手一抖，眼睫上撩，震惊地看向殷墨：“那么多人？”

“殷家的亲戚很多，从爷爷辈开始，爷爷有六个兄弟，在北城的后辈们就有一多半，奶奶最大，所以每年都会先来给奶奶拜年，中午在老宅吃团圆饭。”殷墨晃了晃衣服，“走吧，下去认认人。”

“多少人？”

“三四十个，也不多。”

“这还不多！我肯定记不清他们叫什么，那多没礼貌啊。”

傅幼笙惆怅，生无可恋地趴在殷墨的肩膀上，幽幽说道：“殷墨，以前是我误会你了。”

殷墨听着她莫名其妙冒出来的一句话："嗯？"

"你之前不跟家里人公开我们结婚是对的。"傅幼笙想到昨天那一堆人围着她的场面就觉得头皮发麻。

今天更甚。

昨天最起码是邻居，叫不出来也就算了，但今天这全都是亲朋好友，想想就觉得场面有点儿复杂。

殷墨拍了拍她的后脊，含笑着低声安慰："他们每个人都要给你见面礼，收礼物还不高兴？"

听到礼物，傅幼笙漂亮的眼睛亮了一下。

谁会不喜欢收礼物？

她捧着殷墨的手，一本正经："我觉得亲戚多也有好处的。"

殷墨赞同："殷太太说得对。"

然而等傅幼笙跟着殷墨一块儿下楼，亲眼看到是怎么样一个场景后，虽然她其实忧心忡忡，但脸上已经条件反射般扬起优雅又得体的笑容。

楼下正在聊天的亲戚们一看到殷墨和傅幼笙下来，齐刷刷将视线扫向他们，入目便是穿着一身婀娜旗袍的明艳美人。

她站在自小便气势很盛的殷墨身边，一点儿都没有被他压住，成为背景板，反而相得益彰。

"哎呀，这就是殷墨的媳妇儿了吧，长得真漂亮。"

"精致得跟洋娃娃似的，跟殷墨很配。"

"老嫂子有福了。"

"快点儿看看舅妈漂亮不漂亮？"

"听说还是女明星啊，不漂亮怎么当女明星。"

"以后他们两个的孩子一定也很好看。"

……

傅幼笙一路认人过去，跟着殷墨喊人，然后听到他们丝毫不怎么顾忌的说话声。

好不容易认完所有亲戚朋友，傅幼笙刚刚坐下，突然又来了一家人。

是一对穿着贵气的中年夫妻领着看起来应该是他们女儿的人进来给老太太拜年。

老太太笑得眼睛都弯了："好好好。"

老太太递了个红包给那个年轻女子："给纯纯的红包。"

颜纯纯："谢谢奶奶。"

然后她将目光转向殷墨，朝着殷墨伸手："墨哥哥，你不给我红包吗？"说话时眼神俏皮，格外讨人喜欢。

傅幼笙看到颜纯纯看殷墨的眼神，被他牵着的小手蠢蠢欲动地掐了掐他的掌心。

殷墨被自家太太掐了，面无表情地看向颜纯纯："不好意思，你是……"

就差直接说我不认识你了。

颜纯纯那张秀丽的脸蛋上染上震惊的表情："墨哥哥，你不认识我！"

傅幼笙刚对殷墨的表现满意，忽然有道声音传来："老爷子在世时，给你们俩订过娃娃亲，你真不记得了？"

娃娃亲？傅幼笙双唇轻轻抿起来。

相较于刚才还在掐殷墨的在意样子，听到这话后，她直接松开了手。

下一刻，她的手还未来得及松开，就被殷墨反握住。

他浑然不在意颜纯纯那受伤的表情，眉心深折，语调清冷漠然："爷爷从未跟我提过什么娃娃亲，现在我也已经结婚，烦请颜叔叔日后莫要再提。"

说他们娃娃亲的正是颜纯纯的父亲。

颜父被一个小辈毫不留情地斥责，脸上有点儿挂不住，但想到殷墨此时的身份，当然不敢在他面前摆什么长辈架子。

都是老狐狸，颜父立刻岔开话题："世侄说得对，我是开玩笑的。

"这位就是侄媳妇了吧，跟世侄很般配。"

殷老太太也觉得这个世交不太会说话，在国外待了这么多年，连基本的礼貌都没有了。

真学了某国洋人那套一根肠子通到底的信口开河的本事。

当着她孙媳妇儿的面，提什么娃娃亲。

且不说这事没谱儿，就算是有谱儿，那也是以前的事情了。

明知道殷墨媳妇在跟前，还胡说八道。

殷老太太拄了一下拐杖，看着颜纯纯用那种看负心汉的眼神看着自家孙子，觉得有点儿不高兴。

她直接说："阿墨，今天不是要陪幼幼回娘家吗？别迟到了，快去吧，家里不用你们。"

殷夫人也上前牵着傅幼笙的手，送他们出门："妈早就准备好了给亲家的礼物，在殷墨那里，你们别忘了。"

“好的，谢谢妈。”

殷墨跟在自家亲妈和太太身后，路过颜家那一家人时，连个眼风都没有扫过去。

颜纯纯咬唇：“墨哥哥……”

终于，殷墨脚步顿了一下，然后忽然看向她。

在颜纯纯期待的眼神下，男人掀唇，当着在场所有人的面，云淡风轻地吐出一句话：“颜小姐，我们真的不熟，麻烦以后请叫我的名字。”

然后他径自朝其他长辈们颔首：“失陪。”

颜纯纯想要追出去解释，却被颜父拉住：“纯纯，别胡闹。”

坐在主位上的殷老太太将一切看在眼里，偏头跟自家儿子小声说：“你生的这个儿子就这方面像你，面对老婆求生欲很强。”

殷临总觉得他妈这话很意味深长。

他求生欲更强：“妈，我面对您求生欲更强。”

殷老太太傲娇地轻哼了一声：“那你可真是有了老婆忘了老娘的好儿子呢。”

殷临：“……”

老太太随即跟几个老姐妹闲聊，不搭理这个儿子。

这边，傅幼笙跟殷夫人一起走在前面。

殷夫人主动给傅幼笙解释：“那家子是以前老爷子那辈的交情，后来老爷子去世，他们家搬出国就没有什么交情了，只是这两年回国定居了，又成了老邻居。

“颜家女儿跟殷墨没什么关系的，就算订娃娃亲也不能定颜家，她小时候长得不可爱。”

最后这句，是殷夫人小声在傅幼笙耳边说的。

本来傅幼笙因为这句娃娃亲，心里还有点儿芥蒂，在听到婆婆那话后，漂亮的小脸蛋终于没绷住：“妈，谢谢您。”

她明白婆婆是为了哄她。

殷夫人见她心情变好了，这才笑意盈盈：“妈可没有瞎说。你这次回家记得把你小时候的照片带回来几张，我要贴到你们房间墙上。

“以后等你怀孕搬回老宅住了，就天天看你跟殷墨小时候的照片，宝宝肯定比你们两个都漂亮！”

是亲婆婆了，三句话不离怀孕。

幸好殷墨很快就上前来解救她了：“妈，您先回去吧。”

殷夫人啧了一声：“真是有了媳妇儿忘了老母亲的好儿子。”

殷墨微微一笑：“谢谢您夸奖。”

不得不说，有时候殷老太太跟殷夫人这对婆媳，真是非常默契，尤其是在调侃儿子方面，简直如出一辙。

他们没有带司机，殷墨开车。

他先开了副驾驶的车门，然而傅幼笙当没看到，自顾自地拉开了后排车门。

她直接把他当司机，坐到后座去了。

殷墨无奈地走到后门，将车门打开，把人从后座抱到副驾驶，顺便系上安全带，又锁了副驾驶车门。

一系列动作做得很快，傅幼笙只能睁着圆溜溜的眼睛瞪他。

殷墨顺利将车子开出了老宅大门，直奔傅家。

傅幼笙见他一声不吭，也不打算解释的样子，皱了皱小眉头：“你就没话跟我说？”

没话说干吗非要把她抱到副驾驶！

殷墨等红灯时，才侧眸看她：“妈不是跟你解释过了？”

傅幼笙双手环臂，冷睨着他，故意说：“妈说你们小时候特别喜欢一起玩，所以你爷爷才会开玩笑给你们订娃娃亲。”

“哦？”殷墨转念一想，忽然低笑出声，“就跟你小时候和沈行舟一样那种玩？”

“我们可没订什么娃娃亲。”傅幼笙幽幽地看着他，“没想到殷总还紧跟潮流，订了个娃娃亲，真棒呢。”

殷墨明知道她是故意气自己的：“那你怎么样才能相信我跟她没关系？”

傅幼笙想了想：“都从小一起长大了，还能有什么单纯的关系？

“不是你说的吗？从小一起长大的男女肯定不单纯。”

这话还是上次殷墨看到她跟沈行舟打电话的时候说的，还让她以后离沈行舟远一点儿。

殷墨有种搬起石头砸自己的脚的感觉，但殷总岂会轻易认输。

“殷太太，你不能听话听一半，我的意思是说，双方有一个人目的不单纯。

“现在很明显，沈行舟对你不单纯，而颜纯纯对我不单纯。”殷墨微微一笑，“所以，殷太太，以后我们都离他们远点儿。”

逻辑满分。

傅幼笙小脸蛋上的表情僵了一瞬，没好气地白了他一眼。

恰好红灯亮了，殷墨目视前方，忽然说了句：“他们两个不单纯的人，倒是很配。”

傅幼笙差点儿被殷墨突然的拉郎配给惊住：“你可别乱来！”

她一点儿都不觉得颜纯纯能配得上沈行舟。

各个方面！

在傅幼笙心里，她希望沈行舟未来的妻子，是一个活泼又明艳的姑娘，单纯美好，才配得上同样在她心里如清风明月一样的沈行舟。

殷墨要乱来，傅幼笙完全控制不住。

因为他要搞事情，根本不会悄悄地搞，而是要搞得惊天动地。

上午十点，他们准时抵达傅家门口。

沈行舟穿着一身棕色的呢大衣等在门口，清俊温雅，单单站在那里，就像是一道让人驻足的风景。

黑色轿车停在路边，傅幼笙从车里下来，直奔沈行舟。

殷墨看了他们一眼，倒是没有阻止，反而将车厢里准备的礼物拿出来。

大年初一，去岳父岳母家，无论关系如何，空着手就是他们不对。

傅家虽然从外面看是很低调的四合院样式，但是只要一进去，懂的人自然就懂，里面无论是设计还是装修，都绝对出自大师之手，甚至一个花盆摆放的位置，都是有讲究的。

沈行舟看了眼双手提满东西的殷墨，第一次没什么风度，只跟傅幼笙聊天，绝口不提去帮他。

沈行舟已经提前来过傅家了，自然熟悉得很，一路上，就连傅家的用人都认识他。

殷墨的瞳色越发深沉。

从小到大这些年少情分，他确实是比不过沈行舟。

可是，傅幼笙永远只能是他的殷太太，谁都不能觊觎。

在柔和的光线下，殷墨的薄唇微微抿起极淡弧度，像是沁着丝缕寒意。

而那些路过的用人们的目光皆落在殷墨身上。

大小姐的对象真的太好看了，只是人好像有点儿冷冰冰的，能照顾好他们家大小姐吗？

很快，傅幼笙他们已经到了的消息传到傅家里面。

傅家也如同殷家一样。

尤其傅老爷子回来，所以今天来拜年的世交、旁系等络绎不绝。

幸而老爷子好静，来拜年的人基本上都是拜完了就走。傅幼笙他们来的时候，除了本家人之外，再无其他人。

看着主位上已经鬓发皆白的老人，傅幼笙瞳仁瑟缩了一下。

记忆中爷爷的头发还是黑发居多，而现在已经全白。

奶奶的去世，仿佛带走了爷爷所有的精气神。

“爷爷……”傅幼笙轻轻地喊了一声。

“幼幼，好孩子，过来。”傅爷爷年逾古稀，身子骨不如从前，依旧保持着年轻时候的儒雅温和。相较于其他人肃穆以待，他对孙女慈爱有加。

傅恩忱很像傅老爷子，可惜不听话的女儿总是能打破他温和的表象。

傅幼笙拉着殷墨的手，一块儿上前，丝毫不管两边变了脸色的其他长辈们。

当初将她赶出傅家，便是这些长辈们从中推波助澜，傅幼笙对他们生不出任何的尊敬之心。

殷墨手里的东西已经被用人接了过去，此时只牵着傅幼笙的手，眉眼清隽，斯文优雅：“爷爷，新年快乐，我是殷墨，幼幼的丈夫。”

听到殷墨的话，傅幼笙眼睛却一直看着爷爷。

傅老爷子苍老的面庞上透着几分满意，温和地打量他，点头：“不错，是个好的。还是我们家幼幼眼光好。”

说这话的时候，傅老爷子意味深长地扫了眼其他坐立不安的傅家人。

敢趁着他不在家，把他最宠爱的孙女赶出去，其他人也就算了，毕竟一个个全都有私心，傅恩忱也跟着昏了头。

被老爷子扫了一眼，傅恩忱后脊发凉，想到昨晚大年三十，被老爷子罚跪祠堂，罚写家训，现在还觉得膝盖疼。

几十年了，他都没有跪过祠堂，被罚写过家训，现在倒是感受了一次。

老爷子站在他背后说：“当初幼幼年幼，我从不插手你们夫妻教育。幼幼无论是哪方面，都被教育得很好，但物极必反你们难道不懂吗？幸而幼幼有韧劲儿，有魄力，无论在哪个行业都优秀极了，不愧是我的孙女。

“傅恩忱，你还不如她。”

从小，傅恩忱就是被夸奖着长大的，临老了，竟然被自己的父亲如此责骂。

黑暗中，他跪了整整一夜，听着外面万家烟火，却如当头棒喝。

傅幼笙总觉得今天家里有点儿奇怪——她都带殷墨上门了，竟然没有一个人喊着殷墨这个商人之子配不上他们傅家的清骨。

爷爷威力这么大？

就在她下意识攥紧殷墨的手寻找安全感时，老爷子的一句话，打破了傅家被强行按住的平静，掀起了滔天波澜。

傅老爷子："趁着今天全都是咱们本家人，刚好我明明白白地告诉你们——我唯一的孙女傅幼笙，就是傅家继承人。"

"老爷子不可！"

KUWEI
酷威文化
图书 影视

心跳不听话

臣年 著

下册

江苏凤凰文艺出版社
JIANGSU PHOENIX LITERATURE AND ART PUBLISHING

目录 CONTENTS

目录

CONTENTS

第二十章

为太太守身如玉

/

XINTIAO
BU
TINGHUA

原本坐着的傅家旁系长辈们终于按捺不住了。

其中跟傅恩忱同辈、傅老爷子的亲侄子傅恩显率先站起来说："老爷子，我们知道您从小便宠爱幼笙，但傅家家主的位置，事关咱们傅家的传承与未来，怎么能让一个外嫁女孩成为家主？

"我第一个不同意！"

"我也不同意。"

"我也不同意。"

除了傅恩忱之外，其他坐在下侧的本家人全都投了否定票。

一副如果老爷子真的执意如此，那他们就抗争到底的架势。

一时之间，老爷子没有说话，整个大厅内的气氛沉重下来，就连傅幼笙都没有反应过来。

她乌黑的瞳仁看向爷爷，没想到爷爷会突然来这一出，因为爷爷从来没提过。

傅家家主，一直都是由傅家嫡系继承。

傅家虽然一代不如一代，但从百年前累积传承的东西非常多，随随便便拿出去一样，就足够正常人家生活好久，更何况，还有可以说是无价之宝的来自百年书香世家的历史传承。

这些人嘴上谈着风骨，实际上心里想的是什么，只有他们自己知道，不然当初何必要将傅幼笙逼走呢？

他们还不是趁着老爷子不在的时候，把唯一能顺理成章继承这个位置的嫡系排挤走。但凡傅幼笙没有殷墨帮忙振作起来，可能就真的从此一蹶不振，一事无成，再也不配成为继承人选。

旁人看不出来，老爷子活了这么多年，岂能看不出来他们的用心？

傅家这些传承，这些积累的宝贝，早就被其他人惦记上了。

傅幼笙张了张嘴，想要说她并不想当这个所谓的继承人。

“爷爷……”

“幼幼，爷爷知道你是个好孩子，傅家交给你，爷爷百年之后才能放心。”老爷子素来和蔼，但是决定的事情，是不容置喙的。

“我……已经不是傅家人了。”傅幼笙当初义无反顾地离开傅家，就没想过有朝一日会回来。

傅老爷子牵着她坐在自己身边的位子上：“爷爷还活着呢，谁都不配将你逐出傅家。傅家还轮不到他们说了算。”

傅恩显见老爷子意已决，心里开始乱了，也不喊老爷子了，直接开口：“老家主，这件事关系重大，您不能一个人就下决定。再说如今代理家主是我爷爷，我爷爷没有答应……”

傅恩显的爷爷是傅老爷子的二弟，在老爷子不在的这十年，是这位弟弟暂代家主之位。

当初傅幼笙被以辱没了傅家风骨为由赶出傅家，也有这位二老爷子的手笔，不然单单凭借这些小辈，怎么可能有权力将家主直系孙女赶走？正是这位代理家主给的权力。

傅老爷子忽然笑了：“那你让老二过来。”

等傅恩显打完电话，整个大厅的气氛越发凝重起来。

傅老爷子不紧不慢地说：“若是你们不答应也没关系，不答应我们就分家。”

“不可能！”忽然一道同样苍老的声音传来，“大哥，您别一回来就跟小辈们开这样的玩笑，我们傅家百年来之所以能这么团结，繁荣至今，就是因为从不分家。”

“是你们先趁着我老头子不在开玩笑的。”傅老爷子语调轻缓，却让人不敢不听从。

傅家二老爷子听到儿子的话，立刻从隔壁赶来，恰好听到大哥说要分家的话，急了。

怎么能分家？

他皱眉："大哥，我们什么跟您开玩笑了？"

他们怎么敢跟家主开玩笑？这在傅家是大忌讳。

傅老爷子："哦，那你们趁着我不在，把我唯一的孙女赶出傅家，这不是开玩笑？你们谁有这个资格！"

自始至终一直微笑的老爷子，脸瞬间冷下来，狠狠地用拐杖一杵地面。

最后这句透着沉沉怒气，加之拐杖杵地，发出沉闷又震耳的声音。

大家齐刷刷对着老爷子弯腰，就连刚刚赶来六十多岁的二老爷也跟着弯腰不敢抬头。

"大哥息怒。"

"爷爷息怒。"

傅恩忱站起来一瘸一拐地上前："爸，您别气坏了身子。"

傅老爷子看着他就烦，自己怎么会生了这么个脑子一根筋的儿子？！

傅老爷子直接一拐杖打过去："跪下！"

傅恩忱干脆利落地跪下。

傅老爷子："知错吗？"

傅恩忱："儿子知错。"

看着傅恩忱这个亲儿子都被拐杖狠揍了，其他人更不敢吱声，更重要的是，他们看出，老爷子说分家是认真的。

但凡他们一个人敢说不同意傅幼笙成为继承人，老爷子绝对会将他们分出去，到时候他们失去傅家这座百年书香世家的庇护，什么都不是。

他们都不是傻子，孰轻孰重还是分得清楚的。

老爷子决心已定，他们只能眼睁睁看着即将到手的家主之位，重新回到傅幼笙手里。

等所有人都离开之后，作为背景板的殷墨跟沈行舟才有了说话机会。

傅老爷子面色恢复和蔼："你们觉得爷爷刚才凶吗？"

沈行舟立刻开口："一点儿都不凶，傅爷爷您对他们已经够好了。幼幼吃了那么苦，全都是他们私心作祟。"

殷墨扫了眼依旧跪在老爷子下侧的岳父大人。

老爷子威严深重。

坐在殷墨旁边的傅幼笙，一直没有说话，不知道在想些什么。

其实，傅幼笙看到傅恩忱那看向自己的悔恨眼神，一点儿都不觉得心里畅快，只是觉得可笑。

傅家的风骨到底是什么？傅恩忱一直坚持的傅家风骨傲气到底是

什么？

瞧瞧刚才离开的这些人，从骨子里看不起重利的商人，实际上眼里的市侩快要明显地溢出来，可笑极了。

殷墨察觉到了傅幼笙的情绪不对，任由沈行舟陪着老爷子聊天，低声在她耳边问："不舒服了？"

傅幼笙没有骗殷墨，仰头看向他，抿了抿唇瓣："有点儿……"一双漂亮的眼眸，此时透着茫然。

殷墨捏了捏她的掌心，没等他开口，那边老爷子便朝着傅幼笙招招手："幼幼，是不是不高兴爷爷把家里重担压给你了？"

傅幼笙摇摇头："不是的……爷爷，我只是觉得自己担不起这个担子。"然后下意识瞄了一眼傅恩忱。

她上面还有个父亲，且不说自己是个外嫁的女孩，就算是个男孩，也轮不到她。

"这个家里只有你一个清醒人。若是你担不起，谁也担不起。"傅老爷子看都不看自己那个蠢儿子一眼，眼底的笑意收敛，变成了严肃，"幼幼，你是傅家人，谁都改变不了。

"他们当初以风骨的名义将你逐出傅家，其目的用心，想必经过今天之后你也能猜得出来。你真甘心让傅家落到他们手里吗？还是……想要让傅家在你手里，清理门户，改头换面，成为真真正正有清骨的书香世家，而非以书香清骨之名，实迂腐思想，行卑劣庸俗之为。

"爷爷终其一生没有做到的事情，你愿意帮爷爷做到吗？"

傅幼笙离开傅家后，脑海中一直浮现出爷爷的这段话。

不得不说，爷爷不愧是真正饱读诗书的大儒。他若是想要打动一个人，只需要简单的言辞，便能轻而易举地说服。

傅幼笙来傅家之前，想的是日后与傅家再也没有关系，但是离开之时，脑子里却装满了对傅家的责任感。

她生于傅家，长于傅家，又怎么愿意真的看到傅家沦落呢？

当年年轻气盛时，她也曾想凭借一己之力改变家人的思维，最后因为能力太弱小而失败，现在爷爷却将这个机会明明白白地摆在她面前。

"殷墨……"车子在殷家停车场停下，他们没有着急回家，任由殷墨给她解开安全带，她忽然叫住了他。

殷墨轻抚了一下她垂落在手腕上的乌丝，语调轻柔，仿佛大一点儿声音，就会惊吓到她一样："嗯？"

"殷墨。"傅幼笙主动握住殷墨的手腕，语调带着浓浓的不确定。

殷墨轻叹一声，明白她的意思，低声说："我在。

"幼幼，无论你的选择是什么，我都会支持。

"只是……你要记住，你除了是傅家的人之外，更是我殷墨的太太。"

第一次——自从要跟他谈离婚开始，这是傅幼笙第一次心甘情愿地主动拥抱殷墨。

谢谢他自始至终，一直陪着她。

从她当初被逐出傅家开始，一直陪在自己身边的都是殷墨。

虽然中途他们差点儿走散了，但幸好——

殷墨没有放手。

傅幼笙指尖紧紧地握着他的长指，缓慢而虔诚地将手指塞进他的指间，与他十指相扣。

原本离得很远的两颗心脏，如同相触碰的掌心一样，逐渐靠近，直至相互交融在一起，永远不会分开。

傅幼笙心中的惶惶不安逐渐消散，她知道，自己身后有殷墨的支持，无论未来发生了什么事情，她都有安全的依靠。

她再也不是一个人了。

傅幼笙重回傅家，最高兴的就是傅夫人了。之前女儿还说要把嫁妆还回来，现在整个傅家都是女儿的。

她连最爱的丈夫跪久了腿疼都没管，全交给家中用人，自己天天去麓荷公馆看女儿，给女儿送汤送温暖，像是要把这些年缺失的母爱全都补回来一样。

傅幼笙虽然说答应爷爷考虑，却也没有否认自己是傅家人。

毕竟爷爷说得对，他们都没有资格把她逐出傅家，相反，她有资格将他们分出去。

所以，她为什么要委屈自己呢？

年后没多久，傅幼笙就进组拍《盛世》这部戏，依旧是楚望舒做男主角。

巧的是，他们去年拍的那部都市戏也开播了，恰好给他们这部电影做了宣传。

开播之后，原本被傅幼笙结婚而彻底熄灭的荧幕情侣粉丝们又开始蠢蠢欲动。

万万没想到有探班剧组的粉丝爆出来的小花絮照片，彻底让这些粉丝们疯狂了，不是为傅楚疯狂，而是为……傅幼笙的小白脸老公疯狂。

一天前，《盛世》剧组现场。

《盛世》开拍已经一个多星期了，剧组工作人员们已经很熟稔了。

化妆室，化妆师正给傅幼笙化妆："傅老师，你脸上的胶原蛋白真让人羡慕。"

傅幼笙轻轻一笑："你也很年轻啊，完全看不出来孩子都上小学了。"

化妆师叹口气："别说了，自从生完孩子之后，我感觉脸都垮了。脸上冒出来一堆斑斑点点，而且皮肤松弛得厉害。"全靠化妆拯救。

这要是卸了妆，就是一个黄脸婆。

傅幼笙瞳孔瑟缩了一下："生孩子还有这样的后遗症？"

她身边除了长辈之外，就没有生了孩子的朋友，所以根本不清楚生孩子之后到底是怎么样的，而且她也没研究过。

化妆师这才想起来，傅幼笙已经结婚了。想到傅幼笙的年龄，化妆师真诚地说："傅老师，你难道也打算要孩子了？"

傅幼笙不介意回答："有这个想法，不然干吗要结婚呢？"

当初结婚就是想要跟殷墨拥有一个完整的家庭，完整的家庭怎么能没有孩子。

只是——

这生孩子的后遗症好像有点儿大啊。

傅幼笙看着镜子里自己白白嫩嫩的小脸蛋，完全不敢想象她要是冒出一脸斑斑点点会是怎么样的画面。

穿着简单衬衣的纤瘦身子不由得轻颤了一下。

化妆师犹豫两秒："其实好好保养的话，也是能恢复七八分的。要想恢复十分，不太可能。不过你年轻，生孩子的话到底容易恢复快点儿。"

傅幼笙怎么会看不出来化妆师眼底的游移不定，就知道她肯定是安慰自己的。

傅幼笙的眼睫毛低低垂下，看着手机屏保上出现的殷墨小时候照片，指尖轻点他肉乎乎的精致脸蛋，陷入沉思。

就在这时外面传来敲门声："傅老师，您家属来探班了，正在外面。"

傅幼笙回过神来，下意识看向门口，"来了。"说着，她从化妆台前站起来，刚好脸上的妆容已经化好。

她抬步走出门，工作人员示意地指向剧组的道具桃花树下。

一道熟悉的身影立在那里，她眼底划过一抹惊喜。

自从一个多星期前，她进组就没见过殷墨了，昨晚视频时他还说要出差，没想到今天就出现在她面前。

看到傅幼笙眼底带着欣喜，工作人员调侃："这是什么家属，傅老师这么高兴？"

有人灵机一动："难道是……那个传闻中的小白脸老公？"众人齐刷刷看向傅幼笙飞奔而去的身影。

傅幼笙穿的是衬衣配鱼尾裙，很限制步子。她走着走着，忽然提起一点儿裙摆，快速小跑过去："殷墨！"

桃花树下，男人微微转身，戴着口罩也挡不住周身清贵气质。见傅幼笙跑着来的，他露出来的眼眸含笑："慢点儿，我就在这里，不会消失。"

"想我吗？"殷墨接住朝他扑过来的女人，嗓音带着愉悦的情绪。

自家太太这么热情，他当然愉悦。

然而傅幼笙一把按住他的手，漂亮脸蛋上的表情却不是愉悦，而是忧心忡忡："你来得正好，我有话要跟你说！"

殷墨眼眸微微眯了一下："什么话比想我更重要？"

"哎呀，真的很重要。"傅幼笙拉着殷墨的手腕，将他带到树后面去，挡住背后那群偷窥的工作人员。

"刚才化妆师姐姐说，生宝宝后，妈妈的皮肤会变得很差，而且不可逆！"

拉着殷墨说话时，傅幼笙并不知道，今天是开放的粉丝探班日，距离这里几百米的地方，有粉丝举着手机四处拍摄。

"咦？今天是有粉丝探班吗？"

正在讨论来探班傅幼笙的是不是她老公的几个工作人员，不小心瞥到远处那个正在到处拍照的女生。

一个女工作人员说："没错，是楚老师的粉丝来探班。"

"正在拍楚老师呢，没事。"

"我刚才看到她们还拍风景了，要不要去提醒一下不要乱拍？"

"嗯，我去问问导演。"

几个人商量一下，便转身一起走了，反正也看不到傅老师跟她老公了。

此时，树后面的傅幼笙正拽着殷墨纯黑色的卫衣袖口，目光很沉重地看着他。

“你说怎么办吧？”傅幼笙把刚才化妆间化妆师跟她讲的话重复给殷墨听，然后撂给了他一句。

若是换了旁的男人，那大概就是脱口敷衍一句：我不嫌弃你变丑。

然而殷墨最近求生欲飞快上涨。他先是思索几秒，然后才冷静地回道：“孩子没有你重要。你那么爱美，如果真因为孩子变得不好看了，肯定会不开心，严重了还会抑郁。”

傅幼笙小脸一垮，一想到自己变丑的画面，她就接受不了。她咬着下唇：“但是，我也想要个宝宝的……”没有宝宝就不是一个完整的家。

殷墨垂眸安慰她：“不能光听化妆师的话，不如我们抽空咨询一下医生？这应该与体质有关系，你看我们的两位母亲也没有长斑。”

傅幼笙脑海中浮现出两位母亲的面容——好像真是。

两位母亲都四五十的人了，脸上除了必不可少的丝丝皱纹外，都没有斑点，甚至皮肤还依旧很紧致。

傅幼笙心里忧愁终于缓了几分，这才想起来重要的事情：“你怎么过来了？万一被拍了怎么办？”说着，她下意识环顾四周，除了不知道什么时候跟在不远处守着的小诺之外，就没有其他人。

殷墨俯身捏了一下她精致的鼻尖：“小白眼狼。”他来这里到底是为了谁。

傅幼笙轻哼了一声，还是偷偷握住殷墨的手：“我等会儿还要拍戏，你要不去酒店等我？”

殷墨低笑：“金屋藏娇？”

“你算哪门子娇。”傅幼笙没好气地瞥了他一眼，看他戴着口罩，还算是捂得严实。

而且他又不是娱乐圈的人，一般来说，除了现实中认识他的人之外，应该不会有人认出来。

傅幼笙上下打量了他一番，然后踮脚将他身后的卫衣帽子扣在他头上，挡住了白皙的额头，这才牵住他的手一块儿往化妆间走去。

“笙笙姐，你要带殷总去剧组里？”小诺看着傅幼笙从树后走出来，下意识跟在旁边问。

不是还不打算公开吗？

傅幼笙明白小诺话中意思，小下巴抬了抬，示意她看殷墨：“他捂成这样，你能认出来？”

小诺：“好像不太能。”

她知道这是殷总，主要原因是除了殷总之外，也没人能让笙笙姐牵手手了。

傅幼笙耸耸肩：“这不就得了。我就带他拿个东西，等会儿就让他去酒店。总归大家都知道我已经结婚，老公来探班很正常。”

如果老公不来探班的话，搞不好就会有人私下说她婚变呢。

“那就好。”小诺这才放下心来，“你要拿什么，我帮你？”

“不用。”傅幼笙丝毫不避讳地牵着殷墨的手，一路穿过人群，遇到工作人员依旧会如往常那样打招呼。

如果有人问的话，她也会介绍：“这是我先生。不方便露面，不好意思。谢谢关心。”

殷墨一声不吭，站在傅幼笙身边，身高腿长，气质极好。

虽然捂得严严实实，但那些见过大世面的人，都能感觉出来，傅幼笙的老公绝对不只是普普通通的小白脸。

面对剧组这么多漂亮女明星，他的眼神连动都没有动一下，就这种定力，普通男人能做到？

等到他们去化妆间后，大家议论纷纷，直到有人看到楚望舒下戏，问道：“楚老师，您跟傅老师关系好，您知道傅老师的老公到底是什么人吗？”

楚望舒眉心轻折，他没看到殷墨，自然不知道他们为什么会突然问这个问题。

等大家跟他说傅幼笙的老公来探班之后，楚望舒英俊的面庞上微微一顿，随即温淡回道：“我也不清楚。”

说完，他便回到自己的休息椅，闭上眼睛，将剧本盖在脸上。

大家看着楚老师，面面相觑。

有人小声说：“楚老师不会是真的喜欢傅幼笙吧？”

“刚才这是吃醋了？”

“就算是楚老师暗恋傅老师，但是傅老师有老公啊，真是虐恋。”

“太可惜了，楚老师跟傅老师长相真的很般配，娱乐圈没有比他们更般配的了，哎，可惜。”

“难怪网上那些傅楚的荧幕情侣粉丝直到现在都意难平，我看了他们两个都觉得意难平。”

“现在解决方案只有一个。”

“什么？”

“傅老师的原配老公跟楚老师一样优秀，一样好看！”

“不可能吧，楚老师可是公认的全娱乐圈颜值天花板，单单是颜值这一块儿，傅老师老公就输得明明白白。”

“哎……”

躺在休息椅上的楚望舒并没有真的睡觉，隐隐约约能听到他们聊天的声音。

想到殷墨，楚望舒唇瓣抿起一个浅淡的弧度。

旁人不知，他却最清楚，那天在包厢看到殷墨的那一刻起，他就知道自己输了，并不是因为自己不如殷墨而认输，更不是傅幼笙当初那隐晦的拒绝而认输。

只是因为——

傅幼笙爱那个男人。

她看殷墨的眼神，与看他的眼神是不一样的，无论是提到殷墨，还是看到殷墨。

她或许自己都没有意识到，她的那双眼睛是多么璀璨，如夜幕中闪烁的星子，眼里心里只有那个男人。

忽然，眼前的剧本被人掀开，阳光一瞬间侵占了他全部的视线。

楚望舒睁开眼睛，便看到经纪人许戈拿着他的剧本站在旁边。

许戈看着楚望舒，明白他为什么如此：“还不想放弃？要是不想放弃就去抢过来；要是放弃了，就男人点，别天天伤春悲秋的。”

楚望舒从休息椅上坐起来，凉凉地看了他一眼：“你帮我抢？”

许戈想到殷墨平时的作风，脸色一僵，假装为楚望舒好，实际上就是尿了：“我觉得还是算了吧，人家又不喜欢你。她要是喜欢你的话，咱们还能孤注一掷。做男小三不好听。”

楚望舒早在知道她结婚之后，就做不出去插入别人家庭的事情。

不用许戈说，他也不会做，这是底线。

“行了，我不会做违背底线的事情。”楚望舒忽然站起身来，“她在哪儿？”

“你要干吗？人家老公今天来探班了！”许戈吓得差点儿把剧本摔了。

楚望舒看他的眼神宛如看傻子：“我就是去找殷墨。”

不用许戈说，那边殷墨跟傅幼笙已经从化妆间出来。

他们清晰地看到，化妆间门口，傅幼笙将一张薄薄的房卡递给殷墨，眼眸弯弯，还隔着口罩摸了一下男人的面庞，不知道的还以为他们在做什么交易。

许戈跟在楚望舒身后："瞧瞧人家夫妻多有情趣，你别冒出去打扰人家，有点儿作为情敌的自觉好吗？"

他没打算能说服楚望舒，但没想到的是，楚望舒竟然真的停下了脚步，安静地看了他们一会儿，重新折身回休息椅上躺下，顺便捞过来许戈手里的剧本，将整张英俊面庞全部盖住，挡住眼底那一闪而逝的黯淡无光。

或许傅幼笙根本不需要他当骑士。

他也没资格，更没有理由，去警告殷墨，以后对她好。

这样也好。

没有说清，他们还能一起拍戏，偶尔一起参加活动，偶尔见个面，当好朋友。

许戈看着躺在休息椅上一动不动的身影，最后深深叹了口气，却没有再次掀开，反而找助理过来看着他，不要让人来打扰。

这边殷墨接过傅幼笙手里的房卡，旁边的小诺忽然开口："笙笙姐，你这样像不像是包养？"

今天殷墨穿得很年轻——纯黑色的卫衣，脸上还被帽子挡住一大半面庞，只露出一双黝黑深邃的眼眸。

傅幼笙给殷墨房卡的手顿了一下，漂亮脸蛋上的表情忍不住染上笑容，抬手捏了一下殷墨的脸颊："在酒店好好等着姐姐啊。"

殷墨忍不住笑出声："好。我会好好等着姐姐。"

姐姐这个词，殷墨咬得很重。

明明两人没有离得很近，偏偏傅幼笙对上殷墨那双眼眸，像是要被他眼底的笑意溺毙一样，然而计划赶不上变化，没等殷墨被"临幸"，网上已经闹翻天了。

当天晚上，探班的粉丝将照片发到微博上。

就连她都没有注意到，今天拍的剧组风景照里，放大之后，竟然是傅幼笙和一个个子很高的男人的身影。

这个时候，就有知情人爆料，今天傅幼笙的老公来剧组探班了。

顿时——

全网技术帝们都要把有男人出现的这张照片还原成高清照片。

粉丝拍照的时候，恰好是殷墨摘下来口罩的那一瞬间。

还原之后，照片上的男人原本模糊的五官逐渐清晰。

虽然因为并非原图，而有点儿变形，但是即便是这样的照片，都能看出来男人五官精致，完全没有任何瑕疵。

我总算知道傅幼笙为什么不选楚男神而选这个人了，绝对是看中了对方的颜值跟肉体！

太绝了，还原图都能这么帅，真人得帅到什么程度！

等等，我怎么觉得跟胜景资本的殷总有点儿像呢？

是有点儿像，可能美男子都好看得千篇一律，丑男才丑得千奇百怪？

殷总？Y先生？我有一个大胆的猜测！

不会吧！妈妈呀，这是什么绝美爱情？

胜景资本的殷总，不就是之前跟赵清音见家长那位？怎么又成了傅幼笙十年男友修成正果？贵圈真乱。

楼上别瞎说，当初胜景官博都出来澄清过，与赵清音没有任何关系。殷总不近女色，洁身自好是圈内公认的。

破案了，什么不近女色，冷情禁欲，原来是为了女朋友（太太）守身如玉。呜呜呜，绝美爱情实锤了！

破什么案，就凭一张糊图就碰瓷殷总？

“有人说我碰瓷你。”

酒店内。

团队正在开会。

傅幼笙看到这条微博，幽幽扫了眼坐在身旁存在感很强的男人。

一群人齐刷刷看向殷墨。

正在跟公司公关部远程视频会议的殷墨，指尖顿了一下，连带着对面的公关部负责人一声都不敢吭。

虽然早就知道殷总与傅小姐的关系，但现在还是他第一次亲眼看到这两位私下是这样相处的。

空气中气氛有点儿窒息，当大家以为殷墨要冷脸时，男人俊美面庞上染上浅淡的弧度：“他们错了，分明是我碰瓷你。”

傅幼笙抬了抬小下巴：“这还差不多。我用得着碰瓷你这个无名素人？”

殷墨低低笑出声：“殷太太说得非常正确。”

众人齐刷刷松一口气，然而内心都心照不宣地想——原来大佬在老婆面前，跟他们这些普通人一样，求生欲也是这么强。

旁边的闻亭他们已经习惯了。

毕竟亲眼见到过大佬追妻的场景，在保姆车上一待就是几个月，现在就是小巫见大巫。

会议继续。

最后傅幼笙团队跟胜景资本公关部得出统一的公关策略。

那就是——装死。

不承认，也不否认，但是要引导粉丝们往就是殷总这个方向想。

按照闻亭的意思就是，等下个月傅幼笙参加号称华国最具价值的三大电影节之首的金鲤电影奖颁奖典礼获奖时再公开。

如果这次没获奖，她去年那几部戏都会有希望入围更高的奖项。

总归，按照傅幼笙工作室这边的意思，必须要有拿得出手的国际奖项或者国内三大电影奖之一，到时候公开殷墨身份，算是双喜临门。

国际影后含金量与一线女星的含金量是不一样的。

前者靠实力，后者会被误会靠男人。

若是现在爆出殷墨的身份，傅幼笙之前的努力都可能会白费，因为没有证明实力的奖杯。

至于现在这次绯闻，大家只是猜测而已。

只要没有承认，这件事会随着时间越来越淡。

等到公关部的人离开之后，傅幼笙眼神定定地看着殷墨：“殷墨，你跟我说实话，你是不是故意要被拍到？”

殷墨打开平板上的微博，将最开始发他们照片的那个女粉丝的微博找出来，推给傅幼笙：“你的意思是我收买了楚望舒的大粉？”

“这次算你过关。”傅幼笙站起身，今天简直是身心俱疲。

“你是不是忘了一件事？”殷墨坐在沙发上，将膝盖上的笔记本电脑一合，顺势拉住了她的手腕，薄唇勾起，幽幽吐出两个字，“……姐姐？”

傅幼笙差点儿鸡皮疙瘩都冒出来，下一秒，没等她开口，便被人竖着抱起来，吓得她用小腿勾住男人劲瘦的窄腰，整个人挂在他身上。

“殷墨！”

“我带姐姐洗澡。”殷墨稳稳地抱着她往浴室走去。

四月，蝉鸣阵阵。

金鲤电影节盛大开幕仪式网络同步直播，傅幼笙穿着一身裙摆嵌满钻石的金银线重工刺绣礼服夺得红毯女王的称号。

漫天的红毯照片彻底碾压了同框其他女明星，网上几乎是一边倒地赌傅幼笙肯定会拿到影后，并且这只是个开始而已。

傅幼笙上半年一共有两部电影上映，除了与齐宴之那部仙侠电影入围本届金鲤奖之外，与沈毓拍摄的小众青春电影《归来仍少年》也在周导演夜以继日熬夜亲自剪片子中顺利上映，票房一路高歌，打破青春电影票房纪录。

傅幼笙的演技也成了观众网友们津津乐道的话题。

原本搜索傅幼笙词条，几乎全都是颜值、长相，以及各种街拍，但是现在搜索傅幼笙，被真正的电影粉电视剧粉占据了一大半的江山。

她从靠颜值出道，真真正正地用实力改变了粉丝观众对她的印象。

提到傅幼笙，不再是娱乐圈穿旗袍最漂亮的女明星，而是……演技很不错的女演员。

女明星与女演员，两字之差，差之千里。

而傅幼笙的梦想是女演员，而非什么人气女明星。

傅幼笙看着灯光辉煌的电影节，这不是她第一次来电影节，但却是第一次以入围最佳女主角的身份来电影节。

这不是结束，而是她演艺之路的开始。

傅幼笙抬起纤长的睫毛，自己提着裙摆，一步一步走向红毯铺就的台阶，跟她一起走红毯的齐宴之，完全压不住傅幼笙的女王气势，跟在她身后特别像保镖。

尤其是齐宴之今天还穿了一套纯黑色的西装，更像了。

其中一个热搜标题直接飞到了热搜第一。

“富家千金和她的保镖”。

哈哈哈哈，笑死了，心疼齐哥哥。

可别说，全娱乐圈除了楚神之外，真没别的男明星能压住傅女神的气势。

最佳女主角非傅幼笙莫属，演得实在是太好了！

楼上加1。

有一说一，傅幼笙最近这两部电影，演技简直炸裂。听说她刚刚结束《盛世》拍摄，跟楚神的电影，强强联合，肯定更炸。

确实是，傅幼笙这两部电影，虽然演技都很好，但整体而言，被男演员拖后腿了。

我觉得演得很好啊，最近这部《归来仍少年》我跟闺密刷了五遍都没腻！剧本好，导演好，演员优秀，一部青春电影，五天能破十亿票房，肯定是优秀的！

然而让人没想到的是，就在大家讨论傅幼笙这次影后十拿九稳时，迅速爬上来一个负面热搜。

热搜标题——“傅幼笙‘投资人’曝光”。

是娱乐圈一个有五百万粉丝的营销号爆料的。

最娱乐 233V：有网友匿名投稿，说曾经在一家温泉酒店看到傅幼笙与圈中某已婚传媒大佬同游，有照片为证。根据粉丝提供的行程记录，当天傅幼笙确实是在北城的，没有工作。

然后是九宫格的照片。

照片很模糊，但隐约能看出来，女人穿着旗袍气质非常得好。

在娱乐圈旗袍能穿出这种气质的除了傅幼笙还有谁。

更何况，模糊照片上傅幼笙面容的轮廓也能认出来，她正挽着一个挺着将军肚的中年男人，仰头含笑。

甚至还有男人低头在她耳边说话的照片，举止亲昵，一眼就能看出来关系匪浅。

全娱乐圈都炸了，这个瓜绝了！

娱乐圈还真是一点儿清流都没有。

绝美爱情都是假的，这才是真的。难怪傅幼笙资源这么好，呵呵呵！

楼上酸个什么，傅幼笙演技摆在那里，跟资源好不好有什么关系。

视后大满贯，你们瞎了？而且只是几张模糊照片而已，你就确定是傅幼笙？

相信柚子。

相信女神！

没错，傅幼笙连楚神都拒绝，怎么可能会为了资源去搭上已婚中年老男人？

更扯了，楚望舒跟傅幼笙告白的时候你在床底下听着吗，你怎么知道傅幼笙拒绝过楚神？现在照片都爆出来了，你们粉丝还沉浸在幻想之中，可笑。

粉丝再洗也没用！

楼上恶心死了，家庭得多不幸，才会这么揣测别人。

傅幼笙的词条几乎被突然拥进来的水军覆盖，幸好西柚们战斗力也很强。

尤其是傅幼笙即将封后的这个时候，突然爆出来这样的绯闻，还有一群水军带节奏，肯定是有人在背后使坏。

他们相信傅幼笙，相信拥有那么清澈眼神的女孩，相信那个二十几岁就公开结婚的女明星，绝对不会被包养；相信那个一出道就满身优雅风骨的女孩，绝对不会被娱乐圈的淤泥玷污。

从出道就被诋毁，被各路女明星艳压，可她却凭借自己的实力，一步一步，让泥沼之路开出遍地繁花。

殷墨坐在颁奖典礼台下，亲眼看着登上领奖台接过属于她的第一个影后奖杯的女孩，淡色的薄唇抿起愉悦的弧度。

领奖台上华光璀璨，她穿着殷墨准备的钻石裙，美得恍若小仙女下凡。

这样的裙子，只有傅幼笙这般浓艳的美貌，才不被裙子的璀璨掩盖。

温秘书将手机递给殷墨，殷墨扫了一眼后，原本唇角的弧度一瞬间冷凝下来。

“查，让技术部恢复照片。联系闻亭，公开我们的关系。”

温秘书立刻点头：“是，我这就去。”

这种新闻处理得越快越好，不然迟了再澄清，即便大家知道是假的，以后也总会提起来，而那个时候无论是真的还是假的，网友们都只会联想他们想知道的真实。

这个人选择在傅幼笙领奖的时候爆出负面消息，其心恶毒至极，但凡公关迟了一秒，效果天差地别。

温秘书知道，此时公开殷总与太太的关系，是最好的解决方法。

毕竟——

有殷总这样的老公，除非傅幼笙是疯了，才会跟什么中年已婚传媒大佬有牵扯。

殷墨掌心捏着手机，在温秘书联系人的时候，忽然问："公司之前是不是给我申请过个人微博？"

温秘书立刻明白殷墨的意思："没错，给您认证了。之前公司官博艾特过您，所以您的粉丝也有上千万。"

殷墨也参加过不少商业论坛，上过财经杂志，作为商界大佬，总裁里面的颜值天花板，虽然微博长草，但并不妨碍一堆少女心爆棚的网友们关注他。

殷墨登录之后，举着手机拍了一张傅幼笙在领奖台上的照片，然后一字一句地输入，发了微博申请两年后的第一条微博。

殷墨V：恭喜殷太太，你永远是我的最佳女主角。

网上疯了。

有人以为这个认证为胜景资本总裁的殷墨微博，是长时间不用被盗号了。

直到几秒钟后，有人截图了胜景资本官博转发的微博。

胜景资本蓝V：恭喜我们殷总终于有名分了，恭喜老板娘得奖么么哒！//殷墨V：恭喜殷太太，你永远是我的最佳女主角。

我要疯了！

我除了啊说不出别的话！

还有人不知道殷总是谁吗？

这是小娇妻被欺负了，霸道总裁强势护妻。小说照进现实，我先酸为敬。

哈哈哈，不行了，我要笑死了，妈呀，傅幼笙真有你的！不声不响搞个大的！

谁说傅幼笙与楚望舒结束了，现在爷的青春又开始了！想听十年绝美灰姑娘与豪门贵公子的爱情故事！

十年不离不弃，校服到婚纱，慕了！

灰姑娘爱情故事秀了。

殷墨这高调公开，直接打脸刚才的爆料。

粉丝们再也不提之前那一派胡言的爆料。他们都不是傻子，有殷墨这样的老公，傅幼笙傻了才会去找中年老男人。

于是乎，大家开始刷灰姑娘嫁入豪门的爱情故事，差点儿都忘了傅幼笙拿影后的事情。

此时，拿了影后，正准备说获奖感言的时候，傅幼笙看见坐在第一排的男人正低头看手机。她皱了皱眉头，他居然在她拿奖这种关键时候玩手机！还想不想要公开了？还想不想要名分了！

傅幼笙说完感谢语，却懒得公开殷墨。

到时候她要是说到殷墨的时候，万一被拍到这货玩手机，她还要不要面子？殊不知殷墨正在让人处理把这些莫须有的绯闻发出来的罪魁祸首程舒慈。

这边，傅幼笙就要拎着裙摆捧着奖杯下台。

就在这时，得到第一手消息的主持人忽然开口："请我们的新晋影后留步一下。"

然后傅幼笙看到下面一群粉丝甚至于连许多参加典礼的演员们都在欢呼。

非常激动。

傅幼笙蒙了一瞬："……"主持人让她留步，他们激动什么？

"有事吗？"傅幼笙依旧一脸优雅微笑。

主持人："新晋影后就没有什么话要对台下的殷总说吗？"

傅幼笙："啊？"

她刚才的获奖感言应该没有提殷墨吧？他们为什么突然要自己跟殷墨说话？什么意思？

主持人忍俊不禁："刚才殷总可是在微博上跟你告白了哦，恭喜他的殷太太拿最佳女主角。"

傅幼笙瞳仁放大，不过还算是能维系住表情。

她脑子里百转千回。

可能在她上台到领奖这段时间，发生了什么事情，让殷墨提前公开了，难怪他刚才一直看手机。

傅幼笙很快反应过来，朝着镜头轻轻一笑："本来打算给殷先生名分，谁让殷先生刚才一直在台下看手机，错过了这个机会，等我下次获奖再说吧。"

"啊！"整个颁奖现场差点儿被粉丝们的声音炸了。

正主公开，简直过年。

更过年的是——

他们亲眼看到从入场开始，面庞便冷淡薄凉的男人，在傅幼笙下台的时候，站了起来，单手扣好西装扣子，一步步走向傅幼笙，朝她伸出一只手，扶着她走下了台阶。

清贵俊美的男人与美艳无双的女子，众目睽睽之下，十指相扣，丝毫不避讳彼此的关系。

这张照片，被大屏幕定格，然后传遍了整个网络。

粉丝们彻底疯了。

有什么比公开之后，正主同框更刺激?

傅幼笙站在台阶上，低头便能看到殷墨那双深邃却灿若繁星的眼眸，脑海中陡然浮现出当初他们第一次见面时候的场景。

她也是这么握住了殷墨朝她伸出来的手。

从她遇到他那一刻起，她所有的孤独寒冬都成了过往，而未来，尽是繁花似锦，星河长明。

第二十一章
盛世婚礼

／

XINTIAO
BU
TINGHUA

“你永远是我的最佳女主角”——

这句情话，横扫各大娱乐新闻版块，几乎刷遍了整个网络。

热度甚至要超过傅幼笙捧起第一座影后奖杯。

傅幼笙回到座位后，颁奖典礼还在继续，只不过她没有坐到自己位置，而是被殷墨牵着坐到了他旁边，接受众人眼神攻势。

傅幼笙对此当作没有感觉，然后朝着殷墨伸出一只素白的小手，连句话都没说。

殷墨已经将手机递过去，并且还为她开机。

明明两人一句交流都没有，偏偏那其中的默契与自然，全都被镜头收录其中。

看直播的网友们嗷嗷喊着“秀啊秀啊”，弹幕简直要刷飞了。

这是我看到的秀恩爱的最高境界，果然无形之中的秀恩爱才是最杀人的！

说好的清冷禁欲，原来是为了一个人守身如玉！呜呜呜，爱了这对恋人！

这对夫妻颜值真的好配啊。

一想到他们谈恋爱十年了，我这小心脏都扑腾扑腾的狂跳。

就想问他们身边人是怎么活下来的，天天被这样的夫妻颜值杀。

不知道你们还记得吗，去年傅女神参加一部恋爱综艺，后来不是没有播出吗？原因是资方爸爸殷老板醋了，要亲自跟傅女神搭档，就没播出！

真的假的？

快去节目官博，众人血书求播出！

大家弹幕刷得飞起，就连之前的恋爱综艺都被人扒出来没有播放的原因。

而傅幼笙接过殷墨递过来的手机后，看着闻亭发过来的前因后果，最后目光落在殷墨公开的微博上，低垂的睫毛轻轻颤了一下。

单单说这个公关速度与公关方式，无疑是最好的。

但——

傅幼笙抬起眼睫看向殷墨，在他耳边低声说："说实话，你用自己的微博公开，是不是有私心？"

殷墨漫不经心地捏住她的指尖把玩："你说呢？"男人薄唇扬起淡淡弧度，看着她时，瞳仁幽邃而深沉，完全不知道看直播的网友们少女心都炸裂了。

傅幼笙听到他模棱两可的答案，轻轻哼了一声，但语调中的愉悦却掩盖不了。

"我还以为你刚才在玩手机，都不想给你名分了。"

"没关系，我可以自己要。"殷墨轻点了一下她掌心的手机，"瞧。"

"看把你得意的。"

"有了名分，怎么能不得意！"殷墨低低一笑。

素来清贵淡漠的男人笑起来的时候，如雪山上那恍若神祇的冰雕融化，清清透透不掺任何的杂质。

就连看习惯了的傅幼笙都忍不住多看了几眼，更何况是摄影师，他恨不得一直将特写镜头怼在这对刚刚公开的一对璧人脸上。

观众们差点儿被殷墨的盛世美颜给晃得眼瞎，再也没有人说傅幼笙人长得好看，眼光不行这样的话了。

人家纯粹就是低调啊！

等到颁奖典礼结束后，傅幼笙与殷墨相偕直接从后台离开，完全没有给媒体记者们采访的机会。

守在会场外等着拿第一手新闻的媒体记者们一直等到会场外面所有的

明星们都离开，全都采访完毕，都没有碰到傅幼笙他们。

一问工作人员才知道，人家夫妻两个已经低调离开了。

媒体记者们互相对视一眼，从彼此眼中看到了擦肩而过的悔恨，然后又觉得松了口气。

最起码这个第一手新闻采访大家都没有拿到。

回到麓荷公馆，已经是晚上零点。

傅幼笙又是卸妆又是洗澡又是护肤，折腾了足足两个多小时，才一身清爽地从浴室出来。

殷墨还没有睡，靠坐在床头，脸上带着金丝边眼镜，正在看笔记本电脑。

傅幼笙捋了一下蓬松柔滑的发丝，探身过来："你在看什么？"

入目便是之前营销号发出来的所谓她和已婚传媒大佬约会泡温泉的照片。

虽然因为殷墨的强势公开，粉丝们已经不相信傅幼笙跟众华传媒的总裁有什么关系，但只要这个谜题没有揭开，以后如果有人想要黑傅幼笙的时候，还是会拿出来。

众口铄金，毁掉一个人，给一个人身上强加负面消息，只不过几句话而已。

澄清这些谣言却很难。

殷墨自然要将这些全部用实际证据来澄清。

傅幼笙看着技术部复原后依旧看不太清楚那个女人面容的照片，忽然想起来："我……对这个地方有点儿印象。"

然后她拿过自己的手机，找出之前她泡温泉的时候，看到程舒慈拍摄的照片："这个人确实是程舒慈。

"你看，衣服都一样。"

殷墨看着傅幼笙手机里的高清照片，修长指尖推了一下鼻梁上的眼镜，忽然沉沉一笑："你这张照片，拍得倒是恰到好处。"

傅幼笙将手机丢给殷墨，然后自顾自地上床："幸亏我当时留了心，不然岂不是要被程舒慈坑了？

"我就觉得她不安好心。她没事干吗陪已婚男人泡温泉，原来是想要坑我。"

说到底，程舒慈的家世，根本没有必要为了资源去陪睡。

而且那天她的侧脸浅笑时候的样子，格外像自己，傅幼笙才会条件反射地拍下来。

没想到倒是真的派上了用场。

这就是天意，恶人自有恶人磨。

傅幼笙小声嘟囔了句："还跟这么恶心的人一块儿。"

殷墨了解傅幼笙，她很少会用这样的词汇来形容一个人。

男人清隽干净的眉宇微微一顿，将人揽在怀里，可以让她更舒服地靠着，低声问："众华传媒的孙总欺负你了？"说这话的时候，殷墨清冽的眼眸沉了沉，晦暗蔓延开来。

傅幼笙倒也没有隐瞒："也不算欺负，就是之前有次宴会邀请我跳舞，被我拒绝之后，就眼睛不是眼睛鼻子不是鼻子的。后来他还暗示要投资我的工作室，前提是陪他吃个饭。"

都是成年人，陪他吃个饭是什么意思，傅幼笙能不知道？

傅幼笙自然是毫不犹豫地拒绝，并且再也没有参演过他公司的任何一个资源项目。

本来以为这件事到此为止了，谁知程舒慈利用孙才远来算计她。

傅幼笙看着殷墨电脑上显示的帖子。

帖子上面清楚地写到她跟众华传媒孙才远孙总的过往，要不是傅幼笙知道自己跟他没有半毛钱的关系，还真是信了自己勾搭这位孙总了。

从那次宴会见面开始，到曾经谈过投资的事情，最后是温泉照片，一整条感情线给捋得明明白白的。

"她这是找的什么人写的帖子，不去写狗血小说真的委屈她的才华了。"傅幼笙还有心思开玩笑。

然而却发现殷墨没有回答她，傅幼笙下意识仰头看向他："殷墨？"

从她的角度能看到男人轮廓优越的下颌线，她直起身子，对上殷墨那双几乎渗透冷意的瞳仁，下意识眨了眨眼睛，明白过来："生气了？"

"有什么好气的，就是一群上蹿下跳的猴子而已。"

说程舒慈像猴子，都侮辱了猴子。

说话间，傅幼笙握住了殷墨的手，安抚地捏了捏。

殷墨反握住她的手，薄唇溢出冷冽的声音："很快，就让他们蹦跶不起来。"

本来他打算只处理掉程舒慈，却没想到孙才远竟然觊觎过他的太太。

殷墨敲了一下她的额角："睡觉。"

“疼……”

“如果不睡的话，就不单单是额头疼了。”

殷墨意有所指，修长掌心隔着薄绸睡裙的布料，慢条斯理地摩挲了一下她腰肢上的小软肉。

傅幼笙一巴掌打过去：“睡睡睡。”

这都凌晨两三点了，殷墨竟然不睡觉还想要作什么妖。

本来还想刷一下微博的傅幼笙，被殷墨这么一打岔，躺下就睡着了。

她今天也确实是累了，不单单是身体上的，还有精神上的。

谁能想到，她本来今天鼓起勇气要在拿奖的时候公开殷先生的身份，又被殷先生玩手机气到，没几秒却被主持人当着那么多演员朋友与粉丝们的面，说出了殷某人的名字。

这心情大起大落起伏不定的，比演一场大戏还要累。

短短几分钟时间，殷墨就听到傅幼笙均匀的呼吸声。

男人掀开被子下床，穿好家居服后，脚步顿了一下，俯身在傅幼笙水润的唇角上亲了一口。

“唔。”傅幼笙皱了皱小眉头，揉了一下被眼镜框硌到的眼尾，有点儿小嫌弃地转了个身。

“小白眼狼。”殷墨轻捏了一下她的耳垂，低沉嗓音却染着温沉的笑意，隐约能看到幽邃眸底的宠溺，然后直起身子，推了推鼻梁上的细边眼镜。

殷墨含笑的面庞在转过身后，陡然之间清冷漠然，面无表情地拿着电脑与手机走出卧室。

书房的灯，亮了整整一晚上。

傅幼笙第二天是被闻亭疯狂的电话声给吵醒的。

傅幼笙挣扎着睁开眼睛，嗓子还有点儿哑：“喂？”

“喂什么喂，出大事了！哈哈哈哈！”闻亭的笑声几乎要穿破耳膜。

傅幼笙一下子被他这跟鹅叫似的笑声给弄得清醒了：“出什么大事，让你这么开心？”

这出大事的，肯定不是她，不然闻亭怎么会笑成这样，昨天晚上还气得亲自在微博骂那些搅浑水的人呢！

闻亭终于笑完了：“我发给你了，你去微信看看。是程舒慈翻车了，刚才网上爆出来程舒慈跟众华传媒总裁的床照，妈呀，尺度太大了！

“哈哈哈哈，众华传媒的孙总是靠着老婆家里上位的，虽然看起来在外面光鲜亮丽的，实际上，公司都在老丈人的掌控下。这不，爆出来这样的丑闻之后，他直接被撸了总裁位置。

“啧啧啧，今天早晨这个瓜真是让人立刻就清醒了。”

傅幼笙越听越不对，开了免提之后，打开微信里他发来的链接。

一边听他讲，一边看内容。

今天早晨六点钟，这个桃色新闻直接把还在睡觉的网友们炸醒。

早起的虫儿有瓜吃。

妈呀，这大尺度，我看都不好意思看。

大家快点保存，等会儿就要删了。

哈哈哈哈，程舒慈这是坑人把自己玩进去了。

这年头的新人都这么敢玩，这是早就知道自己会被爆出来，所以为了甩锅，先提前爆出来推给傅幼笙，难怪昨天热搜一出来，立刻爬上前三。

肯定是了，毕竟傅女神热度高，真是最佳背锅。啧啧啧，其心可诛啊。

没什么作品，甩锅倒是一流，还真会挑人甩。

呵呵呵，昨晚要不是殷总当机立断公开，岂不是要被她得逞了。

傅幼笙打开还没有被微博删掉的那个所谓的大尺度照片。

确实是程舒慈的脸，而且特别清楚。

傅幼笙非常怀疑这些大尺度的照片全都是P的，她跟程舒慈一起长大，对程舒慈还是很了解的，程舒慈绝对不可能真的跟这位什么传媒大佬有什么奸情，程舒慈根本看不上这种男人，能跟他上床才怪呢。

而且这些照片拍得未免太清楚了吧！就跟有人举着摄像机在床边给他们拍摄似的。

这些照片里面除了这些大尺度的之外，还有就是昨晚她在殷墨电脑里看到的技术人员恢复的照片，以及她给殷墨的那张高清。

傅幼笙看了一遍这些照片，心里已经明白了——殷墨这是以其人之道还治其身。

不过比起程舒慈让人放出来假照片，他这些照片都是真假掺着的。

无论他们怎么洗都洗不白，只能认下，不认那些网友们也会按头让他们认下。

昨天是怎么网暴傅幼笙的，今天就怎么还回来。

如今无论是哪个圈子，都容不下程舒慈；然而傅幼笙清楚，最让程舒慈痛苦的是程家。

程家绝对容不下这种败坏家族风气的后辈。

傅幼笙一点儿都不会觉得她可怜，她落到这个地步，完全就是咎由自取。

傅幼笙脸色清清淡淡的，至于隔壁“天凉孙破”的前众华传媒总裁，已经被她忽视了。

“殷总这一手太秀了。”闻亭觉得很解气，“程舒慈昨晚趁着你参加颁奖典礼的时候放出来，用心险恶了。”

等挂断跟闻亭的电话，傅幼笙看了眼空荡荡的房间，能折腾出这么多事情，还是趁着她睡觉的时候，那么殷墨肯定是一夜没睡。

傅幼笙双唇轻轻抿了一下，随便洗漱一下，便出门去找人。

最近他们两个都很忙，所以用人们都回来了。

傅幼笙一下楼，就听到管家恭敬的声音：“太太，早餐已经准备好，您要用吗？”

“等会儿。”傅幼笙单手扶住旋转楼梯扶手，往下看，“先生呢？”

管家：“先生在书房。”顿了一下，她补了一句，“先生好像一夜都没有休息，书房的灯亮了一夜。”

果然，傅幼笙就知道！

“早餐等会儿端到书房吧。”傅幼笙身上连睡裙都没有换下来，悠然转身去书房找人。

书房内。

傅幼笙推开门，就看到坐在黑色办公桌前的男人，摘下鼻梁上的眼镜，正在揉着眉心。

她轻轻地走过去：“一晚上没睡？”

细白柔嫩的指尖按在男人太阳穴的位置，动作温柔地替他按摩。

殷墨仰躺在椅背上，任由傅幼笙的指尖抵在他最脆弱的位置，眼眸轻阖着，嗓音透着点喑哑：“加了个班。”

“加什么班？让众华传媒破产的班？”

傅幼笙轻叹：“有什么事情非要熬夜做，今天醒来再做也不迟。”

“我不困。”殷墨闭着眼睛，却顺利地找到傅幼笙纤细的手腕，长指插进她的掌心，与她十指相扣，“不如加班。”

殷墨若无其事地岔开话题：“看到热搜了？”

傅幼笙嗯了一声。

“害怕吗？觉得我太狠？”

“我怎么会害怕你。”傅幼笙松开手，漂亮的眼眸一眨不眨地看着他，“我本来就不是什么圣母，别人都欺负到头上了，我还会可怜他们不成？”

“以后被欺负了，要告诉我。”殷墨重新圈住她的手，另一只手臂箍住她的腰肢。

原本站在他身后的傅幼笙，一瞬间换了个位置，变成了坐在他膝盖上。

馥郁香甜的气息一下子在呼吸之间弥漫开来，原本因为熬夜而疲倦的神经，渐渐嗅着她身上的香气而镇定几分。

“等会儿吃点早餐再睡。”傅幼笙拍了一下他的手背。

“嗯……”男人的薄唇贴着她的纤细脖颈，低低应了声。

等管家亲自带着用人上来时，便看到一幅美如画卷的场景。她悄无声息地让用人们放下早餐，便将空间重新让给他们两个。

先生与太太的恩爱，是网上那些人想象不到的。

傅幼笙与殷墨公开之后，其实生活并没有什么改变。

只是傅幼笙每次活动的时候，都会有粉丝或者主持人提起殷墨而已。

傅幼笙本来是要人组的。

之前秦胭脂导的那部戏，说好了是五月份开机，但是因为秦导演对男二号不满意，要重新选角，于是推迟到了六月。

本来空出来的五月就很闲，用婆婆的话来说，这是天意。

要让他们有时间先把婚礼给办了。

傅家宅院。

傅幼笙既然已经回归傅家，而且婚礼这件事爷爷要亲自过问，自然不能驳了爷爷的面子。

殷夫人非常雷厉风行，说见面，立刻就安排了见面。

一家人甚至于殷老太太也亲自上，殷墨一家齐聚傅家，商谈婚礼之事。

傅幼笙看着自家爷爷与殷老太太相谈甚欢。

之前两家父母见面，有点儿尴尬，现在也因为两位长辈而渐渐缓和。

主要是傅恩忱这次态度好了许多，甚至主动为殷临煮茶倒茶，还叫了一声亲家，叫得殷临受宠若惊。

毕竟上次傅恩忱可是嫌弃他们得很，这次倒是跟变了个人似的。

殷夫人原本就挺喜欢傅夫人的，这次自然也是聊得愉快。

尤其是她们谈到傅幼笙婚礼穿什么、妆容打算用什么的时候，格外融洽。

傅幼笙看了眼傅恩忱，低声跟殷墨说：“爷爷没有白让他跪祠堂。果然，姜还是老的辣。”

殷墨轻笑了声，虽然笑话岳父大人不太妥当，但他还是被自家太太的话逗笑。

“你们两个笑什么？过来瞧瞧，准备办中式还是西式？”

“最近这两年好像很流行中式，幼幼穿凤冠霞帔一定很美。”殷夫人朝他们招手。

殷墨牵着傅幼笙的手一块儿过去，这时，傅恩忱说道：“当然是中式，我们是国人，用什么洋玩意的西式。”

傅幼笙睫毛上撩，幽幽看他一眼。傅恩忱皱了一下眉头刚要开口，下一秒便听到上位的老爷子轻咳一声。

傅恩忱教训的话没有说出口，全部噎了回去。

傅幼笙唇角勾起，爷爷威武！

傅幼笙轻点了一下婆婆递过来的平板电脑，虽然想跟傅恩忱对着干，但是不得不说，中式的凤冠霞帔确实要比西式的婚纱看起来更加具有仪式感。

西式像是聚会一样，仪式感没有那么强；但是西式的婚纱也很美，她喜欢那个鱼尾裙的婚纱，漂亮又优雅。

穿婚纱结婚是每个女孩都幻想过的婚礼吧！就跟圆梦一样。

就很难选。

殷墨如何看不出来自家太太的心思：“不如合在一起？”

殷夫人拍手表决：“这个主意好。

“合在一块儿办，到时候不用去酒店办，我名下有一座私人小岛，当初亲自画的设计图设计的，中西结合，环境好，有城堡也有中式园林。

“刚好这个私人小岛送给幼幼当结婚礼物。”

“妈，不用……”傅幼笙一听这个小岛，就知道一定是婆婆心爱的，不然怎么会亲自画设计图。

殷夫人握着她的小手：“妈妈的一切都是你们的。不就是个小岛而已，比不得我儿媳妇珍贵。”

“谢谢妈。”傅幼笙感动极了。

并不是因为这个珍贵的小岛，而是她真的把自己当成一家人。

傅夫人看着人家婆媳亲密，忽然说了一句话：“网上一直传我们幼幼是灰姑娘，什么时候澄清一下？”

傅恩忱眉心皱得更紧：“澄清什么……”澄清。

然而没等他说话，老爷子一拄拐杖：“我们傅家虽然不显，但也是传承百年的书香门第，怎么继承人就成了灰姑娘？谁说的？”

傅幼笙没想到妈妈居然会关心她在网上的事情，下意识看向傅夫人：“妈，您也刷微博呢？”

傅夫人含笑点点头：“那当然，我要了解我女儿的职业呀。网上评论我女儿是一位很优秀的演员，妈妈以你为荣。”

傅幼笙乌黑的瞳仁微微怔愣，她内心深处还是很希望得到家里人对她职业的认可的。

即便是后来以继承人的身份回归傅家，其实傅幼笙心里依旧没有什么谱儿。

她知道，其他傅家人对她的尊重，只是看在爷爷面子上而已，并不是真的认可她成为继承人以及未来的家主；但是她依旧想要以自己的方式，一步一步改变傅家腐朽的思想。

当演员并不是一件什么有辱风骨的事情，也会让家族荣耀。

风骨存于内心，而非狭隘的过去。

傅夫人这句话，像是一道微弱的光，缓缓洞开那道狭隘的口子。

让她可以相信，假以时日，这道微弱的光，一定越来越亮，穿破一切，照亮傅家上下。

殷夫人也跟着笑：“亲家有没有加入幼幼的粉丝超话，我每天都有签到。”

“超话是什么？”傅夫人平时就搜索一下女儿，还真不知道关于粉丝的一些事情。

但是殷夫人知道啊。

殷夫人不单单知道超话，还加了傅幼笙的官方粉丝群，还认识了不少粉丝群里的小朋友们。

“我拉你进幼幼的粉丝群啊。我们还约了要线下应援呢，如果你有时间，到时候咱们一块儿去。

“这些年轻人玩的追星，还挺有意思。”

殷夫人的话让傅幼笙都有点儿惊呆了，然后从沉浸的思绪中缓过来，抬眸看向殷墨："妈还去线下给我应援了？"

殷墨捏了捏她的小手，徐徐笑着："这是妈的私人行程，我也不清楚。"

傅幼笙本来想问问的，但是两个母亲聊得开心，完全不给别人插入的机会。

从高贵优雅的婆婆口中听到那些追星少女才会用的粉圈词汇，傅幼笙还真是觉得有点儿奇妙。

不过这也没让她多想，因为爷爷已经招手让他们两个过去。

刚才殷老太太也亲自给老爷子解释了一下傅幼笙为什么会被称为灰姑娘的事情。

其实傅幼笙一点儿都不在意这个，她如果在意的话，就不会出道这么多年，绝口不提家人了。

老爷子不满意地看着傅幼笙："幼幼是觉得爷爷我拿不出手？"

傅幼笙抱住老爷子的手臂："爷爷您说什么呢，这不是怕粉丝们影响到您的正常生活吗？不想让家里人过度曝光，这是保护你们。"

她看了眼傅恩忱，抿了抿唇瓣："一旦曝出去，路上遇到人都可能会认出你们。"

"你爷爷我现在走在路上，都有人能认出我来。"

这话倒是真的。老爷子是当世大儒，写过著作无数，年纪稍大一点儿的喜欢文学的人，基本上都能认出老爷子。

毕竟殷临跟殷夫人他们今天看到老爷子的时候，都以为是不是认错人了。

他们也没想到，当年活在他们课本上的文学家，居然是儿媳妇的爷爷。

因为傅老爷子跟儿媳妇很和善，他们对傅恩忱这位难对付的亲家的容忍度都高了许多。

有老爷子在场，婚事很快就敲定下来，完全没有傅恩忱这个老父亲说话的机会。

至于老爷子要公开傅幼笙的身份，最后还是听殷墨的，等有机会再公布。

殊不知，胜景资本的公关团队之前就傅幼笙身世这件事做过分析考察，得出了最好的公开方案。

而现在最重要的是婚礼。

之前该准备的都准备好了，就连婚纱也是年前就空运过来的，而中式的红色嫁衣，是傅夫人早就为自家女儿亲手绣好的。

本来以为没有机会让女儿穿给她看了，没想到——

傅幼笙他们离开的时候，傅夫人看向傅恩忱："钥匙给我。"

凤冠霞帔一整套都是傅恩忱保存的。

上次给傅幼笙送嫁妆的时候，唯独这一样，傅夫人没有送过去，正是因为傅恩忱手里有钥匙。

傅恩忱看着妻子伸手过来，顿了一秒，下意识看向女儿。

傅夫人："凤冠还是你当年用最喜欢的赵孟頫真迹跟一个收藏家换的，就是为了女儿嫁人那天，现在还舍不得拿出来？"

"你说什么，我怎么可能舍不得。"傅恩忱下意识回道，"本来就是给她的。"

傅幼笙听到傅恩忱的话，眼睫轻轻颤了一下，却没有说话。

傅恩忱从钱包里的卡槽拿出一支精致得像金片一样的钥匙，递给了傅夫人："去取吧。"

见他随身携带的珍贵程度，便知道他也是在意它的，此时却眼睛眨都不眨地给了傅幼笙。

傅幼笙想说不要，但面对傅夫人那双眼睛，却怎么都说不出来。

直到离开傅家，傅幼笙都一言不发。

轿车停在麓荷公馆别墅私人停车场。

殷墨握住了她冰凉的小手："如果你不想穿的话，也没关系。"

傅幼笙抬起眼睛，看向殷墨，终于开口说出了第一句话："我不会原谅他。"

"好，不原谅。"殷墨解开安全带，将她整个揽在怀里，"就算婚礼你不想请他，也听你的好不好？"

这话让原本泫然欲泣的傅幼笙笑了。

她没好气地推了他一下："我才不会傻得把自己把柄递到别人手里呢。"

"嗯，我们殷太太最聪明。"殷墨真心真意地夸奖。

被殷墨这么一打岔，傅幼笙原本黯然的心情终于好了许多。

两人一块儿下车回家。

"殷墨，我们要办婚礼，你是不是高兴了？"

"殷太太终于要给殷某人实际的名分，殷某自然高兴。"

"哼，还不快谢主隆恩。"

"等晚上，我一定好好伺候殷太太，感谢殷太太大方赐给殷某名分。"

"别说这么厚脸皮的话，你不要脸我还要呢。"

“要你……”

说话声越来越低。

两人牵着手的身影，在夕阳照耀下，影子拉得很长很长。

五月十六日，宜嫁娶，宜结婚。

殷家并没有对外公开这场婚礼，但邀请的宾客里面，也没有收走他们的手机，更没有限制他们将拍摄的照片发到微博。

殷家的合作伙伴与商界有名有姓的大佬都接到了邀请。

他们本来以为这就是一场以婚礼为名的商务 party。

万万没想到，他们一上岛才发现，许多活在课本上的文学家、音乐家，甚至于一幅字、一幅画被拍卖行拍出天价的当世书画家都在场。

简直要闪瞎眼睛。

什么时候殷家还有这么多文艺界的朋友？

然而——

直到殷临介绍客人给傅恩忱夫妻认识的时候，他们才恍然大悟。

原来殷家要娶的不只是一个女明星，更是书香世家教养出来的真正的大家闺秀。

看着那一位位书香世家养大的女孩子们，再看看他们上流圈子所谓的名媛千金，大家沉默了。

虽然不想承认，但同样的动作，人家真正有书香世家底蕴的女孩子，确实比他们家里请那些礼仪老师教仪态的富家千金，更加优雅得体。

行云流水一样地自然。

于是不少聪明的商界大佬，已经开始打听这些人家是从哪里请的礼仪老师，想要挖到这种真正的礼仪大师到自己家里教孩子。

虽然有底蕴的书香世家心里还是有点儿看不上商人之家，不过伸手不打笑脸人，而且人家还是来赞赏他们的教养的。

本来傅夫人还担心两家亲朋好友相处会不和谐，没想到宴会厅内，众人相谈甚欢，想象中的会有分歧的事情没有发生。

她轻声在丈夫耳边说：“你看，大家都在慢慢改变对商人的看法。”

傅恩忱只是冷哼一声，即便是不认可，也没有反驳。

“女儿大喜日子，开心点儿。”傅夫人今天穿了一身酒红色的旗袍，非常柔美雅致。

面对妻子，傅恩忱露出一个僵硬的笑容。

傅夫人摇摇头。

算了，就不该对他有什么希望。

“你笑成这样，难怪女儿不要挽着你。”傅夫人在傅恩忱心口捅了一刀子，然后施施然去接待客人了。

傅恩忱：“……”

他眼眸微微一眯，隐约能看到眼眸里蕴含着几分难见的失落情绪。

他也不明白，他只是对女儿寄予了太厚重的希望，为什么会造成现在这个局面。

女儿不想认他，父亲罚他跪祠堂，就连向来温柔的妻子也开始对他眼睛不是眼睛鼻子不是鼻子。

他像是众叛亲离一样。

傅恩忱重重地叹了口气。

就在这时，殷临带着几个朋友过来：“亲家，这几位慕名而来，想要拜见一下傅老爷子，老爷子如今可有时间？”

要是以前，傅恩忱早就冷着脸拒绝，怎么可能跟浑身铜臭气的商人打交道?

但现在傅恩忱顿了两秒，脸上挂着点儿僵硬的弧度：“当然可以。”

殷临还真是松了一口气，生怕这位傲骨铮铮、没有烟火气的亲家直接拒绝了人。

本来殷临也不打算引荐，奈何这几位都是圈子里的长辈人物，人家亲自来参加儿子婚礼，只是一个拜访的要求，他确实是不太好拒绝。

这便前来问一下亲家。

傅幼笙在新娘休息室内，身边由秦榛这唯一一个伴娘陪着，一边化妆，一边看大厅内的监控视频。

为了安全，整座小岛都有监控设备。

自然，婚礼宴会厅更是没有死角。

她清晰地看到自家素来清高的父亲，朝着几个商界大佬礼貌微笑。

傅幼笙眼波微微流转，刚化好唇妆的唇瓣下意识抿了抿。

下一秒，化妆师紧张地抬起她的下巴：“哎呀哎呀，口红抿掉了！”

“哪有那么夸张……”傅幼笙无奈顺着她的动作抬起小下巴，任由化妆师用唇刷在她唇上重新修修补补。

“当然夸张，今天可是你最美的日子，不能有一点点的不完美。”秦榛穿着一身粉蓝色伴娘裙，站在她身边，看着她身上那一袭抹胸鱼尾婚纱。

抹胸是手工重工刺绣的，华丽又繁复的花纹蜿蜒往下，凸显出玲珑曼妙的身材，最后花枝停在鱼尾处，纯净美好中，透着旖旎风情。

配着她那张明艳动人的面庞，简直绝美。

傅幼笙跟殷墨商量过后，还是决定只是举办西式的婚礼。

毕竟会让客人们比较舒服一点儿。

秦榛亲自给傅幼笙戴上长长的头纱。傅幼笙雪白纤细的肩膀在白纱下若隐若现，都把她看呆了。

“宝贝儿，你是我见过最美的新娘子。”

说着她有点儿手痒痒的，拿出手机对着傅幼笙拍了好几张照片。

“我是第一个见你穿婚纱的人，呜呜，好感动！”

傅幼笙即便是坐在那里，都是自成大片，根本不需要配合她摆什么动作。

秦榛看着自己拍的照片，唇角露出蜜汁微笑，然后忽然想起来：“对了，上次我看过的凤冠霞帔我感觉你穿起来更美啊，为什么不办一场中式婚礼。

“那么漂亮的凤冠嫁衣不露面太可惜了！”

听秦榛提起来，傅幼笙漂亮的红唇差点儿又想要抿了，幸好她克制住了自己，没有再次补妆。

那套凤冠嫁衣，殷墨自从见傅幼笙穿过一次之后，就坚决不让她穿给任何人看。

为此，麓荷公馆的别墅家里，殷墨还特意让人重新装修出来一间古色古香的婚房。

用傅幼笙的话来说，就是他不安好心！

当时他看自己穿嫁衣时候的眼神，傅幼笙到现在都能记得清清楚楚。

漆黑的瞳仁一瞬间点燃上幽黑的火焰，火舌从眸底卷出来，顺着她身上的嫁衣，一点点灼上她薄薄的皮肤。

她浑身都开始发烫。

眼睁睁看着傅幼笙盈透白皙的小脸蛋上忽然浮上一层绯红色，秦榛嘟囔了句：“我就问一下嫁衣，你这是想到什么了？一脸春心荡漾。”

傅幼笙：“……”

傅幼笙恼羞成怒：“你瞎说什么，我不要面子的吗！”

“哈哈哈，新娘子还害羞了。”秦榛忍不住大笑出声，想要捏一把傅幼笙粉润的小脸蛋，“是不是跟小说里写的那样，殷总看到你试穿嫁衣，一个没忍住，把嫁衣弄脏了？”

傅幼笙："没有！

"你一个女明星，脑子里能不能装点正儿八经的东西。"

"真不是我不装正儿八经的东西。"秦榛觉得自己很无辜，见还有时间，拿出手机打开微博给傅幼笙看，"你看你们两个的情侣粉写的文。"

傅幼笙义正词严："我的粉丝们才不会这样。"然后垂眸看了眼微博，瞬间被打脸。

正是微博超级话题里，有粉丝在写以她和殷墨为主角的同人文。

傅幼笙越看越震惊。还能这样？

"我这里有好几个写得很不错的大大，发给你看看？"秦榛笑眯眯地看着她。

傅幼笙抬眸看向秦榛，晃了一下她的手臂："秦榛，告诉我，你脑子里到底装的都是什么东西？"

"……"秦榛为了报复傅幼笙，决定"以德报怨"，然后给她发了一堆他们两个的文章。

"好好学习，天天向上。

"别太谢我。"

就在傅幼笙要拿起手机删掉的时候，外面传来了敲门声。

"新娘子准备好了吗？仪式要开始了。"

"准备好了！"秦榛立刻没收傅幼笙的手机，"好了好了，婚礼重要，不要让咱们殷老板久等！"

"……"

傅幼笙眼睁睁看着秦榛把她的手机塞到包里，然后架着她的手臂，一块儿出了房间。

外面，跟拍摄像机已经开始全程记录。

傅幼笙被头纱挡住了方向，使劲捏了一下秦榛那个小坏蛋，听到她求饶的声音，才轻哼一声："以后不许看这些乱七八糟的东西。"

秦榛："大喜日子，你应该想的是你老公！

"你怎么一点儿都不紧张呢？"

傅幼笙漂亮的眼眸轻轻抬起来，潋滟水眸气定神闲："结婚这么多年，我还紧张什么？

"不都是那个人？"

婚礼确实是很盛大。

就连走廊两侧墙壁都是用空运过来的粉色玫瑰组成的花墙，浪漫又不庸俗。

踩着软软的刺绣着大片玫瑰花瓣的粉白相间的地毯，傅幼笙拖着长长的白纱，一步步走向尽头那个穿着同样白色礼服的男人。

她从来没有见过殷墨穿浅色的西服，却没想到，他穿这个颜色，竟然一点儿违和感都没有，像是童话里的白马王子真的存在一样。

傅幼笙一步一步走向殷墨。

短短的几十米的距离，傅幼笙感觉自己仿佛走了一辈子那么长。

她之前看到殷墨还算是平静的心脏，忽然在不到十步的距离，一下一下，一下比一下跳得快。

殷墨端方冷静地站在尽头，眼中仿佛只有傅幼笙一个人，眼睛一眨不眨地看着她。

唯独对视眼睛里，能看得出来，男人眼底深处那波动的情绪。

他并没有看起来那么冷静。

不等傅幼笙走到自己面前，男人没有配合之前彩排时候的等候，而是一步一步迎向了傅幼笙。

傅幼笙原地站着不动，就那么等着男人靠近。

下一秒，身穿白色婚纱的女人被男人打横抱起来，他稳稳地走到证婚人面前，才将她放下来。

就在他抱起来的那一瞬间。

“哇！”

观礼区一片激动。

年轻人例如盛占烈他们直接开始吹口哨：“墨哥威武！”

“墨哥厉害！”

殷墨淡淡地扫了他们一眼。

如果换了平时，这群人早就老实了，然而结婚没大小，他们才不害怕，闹腾得更厉害了。

直到司仪拿起话筒：“请各位宾客安静一下，不要激动。

“婚礼正式开始。”

傅幼笙被殷墨抱起来的时候，感受到男人比她跳得还要快的心脏，竟然渐渐平静下来。

她轻笑着，小手覆在男人心口：“老公，你好紧张啊。”

很少听到傅幼笙叫他老公。

殷墨差点儿没抱稳她。

垂眸便看到她那双笑得像是小狐狸一样的桃花眸，她故意想要看他笑话。

殷墨将她放下来那一刻，在她耳边低语："不想让你老公出丑，就别勾我。"

傅幼笙："……

"哼，还不是你自制力不行，别赖我。"

殷墨轻笑："还不是殷太太魅力太大。"

不知道为什么，傅幼笙听到他磁性低沉的嗓音，脑海中浮现出来的是半小时前看到的那篇以他们为主角的文章。

"咝"——

傅幼笙打了哆嗦。

那些粉丝们真敢写啊！

"在想什么？"殷墨嗓音响起来，"证婚人问你要不要嫁给我？"

傅幼笙一瞬间回过神来，然后水润的眸子满是迷茫与震惊："啊？"

这就开始了？

这时，证婚人又问了她一句："请问新娘是自愿嫁给新郎的吗？"

"自愿"这两字，证婚人咬得很重。

傅幼笙轻咳一声，不太敢看殷墨此时的表情，为了弥补自己走神，她主动握住男人的指尖，看向证婚人："我愿意。"

"哈哈哈哈哈！"

下面一群哄笑声。

肖沉原："嫂子你要是被墨哥强迫的，我们帮你逃婚啊！"

裴叙："嫂子，我可以免费为你提供法律服务。"

"哈哈哈哈！"

就连长辈们都被逗笑了。他们自然知道，这一对小情侣是自愿结合的。

大家都在开玩笑，自然没人当真。

傅幼笙看到殷墨被大家笑话，一整场下来都有点儿愧疚。

直到仪式结束后。

婚房浴室内。

傅幼笙看着跟着她一块儿进来的男人："我要洗澡。"

殷墨幽幽望着她，对视几秒，男人薄唇微启："有人在结婚现场走神。"

傅幼笙：……

"进进进！一起洗！"

这天晚上，私人小岛婚房城堡最上层的所有灯光亮了整整一夜。

仅仅隔着透明玻璃墙面的外面，夜色旖旎如墨。

下面沙滩上却灯光璀璨，热闹至极。

这些跟新郎新娘关系密切如盛占烈、肖沉原、秦榛等年轻人，参加完婚礼之后，都没有随着殷家的私人飞机离开，而是准备在这里多玩几天。

当作是度假。

本来是打算闹洞房的。

最后还是被殷墨的威胁吓到。

毕竟——

他们全都没有结婚，要是这次敢折腾殷墨，以后他们结婚的时候，殷墨绝对会十倍百倍地讨回来。

权衡过后，全部都放弃了。

绝对不是他们认怂。

而是——小岛上有那么多好玩的东西，还闹什么洞房。

是夜潜不好玩，是沙滩蹦迪不好玩，又或者海边烧烤不好吃，还是二十多年的女儿红不好喝。

尤其这女儿红是傅家这种真正有底蕴的家族专门酿造的，跟普通人随便往地底下一埋的根本不一样！

当天晚上，傅幼笙婚礼现场的照片就被许多客人发了出去。

除了盛占烈他们这些公子哥们微博还挺有热度之外，便是傅幼笙那些圈内朋友。

她邀请的人并不多，但每一个都关系很好。

“傅幼笙 殷墨盛世婚礼”的热门搜索直接空降，再次把微博搞崩了。

啊啊啊，我的女神真的美炸了。

第一次看到婚纱穿得这么漂亮的女明星，没有之二。

婚礼现场简直太童话了吧，殷总公主抱的时候真的太撩了。

这是所有仙女梦想中的婚礼吧。

难怪人家领证之后没举办婚礼，原来是要准备一个盛世婚礼给傅女神，酸了酸了，别人家的爱情。

今天又是被绝美爱情酸到的一天。

之前还有人说傅女神没有得到人家豪门认可，瞧瞧，打脸了吧？

灰姑娘嫁给豪门贵公子的爱情故事这是大结局了吗？

还没有结局，结完婚再生个高颜值高智商的宝宝，才算是完美大结局。

妈耶，只有我发现傅女神神秘的父母终于出镜了吗？颜值也很高啊，难怪能生出傅女神这样的神仙颜值。

话说父母颜值这么高也不是拿不出手，傅幼笙出道这么多年，居然能忍着绝口不提？

真·能靠自己实力行走娱乐圈·绝不炒作·傅演员，别的明星要是有这样一对高颜值父母，早就拿出来炒作了。

颜值高有什么用，还不是小镇上出来的，估计傅幼笙是觉得这样的父母拿不出手吧。

呵呵呵，睁眼瞎吧，你们不会真以为傅幼笙是什么灰姑娘？天真。

喂，你什么意思？说话别说一半啊，傅幼笙不是灰姑娘是什么？

……

网上基本上都是一些年轻网友们关心女明星的恋爱结婚。

他们根本没有认出来，客人们爆出来的照片上，有一些不小心入镜的文艺文学圈的学者专家们。

他们就算是认出来了，也不会往傅幼笙身上去想。

因为一旦傅幼笙江南小镇出来的旗袍美人这种人设已经定型了，网友们就完全不会往其他方向去考虑。

城堡顶楼，一扇紧闭的金色华丽大门内。

偌大的圆形公主床上，香薰灯幽幽亮着暧昧迷离的光，散发出浅而雅致的香气。

然而此时，这种香气却被槐花的气息几乎完全覆盖住。

傅幼笙醒来时，已经分不清是上午还是下午。

阳光穿过薄薄的云层与没有拉上窗帘的几乎占了一整面墙壁的落地窗，躺在床上，都能看到远处像是天蓝色绸缎一样的海面，波光粼粼，闪着有点儿耀眼的碎光。

傅幼笙迟钝地眨了眨睫毛，眼睛有点儿疼，不用看就知道，肯定是红了。

她的脑海中浮现出昨晚的画面，从浴室洗手台到大床上，感觉身子都不是自己的了。

本来她都很困了，殷墨还一边让她哭，一边怕她哭得脱水，要给她喂水。

她昨晚经历了什么，只有自己最清楚。

以后再也不结婚了！结婚一次感觉自己快要垮掉了。

身上绸滑的被子从身上滑下去，傅幼笙下意识瑟缩了一下。

有点儿凉。

下一秒，一双修劲有力的手臂从身后箍住了她的细腰，男人沁着热量的胸膛贴近了她后背，没有任何阻隔地肌肤相贴。

傅幼笙倒是不冷了，但有点儿燥。

男人不知道什么时候醒来，从背后环抱住怀中女人，在她耳畔低语："醒得这么早？殷太太的身体素质比我想象中的要好。"

低沉磁性的嗓音透着沉哑的性感，格外蛊惑人心。

傅幼笙侧眸瞪着他，白生生的脸颊鼓鼓的。

殷墨在室内充裕的光线下对上傅幼笙那双水波潋滟的眼眸，似嗔似怒，完全没有杀伤力，更像是带着小钩子，撩拨着他的心尖。

傅幼笙没注意到他眼底的神色变化，大着胆子捏他高挺的鼻梁："你还好意思说，我腿都软了，胳膊没有知觉，就连手指都握不起来了！"

殷墨握住她的手，哑着嗓子说："我给你揉揉。"

说着，男人修长的手指轻轻按摩柔软滑腻的小手，粗粝的指腹擦着女人掌心薄薄的皮肤，让傅幼笙不由得身子更软了。

"殷……殷墨……"

殷墨动了动身子，离她更近了一些。

傅幼笙能嗅到他身上熟悉而好闻的气息，脚尖下意识绷紧了些。

"大早晨的，别闹了。"

殷墨缓缓一笑，捏了一下她说的所谓又酸又麻的小腿，暗示性很强："殷太太的运动量还需要很大的进步空间。

"没关系，我会陪你一起运动。"

"谁要你陪了——唔。"傅幼笙话还没有说完，便被覆来的薄唇堵住了后面的话。

三个小时后。

日落西山，太阳的余晖顺着落地窗洒满室内。

此时房间内已经被收拾干净，靠近落地窗的小客厅内，茶几上摆放着殷墨刚刚让人送上来的，嗯……晚餐。

傅幼笙趁着他出门的时候，已经换上了柔软的及脚踝的长裙。

是那种长袖的波西米亚风，她取下细细腰带，在脖颈上打了个蝴蝶结，总算是遮挡几分。

要不是带了这件原本想要度假穿的裙子，她这几天还真出不了门！

这也就算了。

男人嘛，而且还是洞房的大喜日子。

傅幼笙觉得自己都能忍，但故意在偌大的落地窗前吓她……

“殷墨，你真讨厌！”

傅幼笙坐在沙发上，漂亮的眉眼清清冷冷地看着他，双手环臂，表情很危险。

殷墨亲自给她舀了一碗补身子的红枣乌鸡汤。

清澈见底的鸡汤完全不腻，清甜的香气扑面而来。

傅幼笙饿了一天一夜了，肚子早就咕咕叫了，现在就是强撑着收拾殷墨。

殷墨将汤递给她，低头认错：“是我错了，罚我伺候殷太太用膳。”

台阶给了，但傅幼笙实在是不想下。因为她听出了殷墨认错的态度，就是一点儿都不真诚，下次绝对还会再犯。

傅幼笙手比脑子快，先接过他手里的汤碗：“我自己喝。”但脑子里已经在思考怎么收拾他了。

之前商琮的太太给她发过如何调教老公一二三计。

本来傅幼笙觉得殷墨还算是听话，没必要看那些，现在看来，是她天真了。不收拾是不行的，不然他岂不是要上天了。

傅幼笙一边喝汤，一边抬起被雾气湿润的长睫，幽幽扫了他一眼。

殷墨朝着她露出一个斯文好看的微笑，然后亲自给她布菜。

他将鱼肉里的刺剔出来，虾壳剥好，处理干净了才将装满了肉的小碗推到傅幼笙面前。

服务非常到位。

但在傅幼笙眼里，一看就觉得他是心虚。

哼，她可没有那么好哄。

傅幼笙看了他一眼，然后若无其事地拿出手机，此时手机里已经红成一片。

除了恭喜她的圈中合作过的朋友和工作人员之外，还有就是每隔半小时给她发一条消息问她醒了没有的秦榛。

秦榛：还没醒？

秦榛：上午十点了还没醒？

秦榛：妈耶，殷总真能干。

秦榛：明白了，只能说一句殷总厉害！

秦榛：好，现在不是殷总厉害了，是你也很厉害。

秦榛：十五个小时了！

秦榛：你还活着吗？

秦榛：十七个小时！

秦榛：就算你们把小说都实践了一遍，也不至于实践十八个小时吧！

傅幼笙把秦榛的话从上刷下来，红唇微微一抽，这货脑子里装的什么东西？

殷墨见傅幼笙饭都不吃了，就盯着手机一脸无语，下意识扫了一眼："看什么呢？

"什么小说？"殷墨恰好看到了最后一句。

傅幼笙手疾眼快地按灭了手机："你怎么能看少女们的私密聊天！"

殷墨似笑非笑地看她："是谁说夫妻之间没有秘密的。"

傅幼笙理直气壮："是你单方面不能有秘密瞒着我，但是少女可以有少女们的秘密！"

双标得明明白白的，而且不给殷墨上诉机会。

"殷墨，你现在还没有被无罪释放，还是犯人，你怎么跟法官说话呢？"傅幼笙傲娇地抬了抬小下巴，"还不给我再盛一碗汤。"

殷墨被她气笑了，目光落在她因为仰头而从丝带制成的项链里露出来的那一小片脖颈，痕迹斑斑，听话地给她盛汤盛饭："法官大人，请用。"

傅幼笙："这还差不多。暂且原谅你这次，没有下次了！"

殷墨不答反笑："殷太太，这是夫妻情趣，怎么可能没有下次。"

"什么夫妻情趣，你差点儿把你老婆吓死。难道你是想把我吓死，再换一个新的老婆？"傅幼笙眯了眯桃花眸，悠悠地看着他。

但凡殷墨敢说出一个"是"字，他这个傅幼笙老公的名分算是到头了。

殷墨不疾不徐："不换。老婆只能是你。"

这还差不多。

傅幼笙被哄好了，然后重新打开手机，她还没看商琮太太上次发给她的那个资料包呢。

"不许偷看。"

"……"殷墨往后退了一步，"放心，仙女的私密聊天，我不看。"

主要是看着傅幼笙的模样，殷墨被愉悦到了。

男人一般这个时候都是比较好说话的。

他想要知道的事情，迟早会知道。

殷墨漫不经心地拿出自己的手机，让肖沉原去问秦榛最近在看什么小说。

肖沉原接到这个消息的时候，差点儿没把嘴里的酒呛进气管里。

殷墨什么时候对秦榛的事感兴趣了。

不对……肖沉原沉思两秒，反应过来，这肯定是与殷太太有关。

接了任务，肖沉原端着一杯酒，走向穿着比基尼，丝毫不在意四周男人眼光的秦榛。

她是真的很像来度假的，舒舒服服地躺在沙滩椅上，背对着阳光，肆意舒展着完美的身材。

就连肖沉原的眼中都忍不住浮现一抹惊艳："秦小姐，你好，要喝杯酒吗？"

秦榛正在思考要不要继续催一下傅幼笙，她倒是沉浸在美人老公的美色之中，可自己很无聊啊，这里的小姑娘都是一些千金名媛之类的，一点儿意思都没有。

至于男的，她一个都不认识，也不打算跟这些公子哥有什么接触。

此时肖沉原送上门来。

虽然他也是个公子哥，但好歹算是个颜值比较高的，秦榛朝他笑了一声："我记得你，你是伴郎之一。"

"很荣幸能被秦小姐这么美丽的小姐记住。"肖沉原很有绅士风度。

秦榛坐了起来，接过来他递过来的香槟，轻抿了一口，然后跟他聊了起来。

秦榛很擅长引导话题，差点儿就把肖沉原带到沟里去了。

纵横商场无敌手的肖总，没想到有一天，差点儿被一个女人牵着鼻子走。幸好他及时想起来自己的任务，随口问了句："平时秦小姐有什么爱好吗？像你们这样漂亮的小女孩，应该都喜欢看小说吧？我有个表妹，天天在家里抱着小说熬夜看。”

“表妹”赵清音：这锅我不想背。

秦榛刚准备说自己不爱看小说，忽然余光瞥到不远处徐徐走来的一对璧人。

男的俊美，女的漂亮，在夕阳下格外般配迷人。

小心脏像是被戳了一下，她捧着脸蛋姨母笑：“我最爱看网友以他俩为原型写的小说。真是太美好了吧。”

肖沉原差点儿以为自己听错了：“什么小说？”

秦榛眼珠子转了一下：“啊，什么小说，肖总你听错了。我先去找新娘子玩了。拜拜。”

肖沉原抬了抬手：“哎……”

然而那个穿着粉蓝色波点比基尼的女人已经迅速捡起旁边的长款防晒衣裹住身子，径自离开。

秦榛虽然不拘小节，但是在闺密老公面前还是很懂眼色的，自然不会穿着什么比基尼到人家眼皮子底下晃荡。

就算殷总看不上她，她也得自觉啊。

不过，既然是沙滩度假，穿得清凉一点儿这不是很正常吗？

所以当她看到傅幼笙穿着长袖长裙的时候，唇角抽了一下：“我觉得你就算保守，最起码也穿个吊带小裙子吧！现在在海边穿成这样，简直是对大海的侮辱！”

傅幼笙现在一点儿都不觉得羞耻，慢悠悠地抬起头让她看：“你觉得我能穿吊带吗？我怕被人误会成家暴。”

殷墨握着身边女人的纤纤手指，薄唇含笑，垂首将她被风吹乱的发丝捋顺，才不疾不徐地说：“他们只会觉得我们夫妻恩爱。”

大概是没想到他能厚脸皮到这种程度，傅幼笙黑白分明的眼睛里染上错愕：“？”

第二十二章

身世曝光

／

XINTIAO
BU
TINGHUA

傍晚的小岛，笼罩在夕阳暖黄色的光晕下，透着神秘与美丽。

傅幼笙一仰头就能看到殷墨那张含笑的清隽面庞。

如果不是她小脸蛋上表情紧绷的话，大概会是一幅很美的画卷。

然而傅幼笙面无表情地推开他给自己捋顺头发的手："刚洗过，别碰。"说完，她便看向秦榛："榛榛，我们去那边玩。不跟他一起。"

秦榛偷偷瞄了一眼殷总的表情，不太敢答应。

殷墨微微一笑："那你们好好玩。我太太给秦小姐添麻烦了。"

秦榛立刻摆摆手："不麻烦不麻烦，我一定会好好照顾笙笙！"就差举手发誓了。

傅幼笙没好气地白了她一眼，真是一点儿坚持都没有！

这么快就跟殷墨投降了，到底是谁闺密！

黄昏落日，海边格外舒服。

沙滩上没有几个人，傅幼笙跟他们打过招呼后，便和秦榛一块儿坐在沙滩椅上，赤着一双小脚踩沙子。

秦榛看着她白净莹润的小脚陷入金色的沙子里，随着她时不时踩一下的动作，油画一样的裙摆飞扬。

傅幼笙这会儿想到了以两人为原型的小说，拿出手机，给远在北城的闻亭发了条消息。

解决掉这些辣眼睛的东西啊！

秦榛狗腿地给傅幼笙捶背揉肩："殷太太昨晚辛苦了，我给你按按。你看我技术怎么样？"

本来就不是气秦榛，但见她这么心虚，傅幼笙理直气壮地享受她的按摩手艺。

"不错，再稍微用力一点儿……左边一点儿……右边一点儿。"

秦榛总算是发现不对劲了："好呀你，竟然忽悠我！"

放在她肩膀上的手往下滑——

挠她痒痒！

"哈哈哈哈哈。"傅幼笙被她挠痒痒，忍不住发出清脆悦耳的笑声。

安静的沙滩上，女孩的笑声格外清脆。

不远处，殷墨静静地看着傅幼笙。

肖沉原走来时，拍了他肩膀一下："恭喜啊兄弟。"

殷墨敛了目光，接过他递来的酒杯，倒是没有喝，只是漫不经心地端着："谢谢。

"问到了吗？"

肖沉原就知道殷墨不会跟他客气，轻啧了一声："问了。您交代的事情，我能不办吗？我就是没太搞明白。"

商琮忽然笑了一声，直接压低了声音在殷墨耳边说："你去看看你跟你太太的超话，就明白了。"

殷墨若有所思，将手中酒杯塞到商琮手里："谢谢。"

肖沉原看着那杯酒："墨哥你可真会借花献佛。"

商琮却将酒杯还给肖沉原："舍不得就给你。

"刚好我最近戒酒。"

"怎么突然戒酒了？"殷墨若无其事地把玩着手机，没有打开，恰好听到商琮这话，随口问了句。

下一秒，商琮朝着他们微微一笑："哦，准备要二胎。"

二胎？殷墨指尖微微一顿。

肖沉原震惊："商琮，你领先我们结婚生孩子连续两步也就算了，现在又要二胎，你把兄弟们放在眼里了吗？"

盛占烈认同："你不觉得羞愧吗？"

商琮毫无羞愧感："该羞愧的是你们两只单身狗。瞧咱们墨哥多淡定。"

"说起来墨哥结婚比你还早，现在被你赶超了两步，心里估计更抑郁。"

盛占烈唯恐天下不乱："采访一下墨哥，被商琮反向超车，您怎么想？"

殷墨表情从容，徐徐开口：“嗯，我还能想，你连想都没法想。”

“哈哈哈哈。”

“暴击！”

肖沉原没什么同情心地指着盛占烈大笑。

盛占烈冷哼：“笑什么笑，你也没得想！”

大家半斤八两，谁都不要嘲笑谁。

肖沉原：“……”没老婆就是没尊严啊没尊严。

两位已婚男人站在那里，和他们这些单身狗形成鸿沟一样的差别。

对于男人们的话题，傅幼笙一点儿都不感兴趣，所以即便是远远看到殷墨他们正在聊天，她也没跟过去，反倒问秦榛：“对了，你昨天不是说要顺便领个男朋友回去吗？”

傅幼笙下巴抬了抬，示意她看殷墨那边：“刚才我看到你跟肖沉原在一块儿。他妈有点儿难相处，你好好考虑清楚。他还有个矫情的前未婚妻。不行不行，他不是个可以托付的。”

“我就跟他聊了一会儿天，怎么你就脑补到我们婚后婆媳生活了。”秦榛唇角一抽，无奈地看着傅幼笙。

傅幼笙慢悠悠地开口：“哦，这还是跟你学的。”

秦榛：“……”搬起石头砸自己脚。

她投降：“我错了。夕阳也看完了，咱们要不去吃晚餐吧。你辛苦这么久应该也饿了。”

“说话可以不要这么直白……”傅幼笙没好气地拍了她一巴掌，“我吃过了！”

“那我去吃了。殷总来找你了，不打扰你们两个。”

秦榛生怕傅幼笙跟她继续聊和肖沉原的婚后生活，吓得赶紧跑掉了。

天可怜见，她真的没有饥不择食到这种程度啊！在傅小笙心里，她到底是怎么样一个形象啊！

傅幼笙看着她逃命似的飞走的背影，神清气爽。

终于扳回一城，谁让秦榛老调侃她？

男人修长挺拔的身影站在她面前，看着她桃花眸弯弯的样子：“这么开心？”

“不开心难道要伤心吗？”傅幼笙白了他一眼，她一看到他就想起来上午的场景，那种感觉她一点儿都不想回忆！

殷墨毫无自觉，慢条斯理地在她身边的椅子上坐下，然后薄唇含笑："既然这么开心，那不如更开心一点儿。"

傅幼笙警惕地看着他，双手环臂，防备道："你给我老实一点儿啊，这里可是沙滩！随时都有人过来。"俨然是被殷墨"欺负"得神经都敏感了。

殷墨看着她这动作，忍不住低笑一声："殷太太。"

"干吗？"傅幼笙没什么好气儿。

殷墨把她从沙滩椅上拉起来，傅幼笙猝不及防地撞进了男人怀里。

下一秒，便听到男人含着笑意的嗓音在耳边响起："殷太太，我暂时还没有打算解锁野外。"

夕阳余晖下，傅幼笙仰头看向男人，他俊美清隽的面部轮廓干净明晰。

完全想象不到刚才那种话是从他口中说出来的。

"殷墨，你是不是被什么东西魂穿了？"说着，傅幼笙踮脚掐了一把殷墨的脸颊，小声念叨，"一定是假的。"

殷墨任由她捏，等傅幼笙踮脚累了，还顺势揽住面前女人的细细腰肢，让她可以挂在自己身上。

傅幼笙小声在他耳边问："你怎么知道这个的？"

殷墨捏着她柔软莹白的小耳垂，在她耳畔轻声说："等回家后告诉你。"

傅幼笙："不行，你现在就告诉我！"

殷墨徐徐笑着："怕你今晚睡不着。"

傅幼笙："殷墨你好讨厌啊！"

殷墨："嗯，允许你讨厌一秒钟。"

在越发暗淡的余晖下，殷墨抱着她的身影，像是抱着全世界最珍贵的宝贝。

他们没有在小岛上度假太长时间，第二天上午便一起乘私人飞机离开。

大家能忙里偷闲趁着殷墨婚礼来这里度假两三天已经很不错了。

傅幼笙回家之后，秦胭脂就确定了她的入组时间，并且官宣了她加入新电影《沉默的爱人》剧组。

傅幼笙结婚时候没有发微博，但是宣传电影还是需要发微博的，于是傅幼笙转发了秦胭脂亲自发的她的定妆照微博。

傅幼笙V：四舍五入就是跟偶像天天同框。加倍快乐.jpg//秦胭脂V：欢迎我们的最佳女主角@傅幼笙加入《沉默的爱人》这个大家

庭。照片 .jpg

傅幼笙微博一发。

短短几分钟时间，点赞评论转发量狂飙，迅速破万。

傅幼笙都没来得及退出微博，就看到自己的名字上了热搜。

客厅沙发上，傅幼笙看着手机，蒙了一瞬。

不是官宣电影吗？怎么全都让她发殷墨的照片？

柚子你终于发微博了！

终于等到你，不过好像看的姿势不对？不是刚结婚吗，怎么一上微博就搞事业？

别的女明星结婚，都会发结婚微博，你……发的却是宣传？

Y 先生就不值得你发一条微博宣示主权吗！

@殷墨 快去你家 Y 先生微博看，实实在在的九宫格！

呜呜呜，全都是你的照片，他真的很爱你，我们放心了。

宝贝，有这么帅的老公干吗不秀？

你不秀，小心又有小妖精上来碰瓷儿哦。

@殷墨 快去看，快去点赞。

……

傅幼笙见他们一直 @殷墨，觉得很奇怪，她下意识看向正在岛台那边给她温牛奶的男人。

他不是在干活吗，什么时候发微博了？

傅幼笙将视线收回来，点开殷墨的微博。

她还没有关注他呢。

上次殷墨公开之后，她好像也没有转发。

这么一想，傅幼笙有点儿心虚。

点开殷墨的微博之后，她发现他只发了两条微博，第一条是当初在颁奖典礼公开他们结婚的事。

第二条就是半小时前发的。

九宫格的图片，全都是她的照片。

除了结婚现场的之外，还有就是昨天他们在沙滩上散步的时候他给她拍的。

每一张照片，似乎都能看出他的用心。

哇，殷总把女神拍得好美好美！

要说不是真爱，哪能拍出这么爱意浓郁的照片？

酸了酸了，这条微博的含义——我的眼里只有你。

Y先生太撩了吧！忽然羡慕傅女神，老公又帅又高又有钱还洁身自好，这是什么绝世好男人。

希望你们能参加夫妻综艺，想在线看秀恩爱。

殷总，我就想问你们的恋爱综艺什么时候能播出？

殷总，你难道不想让全世界都知道傅女神是你老婆吗？想的话就赶紧把恋爱综艺放出来！导演已经蠢蠢欲动很久了。

哈哈哈哈，楼上漂亮。

不行了，霸道总裁和旗袍美人，脑补出一万字言情小说。有人能以他们为题材写一部小说吗？

……

傅幼笙看到最后这条评论，手指抖了一下，心里松了一口气。

幸好她已经让闻亭把超话里那些文处理掉了，不然被殷墨看到……

傅幼笙双手托腮，安静地看着殷墨的身影两秒，然后举起手机拍了一张照片。

"咔嚓……"

她没关声音，刚一按下拍摄，手机就发出一道声音。

殷墨听到声音，侧身看过来，深邃幽静的眼眸在暖黄色的灯光下，像是闪烁着星星。

傅幼笙指尖只是顿了一秒，然后理直气壮地又拍了一张。

"殷太太，你在侵犯我的肖像权？"殷墨故意逗她，端着已经温好的牛奶一步步朝她走过来。

傅幼笙傲娇地扫了他一眼："你这个罪人，在我这里，没有任何权利。"

"还生气？"殷墨将牛奶递过来，捏了一下她精致漂亮的鼻尖，"气性这么大。"

傅幼笙哎呀了一声，编辑微博的手一顿，写了一半的微博就那么发了出去。

傅幼笙手忙脚乱地点开微博删除，然而迟了。

人气女明星的困扰就是，只要一发微博，就会有人截图。

殷墨看着她生无可恋的模样，揽着她的肩膀垂眸看手机。

傅幼笙V：最爱殷先生！

傅幼笙："我还没写完……"

殷墨看清楚之后，轻笑了声："挺好，是你的心里话。不用删。"

傅幼笙一双乌黑瞳仁看着他："太直白了，我平时很低调的好不好。搞得就跟我在宣布主权似的。我明明要发的是——最爱殷先生做家务的样子。"

她发的两张照片，正是刚才拍摄殷墨给她煮牛奶的。

果然——

她刷了一下微博评论。

粉丝们全都在哀号她要么不秀，一秀就是暴击。

毕竟殷总的家居照也是很难见的，更何况还有那么宣示主权的一句话。

殷墨哄她不要删掉："你现在删掉了粉丝们更要笑话你。再说了，你爱我怎么了，你不爱我才不正常。"为了让她不删掉微博，殷墨努力地哄她。

傅幼笙双手环臂："说两句好听的。"

殷墨薄唇抿起浅浅弧度："说怎么够，相较于说，我更喜欢用实际行动。"

傅幼笙："喂！"她整个人一下子腾空，殷墨抱着她稳稳地上楼去了，徒留客厅茶几上那一杯温热的牛奶，安静地散发着热气。

然后雾气渐渐消失，剩下一片冰凉。

与此同时，楼上主卧，傅幼笙却感觉身在烈日之下，炽热的太阳简直快要把她身体里的水分蒸干。

直到男人唇瓣覆过来。

她如同溺水之人乍然之间得到空气一样，细白的指尖紧紧地抱住男人修长的脖颈。

夜色如墨。

外面星子闪烁，昭示着明日又会是一个好天气。

自从结婚之后，傅幼笙觉得殷墨像是打开了什么禁忌一样。

直到《沉默的爱人》开机，傅幼笙总算觉得自己活过来了。

终于开机了。

都怪殷墨，一点儿都不知道克制。

殊不知他的不知克制，完全就是因为傅幼笙结婚那天晚上，在床上不小心说出的一句话。

她说："殷墨，等明年，我们要个宝宝吧。"

傅幼笙当时昏昏沉沉的根本不知道自己说了什么，但是殷墨记得清清楚楚。

若是有了孩子，哪还会有二人世界。

自然，殷墨要趁着现在还没有孩子，把未来的夫妻生活先讨回来。

到了剧组，闻亭见到了一个星期没见的傅幼笙。

他看着她粉面含春："你这个蜜月度得不错啊。"

傅幼笙脸上因为解禁而放松的微笑一下子凝滞了："哪里不错了？"

他们根本没出去玩。

傅幼笙觉得自己分明是在渡劫！

闻亭见她表情不对劲，轻咳一声："走走走，开机仪式开始了。"

傅幼笙穿着一身晴空蓝色的薄绸旗袍，慢悠悠地走到秦胭脂面前。

旁边男主角是一个年轻的男演员。

傅幼笙朝着他微微一笑，男演员脸立刻就红了，紧张地说："傅老师，我是您的粉丝，我很喜欢您的戏……"

就在傅幼笙没看到的地方，两位母亲撑着伞站在树下，刚好看到了这画面。

殷夫人："这个小鲜肉是不是对我们幼幼有意思？"

傅夫人瞳仁放大："幼幼不是那种人！"

殷夫人安抚说："亲家母，我当然知道幼幼不是那种人，但是耐不住有一些想不劳而获的年轻人想求她潜规则啊。"

"那等仪式结束，我们过去看看？"

两位母亲原本就是来给傅幼笙一个惊喜的，傅幼笙自然不知道。

她温和又疏离地对小鲜肉男主笑了笑："谢谢。"然后她便从容地收回视线，与秦胭脂低声聊天。

她们聊的却也不是什么正儿八经关于剧组的事情。

秦胭脂与傅幼笙这段时间联系还算密切，早就没了之前的疏远。

婚礼她也参加了，只不过因为工作繁忙，参加完后也没来得及说几句话，当天便乘殷家的私人飞机离开了。

这时她跟傅幼笙开玩笑说："新婚快乐。娶到你，殷总总算是可以放心了。"

上次为了傅幼笙还特意让她一块儿去恋爱综艺，殷墨很用心了。

傅幼笙诧异地看向秦胭脂："胭脂姐？"

见她黑白分明的眼睛里盛满疑惑，秦胭脂丝毫不介意为她答疑解惑："你还不知道吗？

"当时那个恋爱综艺，是殷总为了你才邀请我去参加的。

"我这个戏当时没人投资，耗资大，拍戏时间长，不是主流剧本，很可能血本无归，是殷总雪中送炭，唯一的要求就是让我参加这个综艺，而且选沈行舟当搭档。

"这醋劲儿可不是说说的。"

傅幼笙红唇微微张开，有点儿不可置信。

竟然是这样……

恰好这时有工作人员喊秦胭脂。

秦胭脂拍了一下傅幼笙的肩膀："你先休息一会儿，等媒体记者采访结束，我请你们吃饭。"

傅幼笙看着秦胭脂离开的背影，眼神怔愣，过了许久，才渐渐浮现笑意。

她知道——

秦导只是说对了一半，殷墨请她去参加节目，并不单单只是吃醋。

更重要的是，他知道秦胭脂是自己进入娱乐圈的梦。

他想让自己圆梦。

吃醋的同时，他也没忘记帮她完成梦想。

而现在与偶像一起拍电影的梦想，如果不是殷墨那次综艺牵线的话，哪会来得这么快，这么早？

明明上午才分开，但傅幼笙现在忽然特别想他。

"傅老师，要准备媒体记者采访了。"

工作人员走过来，低声提醒道。

傅幼笙压下心中的想念，工作重要。

男人什么的，迟早会见。

这么一想，傅幼笙刚才突然冲动的心绪终于平静下来。

就在傅幼笙前往媒体记者采访点时，已经有不少演员开始接受采访了。

因为是公开采访，所以没有禁止粉丝们探班。

此时在等候爱豆采访的围观粉丝群里面，两位穿着优雅的中年夫人格外显眼。

殷夫人她们原本是打算直接去找傅幼笙的，奈何离得近了才看到傅幼笙正在跟导演谈话，便没有去打扰，恰好被工作人员当成中年妈妈粉，给带到了粉丝这边。

由于非常显眼，有粉丝小声嘀咕："这两个阿姨粉保养得真好，好有气质。"

"不知道是谁的粉丝？"

"看起来特别像是电视剧里那种有钱的贵太太。"

"你们看她们背的包，那个是 H 家的钻扣稀有皮，配货几十万都拿不到吧？"

"这得是 H 家 VIP 才能有资格拿货，配货已经不是重点了。"

"谁家粉丝这么豪？真是粉丝吗？"

见两位贵妇人看到路边有人正在发应援小扇子，走了过去，一人拿了一个贴着傅幼笙照片的小扇子，似乎在笑着聊天。

大家推推攘攘，年轻女孩子，尤其是粉丝，对于同是粉丝的人，都很容易打成一团。

毕竟喜欢的是同一个明星。

此时看到两位很贵气的贵太太竟然跟她们一样喜欢傅幼笙，顿时觉得距离感没有那么重了。

一行人走过去。

殷夫人正在跟亲家母聊这个小扇子的 Q 版傅幼笙很可爱，以后他们两个要是生个孩子，一定跟傅幼笙一样可爱。

两位亲家待在一起，自然聊的话题都是围绕着小两口。

尤其是殷夫人，觉得自己一个人说服不了这对夫妻，要拉亲家母一块儿。

"他们两个年纪也不小了，现在生个宝宝咱们还能帮着带带。你说要是再过几年，咱们年纪大了，身体不行了，孩子给保姆照顾不成？那哪能放心。"

傅夫人深以为然，却叹气说："亲家母你说得太对了，只是他们年轻人的事情，咱们也过问不了。"

她现在好不容易才跟女儿缓和关系，虽然也很想要个外孙，但女儿的想法更重要。

殷夫人也理解她，但是不理解殷墨：“管不了也得管。”

都三十的人了，结婚三四年还不要孩子，想上天吗？

还是儿子真的身体出什么问题了，不好意思说，才用不想要孩子这种借口？

殷夫人越想越觉得这个可能性有点儿大，心里咯噔一下。

幼幼身体是很健康的，殷夫人知道，之前陪她一块儿去体检过。

但是自家儿子……殷夫人还真不清楚。

忽然，身后传来小姑娘紧张的声音：“阿姨，请问你们也是柚子的粉丝吗？”

“柚子？”

傅夫人没反应过来，倒是殷夫人，参加过两次线下应援活动，知道这是粉丝们对傅幼笙的昵称。

她笑眯眯地点点头：“是呀。你们也是吗？”

“啊啊，我就说这两位漂亮阿姨也是我们西柚！”一个穿鹅黄色小裙子的姑娘很是激动，“我们都是西柚！”

大家晃了晃手里的横幅。

都是西柚，那就是一家人。

粉丝们很热情地围过来，见她们手里没有手幅，就送给她们两个，还送了贴纸。

这还是傅夫人第一次来，感觉有点儿莫名其妙。

倒是殷夫人，以前本身是做商务谈判出身的，如果她愿意，跟哪个年龄段的小朋友都能聊到一块儿。

粉丝群中，有一个个子矮矮的捧着摄像机的女生困惑地看着这两位突然出现的阿姨粉丝，觉得有点儿眼熟。

她拐了拐旁边一块儿来的粉丝：“你不觉得这两个阿姨长得有点儿眼熟吗？”

“可能长得好看的阿姨都一个样？”

个矮女生是傅幼笙的大粉，在微博有十几万的粉丝，所以她算是这里面一个领头人。

而且她擅长摄影与剪辑，经常会参加各种线下活动。

她碰到照片都是会仔细看的。

之前傅幼笙结婚时，网上爆出来的结婚现场的照片，其中就有殷夫人与傅夫人的，虽然为了她们私人生活不被打扰，并没有爆出来高清正面照。

一般路上偶遇的话，两位母亲是不会被认出来的。

但是这位大粉眼睛很尖。

她越看越像。

不过她没有声张，而是默默地举起相机对着她们拍了好几张照片。

妈呀！

明星的婆婆跟妈妈真的太有气质了吧，婆婆也就算了，毕竟是豪门贵妇，没想到亲妈那种柔雅气质居然更胜一筹。

她心里忽然有个大胆的猜测——傅女神的身世一定不是网传的那样！

不单单是她关注到了这两位。

后来，傅幼笙接受采访时，余光也不小心看到那两位朝她挥手的母上大人。

她惊讶了一秒，就被嗅觉灵敏的媒体记者们捕捉到了，下意识就顺着傅幼笙的视线扫过去镜头。

因为是开放式的采访，所以粉丝们都围在外面，能看到采访场景。

他们见媒体记者们忽然将镜头扫向粉丝群，怀疑是不是发生什么事情了。

那个个子矮矮的大粉挺身而出："挡住两位西柚阿姨。"

大家都是尊老爱幼的热心小粉丝，一听这话，也不管什么原因，身体已经行动了。

傅幼笙坐在台子上，看到下面自家粉丝们一起保护两位母亲，红唇微微勾起一个弧度。

她主动拿话筒拉回了媒体记者们的视线："大家如果没有问题的话，那我先走了？"

"有有有！"

一听傅幼笙要下台，媒体记者们立刻将各家话筒全都怼到她唇边。

秦胭脂的新戏男主角、男配角动用的基本全都是海选出来的新人演员。

这是一部大女主的戏，讲述女主跟一群男人的爱情亲情友情纠葛，就连女配角都没有几个。

"听说笙笙你刚办完婚礼，请问心情怎么样？"

"傅老师刚结完婚就出来拍戏，殷总支持吗？"

"请问殷家支持您婚后还出来拍戏吗？"

"请问傅老师，您跟先生准备什么时候要宝宝？"

"如果有了宝宝会暂时退出娱乐圈吗？"

“这部戏会是您最近的最后一部戏吗？”

“听说您先生家里不怎么支持您的演艺事业，您会为了家庭而放弃事业吗？”

“……”

听到这群媒体记者越问越跟家庭伦理剧一样，傅幼笙都怀疑他们后面会不会直接“听说”自己跟婆婆关系不好。

秦胭脂也是当年的人气明星和演技派女神，隐退多年，现在出山当导演，自然也是许多媒体记者想要采访的对象。

这时，秦胭脂从后台走过来，拦住这些人越来越歪楼的问题：“各位媒体记者朋友们问一些关于电影的问题，至于私人问题，私下再问。”

媒体记者们：“……”

私下问了有什么用。

秦女神多年没出山，一出山还是跟年轻时候一样，完全不给媒体记者们面子，也不怕媒体记者们乱写。

本来媒体记者们接到秦胭脂同意开机采访的消息时，还以为她能被现实与岁月磨得圆润一点儿。

现在算是看出来了。

秦胭脂只是气质柔润了些，本质还是以前那个说一不二更不把媒体记者放在眼里的霸道性子。

媒体记者们见秦胭脂揽着傅幼笙的肩膀，真的要带她下去，顿时急了：“秦导别急啊，傅老师还没有回答几个问题呢。”

“怎么着也是女主角，您得给咱们女主角排面。”

秦胭脂微笑：“只要你们别瞎写，排面绝对足足的。”

媒体记者们：“……”

傅幼笙躲在女神的怀里，漂亮的脸上满是克制崇拜的小表情。

嘤嘤嘤，偶像真的太酷了！

被偶像保护了！

傅幼笙仰头看她，眼睛里像是有星星。

这一幕完全被拍了下来。

于是根本不用剧组去想什么宣传词，媒体记者们也是万万没想到，他们将采访发出去之后，走向会歪掉。

一大波傅幼笙跟秦胭脂的粉丝们崛起。

包括秦胭脂个人的粉丝跟傅幼笙个人的粉丝，还有一些路人粉丝，可想而知，这得多少人。

“傅幼笙 秦胭脂同框”。

“傅幼笙星星眼”。

“看到傅幼笙仿佛了看到了自己”。

三个关于傅幼笙的词条冲上了热搜前三。

原来之前傅女神说秦女神是她偶像居然是真的！

妈耶，傅女神这个眼神好绝，教科书般的星星眼。

殷先生醋海又翻了翻了翻了哈哈哈哈！

@殷墨 殷总看你老婆！

秦导这部电影还是殷总投资的。殷总：我花钱让我老婆跟“情敌”朝夕相处恩恩爱爱。

@殷墨 想采访一下殷先生，傅女神用这样的眼神看过你吗？

哈哈哈哈，你们多损哪。

……

“这走向也是万万没想到。”闻亭站在傅幼笙身边，刷着平板上的微博感叹。

这个热搜一出，不单单傅幼笙粉丝数狂涨，就连沉寂多年的秦胭脂都跟着涨粉丝。

傅幼笙正看着手机里自己跟秦胭脂那张合影，一点儿都不觉得哪里不对劲。

反正秦女神本来就是她偶像，她一点儿都不怕被人知道。

有了这张照片，她把屏保上跟殷墨的合照换掉，换成了自己跟秦女神的。

这张照片她也好爱。

粉丝们还说傅幼笙这个眼神，像极了她们看到偶像的眼神。

然而在傅幼笙眼里，这就是她跟偶像的第一张合照！自然值得纪念。

闻亭眼睁睁看着她一系列的操作，一言难尽：“幸好在拍戏殷总看不到，不然又要吃醋了。”

傅幼笙微微一笑：“放心，等拍完戏回家我就换回来，他不会知道的。”

闻亭：“……”这是什么渣女言论。

傅幼笙忽然想起来：“对了，我两位妈妈怎么还没过来？”她不方便亲自去接人，就让小诺去了。这都接了一个多小时了，怎么人还没接来？

闻亭叹了声："两位夫人正在跟粉丝们聊天呢，说晚点儿过来。"

傅幼笙脑海中浮现出之前在台上看到她们两个跟粉丝们站在一块儿的画面，而且媒体记者扫过去镜头的时候，还有粉丝挡住她们保护她们。

这是知道她们的身份了吗？

傅幼笙若有所思："妈妈们探班的消息估计会传出去，记得及时控制舆论走向，别伤害到她们。"

闻亭："放心，我明白。不过听小诺说，你这个两位母上大人跟粉丝们关系很铁啊。不单单请节目组下午茶，甚至连粉丝们的都包了。这出手是真的豪气。"

傅幼笙一听这话就知道肯定是自家婆婆搞出来的。

这么高调的事情，不像是妈妈能做出来的。不过让婆婆平时带着她妈妈，搞不好能把妈妈性格带得没那么柔弱。

她们两个经常在一块儿也有好处，总比妈妈一天到晚在家里围着傅恩忱转要好。

像是妈妈那样菟丝花一般的女人，一旦遇到什么挫折，轻易就能被折断。这是傅幼笙最不愿意看到的。

她能跟婆婆到处溜达溜达也好，婆婆强势的性格可以跟她互补一下。

"你也不用担心婆媳问题，真羡慕你啊。"闻亭感叹一声。

他跟自己老婆离婚除了工作上聚少离多之外，还有就是婆媳问题。

现在看到傅幼笙跟婆婆关系这么好，忍不住感叹。

都说豪门婆媳更加复杂，他倒是觉得殷夫人对傅幼笙挺好的。

除了偶尔催生之外。

傅幼笙想起来："对了，你跟你太太怎么样了？"她记得闻亭说要追回前妻的。

闻亭眼底划过一抹笑意："我们前两天复婚了。准备要孩子了。我跟她年纪都不小了，以后好好过日子吧。"

傅幼笙眼底划过一抹惊喜："恭喜啊，这部戏不用你跟了，你多陪陪你太太。好不容易追回来的。"说着，傅幼笙还给闻亭发了一个大红包。

闻亭看着五位数的红包，笑得见牙不见眼："谢谢老板！"

晚上秦导请客。

因为两位母亲都在，所以傅幼笙直接把她们也一块儿带上了，刚好她们对自己工作的剧组也很感兴趣。

殷夫人非常大气地包了他们聚餐的费用，简直让最近视钱如命的秦胭脂秦导演像是看到了投资人，挽着两位母亲的手臂，一口一个姐姐。

果然……金钱会让一个雅致清淡的女神“沦落”。

包厢内。

小鲜肉要向傅幼笙敬酒：“幼笙姐，这段时间得劳烦多多照顾了。我第一次拍戏，还不太懂。”

傅幼笙看着男孩秀气精致的面庞：“秦导是专业导演，教人得她来。”

见他一双狗狗眼像是要哭出来，傅幼笙还真说不出什么太难听的话，顿了一秒：“我们就互相学习吧。”却没有接过他的敬酒。

倒是旁边很有眼力见儿的副导演接话过去：“傅老师，您母亲跟您真的很像啊，尤其是眼睛，都很美。”

傅幼笙：“谢谢。”

“气质也好优雅。”

副导演看到远处傅夫人吃饭时候的动作，好像经过测量一样的标准，堪称教科书一样的用餐礼仪。

相较于傅夫人，殷夫人就随意多了，不过也很好看就是了，是两种不同的风格。

这边，傅夫人她们聊天的时候，有人问傅夫人家里是做什么的，为什么举手投足这么好看。

傅夫人只是轻轻一笑：“幼幼的父亲跟爷爷都是教书的。”

“原来是书香世家，难怪傅老师平时看起来就很有书卷气。”大家跟着夸奖。

这一句书香世家，只是随口夸奖，却万万想不到，这书香世家，是真正的世家。

秦胭脂赞赏地看着说话那人：“你倒是好眼力。

“傅家确实是书香门第，我们那个年代教科书上都有幼笙爷爷的照片。

“傅老爷子是真正的大文豪。

“傅家祖辈都出文学家、大儒，延续下来，是真正的底蕴传承的书香门第。”

原本一起附和给傅幼笙面子说一句书香世家的工作人员们：“？！”

姓傅的文学家还能是谁？他们但凡上过学的都知道！

妈耶！一群人齐刷刷看向傅幼笙。

傅幼笙晚餐不能吃太多，需要减肥，所以她就坐在不远处沙发上正在玩手机，见大家忽然看向她，下意识抬眸：“有事吗？”

众人齐刷刷摇头，看着傅幼笙那即便是瘫沙发都瘫得优雅自若的样子。

亏他们还以为她是什么小镇上出来的女孩，真是天真！谣言真的太可怕了。

傅夫人微笑着说：“没有事。幼幼，你要不要再吃一点儿？”

傅幼笙看了眼旁边的偶像，果断摇头：“我吃饱了。”

明天就开始拍摄了，今天吃多了，明天肿了怎么办。

果然，看到秦胭脂满意地笑了，傅幼笙这才轻轻舒了一口气。

这一场晚餐大家吃得恍恍惚惚的，原来不是灰姑娘嫁入豪门，果然灰姑娘嫁入豪门还能跟婆婆相处和谐的只能是童话故事。

现实就是只有出身出众的书香门第大小姐才能获得豪门婆婆的满意。

大家脑子里又补出来一大出戏。

而此时，回到家里的傅幼笙的那位大粉絮絮已经将今天拍摄的照片整理出来。

絮絮看着傅幼笙那只需要加个滤镜就美得冒泡的盛世美颜，忍不住感叹，面对这样颜值的明星，真是太省事儿了。

翻着照片，她便翻到了粉丝们的合照。

她看着最中央两位跟年轻活泼小姑娘有点儿格格不入的贵太太，越看越觉得穿薄荷绿连衣裙的气质太太那双眉眼跟傅幼笙像极了。

再一对比之前爆出来的婚礼上傅妈妈的照片。

果然，就是同一个人！

她捂着自己怦怦跳的小心脏，然后将照片发到了官方粉丝群里。

絮絮爱柚子：啊，今天去剧组探班偶遇到了柚子的妈妈跟婆婆，她们人真的超好啊啊！

还给我们买下午茶，呜呜，超温柔超有气质，跟柚子一样。给大家看看照片！

天呐，絮絮你运气太好了吧！

好有气质，不愧是傅幼笙的家人。

柚子太低调了，妈妈的颜值这么高，是我早就秀出来了。

柚子大概只想安静演戏吧！拍的电影越来越带感，肯定能拿大奖的。

以后要是再有人说柚子家人拿不出手，就把妈妈跟婆婆的照片甩出去！

絮絮爱柚子：哈哈哈，柚子肯定是不想公开吧，我们也要保护好她呀！

说得也是。

絮絮爱柚子：所以照片我们只在官方群里传播就行了，不要放出去了。

其他粉丝：

好的，听絮絮的。

然而——

有时候不是粉丝们想要保护就能保护得了的。

总是有人想要诋毁傅幼笙，总是有媒体记者想要博眼球而另辟蹊径。

没几天，一个小媒体记者工作室发布了一条视频。

配字：

傅幼笙家人不曝光的原因。

视频中，在一条马路上，傅幼笙正在与一个膀大腰圆看起来很邋遢的中年女人温和说话。

中年女人一看就是从小镇上出来的普通人，就连笑容都是不憨厚的。

而视频中媒体记者配的字幕却是——傅幼笙妈妈罕见曝光，与妈妈说话温柔体贴。

病得不轻，人家结婚那天父母都出镜过好不好，明明是很有气质的文化人。

你觉得视频上这位能生得出傅幼笙这样颜值的女儿？

别给他热度，想火想疯了吧？

呵呵呵，圈内谁不知道傅幼笙就是山里出来的凤凰女，只不过整容嫁进了豪门，还真以为自己麻雀变凤凰了，连亲妈都不认了？

这个小传媒公司目的达到了。

视频一发出来，骂声一片，但是热度也是一片啊。

那些不知情的网友们还真以为这视频里真的是傅幼笙亲妈。

还有人羡慕傅幼笙视频里的“妈”，说她祖坟冒青烟了能生出这样的女儿。

当然还有浑水摸鱼说傅幼笙整容的。

化妆间。

傅幼笙早就习惯了这些莫须有的黑料，直接让闻亭看着辟谣就是，不要给那些人热度就可以。

然而傅幼笙不在意，有的人在意。

傅幼笙的工作室还没有动静的时候，胜景资本官博第一时间贴出来一张律师函。

澄清视频中傅幼笙只是给一位阿姨指路而已，没想到会被有心人利用。

简单解释后，便贴出来一连串账号。

除了那个传媒公司之外，网上所有传谣的那些微博号也在第一时间被公布出来。

明确表明了态度：告，就是告到底。

粉丝们被殷墨这霸道护妻的手段跟速度给撩到了！

原本还有一些不同意傅幼笙跟殷墨结婚的粉丝们，现在也没话说了。

有一些浑水摸鱼的人开始心虚地删微博的时候，还有人依旧头铁地怀疑傅幼笙整容。殷墨只发了两条微博的微博上终于有了第三条微博。

殷墨V：我太太从小美到大。九宫格照片.jpg

九张照片，全都是傅幼笙从小到大的照片。

这些都是丘母给他的，里面还有傅幼笙跟傅夫人的合照。

从这些老照片的背景就能看出来，傅幼笙出身绝对是不俗的，尤其是她母亲，温柔如水，年轻时候跟现在的傅幼笙是真的有七成像。

要说她们不是母女才奇怪呢！

粉丝们彻底疯了。

一下子出来这么多私藏照片。

粉丝：忽然想要感谢那个小公司。

不过他惨了，惹火了殷总。

傅幼笙下戏后，便看到小诺复杂的表情。

“怎么了？”

“不好澄清？”

下一秒，小诺忽然狂笑一声：“哈哈哈哈，笙笙姐，咱们根本没来得及出手，殷总已经给您解决了。

“您的粉丝又涨一波，快要破亿了。”

傅幼笙：“……”

殷墨最近不是很忙吗？怎么有空处理这些乱七八糟的事情，而且速度还这么快。

距离发布到现在也就她拍了一场戏的时间吧？

小诺满脸姨母笑：“殷总让您忙完之后联系他。”

傅幼笙拿着手机去了剧组旁边那棵柳树下。

六月份，柳树枝叶翠绿，随着微风一吹，很是舒服。

傅幼笙身上还穿着戏服。

因为是九十年代的戏，所以她身上的衣服是那种棉质的白衬衣，下面是黑色的阔腿裤。

乌黑蓬松的发丝也编成了两个麻花辫，明明是很乡村的打扮，穿在她身上却有种极简的美感。

殷墨看着视频里傅幼笙脸颊上还有灰印子，皱了皱眉头：“你这脸怎么回事？”

傅幼笙摸了一下脸蛋：“啊，没事，一点儿土。”

看着殷墨那坐在办公椅上，一如既往清冷矜贵的样子。

傅幼笙叹了口气：“殷墨，我有点儿想你了。”

殷墨长指扯松了领带，忽然低笑了一声：“只是有点儿？”

浅淡的阳光照射在傅幼笙白皙脸蛋上，穿过镜头，殷墨看着她那双顾盼生辉的眼眸。

傅幼笙听到他的话，轻哼了一声：“妈妈都来看我，你也不来看我。”

“看你跟别的女人秀恩爱，嗯？”殷墨修长的指骨漫不经心地敲了一下桌面，幽幽说道。

“……”

殷墨平时都是 8G 冲浪吗？怎么什么都知道？！

傅幼笙离得这么远，都能听得出他浓浓醋味。

“你怎么连秦老师的醋都吃。”傅幼笙没好气瞥他一眼，“堂堂殷总，大气点！”

殷墨沉默两秒，忽然开口：“妈要让爸带我去检查身体。”

“检查什么身体？”傅幼笙依靠在树干上，缓缓坐下。

刚才拍戏还是有点儿累了，她睫毛静静地垂着，嗓音懒洋洋的：“你上个月不是才体检过，哪里不舒服？”

殷墨嗓音徐徐：“哦，妈以为我们不要宝宝，是因为我身体不行。我联合你找借口骗他们隐藏病情。”

“噗……”傅幼笙本来还有点儿困倦，一下子被殷墨这话给弄得清醒了。

隐藏病情？婆婆这脑洞也太大了吧？

难怪这次婆婆来探班的时候，没有再提过生宝宝的事情，还总是用那种歉疚的眼神看她。

原来是误会了。

所以即便是殷墨说他们明年就要备孕，殷夫人也不相信，反而觉得他们两个合伙骗人，还觉得殷墨讳疾忌医，硬是要让殷临带儿子去检查身体。

“我跟妈解释一下。”傅幼笙总觉得殷墨那清清冷冷的面色中透着点可怜情绪。

殷墨揉了揉眉梢：“没用。她会以为我们通过气。”

“那怎么办？”傅幼笙眨了眨眼睛，“你只能去检查身体，用事实证明自己没毛病？”

一个大男人被怀疑身体有问题，还真是可怜到极点了。

尤其还是殷墨这样的脾性。

傅幼笙还真有点儿怜惜他了，说话声音都软了点：“老公受委屈了，等回去我亲自给你做一顿你爱吃的。”

自从那顿没有吃完的离婚宴后，傅幼笙再也没有动手做过饭。

然而殷墨听了之后，表示反对：“以后你别下厨了，我已经有心理阴影了。”

傅幼笙当然知道原因，安静地看着视频中的男人：“……”

怎么办，更觉得他可怜了。

殷墨：“只想你早点拍完戏回来。”

傅幼笙立刻信誓旦旦：“我一定好好拍戏，早点回去陪你。”

殷墨对上她那双水波潋滟的眼眸，知道苦肉计的目的已经达成了。

然后他便岔开话题："你好好拍戏就行，网上的事情不用管，胜景资本的公关部会联系你工作室的。"

"好。"

两个人又聊了一会儿，直到傅幼笙看到他那边有员工敲门汇报工作，才挂断视频。

小诺端着午餐盒饭过来。

傅幼笙打开盒饭，包装依旧跟以前一样简陋，只不过里面的午餐却升了好几个等级，之前就算是他们这些演员，盒饭也不过是两荤一素，很是简陋。

只是秦胭脂将大部分资金都用在电影制作上，其他地方也不怎么在意，她自己也是吃这种盒饭的。

在这种偏僻的地方拍戏，哪有那么金贵的餐食。

用秦胭脂的话来说，有得吃就不错。

餐盒里依旧是两荤一素，只不过制作更加精致，看起来像是私厨做的一样。

"笙笙姐，这是殷总让人送来的。"见傅幼笙疑惑地看着餐盒里全都是她爱吃的，小诺解释道，还从帆布包里拿出一盒水果，"还给咱们准备了水果。"

傅幼笙红唇张了张，觉得她这样吃独食是不是不太好。

小诺怎么猜不到傅幼笙在想什么，将筷子递给她："笙笙姐您快点儿吃吧，殷总为了您，直接送了一个厨师团队过来，专门给咱们剧组做早中晚餐。

"大家都跟您沾光了。"

傅幼笙怔了一秒，然后忍不住弯弯唇角，小声吐槽了一句："刚才干吗不跟我说。"

他们聊了快要半个小时呢，这狗男人愣是一句都没透露。

小诺嘿嘿一笑："殷总太贴心了。"

殷总愣是为了笙笙姐一个人吃得好，把剧组所有人的餐食都给包了。

哪个男人能做到这一步？

"这样就好了？"傅幼笙睫毛上撩，咬了口糖度合适的糖醋小排骨，看向小诺，"你可不要轻易被男人骗了。"

"殷总当然不止这样。您还没看微博吧？趁着午餐时间，赶紧看。"

小诺把手机递给傅幼笙："一个男人是不是真的爱一个女人，字里行间都能看得出来。

"殷总微博都长草多少年了，自从与你公开之后，发了三条微博，全都是你的照片。这要不是真爱，以后我再也不相信爱情了！”

傅幼笙接过来手机扫了眼，顺势敲了一下她的额头：“相不相信爱情不是从别人的人生、别人的爱情里得到结论的。

“没有经历过失望的人才会相信爱情，所以我倒是希望你可以一直相信爱情。”

这就说明，她从未被爱情伤害过。

傅幼笙只是下意识对她说的一段话，却让小诺足足记了一辈子。

小诺揉了揉一点儿都不疼反而有点儿痒的脑门，对着傅幼笙那张白皙精致的侧脸笑得开怀。

“笙笙姐，我知道啦。”

希望笙笙姐这么温柔善良的人，能够一直这么幸福下去。

她值得。

傅幼笙并不知道小诺心中所想，她看着手机里殷墨发的那条微博。

她的指尖微微顿住，点了转发微博。

傅幼笙V：不从小美到大，怎么能让我先生一见钟情。//殷墨V：我太太从小美到大。照片九宫格.jpg

我是来看澄清的，没想到吃了一口狗粮。

你先生正儿八经在给你澄清谣言，而你还有心情秀恩爱。

这位傅姓女明星，你还记得自己是偶像女明星吗！

哈哈哈哈，我们家柚子不靠颜值吃饭，我们靠实力吃饭。

从小美到大这样的话，也就傅幼笙这样的颜值敢这么说，要是别人说怕不是要被喷死了。

柚子，我想知道你为什么不公开父母啊，现在外面都黑到你头上了……

我也想知道，干吗还不公开？

……

大家都发现了，虽然胜景资本的官博出了律师函要告那些造谣的人，但是并没有公开傅幼笙的真实身份。

只是殷墨晒出了一张傅妈妈年轻时候抱着傅幼笙的照片。

虽然算是澄清，但是真正身份，好像并没有提。

一切都是粉丝们跟路人们通过照片背景猜测的。

傅幼笙刷着粉丝们的评论，其实她不太想要欺骗粉丝，只是……

她脑海中浮现出傅恩忱那张肃穆的面庞，心中轻轻叹了一声，然后在评论区给粉丝回复：

傅幼笙V：家人不方便公开。

回复完毕之后，她便将手机递给小诺，继续拍戏。

秦胭脂这部戏要求很高，精益求精，一般就算是满意，也会再拍一组，这就导致胶卷浪费的多，这也就算了，但演员们的任务也很重。

小诺一边等傅幼笙拍戏，一边进粉丝群，却看到粉丝们都在讨论傅幼笙的身世。

柚子的身世到底有什么秘密，感觉柚子好像很无奈。

我也感觉出来了。一般出现这种谣言，都会直接公开家世，柚子这样确实是有点儿奇怪。

我不知道你们还记得柚子很久之前出道时候参加过的访谈节目，主持人问过柚子的爸爸妈妈，当时柚子的表情好像一瞬间很失落，还被老粉截图下来，心疼了好久。

对对对，我也想起来了。柚子是不是跟她家人关系不好？

絮絮：要是关系不好，柚子妈妈怎么会跟柚子婆婆一起去探班？

这倒也是，那可能是跟爸爸关系不好？

好像一直没有提过爸爸？

我觉得真相了……

小诺一进去就看到粉丝们在闲聊，然后刷下去之后，手一抖，差点儿没把手机丢出去。

这些粉丝都是侦探吧？这都能猜得八九不离十！

笙笙姐跟她父亲的事情是一个秘密，除了他们这些亲近的人之外，再也没有任何人知道，这些粉丝们还真是自己猜到的。

小诺叹口气，要说笙笙姐人生还有哪里不够完美，那么就是如今还没有跟父亲和解。她还是将粉丝们的聊天截图给了闻亭。

这件事还是需要闻哥来处理。

一般粉丝群能猜到的事情，距离被其他人发现也就不远了，大家都不是傻子。

尤其是这些网友，一个比一个福尔摩斯。

果然如同小诺所料，没多久“傅幼笙身世”的词条就上了热搜。

下面有人猜测傅幼笙跟家里人关系不好，甚至还有人猜测她是什么豪门私生女，所以才不敢暴露家世。

这些人还学聪明了，不在自己微博上发，就跟帖装普通网友。

也不用那种知情的调调，以免被发律师函。

此时，北城大学，哲学系。

傅恩忱下午的课是两节连在一起的。

第一节课结束休息的时候，傅恩忱坐在讲台上，正在安静地看书，忽然听到下面几个女生闲聊的话题。

主要是她们提到了傅幼笙的名字。

傅恩忱看书的眼神顿了一下，许久没有翻页。

女同学都是刷到微博看八卦的。

“没想到傅幼笙居然是豪门私生女。果然长得好看的美女，总得有个坎坷的身世。”

“只是猜测而已吧，看她的气质完全不像啊，倒像是大家闺秀。”

“大概女明星都会演戏吧，她不是演技很好吗？”

“反正我觉得她不可能是私生女。”

“她要不是见不得光的身世，为什么藏着掖着不敢说？”

几个人压低了声音八卦。

虽然是课间时间，但老师还在讲台那边，她们倒是也不敢放肆。

几个人就傅幼笙是不是私生女这个话题，展开了激烈的辩论。

直到木质的桌子被敲了敲，几个女生齐刷刷看过去，入目便是她们哲学系最年轻却在学术上最严苛的傅恩忱教授表情肃冷地看着她们。

大家齐刷刷打了个哆嗦。

“傅……傅老师，还没上课吧？”所以她们说话应该没违背课堂纪律。

虽然在学术上严苛，但平时傅教授还是一位很儒雅温淡的先生。

加上五官长得英俊，仪态雅致，干干净净的让人如沐春风，倒是难得见他露出这样冷漠的表情。

几个刚才说话的女生有点儿吓到了。

傅恩忱看着她们手机上那个傅幼笙的大幅照片，淡淡开口："没上课。"

"那您？"

女生大着胆子问："是我们说话声音太大吵到老师您了吗？"

"不，我只是给你们纠正一个错误的观点。"

傅恩忱骨节明晰的手指点了一下手机上自家女儿的照片："傅幼笙不是私生女。

"她是我与你们师娘领证后在遵循所有法律与道德的基础上，才生下来的掌上明珠。

"不是任何人的私生女。"

几个女生蒙了，差点儿没有反应过来傅恩忱话中的意思。

直到几个围观的学生惊呼出声。

傅幼笙？跟傅教授？是父女关系？

有个男生将刚才这一切全都录了下来。

他本来以为自己能录到学校最儒雅的老师教训学生的画面，没想到居然录到了这么一个爆炸新闻。

他扬声问道："傅老师，傅幼笙傅女神真的是您女儿吗？亲生的？您真不是认错了女儿？"

傅恩忱淡淡地扫了他一眼："我会认错自己的女儿？"

就在这时，上课时间到了，傅恩忱回到讲台："上课，把手机都收起来。"

一群学生恍恍惚惚，完全想象不到当红女明星居然是他们学校传说中出自真正书香门第的傅教授的女儿。

这一节课大家不知道是怎么上的，反正都挺恍惚的。

傅恩忱面无表情地上完课，似乎这件事对他没有产生丝毫影响，仿佛他真的只是随手纠正几个学生的错误论点。

然而视频一出，网上却炸了天。

哲学好难：我要疯了，只是随便录个视频而已，热搜第一的女明星傅幼笙居然是我们傅老师的女儿！附视频。

本来这个学生是没有什么热度的，奈何他带了傅幼笙的名字，居然上了热搜。

于是全网炸了。

这是真的吗？

看博主的认证是国内排名第一大学的高才生，应该是真的吧？

视频里说话的那个老师，是北城大学最牛的哲学系教授啊！

妈呀，护女狂魔！傅教授那段话真是太好哭了，我的掌上明珠，不容你们诋毁，呜呜呜。

再低调再儒雅的教授，遇到女儿的事情，也会失去理智，傅教授另一只手紧握的拳头你们看到了吗？

妈妈呀，什么鬼私生女，人家有这样优秀有学识的父亲，那样温柔漂亮的母亲，这是什么神仙家庭，我们家女明星就是单纯的低调而已！

宝贝们，你们没看傅爸爸的百度百科吗？

有惊喜快去看。

截图来了。

这么说活在咱们课本上的大文豪其实是人家爷爷？

什么是真正的书香世家出身，这就是了。我要是有傅幼笙这样的出身能从出道吹到现在，傅幼笙真的太低调了。

忽然想到有人说傅幼笙是因为家世拿不出手所以才从来不提家里人的，我就问脸疼吗？

从学历到男朋友到结婚到家世，我就想问问，傅女神到底还有多少秘密？

……

很快，他们就知道傅幼笙的秘密是无限的。

因为有人扒出来了傅家的传承，甚至还有傅家从建国之前到现在，做的所有慈善以及无偿捐赠给国家的那些可以传世的古董宝贝，都可以列一本书来讲了。

于是乎，“这才是真正的书香门第后人”话题冲了上去。

下面清一色的全都是夸奖与惊叹。

傅幼笙直到拍完大夜戏，才看到今天的微博消息。

因为秦胭脂只要一开始拍戏，就不允许有任何东西来影响演员。

小诺再激动，也不敢这个时候来打扰傅幼笙。

幸好工作室早就做好了准备，还有胜景资本的公关部帮忙，自然，舆论全都是往好的方向来发展。

傅幼笙坐在昏暗的化妆间，一遍遍地看着那条不到三分钟的视频。

每次听到傅恩忱用淡淡的语调说出掌上明珠这四个字的时候，傅幼笙眼睫都忍不住轻轻颤抖一下。

曾经，她真的也是爸爸妈妈捧在手心里的宝贝。

到底从什么时候开始，大家都变了呢？

到最后，明明是血脉相连的亲人，却谁都不认得谁了。

化妆间除了她之外，没有任何人。小诺想要陪她的，被她叫出去了。

她想要自己一个人安静地待一会儿。

不知道待了多长时间，在手机上的电量都快要没有的时候，忽然一道灯开的声音响起，顿时，明亮的灯光充满整个化妆间。

沙发上，傅幼笙眼睛酸了一下，下意识看向门口。

只见殷墨修长挺拔的身影已经朝她走过来，男人素来幽邃的眼神此时染上浅淡的温柔。

他三两步走到她面前，一句话也不说，直接把她不知道什么时候已经微微沁透着寒意的身体揽入怀中："对不起，我来晚了。"

当他一看到傅恩忱的这条视频出现在网上的时候，便迅速过来找她。

幸好家里的私人飞机随时都等着，他可以以最快的速度出发。

就是这么一句话，让傅幼笙隐忍了一晚上的情绪爆发出来。

"他为什么啊，为什么要说这样的话，为什么在我彻底失望的时候，又说这样的话？现在说又有什么用？

"如果我真是他的明珠，他怎么舍得那么决绝地把我赶出傅家。"

傅幼笙细白的指尖紧紧拽着殷墨洁白的衬衣，不知不觉，晕湿了他肩窝的一片布料。

殷墨丝毫不在意，就那么坐在沙发上，把傅幼笙抱在自己膝盖上，将她整个人完全圈在怀里，给她所有的安全感。

这是她最喜欢的拥抱的姿势。

修长温热的掌心轻轻拍着她的后背，他也没有说让她不要哭，就那么静静地安慰她，陪伴她。

"我会一直陪着你。"男人低沉磁性的嗓音渐渐让傅幼笙平复下来。

她红着眼眶看殷墨肩膀上那湿了的一块儿："对不起。"

“殷太太就算把这件衬衣哭得报废了也是理所当然。”殷墨轻笑着哄她，“开心点了吗？

“带你去吃宵夜。”

傅幼笙摸了摸肚子，晚上没吃饭，加上哭了一场，还真是有点儿饿了。

她弱弱地点点头，朝着殷墨伸出手臂：“你背我，我走不动。”

殷墨温柔地将她从沙发上抱着站起来，然后转过身将结实的后背露在她面前。

隔着衬衣，隐约能感受到殷墨背部优美修劲的线条轮廓，傅幼笙趴在他肩膀上，就很有安全感。

这个世界上，只有殷墨能给她所有的安全感。

“殷墨，你说他是什么意思？”傅幼笙趴在殷墨肩膀上，跟着他一块儿去酒店，路边已经没有什么人。

剧组距离酒店只有十分钟的路，所以并没有开车。

殷墨知道她问的是谁，温声回道：“大概是用自己的方式来跟你道歉吧。”

“如果我不想原谅他，你会不会觉得我不孝？”傅幼笙沉默了一分多钟，才哑着嗓子开口。

因为刚才哭过，她的声线有点儿哑哑的，很让人心疼。

殷墨将她往上托了托：“没有人能替你受当初受过的苦，更没有人有资格替你原谅他。

“所以，幼幼，我支持你的一切决定。你不想原谅他，我们就不原谅他。”

岳父那样的性子，要想让他低头，这辈子都不可能。

偏偏幼幼在这点上，跟岳父倒也相似。

只是如同来时路上岳母跟他说的那样，他们父女之间的事情，就让他们父女自己去解决吧。

他们只能陪伴。

网上，大家都在等着傅幼笙的回复。

没想到等到半夜，才等到了傅幼笙工作室的一条官方公告。

傅幼笙工作室蓝V：对于最近网上对我司艺人傅幼笙的一切关于身世的猜测，作以下说明：

1. 傅卿礼老先生确为傅幼笙祖父，老人家低调避世，好安静，望广大媒体记者朋友不要去打扰老人家。

2. 傅恩忱先生也确为傅幼笙生身父亲，学校是神圣的地方，是教书育人的地方，望大家同样也不要去打扰学生学习。

3. 关于身世一事，我司艺人不再做任何的澄清与说明，这件事到此为止，希望大家日后多多关注艺人作品。

粉丝们终于也从头脑发热中冷静下来。

这大概就是真正的书香世家吧。

是呀，低调避世。如果不是傅教授护女儿，恐怕傅女神这辈子都不会说出来吧。

只有我觉得哪里怪怪的吗？好像傅女神对这个父亲不怎么亲热。

杠精无处不在，难道非要柚子爆出来一张一家三口的亲密合照才算是亲热吗？

宝贝都说这件事到此为止，别提了，不如大家关注一下我们家女明星即将播出的电视剧。

哇，旗袍美人VS检察官，终于要播了吗？

……

大家的视线看起来转移了，实际上还是没转移。

直到三个月后，殷墨微博上发了第四条微博，才让大家视线彻底从傅幼笙身世转移到另一个方向。

第二十三章

殷总的榴莲皮

/

XINTIAO
BU
TINGHUA

事情是这样的。

傅幼笙终于从秦胭脂剧组杀青，脱离了世外生活，回到繁华北城，感觉恍若隔世。

陪了她几个月的小诺感动得都快要哭了。

傅幼笙很是大方地给她放了一星期假，然而闻亭在杀青第二天就上门来："度假吗朋友？"

傅幼笙正坐在沙发上享受家里厨师亲手做的下午茶，眼皮子都懒得抬起："不想。"

他这个调调就没好事。

闻亭被傅幼笙噎了一下，坚强地继续说："想啊，成，我明白了。"

傅幼笙终于抬头："几天没见，你出现幻听了？"

她说的明明是不想，他肯定又要来给她安排工作。

傅幼笙这部戏就是今年的最后一部戏，她后面都没有安排任何工作，准备休息一段时间，顺便补充一下能量。

她休息这段时间，去年她拍的那些戏陆续会播出，电影也会陆续上映，根本不会影响她的曝光。

傅幼笙乐得轻松，而且她已经准备好这段时间顺便要个宝宝了。

婆婆有句话其实说得很对——早晚都要生，况且想跟殷墨要一个属于他们自己的宝宝，这是她以前最想要的完整家庭。

现在终于有机会完成心愿，她才不想被任何事情影响心情。

闻亭被怼得顿了一秒，然后更坚强地说："之前你们拍了一期的恋爱综艺，导演已经哭了好几次了。

"你倒是不缺这点曝光，但是其他嘉宾真的很惨啊。

"再说，这综艺也是你们家殷总的胜景资本投资的，赚的钱全都是给你们家孩子的奶粉钱。难道你要让孩子的奶粉钱打水漂？"

奶粉钱？

傅幼笙终于想起来还有一个综艺没拍完。

她素来是很有职业道德的，出道至今，只要答应过拍摄的，从来没有任何缺席，就算是这部综艺也不例外。

傅幼笙凝眉思考两秒："导演那边说什么时候拍摄？"

一听傅幼笙松口，闻亭彻底松口气："导演说就看你的时间了！而且可以为了你改成夫妻综艺。"

傅幼笙怀疑地看向闻亭："改成夫妻综艺，其他嘉宾们怎么办？你刚才难道是骗我的？"

"绝对没有！"闻亭立刻摆摆手，"我怎么敢骗你！这不是时间隔了太长，有些嘉宾已经解约了，而且几个素人嘉宾也不太好一直绑着人家啊。

"这个综艺本来就是咱们这边违约，所有责任跟违约款都是胜景资本那边出的。要是这个综艺还不开拍开播的话，你老公那边估计要亏更多钱。"

傅幼笙："……"

殷墨亏钱，不就相当于她亏钱吗？

"导演已经准备好新的剧本跟嘉宾了？"傅幼笙沉吟几秒，缓缓开口。

"等你这边松口，他那边就开始，很快。"闻亭说道，"之前拍摄的那一期，可以剪成花絮，播放出来，然后重新开始拍摄。

"而且现在还流行婆婆妈妈出镜，你婆婆跟你妈妈不是之前探班你也在网上被拍到过吗？还上过热搜呢，她们两个要是也能出现的话，热度就带起来了。"

就算不出镜也没关系，单单是傅幼笙跟殷墨这对小夫妻出镜，就足够吸引眼球。

对于婆婆跟妈妈她们两个，傅幼笙倒是不觉得有什么问题。

因为这两位老母亲，最近特别爱跟那些西柚们搞什么线下应援，其实也是粉丝们私下聚会。

傅幼笙看到自家妈妈终于有了别的事情做，每天都打扮得漂漂亮亮出门，其实她也挺高兴的。

总比妈妈一整天都围着傅恩忱转要好得多。

最近妈妈还跟婆婆商量着，两人弄什么慈善基金，日子过得非常充实。

“不过……殷总这边，得需要你来确定时间了。”闻亭尴尬笑了笑，“导演说，他问过温秘书，殷总的意思是，让你决定。”

傅幼笙听闻亭说完，双唇轻抿，殷墨又没跟她提这事。

晚上七点半。

殷墨下班回来，就看到自家太太坐在沙发上，一本正经（虎视眈眈）地看着他。

他脱西装的手顿住：“怎么了？”

大概是刚刚从外面回来的缘故，殷墨嗓音带着点喑哑的意味。

傅幼笙指了指桌子上温好的白开水：“先喝水，再说话。”

殷墨走上前，老老实实按照殷太太的话，将玻璃杯里的水喝了一大半。

想到之前商琮说过的话，一般太太忽然在客厅等他们下班，一定是发现他们做错了什么事情。

这个时候要想快点解决，最好的办法就是干脆利落地道歉，然后送上礼物。

殷墨从手机里翻出备忘录：“选个包？”

备忘录里，是周秘书记的最近各大品牌新出的限量款，最难买的包包，已经筛选出符合傅幼笙气质与审美的。

傅幼笙下意识看向殷墨递过来的手机屏幕，差点儿忘了她要问殷墨的事情。

殷墨真的越来越会了。

她的目光落在屏幕上那些全都符合她品味的包包们，然后下意识选了几个。

选完之后她眼睁睁看着殷墨给周秘书发了消息，让周秘书明天就把这些包送过来。

他发完之后还问傅幼笙：“除了包之外，首饰想要什么样子的？

“明天让周秘书直接发给你选好不好？”

看着殷墨大方给她准备各种礼物，傅幼笙的表情终于好了点儿。

不是好了点儿，是好得差点儿都忘了审问他。

为什么今天回来晚了？

书房。

殷墨还要加班，傅幼笙陪着他靠坐在躺椅上刷微博："对了，今天闻亭过来了，说起了上次那个恋爱综艺的事。"

殷墨放下钢笔，白皙的长指推了推鼻梁上的金边镜框，隔着薄薄的镜片看向傅幼笙："怎么了？"

"什么怎么了，你什么时候有时间，我们赶紧去把这个拍了。"傅幼笙没好气地看他一眼。

"之前温秘书不是跟你说过吗，你忘记了？"

殷墨自然没忘记，只是想让自家太太多休息一段时间。

至于这个节目，拍不拍，什么时候拍，都看她心情。

"你刚杀青，就想要去拍节目？"殷墨朝她招招手，"过来。"

见殷墨像是忙完了，傅幼笙三两步走过去，自然地往他膝盖上一坐，抱住男人修长的脖颈："要是不拍的话，那么多工作人员岂不是白忙活了？节目导演准备时间还挺长的，更何况损失了那么多钱，要是因为我停拍，我过意不去。"

揽着她的腰肢，殷墨单手将鼻梁上架着的眼镜摘下，线条优越的下颌贴着她柔滑的皮肤："不用操心钱的问题。"

傅幼笙拍了一下他的手背："我知道你有钱，但是也不能浪费啊！有这个钱捐给妈妈们的慈善基金会不香啊，干吗要丢掉？"

被自家太太教训了，殷墨哄她："好，不丢。

"等过几天我安排一下工作，就陪你去。"

"也算是度假。我们还没有度蜜月。"傅幼笙从他怀里支起身子，那双水润漂亮的眼眸幽幽地望着他。

被自家太太这样的眼神看着，殷墨脖颈上的喉结下意识滚动了一下。

明明只是很正常的动作，但是不知道为什么，傅幼笙下意识摸了一下他的喉结，然后就跟打开了什么开关一样。

"幼幼，该睡觉了。"

这句话就跟个暗号似的。

不过傅幼笙没有拒绝他，毕竟这几个月除了偶尔探班之外，他们确实在夫妻生活上，已经空了许久。

再说，要生宝宝嘛。

傅幼笙顺从地抱住殷墨："回卧室。"

倒是难得这么听话，惹得殷墨垂眸看她："怎么今天这么主动？"

傅幼笙红唇勾起，柔软的身子依附在他怀里，轻轻在他耳边吹着气儿："殷先生害怕吗？"

害怕？

殷墨俯身在她唇上亲了一口，用实际行动来证明自己到底害不害怕。

美色在怀，他有什么害怕的。

巴不得自家太太再主动一点儿。

翌日醒来，傅幼笙睁开眼睛，就看到男人站在落地镜前打领带的画面。

她迷迷糊糊地撑起身子："你要上班了？"

殷墨已经系好了领带，一边用长指从容地扣上袖扣，一边走到床边。

"嗯，才六点，再睡一会儿。"

难怪感觉外面有点儿清清冷冷的感觉，原来才六点。

傅幼笙感觉到男人在她额头上亲了一口。

她嘟囔了句："都怪你，我腿好麻。"

殷墨："怪我。等会儿让人过来给你按摩一下。"家里面有擅长按摩的女佣。

既然已经醒了，傅幼笙暂时也睡不着，从床上坐起来，看着殷墨："你从实招来，昨晚那些，从哪里学来的？"

殷墨忽然低低一笑，笑得傅幼笙有点儿头皮发麻。

这笑得怎么奇奇怪怪的，不知道的还以为她教给他呢！

殷墨俯身在她耳边低声说："从你喜欢的小说里看的啊。"

啥玩意儿？

傅幼笙一脸蒙地看着殷墨，没反应过来："小说？你还有这种爱好？"这是工作不忙了？

殷墨徐徐开口："嗯，小说。

"没这种爱好，不过关于我们两个的小说，我还是很有兴致的。

"你的粉丝写得不错。"

"……"

傅幼笙乌润的瞳孔里满是震惊。

什么鬼！为什么殷墨会知道这玩意儿？

直到殷墨的身影离开卧室将近十分钟的时间，傅幼笙才从震惊中反应过来。

他们两个的小说，不就是粉丝写的那以他们为原型的小说吗？

她自己都没眼看，殷墨到底是怎么找出来的啊！

傅幼笙原本就红润的小脸蛋，在脑海中浮现出那一扫而过的剧情的时候，脸绯红得厉害。

手指捂住发烫的小脸，她低低地尖叫出声。

那个都删掉多久了？他看过，肯定是早就看过了！

要不是今天她忽然问他，是不是殷墨还打算一直把她蒙在鼓里？

难怪她总觉得最近这段时间殷墨怪怪的。

居然是她粉丝写的那些……

此时，还没有离开的殷墨站在门口，隐约听到里面传来羞耻的惊呼声，薄唇轻轻抿起一个弧度。

都在一起这么多年了，她还是没有改变在这方面害羞的性子。

想到她昨晚那莽撞又震惊的小模样，殷墨眼底宠溺的情绪越发浓郁。

他没有进去打扰她。

上班时，他吩咐管家，如果八点之后太太还没有起床的话，就送早餐上去；顺便找个擅长按摩的用人一起。

傅幼笙这边刚松口要重新参加恋爱综艺，导演立刻就开始准备了。

当然，知道了傅幼笙跟殷墨的关系，沈行舟是万万不敢再请的。

导演深思熟虑之后，还是决定启用计划二——直接抛弃之前录制的内容，打造一档全新的夫妻、情侣综艺。

嘉宾当然是要重新邀请。

当节目官博放出来新的嘉宾安排以及重新开始录制的消息之后，粉丝们炸了，尤其是没有看到傅幼笙跟殷墨婚礼现场报道的粉丝们，比过年还要开心。

他们等了一年的夫妻日常啊！终于等到了。

而节目的其他嘉宾也换成了娱乐圈这几年受关注的明星夫妻和明星情侣。

没有太多，加上傅幼笙跟殷墨，一共四对。

两对夫妻，两对还没结婚的情侣。

官宣出来之后不单单是傅幼笙的粉丝们炸了，全网粉丝都炸了。

毕竟除了他们两个之外，其他嘉宾也都是很受关注的。

其中有一对也是男明星在事业巅峰时期，公开了女朋友，女朋友并非圈内人，这次也是第一次公开露面。

可以说导演组是下了决心要把这档节目做成大爆款。

傅幼笙想的是，他们家殷墨这要投资多少钱啊才够导演这么祸祸。

然而——

等到他们去现场就知道，导演把钱全都花在请嘉宾上了。

自然这是后话。

而现在，官博公开之后，傅幼笙他们几对都上了热搜。

只是很快，剧情变得奇怪起来。

主要是沈行舟这位传说中可以跟殷墨媲美的商届天花板之二，忽然转发了节目官博。

沈行舟 V：怎么没我了？//爱你一辈子官博：录制时间定了，嘉宾定了。@殷墨 @傅幼笙 @邹霖城 @陆妙 @……

官博君差点儿被沈行舟这转发质问给吓死，节目组就差开个大会商量着怎么回复这尊大神。

导演心慌得不行。

他想起来了，当初跟沈行舟解约的时候，这位大佬说过，要是重新开始录制，记得提前跟他助理约时间。

这是明摆着要继续参与节目录制的。

导演："怎么办，怎么办？……"

一群工作人员看着导演团团转。

就在这个时候，小编忽然说："导演！不用咱们回复了，殷总亲自回复了！啊啊啊，殷总太帅了！"

导演表情一喜，立刻跑到电脑旁，看向开着的微博。

殷墨是一分钟前发的微博。

殷墨 V：因为你单身。这是一档夫妻、情侣综艺，沈总还是先脱单吧。微笑.jpg// 沈行舟 V：怎么没我了？//爱你一辈子官博：录制……

"噗……"

下面的评论果然炸了。

哈哈哈哈，笑死我了，正牌老公与竹马哥哥之间的正面对抗吗？搓手手想看大戏！

殷总多损啊！

那个小黄人微笑表情真的太绝了，点睛之笔！

殷总不是在保护老婆就是在保护老婆的路上。

殷先生的微博直接改名叫“守护老婆大人”算了。

不行了，想到殷总用那张清冷禁欲的脸跟竹马哥哥对决的画面，我就笑死了！

竹马哥哥也超级帅啊，去年有爆出来竹马哥哥跟傅女神录制这个节目的视频啊，超级大帅哥！

我有权怀疑殷总是故意将节目换成夫妻秀恩爱节目，就是为了避免竹马哥哥来参加！

楼上真相了。

在吃醋并且付诸行动方面，殷先生才是永远的神！

求竹马哥哥的心理阴影面积。

……

粉丝们一口一句竹马哥哥。

办公室内，殷墨看着微博，清隽的眉心紧紧蹙着。

而这个时候自家太太的微信视频已经过来。

傅幼笙上来就是一句：“你干吗在网上欺负哥……沈行舟？”

听到她那句没有说出来的哥哥，殷墨越发觉得“竹马哥哥”这四个字辣眼睛了。

“我没欺负他。”殷墨回道。

“他都跟我说了，你怎么没欺负了？现在网上都笑话他。”傅幼笙头疼，“你们两个大男人，在网上闹腾什么？”

殷墨嗤笑一声：“他还好意思跟你告状，还是男人吗？”

傅幼笙揉了揉眉梢：“行舟哥毕竟年长，你让一让他不行吗？”再说，本来就是殷墨先找碴儿的。

殷墨忽然从善如流地答应：“好，我让着他。”突然答应得这么快，傅幼笙有点儿不太妙的感觉。

果然，挂断电话之后，傅幼笙刷了一下微博，就看到沈行舟微博回复殷墨：

沈行舟V：殷总如果去年没捣乱，我可能已经脱单了。

殷墨回复：

殷墨V：哦，行吧。

下面粉丝们本来还想看殷总继续跟沈总硬刚，不知道怎么忽然就安静了下来。

殷总，你尿了？
殷先生，别忘了你是正室啊！
不能认尿。
冲呀！殷总刚起来。

然后这群人又跑到沈行舟微博下面：

竹马哥哥帅呆了。小青梅被抢走，我们都能理解你的心情，没事，就算抢不回来，也不能在口头上输给殷总！
哈哈哈哈，加油加油。

粉丝们都知道沈行舟并不是要破坏他们的感情，而是在故意气殷墨，才一起起哄。

要是沈行舟真要做什么的话，当初结婚的时候，爆出来的沈行舟的照片，那眼神怎么可能是温柔的祝福呢？

还有就是，竹马哥哥跟傅幼笙从小一起长大，要是真能在一起，还有殷总什么事儿！

所以粉丝们跟路人们完全就是看热闹不嫌事儿大。

有聪明的粉丝怀疑殷总突然尿了，一定没有这么简单。

殷总你怎么了，是不是被傅女神盗号了？

哈哈哈，难道是被太太给教训了？

可能性很大，这个世界上也只有傅女神能让殷总闭麦。

……

很快，殷总慢悠悠地在评论区留下一句：

殷墨V：哦，我太太说要让着长辈。@竹马叔叔。

噗！

粉丝们被殷墨这话笑喷了。

哈哈哈哈，殷总真……棒呆了！

傅幼笙看到殷墨这个评论被顶上热搜的时候，正在慢悠悠地一边喝下午茶，一边刷手机。

然后她手一抖，手机直直地掉进了正在煮的花茶茶壶里！

“啊，殷墨！”

傅幼笙看着自己被“煮熟”的手机，惊呼一声。

“太太。”

端着刚刚烘焙好甜品过来的管家一看到傅幼笙下意识伸手去碰那滚烫的水壶，吓得连忙阻止：“烫！”

傅幼笙立刻收回手，然后欲哭无泪地看着玻璃水壶里面的手机，脸色明明暗暗，最后陷入一脸漆黑。

半小时后，用人捧着处理好的手机走来：“太太，手机应该是坏了。”

管家跟着将备用手机给傅幼笙送来，顺便把卡换了进去：“幸好电话卡还没有坏。”

傅幼笙接过新手机，然后看了眼用人手里已经被开水煮坏的手机：“没事，丢了吧。”

总之她手机里所有重要的照片信息之类的，都用了云备份，登录之后，就能恢复到新手机里。

就是可惜了那个手机，跟殷墨的是情侣手机呢！

不过殷墨活该，谁让他发那条微博。

傅幼笙看着掌心薄薄的香槟色新款手机，这个更符合仙女的气质。

她重新打开微博，果然，他们这“三角恋”一举一动都能上热搜，只不过这次热搜有点儿奇奇怪怪的。

傅幼笙睫毛剧烈颤抖了一下，差点儿又把手机丢了。

这是什么鬼？

她点开“殷墨 沈行舟”的热搜，然后唇角抽搐了一下。

这两人都不是娱乐圈的人，到底为什么要占用公共热度！

傅幼笙看着下面的评论。

我忽然想高举“墨行”大旗。你们不觉得殷总跟沈总这样的欢喜冤家很萌吗？！

老夫少女心要炸了。

好想看现实中王对王对战啊！还有谁不知道殷总跟沈总是商圈的两大颜值天花板吗，不分上下的那种？

这像不像小两口在微博上吵吵闹闹，然后回去之后床头打架床尾和？

妈妈问我为什么对着视频一边傻笑一边流鼻血。

笑死，殷先生跟沈先生两位对决的时候，猜到现在的走向了吗？

他们两个人能不能猜到傅幼笙不知道，她只知道自己头顶有点儿绿油油的。

她漂亮的小脸蛋僵着，一边看着手机，一边往外走，脸上俨然就是一副老公出轨的表情。

管家连忙跟上：“太太，您要去哪儿？要备车吗？”

她要去找罪魁祸首算账，怎么能让司机跟着？

傅幼笙：“不用，我自己开车出去。”

管家眼睁睁看着傅幼笙风风火火地出门，甚至来不及让她换下来身上的裙子。

傅幼笙身上穿的是绸质的吊带长裙，在家里穿着倒是舒服，虽然穿出去也绝对没有问题，但有点儿太过于惹眼，很容易被发现的。

此时，傅幼笙已经在车库选了一辆跑车。驾驶位上，她重新看了下微博，却发现有一群人 @ 她。

@傅幼笙 崽崽快点出来审判他们！

@傅幼笙 女神你可是正室啊，快出来啊，你老公跟你竹马搞一起了。

傅幼笙本来不打算掺和进去粉丝这里面，但是就连一些娱乐圈的朋友都跟着凑热闹。

沈毓 V：@傅幼笙 笙笙姐，我哥居然做了对不起你的事情，我让我妈教训他，太可恶了！竟然抢你老公，这是人干的事？

秦榛 V：哇，@傅幼笙 宝贝儿让他们搞吧，来姐姐怀里，姐姐爱你。

楚望舒 V：殷总跟沈总，很好。

其他人也就算了，傅幼笙没想到楚望舒也来搞事情！

本来只是小范围的传播，因为楚望舒这一搞，直接把殷墨和沈行舟两个人搞上了热搜第一！

不要低估第一男神的热度。

男神都说好，粉丝们当然要给男神排面！

男神说好，就好！

傅幼笙正在前往胜景资本大厦的路上。

此时楚望舒也正在别墅内，他搁下手机，若无其事地拿起剧本。

家里的门从外面打开，经纪人许戈走进来，手里捧着笔记本电脑，一脸头疼："楚望舒，你干的好事！

"不是说好了不再掺和傅女神的事情了吗，你怎么回事？

"你不知道自己一条微博热度是多少吗？

"可真有你的，在家里休假还能闹出这么大的新闻！

"把殷总跟沈总送上虚拟情侣榜第一，厉害啊楚望舒！

"你还能干出什么惊天动地的大事？

"你这怕不是爱而不得，黑化了？"

许戈一句一句冲过来。

楚望舒英俊的面庞上依旧是那副气定神闲的模样，等他一口气说完，才慢悠悠吐出一句话："哦，忘记切小号了。"

许戈被噎住："……"

他以为自己是傻子吗，会相信这样没有任何诚意的借口？

见许戈气得直喘粗气，楚望舒终于看他一眼："放心，没事。"

许戈看他这副不怕开水烫的样子，忍不住扶额。

“你果然是故意的。”

楚望舒翻了一页剧本，姿态悠哉从容：“哦。

“得不到小姑娘，还不允许我欺负一下得到小姑娘的人？”

许戈：“行，你真行。

“你也不怕殷总报复！”

楚望舒完美的唇形划过一抹笑意：“不会。”

许戈：“你怎么知道不会？”

楚望舒指了指手机：“哦，我方才跟幼笙道过歉了。”

许戈：“……你怎么道歉的？”

楚望舒：“忘切小号了。”

许戈一言难尽：“你平时在傅老师面前的形象到底是怎么样的，这样都相信你。”

楚望舒的表情一下子冷下来。

许戈：“？”干吗突然生气，他说错什么了吗？

直到许戈离开楚望舒家里，过了许久他才恍然反应过来。

差点儿忘了，傅老师可是一直把楚望舒当作长辈、老师尊重的。

噗……

哈哈哈哈哈。

也难怪傅幼笙这么相信楚望舒。

楚望舒追不到人这不是正常的吗？就算是没有殷墨，恐怕也追不到人家。

被人家当成长辈了，从一开始就没机会。

许戈不知道是该心疼楚望舒，还是该嘲笑他。自己家的这个艺人真是活该单身，能追到小姑娘才奇怪了。

胜景资本大厦。

殷墨开完会回来，便看到温秘书战战兢兢地捧着平板站在办公室门口：“殷总，网上有点儿混乱。

“公关部已经尽力遏制舆论，但是楚望舒的号召力太强，除非直接撤掉热搜。”

只是如果撤掉热搜的话，那就得把综艺宣传的热搜一起撤下去，毕竟都是相互关联的。

所以他们不敢擅作主张，就等着殷墨开完会决策。

殷墨从进办公室到在办公桌前坐下这段时间，温秘书已经把网上的事情说清楚了。

殷墨朝他伸手，温秘书立刻将平板递过去。

男人修长白皙的手指松松地握着银灰色的平板边框，沉静内敛的眉眼越看越清冷。

温秘书站在桌前，大气不敢吭一声，最后他看到殷总冷笑一声，将平板往桌上一放，发出沉闷的一声响。

温秘书感觉自己小心脏也跟着抖了一下。

“网友大多数都是趁机开玩笑的。要不问过太太，再做决定？”温秘书见殷总不说话，小心翼翼地提议。

他担心殷总这个脾气，直接会简单粗暴地撤掉热搜，到时候影响到了综艺宣传，太太可能会不太高兴。

毕竟太太素来是很有职业道德的演员，不然也不会牺牲自己的休息时间，要把这个综艺录完了。

“不撤。”殷墨薄唇溢出清冷薄凉的笑，“楚望舒既然愿意现身为我们的综艺宣传造势，为什么要撤？”

既然楚望舒自己送上门来，那就把他的热度物尽其用个彻底。

温秘书立刻明白了自家殷总的话。

他忍不住咽咽口水，真不愧是殷总。

殷墨想到刚才看到的关于自己和沈行舟之间组荧幕情侣的推送，朝着温秘书招手：“过来，你让公司官博发这条消息。”

说着，殷墨拿起钢笔，在便签纸上写了一行字交给他。

温秘书看着便签，唇角一抽。

妈呀，殷总不愧是殷总，这怕不是要气死沈总跟楚男神。

便签上，男人字迹修劲漂亮，简单地写了一句话——

感谢沈总与楚先生慷慨为新综艺送热度。

殷墨指尖把玩着黑金相间的钢笔，薄唇含笑：“再@综艺官博。导演不是没钱做宣传了吗？”瞧，这不是省钱了？

就算是殷总没有说出这句话，温秘书已经从殷总表情里明明白白地get到了。

殷总真是一点儿做宣传的钱都不想出呢！

温秘书捧着便签纸正要离开的时候，办公室大门忽然被推开，温秘书手心捧着的那薄薄便签纸直接飞了出去，飘到了一双穿着白色精致的平底拖鞋旁边。

没等温秘书捡起来，一只素白漂亮的小手已经将那张纸捡起来。

温秘书直起腰来，下意识喊了声："太太，您来了。"他的目光落在傅幼笙身上，然后视线像是被烫到一样，立刻移到她脸上，不敢乱看。

傅幼笙没有察觉到温秘书的眼神变化，垂眸看着那张纸。

办公室光线充裕，照在她那张清冷白皙的脸蛋上，让温秘书大气不敢吭一声。

妈呀，殷太太的气质怎么感觉跟殷总越来越像了。

殷墨放下文件，抬眸便看到傅幼笙雪白莹润的皮肤露出来一大片，就那么清清凉凉地站在温秘书面前。

他眉心轻轻蹙了一下，起身从椅背上拿起他的西装外套，抬步走过来。

听到男人的脚步声，傅幼笙将便签纸交给温秘书，红唇轻轻勾起，朝他笑了笑："温秘书，麻烦把门带上。"

"不麻烦，一点儿都不麻烦。"温秘书接过来便签纸，恨不得立刻消失在这对夫妻面前。

不敢打扰殷太太来找殷总兴师问罪，温秘书赶紧离开了。

细微的办公室门关闭声响起，偌大而空旷的办公室内只剩下他们两个人。

殷墨走到傅幼笙面前，直接将西装披在她肩膀上，清隽的眉目透着点不赞同："你就穿成这样出门？"

傅幼笙没好气地拍了他一下，将西装从肩膀上拉下来丢给殷墨："给你丢人了？"

听着她火气这么重，殷墨平复一下躁郁的情绪，捏了一把她的脸颊："胡说什么？怕你着凉。"

"殷总真会睁眼说瞎话，外面 25 摄氏度，不是零下 25 摄氏度，我能着凉才怪，我还怕中暑。"

明知道殷墨为什么要给她披衣服，傅幼笙就是故意不穿，撩了一下披散在肩膀上的乌黑蓬松发丝，露出脖颈到锁骨、肩膀处大片大片的雪白皮肤，丝毫不怕被看到。

殷墨越看越头疼："你刚才就是这个样子，从下面上来的？"她既然不是从办公室里的直达停车场的总裁电梯上来，那么一定是从正门进来的。

想着她这副在家里的样子被外面员工看到，殷墨忍不住揉了揉眉梢。

真是克他的。

傅幼笙懒得跟这个直男说。

直男以为在家里穿的衣服，就不能穿到外面去，却不知道现在流行家居服外穿。

而且她这条睡裙舒服又漂亮，拖鞋也是有刺绣花纹的，就算穿着去参加宴会，也没有人能说出什么。

也就殷墨天天见她在家里穿成这样，会觉得她不该这样出门。

傅幼笙直接往殷墨办公椅上一坐，精巧的下颌轻轻抬起，幽幽地看着站在旁边身姿挺拔的男人。

“说吧，你是不是故意跟沈行舟在微博上打情骂俏？

“平时不让我喊哥哥，就是吃我的醋？”

吃谁的醋？殷墨真是要被傅幼笙这逻辑气笑了。

他俯身，双手撑在办公椅的扶手上。

两人的呼吸近在咫尺，甚至能清晰看到彼此的睫毛根数。

男人眼神幽暗深沉，就那么定定地看着她。

傅幼笙丝毫不怕他陡然靠近，伸出纤细白嫩的食指戳了戳他的胸口，隔着薄薄的衬衣布料，能感觉到他轮廓形状好看的肌肉。

“干吗，吓唬我？”

“不敢吓唬。”殷墨握住她指尖，粗粝的指腹漫不经心地摩挲着女孩柔嫩的手心，嗓音在她耳边缓缓响起，“只是想身体力行地让殷太太感受一下，我到底是吃谁的醋。”

吃谁的醋？除了沈行舟和楚望舒，还能是谁。

傅幼笙脑海中浮现出刚才看到那张温秘书手里的便签纸。

便签上面的挑衅口吻都快要蔓延出来了。

傅幼笙也不演了，生怕殷墨在办公室里做点什么，她可没这个脸。

毕竟她刚才是正大光明地从楼下上来的，又不是跟之前一样，直接从停车场偷偷上来。

她脸上的清冷绷不住了：“你真是一点儿都不按套路出牌。”

“谁让殷太太总是演我。”殷墨气定神闲地直起身子，当然，起身之前，顺势在她殷红的唇角偷香了一口。

在看到她的那瞬间，就想要亲了。

亲完之后，殷墨凝眉思索两秒，在傅幼笙说话之前，忽然按住她两边光滑细腻的肩膀，重新俯下身子，在她肩窝上侧咬了一口。

“哎！”傅幼笙一把推开他，“你是狗吗，怎么突然咬人！”

殷墨看着那雪白皮肤上浮现出来的红色痕迹，用指腹慢悠悠地碰了碰：“不疼。”

“废话，又不是你疼！”傅幼笙抬起睫毛。这说的是人话吗？什么叫作不疼？

殷墨朝着她缓缓勾起一个笑容：“嗯，我没心疼。”

傅幼笙：“……”

男人深邃的眸底清清楚楚写着两个大字——故意。

傅幼笙上下看了看他，发现没有地方能让她咬回来。

毕竟上次殷墨这个厚颜无耻的人顶着一脖子吻痕咬痕都敢出门，完全没有羞耻心。

她深吸一口气，然后老老实实地把殷墨的西装披到肩膀上，免得这个狗男人继续作妖。

见傅幼笙将衣服披上，殷墨终于彻底直起身子，任由她霸占自己的座位。

他坐在前面员工平常汇报工作时坐的位置，安静地开始办公。

傅幼笙眼睁睁看着他完全没有想要跟自己解释一下网上的事情的意思。

“殷墨，你难道没话说吗？你就不打算解释一下？”

傅幼笙趴在桌子上，看着坐在对面的男人，凑近过去问。

女人红润娇俏的唇瓣近在咫尺，像极了索吻。不过殷墨在办公的时候，对于美色诱惑还是能克制住的。

他大手一伸，掌心盖住了傅幼笙那张勾人的小脸蛋：“解释过了。”

“唔……”

傅幼笙好不容易挣扎着救出自己的小脸蛋：“我脸上的妆都被你蹭没了！”

殷墨看着干干净净的掌心和女人干干净净的小脸蛋。

哪里有化妆？殷太太睁眼说瞎话的本事越来越强。

傅幼笙完全不在意这个：“你解释什么了？”

殷墨凝视着她，薄唇微启，一字一句：“我吃醋。这个解释，殷太太满意吗？”

殷太太：“……”

明明是很不走心的解释，偏偏傅幼笙看着那张棱角分明的俊美面庞，觉得他说的是真的。

殷总能有什么坏心思呢，就是醋坛子翻了而已。

傅幼笙到来的消息传遍了整个胜景大厦。

温秘书出去的时候，一路上同事们都询问他："刚才来的是不是傅女神啊！"

"傅女神是来找殷总的吗？"

"呜呜呜，女神素颜真的好美啊，居然一点儿妆都没有化。"

"穿着真丝裙跟拖鞋，都能美得慵懒风情。忽然开始羡慕殷总，有这么漂亮身材爆好的太太。"

"傅女神皮肤简直白得发光。我刚才离得远没看清，真的没有全身涂粉吗？"

"傅女神跟殷总在办公室里做什么？是嘿嘿嘿了吗，所以才把温秘书您给赶出来？"

听着大家的发散思维越来越偏，温秘书连忙扭转回来："大家别胡乱猜测。

"太太跟殷总好着呢，今天就是普通探班而已。

"好了好了，都回各自工位，让我出去，我还要去公关部。"

温秘书好不容易挣脱大家，把殷总下达的命令亲自送到公关部。

于是没多久，网上的粉丝们又接收到了来自殷总的腹黑杀。

胜景资本官博V：感谢沈总与楚先生慷慨为新综艺送热度。@爱你一辈子官方微博。

哈哈哈，秀还是殷总秀啊。

不行了，你殷大佬还是殷大佬！

殷总这个回复简直暴击。

殷墨：只要殷某正室不倒，尔等都是送热度的！

……

这条微博一发出去。

沈行舟没有再回复，反而给傅幼笙发了条微信。

沈行舟：幼幼，你觉得我能给你当叔叔？

傅幼笙正趴在殷墨办公桌上玩手机。

看到沈行舟的微信之后，她抬眸看了眼正在办公的男人，然后回复沈行舟：

傅幼笙：绝对没有！你在我心里年轻着呢。

沈行舟：所以殷墨是欺负我？

傅幼笙："……"

她看着这条微信，心想谁能欺负得了你，但还是哄他：

傅幼笙：我今晚罚他跪榴莲皮。

沈行舟：很好，刚好有人送了我一箱子猫山王榴莲，我让人给你送过去。

她偷偷看了眼殷墨，然后给沈行舟发了个表示"OK"的表情包。

一边是哥哥，一边是老公。

她能怎么办？

哎——

网上那些端水大师到底是怎么一碗水端平的。

她现在都觉得水要洒了！

晚上六点，殷墨今天准时下班。

夫妻两个一块儿回到麓荷公馆别墅，一进客厅就嗅到了淡淡的榴莲味道。

殷墨是很不喜欢这个味道的，所以平时用人采购是不会有榴莲这种物种。

他眉心轻轻皱起来："家里怎么会有榴莲？"

管家恭恭敬敬地说："是沈总派人送来的。

"说是顶级的猫山王榴莲，给您尝尝鲜。"

“给我尝鲜？”

送榴莲？

殷墨觉得沈行舟是故意送来给他添堵的。

傅幼笙轻咳一声，当然知道沈行舟送榴莲是来做什么的。

“你们把榴莲拿回去分了吃，留下两块榴莲皮就行。”

听到傅幼笙的话，管家以及几个用人全都震惊地看向殷墨：“……”

殷先生这样的人，难道都要跪榴莲皮的吗？

殷墨凝眉看向傅幼笙，他当然知道跪榴莲皮这个梗，但是没想到自家太太居然伙同她那个“竹马叔叔”用到他身上。

傅幼笙拉着殷墨回房间：“你不是受不了这个味道吗？我们先回房间洗个澡，一会儿跟你解释！”

殷墨被傅幼笙强行请回了主卧。他双手环臂，安静地看着坐在沙发上的女人：“说吧，怎么回事。”

傅幼笙小声嘟囔：“还不是你自己闹出来的，还得我给你收拾麻烦。”

殷墨似笑非笑地看着她：“妻子伙同从小一块儿长大的竹马让丈夫跪榴莲皮。你听听，再狠点儿，是不是能上社会新闻？”

傅幼笙：“什么啊？”怎么能联系到社会新闻上面，殷墨这个脑洞开得太大了吧？

殷墨依旧是那个表情：“妻子伙同从小一起长大的竹马给丈夫跪的榴莲皮下面放钉子，致使丈夫腿残，意欲与竹马情夫双宿双飞，你说能不能上社会新闻？”

傅幼笙：“……”

她没好气地瞪了他一眼：“行了，不会真的让你跪榴莲皮的。”

说什么社会新闻。

“那榴莲？”

傅幼笙：“我用来吃不行吗！让厨师做榴莲甜品。你不吃我吃！”

殷墨提醒：“你已经让管家把榴莲肉全都带走了，只留下榴莲皮。你确定用这两块皮做甜品？”

被堵得哑口无言，傅幼笙推了他一下：“哎呀，你赶紧去洗澡。真不会让你跪的，再说你一个大男人，难不成我还能强行按着让你跪不成？明天你就知道用处了。”

殷墨放松身体，被她顺利地推到了浴室门口。

男人修长白皙的长指扶住门框，扭头看向傅幼笙：“不能骗我。”

傅幼笙："……放心放心，不会。我又打不过你。"

他要真的不想跪，她也逼不了啊。

殷墨揉了一下她的发丝，轻轻叹息："你不会强行让我跪，你有许多办法让我心甘情愿地跪。"

说完，他便进了浴室。

看着浴室门关上，傅幼笙终于反应过来他那句话的意思。

"……"

她忍不住摸了一下自己被殷墨摸过的发丝，嗔了一句："就会哄我。"但是唇角的弧度却没有降下来。

殷墨现在越来越会了，也不知道跟谁学的。要是以前的话，殷墨是决计说不出这样的话的。

难不成她这次离婚危机，真的在殷墨心里产生什么心理阴影了？

傅幼笙见殷墨进去没有带睡衣，去给他准备了一套睡衣挂在门把手上，敲了一下浴室门："睡衣给你放门上了，我下去一趟。"

里面花洒声停了一下，随后传来男人低沉磁性的嗓音："好。"

傅幼笙这才放心地离开卧室。

不得不说，榴莲的味道真的很正。

傅幼笙对榴莲是没有什么感觉的，没有殷墨那么抗拒，她还很喜欢吃榴莲做的甜品。

厨师是知道的，所以这段时间，已经给傅幼笙做好了一份新鲜的榴莲盒子。

至于其他的榴莲，全都被管家让人送到别墅后面用人们住的小楼上了。小楼距离这里不近，所以味道倒是减淡了一些。

傅幼笙下来的时候，管家已经让用人开始在客厅喷洒清新剂，完全不需要傅幼笙操心。

"榴莲皮已经处理好了，太太您要用吗？"管家见傅幼笙下来，让人送上甜品后，停在沙发旁边低声询问。

"我看看。"傅幼笙让用人拿过来。

看着已经被弄干的榴莲皮，傅幼笙在上面比划了一下："把中间稍微磨平一点儿，大概一个膝盖窝的大小。"

管家尽管见惯了世面，也差点儿把榴莲皮摔了。

这是真要给殷先生用的吗？

太太还算是温柔，没有直接让先生跪在长满刺的榴莲上，而是磨平尖刺再跪。

察觉到管家和用人们那复杂的眼神，傅幼笙轻轻笑了一声。

难怪殷墨误会，就连他们都误会了。

“不是让殷墨跪的。”

管家扫了眼其他用人，率先开口：“太太放心，我们绝对不会说出去的。”

他们这是以为她怕他们说出去才会解释的吗？

傅幼笙无奈，她只是单纯地不想让殷墨的形象出现问题而已。

偏偏他们都不信。

用人们：太太果然是温柔，为了保护先生的形象，竟然还特意告诉他们先生没有跪。

温柔的殷太太：“……”

算了，不解释了。

解释估计他们会以为是掩饰，那就让事实说话吧。

第二天。

用人下意识看向他们殷先生那双修长笔直的大长腿。

穿着西装裤的长腿依旧如往常那样，没有丝毫跪过榴莲皮的样子。

于是小声议论。

“殷先生难怪能成功呢，瞧瞧这忍耐力，跪过榴莲皮都能走得这么平稳。”

下楼去餐厅喝水时，傅幼笙恰好听到她们议论的声音。

傅幼笙：“……”

失算了。

千算万算，没有算到殷墨在用人们心中的形象竟然是这样的。

傅幼笙把榴莲皮的照片发给沈行舟，一脸沉重地发消息。

傅幼笙：榴莲皮都被他跪平了，可以消气了吧？

沈行舟：好妹妹，哥哥看到你这样的家庭地位就放心了。

傅幼笙一下子来劲儿了。

傅幼笙：那当然，我让他跪，他敢不跪？

傅幼笙跟沈行舟聊完之后，就跑去厨房给殷墨做午餐，准备中午去公司给他送爱心午餐。

毕竟殷总今天受了委屈。

然而很快傅幼笙就知道，一顿爱心午餐大概是解决不了殷先生今天受的委屈了。

因为沈行舟直接把跟傅幼笙的微信聊天记录和那张跪榴莲皮的照片发到了微博上，于是全天下的人都知道殷总昨晚跪过榴莲皮了。

殷墨今天进公司便察觉到员工们都盯着他的膝盖看。

殷墨被看得表情沉冷："我的腿今天有什么问题吗？"

一群人："没有没有，绝对没有！"

他们绝对不知道殷总昨晚跪过榴莲皮。

傅女神厉害啊！

真没想到，殷总在家里居然是这样的家庭地位，跟普通男人也没什么区别嘛！

殷总都跪过榴莲皮了，那些被太太或者女朋友折腾过跪键盘跪搓衣板跪榴莲的男士们，忽然觉得自己又能挺起胸膛做人了！

怕老婆算什么？他们殷总也怕啊！要跟殷总看齐！

殷墨眉心深折，直到回到办公室，温秘书才将微博上的事情告诉他："殷总，沈总发了一条微博。"

就连他都忍不住往殷总膝盖上看了。

今天殷总开完会又去视察，腿完全没有异样，要不是微博发出来了，他都不敢信。

"殷墨妻管严"已经上热搜了。

虽然公关部那边已经在撤热度了，但由于大家对傅幼笙和殷墨之间的相处实在是太感兴趣了，所以热度撤的比增加的要慢。

殷墨看着沈行舟发出来的那条微博，以及那张照片，终于明白傅幼笙用那两个榴莲皮做什么了。

原来是这个用处。

没等殷墨开口，他的私人手机已经响起来，是傅幼笙的电话。

殷墨面无表情地接起电话："殷太太。"

旁边的温秘书一声不吭地等着，准备接收第一手消息。

傅幼笙："老公我错了！呜呜呜，我真的错了！老公还是你慧眼，一眼就看出沈行舟是个虚伪的人，我已经把他拉黑了！老公我一定会帮你澄清的。我们家高贵冷艳的殷先生，怎么可能跪榴莲皮！”

殷墨的长指慢条斯理地轻敲了一下木质桌面，发出咚咚的沉闷声响。

他嗓音徐徐：“你错了，然后呢？”

傅幼笙一听这个调调，就知道殷墨这是要趁机狮子大开口。她桃花眸眨了一下：“老公，我们开始备孕了，我肚子里可能要有宝宝了，你不能欺负我！”

就算是宝宝可能连胚芽都没有，傅幼笙已经开始当王牌了。

殷墨听到她的话，忍不住低低笑出声，听得旁边的温秘书一脸茫然。

殷总这是被气疯了吧？居然还能笑得出来。

他默默地往后退了两步，希望可以退到安全的位置。

“殷太太没诚意。”

傅幼笙：“我会让你看到我的诚意的！”说着，她就挂断了电话。

道歉的人挂了被道歉人的电话，还说要让他看到诚意，殷墨看着黑下来的屏幕，无奈地摇了摇头。

“殷总？”几分钟后，温秘书小声开口，“要准备通稿吗？”最起码挽回点殷总的形象。

殷墨不疾不徐：“于公司股价有影响吗？”

温秘书立刻查了一下：“没有，好像涨了？”他还以为自己看错了。

如殷墨所料：“不用管了。”

反正不痛不痒，就算是被说妻管严也无所谓。

殷墨丝毫没有温秘书想象中的那么气愤，反而神色自若地继续工作，丝毫没有被这个影响到工作状态。

至于殷墨手机里那群损友的笑话吐槽——殷墨抽空回了他们笑说他妻管严的话。

殷墨在群里发了一条：

YM：有妻总比没妻好。

无差别扫射。

笑话得最狂的就是连女朋友都没有的盛占烈他们，然后被殷墨一句话给扎到心了。

墨哥不愧是墨哥，在毒舌腹黑方面，只会迟到，不会不到。

就在粉丝们热热闹闹地讨论殷墨妻管严这个话题的时候。

傅幼笙许久没有发微博的微博终于冒出来了一条带视频的。

傅幼笙V：教大家怎么烘培榴莲皮。

看着视频里，傅幼笙亲自上手，将榴莲皮弄干净，然后磨平刺，粉丝们快要笑死了。

粉丝：

女神，你是来给殷总挽尊的吗？

傅幼笙回复：

傅幼笙V：说出来你可能不信，我就是跟沈姓小伙伴装一下。

第二十四章

殷太太的“诚意”

/

XINTIAO
BU
TINGHUA

下午六点，殷墨准时下班。

温秘书已经在门口等着了，给殷墨打开车门：“殷总，太太发了一条微博。

“您要看看吗？”

殷墨正在扣袖口的指尖微微一顿，随即神色平静地将钻石袖扣扣好。

低调的袖扣被西装微微盖住，只有伸手的时候，才能隐约看到，内敛又掩不住清贵。

殷墨弯腰进后座坐好之后才接过他手中的平板。

入目便是傅幼笙发的视频。

这倒是她第一次发视频，点击量已经几十万了，由此可见殷太太在娱乐圈的号召力有多强。

视频中，傅幼笙只露出一双白皙细腻的小手，手里拿着刚刚掰开的榴莲，将榴莲肉挖出来，然后放到一边的盘子里，并配字——没用了；然后将两块看起来就很狰狞的榴莲皮放到面前，一步一步弄干净，再慢条斯理地用工具把榴莲皮上的刺磨平；最后重现出来两个腿窝那么圆的凹陷，结束。

殷墨饶有兴致地把视频从头到尾看了一遍，不知道的还以为他在看什么重要文件。

最后他的视线才落在她配字的微博上，薄唇带着笑。

旁边温秘书见殷总已经看完了，这才开口：“太太这次算是为了您的声誉，把自己的声誉都卖了。”

算是很真诚的道歉了。

殷墨微微颔首：“你说的没错。”殷太太确实是很真诚。

他若有所思地揉了揉眉梢，嗓音含笑：“所以，我在考虑要给我太太一个什么奖励好呢。”

温秘书看到自家殷总这笑容，莫名其妙地打了个哆嗦。

为殷太太默哀。

这怕不是奖励吧？殷总笑得这么可怕。

想到平时殷太太对他们这些下属还不错，温秘书争取了一下：“太太好像挺喜欢 C 家的首饰，刚好路过，要不您顺路给太太买一套？”

“可以。”殷墨同意。

在为傅幼笙花钱方面，他从来不会有任何的考虑。

只要她喜欢就买，总归他也不是买不起，给个甜枣吃，殷太太可能更会接受他的“奖励”。

此时麓荷公馆内，傅幼笙看着时间差不多了，要到殷墨下班了。

她飞快地准备好烛光晚餐。中午没有去送爱心午餐，所以傅幼笙直接来烛光晚餐。

让家里所有用人都提前下班，傅幼笙点好蜡烛后，拉上了客厅全部的窗帘，然后她哒哒哒地上楼去换衣服。

落地镜前，傅幼笙换上了之前初中时候穿的校服短裙跟上衣。

因为长高了一截，傅幼笙穿着十几岁时候的衣服，直接露出了一截小蛮腰。

傅幼笙看着自己披在肩膀上的长而蓬松的头发，思索了两秒，看了眼时间。

然后她从柜子里拿出卷发棒，扎了两个双马尾，又松松地卷了几个大卷，青春洋溢中透着慵懒风情。

比起她平时爱穿的旗袍，校服又是另一种美。

看着镜子里的自己，傅幼笙捧腮，小声嘀咕了句：“真是便宜殷墨了。”

哎，殷墨怎么运气这么好，娶了她这么漂亮身材又好的老婆。

傅幼笙从敞开的窗户，听到外面传来汽车引擎的声音，连忙从窗外往下看了一眼，殷墨已经往这边走来。

黑色轿车送殷墨回来之后，便被司机开走。

傅幼笙悄悄下楼，准备给殷墨一个惊喜。

别墅外。

殷墨看着漆黑一片的别墅，所有的窗帘都关得严严实实，没有泄露出来一点儿光线。

男人脚步顿了一下，随即不疾不徐地往里走，一路上畅通无阻。

直到打开大门，里面昏昏暗暗，隐约能有浅淡的光线从餐厅里照出来。

殷墨转过客厅，入目便看到烛光闪烁的晚餐，非常浪漫。

整个客厅与相连的餐厅空无一人，唯独烛光一闪一闪。

殷墨扯了扯脖颈上的领带，原本一丝不苟的衬衣顿时染上几分不羁。

“幼幼？”男人磁性的嗓音在昏暗迷离的环境里格外好听。

几秒后，就在殷墨准备上楼去找时，忽然一道蓝白相间的身影从与楼梯间隔的欧式屏风里闪出来。

“殷总～”

殷墨眼神定了定，入目便是少女纤细又柔嫩的面庞，以及她身上那件青春洋溢的校服。

傅幼笙漂亮的唇瓣上涂着晶亮的唇膏，娇艳欲滴。此时她嘴唇微微张开，本就又软又甜的嗓音，刻意地拉长了语调，喊了一声。

只要是个男人，都受不住这般明晃晃的蛊惑。

殷墨修长脖颈上的喉结轻轻滚动了一下，对上自家太太那双像是带着小钩子一样的桃花眼，随手将途中买好的首饰盒搁在桌上。

傅幼笙顺着他的动作看过去，目光落在那精致的礼盒上，探身望过去。

卷起撩人弧度的双马尾随着她的动作垂落在柔弱的脖颈上，一晃一晃的，连头发丝儿都勾着人。

傅幼笙打开首饰盒，看着里面被烛光折射出璀璨光芒的钻石项链，心动了一秒。

男人把玩着她垂落在脖颈上的发丝，原本磁性的嗓音带着点喑哑：“今天殷太太又在玩哪一出？烛光晚餐？嗯？”

他的目光扫过她穿着校服的身上，薄唇含着笑意，在她耳边低低地说。

傅幼笙气定神闲地从首饰盒拿出那条项链，抬起羽睫，踮脚搂住男人的肩膀，徐徐说道：“哄你啊，殷先生看不出来吗？帮我戴上。”

说着，她便转过身去，微微抬着下颌，将脆弱又柔软的脖颈暴露于男人眼眸之下，像是将自己的致命弱点递到他手里。

殷墨看了眼被傅幼笙塞进手里的项链，环过她纤细的脖颈，将项链戴了上去。

“好看吗？”傅幼笙转过身来，摸了一下项链，眼眸弯弯地看着殷墨，“你这也是哄我的？”

没想到他们两个倒是想到一块儿去了。

殷墨视线滑落。

忽然，在傅幼笙朝着他眉开眼笑的时候，他的双臂箍住了她的腰肢，像是抱小孩一样，将她抱起来，抬步上楼。

“啊。”傅幼笙低呼一声，“烛光晚餐还没吃呢！”

整个客厅除了那一点点烛光之外，其他灯光都被傅幼笙关上了。

为了营造浪漫的气氛。

本来她想的是，夫妻两个吃个烛光晚餐，喝点红酒，然后水到渠成。

万万没想到殷墨居然直接越过了烛光晚餐，那她岂不是白准备了！

果然，听到她的话后，殷墨一边稳稳地上楼，一边说：“不急，烛光晚餐什么时候都可以吃。”

“……”

从傅幼笙的角度能清晰看到男人线条优越的下颌线，忍不住抬手掐了一把他的脸颊：“你没生气是不是？”

之前打电话的时候，他还说让她有诚意。

现在她这么有诚意，又是校服又是烛光晚餐，他看起来分明就没有生气，还给她准备项链。

“殷太太今天在微博上牺牲这么大，确实是该哄的。

“我哄你。”

走到卧室门口，殷墨单手抱着她，另一只手打开房门。

室内一片旖旎，餐厅上那一桌精心准备的烛光晚餐，就那么安静地等了整整一夜。

次日清晨。

傅幼笙看着自己被报废的初中校服，忍不住给早就去上班的殷墨发了一条消息。

傅幼笙：殷墨，你知不知道什么叫作可持续发展？

接着把那张衣服照片发过去之后，傅幼笙扶着自己的老腰去浴室泡澡，才感觉自己又活了过来。

手机振动了一下。

YM：原来殷太太还想有下次，做丈夫的一定满足太太需求。

傅幼笙看着那条微信消息，乌润润的瞳仁透着不可置信的情绪，怎么会有人能这么颠倒黑白？

她明明是在理论自己被破坏的校服，怎么到了殷墨那里，就成了她需求旺盛。

他怎么不上天？

然而殷墨真的能干出上天的事儿。

下午，傅幼笙收到了周秘书送来的一个礼盒箱子。

素来沉稳一本正经的周秘书，这次用那种怪异的眼神看着她说：“殷太太，你想要的衣服都在这里了。”

傅幼笙疑惑，前几天殷墨不是才让人给自己送了一批各大品牌的定制衣服吗？怎么还有？

等周秘书离开之后，傅幼笙打开箱子。

从里面拿出来各种风格迥异的校服后，她表情一瞬间凝窒。

她总算是明白刚才周秘书为什么是那个表情了。

啊，殷墨这个浑蛋啊！

这些裙子风格迥异，只是唯一的相同的点就是布料比她本身的要小一个尺码！

然后傅幼笙接到了殷墨的消息。

YM：殷太太，这些够可持续发展了吗？

傅幼笙：“……”

他们理解的可持续发展可能不一样！

深吸一口气，傅幼笙一个字一个字地回过去：

傅幼笙：以后没发展的可能了！

校服事件之后，傅幼笙让殷墨睡了三天客房，但最后半夜他都会回到主卧，最后傅幼笙还是消气了。

在家里休息了将近一个月，那部综艺节目终于开拍了。

第一期是要先到家里来拍摄。这次改换了主题，并且导演组为了省下布景的钱，决定到嘉宾家里拍摄。

等拍得差不多了，第三期开始，再一块儿出去拍摄。

前两期都是跟拍家里的一些生活场景，人际交往之类的。

拍摄当天，傅幼笙难得没有赖床。作为女明星，她还是很有职业道德的。

就算她的素颜能打，也不能真的脸都不洗就入镜。

所以她早早地爬起来洗澡刷牙吹头发护肤，甚至比殷墨起得都要早。

殷墨醒来后，便看到自家太太已经坐在梳妆镜前开始护肤流程了。

他昨晚在书房工作到凌晨，毕竟今天不去公司，许多即时的事情需要提前一天处理好。

即便如此，现在也才六点半。

傅幼笙百忙之中抽出空看他一眼：“起来了就赶紧洗漱，等会儿导演组就来了！”

殷墨直起身子下床，身上睡袍一夜过后，松松地挂在劲瘦有力的肩膀上，他姿态慵散又随意地走过来，长指碰了一下傅幼笙蓬松微卷的长发：“洗过澡了？今天这么早。”

她休假之后，基本上每天早晨都不会八点之前起床。看她洗过澡又吹过头发，起床得将近一小时之前了。

看了眼钟表，殷墨漫不经心地笑了笑：“紧张了？”

傅幼笙从梳妆镜里白了他一眼：“赶紧去洗漱，头发弄得好看一点儿，别让我打脸啊。

“我可是跟粉丝们都信誓旦旦地说我老公是天下第一帅，别让粉丝们以为我开了一百层滤镜看你。”

镜子里，殷墨乌黑短发有点儿凌乱，但是绝对称不上丑，反而因为这份凌乱，让本来就深邃俊美的五官，隐约透着些不羁冷傲的英气，非常的具有男性魅力。

就在这时，房门被敲响了。

“太太，先生，节目组已经到了。”

听到外面用人的声音，傅幼笙立刻站起身来："哎呀，你快点！人家都来了！"

说着她也不管自己还没有涂身体乳了，推着殷墨就往浴室走，给他挤好了牙膏，弄好了漱口水。

殷墨看着她的一系列动作，忽然低笑着开口："倒是沾了节目组的光，殷太太难得伺候我。"

傅幼笙就算是以前想要跟殷墨结婚的时候，都没主动伺候过他。

说起来，这些琐事好像都是殷墨照顾她的。

这么一想，傅幼笙怜惜地看了眼殷墨："我以后尽量对你好一点儿。"

麓荷公馆。

节目组工作人员从外面看整栋别墅，虽然是豪华，但也在可以承受范围之内。

毕竟许多明星住的别墅区都是这个样子的。

但是他们一转进来才知道，麓荷公馆的别墅区，为什么随随便便价位都是上亿的。

何况这栋位于麓荷公馆风景最好、地段最中心的别墅，价值绝对不单单是上亿那么简单，确实符合网上戏称的"金屋藏娇"的金屋。

客厅内，导演并一众工作人员被管家邀请入内。

管家穿着整洁的黑色简约大气的西装，抬手："诸位请到客厅稍作休息，太太与先生稍后便会下来。"说着，便让用人给他们上茶。

上完茶点后，训练有素的用人便躬身立在客厅，等着给客人们添茶。

惹得大家都有点儿不好意思。

管家却说："礼不可废。"他们要给太太争面子的！

现在网上都知道太太是书香门第出身，即便是家里用人都一定很有教养礼仪。

他们怎么能给太太丢脸呢？太太对大家那么好。

于是大家非常同心协力地决定今天一定要整整齐齐，规规矩矩，就跟电视上那些书香世家一样，不能太过随意。

于是便有了让导演们坐立不安的情节。

导演顿了顿，还是问出口："我们现在能把设备安上吗？"

见过了大世面的导演，都觉得有点儿坐立难安，不过他还是没有忘记自己的重要事情。

管家看了眼从一进门就开始录制的摄影师，然后回道：“当然可以。

“一般而言太太早晨醒来喜欢在露台这边看会儿书，这里可以安装。

“偶尔太太会为先生亲手下厨，厨房也可以安装。”

“书房不能安装，请见谅。”

“……”

副导演跟着管家按照她说的位置都让人装好摄像设备后，才略松了一口气。

导演已经渐渐调整过来心态，见傅幼笙他们还没有来，便先采访一下用人们。

“平时傅老师做饭时候多吗？

“上次录制的时候，傅老师好像不会做饭。”

难道是这段时间学的吗？

听到导演的问话，用人有点儿迷茫，但是也不敢随便回答。

毕竟太太一直都会做的。

就在这时，管家带着副导演从楼上下来，微微笑着回道：“太太只会做几个先生爱吃的菜色。

“平时家里有厨师，自然用不着太太亲自动手。偶尔有兴致的话，一般也是先生为太太下厨更多一点儿，为此，先生还跟家里厨师学了不少时间。”

这一段被完整地录了下来。

网友们就喜欢看这种宠妻人设。

无论是不是管家给殷总立人设，导演也不在意，重要是这个人设网友观众们会很喜欢。

本来导演觉得殷总这样的人物，宠妻什么的，应该大部分都是传闻。

毕竟他亲眼看到过，也拍摄过不少人前恩爱的夫妻，人后跟陌生人差不多，尤其是越有钱的豪门越是这样。

然而他没想到自己会被打脸得这么快。

七点整的时候，傅幼笙跟殷墨终于从楼上下来跟导演他们打了个招呼。

摄影师早在主卧门打开的时候，就把摄像机对准了那边。

本来是很日常的真人秀拍摄，然而摄影师看着镜头里出现的一对璧人，觉得这一幕当广告片都绰绰有余！

镜头内，傅幼笙穿着一身白色优雅刺绣长裙，很宽松，像是家居服。

殷墨穿着与她同色系的白色 T 恤与黑色长裤，低调简约，唯独 T 恤背后的图案与傅幼笙裙摆上的图案相照应，才能让人看出来，这就是一件很心机的情侣家居服。

尤其是这两位的脸蛋，简直相得益彰，不能再般配了。

傅幼笙明艳风情，殷墨俊美矜贵，此时挽着手一块儿下楼的样子，简直让人少女心都要炸裂。

一些年轻一点儿的女工作人员都快要被这样的美颜暴击击中心脏。

她们跟着导演来傅老师与殷总家里，真是太正确的选择了。

加班也无所谓!

四点起床也无所谓了!

就女神跟殷总这样的颜值，要她们一夜不睡都可以!

“不好意思，让大家久等了。”傅幼笙跟大家打完招呼后，悄悄地掐了一下殷墨的臂弯。

要不是殷墨磨蹭，她早就下来了。

殷墨被掐了也是可以保持面无表情的，直到傅幼笙在他耳边悠悠地开口:“殷先生为什么不笑，是因为跟我一起拍摄综艺不开心吗？”

殷墨:“……”

他薄唇略微往上扯了一下:“开心。”

被迫营业的情绪非常明显。

傅幼笙松开他的手，率先下楼:“既然开心，就多笑笑，不然观众们还以为他们欠了你钱。”说着，她看向导演，笑意盈盈:“对吗，导演？”

“……”

导演当然不敢说，他咽了咽口水:“这还是要看殷总的喜好……”

要是殷总不喜欢笑的话，他们也不敢强迫啊。

傅幼笙面不改色地胡说八道:“那真是太巧了，我们家殷先生最喜欢笑了。”

傅幼笙面对镜头已经非常自然了，虽然很少拍摄这种真人秀综艺，但是她看过许多啊，也知道是怎么拍摄的。

总不能让人家来了，什么有用的东西都拍不到，于是便主动进了厨房:“你过来，跟我一块儿做早餐。”

厨师们昨天就从傅幼笙那里得知，今天早餐不用准备，不过食材还是全都准备好的。

导演在客厅找了一个角落综观大局，直接就让副导演当跟拍导演，一块儿去了厨房。

二十分钟后，副导演一言难尽地出来。

导演奇怪：“怎么了？”

副导演：“被秀到了。”

副导演是一位女导演，想想自己家里的老公，再看看人家傅老师的老公，顿时心里就不平衡了！

瞧瞧人家的老公，长得帅也就算了，有钱也就算了，还疼老婆！

自己家的老公长得丑，又穷，还天天在家里充大爷。

想想就觉得生气，完全看不下去。

副导演：“导演我请五分钟假，去打个电话。”

大概是察觉到了副导演这情绪，导演摆摆手：“去吧去吧。”

反正有一堆工作人员在，导演把监控画面切到了厨房。

不觉得有什么问题啊！

不就是殷总做饭，然后傅幼笙站在那里看着吗？

节目刚刚开拍第一天，殷总肯定是要假装一下好丈夫的。

这样的豪门有钱人，装不了太长时间的。

导演是想要制造些矛盾点的。

虽然不敢制造什么爱妻人设坍塌那种，但是小夫妻怎么可能没有吵吵闹闹？

只要一点点吵闹，就是高潮啊。

此时，厨房内。

傅幼笙看着殷墨正在烫蔬菜，皱了皱眉尖：“我现在又不需要减肥了，你干吗一大早就弄兔子吃的草？”

绿油油的蔬菜被殷墨烫过之后，放到了雪白的盘子里。

于是乎——更绿了。

傅幼笙看着就没什么胃口。

殷墨慢悠悠地看了她一眼：“听管家说，你最近这几天不爱吃蔬菜，得多补充点儿维生素。

“兔子喜欢吃胡萝卜，嗯，那再准备一点儿胡萝卜。”

说着，殷墨转身从冰箱里拿出一根胡萝卜，然后开始削皮。

傅幼笙眼睁睁看着他搞了一盘兔子餐，漂亮的小脸蛋上还得带笑。

然而她红唇已经抿紧了，一把掐住殷墨的手腕上那点皮：“今天拍摄，众目睽睽之下，你能不能做点儿我爱吃的！”

殷墨俯身轻弹了一下她白净的额头：“众目睽睽之下，你才不敢不吃。”

傅幼笙："……"

她乌黑的眼睛睁得圆溜溜的："殷墨，没想到你居然打的这个主意！"

见殷墨有条不紊地切胡萝卜片，傅幼笙跟在他身后："殷墨，老公，缺维生素我可以吃维生素片。"

"还能吃水果。"说着，她把自己爱吃的草莓、提子、车厘子一整个果盘准备好，"不用吃蔬菜也行的。"

殷墨扫了一眼："吃水果也要全面。不要喜欢吃的总吃，不喜欢吃的一点儿都不吃。"

傅幼笙听着殷墨的话，觉得他还是不要休假了，还是去上班比较好。

这个综艺其实她自己参加也行，没必要非要和殷墨一块儿啊。

失策了！

傅幼笙站在旁边懊悔极了，却被殷墨推了一下肩膀："我要开火了，你去外面等着。"

傅幼笙："……"她小脸皱巴巴地站在厨房门口，远远看着男人修长挺拔的身影，在厨房里游刃有余。

在门口的摄影师看到之后，小心翼翼地问："傅老师，是殷总厨艺不太好吗？"不然为什么傅老师的表情这么——视死如归？

傅幼笙轻轻叹口气："比厨艺不好还要可怕。"

摄影师："？"

等到播出的时候，摄影师才知道为什么。

忽然，像是想到什么一样，傅幼笙很热情："你们要不要一起吃？我可以让厨师多做一些。"到时候大家一起分享殷总的厨艺。

摄影师跟其他工作人员立刻摇摇头："谢谢傅老师，只是我们都吃过了。"

大家还是很有职业道德的。

这边，副导演已经用五分钟时间辱骂过自家干啥啥不行，吃饭第一名的老公了。

她心平气和地继续回到拍摄现场，平静一会儿之后再辱骂。

看看人家的老公，多金帅气会下厨也就算了，还关心老婆的营养全不全面。

傅幼笙身在福中并不想知福，她只想吃肉……

傅幼笙看到早餐后，脸都要绿了。

殷墨给她递了一双筷子："不要光吃面包片，也要吃点菜。"

此时镜头推到了餐桌上，偌大的餐桌只有尽头一侧摆放着几个雪白的盘子。

菜色种类繁多，唯一的共同点就是没有肉。

不过早餐不吃肉很正常，大家也没有觉得这个早餐有什么奇怪的。

直到看到傅幼笙有一搭没一搭地吃着早餐。

“喝粥。”殷墨给她盛了一碗熬得非常软糯的白粥，里面撒着一些果仁，这是傅幼笙最爱的吃法。

男人修长的指骨敲了一下她的手背：“不许挑食。”

大家才知道，原来女神也是挑食的。

目光落在傅幼笙纤细曼妙的身材上，他们还以为女明星都喜欢吃蔬菜呢，尤其是水煮的不加盐不加油那种，为了保持身材。

怎么到了殷总家里这么奇怪呢？难道是殷总想要傅女神保持身材，所以才给傅女神只弄些蔬菜吃？

工作人员心里感叹，豪门难嫁啊！

网友们还以为傅幼笙跟殷总是鹣鲽情深，现在看来，男人的劣根性都是一样的，都喜欢身材好的美女。

殷总怕不是看上了傅女神的身材颜值？瞧瞧傅老师惨得连口肉都吃不上，天天吃草。

直到傅幼笙眼巴巴看着殷墨，竖起一根手指：“我就吃一个蟹黄包行吗？”

殷墨微微一笑，然后在傅幼笙期待的眼神下，平静地摇头：“不可以。”

围观工作人员：“！”

看着傅女神那双漂亮潋滟小可怜的眼神，谁舍得拒绝这样的女孩子。

一群人心底呐喊：给她啊！什么都给她！要什么都给。

就连副导演都怀疑自己是不是骂错了老公。

然而很快，众人被啪啪打脸。

殷墨线条优越的下颌扬起，看向旁边的管家：“太太最近早餐吃过几次蟹黄包？”

女管家捧着平板电脑，对着屏幕一板一眼地回答：“连续七天，太太每天早餐都会吃六只蟹黄包。”

殷墨看到傅幼笙突然僵住的表情，漫不经心地问：“汇报一下自从太太休假这段时间的三餐以及各种营养摄入含量。”

管家：“太太……”

"别说了！"傅幼笙立刻夹了一筷子胡萝卜，"我不挑食。"然后瞪了殷墨一眼，她不要面子的吗？

殷墨见她今天终于乖乖听话，满意地瞥了眼那些工作人员，趁着这次拍摄，倒是可以让殷太太改一改挑食的习惯。

导演他们终于明白怎么回事了。

虽然管家没有说完，但他们也明白了，原来殷总不是为了傅女神的身材，而是为了傅女神的身体健康。

管家低声说："太太您的维生素摄取量低于正常值……"

傅幼笙看着胡萝卜，跟吃维生素片有区别吗？

就在傅幼笙一块儿胡萝卜就差咬成十口吃的时候，殷墨已经吃完了，并且坐在她身边，给她布菜，最后示意她看向餐盘说："这些全都吃完。"

傅幼笙：吃完她脸都要绿了黄了吧……

大家大气不敢吭一声。

殷墨在她耳边低声说："摄像机看着你呢。你难道要给观众留下挑食的坏印象？到时候播出之后，会教坏小朋友的。"

本来傅幼笙准备不吃的，一听到这话，果然蔫了。

镜头里，大家看傅幼笙吃菜跟吃药似的。

她之前为了拍戏保持一个清瘦的纸片人体重，已经连续吃了好几个月的蔬菜沙拉。

现在好不容易要休假，她放肆一段时间，没想到完全被殷墨看在眼里，而且还要在这个时候让她纠正！

怎么会有这样的老公！

一点儿都不甜！和想象中甜甜的综艺，完全不一样。

她昨晚还提醒殷墨，要对她好一点儿。

殷墨答应得好好的，现在却逼她吃不爱吃的菜，一点儿都不好。

傅幼笙万万没想到这段播出之后，观众们嗷嗷喊着甜死了。

她都要苦死了，哪里甜了！

当然，这是后话。

好不容易吃完颇受折磨的早餐之后，傅幼笙终于长舒了一口气。

殷墨给了颗甜枣："裴叙说最近开了一家中式火锅，中午带你去吃。"

本来傅幼笙腹诽狗男人不给面子，一听到这话，眼睛陡然亮晶晶的："真的吗？不能骗人。"

因为大学时候她为了追求身材好看，不好好吃饭，得了轻微胃病，后来搬到麓荷公馆，才硬是让殷墨请营养师把她的胃养好了。

从那个时候开始，殷墨对她的饮食素来都是注意的，只不过后来殷墨工作忙，从每天检查变成了偶尔抽查，傅幼笙也学会了阳奉阴违。

直到最近这段时间，殷墨为了多陪陪她，也没有跟以前一样，像是工作机器一样，天天除了加班就是加班。

空出来的时间，他竟然还跟管家查她最近三餐吃了什么。

傅幼笙一言难尽地看着他：“你最近是真的很闲。”

“如果不是闲，恐怕也不知道殷太太平时都对我阳奉阴违的。”殷墨回道。傅幼笙被他噎住了。

殷墨看着她的眼睛，低低笑了声：“殷太太的演技真是把我骗过了。”

平时打电话的时候问她吃什么，傅幼笙一边吃着炸鸡烤肉火锅大闸蟹小龙虾三文鱼生蚝，一边说自己吃的营养全面的餐食。

傅幼笙哼了声，反正被揭穿了她也不怕，看向镜头：“这段掐了不要播哦。我还是要面子的。”

大家忍俊不禁，导演立刻说：“放心放心，我一定剪掉不播。”

大不了做成花絮放微博上去，谁出钱谁说了算！只要殷总不说剪，他们就当作没这回事。

傅幼笙当然万万没想到，导演居然会阳奉阴违。

今天起得早，平时傅幼笙在家里都是刷刷剧看看剧本，然后打发一下时间，一上午就过去了，偶尔跟殷墨一块儿去公司。

现在突然闲下来，起得早，时间过得还挺慢。

吃完饭也才不到八点，傅幼笙在客厅看着殷墨，觉得有点儿无聊。

“我们干点儿什么？”她扭头看向导演，“有任务吗？”

“没有任务，就拍一下你跟先生的日常。”导演回道。

一点儿提示都没有，傅幼笙扭头看向殷墨：“既然是我们的日常，那你去上班吧，我上楼睡个回笼觉。”

没等殷墨说话，导演急了，这是拍摄夫妻日常生活的综艺，怎么能一个睡觉一个去上班？

“两位装也得装得恩爱一点儿啊。”

傅幼笙踮脚在殷墨脸上亲了一口：“拍到了吗？”

“到时候你就把这个片段循环播放，你要的恩爱就来了。”

导演：“……”不是这种啊！

其他女性工作人员内心尖叫：啊，亲得太自然了，太甜了。

导演会不会说话，这哪里需要装，分明就是真的恩爱好不好。

“傅老师跟殷总举手投足之间都是默契。”

听到身边一个工作人员小声嘀咕。

导演反应很快：“听说傅老师跟殷先生恋爱十年了，当初是怎么认识的？

“有没有什么独家照片，不如趁着这个机会让大家看看。”

“既然是独家照片，当然要留着自己看。”傅幼笙拒绝。

而且上次殷墨已经放出来那么多她的独家照片，从小到大的都有。

导演：“……”

好难啊。说好的敬业呢？傅女神为什么突然这么难搞了？

傅幼笙难搞还不是因为吃了一肚子兔子粮食，干什么都提不起劲儿，现在就想要回去再睡一会儿。

等中午到了就可以去吃火锅了！

导演将希望放到殷墨身上。殷墨慢条斯理地开口：“我太太说了算。”

自然又平静，仿佛他在说一句再正常不过的话，但是落在大家耳中，这就是明晃晃的秀恩爱啊！

导演退而求其次：“那说说当初是怎么认识的可以吗？”

他顿了顿，说：“其他嘉宾都要说的！”

听到这话，傅幼笙果然动了动，抿了口果茶，悠悠开口：“当时我还上高中，太过天真，在马路上就被某个人搭讪了。大家千万不要学我，要保护好自己，不要相信陌生人的话。”

殷墨捏了一下她精致俏丽的鼻尖：“分明是我看到一个日头下快要被书包压垮的小可怜正在一步一步蜗牛似的往前挪，我助人为乐送她回家。”

工作人员恨不得掏出手机，把这一幕拍摄下来。

副导演抓着导演的胳膊小声说：“我敢说，这段绝对能上热搜！”

导演被副导演抓得胳膊疼，但兴奋让他忍住了。

作为真人秀节目的导演，他的嗅觉自然也是灵敏的。能让工作人员们激动的画面，绝对能让观众们更激动，尤其是那些喜欢这对夫妻的粉丝们。

就算原本不粉，也会通过这个节目而粉上。

中午时分，殷墨带着傅幼笙去火锅店。

身后只跟着两个跟拍摄像师以及跟拍导演，以及两三个工作人员，毕竟是出去，随行太多人，太容易引起围观了。

车子直接在火锅店门口停下，倒是没有碰到什么粉丝。

只是竟然碰到了……另外的熟人。

傅幼笙挥挥手：“行舟哥！”

导演一看到来人，眼睛立刻亮了，真是好幸运。

他立刻喊摄影师：“快点拍那边！”

今天天气有点儿阴，镜头面向从另一个方向走过来的西装革履的男人时，仿佛画面一下就晴朗了。

男人身姿修长挺拔，英俊面庞上带着浅浅笑容，让人有种如沐春风的温润感。

仿佛一块儿打磨润泽的玉石，毫无棱角。

与俊美却清冷矜贵的殷墨相比，俨然是两种不同风格的美男子。

工作人员惊呼一声：“好帅。”

旁边有人解释：“这是傅女神的竹马哥哥沈行舟沈总。真人好帅啊，笑起来好温柔。”

傅幼笙已经迎了过去。

殷墨原地停顿了一秒，随即还是跟在自家太太身后。

他要是不过去，才让沈行舟高兴。殷墨自然不会让沈行舟高兴。

导演搓搓手：“一定要拍稳了，这可是大画面。”

修罗场啊修罗场。

想到晚上殷总跟沈总对决，导演就觉得很刺激。

之前还有网友说想要看现实中殷总跟沈总这两位商圈颜值天花板是怎么对决的，瞧瞧，现在不是有机会了？

这是什么巧合？上天真是眷顾他。

导演觉得自己真是运气太好了，这样都能碰上这种场面，节目不爆红都对不起这一份运气。

果然——

厚积薄发，苦尽甘来。

沈行舟看着傅幼笙的时候，眼神温柔，然而看到她身后的殷墨，温柔的眼神一瞬间凝滞了几分，透着戏谑：“你就带幼幼来吃火锅？

“殷总要是经济危机一定不要客气，可以同我说。

“依照我跟幼幼小宝贝的关系，肯定倾囊相助。”

导演激动：来了来了！

其他工作人员：帅呆了！

殷墨慢悠悠揽着傅幼笙的肩膀，对上沈行舟那张故意气人的俊脸，不疾不徐：“哎，沈总没有家室不懂我们这种有家室的人，都是太太管钱，太太要去哪儿吃，我们也不敢说一个不字。

“真羡慕沈总，自己一个人想吃什么就吃什么。”

殷墨还意味深长地补充上了一句。

傅幼笙听到殷墨在沈行舟心口上捅刀子，忍不住偷偷掐了一下他的手臂。

就会欺负人。

沈行舟没有回答殷墨的话，用那双清润透彻的眼睛看向傅幼笙，像是受了什么委屈。

于是傅幼笙掐殷墨的手臂更用力了。

行舟哥心灵那么脆弱，都被殷墨伤到了！

人家三十多岁还没有谈个对象容易吗？殷墨还捅刀子。

沈行舟轻叹一声：“幼幼，哥哥这么可怜，你能请哥哥吃个午餐吗？

“不然哥哥也是一个人吃。”

殷墨：“不……”方便。

话没有说出口，傅幼笙就开口了：“当然可以，我们一起吧，总归也好久没见面了。

“不过我们正在拍综艺，你方便入镜吗？”

沈行舟薄唇含笑，扫了眼那边对准他的摄像头：“自然是方便的。

“毕竟要不是殷总掺合一脚，如今跟你拍综艺的，就是哥哥我了。”

不得不说，情敌之间才知道彼此致命的弱点。

沈行舟一口一个自称哥哥，全部踩中殷墨的炸点，而殷墨一口一个家室，也命中了沈行舟。

在互相伤害上，谁都不让谁。

殷墨被自家太太掐着，没做声，然后直接滑下手，牵住了她的那双乱动的小手，抬步走进店内。

他顺势落下一句：“导演在后面，你咨询一下导演可以不可以参与。”

导演：“！”

他只想安静地看戏啊！

沈行舟悠悠地看着他：“导演，你看我可以吗？”

导演：“……”

幸好沈行舟旁边的助理解救了他。

“沈总，您最近行程安排得很紧，大概没有时间参加拍摄。”

导演立刻说道：“那真是太可惜了。”

虽然他挺想要沈总也参加的，但是……投资人毕竟是殷总啊，要是殷总一怒之下，直接不拍了，这个节目就真的彻底黄了。

沈行舟也不介意，反而还跟导演聊：“这么害怕殷墨？

“看样子他平时很难相处。”

导演：“！”

沈总，您真敢说！

到时候一定要记得把这段剪掉。

沈行舟徐徐笑：“想剪掉这段啊？看样子是被我说中了？”

导演哑口无言，并且想要去死，他刚才到底为什么觉得沈总的到来会是好事。

沈总这明摆着是要搞事情啊。

沈行舟看了眼镜头，淡色唇瓣微扬起：“如果要删掉的话，就把我所有的镜头都删掉。”

那还有什么意思！

导演被威胁到了，忍气吞声：“沈总放心，绝对不会删掉您的任何镜头。”

沈行舟终于满意了。他示意助理给导演名片：“下次有项目，可以约一下。”

导演上次接到沈行舟的拍摄要求，都没有得到他的名片，现在居然这么轻而易举地拿到了！

他忽然觉得心里的憋屈消失无踪了：“谢谢沈总。”

妈耶，今天真是美好又幸运的一天。

看着沈总进包厢内的背影，导演跟身边工作人员感叹：“沈总真是好人。”

工作人员捧脸：“沈总人帅心善。”

“快点都跟上拍摄，愣在这里做什么！”

除了傅幼笙的跟拍导演以及摄影师两个人之外，剩下的人都待在门口没动弹。导演急了，赶紧催促着进去。早知道能偶遇沈总，就多带几个摄像了。

此时包厢内。

傅幼笙关了自己跟殷墨的麦，趁着人还没有来：“对客人能不能礼貌一点儿？

“每次跟沈行舟撞上，你们两个就跟火星撞地球似的，难道你们两个真背着我有私情？”

对上傅幼笙那双微微眯起的桃花眸，此时她眸中染着怀疑。

殷墨沉笑了一声，没等他开口，恰好外面沈行舟一行人进来。

他缓缓看过去：“好啊，我一定对客人客客气气。”

“沈总，坐。”殷墨微抬手，气定神闲地倒茶。

因为是中式火锅店，所以火锅旁边还有一个茶桌，茶桌上茶具齐全。

殷墨的指骨修长匀称，泡茶的时候，姿态闲适，行云流水一样。

沈行舟一边坐下，一边悠悠开口：“殷总——真是茶艺非凡。”

茶艺二字吐得清晰。

一语双关。

傅幼笙忽然头疼，这两个人就不能坐在一起。

瞧瞧，刚才在外面沈行舟被殷墨落了面子，现在就立刻要找回来。

再看殷墨，殷墨是那种忍气吞声的人吗？当然不是。

所以……

他冷笑一声：“不及沈总一二。

“听岳父提过，沈总幼时茶艺便数一数二，倒是殷某献丑了。”

傅幼笙：“……”果然，两个人你一言我一语，完全不给别人插话的机会。

傅幼笙面无表情地点菜，等菜上来之后，也懒得管这两位讨教茶艺的“茶艺人”，自顾自地开始吃吃喝喝，顺便给导演他们也叫了一桌。

包厢很大，两桌绰绰有余，除了摄影师之外，其他人都老老实实在傅幼笙的示意下开始吃火锅。

真不愧是殷总推荐的，这家火锅简直好吃到爆。

等到殷墨跟沈行舟两人一起讨教过茶艺之后，傅幼笙已经吃了半饱。

白色热雾弥漫，四周充斥着辣锅独有的辛香气息。

殷墨看着傅幼笙面前那个铺满了辣椒的锅底，顿时脸色冷了一秒：“吃这么辣，胃受得了刺激吗？”

原本跟殷墨剑拔弩张的沈行舟，第一次和他同仇敌忾：“你肠胃不好，怎么能吃得这么辣。”

“换锅底。”

“换锅底。”

两个男人忽然异口同声说道。

傅幼笙抬起脸来看他们，漂亮粉润的唇瓣已经被辣得红艳艳的。她红唇一张一合：“你们俩真够默契的。

“要不你们一起拍吧。”

“我拒绝。”

“我拒绝。”

两人对看一眼，从彼此眼中看到了同样的嫌弃。

然后也看到同样想要说的下一句话——谁要跟他拍。

又齐齐忍住。

噗……

导演组那边差点儿没忍住。

总归傅幼笙已经吃了一大半，馋虫已经解掉，对于他们想要给自己换清锅，一点儿都没有抗拒。

后面为避免又一起说话，殷墨跟沈行舟很默契地都没有再说话，只是给傅幼笙夹菜。

傅幼笙深深怀疑这两个人是想要撑死她，然后双宿双飞。

一整天的录制结束，非但傅幼笙累得不行，就连节目组都觉得像是打了一场仗似的，一整天都心惊胆战的。

幸好不是直播，不然今天绝对有好戏看。

想到了直播，节目组商量了一下，还真觉得可以试试。

毕竟现在很多综艺节目期间都会用直播来增加热度。

粉丝们也喜欢看没有剪辑过的，真正的私下互动。

当然，这是后话了。

第一期拍摄结束后。

节目组便剪辑了去年拍摄的没有用的一些傅幼笙与殷墨、傅幼笙与沈行舟之间的互动发到了微博上；顺便把这次三个人坐在同一餐桌上，殷墨跟沈行舟一块儿阻止傅幼笙吃火锅的片段，一起发出去。

这个片段一爆出，粉丝们看到之后的第一反应就是大笑。

啊，殷男神跟傅女神真的好般配啊！

傅女神跟竹马哥哥也很配啊！

什么竹马哥哥，殷总证明，这叫竹马叔叔。

哈哈哈哈，好想看殷总用那张高冷禁欲的脸喊沈大佬竹马哥哥的画面。

噗……突然觉得般总跟竹马哥哥的虚拟情侣也超级萌。

……

晚上十点，傅幼笙已经洗完澡护完肤，爬在床上一边刷手机，一边等殷墨。

床头柜上还放着一罐身体乳，等着殷墨来涂。

殷墨从书房回来时，便看到女人纤细白嫩的长腿在半空中招摇。

“看什么？”

脚腕忽然被一双大手圈住，吓了傅幼笙一跳，她一脚踹了过去。

殷墨早就知道她的动作似的，牢牢攥住，他掌心甚至能感受到脚踝沁凉的温度。

殷墨随手将她两只脚一块儿塞进旁边软如云朵一样的被子里：“脚这么凉还不盖被子。”

傅幼笙小声嘟囔了句：“吓死我了。”

等殷墨上来之后，傅幼笙将手机凑过来：“殷墨你看，他们都觉得你跟沈行舟有什么。”

“我和他能有什么。涂不涂了？”殷墨长指打开傅幼笙的身体乳，非常自觉。

傅幼笙翻了个身，露出没有涂到的后背到腰间那一块儿。吊带睡裙松松垮垮的，稍一往下拉肩带，就能看到后背大片雪白的皮肤。

盈润细腻，看起来根本不需要涂这些东西。

傅幼笙理直气壮地回：“就是因为涂了这些东西才会又润又滑。

“别想偷懒。”

殷墨掌心合十，将身体乳弄温暖了之后，才往傅幼笙那片白得晃眼的后背上涂上去。

一点点地抹开。

像是做什么严肃的研究一样。

微凉的触感在背后散开，傅幼笙喟叹一声，就很舒服。

然后她也不管身后的男人，自顾自地继续刷微博。

她一边刷一边跟殷墨直播：“你瞧瞧，观众们都觉得你跟沈行舟小气吧啦的。

“以后能不能大气一点儿？”

殷墨气定神闲：“大气的男人，老婆都被抢走了。”

傅幼笙：“……”

她继续：“群众的眼睛是雪亮的，他们都说你跟沈行舟……哼哼哼。

“啊，他们现在都脑补你们两个幸福快乐地生活在一起的画面了。那我呢？”

要不是殷墨的掌心还按在傅幼笙的后背上，此时她已经气得站起来了。

殷墨动作徐徐：“嗯，确实能脑补。

“上次不就脑补我们夫妻两人的私生活？”

身体乳已经涂完，殷墨说完这句话的时候，顺势俯身而下，修劲有力的身躯压在她雪白柔弱的后背上。

傅幼笙掌心的手机顿时跌落在床上。

“殷墨……”话音未落，便被一双手掌捂住了眼睛。因为刚刚给她涂抹了身体乳，男人掌心还带着淡淡的香味。

缭绕在呼吸之间，气氛一瞬间便染上了浓郁的暧昧迷离。

傅幼笙被突然袭击，本来下意识想要抗拒，但忽然想到什么似的。

“你把枕头垫到我腰下面。”女人声线带着点沙沙的哑意，好不容易脱离了殷墨的薄唇，喘着气儿才说出一句完整的话。

“嗯？”殷墨莫名其妙。

更让殷墨莫名其妙的是，傅幼笙非但要垫到腰下面，而且还要指导他用什么样子的姿势。

等到全都准备好了，傅幼笙闭着眼睛朝着殷墨伸手：“好了，可以来了。”

殷墨：“……”

本来还非常有兴致，被她这么折腾一遭，倒是不着急了，指尖把玩着她乌黑蓬松的发丝：“今天怎么回事？”

傅幼笙卷长的睫毛轻轻颤了一下，睁开眼睛看着悬在她面前的男人面庞：“这是商太太跟我讲的容易怀宝宝的姿势。

“还有几个姿势，明天你可以学一下。

“这是不会吗？”

见殷墨光看着她，傅幼笙歪了歪脑袋，一本正经地问。

她真的是很真诚地询问，如果不会的话，她把图片找出来，让殷墨学一下。

殷墨长指微微一顿，粗粝的指腹不知道什么时候摩挲着她脆弱纤薄的脖颈，带着点危险的语调："我不会？"

在床事上，男人最不喜欢听女人说的三句话就是：你不行，你不会，你太快。

低低的沉笑声在黑暗中格外喑哑，加上那摩挲着自己脖颈的手指，傅幼笙感觉到一阵毛骨悚然。

她意识到自己可能是说错话了。

"老公，误会！

"就是这种事情，咱们可以一块儿学习，共同进步。"

殷墨已经把那个枕头丢到了地毯上。

男人薄唇含着她的耳垂："原来在殷太太心里，我还有很大的进步空间。

"相较于理论上的学习进步，我更喜欢用实践来进步。"

傅幼笙惊呼一声，然后像是案板上的小鱼，再也没有反抗的机会。

第二天醒来，傅幼笙捶了捶床。

"过分！"

她都准备好枕头了，他却完全都没有用，很气。

傅幼笙气得又捶了一下床。

殷墨从浴室洗漱完出来，就看到傅幼笙用一双水波潋滟的眼眸瞪着他。

他的薄唇微微勾起轻巧的弧度，手里拿着一条领带走过去："既然醒了，就帮我系个领带？"

傅幼笙恨不得用这条领带勒死他。

她盘坐在大床上，双手环臂，傲娇地哼了一声扭过头不看他："不要！"

"生气了？"

殷墨也不生气，一边自顾自地将领带系好，一边不紧不慢地问道。

这么明显的事情，他看不出来吗？

傅幼笙扭过头，打定主意不搭理他。

殷墨如何不知道她在别扭什么，弯腰捏了一下她的小脸蛋："乖，别生气了。

"宝宝的事情，就顺其自然。"

自家太太就是个急脾气，要么不要，要么就着急。

"这都两个多月了，宝宝还没有来，你身体没问题，我身体也没问题，那肯定是姿势出问题了！"傅幼笙见他还说什么顺其自然，"你看看多少夫妻，顺其自然顺其自然着，好多年都没有顺到宝宝。”

傅幼笙才不相信什么顺其自然。

当爸爸妈妈的不努力，宝宝怎么愿意努力来报道。

要给宝宝当个榜样。

殷墨揉揉眉梢，被她的逻辑征服：“才两个月，就算现在有了宝宝也查不到。”

傅幼笙鄙视地看向殷墨：“我大姨妈每个月都准时报道。

“肯定没有宝宝。”

傅幼笙最后撂下这么一句。

等殷墨去上班之后，傅幼笙就从床上爬了起来。她今天约了商太太一起逛街。

逛了一上午，她俩中午去了一家风景很好、评价很不错的网红餐厅用午餐。

商太太问傅幼笙：“按照我跟你说的做了吗？

“当初我就是跟商琮这样才一个月就怀上了二胎！

“非常有用，我妈特意找医生问的。”

傅幼笙抿了口水，叹了一声：“殷墨一点儿都不配合！”

商太太拐了拐她的胳膊：“让男人乖乖配合还不简单？

“等会儿我带你去买战袍，绝对你说什么，殷墨听什么。

“我们女人要擅长利用自身优势，尤其是你，白长了一副祸国殃民的脸蛋跟人间尤物的身材，一点儿都不会利用！”

傅幼笙在这种事上一向是比较害羞的那一方。

万万没想到，商太太重新带她打开了新世界的大门。

位于商场尽头的情趣内衣店。

商太太挽着傅幼笙的胳膊：“宝贝，你看这件怎么样？你皮肤白，穿红色一定迷人。殷墨就算是再禁欲系，也受不了这样的诱惑。”

“嘘嘘小声点。”傅幼笙往上拉一下口罩，往下拉一下帽子，“我不想上明天的热搜！”

傅幼笙简直恨不得将自己牢牢藏在商太太背后。

商太太已经提前让人清过场了：“哈哈哈，放心，这家店是我名下的，这些都是我设计的。

“还没跟你说，我的副业就是内衣设计师。”

旁边的店员跟着说：“是堪比维秘设计师的设计师！

“我们老板的设计性感又不俗艳，非常受广大女性欢迎。

“供不应求！”

商太太摆摆手：“行了别夸了，她都害羞了。我们自己看看，你们出去守着吧。”

店员：“是，老板。”

于是乎，偌大的店内，就剩下傅幼笙跟商太太两个人。

傅幼笙也是没想到：“你可真厉害。”

店铺很大，装修得非常高级，完全没有一般内衣店的那种拥挤感，而且全都是成套的内衣，没有单卖这一说。

用商太太的话来说，精致的女人，内衣一定得是成套的。

女人精致，是爱惜自己。

如果自己都不爱惜自己，那还指望谁来爱惜你。

商太太拎起一套酒红色的缎面质地的，又拎起一套紫色的多是纱质的：“要不要去试试？

“我这些都是消毒清洗过的，到时候你全部带走都行。”

第二十五章
我舍不得

/

XINTIAO
BU
TINGHUA

明亮璀璨的灯光下，质地一件比一件单薄的衣服简直要闪瞎傅幼笙的眼睛。

商太太看着她说："为了宝宝，冲呀！"

傅幼笙："……"

她捏了捏小拳头："不用试了，给我包起来吧。"

这个尺码，她穿着正好。

在别人眼皮子底下试这种风格的内衣，傅幼笙觉得实在是突破她的下线了。

傅家传承的矜持风雅，还是在傅幼笙骨子里的。

这么大胆的风格，她私下其实也不太敢接受。

即便是进入娱乐圈，傅幼笙也从来没拍摄过大尺度的那种杂志封面与广告。许多国际一线杂志都喜欢用大胆着装的照片，而傅幼笙选择这些通告的时候，都会提前跟对方说清楚她的底线在哪里。

因此，现在网上傅幼笙最大尺度的封面，大概也就是一张穿着吊带短裙，盖着毯子的时尚杂志封面。

不过商太太说得对，一切都是为了宝宝，便宜殷墨了。

商太太一听到傅幼笙松口，立刻带着她走到一扇大门前。

大门是那种欧式复古的金色，非常的漂亮华丽："带你看更好看的。"

"只有消费满百万以上的高级 VIP 才有资格进来。"商太太神秘兮兮的。

傅幼笙总觉得，这是什么打开爱丽丝奇妙仙境的大门，比奢侈品的消费额度都要高吗……

“这里面的睡裙全都是我亲自设计的，亲自实践过的，绝对品质过关。”商太太小声在傅幼笙耳边说道。

傅幼笙看着挂在墙壁上那一件件漂亮的睡裙，乌黑的瞳仁瑟缩了一下，忍不住朝着商太太竖起大拇指：“厉害……”

本来傅幼笙觉得殷墨不配自己为他特意穿成这样，但是看到商太太这么努力，傅幼笙觉得殷墨还挺可怜。

所以当商太太问她要不要再来几件这种睡裙的时候，傅幼笙点了点头，亲自选了六件之后，又转回去选了六件同色系的内衣，然后一块儿结账。

本来商太太说是送她的，但是傅幼笙却摇摇头：“给我开个你们这里的高级 VIP 吧。

“有卡吗？

“充值。”

商太太忽然笑了：“进步了啊。”

她刚才看傅幼笙害羞的样子，本来还以为她这辈子都不会踏入自己这地方了呢。

没想到，她心情收拾得倒是很快。

傅幼笙对上商太太的视线，红唇勾起：“就算不取悦男人，也要取悦我们自己啊。

“这么漂亮的睡裙、内衣，哪个女人不会心动呢？”

即便是傅幼笙没有试穿，依照她敏感的时尚审美，商太太设计的这些，无论是哪个女人穿上都会很美。

当然，仅限于那些身材自我管理优良的女士。

毕竟商太太的这些设计，对身材要求很高，只有几个尺码可以穿。

傅幼笙恰好就是最匀称的那种。

傅幼笙满载而归，谁知刚到家门口，就接到了殷墨的电话。

奶奶想他们了，让他们回家吃饭。

自从办完婚礼之后，傅幼笙与殷墨基本上两个星期会回去一次，主要是奶奶年纪大了，也不知道还能陪伴她多少时间。

傅幼笙还是很喜欢奶奶的，自然不会拒绝。

殷墨已经让司机在别墅门外等着，到时候一块儿去胜景大厦接他。

傅幼笙看了眼手中拎的几个纸袋，交代管家：“不要拆开，全都给我放到衣帽间就行，等我回来自己拆。”

管家恭恭敬敬：“好的，太太放心。”

管家办事，傅幼笙向来是放心的。毕竟如果管家没有点儿能力，也不可能在殷墨眼皮子底下做了这么多年。

只不过想到自己吃什么饭都要被管家报告给殷墨，傅幼笙转身提醒了一句：“不准告诉先生！”

管家站直了身子：“太太放心！

“先生一般只问太太您平时衣食住行，心情如何。”

管家的意思很明显，殷墨不过问自己购买了什么。

傅幼笙当然知道，略略放心：“行，那你给我送进去，晚上我们不在家里吃饭。”

说完，傅幼笙便离开了别墅。

今天出去逛街，傅幼笙还是好好打扮了一番的，自然可以去见长辈，倒也不需要多加休整。

殷墨上车后，看着傅幼笙懒洋洋地靠坐在椅背上，想到她说今天要和商太太逛街的事情，问了句：“逛街累着了？”

傅幼笙脑海中一下子浮现出今天买的那些东西，下意识捂住小脸蛋，掩耳盗铃：“是累着了。”

因为捂着脸蛋，说话瓮声瓮气的，惹得殷墨多看了她两眼：“脸红什么。”

男人指尖下意识触碰傅幼笙精致漂亮的小耳垂，此时耳垂隐隐泛着红色。

只是没等殷墨碰到，就被傅幼笙灵活地躲过去了。

“别乱动。”

傅幼笙放下小手，睁着一双水润润的眼睛瞪着殷墨。

殷墨无奈地收回手：“好，不碰你。

“那你倒是说说，做了什么坏事，面对我脸红？

“嗯？”

车厢就那么大的空间，殷墨的嗓音在她耳边回荡着，傅幼笙揉揉耳垂，让自己保持冷静。

不要想些乱七八糟的画面，都是为了孩子，为了孩子！

“我才没想坏事。”傅幼笙让自己冷静下来之后，一本正经地回道。

看着她这个小表情，殷墨更确定她是背着自己做了什么坏事。

她向来脸上藏不住事情。

"好了好了，别说话了，就你话多。"傅幼笙白了他一眼，"等会儿到家里你别跟哑巴了一样。"

殷墨被自家太太理直气壮的调调逗笑。

傅幼笙见他笑话自己，觉得光是用眼神攻击已经不管用不解气了，使劲掐他的手背："还笑，你还好意思笑！"

殷墨一把将她从隔壁位置上抱过来。

喉结微微滚动，他发出低沉而愉快的笑声："我很好意思。

"倒是殷太太，做了什么不好意思的事情？"

傅幼笙小脸一僵，入目便对上殷墨那双含笑的眼眸。

她顿时明白，他是在试探她，立刻将自己的小脸蛋埋在他肩膀上："不许看我！"

殷墨洞察力太强大，一看她，她什么小秘密都藏不住。

傅幼笙觉得自己天真了。

不行。

她得扳回来一局才行。

傅幼笙忽然双手主动勾住男人修长白皙的脖颈，樱花一样柔软的唇瓣在他耳边摩挲着，嗓音又甜又软："老公，我有个惊喜要给你。

"今天晚上，期待吗？"

殷墨眼底瞬间染上浓郁深沉的情绪，覆在傅幼笙腰肢的大手微微用力。

"什么惊喜？

"为夫只接受殷太太的床上惊喜。"

殷墨原本覆在她腰间的大掌缓缓往上，隔着薄薄的布料，能感受到她纤薄后背透出来的微烫温度。

目光落在她依旧粉色的小耳垂上，他刚准备轻轻吻上去，下一秒车门便打开了。

不知何时，车子早就在老宅门口停下了。

殷太太在他耳边留下一句话："乖乖等着就是。"

说完，她便踩着平底鞋，施施然下车往家里走去。

殷墨看着殷太太即便是踩着平底鞋也依旧曼妙的身姿，薄唇往上抿起淡淡弧度。

他很期待。

殷太太能玩出什么花样。

客厅内。

知道傅幼笙他们过来，殷夫人早就让人准备好了傅幼笙爱吃的点心果茶。

她刚准备出去接他们，就见傅幼笙已经进门了。

“妈。”

“奶奶！”

殷临出差去了，家里只有这两位女眷。

一看到傅幼笙，奶奶立刻眉开眼笑：“幼幼来了，奶奶好想你。”

“我也想念奶奶了。”傅幼笙看着奶奶今天穿了一身暗红色绣着大朵牡丹花的旗袍，真心实意地夸赞，“奶奶这身旗袍真好看，又端庄又精神，整个人都年轻了几十岁。”

“哎呦呦，年轻几十岁那不是成了老妖精。”奶奶虽然这么说着，但还是被傅幼笙夸得笑个不停。

女人，尤其是爱美的女人，无论哪个年龄段，都喜欢被夸奖穿得好看。

殷老夫人自然也不例外。

旁边的殷夫人吃醋了：“妈妈这身不好看吗？”

傅幼笙立刻将视线转移到婆婆身上。

婆婆今天穿着一身极素雅的长裙，只不过颜色有点儿淡，尤其是被老太太那身雍容华贵的旗袍衬得，就没有那么惹眼。

没想到婆婆居然也穿了新衣服迎接自己。

傅幼笙立刻开口：“妈今天美得像您养得那株兰花，优雅又迷人。

“跟奶奶一样美。

“以后我要跟您两位学习怎么保养才行。”

逗得两位女士开心得不行。

殷夫人本来就是想要逗一下儿媳妇的，却被儿媳妇逗了。

一家人坐下之后，老太太握着傅幼笙的手：“奶奶给你定了两套旗袍，刚好今天让人拿回来了，你们走的时候记得拿。”

“谢谢奶奶。”傅幼笙脆生生地感谢，“您对我真好。”

殷夫人不甘示弱：“妈妈给你准备了配旗袍的首饰，也别忘了。”

傅幼笙眨眨眼睛：“谢谢妈妈。您也特别特别好！”

直白的感谢，纯粹的眼神，让殷夫人对这个儿媳妇越发满意。

不过……

目光落在她平坦的小腹上，她心中轻叹，哪儿都好，就是还差个孙子。

不过想到他们两个已经开始备孕，殷夫人没有给他们两个压力：“今晚你们两个拍的综艺是不是首播，要不，你们在家里住一天，咱们一起看？”

婆婆都开口留人了，总归也没有什么事情，傅幼笙自然是答应的。

倒是殷墨微微蹙眉：“妈——”

要是住在家里，殷太太的惊喜，岂不是要泡汤了。

殷夫人白了他一眼，一听他这个调调就知道要拒绝，直接截断他的话：“你要走就自己走，幼幼一个人留下也行。

“反正也不用你陪我们看。”

殷墨：“……”

见傅幼笙还在旁边幸灾乐祸地看他被教训，殷墨被她气笑了。

当晚，两个人果然在家里住下。

晚上八点，首播正式开始。

客厅偌大的电视上播放着，殷夫人还找来一个平板电脑，准备看实时弹幕。

“妈，您还会看这个呢？”傅幼笙有点儿惊讶，怎么感觉婆婆什么都会，比年轻人玩得还要溜。

殷夫人晃了晃平板：“妈妈这是与时俱进。

“还要多亏了有个当演员的儿媳妇，不然妈也不懂。”

现在出去跟那些贵妇人打麻将，殷夫人说得一些年轻人通用的流行话，那些贵妇人都不懂。

直夸殷夫人有一颗年轻的心，难怪越长越年轻了。

殷墨面无表情地坐在沙发一侧，看着婆媳两个跟亲娘俩似的，互相吹捧。

他看了眼腕表上的时间，才八点十分。

殷墨很少把时间浪费在看综艺节目上，除了傅幼笙的综艺之外。

但也是偶尔空闲的时间。

如果现在在家里的话，他已经回书房办公，两小时后，与殷太太进行必备的夫妻生活，再睡觉，时间刚刚好。

见殷墨看表，殷夫人幽幽地看了他一眼：“你要是忙，就回你自己家去啊。”

殷墨瞥了眼她旁边的傅幼笙，生硬地笑：“不忙。”

“不忙就别总看表，就你有个表！”殷夫人没好气。

傅幼笙给自己老公解围：“妈，快看，我跟殷墨要出来了。”

殷夫人立刻将目光转移到电视上，不再搭理殷墨这个让她糟心的儿子。看儿媳妇不香吗？

傅幼笙跟殷墨出场的时候，弹幕简直要疯了。

这是综艺节目吗？这真的不是什么广告大片现场？
妈呀，视觉盛宴！
女神太甜了吧，偷偷掐老公的样子仿佛看到了我自己。
哈哈哈，有点儿萌！
谁能想到平时高贵冷艳的旗袍美人在家里居然还挑食！
妈耶，殷总太宠了吧，居然还关心女神每天三餐营养摄入？
你们敢信一个公务繁忙的总裁有时间去关心这点琐事，有点儿假。
我也觉得有点儿假……
前面柠檬精出没——
殷总又不是演员，没必要演好不好？
不要给柠檬精眼神，继续看啊。
这两位的颜值要是不生个高颜值宝宝真的太浪费基因了吧？
催生团来了。
催生大军驾到——

第一期节目播出到他们碰到沈行舟之后便结束了，毕竟还有另外三组嘉宾。

他们两个人的曝光量已经很高了。

果不其然，节目一播出，好几个关联词条就冲上了热搜。

回到房间，傅幼笙一边刷着热搜，一边看向殷墨："妈刚才虽然没有说什么，但是看我的小腹看了好几次。"

见他上床，傅幼笙一脚踹上去："都怪你不配合。"

殷墨经常被她这么踹，习惯性地握住了面前纤细玲珑的小脚踝，顺势上床："我哪里不配合了？"

傅幼笙："！"

她一脸震惊地看着殷墨，完全想象不到，他居然还能说这样的话。

在她不知道的时候，自家老公到底经历了什么？

"殷墨？"傅幼笙捏了一把殷墨的脸颊，"你最近看了什么奇奇怪怪的书，还是又交了什么奇奇怪怪的朋友？"

为什么他也变得奇奇怪怪了。

殷墨慢悠悠地躺下，将她揽在怀里："你不是嫌我技术不好？我就学习了一下。”

男人用极其清透的视线凝望她。

“在老宅里，你别乱来。”傅幼笙没好气地推着他乱来的手。

殷墨反握住她的小手，粗粝的指腹漫不经心地摩挲着她柔嫩细滑的掌心：“这里隔音多好，你又不是不知道。”

傅幼笙小脸一红，脑海中浮现出当初办完婚礼，回老宅住的那天。

他们那天就连早晨起来见长辈都差点儿耽误了，从那以后，她就对在老宅这样那样产生了心理阴影。

不过殷墨也不是不分时间地点，不管傅幼笙的心情的，他自然不会强迫她。

今天，主要是傅幼笙在车上撩拨他那一出让殷墨意犹未尽。

等到现在，他自然不会放过她。

殷墨忍不住使劲儿捏了一下她的软肉：“你就是故意的。”

下一秒，殷墨想到她在车上的话，忽然松了松手：“你说今晚要给我惊喜，是什么惊喜？

“这就是你说的床上惊喜？”

殷墨看到傅幼笙囫囵爬起来，腰底下垫上一个枕头，跟昨天一模一样的动作。

他有点儿头疼。

到底是被她弄得兴致缺缺，殷墨只是抱着怀里馥郁幽香的自家太太，埋首在她发丝之间：“嗯？”

傅幼笙被他从枕头上抱下来，然后重新后脑勺枕着枕头，环抱住他的肩膀，小声嘟囔：“在爸妈家里，不方便嘛。等回咱们家再说。”

傅幼笙那句自然的“咱们家”取悦了殷墨。

他的长指摩挲着她的发丝，对上她那双水波潋滟的眼眸：“好。回咱们家。”

傅幼笙没想到殷墨竟然这么好说话，心里想着，要是他明天也能这么好说话就好了。

灯关了。

黑暗中，傅幼笙摸索着握住殷墨温热的手掌，低声说道：“殷墨，生宝宝这件事，你能不能配合一点儿？

“你难道不想要一个流淌着我们身上血脉的宝宝吗？”

她以前就能感觉到，在生宝宝这方面，殷墨其实很淡薄。

她以前觉得是殷墨不够爱她，所以才不想拥有一个属于他们的宝宝。

而现在，确定了殷墨是爱她的，傅幼笙就很奇怪，又不用他来生，他干吗总是这么不配合呢。

殷墨磁性的嗓音在昏暗朦胧的环境中格外清晰："幼幼——

"怀孕生产没有你想象中的那么轻松，你还小，我舍不得。"

大概是黑暗的环境才会让人潜意识说出心里的话。

如果是白天，傅幼笙很确定，殷墨绝对说不出这么矫情的话。

殷墨话音落了后，气氛忽然沉静下来。

几分钟后，傅幼笙纤细小手在男人掌心动了动："从我们领证那天起，我就一直在想，什么时候能有我们两个的宝宝，这样才是一个真正属于我的完整的家。

"殷墨，你愿意帮我完成这个愿望吗？"

傅幼笙从小便渴望家庭的温暖，然而她的童年充斥着重压与责任，完全没有普通孩童那样的肆意玩闹。她得不到的一切来自家庭的爱与温暖，希望自己未来的宝宝可以拥有爸爸妈妈完整的疼爱。

没等到殷墨开口，傅幼笙轻轻哼了一声："你之前骗我不跟你离婚的时候，还说过要给我一个完整的家，我想要什么都给我。

"我现在就想要一个宝宝！

"还有一只猫咪，一只狗狗，到现在也没有影儿。

"所以，你当时真是哄骗我的？"

殷墨磁性低沉的笑声在傅幼笙耳边响起："殷太太去做谈判一定让人拒绝不了。

"我认输。"

说着，殷墨忽然翻身悬在傅幼笙身前："来吗？"

他说做就做，不等傅幼笙开口，男人形状完美的薄唇已经压了下来。

没一会儿，偌大的床上抛下来一件绸滑的睡裙、一件小小的粉色布料，以及男人深蓝如大海一样的睡袍，遮住了那粉粉嫩嫩的女人的衣服。

不知道过了多久，傅幼笙又软又哑的惊呼声响起："殷墨，别在这里。"

殷墨修长手指温润，垂眸看着自家太太那一瞬间惊慌失措的表情，终于开口："放心，不在这里。"

"奶奶说明天几个老朋友要过来找她喝茶，我不想晚起！"傅幼笙说。

肌肤相贴，让人忍不住喟叹那一份美妙触感，不过殷墨还是尊重了自家太太的选择。

傅幼笙小脸粉润，一整夜都睡得香甜。

第二天一早。

傅幼笙猛地睁开眼睛，入目便是半开窗帘的落地窗外，光线袭来。

她脑子嗡了一下。

“完了完了，又起晚了！”

就在这时，一双修劲有力的手臂从她腰间拦了过来，将猛地从床上坐起来的傅幼笙重新按在床上：“才六点半，可以再睡一会儿。”

一听到六点半，傅幼笙小心脏一下子扑通落地了，整个身子骨都软软地靠在殷墨怀里：“吓死我了！看到天那么亮，我还以为要八九点了。”

殷墨已经醒来，听着她小声嘀咕：“等七点叫你。”

傅幼笙看了眼没有关闭的窗帘，没好气地掐了他一把：“你干吗不拉窗帘！”

“我忘了。”

真是理直气壮，傅幼笙哑口无言：“……”

“算了，赶紧起来，我不想看到奶奶跟妈那意味深长的眼神。”傅幼笙不单单自己要起来，还顺便把殷墨也拉了起来。

浴室。

夫妻两个难得一块儿洗漱。

平时他们两个起床时间都不一样，尤其是傅幼笙休假的时候，更是如此。

殷墨看着镜子里那双漂亮的水波眸潋滟的模样，薄唇忍不住往上勾了勾。

傅幼笙也看到了自己这个模样，白起这么早，奶奶跟妈怎么可能看不出她这小脸色，是经过滋润的。

明明昨晚没有做什么，但她脸上就完全隐藏不住。

傅幼笙忍不住捂脸，一脚踩在殷墨脚背上：“你还笑。

“以后在老宅，我们都分房睡！”

殷墨意有所指：“分房？你确定？”

傅幼笙脸上小表情一垮：“那就分床。以后再来老宅，你就打地铺！”

殷墨：“……”

见殷墨还要再说，傅幼笙扭头看他：“想不想要惊喜了？”

殷总顺从地噤声。

夫妻之间，没必要非要争个谁对谁错。

但凡出现分歧，一定是太太说得对。

见殷墨不说话，傅幼笙唇角勾起浅浅弧度，笑意盈盈："这才对。"

然而——

当天晚上殷墨也没有机会等到来自自家太太的惊喜。

因为他要紧急去国外出差，放了傅幼笙的鸽子。

气得傅幼笙好几天都没有主动给殷墨打电话。

等殷墨赶紧处理完事情回来哄太太时，就发现自家太太去了国外——

参加颁奖典礼。

《盛世》电影上映之后，不知道是题材的缘故，还是受众太广的缘故，票房出乎意料，第一天破亿，第二天破三亿，等到第五天，直接破了十亿，而且依旧在持续增长中。

并且口碑与票房齐高。

傅幼笙的演技再次经受住了商业与口碑的考验。

并且凭借这部电影的女主角，傅幼笙获得国际含金量极高的国际电影节最佳女主角提名。

当然，与她一同获得提名的还有楚望舒。

殷墨看着空荡荡的别墅。

傅幼笙前脚刚走，他后脚就回来了。

耳边传来女管家毫无感情公事公办的声音："太太说，机会错过了，就没有了。

"惊喜错过了，也没了。

"她要跟美男子一起红毯约会，祝您自己一个人的夜晚愉快。"

殷墨："……"

自家太太真是很清楚怎么样才能气到他。

殷墨回到房间。

看到偌大的黑色床单上，竟然铺散着漂亮诱人的女士内衣与睡裙。

殷墨用雪白的指腹将之拿起，丝滑的布料，仿佛能从他指腹间滑落一样的捏不稳。

下一秒，他将这些睡裙等东西拍了张照片发给傅幼笙，薄唇含着玩味的笑："故意的？"

甚至床上都故意换了从来不用的黑色床单。

不就是为了营造出那种暧昧幽暗的气氛？

如果自家太太此时也在家里的话，殷墨可能觉得是夫妻情趣，但是现在……

她分明就是为了捉弄他。

傅幼笙慢悠悠地给他回了一张照片。

是她在上红毯之前的自拍，V领的香槟色刺绣礼服小露性感，皮肤雪白，妆容精致美艳，漂亮得像是来自东方的洋娃娃。

然后发微信：

傅幼笙：殷先生，开心吗？

殷先生："……"

他脸是真的黑了。

一个视频电话打过去，殷墨嗓音沉沉："换礼服。"

她就穿成这样跟楚望舒一块儿走红毯？

傅幼笙撩了一下发丝："那不行，我得让宝宝看到妈妈最漂亮的样子。"

殷墨刚准备教训她，突然反应过来，素来幽邃平静的眼眸一瞬间凝滞，难得透着震惊情绪："你说什么？

"宝宝？

"你怀孕了？"

傅幼笙红唇勾起，微微一笑："百分之九十的可能性，殷先生，你的床上惊喜不存在了，但要当爸爸了，开心吗？"

殷墨脸色沉郁："怀孕了你还到处跑，你……"

傅幼笙万万没想到，殷墨居然一点儿都不惊喜，还有心思教训她！

挂断电话之后，傅幼笙小脸气鼓鼓的。

红毯走完，开幕式结束，他们正在回酒店的路上。

颁奖典礼是要明天开始的。

闻亭奇怪地看着她："不是跟殷总报喜的吗，怎么说着说着还闹脾气了？"

傅幼笙靠坐在宽大舒适的椅背上，穿着漂亮礼服的曼妙纤细身子几乎完全陷进去。

她手臂细细的，直角肩露出来，看起来有点儿羸弱的美感。

旁边的小诺手疾眼快地给她盖上一件毛毯："笙笙姐，别着凉。"

"谢谢。"傅幼笙轻轻说了句，而后看向闻亭，"你怎么这么八卦？这是我们夫妻的私事。"

闻亭举手投降："好好好，我不管。"

他的目光落在她的小腹上："难怪你刚才在化妆室要测一下验孕棒，没想到真的中了。

“你这嗅觉还挺灵敏啊。”

因为备孕，所以傅幼笙习惯性地携带验孕棒。

化完妆弄造型之前，傅幼笙忽然想到，经期大概就在这几天了，怕走红毯时候出意外，想要提前做好准备，目光却落在包里没有拆封的验孕棒上，神使鬼差地就用了一下验孕棒。

没想到……

当时看到那期待了许久的两道杠杠，她差点儿以为是出现幻觉了。

本来想要把这个好消息告诉殷墨，谁知道这个浑蛋满脑子都是她穿得少了。

哼！

等宝宝出生，一定要跟宝宝一起孤立他。

殷墨不配！

傅幼笙非常神秘地睨了他一眼：“这是女人的第六感。

“所以你小心点，你想什么，你太太可能全都知道。”

闻亭心里冷飕飕的：“……”不会吧？

回到酒店，傅幼笙准备关上门时，闻亭问：“让小诺留下来陪你吧，你怀孕了一个人万一出点儿什么事情……”

傅幼笙看着自己平坦的小腹，一点儿感觉都没有，能出什么事情。

等回国之后，她去医院做个完整检查才能确定，万一只是空欢喜一场，再想想现在这么紧张戒备，到时候一定更加失望。

毕竟——

验孕棒不一定准确。

傅幼笙还没来得及拒绝，小诺已经拖着自己的行李箱进来了。

“笙笙姐，你住的是套房，里面两个房间，我就住在你隔壁房间。

“你有什么事情，也能第一时间喊我过来。”

见小姑娘已经拎着行李箱过来，傅幼笙轻叹一声：“麻烦你们了。”

小诺摇摇头：“笙笙姐你说什么呢，这都是我们应该做的。”

闻亭笑话她：“这是要当妈妈了，神经这么脆弱？

“要是觉得麻烦我们，年底记得给我们多发点奖金。”

傅幼笙面无表情地把小诺拉进来，然后砰的一声把闻亭关在门外。

闻亭看着差点儿撞到他鼻子的门扉，下意识地摸了摸鼻梁，却忍不住笑出声。

经历这么多，以前的闻亭觉得年纪轻轻野心勃勃不是一件坏事，谁不想要拼命地赚钱，拼命地往上爬呢?

但是自从带了傅幼笙之后，闻亭觉得自己一点点地被这位懒散却认真的女演员给同化。

微微摇摇头，闻亭拿着行程表转身离开。

既然傅幼笙怀孕了，那明天准备好的造型，要重新改变一下了。

F 国明天会降温，之前的礼服也不能用了，孕妇穿可能会冷。

毕竟是第一次出现在国外的电影节，而且还是以入围最佳女主角的身份到来，明天万一真的得奖了，代表的不单单是傅幼笙自己一个人的形象，还有国家的形象。

不能让别的国家演员与观众以为他们国家的女演员，不够光鲜亮丽。

闻亭有点儿头疼。

既要美美美，又不能失去格调，但是又要保持温暖。

刚才傅幼笙跟殷总打电话的时候，闻亭听在耳中，要是殷总明天看到傅幼笙颁奖典礼现场，怀孕还穿得那么单薄，他们这些工作人员绝对要完蛋。

闻亭跟在傅幼笙身边这么长时间，对这位傅幼笙的先生，还是有点儿了解的。

傅幼笙就是他的底线。

闻亭深深地叹了口气。今晚又要熬夜干活了!

此时，远在北城。

殷墨出差回来，没在家里待一小时，就给温秘书打了个电话。

“定今晚去 F 国的机票。”

温秘书刚送殷墨回麓荷公馆，还没来得及洗澡吃饭，就得到了新的命令:“是，殷总。”

能让殷总这么紧急的事情，除了殷太太，他想不到第二个人。

看着温秘书发过来的机票信息。

还有三个小时。

殷墨洗了个澡，没收拾行李，可以直接把刚刚才拎回家的黑色商务行李箱直接拿来用。

不过走之前，殷墨沉吟两秒，随即走到傅幼笙的衣帽间。

他的视线扫过她那一排排整齐干净让人眼花缭乱的旗袍，揉了揉有点儿头疼的眉梢。

女人的衣服这么多，真的很难选。

最后殷墨按照长度、厚度，以及能遮盖皮肤的面积程度，选了一件蓝色金线刺绣的长款旗袍，看起来也很华丽，就算是穿去参加颁奖典礼也不会太朴素。

知道傅幼笙喜欢漂亮又华艳的打扮，殷墨怕她不穿，所以选了她的喜好。

总归她有那么多的旗袍，选择性很多。

顺便又让女管家调出来傅幼笙这套旗袍的首饰与鞋子等等一整套的造型，装到一个很大的纸袋里，男人直接拎着纸袋与一个行李箱，便单独踏上了寻妻之路。

温秘书差点儿感恩戴德。

幸好殷总让他明天上午再带着需要处理的工作飞F国，不然他觉得自己可能迟早要在殷总的高压工作下猝死。

当秘书太难了，当一个老板最器重的秘书更难！

真羡慕周秘书。

平时待在公司就行。

哎，谁让殷总是一位男德模范呢？严格遵守不带任何女性出门的原则。

所以加班的总是他！

晚上十二点。

傅幼笙洗完澡躺在床上，双手盖在小腹上，感觉到自己久久都平静不下来。

想要跟殷墨聊聊天。

她偏过头，看着安静的手机。

之前她挂断殷墨电话之后，他就一直没有给她回电话。

最后她还是没有忍住。

这样的事情，她就是想要跟殷墨分享啊。

不能光她一个人激动。

殷墨也必须给她激动起来！

于是傅幼笙直接一个视频电话打了过去。

视频响了几声之后，出现对方可能不在手机前的显示，傅幼笙漂亮的眉尖尖轻轻蹙了一下。

然后又给他打电话。

“对不起，您所拨打的电话已关机，请稍后再拨。”电话里传出客服的声音。

傅幼笙一下子从床上坐起来，乌溜溜的眼睛震惊地看着手机屏幕。狗男人居然关机！

谁给他的胆子！

傅幼笙小心脏气得不行！

本以为自己会被他气得睡不着，没想到——

最后气得睡着了。

第二天足足睡到九点钟才起来。

因为颁奖典礼是晚上开始的，所以她有一整个白天的时间提前准备。

碍于她是孕妇，闻亭便没有让小诺早早地把她喊起来开始准备造型。

其实很多女明星，从早晨起来，就开始准备各种摄影大片，发到国内网络上，进行一波宣传。

这次参加颁奖典礼的国内男女明星不少。

大家基本上一早就发过在F国进行浪漫晨起时光的照片了，唯独傅幼笙的工作室，一点动静都没有。

粉丝们都等不及了，一直在工作室微博底下催催催。

还有粉丝去蹲傅幼笙的微博，然而什么都没有蹲到。

还有人趁机说是不是傅幼笙没有被邀请参加颁奖典礼，也没有入围颁奖，只是网上的造势宣传，一切都是假的，昨天走红毯也是买的红毯位置。

一个女明星怎么这么虚荣呢？

闻亭一大早看到那些微博，差点儿气得心梗。

最后闻亭自己发了一条微博：

说出来你们可能不信，没有照片大片的原因，是我们家女明星在睡懒觉，绝对不是工作室人员偷懒！

是你们的女明星在偷懒。

说着，闻亭让小诺选了一张傅幼笙睡觉的照片发到微博评论。

助理小诺：证据在这里，你们自己看。

哈哈哈哈，我们家女明星毫无问题，你们再造谣也没用。

妈耶，第一次看到女明星纯素颜睡觉图，这颜值绝了，睫毛好长，皮肤好白，居然还没有加滤镜。

小诺诺，你完了，居然偷拍柚子睡觉照片，她醒来要扣你工资了！

我们粉丝众筹给你涨工资。

干得漂亮小诺诺。

一张没有加滤镜的睡觉照片，秒杀其他那些精修过的照片，笙崽，不愧是你！

……

闻亭看着风向渐渐转变，这才略松一口气。

国外天高皇帝远的，要是真被打上什么蹭红毯、买红毯门票的标签，傅幼笙这次要是拿不到最佳女主角的奖杯，百分百下不了台。

她的对家真是太多了。

不放过任何踩她的机会。

也是。

闻亭嗤笑一声，他们家女明星的存在，动了多少人的蛋糕。

明知道有胜景资本这座大靠山，不敢明目张胆地找她麻烦，却敢偷偷摸摸地找茬，见风使舵一下。

有这些偷偷摸摸干坏事的时间，还不如去给他们女明星多找找资源。

这么一想，熬了一夜的闻亭忽然觉得平衡了。

当他们经纪人还在国内卑微地找资源的时候，而他作为傅幼笙的经纪人，已经开始跟一些国际知名导演对接了。

一下子，闻亭心情爽极了。

直到傅幼笙醒来，看到网上流传她睡觉的照片忍不住扶额："我好丑……

"你们确定这样不会掉粉吗？

"能不能加个滤镜？"

现在还有女明星拍照不加滤镜吗！

"哪里丑了，分明是素颜第一美女！"闻亭在颜值上，是绝对不会允许傅幼笙低估她自己的，"你看看你涨了好几万粉丝。"

小诺弱弱地站在旁边："笙笙姐，是闻哥说不能加滤镜的。

"说要表现出您最日常的美貌，让他们无话可说。"

照片上，傅幼笙乌发雪肤，半张小脸埋在同样雪白的被子里，落地窗外的阳光洒进来，照到她精致漂亮的脸蛋上，明暗对比，构图完整，即便是没有加滤镜，因为颜值太高，都像是一张大片。

小诺经常给傅幼笙拍照，技术不必说，都堪比专业的摄像师了。

傅幼笙看着小诺可怜巴巴的那个小模样："好了好了，不怪你。"

仔细看了看，其实也没有那么丑。

只怪她颜值过分能打，这样怼脸拍都能拍出让粉丝们喜欢的感觉。

上午十点。

傅幼笙的造型师、化妆师团队已经聚在酒店套房里。

她裹着真丝浴袍从洗手间出来时，便看到造型师跟闻亭一块儿推着一架子选好的礼服进来。

毕竟是要参加国际颁奖典礼的，即便是再保暖，也只是裙摆长至脚踝，或者拖尾长裙，可以在里面贴暖宝宝，穿打底裤，甚至可以穿五公分以下的"平底"鞋。

就在傅幼笙挑中一条浅蓝色羽毛长裙时，安静的房间内响起一阵敲门声。

闻亭立刻站起来："我去看看。"

他本来以为是造型团队的工作人员，没想到——

入目便看到身材挺拔、矜贵清冷的男人。

他张了张嘴："殷……殷总？

"您怎么来了？！"

太震惊了吧。

从北城到F国大概得需要十二个小时的时间。

昨天下午走完红毯回酒店的路上，傅幼笙跟殷总视频电话的时候，殷总还在北城，现在就已经出现在这里。

这是一挂断电话就往这里跑了吗？

看着即便是风尘仆仆而来都掩盖不住风采的男人，闻亭立刻邀请他进来。

"幼笙正在里面化妆，您……"

话音未落，殷墨便随意朝他颔首，抬步走了进去。

闻亭看着被丢在门口的行李箱，自觉地提起来，跟着殷总身后，宛如殷总的小助理。

殷墨入目便看到傅幼笙穿着单薄的真丝睡袍，正坐在化妆台前，朝他看过来。

乌黑的瞳仁带着与闻亭同款的震惊。

“殷……殷墨……”

傅幼笙脑子里嗡的一下，原来他不是故意不接电话，而是直接坐飞机飞来了。

原来不是不在乎她和宝宝，而是想要在第一时间见到他们。

有那么一瞬间，傅幼笙忽然想要冲过去抱住殷墨。

两人视线在半空中碰撞。

殷墨略显冷静，直接将手里握着的大纸袋递给旁边已经愣住的造型师：“给她穿这件参加颁奖典礼。”

造型师一看。

除了一套旗袍之外，就连首饰与鞋子都搭配好了。

完全不输于专业造型师的搭配。

不过，雇佣她的是傅幼笙的工作室，造型师拿到之后，下意识看向傅幼笙跟闻亭：“造型换这个吗？”

傅幼笙终于收回了目光，暂时没有在外人面前流露情绪，看向被造型师拿出来的蓝底金线刺绣旗袍。

在场的人眼底划过一抹惊艳：“好美的旗袍。”

与这身旗袍相比，之前被闻亭他们拿来的那一架子高定礼服，黯然失色了不少。

傅幼笙却看到旗袍的设计，双唇轻抿，感受到了殷墨的心思。

有点儿好笑，也有点儿感动。

“那就穿这个吧。”傅幼笙的睫毛轻颤了两下，掩盖住眼底那一抹水润。

傅幼笙看了闻亭一眼。

闻亭立刻反应过来，带着造型师他们出去：“我们先商量商量妆容。既然礼服换了旗袍，妆发什么的都要改，刚好时间来得及，我们出去讨论。”

大家都是有眼力的人，很快，偌大的房间只剩下他们两个人。

傅幼笙朝着殷墨招招手：“过来。”

第二十六章
豪门夫妻日常

/

XINTIAO
BU
TINGHUA

看着她那熟稔招手的动作，殷墨原本清冷的面庞上终于染上似笑非笑的弧度，薄唇微启："殷太太唤狗呢？"

虽是这么说着，身体却很诚实地走向傅幼笙。

她坐在化妆椅上，正仰头看他。

纤细柔弱的天鹅颈微微上扬，想要对上他的眼神。

殷墨走近之后，顺势弯腰，修长手臂撑在她扶手两侧，与她视线平行。

看到他千里迢迢赶来之后，傅幼笙觉得昨晚那些生气、委屈等所有的负面能量一下子全部都被风吹散了一样，剩下的便是眼底盛满自己的男人。

她捧住殷墨的脸，假装端详，然后忽然在他的唇角亲了一口，故意说："哪里像狗狗了，也没有狗狗那么可爱。"

殷墨磁性清越的笑声低低响起来："你就是这么给孩子做胎教的。"

听到他提到宝宝，傅幼笙傲娇地轻哼了一声："你是为了我来的，还是为了他？"

她细白小手捂着自己平坦的小腹，目光灼灼地看着殷墨，争宠的意思非常明显。

殷墨俯身轻轻环抱住她的身子："我是为了谁，你不是最清楚？"

下一秒，傅幼笙不按常理出牌，垂眸一本正经地看着自个小腹说："宝宝你看到没有，爸爸完全没有妈妈那么爱你，等你出生之后，你要最爱妈妈！

“知道吗？”

殷墨：“……”

他也是完全没想到，自家太太居然存着这么“险恶”的心思。

他的指骨曲起来，轻轻弹了一下她的额头：“胡说什么？颁奖典礼什么时候结束，订明天的机票可以吗？”他现在只担心傅幼笙的身体。

毕竟这段时间他不在家里，傅幼笙不知道阳奉阴违地背着他胡吃海喝什么了，而且她还把家里的管家给说服了，成了帮她瞒着自己的帮手。

殷墨忍不住无奈地又弹了她一下。

真是一点儿都不能让人放心。

傅幼笙对上殷墨毫无隐藏情绪的眼神，就知道他在想什么。她微微有点儿心虚，老实回答：“今晚就能结束，明天可以回北城。”

“你坐了那么长时间的飞机，要不先进去休息一会儿？”傅幼笙看着殷墨眼下那一抹倦怠的青色，有点儿心疼。

光用猜的就知道，他估计一天一夜都没有睡了。

不对，可能是两天两夜。

殷墨素来休息时需要极度安静的环境，在飞机上很难睡着。

他从国外出差回来，然后在家里没待两个小时后又飞F国，每次都是高达十几小时的飞行时间，哪有时间休息。

越想越觉得心疼，她捏了捏他的指骨：“你是不是傻啊，干吗非要自己过来。”

殷墨看着她，房间静谧了几秒，他才缓缓开口：“上了飞机后，大脑才反应过来做了什么事情。”

因为飞来见她，是心之所向。

那么一瞬间的决定，甚至没有考虑公司工作怎么安排，更没有想自己当时已经二十多个小时没有阖眼，身体已经替他做了决定。

傅幼笙双唇抿了抿，忽然从椅子上站起来，强行拉着殷墨到里侧的卧室里。

大床被她睡过，还没有整理。

房间内充斥着她身上浅淡的香气，让人安心又平静。

殷墨本来发胀的额角，渐渐平静下来。

傅幼笙拉着他到了浴室：“你先泡个澡解解乏，我让人给你带午餐过来，吃完了就好好睡一觉。”

她语调难得强势，不容拒绝。

殷墨含笑看着她："都听殷太太的。"

傅幼笙小声嘀咕了句："这还差不多。"说着，又亲自帮他放了水，这才出门。

看着傅幼笙曼妙纤细的身影离开，殷墨目光缓缓移开，落在旁边浴缸内渐渐浮现蒸腾雾气的热水上。

他们住的是总统套间，隔音极好，所以外面客厅可以当作一个小型化妆室，并不影响里面人休息。

傅幼笙把闻亭他们喊回来。

看着空无一人的空间，闻亭开口："殷总去休息了？"

傅幼笙应了声："你去弄点清淡的吃食，给他送进去。

"快点儿。"

闻亭："是是是，小的这就去。"

闻亭的效率很高，酒店效率也很高，他打电话订了餐之后，不到二十分钟便送上来了。

等闻亭将餐送进房间之后，傅幼笙已经跟化妆师、造型师挑好了配这套旗袍的妆容。

造型师感叹："当年傅老师就是以一身旗袍火遍大江南北，直到现在娱乐圈都没有一个人穿旗袍能超越傅老师。傅老师现在穿着这身旗袍，绝对能旗开得胜，拿到最佳女主角。"

化妆师："最佳女主角算什么，这才是开始。

"傅老师最近那么多优秀的片子上映，不是还入围了跟这个奖项同等的威尼斯电影节最佳女主角吗？我觉得哦，傅老师的演技拿影后大满贯也只是时间问题！"

"借你们吉言，要是能拿到奖，每人再多加一个大红包。"傅幼笙看着镜子里已经开始化妆的自己，红唇含笑。

"那您可得提前准备好了。"

大家好听的话跟不要钱似的。

尤其当傅幼笙化完妆，又穿好旗袍后，赞美达到了顶峰。

"太美了。"

"太有气质了。"

"这一身要是穿出去，绝对让那些人都惊掉眼球！"

傅幼笙身材完美，仪态芳华，自然是最能把旗袍穿出风韵的，尤其是旗袍剪裁贴合她的身体曲线，没有一点儿不熨帖的地方。

傅幼笙看着镜子里的自己，其实早就习惯了穿旗袍的样子，但每一次都会被旗袍本身惊艳。

前辈们的智慧实在是令人叹为观止，怎么能想出并设计出旗袍这样适合女性的衣服呢。

乌黑蓬松的发丝被化妆师一双巧手挽成了漂亮的发髻，长长的钻石链条编进乌黑发丝里，优雅中平添几分仙气。

可以说是仙女下凡也不为过了。

颁奖典礼上，如造型师她们所言，傅幼笙这身打扮成了全场的焦点。

甚至有很多国外的女明星来找她问礼服是从哪里定制的，她们也想要置办。

简直太美了。

高潮是在傅幼笙被外国主持人宣布，她获得最佳女演员奖的时候。

傅幼笙眼底划过一抹惊喜。

“恭喜。”

坐在她旁边的导演、编剧，以及楚望舒，同时站起来给她一个拥抱，最后是楚望舒扶着穿高跟鞋的她一步一步走向领奖台的。

傅幼笙看了眼楚望舒，心里有点儿罪恶地想，如果这个人换成殷墨就好了。

楚望舒多聪明，自然看出来她眼底的可惜，忍不住低低笑了声：“怕你家那位吃醋？”

傅幼笙轻咳一声，所有灯光都打在他们身上，她一边维持微笑，一边小声回道：“对啊。”

楚望舒轻轻将她送上很滑的领奖台：“放心，是他让我扶着你的。”

离开时，楚望舒眼神复杂地看了眼傅幼笙的小腹，轻叹了一声。

若是之前还能抱有一丝希望。

而现在——

他确实没办法去插入人家完整的家庭。

所以当朋友是最好的选择。

傅幼笙惊讶，然后见楚望舒目光落在她小腹上，忽然反应过来。

他这是知道自己怀孕了？殷墨说的？

傅幼笙想到殷墨那个大醋王，居然主动让视他为情敌的人照顾她，心里得酸成什么样子。

但是她却清楚，殷墨完全是为了她。

他甚至可以忽略自己的醋意，主动请楚望舒照顾她。

怎么办？忽然觉得自家那个男人还真的挺委屈的。

等回去再好好奖励他吧！

站在国际的领奖台上，傅幼笙看着下面那些熟悉或陌生的东西方面孔，胸口轻轻起伏，稳住了心神。

如其他人那样用英文说完获奖感言之后，傅幼笙目光看着镜头，红唇含着笑意用中文说："最后要感谢我的先生，谢谢他十年如一日的陪伴。我很庆幸，当初遇见你。"

说着她晃了晃手中沉甸甸的奖杯，眼眸弯弯："往后十年，二十年，一辈子，我们永远在一起吧。"

这段获奖感言一出。

国内翻墙过来看颁奖典礼的网友差点儿炸了。

真的太甜了！旗袍好美，美瞎我的眼睛。

穿旗袍就是谁都超越不了。

我老婆在跟我表白！！

@殷墨 有人跟你抢老婆。

哈哈哈，傅幼笙就是牛，恩爱闷不吭声地秀到了国际领奖台上。

我就说柚子一直没有秀恩爱是想要放大招，你们还说柚子不够爱殷总！这得多爱，才能真情实感地说出这样的话。

今夜我们魂穿殷总好吗？

呜呜呜，酸了酸了，别人家的老婆，别人家的老公！

今晚殷总一定要好好奖励柚子嘿嘿嘿。

你们关注点放在楚神来回送傅女神上领奖台下领奖台的画面了吗，这对也好好磕。

女神要不全都收了吧，建一个后宫。

楼上大胆发言！

等等，你们没注意到楚神看傅女神的小腹吗？女神不会是怀孕了吧？

看动图，好像真的有！

妈呀！

楼上这是什么眼力，牛啊。

怀孕？有宝宝了？

……

原本“傅幼笙旗袍”“傅幼笙国际影后”的词条渐渐被新上来的热搜冲到了下面。

新上来——“傅幼笙疑似怀孕”直接冲上了热搜第一，并且以雷霆之势将整个微博系统弄崩了。

微博程序员们：这还只是疑似怀孕就把微博弄崩了，这要是真怀孕，他们整个微博系统是不是都要不存在了……

程序员们一边加班，一边泪流满面地记住了傅幼笙这位女明星的超高热度与国民度。

此时，远在国外。

傅幼笙回到酒店之后，便看到殷墨已经坐在客厅等她了。

黯淡却柔和的灯光下，男人高挺鼻梁上戴着细框金边的眼镜，安静地坐在笔记本电脑旁，似乎正在办公。

听到房门开启的声音，男人下意识抬眸。

傅幼笙直直地落入男人那双幽邃却温柔如大海一样的眼睛里。

男人原本薄凉的面庞上染上一抹浅笑：“回来了。”

傅幼笙一下子感觉心里有了归属，甚至来不及脱下高跟鞋，像是归巢的鸟儿一样，投入男人的怀抱里。

房间里温度刚好，殷墨身上温暖如春，傅幼笙忍不住蹭了蹭他雪白的家居服：“殷墨……”

“嗯。”殷墨应了声，顺势搂住她，目光落在她脚上。

他将人直接原地抱起来，抱到沙发上，自然地脱下纤细脚踝上缠着漂亮蝴蝶结的高跟鞋。

傅幼笙又唤他的名字：“殷墨。

“殷墨。

“殷墨。”

殷墨替她揉着泛红又冰凉的小脚，耐心地应她：“我在。”

“老公。”

傅幼笙垂眸看着男人骨节修长明晰的大掌丝毫不嫌弃地托着她的小脚，大概是怀孕的缘故，突然涌上了一阵感动情绪。

她主动抱住他的脖颈，还涂着口红的唇瓣亲上了男人淡色的薄唇，唇齿相依。

不知道什么时候，傅幼笙整个人躺在了沙发上，仰头看着悬在她面前的男人隐忍的目光。

她忍不住低低笑出声，用指尖抹了一下他的唇角，雪白指腹上瞬间染上了一点儿红色。

在晦暗的光线下，暧昧又迷离。

傅幼笙曼妙玲珑的身子微微蜷缩，调整了一个舒服的姿势，双手捂在腹部："怎么办，老公你好像还要忍好久？我可真是舍不得。"

殷墨薄唇覆下，男人炙热又烈性的气息洒在她敏锐的耳垂。

傅幼笙心尖轻颤，以为他想要做坏事。

然而，殷墨缓缓说："我也舍不得。"

回到北城第一件事，殷墨就亲自带傅幼笙去医院做了个检查。

果然是怀孕了，而且已经七周半了，傅幼笙居然一点儿感觉都没有。

看着检查单，她倒是有点儿恍惚了，摸了摸平坦的小腹："宝宝是不是太乖了一点儿？"

虽然怀孕前期有些孕妇体质没有反应也正常，但像是傅幼笙这样，一点点异常都没有的，倒是很少。

新手爸爸殷墨认同自家太太的话："我们的孩子，当然是最乖巧的。"

这头夫妻两个刚刚夸奖了孩子乖巧，后脚就开始闹腾起来。

当天晚上吃饭的时候，厨房特意炖了滋补的鸡汤，毕竟今天检查的时候，医生说傅幼笙有点儿营养不良，需要好好补补。

当然不能滋补过度，却也需要补一补的，不然孩子容易长不好。

然而——

傅幼笙一端起白白的鸡汤，明明淡淡的清香让人很有食欲，但她一嗅到那个味道，就涌上来反胃的感觉。

"太太。"守在旁边的管家立刻倒了一杯水迎过来。

傅幼笙皱了皱眉，虽然反胃的感觉不是很浓烈，但她还是不太舒服。

她轻轻顺了一下胸口："没事。"说着，接过了水杯。

恰好这个时候打完电话的殷墨走过来，刚才他在露台看到了这里的情景。

"哪里不舒服？想吐？今天鸡汤做得太腻了？"

殷墨知道傅幼笙受不了油腻，走过来之后，轻轻拍着她的后背，然后目光落在桌上那汤色白生生的鸡汤上。

没有丝毫油腻感。

毕竟厨房那边最清楚傅幼笙的胃口，即便是滋补的汤，都是按照平时傅幼笙的口味来做的。

况且她现在还怀孕了，厨房那边肯定不可能做得太油腻。

傅幼笙摇摇头，因为刚才那一阵的反胃，懒懒地靠在殷墨怀里："大概是开始孕反了。真是白夸了。"

白天刚夸了孩子乖巧，这还不到24小时呢，小崽崽就开始作妖了。

傅幼笙幽幽地仰头看了殷墨一眼："这么不经夸。"

殷墨被她这个眼神逗笑："等他出生后我好好教训他。"

"那不行，他还是宝宝呢，怎么能教训。"傅幼笙一下子又成了护犊子的慈母。

不过反胃也就一阵，很快就恢复正常，但那碗鸡汤却已经落入殷墨腹中。

傅幼笙平平稳稳用过了晚餐，轻轻吁了一口气，幸好只是一阵而已。

他们去医院的事情，并没有封锁消息，所以很快网上就出现他们在医院门口的画面。

顿时，傅幼笙怀孕的消息，更是甚嚣尘上。

大家都等着傅幼笙出来澄清。

万万没想到，无论是傅幼笙的微博，还是殷墨的微博，都保持了沉默。

没有澄清，也没有公开。

倒像是——默认。

原本激动的网友们，因为对方的安静，也跟着平静下来。

至于傅幼笙的粉丝们，他们大概都已经猜到了，只是在安静地等着自家女神在合适的时机公开。

而傅幼笙根本没想过公不公开这件事，主要是因为自从第一次开始孕吐起，就正式拉开了她孕期反应的序幕。

之前那些毫无反应，俨然就像是肚子里的宝宝没有反应过来一样，自从医院检查完毕之后，宝宝像是反应过来，开始折磨他亲妈了。

殷墨也被傅幼笙这激烈的孕吐反应折磨得许久没有好好休息，自然也就对网上那些传闻丝毫不感兴趣，直接让公关部和傅幼笙的工作室商量着处理。

他们商量过后处理的方法就是撤掉热搜，保持沉默。

毕竟殷总在太太怀孕这件事情上，怎么小心都不为过，不会到处张扬。

这天早晨，傅幼笙依旧晨吐完毕，就着殷墨的手喝了半杯柠檬汁，这才堪堪压下不舒服的反应。

她眼泪汪汪地看着殷墨："我后悔了，怀孕真的好难受。"

之前她还折腾着要怀孕，早知道怀孕是这么难受的，她宁可晚一点儿，再晚一点儿！

殷墨看着她可怜巴巴的小模样，更是心疼。

"只生这一个，生完再也不生了。"

"是女儿也不生了吗？"傅幼笙想到婆婆那期待孙子的眼神，很担心婆婆会继续让她生下去。

毕竟殷墨家里是真的有"皇位"要继承的……

她还是很喜欢婆婆的，如果因此而产生婆媳矛盾……

殷墨把她抱在怀里："无论是女儿还是儿子，以后都不生了。

"放心吧，妈会理解的。"

虽然傅幼笙还是有点儿担心，但很快就被殷墨哄好了。孕期她还有一个比孕吐更严重的反应就是多思多虑。

殷墨岔开她的话题："所以，如果生个女儿你就不喜欢了？"

傅幼笙立刻拍了他一下："我才不会！女儿是贴心小棉袄，我最喜欢女儿了！"

以后还能跟女儿穿漂亮的亲子装。

一想到她收藏的那些旗袍，以后都给女儿做一模一样的儿童款，然后她们母女一块儿穿出去，傅幼笙眼睛就亮了。

殷墨看她终于恢复精神，这才放心了几分。

就在这时，她的手机铃声忽然响起来，本来以为是婆婆催他们下去吃早餐。

自从傅幼笙怀孕之后孕吐严重，殷夫人就经常过来小住几天陪儿媳妇。

没想到居然是闻亭。

自从傅幼笙怀孕之后，闻亭基本上把所有的行程都推掉了。傅幼笙倒是好几天没有接到他的电话了。

傅幼笙接起电话，对面传来闻亭的声音："明天要拍摄夫妻综艺最后一期，你们没有忘记吧？"

闻亭嗓门很大，傅幼笙跟殷墨都听到了。

夫妻两个对视一眼，然后从彼此眼中看到了同样的意思——忘记了。

傅幼笙语调不变，一本正经："我当然没有忘记。"

闻亭不信，但也没有拆穿她："所以最后一期你们还要录制吗？你孕吐不是还挺严重的？明天最后一期还有直播，你到时候不小心在直播里暴露出怀孕怎么办？"

傅幼笙就很疑惑："我又不是未婚先孕，正儿八经领证结婚备孕生崽，还需要偷偷摸摸的？"

被发现了就被发现了呗。

"啊，你们不是不想公开吗？"闻亭困惑。

之前殷总的意思，不就是不公开？他还以为他们豪门都是这样——

生个孩子要藏着掖着。

傅幼笙下意识看向殷墨，殷墨已经顺势从她手里接过电话："明天照常拍摄。"

闻亭一听到殷总的声音，立刻应了。

等挂断电话，傅幼笙才问："闻亭这话什么意思？"

殷墨跟她说了前段时间因为他们去医院检查被拍到的事情，傅幼笙这才恍然大悟。

提到那天，傅幼笙忽然想起来一件事。

"那天楚望舒在颁奖典礼上扶我，他说是你请他帮忙的？"

没想到自己太太的脑回路竟然转到了这里，殷墨表情微微一僵，最后表情有点儿无奈，还是老老实实地回答了："是。"

自家太太的安全与自己的醋意，殷墨还是选择了前者。

即便后来看到颁奖典礼现场，楚望舒扶着自家太太的动图，他心里简直打翻了醋坛子，但他也不后悔。

明明已经知道答案，但从殷墨口中得到自己想要的回答，傅幼笙还是心情愉快："忽然觉得怀孕也没有那么难受了，毕竟——是我们的宝贝。"

她主动把自己的小手塞进殷墨掌心之中，与他十指相扣。

殷墨略一垂眸，就看到了傅幼笙那双漂亮的眼睛里面闪烁的光芒。

翌日一早。

傅幼笙醒来的时候，发现身旁男人已经不在了。

"殷墨？"她从床上坐起来，第一件事就是找老公，然后发现自己今天居然没有反胃的感觉。

她下意识摸索着床头上殷墨平时给她准备的柠檬汁。

下一刻，身后一双大手盖住了她乱摸的小手："小心杯子摔到床上。"

说着殷墨便亲自拿起杯子，一如往常地喂她喝水。

傅幼笙握住他的手腕，咕咚咕咚喝了一大杯。

"怎么不是柠檬汁？"喝完之后她才嫌弃。

殷墨擦了一下她的湿润的唇角："天天喝柠檬汁，会产生依赖性。

"既然今天没有孕吐，就喝水。"

傅幼笙这才看到，床头柜上不单单放着一杯水，还有一杯柠檬汁。

感觉自己已经喝饱了，那杯柠檬汁她也喝不下去了，只好作罢。

"节目组的人来了吗？"扫了眼时间，傅幼笙想到了今天要干的重要事情。

殷墨温声应了句："这几天都闷在家里，我们去散散心。"

"去哪儿散心？"傅幼笙想到了导演之前给她的节目安排，最后一期好像是可以他们自己选择最想要去的地方，最好是对他们有很重要回忆的地点。

殷墨抱着她往浴室走去："到时候你就知道了。"

啧，还偷偷摸摸的。

傅幼笙嘴上吐槽，心里却非常期待。

等坐上殷家的私人飞机之后，傅幼笙看着节目组熟悉的工作人员，忽然想到了一个地方。

幸好今天傅幼笙状态很好，并没有晕机。

导演脸上的激动简直要蔓延出来了。

他上次录制的殷总与傅女神结婚的全过程，殷总也同意剪辑过后可以放出来一点点。

与这期回忆的节目前后呼应。

本来导演是没想到殷墨会这么轻易答应的。

没想到——

他觉得让殷总动心的是，等他们孩子出生，看到爸爸妈妈这么恩爱，被这么多粉丝观众们祝福过，一定会很开心。

这是留给宝宝以后看的。

傅幼笙看着熟悉的岛屿，熟悉的城堡，白皙漂亮的小脸上泛起了激动的绯色："是我们结婚的小岛。"

“你不是一直想要回来看看？在这里陪你多待几天好不好？”殷墨从身后环抱住她，丝毫不在意那些镜头，俯身低声说道。

傅幼笙甚至没注意到殷墨的姿势多么的亲密，只是顺着飞机的窗户往下面看。

看到了城堡尖顶，她一双水波眸潋滟惊喜：“真的可以吗？”难怪他今天出行把家里的厨师都带来了。

虽然小岛上有用人跟管理人员守着，但是厨师却没有家里的专业，也不了解傅幼笙的喜好。

傅幼笙作为孕妇，嘴挑了许多。也只有家里这位星级大厨花样百出的厨艺才能满足这位挑嘴的太太。

城堡里。

导演征求过同意之后，开了直播。

毕竟这次直播是答应过粉丝的。现在节目快要结束了，直播自然不能弃掉。

这还是傅幼笙第二次开直播。

上次直播还是为了澄清她有没有资格当选秀节目的导师，而这次直播，用导演的话来说，就是纯粹地让观众们亲眼看看豪门夫妻真正的日常。

即便城堡常年不会迎来它的主人，但却被管理人员打理得很干净，直接过来住也没有任何问题。

此时平素寂寥的小岛难得迎来一群人，顿时热闹起来。

工作人员们上次来的时候，都没有进到城堡里面，这次算是大开眼界。

安装直播设备与拍摄摄影机的时候，工作人员忍不住小声低语。

“我还是第一次进真正的城堡啊，以前拍摄都是搭的景。”

“跟着傅女神真是长见识！”

“你说傅女神跟殷总在一起这么长时间了，怎么能忍住不秀恩爱的？我要是有这样有钱又英俊的老公，天天秀给网友们看！”

“啊，我们在现场看真实版豪门童话爱情剧，真的太幸运了。”

“以后看小说脑子里都有人物形象了。”

“忽然有代入感了……”

就在这时，副导演走过来，一个人敲了一下：“聊什么呢，还不快点布景。

“时间到了。”

直播时间是下午三点钟。

为时一小时。

刚打开直播，就有数十万粉丝观众涌进来，差点儿把直播弄卡掉。

看着源源不断上升的人数，导演笑容满面："真不愧是咱们女神，这才几分钟，就百万人数了。

"粉丝最多的带货主播都没有咱们节目组的直播人数涨得快吧。"

经常逛带货直播的助理深以为然地点头："确实是。没见过十分钟之内，就快要破千万在线人数的。"这得有多少人在线等着呢。

然而很快他们就知道为什么了。

傅幼笙坐在镜头前，跟观众打了个招呼。

因为怀孕，傅幼笙脸上没有化妆；也幸好她素颜能打，没开美颜滤镜皮肤都是白白嫩嫩，细腻莹润到看不到任何毛孔的。

她一出现在屏幕中，观众们就狂刷弹幕。

如果不关弹幕的话，几乎要把她整张脸挡住。

柚子好久不见，怎么又美了！

傅女神素颜好能打，这皮肤，比我女儿的还要嫩！

只有我觉得女神好像是瘦了吗？

幻觉吧，开美颜瘦脸了？

哈哈哈哈，女神关掉美颜。你那么美，开什么美颜！

你家Y先生呢，想念Y先生那张令人垂涎欲滴的俊脸了。

啧，前面好大的狗胆，竟然在人家傅女神面前垂涎Y先生。

狗胆包天！

傅幼笙听到他们前头说美颜滤镜，然后眨了眨眼睛，看向对面的工作人员："美颜滤镜怎么开？"

工作人员看到女神好奇，还真的帮她调了一下。

于是粉丝们眼睁睁看到屏幕里女神那张盛世美颜，渐渐扭曲成蛇精脸。

傅幼笙震惊地睁大眼睛："原来直播还能美颜成这样！"

她平时拍照什么的也会P一下，但是很少直播，所以真不知道直播还有这种自动"鬼化"的功能。

她这么一睁大眼睛，屏幕里顿时眼珠子大的像是恐怖片。

妈耶，女神快点关了吧……

别的主播开美颜丑女都能美成天仙，傅女神开美颜就是鬼片儿。

这就是女明星跟网红的差别。

不，这应该是傅女神跟正常女生的区别。

天仙五官比例太绝了，没有一样不精致，所以开美颜才会变成这样。

太不公平了！傅女神肯定被女娲娘娘精雕细琢过，我们就是被甩出来的泥点子！

哈哈哈，前面描述绝了！

泥点子？

傅幼笙忍不住莞尔："什么泥点子，你们都是小仙女。

"嗯，还有小仙男。"

粉丝们狂刷"啊啊啊"，要求傅幼笙关闭美颜，并且求见殷总。

傅幼笙关闭了美颜之后，粉丝们终于长舒一口气。

还是这样顺眼。

女神以后还是不要开美颜了，素颜就挺美。

不对呀，柚子号称极端精致主义者，怎么今天出门没化妆？

只有我发现柚子背景有点儿像中世纪古堡吗？

……

听到粉丝们的猜测，傅幼笙挨个回答："殷先生等会儿过来，他刚才有个紧急电话。

"嗯，以后不开美颜了，你们如果不喜欢的话。

"是古堡呀，我们婚礼就在这里举行的。

"哎，还不是导演说最后一期要去一个最值得纪念的地方，殷墨偷懒，直接带我们来这里了。"

突然，弹幕上一排放大的还闪着金光的蓝色字迹弹幕飘过——

所以最值得纪念的是哪里？

由于字迹过于闪烁，傅幼笙还真不能装作看不到。她纤细漂亮的食指竖起来："这是个秘密。"

她眼眸弯弯，带着明显戏谑的调皮。

女神你太调皮了吧！

这么看更想知道了，气哭！

柚子你一定是故意的！

傅幼笙看着手机里刷新出来那一条条气哭的弹幕，恶趣味地撑着下巴：“对呀，我就是故意的。”

顿时，弹幕刷得更欢快了。

偶尔有不和谐的评论，也很快被粉丝跟观众合力刷过去。

想看古堡！

只有我觉得我们被傅女神转移话题了吗？

对对对，差点儿忘了！傅女神素颜出镜，是因为怀孕了吗？

上次拍到你跟殷总去医院——

柚子不想说大家不要问了。

……

傅幼笙还真不是刻意转移话题，她是真的没看到有人问她怀孕的事情。

想到现在已经三个月，说一说也没什么关系，她红唇张了张，刚准备开口，一道修长挺拔的身影就端着欧式托盘，出现在了她身后。

傅幼笙还是从直播画面上看到的。

她下意识转过身，入目便是殷墨那双白净明晰的手指，往上是托盘上那几碟精致甜品以及她最近的新宠柠檬汁：“殷太太，你的下午茶。”

傅幼笙很自然地让开一个位置，让殷墨在她旁边坐下：“谢谢殷先生。”

再看屏幕，果然——

观众们疯了一样刷屏：

殷太太殷先生太甜了吧！

就这一句称呼，甜死一大片。

第一次觉得太太先生这样的称呼比老公老婆还要甜蜜蜜。

呜呜呜，戳中心尖尖！

傅幼笙用叉子叉起一块儿甜品，有点儿奇怪粉丝们戳心的点。

太太先生这么正常的称呼，到底哪里甜了……

殷墨扫了眼那刷屏的弹幕，皱了皱眉："这个怎么关掉？"

傅幼笙咽下去后，才看向殷墨："干吗要关掉？"

粉丝们的弹幕很有意思啊，而且不看他们说了什么，自己怎么往下聊。

殷墨俊美清隽的面庞上带着冷淡："花花绿绿，会伤眼睛。"

不等傅幼笙开口，导演拒绝："弹幕不能关的。"

这下粉丝们才知道，殷墨一上来就要关闭他们跟女神的通话渠道。

原本还期待看到殷先生的观众，变得格外齐心协力。

忽然觉得殷先生不在也行，我愿意光欣赏女神的盛世美颜！

居然说我们花花绿绿，哼哼，柚子你绝对不能答应。

网络一线牵，西柚跟柚子只有这一段缘，绝对不能被殷总切断。

傅女神果然一点儿都没有说错，殷总醋海实锤，居然阻止我们跟女神培养感情！

不要啊啊啊！

傅幼笙看到粉丝们刷得更欢快了，一脸无辜地看向殷墨："我们要尊重群众的意见。"

殷墨坐了下来："可以。"然后大家眼睁睁看着殷墨取下傅幼笙用来看弹幕的手机。

他过滤掉那些没有营养的弹幕，神态散漫地用磁性又低沉的嗓音开始念弹幕："傅女神什么时候进组？"

殷墨念完，回答："暂时不。"

而后继续念："这部综艺结束，柚子最近还有综艺计划吗？"

殷墨顿了一秒，答："没有。"

他继续用那种毫无感情的调调念弹幕："傅女神为什么最近不发微博了？"

殷墨回："没空。"

……

傅幼笙喝了口柠檬汁压压惊。

"行了行了，你别念了，念得我浑身不对劲。"

不单单是她不对劲了，围观的工作人员都僵住不动了。

“我念，你就不用看了。”殷墨语调平淡，仿佛说一件非常平凡的事情。

傅幼笙才不觉得粉丝们能问这些无聊的问题呢，肯定大部分有意思的都被殷墨忽略掉了。

“你念的没意思，我要自己看。”傅幼笙朝着殷墨伸出一张白皙的小手，示意他把手机交过来。

殷墨不为所动：“医生说你不能用眼过度。”

傅幼笙见他在这么多人面前不给自己面子，忍不住在看不见的地方，踹了他一脚：“就直播一个小时，没关系的。”

观众看着他们两个互动，弹幕刷过一大片。

我猜在我们看不到的地方，殷总肯定被掐了！他刚才眉心跳了一下哈哈哈！

殷总继续念啊，声音那么好听，以后要是破产了，可以靠声音养活我们女神！

有生之年终于亲自感受什么叫男人的声音能让我耳朵怀孕了！

殷墨看到最后这个弹幕，薄唇微启，冷淡地开口：“她说，破产了，她养我，不需要我卖声音。”

噗哈哈哈，殷总吃软饭吃得理直气壮！

对不起没忍住，让我笑一笑。

……

最后傅幼笙还是没能看上弹幕一眼。

至于屏幕上那些猜测傅幼笙怀孕的弹幕，殷墨一条都没读，直接忽略过去了。

一小时直播准时结束。

刚关掉直播，傅幼笙就听到工作人员说：“上热搜了。”

上热搜岂不是很正常？

然而导演看过工作人员递过来的手机后，眼神复杂地看向傅幼笙：“傅老师，要不您亲自看看？

“这个热搜，还挺有意思。”

傅幼笙想了想刚才直播过程，没有任何有意思的点吧？

而且她刚进入状态，就被殷墨收缴了手机，连弹幕都看不到，只能听殷墨用那毫无情绪的语调念弹幕，念的还都是一些正儿八经的问题，不知道的还以为是访谈节目呢。

现在访谈节目都没有殷墨念的那些问题那么无聊了！

他到底是怎么从一堆有意思的粉丝弹幕中，找出来这些正儿八经的“访谈”问题。

傅幼笙没来得及计较殷墨刚才直播时候的自作主张，就被工作人员塞了手机。

入目便是微博热搜上——“傅幼笙耐酸性”

什么鬼？傅幼笙眼睫毛轻眨了一下，掩盖不住眼底的惊讶。

什么叫耐酸性？

她下意识点开词条。

置顶的微博就是她刚才直播时候喝柠檬汁的画面。

柠檬汁一看浓度就很高，而她眼睛眨都不眨的一口一口地喝着，面不改色的。

咦，我光看着就觉得牙酸！

傅女神耐酸性太强大了，白皙莹透无毛孔的皮肤，就是喝这么高纯度柠檬汁喝出来的吗？

说出来你们可能不信，我是眯着眼睛看完那段视频的。

傅女神是柠檬精转世成人吧？

楼上哈哈哈哈！

走向逐渐清奇。

那来个正常走向吧，突然嗜酸，而且一个精致主义女明星，忽然做节目不化妆？

除了怀孕我想不到第二个可能性。

话说傅幼笙怀孕不已经是默认的吗，为什么还有人说？恭喜就完事儿。

楼上说得没错，恭喜就完事儿。

……

傅幼笙刷着下面的评论，若有所思。

刚才本来打算说的，殷墨突然出现，让她忘记了！

啧，怀孕之后，记性真的是越来越不行了。

不过现在要是突然冒出来说她怀孕了，好像也怪怪的。

粉丝们都说，她怀孕是公开默认的事情了。

果然，公开一件事情，要是错过了最佳机会，真的就错过了。

看着傅幼笙那一脸纠结的小模样，殷墨垂眸看了眼她拿着的手机屏幕：“说你柠檬精不高兴了？”

傅幼笙条件反射：“你才是柠檬精。”

殷墨慢条斯理地将视线移到她的小腹上，忽然低沉一笑：“它这么喜欢喝柠檬汁，或许真是柠檬精也说不定。”

“有你这么说自己孩子的吗！”傅幼笙没好气地白了他一眼。

殷墨万万没想到，他的一句随口逗她的话，居然一语成谶。

这个小崽崽还真是货真价实的“柠檬精”！

整天酸自家爸爸总黏着妈妈，他也要香香的妈妈。

当然，这是后话了。

此时傅幼笙看到这个热搜，只觉得要是不给网友们一个正确的答案，最后可能会演变成她是柠檬精。

一想到自己以后跟柠檬精这个词成了关联词，傅幼笙就忍不住双唇紧抿。

绝对不行！

刚刚过来的闻亭看到傅幼笙要手机，似乎是想要公开怀孕的意思，他立刻开口：“先别急，我先通知一下公关部。这可不是小事。”

刚忙完直播的事情，又要开始忙公开怀孕，希望公关部的同事们能稳住。

傅幼笙指尖顿了一下，有点儿无奈：“好。”然后才注意到节目组工作人员们集体石化的表情。

导演最先反应过来：“傅老师，您真怀孕了？”

傅幼笙困惑地反问：“没给你们说吗？”

导演立刻摇头：“这个真没有！”

傅幼笙气定神闲：“哦，那现在跟你们说了也不迟。”

导演：“！”

他们节目组存在感到底是多弱啊，居然连这么重要的事情都没有提前说！

傅幼笙看着导演一脸心碎的表情，安慰道：“大概闻亭他们觉得我们拍摄几天就结束了，没必要说。”

导演：“……”绝杀！果然他们不够重要。

不够重要的节目组们终于拍完了最后一期综艺节目，大家长舒一口气。

前面几期播出的效果很好，收视率与网络播放量早就打破近几年的真人秀节目记录。

想到最后这一期的爆炸性新闻，导演就觉得这一期绝对要破第一期的记录。

哎，无敌是多么寂寞，记录都得靠自己打破。

虽然在嘉宾眼里存在感低，但导演还是很快乐地结束了最后一期的拍摄。要不是殷总在场，他真的很想再跟傅老师约一档综艺。

他下面还有个综艺是妈妈带宝宝的。

当然，爸爸带娃也可以安排一下，前提是殷总愿意出镜的话——

导演预估了一下这个可能性，觉得概率为零。

“人要知足呀，咿呀咿呀咦……”导演哼着胡编乱造的小曲儿，指挥大家收拾东西回北城。

至于傅幼笙和殷墨，他俩暂时没有离开。殷墨准备带着傅幼笙在小岛上度假几天，她最近天天闷在家里，对身体也不好，也只有这种没人的地方，才能敞开了撒欢。

小岛四季如春，环境适宜，比起那些有名的度假胜地更胜一筹，也适合养胎。

关于公开怀孕这件事，折腾了好几次，都没有公开得成，最后还是傅幼笙与殷墨在沙滩上散步的时候，看着倒映出来的两个人拉长的影子，忽然从殷墨口袋里拿出手机，拍了一张沙滩影子的照片。

照片上，他们两个牵手的身影被夕阳拉得很长很长。

美好而缱绻。

傅幼笙发了一条微博：

傅幼笙V：想在黄昏画一幅画，画里有落日的余晖，有你永不松开的手，也有我们相爱的“宝贝”。

说得非常含蓄内敛，却是让人心尖都忍不住轻颤的美好。

看到傅幼笙这条微博，大概所有人脑海中都会浮现出她描绘的画面。

那么让人憧憬。

让人一瞬间拥有想要谈恋爱的心思。

直到沈行舟转发傅幼笙的微博，让人瞬间从美好爱情的梦幻中清醒过来。

沈行舟V：恭喜。不过画里缺了我，不太完美。

众人喷笑：沈总真是破坏气氛第一高手！

第 二 十 七 章

他的小祖宗

/

XINTIAO
BU
TINGHUA

傅幼笙这一胎前期怀得辛苦，吃不下东西，整个人都清瘦了不少，惹得殷墨心疼不已。

殷墨甚至放下工作，每天在家里陪她。

两家母亲也几乎整天坐镇麓荷公馆这边的别墅，倒是两家老父亲成了没人管的。

直到傅幼笙坐稳三个月后，忽然就不吐了，也能吃下东西了。

喜得两家母亲换着法子给她做吃的。

短短一星期时间，傅幼笙前段时间掉下来的肉又重新长回去了，漂亮的脸蛋满是胶原蛋白，完全没有大部分孕期女性那样的憔悴苍白感。

看着傅幼笙那张小脸蛋恢复红润光泽，殷墨终于略松一口气。

不过取而代之的是她开始嗜睡。

早晨六点，殷墨醒来，入目便看到自家太太睡得香甜的小脸。

红红的唇瓣轻轻嘟起来，明明是娇艳欲滴的好颜色，却有一种幼嫩感，让人看了便觉得心疼到心尖里去。

殷墨长指轻轻抚了一下她滑软的脸蛋，触感温热，才放心去浴室洗漱。

昨晚她有点儿发烧，但因为怀孕，她不能随便吃药，现在体温倒是恢复正常了。

殷墨下楼后，便看到岳母早就在厨房忙碌。

他脚步微微一顿："妈，早。"

傅夫人一看到殷墨，目光落在他身后："早上好，幼幼今天没吐吧？"

这是每天早晨必问的，即便傅幼笙已经连续一星期没有晨吐过了。

殷墨看她还戴着围裙，就知道她又在给幼幼准备早餐。他心中轻叹，虽然岳母柔弱保护不了孩子，但对幼幼也是真心疼爱，所以他是愿意尊重这位岳母大人的。

见殷墨摇头，傅夫人又问："烧退了吗？"

殷墨语调温和："退了，您放心。厨房里有厨师，您早晨可以多歇息一会儿。"

知道女婿是关心自己，傅夫人笑着说："我素来觉浅，生物钟也习惯了，而且给幼幼煮个粥做个小菜而已，也不累。她小时候喜欢吃我亲手做的。"每次吃了都笑得眼睛弯弯。

傅夫人想到小时候的傅幼笙，眼窝浅的她就忍不住眼眶微红。

幼幼小时候最快乐的日子大概就是还没有上学的时候。

后来启蒙了，学业也越来越重。

到底是从什么时候开始，她再也没有从女儿脸上看到那种无忧无虑的单纯笑容。

只要想想，她心里就酸得很。

看着面前身高腿长、优雅又矜贵的女婿，傅夫人轻叹了一声："你也是个好孩子，幼幼嫁给你，我很放心。"

殷墨看着岳母如此，颔首应道："您放心，我会对幼幼好。"

就在这时，从楼上传来殷夫人的轻哼声音："你敢对幼幼不好？"

殷夫人的到来，一下子让原本安静的客厅像是活了起来一样。

她上前挽住傅夫人的手臂："亲家母，我刚从网上学了一道适合孕妇吃的菜，咱们一块儿去研究研究。等幼幼醒了，可以直接吃。"

然后殷墨就眼睁睁看着自家母亲无视了自己，拐着岳母去了厨房。

殷墨无奈地揉了揉眉梢，却忍不住低低笑出声。

两位母亲都是真心地关心幼幼。

他脑海中浮现出当初下着大雨那天，在傅家大宅门口的画面——

傅幼笙跪在台阶上，浑身湿漉漉的，纤细的身子挺得笔直，像是被全世界抛弃了。

虽然他能给予傅幼笙一个新的家庭，但是来自父母的爱，是谁都代替不了的。

所以殷墨不会阻止傅夫人与傅恩忱来看望傅幼笙。

虽然傅恩忱来了之后也没有多少话，父女两个人的气氛依旧僵硬，但总比之前一见面就剑拔弩张的好。

他的幼幼，值得全天下所有人的疼爱。

殷墨站在岛台，修长的手指端着盛满水的玻璃杯。

温度刚刚好，他端着杯子转身，入目就对上了站在二楼还有点儿茫然的傅幼笙。

殷墨眼底划过一抹懊恼，随手将玻璃杯放到台面上，三两步走过去。

傅幼笙眼底浮现出一层薄薄的水汽："醒来没看到你。"刚刚睡醒还有点儿低哑的小嗓音委屈巴巴。

被殷墨抱住之后，傅幼笙戳了戳他的胸膛。

殷墨看着她赤着一双脚，直接原地将她打横抱起来，不管她那些小动作："我下楼给你倒水。今天怎么醒这么早？还不穿拖鞋。"

傅幼笙听到殷墨那温柔的训斥，一声没吭。

等殷墨抱着她回到房间床上的时候，却发现……怀中女人已经安静地睡着了。

他有点儿哭笑不得，这睡意来得太快了吧，几步路都能睡着。

傅幼笙没有睡沉，被放到床上之后，就迷迷糊糊地睁开了眼睛。她下意识地握住殷墨的手指，柔软的掌心攥着男人修长的食指："再陪我睡一会儿，我自己睡不着。"

殷墨看了眼时间，不过也才六点半。

他拍了拍她的手背，动作很轻地将她的手放进被子里："我先把水拿过来，你喝过之后再睡？"

"你陪我？"傅幼笙眼睛都快要睁不开了，但还是坚持地看着殷墨。

怀孕的女人心情很脆弱的，傅幼笙特别需要殷墨的陪伴。

每天早晨醒来，都要看到他才能安心。

这也是殷墨把工作都搬到家里的其中一个原因。

当然，最重要的原因，他还是不放心她，需要亲自看着才能安心。

此时听到她这么说，殷墨俯身在她唇角亲了一口："知道了，小祖宗。"

傅幼笙抬了抬眼皮，把他的手掌搁在自己小腹上。

即便是隔着被子，殷墨依旧能清晰地感受到掌心下方那柔软到骨子里的触感。

傅幼笙一本正经："这才是你的小祖宗。都怪他太黏人。"

肯定不是自己黏人，一定是宝宝黏人。

说了两句话，傅幼笙清醒点儿了，酸酸地说："一定是个女儿，都说女儿是爸爸前世的情人，你看你这小情人还没出生就跟我抢你了。"

殷墨见她迷蒙的眼眸逐渐清醒，也不着急下去了，弯腰刮了一下她精致小巧的鼻尖："谁都抢不走你的。"

傅幼笙抱住殷墨的脖颈，拉着他往下，然后主动亲了一下他的薄唇，哼了声："盖章，我的谁都抢不走，小情人也抢不走。"

温暖的阳光从窗帘缝隙中隐约照射进来，他们能清晰看到彼此眼中的倒影。

只有彼此……

好像就算是有了孩子，也挤不进他们之间的那种气氛。

傅幼笙在他耳边低喃："就算是有了小宝贝，我在你心里也要排第一位。"

殷墨轻笑："好。你才是我的宝贝。"

殷墨抱在她腰间的手微微往前移动了一下，掌心贴着她的小腹。

等孩子出生之后，为避免自家太太产生落差，殷墨决定要对她更好一点儿。

然而殷墨万万没想到，等孩子出生之后，产生落差感的不是自家太太，而是他。

殷墨作为胜景资本的创始人，偶尔几天在家办公还行，但是天天在家里办公显然是不行的。

傅幼笙也不是任性的女人，虽然舍不得，但还是放殷墨走了。

殷墨想到傅幼笙自从上次综艺节目拍完之后，就再也没有出过门，想着今晚的商业宴会，会有许多人携太太出席。

看着她打不起精神的样子，他忽然开口："晚上有商业宴会，殷墨有幸邀请殷太太当女伴吗？"

商业宴会？

傅幼笙不是第一次陪殷墨参加商业宴会，但是还是第一次以殷太太的身份参加。

她跑到落地镜前看着自己此时的模样，素白的小脸蛋垮下来："我现在这么丑，去了岂不是给你丢脸？"

殷墨走到她身后，从镜子里看到此时两个人的身影。他从背后揽住她即便是怀孕了也依旧纤细的身子："这么漂亮，哪里丑。"

傅幼笙扯了一下身上那件宽松的睡裙，微微露出来有点儿凸起的小腹。

四个月了，小腹也是有点儿变化的。

不过傅幼笙骨架纤细，这一点儿凸起来的小腹，就像是吃多了一样。

傅幼笙皱了皱眉头："穿礼服不好看，我不去。"

自从肚子开始有变化之后，傅幼笙再也没有穿过旗袍，更没有穿过她以前那些漂亮的裙子。

每天在家里，她要么穿宽松的棉裙，要么就是宽松的绸质吊带裙，比较舒服，也能挡住日益开始变化的小肚子。

"适合你孕期所有尺寸的礼服都让人订好了，去看看好不好？"殷墨牵着傅幼笙的手，往衣帽间走去。

自从不怎么出门之后，傅幼笙也不太在意衣帽间多了什么衣服，却没想到殷墨居然连她孕期的衣服都让人订好了。

香槟色的衣帽间大门打开之后，殷墨带着她径自往里面走。

衣帽间很大，占地面积将近一百平，和普通人家三室两厅差不多大小了。

主要是傅幼笙的衣服太多了，这一层除了卧室与书房之外，全都被衣帽间占了。

走到尽头傅幼笙才发现，这里居然多了一面墙的衣柜，也不知道是什么时候弄的。

随着按钮打开，衣柜自动开启，炽亮的灯光缓缓亮起来，墙面上也多出来一面镜子。

傅幼笙看着衣柜里那一排排的裙子，除了礼服之外，还有日常穿的裙子，甚至最旁边的透明格子柜里，全都是精致漂亮的平底鞋。光是看着就柔软舒服。

她眼底划过一抹惊讶，下意识看向殷墨："你这是什么时候准备的？"

没等殷墨回答，她取下来一条裙子，在身上比划了一下。

裙子设计得非常好看，与她现在的身材的尺寸非常贴合，显瘦的同时，还能挡住小腹那点鼓起来的弧度。

傅幼笙随便拿了两件喜欢的颜色，发现所有的尺寸都适合她现在的身材。

殷墨："昨天才到的。不过早就让人准备了，是根据家庭医生预估你每个月肚子尺寸的大小，预定的。之后每个月都会送来一批。你不是最喜欢这家工作室的私人订制吗？”

虽然旗袍不能穿，但是这些漂亮的裙子，她还是可以穿的。

他想着自家太太这么爱美，怎么能因为怀孕，就不愿意把自己打扮得漂漂亮亮的呢？

傅幼笙忍不住抱住殷墨劲瘦的腰肢：“殷墨，你对我怎么这么好。”

殷墨看着感性爆发的孕妇大人，无奈地拍了拍她的后背：“不对你好，还能对别人好？”

“我不准！”傅幼笙霸道地抬起头，黑白分明的眼睛瞪着他，“你敢！”

“不敢不敢，所以殷太太今天赏个面子？”殷墨绅士地朝她伸出了一只手。

“看在这个惊喜的份上，好吧。”傅幼笙把自己的小手拍进男人摊开在自己面前的掌心里，下一秒便被男人握住。

见傅幼笙终于打起精神，殷墨点了一下她樱花般的唇瓣，俯身在她耳边低声说：“殷太太今晚一定艳压群芳。”

美人就算是怀孕了，也是最美的孕妇。

当怀孕四个多月的傅幼笙第一次出现在公开场合时，大家脑海中全都浮现出这样一句话。

傅幼笙挽着殷墨的手臂。

她虽然向来对自己的容貌自信，但是现在被大家用那种震惊的眼神看着，还是觉得怪怪的。

总觉得大家都盯着她的小肚子看，她压低了声音问殷墨：“我真的好看吗？”

殷墨肯定：“好看。”

傅幼笙：“敷衍。”

殷墨：“怎么才算是不敷衍？”

傅幼笙思索两秒，然后一本正经地回答：“最起码要写一万字的小论文夸奖我的美貌，才不算是敷衍。”

殷墨：“……”一万字的小论文，亏殷太太想得出这样的法子治他。

然而没等殷墨想出来十个字，傅幼笙就已经看到几个相熟的太太，然后跟人家跑了。

看着她离开的背影，殷墨表情微微一沉，想要跟上。

商琮拦住了他：“放心，我太太会帮你看着的。你千万别去。别怪我没提醒你，女人怀孕之后脾气都很奇怪的，尤其是不愿意被男人时时刻刻跟着。上次我太太怀孕的时候，我怕她碰着嗑着，就一直跟着，然后回家跪了两小时键盘。你想回家跪键盘吗？”

死亡问题。

殷墨脚步顿了一秒，然后看向商琮，刚准备开口，就听到肖沉原走来笑眯眯地说：“咱们殷总家里不跪键盘，跪榴莲皮。”

噗——

路过的人听到之后，忍不住闷笑出声。

然后殷墨幽幽地看了他们一眼，大家立刻捂住嘴：“我们什么都没听到！”

他们溜得也特别快，生怕晚了被殷大佬灭口。

等到远离了殷墨的视线之后，该笑的一个都没有落下，然后拿起手机给相熟的朋友打电话。

“我跟你说一个秘密，你千万不要告诉别人，嘿嘿嘿，我亲耳听到殷大佬在家里是跪榴莲皮的地位。”

然后传着传着——

传成了殷墨每天晚上要跪两小时榴莲皮作为睡前运动。

当然，这是后话。

而现在，殷墨看着肖沉原跟商琮戏谑的眼神，径自走向自家太太，并且对着商琮撂下了一句：“你说得没错。”

商琮：“什么？”

殷墨薄唇扬起淡淡的弧度：“女人怀孕确实脾气变了，不过我太太变得非常黏我，一时半刻都离不得。”

商琮：“？”

他震惊地看着殷墨离开的背影，张了张嘴：“这是炫耀吧？”

肖沉原认同地拍了拍他的肩膀：“这就是炫耀，兄弟，认命吧。”

果然，殷墨炫耀是无差别攻击。

不单单他这个未婚没老婆的受到了冲击，就连商琮这个孩子都有俩的也受到了攻击。

傅幼笙并不知道自家先生做了什么事情，正眼眸弯弯地听其他太太夸她美貌，深觉她们有眼光。

殷墨本来打算去看看自家太太，走到不远处看到她坐在沙发上跟其他人聊得愉快，便没有过去，而是转了个弯，准备拿点儿吃的给她垫垫肚子。

这段时间，她很容易饿，一饿就是很着急的那种。

此时，沙发处。

宴会厅光线很足，打在傅幼笙雪白通透的皮肤上，红唇雪肤，娇艳欲滴。

哪里像是怀孕的女人，如果不是明艳的气质，说一声少女也不为过。

在座的都是有钱有闲的贵太太或者名媛，自然都想知道傅幼笙这一身皮肤是怎么保养的。

尤其是那些生过孩子和准备生的太太，看着傅幼笙眼睛都发亮。

“殷太太，你这皮肤太好了吧！当年我怀孕的时候皮肤糙得我自己都不愿意碰，瞧瞧你这小脸蛋嫩的哟。”

“脸蛋也就算了，身材还这么好，四肢纤细，身形苗条。我当初怀孕四个多月的时候，全身都一块儿长肉。”

“还真是，谁怀孕光长肚子，未免太令人羡慕。”

“快分享一下你的孕期保养秘籍，瞧瞧大家都快要把你吃了。”商太太打趣着说，“可别藏着掖着的，我都把自己的小秘籍告诉你了。”

傅幼笙一听到她的小秘籍，原本因为被夸奖而微笑的小脸蛋有一瞬间的僵硬。

差点儿忘了——

之前从商太太那儿拿走的那些睡裙内衣，全都被殷墨收起来了。

说是等她生完孩子再穿，不要浪费。

傅幼笙脑海中浮现出殷墨那似笑非笑的俊美面庞，下一秒便看到大家心照不宣的笑容。

有个太太笑眯眯的：“殷太太也是商太太店里的客人啊。”

“下次咱们约着一块儿逛。”

“听说最近上了新款。”

商太太一听大客户说话了，立刻回答：“没错，刚设计好的新款，一系列有十三套不同的，一套限定一件，先到先得。”

大家一听，连忙问她时间。

傅幼笙目瞪口呆地看着一群在外面优雅斯文的贵太太们，居然抢内衣?

这个画面怎么这么奇怪呢?

商太太有毒。

商太太见傅幼笙看着自己，小声对她说：“放心，我亲自给你设计了好几套，等做好了就让人给你送去。

“绝对让你们夫妻满意。”

没等傅幼笙回答，有个跟商太太关系不错的贵太太说：“商太太偏心了啊，怎么光给殷太太单独设计，咱们就要靠抢的。”

商太太微微一笑，因为关系好，说话也没藏着掖着，捂着嘴笑：“你要是长成殷太太这样的身材，我保准灵感迸发，天天给你设计。”

贵太太看向傅幼笙那怀孕后依旧曼妙完美的身材：“……”

输了输了。输给殷太太一点儿都不心塞。

毕竟完全不是同一个级别的颜值，跟殷太太比美，那是脑子多不好。

不过总是有人酸不溜秋的，一个穿着过季礼服的林太太忽然说：“都说怀闺女才养妈妈，殷太太怕不是怀了个女儿吧。”

这话一出，原本愉快的气氛一下子冷下来。

毕竟都是豪门，大部分豪门贵妇只有生个儿子才能坐稳位置。

虽然大家嘴上都说不重男轻女，但大部分人还是更希望生个儿子来继承家业。

傅幼笙最讨厌这样的腔调，这刚好撞到了她的雷点上。

女儿怎么了？女儿贴心又孝顺，比儿子差哪里。

她从来都觉得儿子女儿都是她的宝贝，现在听到有人用那样歧视的语调提到女儿，仿佛她肚子里如果是女儿的话，是一件多么凄惨的事情。

傅幼笙漂亮唇瓣紧抿着，在灯光下，格外清冷漠然，让人仿佛看到了殷墨。

她凉凉笑了声：“怀女儿怎么了？”

林太太理直气壮，挺了挺自己也微微凸起的小腹：“女儿虽然可以让妈妈变美，但在场的谁不想要生儿子？要是生儿子会变丑的话，那我宁愿丑一点儿。”

她早就看不惯傅幼笙了，尤其是傅幼笙一过来，立刻吸引了大家的视线。

凭什么都是孕妇，大家却一直捧着傅幼笙。

有人见傅幼笙脸色清冷，对林太太说：“别说了。”

商太太把傅幼笙拉过来聊天，不是给傅幼笙找气受的。

商太太对林太太说：“大清都亡了多少年了，生儿子生女儿又有什么关系，都是心肝宝贝。”

“好了好了，都少说两句吧。”

林太太一看商太太护着傅幼笙，火气就上来了：“要是没关系的话，你干吗一胎女儿，还要拼二胎儿子？”

商太太：“？”

火居然烧到她这里了。

她生二胎完全是为了女儿，如果二胎还是个女儿，那以后两个宝贝互相陪伴，如果二胎是儿子就可以给宝贝女儿当依靠。

不然以后她跟商琮年纪大了，百年之后，宝贝女儿一个人怎么办？

至少有个亲弟弟或者亲妹妹，姐弟或者姐妹两人遇到事情也有个商量，却没想到居然被外人扭曲成这个样子。

她气得胸口起伏不定。

“林太太，你别用自己的想法去揣度别人！

“不是所有人都跟你一样重男轻女。”

傅幼笙淡淡地笑着，原本冷漠的面庞上忽然染上笑容，让人有种不寒而栗的错觉。

她慢悠悠地说：“林太太家里有皇位要继承吧？

“不过，要是这皇位没了的话，林太太肚子里的儿子继承什么呢？”

商太太立刻反应过来。

看着林太太身上这件过季礼服：“你说得对。林家连件当季礼服都没办法给林太太准备，家里也不知道能有什么给儿子继承的。”

林太太被傅幼笙跟商太太一唱一和气得瞪大了眼睛，指着她们两个：“你，你们！”

“我们怎么了？先撩者贱。”傅幼笙一点儿不怕她，“林太太可要小心点儿，我怀着个女儿不珍贵，你肚子里揣着的太子爷可珍贵着呢，要是磕磕碰碰了，可别碰瓷我们。”

这话一出，大家想到林太太对她肚子的宝贵程度，默默地远离她几步。

林太太感觉自己像是被当成了瘟疫，咬牙切齿，脸上却让自己保持笑容，却显得有些扭曲：“殷家可是真正的世家大族，有本事你别生儿子，看你能不能坐稳殷太太这个位置。”

商太太不愿意搭理她，拉着傅幼笙，招呼其他人：“这里空气不好，咱们去那边聊。”

傅幼笙懒得跟这种人置气，这种人就是来刷存在感的。

也有跟林太关系好的，拉住了她：“这里是宴会厅，闹大了，你家老林脸上能好看？”

傅幼笙被商太太挽着走，听她说：“林家真是越来越不行，现在有林太太这样的主母，更是到头了。”

“嗯。”

傅幼笙想着，若不是林太太肚子里还怀着一个，她真想把林太太打醒。

这个世界上，居然还有女人以能生儿子为骄傲。

把孩子教养好才更值得骄傲吧。

但是想着林太太那架势，傅幼笙觉得，她能教育出什么好儿子才怪了。

“真是晦气。”

“以前林太还挺低调一个人，怎么怀了孩子之后变了似的。”

“这怀孕还能让一个人性格转变得这么厉害？”

“以前她可能觉得自己没有儿子没有底气，昨天听说她去医院检查了，回来就开始一口一个儿子，估计是知道了性别。”

“啧，真是一个可怜的女人，竟然把所有的底气放在肚子里还没成型的孩子身上……”

“果然啊，可怜之人必有可恨之处。”

傅幼笙听着身边几个太太闲聊，红唇微微抿起来，带着微讽的弧度。

是啊，可怜之人必有可恨之处。

没有什么值得她生气的。

旁边商太太见傅幼笙兴趣缺缺：“你别听她瞎说。殷夫人虽然想要个孙子，但就算没有，她也不是那种非要儿媳妇生个孙子的恶毒婆婆。

“再者，谁说女儿就没有继承权了，大不了招个女婿呗。”

“以后我们家两个都公平对待，家产一人一半，其余的自己去挣。”商太太很看得开，“等咱们全都老了，百年之后还不是黄土一抔，谁管什么继承不继承的。”

傅幼笙听到商太太的安慰忍不住笑。

女继承人这个事情，没有人比她更不介意了。

毕竟——她就继承了傅家。

傅家才是真正有底蕴有传承的百年世家，傅家都让女性继承，更何况是林太太口中的那些新贵世家，怕是底蕴都不到几十年吧。

殷墨端着一碟甜品过来时，却看到自家太太的身影已经不在沙发那边，脚步微微一顿。

他刚才途中遇到了一个合作伙伴，聊了两句，眨眼工夫，自家太太就不见人影了。

他环顾四周，偌大的宴会厅灯火辉煌，到处都是衣香鬓影的，要找个人，确实不太方便。

就在殷墨将碟子放下，准备给自家太太打个电话时，恰好盛占烈端着一杯酒晃晃荡荡地出现："嘿嘿，墨哥，找媳妇儿呢？"

殷墨睨了他一眼："她在哪儿？"

盛占烈笑眯眯地拿出手机："来看个戏，我刚拍下来的。

"你媳妇儿安全着呢。"

殷墨扫了眼手机屏幕，看到自家太太冷着一张小脸正在跟人说话。

"刚才没见你，原来是在偷窥，盛占烈，你越发有本事了。"

盛占烈被殷墨说得噎了一下，也没刚才理直气壮了："我这不是怕嫂子吃亏才录下来当证据吗！

"毕竟嫂子可是公众人物。

"你非但不夸奖我未雨绸缪，还讽刺我，墨哥，你没有心！"

听着盛占烈唱念做打的话，殷墨还没来得及开口，余光不经意瞥到自家太太的身影，抬步走过去，没有忘记跟他说："视频发给我。"

盛占烈看着殷墨毫不留情离开的背影，傲娇地哼了一声，但还是老老实实地把视频发过去，小声嘟囔了句："还不是靠我——偷窥。"

不然他哪知道嫂子被欺负了。

发完视频后，盛占烈下意识抬眼看过去，却发现他们家墨哥已经走向嫂子了，还将手里的甜品递过去，眉眼温柔地说着什么话。

完全和他说话是两种表情。

盛占烈："呵，男人！"他再也不是墨哥的小可爱了。

若是殷墨听到他这句心里话，一定会回他一句：你从来都不是。

当然，盛占烈也不敢在殷墨面前说。

本来殷墨带傅幼笙去宴会是想要散心的，倒是没想到给她添堵了。

回家之后，傅幼笙虽然对他笑着的，但是殷墨依旧能感觉到她心情不是那么的愉快。

倒是弄巧成拙了。

车厢内，殷墨将人揽入怀里："别为无关紧要的人生气。气坏了身体，心疼的是我。"

傅幼笙顺势靠在殷墨肩膀上："你知道了？"

说话时，她伸手戳了一下他的掌心，然后顺势拉过他的手把玩。

以前殷墨总喜欢玩她的手指，傅幼笙还觉得他手痒，现在才发现——玩手指还真的挺有意思。

"嗯。"殷墨把盛占烈拍视频的事情提了一嘴，然后道，"林太太欺负你，我欺负林总给你出气。"

他现在也不拐弯抹角，就很直白地说出来。

倒是把傅幼笙逗笑了："林总是不是有点儿无辜？"

"夫妻本是一体，林太太犯了错，林总来弥补，何来无辜？"殷墨说得平静又从容，大概已经想好了要怎么"欺负"林总。

殷墨的话，倒是让傅幼笙憋在心口的气消散了不少。

她就喜欢殷墨这样毫无顾忌地站在她这一边的样子。

她拽了一下殷墨的西装领口："你低下头。"

昏暗的车厢内，傅幼笙的嗓音又甜又软，隐约还透着几分蛊惑的妖冶。

殷墨感觉自己像是被女妖诱惑了一样，下意识低头，下一秒，唇角便被温润柔软的触感缠绕住，从唇角一直延伸到心尖处。

傅幼笙贴着他薄唇的唇瓣翕动，也不离开，就那么贴着，说："奖励你的。"

话音一落，殷墨感觉自己唇缝之间钻进来一条灵动的小舌。

细腻，滑润，又充斥着缭绕缠绵的香气，让他微微阖上了眼睛，享受自家太太难得主动的热吻。

即便是亲吻的时候，殷墨依旧没有忘记她肚子里的宝宝。

他将她抱到膝盖上，动作温柔小心，像是捧着一尊珍贵又脆弱的薄瓷娃娃。

直到回到家里，傅幼笙依旧黏在殷墨身上，连洗澡都要殷墨帮忙，最后被抱出浴室的时候，那一张艳若桃李的脸蛋更是让人移不开目光。

即便是看了无数遍，殷墨依旧看不腻。

对上殷墨那双幽暗深邃的眼眸，傅幼笙熟悉他的神色，自然知道他这个眼神代表了什么。

自从怀孕之后，殷墨一直小心翼翼的，即便是晚上再想要，也会克制自己。

已经坐稳胎快要两个月了，殷墨克制的只碰过她一次。

此时看到男人那俊美面庞与微微勾起的润泽薄唇，傅幼笙也觉得被他诱惑了。

她的双手勾住他的脖颈，唇瓣贴着男人耳边低声说：“现在已经四个多月了，很稳了。”

这话的意思，男人如何不知。

房间只开了一盏壁灯，光线是柔和的暖黄色。

空气中充斥着浅淡的香气。

“累了吗？”看着她半闭着眼睛的小模样，殷墨轻声问。

本来以为傅幼笙那么温柔地叫他，是会说什么好听的。

谁知傅幼笙顿了顿，缓缓吐出来一句：“你是傻子吗？”

“……”

这酝酿了半天，结果是骂他来着。

殷墨对上傅幼笙那双睁开的眼睛，顾盼生辉的桃花眼，此时含着水汽，看起来柔软极了。

话语与表情完全是两回事。

殷墨却知道她的意思。

揉着她的指尖，男人嗓音低哑，隐隐含着性感的磁性故意说：“心疼了？”

“谁心疼你。”傅幼笙恼羞成怒，指尖反掐了殷墨一下。

她才没有心疼！

他被她掐了，不疼，更像是被小猫儿挠了一下。

殷墨低低笑出声，将毛巾放好之后，便重新上了床，搂着她纤细馥郁的身子：“你困了，睡一会儿吧。”

临近秋天，清早的别墅外面，冷风簌簌，阳光穿透无声的风，照进已经被拉开窗帘的主卧房间内。

拉开窗帘之后，柔和的阳光让人心情大好。

浴室内，傅幼笙被殷墨半抱着，就差连牙都让他帮忙给刷了。

不过她倒也没有懒到这个地步，只是将全身的力气放到殷墨身上而已。

殷墨看着她这副懒洋洋的模样：“今天带你去公司，公司也有休息室，你在那儿休息。”

傅幼笙半闭着眼睛，轻轻哼了声：“不要，我在家里睡觉。”

“今天妈她们两个都不在，我不放心。”殷墨哄她，“你自己一个人醒来看到家里没有人，又要不开心了。

“乖，等会儿抱你上车，到了办公室的休息室再睡。

“到时候一睁开眼睛就能看到我。”

傅幼笙自从怀孕之后，就没有什么安全感。

不然殷墨也不会这么决定。

听到他的话，傅幼笙想了想：“那好吧。”

见她答应，殷墨这才松了一口气，语调越发温柔：“等睡足了，就带你去吃陆家私房菜。你不是喜欢他们家做的汤吗？”

傅幼笙终于睁开眼皮子看他：“好。”

然后她转过身，整个人埋进殷墨怀里，蹭了蹭男人柔软的家居服：“你对我这么好，我都不好意思发脾气了。”

“你发脾气也是应该的。”殷墨轻握了一下她的手，“怀孕容易情绪不稳定很正常，你这么辛苦的怀孕，我对你怎么样好都是应该的。”

况且，殷墨觉得自己做的并不够，尤其是傅幼笙肚子开始变大之后。

之前小腹平坦，其实并没有太多感受到小生命的存在，然而当小腹慢慢开始凸起，无论是殷墨还是傅幼笙，都对这个小生命有了清晰的感知。

殷墨许久没有听到傅幼笙的回答，低头一看，发现她已经靠在自己怀里睡着了。

他的薄唇划过一抹宠溺的弧度。

她最近可真是，连站着都能睡着，也不怕摔了。

殷墨见她漂亮娇艳的唇瓣微微嘟起，将她抱起来的时候，顺势亲了一口，这才抬步走向卧室。

等到傅幼笙再次醒来时。

看着空白的墙壁，脑子缓了好一会儿，她才反应过来，自己是被殷墨带到了公司。

这里是他办公室的休息间，傅幼笙在这里睡过好几次，自然不会陌生。

醒了醒神，傅幼笙才去浴室洗了脸。

这里有她用的护肤品，现在也换成了孕妇专用的。

傅幼笙怀孕之后倒是第一次来，没想到殷墨早就准备好了。

这是早就打着主意，把她拐到公司陪他上班。

之前傅幼笙孕前反应比较激烈，都是殷墨在家里陪她，现在，傅幼笙想着自己除了爱睡觉一点儿，也没别的反应，来公司陪他倒也不要紧。

总不能让殷墨一直丢下工作，那谁赚奶粉钱养宝宝？这么想着，傅幼笙也不生气一觉醒来被殷墨带到公司了。

洗完脸，简单地涂了点水乳，傅幼笙从衣柜里拿出她外出的衣服穿上，才开门出去。

殷墨既然连护肤品都准备好了，自然不会忘记衣服。

休息室打开的时候，殷墨正背对着门口，站在落地窗前打电话。

傅幼笙听到殷墨打电话，脚步顿了一秒。

只是这短短时间，便听到殷墨丝毫不带任何情绪的声音：“林家名下产业所有的投资全部撤回来，以后都不合作。

“为什么？哦，看林总不顺眼。”

傅幼笙总觉得这个林家有点儿耳熟，眉心轻轻蹙起。没等她想清楚，那边殷墨已经看到她出来，随即挂断了电话，抬步走向她：“睡醒了？”

“林总是谁，怎么得罪你了？”傅幼笙下意识问道。

殷墨牵着她的手试了试温度，温热的，这才拉着她到沙发上坐下：“林太太的丈夫。”

傅幼笙总算是想起来了，沉吟两秒，表情复杂地看着殷墨。

就在殷墨怀疑自家太太是不是觉得他下手有点儿狠的时候，却听到自家太太悠悠的声音：“我有种被霸总保护的小娇妻的感觉。”

殷墨无奈地笑了笑：“好，小娇妻饿不饿？”

傅幼笙揉了揉肚子，点了点头，还真是有点儿饿了。

他们默契地都没有提林太太跟林总，因为傅幼笙了解殷墨，她只是跟林太太有口角之争而已，殷墨只是教训一下林总，并不会真的赶尽杀绝。

她的殷墨，无论怎么变化，都不会是那种真正手段狠辣，不给人留任何后路的人。

他永远是那个对一个陌生小女孩都心存善意的少年。

然而傅幼笙不知道的是，如果那个小女孩不是她的话，殷墨绝对不会朝她伸出手。

有些人，第一眼——便是一生。

这边，殷墨带傅幼笙去吃饭的时候，公司群都要炸了。

你们看到了吗？啊啊啊，傅女神今天来探班殷总了，老夫老妻了还手牵手，太甜了！

女神皮肤好好啊，怀孕好几个月了还那么漂亮！

今天老板娘可是素颜来的。是谁说女明星卸了妆都没法看的，出来挨打！

说出来你们可能不信，今天早晨殷总抱着太太来的。

抱着来的？

没错，我也看到了，刚好在顶楼等殷总开会，没想到就看到殷总抱着太太从电梯出来，太太好像是睡着了。

今天参加早会的都看到了吧，慕了。

真没想到殷总在太太面前居然是这样的。

没想到居然是这样的殷总。

傅幼笙并不知道自己被殷墨抱着去公司的事情被那么多员工看到了。

殷墨自然也没有说。

后来傅幼笙还是从商太太嘴里得知的。

商太太自然是从商琮那里知道的，至于商琮，是从盛占烈这个经常去胜景资本的大喇叭嘴里得知的。

至于事后傅幼笙是怎么恼羞成怒教训殷墨，殷墨转而去教训罪魁祸首盛占烈，略一猜测便知。

重要的是，傅幼笙快要生了。

经历了怀胎这几个月的艰难，终于到了要卸货的时候。

晚上八点，傅幼笙躺在病床上，其实一点儿都不害怕是假的，但看着高耸的肚子，很快就要卸货，也就没有那么紧张了。

相较于傅幼笙的淡定，殷墨手指冰凉，脸色紧绷，不知道的还以为生的是他。

傅幼笙还在疼着，还没有到生产的时候。

她安慰殷墨："没事没事，很快就好了。

"估计明天早晨你就能看到宝宝了。"

他们默契地没有问孩子的性别，想要到时候来一个惊喜。

况且无论是男孩女孩，都是他们的宝贝。

"要不你猜一下，是儿子还是女儿，就没有那么紧张了。"

傅幼笙握着殷墨的手，感觉男人素来干燥的手掌，甚至开始出冷汗，提议道。

见她还能说得出话来，殷墨想要让自己放松，但是心脏不听话地砰砰跳个不停。

他轻吁一口气，闭了闭眼睛，强迫自己冷静：“别怕，我会一直陪着你。”

傅幼笙看着他苍白的面庞，又是想笑，又是感动，但是一有表情，身下就开始阵疼，不过还能忍受。

“到底是谁害怕。”她小声嘟囔了一句。

这个时候，傅夫人与殷夫人提着保温桶过来。

殷夫人毫不客气地推开殷墨：“让开，还让幼幼这个产妇安慰你，不知道的还以为是你生孩子呢。”

殷墨看着傅幼笙明明很疼，却还要对他笑着安慰他的样子，心脏像是被攥住了一样。他宁可疼的是自己，也不愿意她疼。

殷墨薄唇张了张，再次开口的时候，嗓子已经哑了：“就生一个，以后不生了。”

“胡说八道，现在都生两个，好有个伴儿。”殷夫人想要看到子孙满堂的画面，当然是生得越多越好，不过看着傅幼笙这个纤细的小身子，想了一下，还是说，“如果不想生了，不生也行。”

总归——

她当时都做好了殷墨终身不娶孤独终老的准备。

现在老婆孩子都有了，她也算是对殷家有了交代。

“好了好了，别碍事了，先让幼幼吃点东西。”

殷墨眼神定定地看着傅幼笙，一刻都不愿意离开，直到她被推到产房。

其实现在有很多舒服的生产方式，甚至还能让家人一块儿围观，不过傅幼笙从小受过的教育不是一时半会就能改变过来的。

最起码她是接受不了被一群人围观生孩子，甚至不想让殷墨看到自己狼狈的样子。

她要在殷墨心里都是最美最漂亮的样子。

生孩子多狰狞啊。

殷墨本来是要跟着傅幼笙一块儿进去的，最后还是在她泫然欲泣的眼神下停住。

总不能让她生孩子还要分心。

他只好与父亲和岳父大人一块儿等在门口。

时间一分一秒地过去，殷墨看着产房门口，仿佛连呼吸都随着大门关上而停滞了，耳边听不到任何声音，只能听到时间滴滴答答的过去。

直到窒息感传来，殷墨才恍然回过神来，重重吐息。

当清晨的第一缕阳光从走廊玻璃窗口倾泻进来时，紧闭的大门终于打开。

护士从里面出来："恭喜殷先生，殷太太为您生了一位小公子。"

对上殷墨那双透着殷红血丝的眼睛，她下意识说："母子平安。"

下一秒，她从那双冷漠可怖的眼神中清晰看到了——光。

第 二 十 八 章

殷墨：我吃醋

／

XINTIAO
BU
TINGHUA

傅幼笙生完就累得睡着了，甚至没来得及看宝宝一眼。

等到她看到宝宝之后，已经是下午三点了。

偌大的病房内有点儿空荡荡的，傅幼笙看着微微带点粉蓝色的墙壁，眼神有点儿发愣，还没有缓过神，直到耳边传来男人微哑的嗓音："醒了？饿不饿？"

声音一如既往的熟悉温柔。

傅幼笙偏头看过去，下意识想要坐起来，忽然身上一疼。

嘶——

殷墨手疾眼快地把她扶着坐起来："别急，慢慢来。"

保温桶里装着随时等她醒来就可以吃的粥，熬得软烂清甜，很适合孕妇醒来之后填一下肚子。

殷墨知道傅幼笙的习惯——她刚睡醒的时候，是喝不下汤的，所以想要等她缓一缓再喝岳母亲自炖的汤。

傅幼笙靠在殷墨肩膀上："宝宝呢？"

喂她喝了一口水，殷墨才温声回道："怕吵到你睡觉，抱到外面去了。"

医院的病房是套间，有两个房间。

刚才宝宝哭过，所以被殷夫人她们抱出去了。

"宝宝很健康，放心。"

听到殷墨的话，傅幼笙才略松一口气，然后感觉到身上的痛意，忽然委屈："生孩子好疼。"

她就是想要跟殷墨撒撒娇，却没想到殷墨一边喂她喝粥，一边说："乖，以后再也不生了。我已经咨询过医生，等你出院就来结扎。"

傅幼笙万万没想到殷墨把这话说得这么理所当然。

她震惊地抬头："结扎……"

"没事。"殷墨拍了拍傅幼笙的手背，"只是一个小手术，不会有任何妨碍。"

"不行，我不同意！"傅幼笙终于反应过来，提高了声音，"不想生有的是避孕措施……"

殷墨安抚道："避孕措施也不是完全万无一失。"万一再怀了呢？

到时候难不成让她打掉？无论是打掉还是生下来，他都舍不得，结扎手术基本上可以算是最万无一失的。

大概是刚刚生过孩子的缘故，傅幼笙眼窝很浅，忍不住就眼泪汪汪地看着殷墨："我不准。"

就算是一个小手术，她也舍不得殷墨去做。

"还坐月子呢，别哭。"殷墨一看到傅幼笙那泪盈于睫的样子，忍不住心疼地亲亲她的脸颊，"好好好，不说了，以后再说。

"先吃点儿东西好不好？

"吃完之后，就让你看看宝宝。"

随着殷墨耐心地哄她，傅幼笙终于想起来还有个儿子没有看呢，不过却没有忘记："不许你背着我去医院。"

"好，绝对不背着你。"

傅幼笙这才将眼泪收回去。

看着她干干净净的脸蛋，完全没有留下泪痕的样子，殷墨本来打算替她擦眼泪的手指微微一顿，总有种被她哄骗了的错觉。

后来一想自家太太怀孕时期脾气就阴晴不定的，现在情绪反复无常，也正常。

坐月子的女人，据说脾气更大。

想到早晨她从产房里出来时候的样子，殷墨除了哄着，完全想不出其他办法。

用过一碗粥之后，傅幼笙原本苍白的脸蛋终于染上了一点点红晕。

殷墨略松一口气，就听到傅幼笙催促："快点把宝宝抱过来我看看。"要不是一动弹就疼，傅幼笙现在真的很想自己下床去见宝宝。

想到了宝宝，傅幼笙就有很多问题了。

“宝宝长得好看吗？

“像你还是像我？”

她临昏睡之前，听到护士说了句“是男孩”却没有来得及看宝宝一眼，就睡着了。

生孩子实在是太疲倦了，当生出来那一刻，她的脑子里彻底放空，恨不得就此昏睡过去。

殷墨听到这话，脑海中浮现出那个红彤彤皱巴巴的小崽子，陷入了诡异的沉默。

傅幼笙表情一顿，咽了咽口水，声音很小地问：“很丑？”

不然殷墨干吗这个表情？

殷墨只是沉吟了一秒，很快就回答说：“男孩子长得那么好看做什么。”

傅幼笙：“……”

看着她一副天塌了的样子，殷墨捏了捏她的手指，给她打预防针：“等会儿在宝宝面前，你可别嫌弃得太明显。”

傅幼笙白了殷墨一眼：“在你眼里我是连宝宝长得丑都会嫌弃的人吗？”长得丑又不怪宝宝。

傅幼笙捧腮，叹口气，其实她怀孕的时候就担心万一宝宝挑着她跟殷墨丑的地方长怎么办。

后来照镜子的时候，发现自己根本没有丑的地方啊，殷墨也是毫无死角的长相，她就放心了，想着宝宝随便长长都是漂亮可爱的。

万万没想到，她放心早了。

现在还没有看到宝宝，傅幼笙已经脑补出自己生了个多丑的崽崽了，忍不住想要叹气，然而却被殷墨拦住。

“坐月子不要叹气。”

傅幼笙幽幽地看着殷墨：“到底丑成什么样子，还得让你给我提前打预防针？”没等殷墨回答，傅幼笙已经看到了。

因为殷夫人听到了他们里面说话声，敲了敲门：“阿墨，是幼幼醒了吗？”

原本她们在外面逗宝宝的，等宝宝昏昏欲睡，安静下来的时候，才听到里面有动静。

“妈妈，我醒了！

“麻烦您把宝宝抱过来给我看看吧。”

傅幼笙听到门外的声音，扬声说道。

还真是幼幼醒了。

殷夫人看着外面小床上的宝宝，然后跟傅夫人一块儿推着可以移动的小床，从外面的房间走进来。

殷墨看到傅幼笙那副紧张又期待的样子，忍不住扶额。

想到自家太太爱美如命的样子，而且怀孕时候每次看到可爱的宝宝照片或者视频的时候，都会理所当然地说，我们的宝宝生出来一定比他们都可爱。

傅夫人将小床上的宝宝抱起来，放到傅幼笙身边。

傅幼笙打开轻轻挡住宝宝小脸的被子，入目就是一张皱巴巴红彤彤，像是小猴子一样的孩子。

然后细细的小手僵住了，她一直盯着宝宝，仔仔细细地看，完全没有从宝宝脸上看出任何跟她和殷墨相似的地方。

就在她仔仔细细看宝宝的时候，耳边传来殷夫人宠爱的声音："咱们宝宝多可爱啊，幼幼都看直眼睛了。

"我看过整栋楼刚生产的孩子，就咱们家宝宝最漂亮。

"幼幼辛苦了，妈给你做点好吃的好好补补。"

整栋楼最漂亮的？就这个小猴子吗？

傅幼笙乌黑清亮的眼睛睁得圆溜溜的，满是不可置信。

她震惊地看着宝宝将近一分多钟。

傅幼笙张了张嘴，好半晌才吐出来一句话："确定——没抱错吗？"

本来还说着宝宝多可爱的殷夫人跟傅夫人嗓音戛然而止。

啥玩意儿？两个人用不可置信的眼神看着傅幼笙。

素来柔弱的傅夫人都没忍住："幼幼，别瞎说话，怎么可能抱错；而且宝宝跟你小时候一个模子印出来似的，怎么可能抱错！"

现在轮到傅幼笙用不可置信的眼神看向傅夫人："我小时候丑成这样？"

"……"

殷墨听到自家太太的话，觉得她忍了这么长时间，还是没忍住嫌弃宝宝丑。她能忍住还看了这么长时间，已经很有母爱了。

虽然嘴上嫌弃宝宝丑，但是傅幼笙触碰宝宝的手指却小心翼翼，仿佛抱着的是一个豆腐做的小人儿，稍微一用力就会碎掉，看向宝宝时候的眼神，也不是嫌弃的。

她虽然震惊宝宝有点儿丑，但还是很疼爱他的，毕竟是自己身上掉下来的肉。

“哎。”傅幼笙亲了亲宝宝的小脸蛋，然后说，“算了，让你爸爸多赚钱，总能给你娶到个媳妇的。”

殷夫人被自家儿媳妇逗笑：“刚出生的小宝宝都皱巴巴的，等再过一个月，宝宝长开了，皮肤白白嫩嫩，就好看了。

“你仔细看宝宝的眼睛、嘴巴，是不是很像你？

“小鼻子、下巴、脸型倒是有点儿像殷墨。

“刚才宝宝睁开眼睛了，是一双漂亮的桃花眼，也是遗传你的，以后长大了一定也是个迷死人不偿命的大帅哥。”

傅夫人也跟着说：“你婆婆说的没错。哪里需要女婿多赚钱才能给咱们家小宝贝娶到媳妇，以后不知道有多少小姑娘等着小宝贝挑呢。”

男孩子要是长了一双桃花眼，只要脸型与五官不出大错，就绝对是一个美男子。

更何况，分开看宝宝的五官，全都是精致的，只是被羊水泡得有点儿皱巴巴的。

等恢复了就能看得清楚了。

傅夫人跟殷夫人是过来人，自然知道怎么看。

像是傅幼笙跟殷墨这样的新手，只能看到宝宝皱巴得跟小猴子一样。

傅幼笙被两位母亲轮番上阵地安慰，终于放心了几分。

不过只要宝宝一天没有变好看，她这个老母亲的一颗心就不能放下来。

对于儿子长相问题，等他一天变一个样子，每天都比前一天更好看一点儿时，傅幼笙这心总算彻底放下来。

殷小朋友已经恢复白白嫩嫩的皮肤，傅幼笙平时最喜欢做的事情，就是戳一戳儿子的脸和肉窝窝的小手。

一戳一个窝。

小孩子的脸蛋不能天天戳，而且这个小魔王特别娇气。

一戳脸蛋就哭。

嗓门大得整栋楼都能听到他的嚎哭声。

傅幼笙看到他闭着眼睛光打雷不下雨的那个样子，从一开始心疼得不得了，到后面发现这个小家伙只是假哭之后，忍不住对殷墨说：“你儿子以后一定是个小戏精，这么小就会假哭。”

当时殷墨是怎么说的。

他说："他才不到一个月懂什么。

"别想太多，他一定很乖的。"

傅幼笙看着殷墨对他儿子这么有自信的样子，倒是没有吃醋："都快要出院了，宝宝的名字定下了吗？"

最近这段时间傅幼笙都没有碰手机，取名字这件事是由她爷爷出面，与殷墨联系的。

爷爷说要好好想想。

从她怀孕就开始想，现在都好几个月了。

她记得刚才殷墨跟爷爷通电话，想着是不是宝宝的名字终于可以定下了。

傅幼笙猜得没错，殷墨刚才确实是跟傅老爷子聊关于宝宝名字的事情。

殷墨缓缓开口："殷亭礼。

"爷爷取的。"

等傅幼笙听到殷墨说的是"亭礼"两个字之后，忍不住赞了句："真不愧是爷爷翻了好几个月字典取出来的名字，就是好听。"

听到这个名字，脑海中就能浮现一个挺拔如玉、温和从容的君子形象。

不过——

傅幼笙看着怀里睁着一双湿漉漉桃花眼假哭过后的小魔王，陷入了沉默。

好听是好听，希望自家小魔王能人如其名一点儿。

傅幼笙轻轻点了一下小魔王的小鼻子："可不要辜负了曾外祖父给你取的好名字。"

殷墨对自家儿子还是很有信心的。

当然，信心被击溃得也非常快。

殷亭礼小朋友从还不懂事的时候就晓得用假哭的方式争宠，让妈妈亲亲抱抱举高高，等到懂事了，更是无所不用其极地跟殷墨争宠。

当然，这是后话了。

此时，他还是个只会吃奶的小婴儿，吃饱了就睡，睡饱了再吃。

傅幼笙出月子的时候，是一个天气非常好的日子。

虽然是冬天，但冬日暖阳照在人身上非常舒服。

回到家里，傅幼笙在家里的豪华按摩浴缸里彻彻底底地泡了一个澡，感觉自己的骨头都要泡软了。

虽然医院的高级 VIP 病房内什么都有，但是还是不及家里。

尤其是家里这个特意定制的大浴缸。

以前傅幼笙泡澡的时候，殷墨有空都会进来陪她一块儿。

但是今天，殷墨被小魔王缠住了。

等到傅幼笙懒洋洋地擦着半干的头发从浴室出来的时候，房间内空无一人。

她有点儿奇怪，洗澡之前殷墨还说要陪她一块儿，怎么洗完了，人都没见着?

傅幼笙也不着急，总归在家里也丢不了。她慢条斯理地吹干头发，又进行日常护肤。

看见肚子上还有一些肉，傅幼笙轻轻皱着眉头。

这都一个月了，肚子上的肉还是没有完全消下去。

她的体质像极了傅夫人，生完孩子没几天肚子基本上就消下去了，一个月后，除了还有点儿肉肉之外，如果穿衣服挡住的话，根本看不出来生过孩子的模样。

傅幼笙对自己的身材要求格外严格，现在既然已经出月子了，也该联系教练开始产后恢复。

在医院，傅幼笙虽然在医生指导下进行过恢复，但外在的这些小肉肉，还是要靠后期训练才能完全恢复。

跟闻亭联系过后，确定了时间，傅幼笙才慢条斯理地下楼找人。

殷小朋友这么长时间没有看到妈妈，也不知道有没有哭。

一打开主卧房门，傅幼笙就看到楼下正抱着宝宝围着客厅转圈的殷墨。

最近殷小朋友养成了一个坏习惯，必须要抱着走才能睡觉。

以前殷墨不惯着小朋友这个习惯。

但是现在他想要尽快找自家太太，必须要以最快的方式哄小崽崽睡觉。

偏偏小崽崽就是跟他做对似的。以前特别爱睡的小懒虫，今天回到家里之后，愣是坚持着好几个小时都没有睡，而且睁着那双跟傅幼笙如出一辙的桃花眼看着他。

傅幼笙下楼的时候，刚好就看到父子俩大眼瞪小眼的画面，忍不住轻笑一声:“你们在干吗？”

听到傅幼笙的声音，殷墨抱着宝宝转身看过去。

入目便是自家太太穿着熟悉的吊带绸质睡裙的身影。

之前在医院的时候，傅幼笙穿的都是宽松的棉质睡裙睡裤，怎么保暖怎么来，完全看不出身型。

而现在，殷墨看着傅幼笙的眼神逐渐深沉。

傅幼笙自然看到了殷墨的眼神，她还以为殷墨这个眼神是惊艳，直到殷墨不赞同的声音传来，傅幼笙才知道自己会错意了。

殷墨说："怎么穿这么少，回去多穿点儿。"

傅幼笙："……"

就不该对殷墨有什么浪漫的期待。

殷墨已经走过来，看着她细细的手臂和脖颈下方那清晰分明的锁骨，嗓音微紧："怎么瘦了这么多？明天让厨房给你多炖点补汤好好补补。

"太瘦了。

"要不还是给他戒奶吧。"

戒奶？一个月的崽崽戒奶？瞧瞧这是亲爹说的话吗？

爹确实是亲爹。

不过崽——

"哇啊啊啊啊！"

殷小朋友感受到他亲妈咪的存在之后，开始叫唤起来。

傅幼笙从殷墨怀里把孩子接过来。

殷墨看着她细得跟柳枝一样的手臂，总觉得抱着孩子能把她手臂折断，就没有给："我哄他睡觉，你回去先歇着。"

傅幼笙看着殷墨越过她往婴儿房走去的身影，没忍住笑了一声。

虽然殷墨没有让她跟过去，但她还是不放心。

殷小朋友一直在他怀里挣扎，想要找妈妈的心情非常迫切。

殷墨看着怀里打滚的殷小朋友。

这么小，这么软，这么脆弱，不能打不能骂只能哄着。

"乖一点儿。

"不然明天不让你见妈妈。"殷墨垂眸看着他，语调淡淡地说。

傅幼笙跟在他身后，恰好听到他这话，忍不住笑了："你说这话他能听懂吗？"

还一本正经的。

然而不知道是殷墨的语调问题，还是小朋友真的听懂了，小朋友居然真的不挣扎了，老老实实地被殷墨抱着进了婴儿房。

照顾殷亭礼的保姆阿姨是殷夫人早就准备好的，一共两位，早晚轮流守着宝宝。

其实并不需要傅幼笙晚上亲自带孩子，但是傅幼笙看着孩子被殷墨抱到婴儿房，有点儿不太乐意："要不还让他跟着我们睡吧？"

之前在医院的时候，宝宝都是在她旁边的小床上睡的。

殷亭礼小朋友每次吃奶都是急匆匆的，要是饿了，必须立刻喂奶，缺一秒钟就开始扯着嗓子闹腾。

这么着急的性子，跟傅幼笙和殷墨都不太像。

不过现在宝宝五官轮廓清晰了，倒是隐约能看出是他们夫妻两个的缩小版。

宝宝之前丑丑的时候，傅幼笙不嫌弃，现在变好看了，傅幼笙自然更欢喜。

以后不愁着给他找媳妇儿了。

她真的很担心宝宝长成以前那个红皮小猴子的样子会打光棍，哪个正儿八经的漂亮姑娘会喜欢一个红皮小猴子。

幸好，宝宝变回来了。

看着宝宝那双湿漉漉的眼睛，傅幼笙有点儿舍不得。

听到傅幼笙的话，殷墨侧眸看他一眼："你确定？

"今晚我们会睡得迟。"

这话暗示性太强，傅幼笙就算想要装听不懂都装不了。

她掐了他胳膊一下："在宝宝面前，别胡说八道，小心跟你学坏了。"然后小声嘟囔了句："我刚出月子呢。"

殷墨忽然笑了："殷太太，你脑子里装的什么。"

对上殷墨那双戏谑的眼眸，傅幼笙脸色一僵，炸毛了："我什么都没想，你最好也没想！

"想也没用！"

浑蛋！

就算有了宝宝，还是那么讨厌！

傅幼笙终于反应过来，他故意说那样的话误导她。

现在还倒打一耙。

见小姑娘炸毛了，殷墨哄完了小儿子，就哄他的小姑娘："是我想，不是殷太太想。

"乖乖去房间等我。"

哄傅幼笙的语调比哄殷小朋友还要温柔。

让傅幼笙想要找麻烦，都没有找到借口。

最后她只是轻哼了一声，摸了一下自家儿子的小脸蛋："不是妈妈不想带你睡，都是你爸爸的错。”

殷小朋友不哭不闹的时候，是一个非常可爱的小萌娃。

此时他睁着一双好看的眼睛看着傅幼笙，仿佛很困惑的样子。

傅幼笙还真是舍不得离开宝宝，不过想到自己平时的睡姿，而且主卧里也没有小床，只好放弃。

万一不小心压到他怎么办？

傅幼笙脑海中浮现出一些社会新闻——家长带小朋友睡觉没睡好，然后把小朋友闷死。想到这儿，她的小心脏突然抖了一下。

原本无处安放的母爱终于收了回去。

再者，这个小魔王晚上要醒来好几次，她最近不工作倒是还好，可殷墨每天早晨六点就要起床工作，傅幼笙也舍不得让他天天睡不好。

总不能有了宝宝就不管老公了吧。

母乳也早就准备好，到时候让保姆温一下就可以给宝宝喝。

再不行，还有婆婆跟妈妈准备的婴儿奶粉，营养价值都很高，而且殷亭礼小朋友也喜欢喝，不怎么挑食。

不挑食，这大概是小魔王最值得夸奖的地方了。

傅幼笙给了自家儿子一个晚安吻，然后翩然回房间，她也困了。

傅幼笙一上床，就昏昏欲睡，都不知道殷墨是什么时候回来的，只感觉到一双温热的大手从她身后搂过来。

她一下子清醒了许多，嗓音还是有点儿含含糊糊的：“宝宝睡着了吗？”

殷墨许久没有跟她一块儿睡，之前在医院的时候，都是可怜兮兮地睡床边的沙发。

以免傅幼笙或者宝宝晚上有什么事情，他睡在外面的话，会来不及。

此时久违的同床共枕。

傅幼笙还有点儿不太习惯，尤其是怀孕生完孩子之后，她的皮肤格外敏感。

男人从身后抱着她，炙热的呼吸洒在她脖颈的皮肤上，激起层层战栗。

被子下方，傅幼笙感觉到自己的手指被殷墨握住，十指相扣：“睡了。”

黯淡的光线下，男人嗓音透着几分慵懒低哑，很让人心动。

不过也就是心动动而已，身体是不能动的。

见傅幼笙纤细的肩膀瑟缩了一下，殷墨慢条斯理地把玩着她柔嫩的掌心：“乖，不碰你。”

她刚出月子呢，殷墨倒也没有那么禽兽，最起码要让她再调理两个月。

傅幼笙听到殷墨的话，终于放下心来，但是内心深处，不知道怎么回事，竟然有点儿失望。

傅幼笙被自己的想法吓到，立刻闭上眼睛："睡觉睡觉，你明天还要早起呢。"

"不急。"殷墨缓缓开口，"今晚你可能要晚点儿睡。"

说话间，男人握着她的大手，不知道什么时候，带着她的小手一块儿碰到了裙摆下的腿。

次日一早。

傅幼笙是在小魔王的哭声中醒来的。

外面传来管家的敲门声："太太，小少爷醒了，要找您。"

昨晚其实也找了，不过用奶哄睡了。

今天一早怎么哄都哄不好。

傅幼笙挣扎着想要睁开眼睛，随即便被殷墨揽着腰肢重新躺下："你再睡一会儿，我去看看。"

傅幼笙迷迷糊糊地从床上爬起来："你把他抱过来吧，我感觉有点儿胀奶。"

殷墨薄唇紧抿，看着傅幼笙那纤细的小身子。

第一反应就是戒奶，一定要戒奶。

不过这事不是一蹴而就的，最后殷墨还是开门把小魔王抱进来，塞进傅幼笙怀里。

小魔王一钻进妈妈香香的怀抱里，立刻停止了哭，自动找他的食粮。

傅幼笙抱着他侧躺在床上，还是有些昏昏欲睡。

殷墨站在床边，居高临下地看着母子两个。

明明是很温馨的画面，但是殷墨的表情却非常的冷。

冷得傅幼笙都感觉到了。

她下意识睁开眼睛看向他："你怎么了，一脸欠你钱的样子。"

殷墨双手环臂，等傅幼笙喂完，给小魔王拍了奶嗝之后，才将他重新抱起来。

半晌，他才回："我吃醋。"

说完，殷墨抱着吃饱了，昏昏欲睡的崽离开房间。

留着傅幼笙坐在床上凌乱，反应了好半晌才反应过来，他说的吃醋是什么意思。

她的小脸微微泛红，将自己埋进被子里，真是……

但又有点儿开心。

几分钟后，殷墨重新回来，用温和柔软的毛巾给傅幼笙擦了擦身子，才在她额头上亲了一口："在家里好好休息，我去公司了。"

"好……"

傅幼笙轻轻应了声，眼巴巴看着男人离开。

她从来没想过，殷墨这样性格的男人，温柔起来居然是这个样子。

以前好像是一场梦。

现在才渐渐真实。

殷墨还是将她的愿望实现，他们一块儿拥有一个完整的家了。

以后她的世界不再只有她自己，有殷墨，还有宝宝，以后他们还会养一只猫咪，再养一只狗狗，或者——

再生一个女儿，凑一个好字。

傅幼笙埋在被子里的小脸忍不住偷笑。

如果一直都这样，那该多好。

好像她以前所承受的一切困难也好，挫折也好，都是为了遇见他。

小魔王三岁那年。

傅幼笙已经成为娱乐圈实力与演技并存的女演员，并且拿下了影后大满贯，至此成为娱乐圈排名第一女演员。

不是娱乐圈穿旗袍最美的女明星，而是演技与实力排名第一的女演员。

提到傅幼笙，大家首先想到的已经不是她逆天的颜值，而是电影的质量与票房的基本盘已经稳了。

不过傅幼笙自从产后复出之后，基本保持一年两部戏的速度。

剩下的时间都是回家陪伴儿子。

临近年底，傅幼笙接了一部戏，大概要在剧组拍三个月。

可能春节都要在剧组过，不一定会放假。

离开那天。

殷亭礼小朋友抱着自家妈妈的小腿耍赖："妈妈带我一起去吧！呜呜呜，宝宝不想离开妈妈。"

小小年纪就格外戏精。

不过这次殷亭礼小戏精是真的哭了。

妈妈每次去拍戏都要好久见不到。

没有妈妈香香软软的怀抱，只有爸爸硬硬的怀抱，一点儿都不舒服。

傅幼笙看着自家儿子可怜巴巴的样子，揉了揉他的小脑袋："你得上学。在家里乖乖听爸爸的话，照顾好爸爸知道吗？"

站在旁边的殷墨听到自家太太的话，眼底闪过一抹无奈。他需要这个小魔王来照顾吗？

这个小魔王不惹事就是对他最大的照顾了。

别看殷亭礼小朋友小小年纪，但是聪明又能作妖。

要不是麓荷公馆守护森严，而且几步一个监控视频，这个小魔王能真离家出走。

小魔王听到妈妈的话，眼泪汪汪："妈妈你不要宝宝了吗？

"你可以不要爸爸，不能不要宝宝。"

"……"

傅幼笙被自家儿子逗笑了。

这孩子是哭着搞笑吗？

这时，殷墨看了眼腕表上的时间，快要来不及赶飞机。

他直接把抱着自家太太小腿的小魔王拎起来，像是拎一只小猫崽："走吧，我们送妈妈出门。"

小魔王被爸爸拎起来之后，号啕大哭："爸爸欺负我，爸爸虐待宝宝，妈妈你真的舍得宝宝落在大魔头手里吗？

"妈妈你是不是不爱我了？"

每次出门都是这一套。

傅幼笙虽然心疼儿子哭坏嗓子，但自然不会惯着他。

而且这个小戏精连眼泪都没有。

傅幼笙捧着他的脸蛋亲了一口："宝宝真乖，妈妈走了，拜拜。"说完，她也没有厚此薄彼，踮脚亲了一下殷墨的薄唇："记得想我。

"不用送我，闻亭他们在外面等我了。"

说着，傅幼笙与站在门口帮她拎行李的小诺一块儿离开。

傅幼笙关上门，还能听到自家儿子那凄惨的哭声。

"妈妈，妈妈……"

听得小诺都觉得心酸。

上车后，小诺感叹："笙笙姐，小魔王是真的舍不得你。

"哭得我心都要化了。

“要是我的话，都舍不得离开了。”

傅幼笙忍不住轻笑了一声：“你又被那个小戏精给骗了。

“舍不得我是真的，假哭也是真的。”

“假哭？”小诺表情僵住，震惊地看着傅幼笙，脑海中浮现出刚才小魔王那可怜巴巴眼睛含泪舍不得离开妈妈的样子。

傅幼笙应道：“假哭，他才不会真哭。”

闹腾归闹腾，从小到大，傅幼笙还真没见他掉过几次眼泪。

而且昨晚她已经跟殷亭礼小朋友谈好了，等幼儿园放假就让他爸爸或者奶奶外婆带他去剧组探班，殷亭礼小朋友答应得特别好。

一到早晨她要走了，他就开始不依不饶。

傅幼笙觉得他肯定是为了跟他爸爸争宠。她有点儿无奈地揉了揉眉梢，这么小的年纪，就这么多心眼，以后长大了，倒是不用担心他被别人骗，但是很担心他去骗别人。

傅幼笙跟小诺聊了一些小魔王的英勇事迹。

小诺听得咽口水，虽然她也经常见小魔王，小魔王每次见了她都乖巧地喊小诺阿姨，俨然就是乖巧听话小绅士。但她还真不知道，小魔王有这一面。

“难怪你要给他取名叫小魔王。”

傅幼笙听她提到殷亭礼小朋友的小名，红唇弯弯：“本来打算叫小猴子，他出生的时候跟红皮小猴子似的。”

小诺：“……”

您可真会取名。

还是小魔王可爱一点儿。

她庆幸地说：“幸好没有叫小猴子，不然等小魔王懂事之后，可能要闹翻天。”

傅幼笙非常认可地点头。

而此时，麓荷公馆别墅内。

殷亭礼小朋友等到妈妈一走，立刻得意洋洋地朝着他爸爸：“今天妈妈先亲的我，妈妈最爱的一定是我。”

殷墨提着他走向餐厅，凉凉地说：“你妈最爱的是我。你才认识她多久，我认识她多久了，你说她爱谁。”

殷亭礼小朋友粉雕玉琢的小脸蛋立刻垮下来，灵活地抱住他爸的手臂，挂在他身上：“妈妈最爱我最爱我，妈妈昨晚说过的。”

“我才是她最爱的男人！”

殷墨手臂托起他的小屁股，免得他掉下去。

殷墨的目光落在他肉嘟嘟的脸蛋上，笑了声：“就你还男人？”

“爸爸你欺负人！

“我要告诉妈妈。”

小魔王见爸爸侮辱他的人格，就很气。

殷墨漫不经心地应了声：“吃饱了再告状，上学快要迟到了。”

小魔王：“……”爸爸真的好讨厌，还是妈妈最好。

他自己坐在儿童椅上，拿着他的小勺子开始吃蛋羹：“爸爸，我今天能不去上学吗？”

殷墨语调平静：“不能。”

小魔王：“……”世上只有妈妈好，最起码妈妈还会哄他。

小魔王好想要学电视上那些熊孩子，把勺子丢了，把东西弄乱，然后让爸爸收拾。

但是——

偷偷摸摸抬头看了眼爸爸的目光，小魔王老老实实地把一碗蛋羹吃干净，将碗推给爸爸：“我吃完了。”

“嗯，喝水。”

殷墨将儿童水杯塞到他手里，让他自己抱着喝。

妈妈不在家，小魔王固然想要闹腾，但他也是很有眼力见儿的。

早晨七点半。

殷墨亲自送他去幼儿园。

幼儿园距离胜景资本大厦不算远，当时选择学校的时候，也是有考虑这方面的因素。

虽然有管家有用人，甚至爷爷奶奶外公外婆都在北城，但他们也只是偶尔在傅幼笙与殷墨没时间的时候才会去接送小朋友，平时只要殷墨与傅幼笙有时间，都是他们亲自接送。

总不能孩子长大之后，回忆起小时候的上学生涯，完全没有爸爸妈妈存在的痕迹。

坐在安全座椅上，小魔王也不老实，看着前面开车的爸爸，小嘴说道：“爸爸，我们家为什么是妈妈出去赚钱养家，我们班小朋友都是爸爸赚钱养家。”

傅幼笙出去拍戏给自家儿子的理由就是——赚钱养家。

殷墨冷静应对："因为爸爸一个人养不活你。"

小魔王："为什么？"

殷墨："你吃得太多了。"

小魔王："那我少吃点妈妈以后可以少出去工作吗？"

殷墨倒是想自家老婆少出去，偶尔一两个月见不到人，谁愿意这样夫妻异地，偏偏自家太太那么喜欢演戏这个工作，殷墨当然舍不得让她放弃梦想。

殷墨不紧不慢："多吃点，你才能快点长大替你妈妈分忧。"

小魔王："……"

听爸爸说完，小魔王觉得好像也对，但是他仔细想了想，小人家家的忽然重重地叹了口气。

这个毛病也不知道跟谁学的。

殷墨从后视镜看他："坐好了，小小年纪别整天七想八想的。"一看他这个眼神，就知道又在瞎寻思。

果然下一秒，小魔王叹气完毕，幽幽地说了句："还不是爸爸你太不行，才要妈妈出去赚钱的。

"别人家的爸爸都能赚大钱，就你还得我跟妈妈养你。"

殷墨："……"

他被这个小浑蛋气笑了："行，爸爸等你长大养。"

小魔王："哼哼，我长大之后，肯定不会跟爸爸一样。男子汉怎么能让女孩子养家呢。"

这年头孩子都这么早熟吗？

殷墨不知道别人家的，反正他们家这位小崽子，说话跟小大人似的。

虽然在大人眼里逻辑不通，但三岁能有自己清晰的思路也是不容易。

把他送到学校之后，殷墨直接去了公司。

到公司的时候，温秘书已经在门口等着了："殷总，今天八点有个早会，九点致岸科技的秦总约您见面，十二点有个商务酒局，两点半有个国际会议……"

殷墨沉声应到："好，下午三点让周秘书去幼儿园接殷亭礼。"

温秘书连忙将这件事通知周秘书。

毕竟接小公子可是大事。

跟着殷墨上楼的时候，温秘书随口问了句："太太又去拍戏了吗？小公子没闹？"

殷墨淡笑一声："闹了，假的。"不过嫌弃他不赚钱倒是真的。

殷墨觉得为避免被自家儿子当成吃软饭的爸爸，他还是得多赚钱。

啧——

看着殷总眼底那一抹笑意，温秘书心中感叹，虽然平时殷总对小公子不假辞色，比较严厉，但其实最宠爱小公子的还是殷总。

即便是年底忙成这样，殷墨进会议室之前也没有忘记提醒温秘书："让周秘书接他的时候，记得给他带榆林记的栗子蛋糕，他喜欢吃。"

平时殷墨为了他的牙齿健康，很少给他吃甜品。

但是想着今天他妈妈刚出差，自己又没有去接他，给他个甜头。

免得小家伙惦记着。

下午三点，周秘书接到准时放学的殷亭礼。

偌大的学校门口，小朋友被各自的父母领走。

殷亭礼小朋友也想自家爸爸应该会来接自己，没想到找了半天都没找到。

就在这时。

周秘书走到他身边，面不改色地对老师说："徐老师您好，我是殷先生的秘书，殷先生之前跟您通过电话，让我来接殷亭礼小朋友。"

徐老师站在殷亭礼身边，想到殷墨提前打过电话，立刻应道："没错，那殷亭礼小朋友就交给你了。"

说着她摸了一下殷亭礼的小脑袋："殷小朋友，明天见。"

殷小朋友："老师再见。"

殷亭礼认识周秘书。

听到周秘书的话，小朋友嘟了嘟嘴："周阿姨，我爸爸今天又没空吗？"

周秘书弯下腰，面对这么一个又白又嫩的小可爱，就算是冷漠如她也忍不住柔和了声音："殷总今天要开会，让周阿姨接你去公司找殷总。

"殷总还让我给你买了你最爱吃的栗子蛋糕。"

本来殷亭礼还有点儿不高兴，此时听到周秘书说爸爸给他准备了栗子蛋糕，立刻眉开眼笑，主动牵住周秘书的手："周阿姨，那我们现在就去找爸爸。"

就在周秘书牵着他过马路的时候，忽然听到了一道脆生生的声音："殷亭礼，这是你妈妈吗？"

"好像从来没见过你妈妈哦。"

殷亭礼漂亮的小眉头皱了一下，转身看过去。

是他班里的小朋友汪天云。

汪天云是一个虎头虎脑的小男孩，看起来非常有精神，旁边牵着他的是一个穿着一身香奈儿套装、妆容精致的女人。

小男孩非常得意："你妈妈没有我妈妈漂亮。"

周秘书："……"

有被小朋友之间的战争攻击到。

周秘书的孩子都已经上初中了，自然看起来年龄比这位年轻妈妈要大一点儿，而且穿着一身黑色西装，虽然正式，也比较显老。

汪妈妈也看到自家儿子班上颜值最高的小朋友的妈妈，忽然有种莫名的优越感。

衣服牌子是三线奢侈品牌的西装，浑身上下穿戴不超过五万块钱，还没有自己背的包包贵。

"不好意思，孩子不会说话，您好，我是汪天云的妈妈。"

"汪太太您好。"周秘书应道。

短短一句话时间，旁边两个小朋友已经吵起来了。

殷亭礼："我妈妈是全天下最漂亮的妈妈。"

汪天云："你胡说，我妈妈才是最漂亮的。"

殷亭礼哼了声："我妈妈不化妆都漂亮。"

汪天云哇地一声哭了："呜呜呜，我妈妈不化妆不漂亮。"

噗——

周秘书这样一丝不苟的人，都差点儿没忍住笑出声。

这个小朋友怎么这么有意思。

汪妈妈被自家儿子这一声气愤的大喊给弄得脸都红了，捏了一下自家儿子的小耳朵："你瞎说什么呢！"

什么叫她不化妆不漂亮。

这是亲儿子吗！

周秘书轻咳一声："小公子我们该走了，殷总还在等你呢。"

说着，周秘书对汪妈妈微微颔首，牵着殷亭礼离开，留下母子两个。

儿子哇哇大哭，汪妈妈眼睁睁看着周秘书带着殷亭礼上了一辆黑色轿车。

虽然她对车不是很熟悉，但是这辆车一看就很贵。

殷总？这是殷亭礼他爸的秘书还是助理？

原来不是殷亭礼他妈妈啊。

她就说这样颜值的妈妈怎么能生出殷亭礼这样颜值的孩子。

这得基因突变成什么样子？

难怪两个人长得一点儿都不像呢！

汪妈妈哄好了儿子："儿子，你知道殷亭礼的爸爸是做什么的吗？"

汪天云："不知道。"

"那你见过他妈妈吗？"

汪天云："刚才那个不就是他妈妈吗？妈妈你傻了？"

汪妈妈："……"这个蠢儿子。

她拍了他的脑袋一下，动作很轻："走，回家。"

汪妈妈参加家长会的时候，自诩是儿子班里所有妈妈里面最漂亮优雅有气质的，所以每次看到殷亭礼就有点儿如临大敌。

偏偏他爸爸妈妈自己都没见到过。

毕竟能生出殷亭礼这样颜值的孩子，父母的颜值应该都不差。

"还神神秘秘的，不会是什么私生子吧。"

汪妈妈小声嘀咕了句，没想到却被儿子听到了。

汪天云止住眼泪：私生子？

胜景资本大厦。

殷亭礼熟门熟路地到自家爸爸的办公室。

殷墨办公室的休息区甚至还开辟出一个玩具场地，这是殷亭礼的小世界。

关键时候殷亭礼还是很懂事的，例如知道爸爸办公室里如果有叔叔的话，那他要保持安静，不能吵到别人。

这是从小教给他的礼仪教养。

平时胡闹归胡闹，该有的教育不能少。

殷墨开完会进办公室的时候，就看到自家儿子坐得端端正正地吃蛋糕。

小小的孩子，吃得非常秀气，没有把蛋糕弄得乱七八糟。

虽然他手拿勺子不太稳当，但他也不着急，慢慢地拿稳了再往嘴巴里送。

看着自家儿子这个模样，殷墨的薄唇微微勾起愉悦的弧度。

"爸爸！"殷亭礼看到殷墨之后，眼底划过一抹惊喜。

嗯——

妈妈不在家，爸爸在也行。

殷亭礼还是很有求生欲的崽崽："爸爸要吃吗？"

"爸爸不吃。你吃完之后，记得去休息室刷牙。"

殷亭礼："好。

"爸爸，妈妈什么时候回家，我想她了。

"今天汪天云的妈妈来接他了，他说他妈妈比我妈妈漂亮。

"爸爸，我妈妈漂亮还是汪天云的妈妈漂亮？"

小孩子在这种问题上，总是不依不饶。

殷墨就算是没见过那个什么汪天云的妈妈也知道怎么回答："当然是你妈妈最漂亮，你妈妈是仙女。"

"没错，仙女是全天下最美的。"殷亭礼印象中也是仙女姐姐是世界上最美的，尤其是她妈妈扮演的仙女，没有谁比妈妈更好看了。

于是他心满意足地吃饱了，而且老老实实地自己去刷牙。

殷墨跟在他身后。

看着他自己爬上洗手台的小凳子，用小牙刷自己刷牙。

最后殷墨还是没忍住，亲自动手帮他。

刷完牙，殷亭礼有点儿坐不住了："爸爸，我想跟妈妈视频。"

殷墨坐在办公桌前，看了他一眼。

今天倒是难得乖巧。

也是，有求于人的时候他才会这么乖巧。

他把平板电脑递给殷亭礼："去吧。"

殷墨中午的时候跟自家太太联系过，她今天还没有开始拍摄，明天才正式开拍，自然有时间。

殷亭礼顿时眼眸弯弯："爸爸你真好，我会跟妈妈说你好话的。"

说完，他头也不回地往休息室跑去。

俨然不想让他爸爸听到自己跟妈妈的悄悄话。

看着他屁颠儿屁颠儿离开的背影，殷墨轻笑出声，微微摇摇头，重新将精力放在文件上。

此时休息室内。

传来奶声奶气的声音："妈妈，宝宝好想你啊。

"吃不好睡不好，今天中午想妈妈想得只吃了一个鸡腿。"

远在临城的影视拍摄基地，傅幼笙正在与剧组工作人员们聚会。

此时在会馆包厢内。

她坐在沙发上，看着手机里出现自家儿子奶萌的小脸蛋，听到他的话，忍不住笑了：“你是想妈妈想得只吃了一个鸡腿，还是挑食呢？”

小魔王撒娇：“当然是想妈妈了。

“妈妈你什么时候才回来呀，你不想你的宝宝吗？”

傅幼笙哄他：“妈妈当然想宝宝，只是妈妈要赚钱养家，养你跟爸爸。

“等你放假的时候，让爸爸带你来探班好不好？”

小魔王：“妈妈你真是太辛苦了，都怪爸爸不会赚钱。”

说着，他还深深地叹气。

把傅幼笙给弄得哭笑不得。

“你跟谁学的？”

这个叹气的表情，真的绝了。

坐在傅幼笙旁边的几个女演员听着他们母子两个聊天，偷偷地看了眼傅女神的儿子，然后开始无声尖叫。

“傅女神的儿子好可爱啊！”

“第一次看到颜值这么高的宝宝，那种死亡角度都可爱到爆炸。”

其他人听到之后，也跟着想要瞄一眼傅幼笙的手机。

傅幼笙也没有藏着掖着。

而且大家都没有什么恶意的。

再说，就殷亭礼小朋友现在这个角度，把小下巴都怼上来了。

不过就算是这个角度，依旧能看出来宝宝的颜值很高。

尤其是那双眼睛，睫毛浓密，形状漂亮，跟傅幼笙的桃花眼如出一辙。

“哈哈哈，他说殷总不会赚钱，好好笑。”

“小宝贝啊，全天下你爸爸最会赚钱。”

跟傅幼笙关系相熟的一个女演员凑过来，对视频里的小崽崽说。

傅幼笙：“宝宝，叫阿姨。”

殷亭礼小朋友乖巧地喊：“阿姨好。”

傅幼笙看到其他人期待的目光，有点儿无奈，但还是满足大家：“妈妈这里有很多叔叔阿姨哥哥姐姐，都是妈妈的同事，宝宝打个招呼。”

一群人一拥而上。

小小的手机屏幕被硬塞进来一堆人。

殷亭礼从小就是见过大世面的宝宝，一点儿都不害怕，跟大家打完招呼之后，还学着外婆的样子：“我妈妈麻烦叔叔阿姨哥哥姐姐们照顾了。”

“噗……可爱到吐奶。”

“好宠溺，妈耶，想要生娃了。”

“呜呜呜，别人家的宝宝，怎么就是小天使，太乖巧了吧。”

“好乖好乖。”

傅幼笙看着视频里面乖巧懂事特别给她长脸的儿子，抿唇笑着。

什么小天使。

这个小魔王，还是个小戏精，看看把大家都给骗了。

顶着一张小天使的脸蛋。

殷亭礼一本正经：“阿姨，我早就不吐奶了。

“爸爸说不能吐食物，农民伯伯很辛苦的。”

“宝宝说得对！”

“宝宝这么可爱，说什么都是对的。”

“……”

傅幼笙听到他们这么说，生怕把自家儿子给教坏了。

这个小魔王，学什么都很快。

于是傅幼笙将手机拿过来：“好了，妈妈这边还有事情，等晚上睡觉之前，妈妈给你视频讲故事好不好？”

“好，那妈妈再见。”

殷亭礼今天也已经心满意足了，而且他有更重要的事情去找爸爸。

挂断视频之后，殷小朋友抱着平板电脑冲出休息室：“爸爸你明明会赚钱，为什么还要逼我妈妈去赚钱？！”

办公室几个正找殷总汇报工作的高层：“？”

殷总居然是这种人吗？

第二十九章
所谓惊喜

/

XINTIAO
BU
TINGHUA

殷墨听到奶声奶气毫无威慑力的质问，揉揉眉梢，看着面前那几个面面相觑的高层管理，淡声说：“让诸位见笑了。”

高层们哪里敢笑话殷总，怕是不想干了，立刻摆摆手：“殷总家公子真是活力十足。”

“长得真可爱，跟您真像。”

“遗传的好。”

听着他们的彩虹屁，殷墨微微一笑：“多谢夸奖。”

小魔王没想到外面会有这么多人，下意识地停住脚步，然后乖乖喊：“叔叔们好。”

“好好好，小公子好。”

见小公子走过来，几个人立刻站起来：“殷总要是没有其他事情，那我们先回去了。”

刚好他们的会也开完了，得知了殷总这么大的秘密，他们真的很担心被灭口，此时不跑什么时候跑。

幸好殷总放他们走了。

最后一个人关门的时候，隐约听到身后办公室内传来殷总跟小公子说话的声音：“宝宝过来。”

语调没有跟他们说话时候的冷淡，透着几分温柔。

小魔王气哼哼的：“爸爸，我都知道了。

“你骗我。”

殷墨把他抱到膝盖上，将平板电脑抽出来放到桌子上：“爸爸骗你什么了？”

倒是没有责怪小魔王在那么多人面前闹。

因为他小炮弹式地冲出来之后，看到有人立刻就停下了，还乖乖地喊了叔叔们好。

这样就很好。

“刚才不是跟妈妈视频吗？

“妈妈那边的阿姨说，爸爸能赚钱的，那为什么还要让妈妈出去赚钱？妈妈好辛苦的。”

赚钱是一件很辛苦的事情，这是幼儿园的老师说的，老师想要让小朋友们孝顺爸爸妈妈。

所以在小魔王心里，赚钱养家很辛苦的。

这次小魔王是真的哭了。

殷墨当然能看出来自家儿子是真哭还是假哭，要是假哭的话还好哄，这真哭可真是……

不过想到他是因为担心妈妈辛苦而哭，殷墨又觉得儿子没白养，知道妈妈辛苦了。

刚刚感动了没两秒，小魔王带着哭腔说：“为什么不是爸爸在外面赚钱，为什么要妈妈赚钱？

“呜呜呜，不想让妈妈那么辛苦。”

“……”

所以爸爸可以辛苦，妈妈不能辛苦就是了。

殷墨看着他哭得这么惨，被气笑了，敲了一下他的小脑袋：“妈妈是宝，爸爸就是草？”

小魔王听不懂。

但他就是想要爸爸赚钱养家，爸爸长得高，妈妈那么瘦，他心疼妈妈。

殷墨从桌上抽出湿巾给他擦了擦脸蛋，看他眼睛都哭红了，哄道：“好了，别哭了，爸爸之前是逗你的，咱们家里不靠妈妈赚钱养家。

“妈妈出去拍戏，是为了梦想。”

“梦想？”

小魔王更不懂了，不过却听懂了不是妈妈赚钱养家：“那妈妈辛苦吗？”

“辛苦，但是为了梦想，妈妈很开心。”殷墨将平板电脑打开，找到傅幼笙获奖的视频给殷小朋友看，“你得到老师奖励小红花的时候开心吗？”

小魔王懵懵懂懂地点头：“开心。”

殷墨继续说：“上次跟爷爷一起参加幼儿园运动会拿到金牌上台领奖的时候开心吗？”

小魔王：“开心的。”

“运动会那么累，那么辛苦，但是领到金牌的时候，是不是开心多过于辛苦？”

“嗯。”

小魔王虽然还小，但是还是能举一反三。

看着视频中站在领奖台上的妈妈穿着漂亮的礼服，捧着奖杯美丽又自信的样子：“妈妈领奖的时候很开心。

“这样的妈妈很漂亮。

“比汪天云的妈妈漂亮多了！”

虽然不知道自家儿子为什么总是提起这个汪天云的妈妈，但殷墨见儿子懂了，止住了眼泪，倒是松了一口气。

在教育孩子上，其实他也是新手，摸着石头过河，一点点地摸索，生怕这个聪明早慧的孩子走歪路。

目前来看，闹是闹腾了点，但总体而言是个懂事的好孩子。

“好了，爸爸今晚带你出去吃饭，你可以在商场游乐园玩半小时。”

小魔王立刻就将谁的妈妈更漂亮这件事抛之脑后，兴冲冲地等着爸爸下班带他出去玩！

从来公司到吃饭到玩耍都非常的乖巧懂事。

然而，一到晚上——

懂事的小魔王睡觉的时候又开始闹着要找妈妈了。

闹得殷墨这样脾性从容的人都想要打孩子了，最后还是傅幼笙的视频电话拯救了他。

傅幼笙温柔好听的声音给小魔王讲完故事，小魔王终于睡着了。殷墨给他关上了灯，拿着手机离开小魔王的房间。

他床上有围栏，不用担心会滚下来，晚上也不起夜，能一觉睡到天亮。

主卧内，殷墨看着视频里自家太太穿着睡裙的样子，眼睑低垂。

他也和儿子一样，自家太太离开第一天就开始想她了。

白天充斥着工作和闹腾的儿子，让殷墨没有杂念，而现在四周安静下来之后，他才知道，白天让自己忙碌起来，就是为了没有时间去想她。

思念的感觉，实在是太漫长了。

傅幼笙也想殷墨了。

“老公，想你了。

“还有两个月呢，怎么办。”

傅幼笙看着男人俊美的面庞以及眼中的思念，忍不住开口说。

殷墨自然也想念自家太太，不过他素来内敛，很少将思念说出口，实际上心里已经想得不得了了。

“等周末我去看你。”

“好啊，带着儿子。”

傅幼笙想到儿子刚才可怜巴巴的样子，忍不住笑。

殷墨：“不带他，太闹了。”

“刚好爸妈周末没事，奶奶也想他了，让他去爷爷奶奶家里过周末。”

傅幼笙听他说得大义凛然的，好像是为了长辈，实际上就是怕带了儿子之后，她就不是他一个人的了。

本来怀孕的时候，傅幼笙还担心到时候争宠的是自己，万万没想到，孩子生了之后，争宠的居然是殷墨。

她红唇紧抿着，想要忍住笑，最后还是没忍住，扑哧一声笑出来：“殷墨，你怎么跟小孩一样。

“还跟儿子争宠吃醋。

“出息呢？”

“嗯，不重要，得到殷太太的宠爱更重要。”殷墨似笑非笑地看着她，“到时候带一个惊喜给你。”

“什么惊喜？”

傅幼笙总觉得殷墨这笑容怪怪的，让人“毛骨悚然”。

不像是惊喜，像是惊吓。

殷墨不疾不徐：“你会喜欢的这个惊喜。”

傅幼笙：“真的吗？”

殷墨：“我什么时候骗过你，嗯？”

傅幼笙思索两秒，殷墨好像真的没有骗过她。

见她还在想这件事，殷墨不动声色地转移话题：“你儿子今天在公司做了一件大事。”

果然，傅幼笙就不再想惊喜的事情：“他干什么了？”

想到自家那个小魔王儿子，能称得上大事的，一定是又作妖了。

殷墨将小魔王当着一众高管为她申诉的事情说了。

傅幼笙哭笑不得："这个小家伙啊。"语调带着浓浓的宠溺。

真是没有白疼他。

殷墨靠在床头上，眉眼怠懒："公司所有员工大概都以为我虐待太太，让太太出去拍戏赚钱。

"或许还有人觉得公司要破产了，需要老板娘出去拍戏来填窟窿。

"幼幼，我替你背了黑锅，你打算怎么补偿我？"

他说了半天，是为了最后这句。

傅幼笙嗔了他一句："为太太背黑锅这不是你作为先生应该做的吗？

"还想要补偿，没有。"

殷墨不着急："那等见面再好好聊聊补偿的问题。"

自从家里有了孩子之后，其实傅幼笙跟殷墨的夫妻生活减少了许多，所以他们偶尔会背着小魔王出去过夫妻生活。现在傅幼笙出去拍戏，殷墨自然不会带着那个捣蛋的小魔王。

虽然还想跟她再聊一会儿，但看到傅幼笙困顿的样子，殷墨还是嗓音温柔地道："乖，去睡吧，晚安。"

傅幼笙撒娇："你讲故事哄我睡觉。"

殷墨轻笑："好。"

儿子要听睡前故事才能睡觉的这个习惯，绝对是遗传他妈妈的。

听着殷墨平稳清越的声音，傅幼笙很快就睡着了。

看着视频里那个闭着眼睛的女人，这么多年过去，她快要三十岁了，依旧如同少女一般。

无论是心态还是长相，岁月对她格外的宽容。

然而殷墨这次探班没有成功。

周五那天，殷墨开完会，刚从会议室出来，就接到了幼儿园的电话。

听到那边老师的声音，殷墨眉心轻折："殷亭礼跟小朋友打架？

"伤着了吗？

"好，我马上过去。"

殷墨听到老师说殷亭礼有点儿轻伤，下意识扯了扯脖颈间紧绷的领带，抬步往外走："温秘书，把今天上午的行程推了。"

温秘书也听到了自家殷总的电话，连忙跟上去："殷总，是小公子出什么事情了吗？”

“跟小朋友打架了。”

温秘书：“……

“您放心，小公子肯定打赢了。”

说完之后接收到自家殷总的死亡凝视，温秘书才意识到自己说了什么蠢话：“我这就去开车。”

殷墨想到温秘书的话，若有所思。

既然是同龄的小朋友，自家儿子那个小魔王，应该不会吃亏。

就殷亭礼这个小魔王，在老宅的时候，可是打遍了四周同龄甚至比他还要大一两岁的小朋友，成了那片的小霸王。每次过去的时候，他都能看到一群小朋友围着殷亭礼喊他老大。

每次看到他都很无奈。

虽然如此，没有亲眼看到自家儿子安然无恙，殷墨还是不怎么放心。

温秘书亲自开车。

“殷总，您别担心，小公子不会随随便便打人的。”

殷墨眼眸微眯，这倒是。

小魔王性格熊了点，霸道了点，但也是个讲道理的小朋友。

每次打架都有正当理由。

原本二十分钟的路程，愣是被温秘书十五分钟就开到了。

北城贮伽私立幼儿园。

殷墨一走进院长办公室，就看到沙发上坐得端端正正的熟悉的小身影。

看他完好无损，殷墨终于放心了。

而与殷亭礼形成鲜明对比的是对面沙发上的一个胖乎乎虎头虎脑的孩子，以及他的父母。

两个大人哄着自己的儿子，时不时地还看着殷亭礼，用眼神瞪他。

殷墨脚步顿了两秒，看到这个画面之后，清隽俊美的面庞上透着沉沉的冷漠。

就连跟在他身后的温秘书都感受到了。

自家儿子再熊，也轮不到外人对他指指点点。

殷墨眉眼淡淡地开口：“殷亭礼。”

殷小朋友一听到自家爸爸的声音，惊喜地转身扑过去：“爸爸！”

难得感受到自家儿子的热情。

殷墨直接把他抱起来，知道小魔王是受委屈了。

向来天不怕地不怕的小魔王委屈巴巴地趴在自家爸爸肩膀上，感觉像是找到了安全区。

他软软地喊了声："爸爸。"

殷墨拍了拍他的后背："嗯，爸爸来了。

"别怕。"

温秘书站在殷墨身后，恰好正对着小魔王那张粉雕玉琢的小脸蛋。

向来精力充沛的小魔王，此时恹恹的样子，太让人心疼了。

下一秒，温秘书觉得自己的心疼喂了狗。

因为这个可怜巴巴的小魔王，居然朝他眨了眨眼睛，眼里满是"你被骗了"的小得意。

温秘书："……"

他就知道！

吃亏的肯定不是这个聪明腹黑的"芝麻馅"小魔王。

殷墨面无表情地抱着殷亭礼往沙发上一坐，开始检查他身上有没有受伤。

就手肘擦破一点儿皮，老师已经给上药包好了。

园长与老师们都知道殷亭礼家里是什么情况，也认识殷墨本人，自然有点儿战战兢兢的。

虽然他们这是贵族私立幼儿园，背景强大，但是再强大也强大不过殷总啊。

想到小公子在他们这里受伤，可真是……

"殷总，您喝水，咱们坐下慢慢说。"

园长亲自给殷墨倒水。

见园长跟学校管理层对殷亭礼的爸爸这么殷勤，对面坐着的汪天云的家长有点儿不满，却也没有将火气撒在幼儿园这些人身上，毕竟儿子还是要在学校上课的。

"您就是殷亭礼的爸爸吧。听您这个职位应该平时挺忙的，但是再忙也得教育孩子啊。现在是什么社会，孩子怎么能打人呢？瞧瞧把我们家孩子身上打得青一块儿紫一块儿的。

"孩子都是宝贝，你们说怎么办吧。"

汪妈妈看着殷墨那张俊美清隽的面庞，一边说着，一边想，难怪殷亭礼长得这么好看，原来是他爸爸长得也不错。

她平时很少看财经新闻，自然不认识殷墨。

倒是汪爸爸，总觉得殷亭礼的爸爸长得有点儿眼熟，好像是在哪里见到过。

他不过是一个企业的上层管理而已，自然没亲眼见到过殷墨本人。

孩子能进入这所学校，还是因为他一个项目做得好，老总听说他给儿子找学校呢，主动帮的忙。

越看殷墨越像是在哪里见到过，而且殷这个姓氏——

他绞尽脑汁，没有注意到目前的形势变化。

殷墨淡淡地问："谁先动手的？"

他问的是园长。

园长轻咳一声："是殷亭礼小朋友先主动的。"

殷墨大概猜到了，如果不是自家儿子主动打人，他现在就不会假装委屈了。

没错，殷墨如何看不出来自家儿子是假装委屈，这是觉得自己先打了人，怕被教训呢。

不过殷墨知道他不会平白无故地打人："殷亭礼，为什么打人？"

殷亭礼委屈巴巴："他先骂我的。"

"骂两句就打人，小小年纪都这么暴力，长大了还得了。"汪妈妈恨不得立刻将罪名安在殷亭礼身上。

"殷亭礼爸爸，你说这事怎么办吧。

"我们孩子不能白白挨打。

"必须道歉。"

汪天云在一边抹眼泪，哭得凄惨，一看就是被欺负惨了。

"妈妈好疼啊。"

撩开他的袖子，肉胳膊上全都是青紫痕迹，还有个小拳头印子。

小魔王有点儿心虚，但作为演技派，这个时候谁心虚谁就输了，他也跟着泪眼汪汪："爸爸，他骂我是私生子，我心好疼啊。

"他还说我妈妈丑。

"呜呜呜，我妈妈明明是全世界最漂亮的仙女。"

其实小魔王也不知道私生子是什么意思，但是他知道是骂人的话。

他打架的主要原因是汪天云说自家仙女妈妈不漂亮，还说妈妈丑。

这能忍？

必须要揍得他爹妈都不认识。

私生子？

汪妈妈表情一僵，然后就看到殷墨越发沉静的面庞，不知道怎么回事，心里凉飕飕的。

“孩子胡说八道的，不知道从什么电视上看到的，总不能因为说两句话就挨打吧。”

汪妈妈据理力争，况且殷亭礼的妈妈从来不出现，这不是见不得人是什么，还怕别人说呢。

虽然汪妈妈没有把后面的话说出来，但态度已经表明了一切。

温秘书站在殷墨身后，用那种怜悯的眼神看着这一家三口。

竟然说小魔王是私生子，可真是——

胆大包天。

殷墨修长白皙的手指握着自家儿子的手，微微一笑，语调却沁透着寒意：“侮辱我儿子是私生子？

“陈园长，你们平时就是这么教育学生的？

“还是说，你们学校的入学家长素质测试是闹着玩的，这样的学生都能收进来？”

陈园长冷汗直流，生怕这个幼儿园折在自己手上。

“殷总，我们素质测试是经过严格把关——”

作为殷小朋友班里的老师，徐老师站出来：“殷先生，这件事是我管教不严，非常抱歉让殷亭礼小朋友受伤。”

殷墨并不是迁怒于人，只不过对于殷亭礼班上小朋友这样的素质，持怀疑态度。

小小年纪张口闭口就是私生子，这样的小孩子，一定受家庭环境与父母的影响，而现在的小朋友都有学有样，殷亭礼在这样的学习环境中，受到坏习惯影响的可能性很大。

一想到殷亭礼也张口闭口私生子这样的话，殷墨脸色更冷了。

园长察觉到了殷墨的心思，立刻说：“殷总，我们学校的教育绝对没有问题。您放心，我们绝对会给您一个满意的交代。”

虽然只是骂人，但涉及私生子这样的话题，确实是没教育好。

这个教育的锅学校肯定是不能背的，只好甩给家长了。

当汪妈妈听到园长含蓄地让他们家汪天云退学的时候，炸毛了：“我们家孩子受伤严重，怎么退学的是我们？

“他们家孩子有暴力倾向，你们不担心以后学生会被他打吗？

“有钱有势了不起啊。”

汪天云：“妈妈我不要退学，我不要退学。”

汪妈妈哄他：“好儿子，这样的破学校我们不上了。”说着就要带自家儿子离开。

这个时候，殷墨忽然开口：“慢着。”

汪妈妈：“怎么，怕我把你们这些人的作风传到微博上去啊？呵呵，我就要曝光你们！”

殷墨朝着温秘书看了眼。

温秘书了然，从公文包里拿出一张支票，填了十万块钱：“医药费。”

汪妈妈炸了。

“你们……”侮辱谁。

就在这个时候，汪爸爸终于想起来面前这位是谁了，迅速拉住自家妻子：“别闹了。

“这是胜景资本的殷总！”

温秘书将支票塞进汪爸爸手里：“以后好好教育孩子吧。

“这么口无遮拦的，得罪了不该得罪的人，可不会像今天这样轻易解决的。”

汪爸爸骨头都凉了。

旁人不知道殷总素来的作风，他可是最清楚的——殷墨手段之果决狠戾，得罪了他的人，全都没有好下场。

现在他们居然得罪了殷总家的小公子。

殷总光让他们退学已经手下留情了。

“是，殷总，我以后一定好好教育孩子。”

然后他按着汪天云的头：“快点给殷小公子道歉。”

汪天云：“哇。”他哭得更惨了，一把鼻涕一把泪的。

和粉雕玉琢干干净净刚才也只是默默眼睛含泪的小魔王比起来，温秘书觉得，小魔王腹黑一点儿总比傻乎乎的要好。

回家路上。

小魔王还有点儿懵懵懂懂的：“爸爸，以后汪天云是不能跟我一块儿上学了吗？”

殷墨瞥了他一眼：“你想原谅他？”

小魔王思索了一下：“他骂我，我打过他了，我们扯平了。”

小孩子的世界很简单，他欺负我，我欺负回来，然后就扯平了。

但是殷墨之所以让汪天云退学并不是因为这个孩子欺负了自家儿子，而是因为他的教养问题，任何一个有责任心的家庭，都不会让自己孩子提什么私生子这样的话。

尤其是侮辱自家儿子，更是侮辱自家太太，这是踩到了殷墨的底线。

“好了，做错事就要受到惩罚。今天这件事你有没有错？”殷墨不惯着孩子。

本来今天下午是打算去看自家太太的，现在因为小魔王这件事，他的行程只好改变。

小魔王瘪瘪嘴：“我错了。”

“错在哪儿？”

小魔王：“我不该动手，应该告诉老师。”

殷墨将膝盖上的笔记本电脑扣上，然后专心地教育儿子：“为什么要告诉老师，而不是自己动手？”

小魔王乖乖回答：“因为打架不长眼，我可能会受伤，喏，就跟现在一样。”说着他伸出自己被包扎好的小胳膊，试图引起他爸爸的心疼，免了自己的惩罚。

苦肉计没用，殷墨面不改色：“今晚零食停了。”

小魔王撒娇：“呜，爸爸我真的不敢了。”

就是这么能屈能伸。

妈妈在的时候争宠不留情面，妈妈不在的时候也能拉下面子跟爸爸撒娇，也忘记了汪天云会不会以后不能跟他上学。

毕竟他脑子里还是零食比较重要。

一个总是说自家仙女妈妈丑的同学，在小魔王心里还是没有零食重要。

倒不是小魔王性格凉薄，而是汪天云已经让他烦不胜烦了。

他每次都要炫耀他妈妈。

炫耀也就算了，小魔王觉得自己还能忍，不能忍的是他侮辱自家妈妈。

当然，小魔王现在还不懂什么是侮辱，他就知道自己不想听到有人说自己仙女妈妈有任何不好的地方。

相处也不是很深，汪天云转学来也不过几个月而已，很快小魔王就把这件事抛之脑后。

晚上哄睡了小魔王之后，殷墨将这件事告诉了自家太太。

傅幼笙轻叹了一声：“也不知道我们不出现在他同学和家长面前，是保护他还是……”

以后等小魔王年龄再大一点儿，发现别的同学父母都会出席他的家长会、他的亲子会，而他却是爷爷奶奶或者外公外婆出席。

殷墨与傅幼笙平时接送他，都是在车里看着他离开，或者傅幼笙捂得严严实实，送他去上学。

这样不露面，是想要给他一个安静的学习环境，也不想让他从小就觉得与其他同学不同。

可是现在因为今天这件事，让傅幼笙开始怀疑，自己觉得是为了他好，这件事到底对不对。

小朋友都希望父母出席他的所有活动。

傅幼笙也不想错过儿子的成长，不然也不会一年到头有半年的时间在家里陪他了。

她咬了咬唇："你说，我要不要……"退出娱乐圈，转做幕后。

然而没等傅幼笙说完，殷墨便拦住了她："幼幼，不要想太多，咱们的儿子不是那种脆弱娇柔的性子，他会理解的。"

小魔王很早熟，如果好好与他说，他是可以懂的。

傅幼笙眼睫低垂，想到儿子今天受的伤："要不你下周过来的时候，把宝宝也带过来吧，我不亲眼看看，不放心。"

殷墨哪能让自家儿子打扰自己跟老婆见面。

他把睡着的小魔王抱过来，给傅幼笙看他手肘上那擦破的皮："我去得再晚一点儿，他这点伤就愈合了。"

"你是亲爹吗？"

傅幼笙没好气地说。

就算是掉一根头发，做妈妈的都心疼好不好。

殷墨重新把他放下："我已经跟奶奶说了，下个周末送他去老宅，下次再带他去看你。"

既然跟奶奶说好，那傅幼笙就没有什么话可以说了。

"那好吧。"

托腮看着自家男人："今天殷先生一定很帅，保护我们的宝宝。"

殷先生："下周你可以亲自试试，你先生有多帅。"

傅幼笙白了他一眼："你能不能正经一点儿？"

殷墨什么时候不正经，不过是想要让她心情好一点儿而已。

等到傅幼笙挂断电话之后，心里那点郁气基本上就消失了。

好像有殷墨在，她什么都不用担心，只需要完成自己的梦想就好。

傅幼笙还是想着从明年开始，再减少一点儿工作吧。

多陪陪儿子。

等儿子上小学了，她再慢慢地恢复工作。

儿子的童年，她不想错过。

甚至想着今年亲子运动会，她要亲自陪儿子参加。

第二天拍戏休息阶段，当傅幼笙把这个事情说给闻亭听的时候，闻亭只是犹豫了一下："如果你们不想让小魔王被媒体记者曝光的话，最好还是做好万全的保护措施。

"如果我没有记错的话，就算是私立幼儿园，亲子会之类的还是会有家长拍摄，万一拍到你们……"

话没有说完，但傅幼笙已经明白他的意思了。

这确实是个问题。

总不能因为他们一家，阻止人家家长拍摄，未免太过于霸道。

闻亭看到傅幼笙苦恼的样子忍不住叹了口气。

他现在也有了孩子，非常清楚傅幼笙的想法。

"其实小魔王现在还小，就算不小心被拍到也没关系，等到上了小学之后再保护起来也可以。

"小孩子每天都会有变化，等去了新的学校新的环境，只要不说，别人就不会知道他的身份。"

娱乐圈也有很多明星家里的小朋友被拍摄到。

等到上了小学之后，除非自己曝光，不然保护得好，基本上不会有人发现。

傅幼笙若有所思："你说得对，是我太心急了。"

她总是担心儿子曝光在媒体记者的镜头下，会影响他心理健康。

其实——

他四周现在还都是天真无邪的小朋友，就算知道他妈妈是女明星，估计也只是好奇而已，并不会懂这代表着什么。

傅幼笙点点头："倒是我钻牛角尖了。"

闻亭拍了拍她的肩膀："都是第一次做父母，小心翼翼很正常。

"而且依照胜景资本的公关能力，小魔王的照片估计一曝光，就会被发现撤掉，倒也不用太担心。

"顺其自然吧。

"或许到时候你可能还愿意参加个亲子节目，亲自把儿子公开出去呢。"

傅幼笙倒是被他这话逗笑了："说起来，最近小魔王还挺喜欢看亲子节目的，你可千万别在他面前提他也可以去参加。

"不然又要闹腾了。"

傅幼笙跟闻亭聊过之后，心里倒是舒服多了。

晚上八点，傅幼笙吃了晚餐之后，便回酒店。

没想到，一刷开酒店大门，竟然在客厅看到了一个熟悉的人影。

男人穿着一身浅蓝色的家居服，鼻梁上架着斯文的银边眼镜，正在沙发上办公。

大概是听到她开门的声音了，他抬眸的瞬间，傅幼笙感觉像是慢动作回放一样。

男人俊美矜雅的面庞出现在面前。

隔着薄薄的镜片，她能看到男人眼底蕴含的浅淡笑意："回来了。"

傅幼笙眼底划过一抹惊喜，三两步跑过去扑倒在男人怀里："不是说下周来吗，这是你给我的惊喜吗？"

因为殷墨在办公，客厅内的灯光开得很足。

揽住女人纤细馥郁的娇躯，殷墨轻而易举地便能将她抱在大腿上，垂眸看着她乌黑瞳仁里闪过的惊喜。

薄唇弯起淡淡的弧度，他俯身在她的唇角亲了一口，嗓音悠悠："这算什么惊喜，殷太太未免太容易满足。"

傅幼笙心满意足地窝在男人熟悉的怀抱里："嗯，满足了。"

许久没有见面，她是真的想殷墨了，不过却也没有忘记自家儿子。

"难道还有个惊喜？

"你把宝宝也带来了？"

忽然想到这里，傅幼笙从殷墨怀里起身。

下一秒。

她便被男人拉住，并且直接被打横抱起，往卧室里走去。

"儿子没来，是别的惊喜。"

傅幼笙顺势抱住男人脖颈："宝宝都没来，算什么惊喜。"

殷墨垂眸看她："你心里只有宝宝？我们多久没有单独在一起了？"

对上男人漆黑深邃的眼眸，傅幼笙双唇轻抿了一下，知道这狗男人又吃醋了："整天跟儿子争宠，你羞不羞啊？"

"不羞。"

殷墨说得从容淡定，仿佛跟儿子吃醋是一件多么正常又理直气壮的事情。

“你怀孕的时候……”

没等殷墨说完，傅幼笙顺势捂住了他的嘴：“别翻旧账！”

“女人怀孕比较脆弱，你又没怀孕，跟我比什么！”

傅幼笙就知道殷墨要说她怀孕的时候，跟肚子里的宝宝争宠，怕宝宝以后会分走殷墨的爱。

殷墨收回了要说的话。

一进卧室，傅幼笙就看到偌大的床上铺散着三件情趣睡衣。

傅幼笙：“……

“你……”

“惊喜吗？”殷墨含笑低沉的嗓音在她耳边响起。

傅幼笙白皙的脸蛋一瞬间绯红。

自从怀孕之后，这些睡裙就没有派上用场，后来孩子生了，又天天带孩子，倒是很少弄这些情趣浪漫的东西。

现在忽然被殷墨找出来，傅幼笙忍不住害羞了。

看着她白生生的脸蛋上透着春色的红晕，殷墨将她整个人放到大床上。

床垫弹力很大。

只是没等她弹起来，男人炽热又充斥着荷尔蒙气息的身躯同时压了下来。

傅幼笙在这部戏里扮演的是学艺术的女大学生，下戏之后，没有换下来衣服，身上穿了一条宽松涂鸦款式的长T。

此时她躺在床上，衣摆上撩，露出一双雪白细长的小腿，性感又青春。

殷墨温热的掌心贴着她衣摆下侧，将她从床上抱起来。

他用指尖拨弄了一下她宽大如袍子一样的长T：“换上睡衣，嗯？

“喜欢哪件？

“我帮你换。”

若不是傅幼笙看着那三件睡衣，还真以为殷墨是什么好心要给她换衣服的人。

被男人像是抱娃娃一样抱着换衣服。

傅幼笙看向搭在床尾的睡裙。

一件绛紫色的真丝质地睡裙，从胸口往下全都是透明，可以露出雪白的腰肢。

一件纯白色的，几乎全都是镂空花纹的设计，看起来很重工，但是傅幼笙知道，穿在身上，几乎完全贴合身体曲线，有种又纯又欲的感觉。

一件复古红色的，里面是吊带丝绸睡裙，大V领的设计，不用弯腰就能看到里面那若隐若现的春色，外面披着几乎到脚踝的纱质睡袍，聊胜于无地遮掩春色，偏偏这种犹抱琵琶半遮面的感觉，更是撩人。

三件情趣睡裙，并不是那种特别暴露的，而是各有千秋。

而——这也是商太太设计的独特之处。

殷墨指尖挑起来那件白色的："今晚先穿这个？"

傅幼笙不想说话。

殷墨当她默认，直接换下她身上那件宽大袍子似的T恤，将她整个人扒拉出来。

傅幼笙下意识地缩了缩肩膀："等等！"

她咬着下唇："我还没有洗澡呢。

"洗完澡再穿。"

殷墨指尖微微一顿："也好。"

见他同意了，傅幼笙轻舒一口气，伸出纤白小手，想要把自己那件T恤勾过来。

许久未曾经事儿，她有点儿紧张，现在身上只穿着内衣她没有安全感。

然而没等她指尖勾住衣服，就已经被殷墨重新抱了起来，顺便拎走了那件纯白色的睡裙。

像是抱孩子一样的姿势，吓得傅幼笙下意识圈住了男人修劲有力的腰肢："我自己洗！

"你给我一点儿酝酿的时间！"

殷墨将她抱到了浴室里，听到这话后，低笑应了一声："好。"

说着，他当真将睡裙挂在墙壁上，给傅幼笙调好水温之后，转身离开。

他早就洗过了，自然不必再洗。

见自家太太这么紧张的小模样，他的眼底划过一抹宠溺。

在一起十多年了，她还是像最开始那样害羞，有时候却又很大胆。

很矛盾的性格，让殷墨欲罢不能，永远都不会腻。

傅幼笙洗澡的时候，殷墨倒也不着急。

因为他有三天的时间来陪自家太太。

趁着傅幼笙去洗澡，殷墨给自家母上打了电话。

免得等会儿太太洗完澡出来要先跟儿子视频。

他不想让那个小魔王打扰他们好不容易得来的夫妻私人生活。

殷夫人正在跟自家孙子玩积木。

看着视频中出现的儿子那张气呼呼的小脸蛋，殷墨脑海中浮现出自家太太刚才那同样鼓起来的小脸蛋。

母子两个发脾气的小模样，真的很相似。

倒是让殷墨对自家儿子心软了几分。

“生气了？”

小魔王：“哼哼，爸爸去看妈妈不带我。”

殷墨不紧不慢：“爸爸在这里不单单是为了看你妈妈，还有工作，所以才不能带着你。

“下下个星期爸爸有时间，再带你过来，到时候你也放寒假了，可以在妈妈这里多住几天，好不好？”

不得不说，殷墨还是很会哄自家儿子的。

小魔王还哼哼唧唧：“那还得过很久，我想妈妈了。

“妈妈呢？我要跟妈妈说话。”

殷墨：“你妈妈洗澡去了。她工作很累，今天没时间哄你睡觉，你让奶奶给你讲故事。”

见小魔王要闹腾，殷墨说：“如果你乖乖听奶奶的话，明天可以让奶奶陪你去儿童乐园玩。

“并且奖励一个栗子蛋糕。”

小魔王沉思几秒，然后竖起两根肉乎乎的小手指：“要两个栗子蛋糕。”

“成交。”

殷夫人在旁边看着他们父子两个讨价还价，忍不住笑。

等小魔王乖乖去跟爷爷洗澡的时候，殷夫人跟自家儿子感叹：“其实宝宝还是挺乖的。”

殷墨看着自家母上：“乖的话，就劳烦您多带两天了。”

“我巴不得天天带孙子。

“不过，要是宝宝以后长大了知道你为了跟他妈妈过二人世界把宝宝丢我们这儿，肯定不养你。”殷夫人笑眯眯的。

殷墨也跟着微笑：“您放心，等他长大了就不记得了。”

殷夫人被噎了一下，不想跟这个不孝儿子说话。

“行了，你让幼幼保重身体。孩子放心吧，我会帮你们带好的。”

“嗯，谢谢您。”

挂断视频后，殷墨看着透明玻璃门的浴室，隐约能听到里面水声淅沥。

他眼睑低垂，轻轻地吐息。

他将注意力放在处理工作上，来探班自家太太三天，堆积的工作很多。

这种闲暇时间，能处理一点儿，就可以多陪自家太太一点儿时间。

此时，浴室内。

傅幼笙看着落地镜前，自己穿着那身白色睡裙的身影，果然如她所想的那样，裙线完全贴着她曼妙的身姿。

生完孩子之后，傅幼笙一直健身瑜伽，保持身材，完全不会有任何的松弛感，反而上围暴涨，更加妖娆。

现在是真正的婀娜多姿而不庸俗浓艳。

真要穿出去吗？

依照她对殷墨的了解，这小裙子不保。

然而没等傅幼笙想好，外面传来敲门声，男人的嗓音清越低沉："幼幼，不好意思出来？"

"谁说我不好意思了！"

激将法对傅幼笙是真的有用。

她哼了一声："都老夫老妻了我有什么不好意思的，我就怕我出去之后你流鼻血。"

说着，傅幼笙也不管了，直接赤脚走出浴室。

刚一开门，入目就是男人背对着客厅灯光的身影。他个子很高，可以挡住所有的光线，给人深深的压迫感与浓烈又让人心跳不受控的迫人气势。

傅幼笙仰头看着殷墨。

男人漆黑的瞳仁内仿佛有幽暗的火光划过，她定了定神，说了出来后的第一句话："你要不要先吃个败火药？"

她非常认真诚恳地询问，一脸贤妻良母对自家老公身体忧心忡忡的模样。

殷墨目光落在她身上，狭长的眼眸微微眯起来，蓦然一笑："不必，有另外的败火方式。"

下一秒，傅幼笙感觉自己腾空而起，回过神就已经坐在男人修劲有力的手臂上。

他一步一步走向偌大的床。

床上另外两件睡裙已经被收了起来。

此时床上空无一物，空旷得让人心尖都在颤抖，傅幼笙有点儿紧张："我想先跟宝宝打个电话。

"你要不先去吃个败火药……"

殷墨手臂撑在她脸颊旁边，微微俯身，薄唇若有若无地亲吻着她微微卷起的发丝："嗯，这就吃药。

"而且，不要在我床上提别的男人。"

傅幼笙："……"

那是你儿子，是别的男人吗？

随即，傅幼笙就没了思考的可能。

第三十章

无师自通

／

XINTIAO
BU
TINGHUA

翌日，傅幼笙从床上起来的时候，却看到殷墨已经靠在床头开始办公了。

她忍不住抬起酸软的手，拍了他一下："累死了！

"都怪你。"

殷墨侧眸看了眼，轻松将她从床上揽到怀里，替她按摩着腰肢，顺从地应道："是怪我没有节制。"

怎么听他的调调不以为耻还反以为荣呢？

傅幼笙趴在男人怀里，懒洋洋地勾住他修长的脖颈，整个人像是没有骨头似的："再重一点儿。

"好酸。"

昨晚睡前殷墨已经替她按过了，但是醒来之后还是酸。

傅幼笙忍不住用幽怨的眼神看他。

"还难受？" 殷墨垂眸望着她，眉心轻蹙，有点儿担心，"让医生过来看看。"说着，便准备拿手机。

傅幼笙立刻浑身充满了力量："因为这事找医生，我可没这个厚脸皮。"

她以后还要不要在剧组混了。

"我就是腰酸，骨头要散架了，找医生有什么用。" 傅幼笙没好气地白了他一眼，抢过手机才放心了，"只要你克制一点儿，我就一点儿毛病都没有。"

今天还要拍戏呢。

傅幼笙看了眼时间——八点钟。

“差点儿就要迟到了。”说着，她艰难地从殷墨怀里爬起来，扶着腰一步一步慢悠悠地往浴室走去。

看着她一步三晃的样子，殷墨轻叹一声，从身后将人抱起来往浴室走去。

傅幼笙哼了一声，舒舒服服心安理得地让殷墨伺候自己洗漱，就连换衣服都是殷墨动手的。

她只需要趴在男人肩膀上睡个回笼觉就行。

看着她眼睛都睁不开的样子，殷墨心疼说：“要不今天上午请个假，所有剧组产生的损失我负责。”

“可别。”傅幼笙慢悠悠地蹭了蹭男人的脸颊，“我一点儿都不想搞特殊。”

其实殷墨早就知道她的答案，但还是会心疼。

不过——

说后悔倒是谈不上，要是再来一次，他大概还是会克制不住自己。

昨晚她，太令人着迷。

傅幼笙觉得殷墨真的变了很多，没有以前那么的……薄凉，无论是看谁都一副无情无欲的样子，如今倒是像神明下了凡，真真正正有了烟火气。

酒店距离剧组很近，甚至都不用开车。

走路十分钟就能到。

不过傅幼笙一般都是坐保姆车过去，毕竟中场休息的时候，到保姆车里休息比较方便。

而且——

傅幼笙看了眼跟在她身后的殷墨。

剧组外面。

“你不是还有工作吗，就不用跟我下去了，在车里办公吧。”

傅幼笙看着坐在车内的殷墨，说道。

殷墨来临城确实也有一个商业合作要谈，不过时间安排在中午，上午倒是可以陪她，却没想到被自家太太留在了保姆车内。

知道她想要低调，殷墨识趣地点头：“好。”

男人穿着一身西装革履，在少女心弥漫的车厢内，显得有点儿违和感。

但莫名的，傅幼笙却觉得自家老公跟自己的保姆车，也挺般配。

见他这么听话，傅幼笙主动又亲了他一下："那我走了。"

还没起身，她后脑勺就被一双大手抵住。

下一秒，男人清冽的薄荷气息从唇齿之间侵入她的肺腑。

等到傅幼笙下车的时候，已经有点儿晕晕乎乎的。

还是小诺把她扶住了，并且偷偷笑："笙笙姐，慢点走哦。"

见她小心翼翼地扶着自己走，傅幼笙忍不住吐槽了一句："你这个姿势，要是被狗仔拍到，一定要说我怀二胎了。"

噗——

小诺终于没忍住，笑出声："您可别说了，万一真被拍到，闻哥又要头疼，哈哈哈哈。"

每次只要是笙笙姐的新闻出来，就是公关部跟闻哥加班的时候。

傅幼笙深以为然："没错。

"还是让闻亭在家里陪太太孩子过年吧。"

闻亭跟前妻复合之后，很快便有了宝宝，现在宝宝也不过才一岁，确实该让他休息一段时间陪陪家人了。

工作室有那么多工作人员，况且傅幼笙现在还在剧组拍戏，闻亭倒是可以轻松点，远程掌控。

傅幼笙很大方地给他放了一个月的长假。

年后再上班。

要是这次因为莫名其妙的新闻上热搜，闻亭休假还要加班，傅幼笙真的过意不去。

这种事情真的不能说。

因为——

一说它就可能真的发生。

傅幼笙上午戏还没有拍完，新闻就出来了。

剧组外面果然埋伏着狗仔，还真把小诺跟搀扶孕妇似的搀扶着傅幼笙下车的画面拍摄下来。

"傅幼笙疑似怀二胎"。

真别说，和傅幼笙预料的热搜词条基本一致。

小诺看着还在剧组拍戏的傅幼笙。

闻哥的来电一直闪烁。

虽然心惊胆战，但她还是得老老实实地接起电话：“闻哥，笙笙姐没怀孕！

“对，这就是个意外。”

她总不能说是被殷总亲的吧。

闻亭把她骂了一顿：“你那搀扶的姿势是不是有毛病？不知道的还以为你扶着老佛爷！哦，现在人家不当成老佛爷，人家当成孕妇了。

“还不如耍大牌呢！”

怀孕这种新闻。

你要是否认，人家就觉得你骗人。

你要是承认，这更不可能了——没怀孕，你十个月之后从哪儿弄个孩子？

闻亭气得爆炸。

这家媒体记者哪儿来的，胆子真大。

毕竟人气女演员，换个发型都能上热搜，更何况是二胎这样的爆炸新闻。

不到半小时，直奔热搜第一。

这还是疑似怀孕。

小诺被闻哥骂了一顿，挂断电话之后，发现拍摄还没有结束。

她只好刷微博，看看现在网上的情况如何。

这部戏的导演是著名的龟毛导演，规矩特别多，例如拍戏期间无论发生了什么大事，都不能中途终止拍摄。

除非天塌了。

所以即便是上了热搜，有工作人员都看到了新闻，也没有人敢影响到导演拍摄。

小诺看着评论。

二胎？一胎都没拍着影儿，现在你告诉我二胎都有了？

看图说话！除非拿出医学证明，不然我不信！

大家关注女神新戏就好，这些小作坊媒体记者狗仔拍的糊图就不要看了。

说实话，最近傅幼笙跟殷总好像没有同框过，他们是不是离婚了？

二胎都出来了，楼上居然还怀疑离婚？

什么二胎，我才不信呢，离婚还差不多，算算都一两年没同框了吧！

小作坊狗仔队这次算是捅娄子了，哈哈哈哈，没想到视频放出来，大家不怀疑二胎，反而开始怀疑离婚，笑死。不会是要爆出来什么大新闻吧，离婚比二胎的新闻大多了。

他们要是离婚，那我真的就不相信爱情了！

我也是！傅女神跟Y先生当年真的太甜了，呜呜呜，据说宝宝也超级可爱。

之前还有胜景资本的员工说，殷总经常带娃上班，这不是单亲爸爸的日常吗？

哈哈哈，单亲爸爸！

@殷墨V @傅幼笙V @傅幼笙工作室蓝V @胜景资本官博 @经纪人闻亭 快点出来澄清了！

小诺越看，心里越为闻哥悲哀。

这都是什么奇怪走向啊。

到底是澄清二胎呢，还是澄清没离婚？

半小时后，傅幼笙终于拍摄完毕。

这一场是淋雨的大戏。

谁知道下戏，场务过来递浴巾的时候，看着傅幼笙格外小心翼翼："傅老师，快点擦干换衣服吧，怀孕了还这么敬业。"

怀孕？

傅幼笙下意识看向同样捧着浴巾站在她旁边的小诺。

小诺连忙说："不好意思，我们笙笙姐没有怀孕，都是网上乱说的。"

"啊，没怀孕？"场务下意识惊呼一声，"那离婚是真的了？"

噗——

这什么逻辑？

小诺头大。

傅幼笙慢悠悠地看了眼小诺，忽然想起来之前在剧组外面跟她说的话："被拍了？"

小诺苦着一张脸："对。"

就连导演都过来，脸色不太好："你怀孕了怎么不说，刚才还拍了激烈的淋雨戏份……"

眼看着剧组的人都看过来。

傅幼笙只好亲自解释："没有怀孕，网上谣言而已，感谢导演关心。"

导演是那种面冷心热的人，生气的点主要是担心傅幼笙出什么事情。

毕竟能请到这么合适又敬业的演员拍他这部戏，导演很重视。

傅幼笙想到刚才场务那脱口而出的话，有点儿困惑。

二胎也就算了，离婚是什么鬼？

导演放心了，既然不是怀孕就好："那原地休息半小时，等会儿继续拍摄。"

好不容易摆脱了大家，傅幼笙这才处理好身上的雨水，坐在休息椅上一边拿着手机看热搜，一边听小诺解释是怎么回事。

傅幼笙觉得这样的新闻真的可笑。

毫无真凭实据，也就靠这种哗众取宠的方式吸引人了。

稍微大一点儿的媒体公司就不敢直接爆出来，也就这种小工作室性质的小作坊为了出名拼一把。

这不单单限于明星，一些营销号也是靠假新闻累积粉丝，然后一跃成为大号。

这种行为圈内人都很不齿，但偏偏许多人成功了，自然会有很多同行模仿。

可惜现在这个是撞到南墙上去了。

傅幼笙直接给闻亭发了消息："起诉吧。"

她知道闻亭肯定会留下证据的。

看她上热搜的热度，转发量不用说，一定非常高，足够起诉用了。

真以为她的热度这么好蹭呢。

闻亭："那离婚这个怎么澄清，你要不要跟殷总发个微博？

"说起来你们也很久没有秀恩爱了。"

在圈子里想要低调恩爱是不可能的，因为总会有人把低调当感情破裂。

傅幼笙轻叹了一声："今晚再说吧。

"我们商量一下。"

谁知，傅幼笙刚跟闻亭聊完，还没有开始拍戏。

忽然，外面传来一阵工作人员惊喜兴奋的声音。

"啊，这个男人是谁啊，好帅好帅好帅，他是演员吗？"

"怎么从来没有见过，是咱们组新来的演员？"

"这么帅的男演员居然没火，我竟然都不认识！"

"这是来探班的吧？"

“有点儿眼熟，我去……这不是殷总？”

“殷总？”

“傅老师的老公？”

“妈耶，他们离婚的消息刚上了微博热搜，殷总就来探班了！”

“哈哈哈，我又相信爱情了！”

傅幼笙听到工作人员们说话的声音，终于看到穿越人群走过来的男人。

殷墨穿着一身西装革履，因为冬天很冷，外面还穿了一件黑色长款大衣，越发显得清俊挺拔，气质内敛沉稳，正徐徐朝她走来。

傅幼笙看着他，小声嘟囔了句：“拈花惹草。”

旁边小诺深以为然：“殷总光是这张盛世美颜，走出门就是不守男德！”

“说谁呢？”傅幼笙凉凉看着她。

小诺下意识捂住自己快脑子一步的嘴：“唔唔唔，姐我错了！”

恰好殷墨已经走到她面前，丝毫不顾及旁边还有那么多人看着他们，慢条斯理地晃了一下手机：“殷太太。

“你已经1小时5分12秒没理你先生了。”

围观工作人员们：“！”

一嘴狗粮。

小诺近距离吃狗粮，感觉自己小心脏扑腾扑腾跳，呜呜呜，妈耶，这么多年了，殷总跟笙笙姐在一起的时候，还是这么让人激动！

剧组有不少工作人员是傅幼笙跟殷墨两个人的隐形粉丝，此时见了之后，简直要疯了。

要不是有保密协议，他们恐怕真的很想要拿出手机拍摄。

这个场面太绝了。

当然，小诺是不怕的，因为她拍的是自家艺人啊。

她早有准备，在殷总走过来的时候，已经拿起手机对准了，将刚才那一幕完整地录了下来，还回放了无数次，沉迷于看这对情侣无法自拔。

傅幼笙迟钝地看了眼殷墨亮起的手机屏幕。

原来一小时前他给自己发的微信，她忘记回复了。

傅幼笙望着他：“就一小时，你都等不了？”

面对一群人的围观，殷墨薄唇含笑，不疾不徐地牵起傅幼笙的手，嗓音温淡有磁性：“嗯，一秒都等不了。”

啊啊啊！杀“狗”了！

围观的工作人员恨不得就此变成“小聋瞎”，然而却又忍不住想看。

网上到底为什么说他们离婚，要是殷总跟傅老师要离婚，他们就把键盘侠的键盘吞下去！

就连眼神里都充满着爱呀。

傅幼笙没有跟殷墨单独待很长时间，甚至都没有时间聊一下今天网上发生的事情，导演那边已经喊他们开拍了。

傅幼笙捏了捏殷墨的手指：“我要去拍戏了。”

殷墨轻抚着她的发丝：“别担心，有我在。”

两人彼此心照不宣，根本不需要多加言语就知道彼此想要说什么。

要不是还有那么多人围观，傅幼笙真的很想要亲一下自家老公。

感觉有了他，她就没有任何的后顾之忧。

最后她还是忍住了。

当场秀恩爱什么的，太羞耻了，她的脸皮很薄的。

傅幼笙使劲握了握殷墨的手，这才去继续拍戏。

殷墨在小诺的引领下，到了傅幼笙平时休息的休息椅上坐下，对那些投过来的目光视若无睹。

没多久，大家就看到一个一身精英打扮、眉眼清明端正的青年从剧组外走来，身后跟着剧组的总制片人，总制片人还对其赔笑的样子。

大家见多了制片人平时在现场趾高气扬的模样，没想到对一个秘书这么谄媚。

没错。

当大家看到这个精英青年走向坐在休息椅上的殷墨时，态度恭敬地喊了一声“殷总”便知道他的身份了。

不过是一个秘书，就让制片人这么赔笑。

可想而知——

傅老师的老公是多么的厉害。

剧组有不少年轻刚毕业的孩子不了解殷墨这个名字所带来的含义，现在算是彻底地刷新了对他的认知。

制片人没想到会在这里看到殷墨，立刻跟他套关系。

“殷总好，来给傅老师探班呢？

“殷总，我们有个电影项目，您有没有兴趣？

“这个项目……”

殷墨眼皮子上撩，漫不经心地看了他一眼，制片人的话戛然而止。

温秘书立刻上前，温和笑着："林制片，若是有合适的项目，可以联系胜景资本项目组的负责人，这是他的联系方式。"说着，拿出钢笔写了一串数字。

他礼貌微笑："我们殷总不负责这些项目的。"

"应该的应该的，殷总统筹大局。"制片人讪笑，"那麻烦温秘书了。"

温秘书："不麻烦。我们太太在剧组还劳驾您照顾。"

制片人："不敢当不敢当。"心里却想着，网上不是传离婚了吗？

看样子，应该是假的。要是真离婚了，殷总怎么可能这么巧合地出现在剧组？

等送走了制片人，温秘书才跟殷墨汇报此时网上的情况，以及公关部的处理情况。

至于那个放出假新闻的媒体记者工作室。

哦，现在已经没有这个公司了。

非但如此，还得接受傅幼笙递过去的律师函。

破产了官司也要打。

殷墨淡淡应了声。

温秘书踌躇一秒："殷总，离婚这个，要怎么澄清？"

小诺刚好站在旁边，默默举起手："殷总，我有个办法。"

殷墨与温秘书同时看向她。

小诺有点儿紧张，但还是把刚才拍摄的视频递给温秘书："找咱们合作的营销号把这个料放出去，谣言不就不攻自破了。"

温秘书给殷墨看过之后，才说："老板，这个法子好像可以。"

只不过——

可能殷总的形象会受点损失。

毕竟有点儿像妻管严——咳咳咳。

但是对公司影响不大，现在这个社会，如果公司上层与夫人恩爱，对公司发展也是有利的。

不然温秘书也不会认可。

小诺想的就单纯多了："这个爆料出去，殷总跟笙笙姐肯定又要吸很多粉丝，到时候也能安老粉丝们的心。

"毕竟粉丝们也是挺记挂笙笙姐婚后生活好不好的。"

最近这两年，傅幼笙奉行低调，很少将私生活在社交软件上公开。

非但宝宝没有公开过，就连殷墨，她也很少提了。

殷墨重新看了一遍那个视频，倒不觉得如何，就同意了：“视频发给温秘书，让温秘书去联系。”

“好。”小诺顿时眉开眼笑。

可以想象到粉丝们看到这个视频会是怎么样的反应了。

还有那些说风凉话的人！

不是都在幸灾乐祸笙笙姐被豪门打入冷宫了吗？哼哼哼，就让他们看看，笙笙姐跟殷总多么的恩爱！

闪瞎他们的狗眼。

至于怀孕的事情，已经被大家抛之脑后了。

现在大家更想知道傅幼笙跟殷墨有没有离婚。

直到一个剧组工作人员的账号放出来这条视频，顿时引起轩然大波。

说离婚的出来挨打！

我就想知道打脸不打脸，哈哈哈！人家夫妻恩爱着呢，殷先生不辞辛苦去探班，一小时分开都不能忍。这叫感情破碎？本年度最佳笑话。

谁知道是不是因为网上传开了才故意放出来的。

嗯，两小时前网上谣言传开，所以殷总插上翅膀从北城飞临城影视城探班就是为了打脸你们。不照照镜子看看自己多大脸？

殷太太，你已经 1 小时 5 分 12 秒没理你先生了，妈耶，精确到秒，殷先生真是棒！

能把分开时间精确到秒的男人，你们还觉得傅女神是被抛弃了吗？

噗，看殷总这样，就算要被抛弃，也是殷总更担心被傅女神抛弃吧！

傅女神自从生了宝宝之后真的越来越美，有这么招人的老婆，殷先生也难怪要精确到秒。

你们快要把殷先生的时间观念玩坏了，哈哈哈！

我可以证明，殷总是昨天去影视城探班的，因为我们昨晚没加班，哈哈哈！

最后这条评论发言的认证是胜景资本的员工。

等到傅幼笙拍完戏回酒店的时候，网上的舆论已经一边倒了。

而且在公关部刻意地引导下，也没有人再提起二胎这个话题。

傅幼笙看着关于二胎的热搜已经消失得无影无踪。

取而代之的是——“1 小时 5 分 12 秒”

她忍不住笑了。

至于那个工作室，也早就消失了。

真的太倒霉了，招惹谁不好，非要招惹她。

傅幼笙从来都不会圣母，尤其是对这样想要踩着她获取知名度的工作室。

不好好经营公司，反而想要投机取巧，用这种加以渲染的新闻获取热度，迟早要把自己玩死。

现在的网友其实都很聪明，不像以前那样，那么容易被营销号或者媒体记者轻易利用。

若是傅幼笙二胎这个话题真的爆了，无论是不是真的怀孕了，傅幼笙的资源都会受到影响。

这样对家们都等着接收傅幼笙的顶级资源。

大概巴不得傅幼笙退圈生孩子的，就是这些对家女明星们了。

这个时候不烧一把火，什么时候烧?

可惜——

傅幼笙看了眼殷墨。

她估计不可能生二胎了，现在殷墨的防护措施做得比结婚之前还要严密。

傅幼笙想要逗他：“殷总，真不打算生二胎了？”

殷墨看着她坐在化妆镜前护肤。

由于刚刚洗过澡，女人白皙的皮肤上透着莹润的光泽，还隐隐透着健康的绯色。

俨然就是一幅美人画。

殷墨本来只是欣赏着自家太太的美貌。

毕竟她肩膀上昨晚留下的痕迹还没有消失，而且早晨时候，她那副娇软无力的样子，殷墨犹记得，今晚若是再来，怕她是真的要有脾气了。

虽然偶尔闹一闹也算是夫妻情趣，但关系到傅幼笙的身体健康，殷墨自然是在意的。

殷墨眼眸轻阖，轻轻地吐息：“一个小魔王就影响我们多少私人时间，若是再来一个，我们还有夫妻生活吗？”

这话问傅幼笙，傅幼笙还真是被他给问住了。

殷墨看着她小脸怔愣，继续说：“而且生孩子很疼，恢复身材很辛苦，你舍得，我舍不得。”

“嘴越来越甜了，殷先生怕不是看了什么《情话大全》吧。”

傅幼笙倒是被殷墨哄到了，眼眸弯弯，玩味地看着他笑道。

殷墨脑海中浮现出办公室抽屉里的那几本情话手册，面不改色地说：“没有，看到殷太太，无师自通。”

女人都喜欢听好听的话。

傅幼笙也不例外。

尤其是一个从来不说甜言蜜语、性子薄凉的男人，忽然之间跟开窍了似的，更让人心情愉悦又满意。

傅幼笙已经涂完了最后一层面霜，朝着殷墨伸出两条纤细白嫩的手臂：“抱我上床睡觉。”

等殷墨将她像是抱宝宝那样抱起来的时候，傅幼笙捏着近在咫尺的男人形状好看的耳朵，轻轻扯了一下：“睡觉不是动词的睡。”

殷墨被她这话逗笑：“殷太太怕什么？”

傅幼笙被他笑得小脸泛红：“还不是因为你，我现在还疼着呢。”

哪里疼，殷墨最清楚。

将她放到床上，殷墨指尖贴着她的裙摆，眼神却看向她：“我看看，要不要上药。”

“哎呀，不用上药。你早晨都上过了。”傅幼笙踢了踢他的腕骨，“平板电脑拿过来，我要跟宝宝视频。”随即小声嘟囔了句，“我不要面子吗。”

她每天都要跟宝宝视频的，昨天没有视频，不知道宝宝有没有生她的气。

殷墨见她伸手的这个姿势，跟自家儿子上次跟他要平板的姿势一模一样。

真不愧是母子。

殷墨忍不住薄唇轻轻勾起一个弧度。

虽然不想要那个小魔王争宠，不过总归是亲儿子。

总不能真的不让他们母子联系。

然而——

等视频开了之后，殷墨后悔让他们联系了。

因为小魔王看到傅幼笙第一句话就是兴致勃勃地说：“妈妈，奶奶说明天带我去看你哦！”

暖黄色的灯光下，傅幼笙看着屏幕里自家儿子那张小脸蛋上不加掩饰的愉快期待，忍不住笑了："真的吗？那你有没有谢谢奶奶？"

小魔王立刻点头："我还亲亲奶奶了。"

小魔王平时不太喜欢除了他妈妈之外的人亲他，这次主动亲奶奶，已经是感谢的极限了。

可以说他是真的非常开心。

然后小魔王看了眼屏幕里自家爸爸的身影，小大人似的叹口气："妈妈，我比爸爸更爱你，你不要更爱爸爸哦。"

傅幼笙被自家儿子逗得哈哈大笑，刚刚洗过的柔顺长发随着她的动作，不小心糊了殷墨一脸，然而傅幼笙对此毫无察觉，只跟自家儿子聊天。

顺便给儿子讲了一个睡前故事。

"妈妈，晚安吻。"小魔王昏昏欲睡，还不忘给他爸爸添堵。

傅幼笙看着儿子肉嘟嘟的小圆脸，非常认真地对着镜头亲了一下："亲亲，宝宝晚安。"

"妈妈晚安。"

视频终于挂断，傅幼笙刚想要伸个懒腰，就看到自家男人那张清清冷冷、满是醋意的冷峻面庞。

傅幼笙身子一僵，差点儿闪了腰。

"你干吗啊，一副你儿子欠你钱的样子。"傅幼笙反应过来，没好气地吐槽了一句，"就一个飞吻而已，还是隔着屏幕，这都吃醋。"

说着，傅幼笙直接霸气地揽过殷墨的脖颈，在他脸颊上亲了一大口，还发出啵的一声。

傅幼笙亲完之后，看着他说："还吃醋吗？"

一个是真的亲，一个是隔着屏幕的飞吻。

殷墨可是赚了的。

然而——

殷先生是这么容易打发的吗？当然不是。

殷墨指着自己形状完美的薄唇："亲这里。"嗓音微微带点喑哑的意味。

傅幼笙很是敷衍地亲了一口："好了好了，快点准备睡觉。"

"明天宝宝跟妈妈要来，我还得早点拍戏早点结束陪他们。"

这话一出，就捅娄子了。

"果然是他比较重要。"殷墨一把握住自家太太的细腰，然后就着她刚刚离开的红唇吻了上去。

与刚才的蜻蜓点水一样的敷衍不同，殷墨亲得非常深——

最后傅幼笙感觉自己肺部的呼吸都要被榨干了，殷墨才意犹未尽地放开她。

啪。

没等她恼，原本柔和的灯光忽然被男人关上。

下一秒，傅幼笙感觉自己整个人就被压入了柔软如云朵一样的大床上。

她的心一瞬间扑腾起来。

“殷墨……”

男人温热的呼吸洒在她薄薄的耳际皮肤上，嗓音磁性好听：“我给你上药。”

翌日清晨。

冬日的阳光格外温暖，雪花融化成了水，湿润了整个地面。

倒是不影响出行。

所以，第二天傅幼笙拍完戏后，就看到了自家儿子那张可爱漂亮的小脸蛋。

殷夫人审美很不错，给小魔王穿了一身海军风的大衣，里面配小靴子，本来就粉雕玉琢的小魔王，更是让人看了就想亲亲抱抱。

小魔王到剧组的时候简直惊艳了所有人。

甚至比殷总来的时候还要惊艳。

小魔王一眼就看到坐在休息椅上的妈妈。

他的眼睛瞬间亮了，直奔过去：“妈妈！”

“好可爱的宝宝啊！妈耶，怎么会这么可爱！！”

“简直比画报上的萌宝五官都要精致。”

“睫毛也好长，眼睛好漂亮，跟傅女神的一模一样。”

“呜呜呜，传闻中的小魔王终于看到了！太可爱了，傅老师家里有这么可爱的儿子到底是怎么忍住不秀的！”

“我要是有这么可爱漂亮的儿子，一定天天在微博上秀！”

“女神不愧是女神，这定力绝了。”

傅幼笙一把接住自家儿子。

“宝宝。”

小魔王终于抱着香香软软的妈妈，差点儿没忍住哭出来。

不过想到旁边这么多人，好面子的小魔王牢记着奶奶的话，不能给妈妈丢人。

整个小脸蛋都埋在妈妈的脖颈里，还亲了一口妈妈的脸颊：“妈妈我好想你。”

“妈妈也想你。”

傅幼笙在自家儿子软软嫩嫩的小脸蛋上也亲了一口，就看到小魔王眉开眼笑了。

殷墨这次陪着自家太太在剧组。

此时看到儿子直接朝着太太扑过来，眼睛里完全没有他这个爸爸，他眼眸微微眯起：“殷亭礼。”

殷亭礼：“……”

他抬起眼皮子看了他爸一眼：“爸爸你也在呢。”

噗……

围观的工作人员听到之后，忍俊不禁。

殷总这么大一个人杵在这里，怎么可能看不到，一看就知道这个可爱的宝宝是故意的。

怎么办?

越来越觉得可爱了。

跟爸爸争宠什么的，好萌。

傅女神上辈子一定是拯救了宇宙吧，才能有这么圆满完美的家。

老公优秀，宝宝可爱，连她自己都才貌双全，家世也好，这是什么神仙家庭。

大家对视一眼，感觉旁边的道具梧桐树变成了柠檬树。

他们站在柠檬树下，看人家一家三口甜甜蜜蜜。

酸死了!

就算酸倒牙了，还是想要看，又虐心又喜欢这种被虐的刺激感。

殷墨对着儿子微微一笑：“过来，爸爸抱你，你妈妈力气小。”

一看到自家老父亲那笑容，殷亭礼感觉到了危险。

“妈妈，爸爸嫉妒我可以亲你。

“他一定是想要报复你可爱的宝宝。”

被自家儿子逗笑了，傅幼笙觉得儿子真是活宝，每次都能用各种方式气他家老父亲。

偏偏打又不能打，说他也装听不懂。

不过幸好殷墨只要面色一沉下来，殷亭礼小朋友还是有那种小朋友对危机的敏锐感，立刻朝着殷墨扬起一个笑脸：“爸爸抱。”

“不抱，自己下来走。”

殷墨将他从自家太太怀里拎出来。

像是平时在家里那样，殷墨将他拎起来放到地上：“别影响妈妈工作。”

殷亭礼：“是……”

在妈妈工作时，他一向不会打扰，这是从小传承到骨子里的礼仪教养。

皮归皮，该有的教养绝对不会缺失。

这就是小魔王平时那么闹腾，但是每个人都越来越喜欢他心疼他的原因，不单单是因为他是傅幼笙与殷墨的孩子，还有他自己本身的魅力。

毕竟真的很熊又没有教养的孩子，除了父母亲人之外，大概也不会有人喜欢了吧。

谁都喜欢有礼貌懂事的好孩子，小魔王的礼仪教养绝对是孩子里面顶尖的，一举一动，连吃饭走路都能看出来。

等傅幼笙去拍戏的时候，有不少工作人员小姐姐们来逗他。

看着小魔王乖乖坐在殷墨旁边，正在一口一口吃栗子蛋糕。

这是傅幼笙让小诺特意提前买好的，为此殷墨还吃醋过。

记得给儿子提前买吃的，他在这里这么长时间，也没记得给他点过餐。

不过他倒也没有没收，只是想着这几天小魔王栗子蛋糕吃的次数有点儿多，要停半个月才行。

小魔王不知道自己即将被勒令禁止吃栗子蛋糕，此时美美地吃着，吃一口，眼睛舒服得眯起来。

格外可爱。

大家想要拍照的时候，却被保镖礼貌地阻拦。

不过倒是没有阻拦她们跟小魔王说话。

毕竟——

小魔王要在这里跟傅幼笙一块儿待一个星期。

殷墨面不改色地在一旁看文件，身边还跟着温秘书，对这喧嚣的环境不以为意。

不过，殷墨打算让小魔王在这里看他妈妈拍戏半小时，就带他去保姆车上休息。

此时，小魔王一边吃妈妈给他准备的栗子蛋糕，一边跟和他搭话的小姐姐们说话。

工作人员故意逗他：“宝宝，你为什么这么可爱呀？”

小魔王很认真：“妈妈说因为我是吃可爱多长大的。”

工作人员们一个个笑得不行，目不转睛地看着小魔王，太可爱了，说话时候的小奶音也萌透了。

有人继续问：“难怪这么可爱。那你可以把可爱分我一半吗？”

小魔王安静地看了说话的小姐姐几眼，然后说：“姐姐已经很可爱了，不需要宝宝分。”

“妈耶，太会了！”

“小小年纪就这么会，以后还得了。”

“呜，我现在生个女儿能有机会跟傅女神订娃娃亲吗？”

说这话的是傅幼笙同剧组的女二号，跟圈内有名的影帝是夫妻，结婚十年没有要孩子，但是现在看到小魔王之后，忽然想要生孩子了。

傅幼笙倒是没想到自家儿子来这么短时间，还能影响一对丁克夫妻的决定。

有时候人的决心，只因一刹那的一件小事便会发生改变。

当然，这是后话了。

见宝宝这么好说话，一个女编剧忽然问他：“宝宝，你是来陪妈妈工作吗，有没有兴趣也跟你妈妈一起拍戏呀？”她记得最后结局有个女主的孩子，需要小演员。

这不是刚好女主角的亲儿子来了吗？而且年龄也差不多，顶多也就稍微修改一下。

不得不说，女编剧本来是想要逗一逗小魔王的，但是越想越觉得这个可行性很强。

殷亭礼小朋友听到拍戏：“拍戏就是可以赚钱养家吗？”

他只知道自家妈妈每次出去拍戏，都是为了赚钱养家。

大家听到他的话，面面相觑。

啊？

女编剧不愧是编剧，反应极快：“对。你想赚钱养家吗？”

真不愧是殷总的孩子，瞧瞧这从小就有金钱观念，优秀啊。

不过赚钱养家是什么梗？很快他们就知道了。

因为殷亭礼小朋友说：“那我想赚钱养妈妈。妈妈工作太辛苦了，我要是拍戏的话，妈妈就能不拍了休息了。”

众人：多好的孩子啊！

本来殷墨是不打算介入自家儿子跟大家闲聊的。

听到他这话，忽然想到之前他在自己办公室说过的话，导致自己被员工误会。

殷墨立刻将他从原位上拎起来，塞进温秘书的怀里：“你妈妈不用你养。

“带他去保姆车。”

温秘书被塞了一个软绵的小身体，下意识托住：“是。”

小魔王急了：“爸爸，我也要养妈妈！”

殷墨平静：“还轮不到你。”

奶还没断的小屁孩，整天脑子里想什么。

即便被温秘书强行拖走，小魔王还是没有喊让妈妈救他，因为奶奶说过，不能影响妈妈工作。

哎，乖宝宝就是容易被坏爸爸欺负！

第 三 十 一 章

二胎计划

/

XINTIAO
BU
TINGHUA

温秘书把小魔王送到保姆车上的时候，就看到殷夫人坐在保姆车旁边支起来的一个小棚子里。

旁边搁着很多奶茶、披萨、水果，一个纸袋一个纸袋的包装得很好。每次有路过的工作人员和等候在外面的粉丝，当然，只有举着傅幼笙灯牌或者手幅的西柚才会被保镖发一袋。

纸袋外面印着傅幼笙的卡通照片。

小魔王一看到自家妈妈的照片，眼睛一亮："是妈妈的照片。"

"妈妈可爱。"他小奶音清清亮亮的。

温秘书眼皮子一抽："小公子，声音小一点儿。"

小魔王皱了皱眉头："我妈妈不可爱吗？"

温秘书："……"这是重点吗？

然而被小公子冷下来的眼神看着，温秘书总感觉是抱着自家殷总的缩小版："可爱，您妈妈是最可爱的妈妈。"

虽然觉得不太对劲，但秘书叔叔说的好像也没错。

小魔王不想了，只是赞同："对，妈妈最可爱。"

"去找奶奶吧。"小魔王看着被人群围着聊天的奶奶，很懂事地说。

他知道温秘书要工作。

温秘书犹豫了，要是他没有看错的话，殷夫人身旁那些都是傅女神的粉丝吧？

小公子要是过去了，这不是羊入狼群吗？

要知道，现在好多粉丝都很想知道小公子长什么样子。

这要是曝光出去……

尤其是从他手里曝光出去，他觉得自己可能要被炒鱿鱼……

那边殷夫人是傅幼笙粉丝群里的大 V 粉丝，还参加过很多线下活动，自然有很多傅幼笙的老粉丝认识她，也知道她是傅女神的婆婆，自然有很多问题想要问她。

殷夫人融入得特别自然，跟年轻女孩子也能聊得上来。

西柚粉："女神婆婆，女神真的没有要生二胎的计划吗？"

殷夫人："没有，网上都是谣传的。女孩子年纪轻轻的生什么二胎，要有个人生活。"

西柚粉："呜呜呜，婆婆您实在是太好了。

"您是来探班柚子的吗？我们给柚子准备了礼物，您能帮我们送给她吗？"

殷夫人："贵重礼物不收的，你们拿去退了，退不了的联系我的助理，让他给你们打钱。

"手工与信可以交给我。"

这是什么神仙婆婆！

西柚粉："婆婆您还有儿子吗？您看我给女神当妯娌行吗？孙子也行。"

大家忍不住笑了，就连殷夫人都笑意盈盈："儿子就一个，孙子也一个。"

西柚粉开玩笑："那您看我生个女儿给您家孙子当孙媳妇行吗？"

殷夫人还真被逗笑了："那可不能，我们家小宝贝以后要自由恋爱。"

这时有个西柚粉看到了被温秘书抱着的小魔王，她恰好听到小魔王指着照片说妈妈，眼睛一亮："好漂亮好可爱的宝宝，妈呀，跟柚子长得好像好像！

"这就是柚子跟殷总的孩子吧？"

随着她的惊呼声，大家齐刷刷看过去。

恰好与小魔王好奇的眼神对上。

于是温秘书重新享受了一次"男明星"待遇。

被一群漂亮女粉丝围攻。

当然——

她们眼睛里看着的"男明星"是他怀里这位小家伙。

殷夫人总算是穿越人群看到了自家孙子。

保镖们早就冲过去护着了，隔开了人群。

其实西柚们都很注意，虽然很想要近距离观看，但还是有粉丝帮忙维持秩序："大家不要太向前，不要吓到柚子家的崽崽。"

"崽崽，我是你干妈啊。"

"我才是干妈。"

"崽崽，快看过来。"

"为什么我家崽崽这么可爱啊？"

"眼睛跟柚子实在是太像了吧，呜呜呜，长得像殷先生！"

"这基因真的好绝，全部都遗传了爸爸妈妈最完美的地方。"

"女神跟殷先生就五官脸型方面有不完美的吗？"

"这倒也是，随便长长就是全世界最靓的崽。"

"……"

有人想要拿出手机拍照的时候，温秘书示意保镖们去阻止。

虽然大家很想要拍下来，但是能看到就很不错了，当保镖们阻止的时候，都老老实实地把手机收起来。

粉丝们就用那种垂涎欲滴的眼神看着小魔王。

小魔王粉雕玉琢的小脸蛋上满是好奇，但是却不害怕，奶声奶气地说："我干妈叫秦榛。"

粉丝们都知道秦榛是傅女神宝宝家的干妈，现在从小魔王嘴里听到后，立刻确定，这百分百就是傅女神的宝宝了。

大家都知道殷亭礼的小名，之前傅幼笙在微博上说过，所以有粉丝问："你是小魔王吗？"

小魔王摇头："我不是，我是小可爱。"

噗……

萌吐奶了！

殷夫人好不容易才将受欢迎的小魔王带到保姆车，最后想了一下，还是让司机送他们去酒店，导致殷墨跟傅幼笙回去的时候，只能蹭导演的车了。

晚上七点。

一家三口没有出门，而是在酒店房间里用餐。

殷夫人等傅幼笙他们回来之后，就离开了，她这次就是为了将小魔王送来的。

小魔王看着他妈妈，再看看爸爸："爸爸，你怎么还没走？"

殷墨给自家太太加了一筷子红烧小排骨，然后瞥了眼正在吃儿童餐的小魔王："我走的时候，会带着你。"

小魔王一听，立刻用可怜巴巴的眼神看着自家妈妈："妈妈我可想你了，我想多陪陪你。

"奶奶说我不用上课了。"

傅幼笙看着自家儿子那眼巴巴的样子，心里很舍不得。

但是——

"工作场地人太多了，妈妈不放心把你自己留在这里。

"等下个月妈妈就回家了，到时候多陪你一段时间好不好？"

下个月就要过年了，剧组会放七天假。

不过放假回来之后，就要专心地把这部戏拍完了。

傅幼笙想的是，这部戏拍完之后，她半年不接戏了，这段时间好好陪陪孩子。

她也囤了不少电影跟电视剧还没有播出，曝光量倒是不缺的。

再说，她现在已经基本上不走这样的路线了。

一般就是上映一部戏，就要靠一部戏的口碑。

至于奖杯——已经拿了大满贯影后奖杯的傅幼笙，对这个也不算执着了。

其实她的梦想已经完成了一大半，而后面的就是继续拍戏，拍好看的戏给观众们看。

现在整个行业都有点儿浮躁，很少有年轻演员能静下心来拍戏，琢磨演技，整个行业其实都有点儿病态了。

可就算是大家都生病了，傅幼笙觉得自己也不应该随波逐流，而是依旧保持本心。

小魔王那双已经初具形状的桃花眼泪汪汪地看着妈妈："宝宝舍不得妈妈。"说着，他还要去抱妈妈的大腿。

但他立刻就被殷墨拎住了后脖颈的衣服领子："吃饭坐好，用餐礼仪学哪儿去了？"

小魔王："……"

看着自家儿子那小可怜的样子，傅幼笙心疼得不得了，主动将他抱到自己的膝盖上："妈妈也舍不得宝宝。"

“那……”妈妈都是心软的，傅幼笙想着他要是想要留下就留下好了。

总归有那么多工作人员看着，而且还有小诺和另外几个助理保镖，总不可能让他在剧组丢了。

没等傅幼笙说完，就被殷墨打断：“就算幼儿园不上课，他也得去傅家跟老爷子学习书法绘画。

“老爷子等他很久了。”

傅幼笙：“……儿子这么小，大一点儿再学吧。”

她以前是受过这种重压的，不想让儿子也承受。

一看傅幼笙这个表情，殷墨就知道她想到了什么，只能轻叹一声：“放心，老爷子他们都知道，不会对他太严厉的。”

傅幼笙有点儿草木皆兵。

明明知道爷爷只是想要哄着小魔王玩，顺便教点儿东西，下意识的还是担心。

小魔王敏锐地察觉到自家妈妈情绪有点儿低落，没有说话，就老老实实地坐在妈妈怀里陪着她，甚至也没有拒绝去外祖父家里。

其实他也挺喜欢外祖父家里的，有很多好看的画，还有很多好看的古董。

他最喜欢寻宝了。

小魔王想了想，抱着自家妈妈的脖颈，趴在她耳边小声说：“妈妈，我去外公家里给你带宝贝。”

噗——

傅幼笙被自家儿子这土匪一样的小调调给逗笑了。

看着傅幼笙被儿子逗笑，殷墨略松一口气，这个小浑蛋还是有点儿用处的。

殷墨这次倒是没有把他拎回来，反而让母子二人抱着亲昵了一会儿。

一家三口气氛正浓。

倒是此时傅幼笙的粉丝群里炸开了。

官方粉丝群。

今天去剧组探班的粉丝有很多都是在那个群里。

说出来你们可能不信，今天我们虽然没有见着女神，但是见着女神儿子了！

真假？

无图无真相。

照片不能拍，毕竟小魔王要保持神秘，但是真的超级可爱！

不是我亲妈眼，小魔王真的是我见过最可爱的崽崽了，不行了我要死了……

又萌又奶！

我也见着了！真的可爱，我问他：你是小魔王吗？你们猜他怎么回答？

别卖关子！

小魔王说：我不是小魔王，我是小可爱。

好想看看啊！

粉丝群里简直要疯了。

殷墨的小号也在粉丝群里，不过他的手机已经被傅幼笙征用了，傅幼笙把儿子哄睡之后，就开始刷微博，恰好看到了这一段。

倒是没想到自家儿子在外面跟自家粉丝们还有这么一出。

看着睡着的小魔王肉嘟嘟的小脸蛋，傅幼笙忍不住笑着在他脸颊上亲了一口，真可爱。

殷墨洗完澡出来的时候就看到这一幕，温馨不已。

他脚步微微顿了一下，随即走过去。

刚刚洗过澡的身上，还透着润泽的热气，殷墨将俊美的面庞凑到傅幼笙面前："殷太太，我的晚安吻。"

傅幼笙："……"她看了眼儿子，再看一眼殷墨，还能不清楚是怎么回事吗？

她忍不住伸出手推了他一下："你真是越活越幼稚。"

殷墨顺势握住她的小手，将人按在柔软的枕头上，强行要了一个晚安吻，这才探起身，眉眼含笑地看她："谁让殷太太一碗水端不平的。"

小魔王就在旁边，除了亲亲之外，他们倒是也没有做什么。

等殷墨躺到床上后，傅幼笙揉了一下旁边宝宝软软的头发，压低了声音问他："等拍完这部戏，我明年就不拍戏了，多陪他一段时间。"

殷墨："你都没有特意为了我，空出半年时间。"

现在为了这个小魔王，居然空出一年时间。

傅幼笙："……"

无奈之下，她故意面无表情地说："对，我就是一碗水端不平了。你想怎么样吧。"

殷墨叹息："我还能怎么办，只能忍了。"这话说的幽怨，却让傅幼笙忍不住笑了。

"你可真是……"

殷墨将儿子从中间挪到自己旁边。他知道儿子睡着了不会乱动，而且床很大，有他看着也掉不下去。

然后殷墨将傅幼笙拉入怀中，终于中间没有阻隔了："想做什么就做吧，我支持你。"

她想要陪伴孩子最重要的童年时光，殷墨自然不会阻拦。

孩子长得很快的，一眨眼可能就长大了。童年也就那么几年时间，若是错过了，她可能会后悔。

傅幼笙说要陪伴小魔王是真的正儿八经地陪他。

临近过年，她终于有时间陪儿子了，小魔王还有点儿不可置信："妈妈，你真的可以陪我去游乐园看冰雕吗？"

北城的游乐园今年冬天出了一个冰雕主题，广告铺天盖地，小魔王一直念叨着想要去。

傅幼笙轻捏了一下儿子的小脸蛋："妈妈什么时候骗过宝宝？"

小魔王认真地想了想，然后说："妈妈说去拍戏是养家糊口，但是爸爸说妈妈是为了梦想，妈妈是骗我吗？"

傅幼笙："……"被自家儿子将了一军。

她出去拍戏这段时间，儿子再也不是那个妈妈说什么就信什么的天真傻白甜宝宝了。

傅幼笙白了自家老公一眼，肯定是殷墨拖后腿。

傅幼笙一本正经地蹲下身子，跟小魔王解释："妈妈当然没有骗你，拍戏是为了梦想也可以赚钱养家啊！赚钱养家跟梦想兴趣联系在一起，这是一件很幸福的事情。等你长大就知道了。"

最后这句就是妈妈对付孩子的神仙答案。

无论孩子有多么复杂的问题，都可以用这个万能的神仙答案回答。

傅幼笙用得非常娴熟，一点儿都不觉得愧疚。

小魔王懵懵懂懂："那妈妈从来都没有骗过宝宝。"

傅幼笙一把将自家儿子抱起来："那当然，就算是爸爸会骗你妈妈都不会。”躺枪的殷墨非常无奈，却也没有打断自家太太忽悠儿子。

太太是亲的，儿子是……随便吧，生来就是为了给太太玩儿的。

虽然傅幼笙喜欢逗儿子，但答应他的事情，倒也没有反悔。只是殷墨因为突然有工作，没有陪他们母子两个。

平时小魔王喜欢跟自家老父亲争宠，但是去游乐园这样的事情，还是喜欢爸爸妈妈一起陪着去。

因为平时幼儿园的小朋友说去游乐园的时候，都是爸爸妈妈陪着一起去。

小魔王自从能记事开始，就很少有爸爸妈妈陪他一块儿出去玩的经历。

偶尔也就爸爸或者妈妈单独带他出去，身边还会跟着很多保镖，更多的时候，还要给游乐园清场。

尤其是爷爷奶奶陪着他一块儿出去玩，都会清场；外公外婆带他出去玩的时候，都不会清场。小魔王觉得游乐园就是要人很多很热闹才有意思。

自己一个人独占整个游乐园，玩一会儿就很无聊了。

坐在车上。

小魔王身上穿着一件宝石蓝的小毛衣，外面套了一件黑色呢大衣，下面搭着很酷的黑色裤子与黑色短靴。

傅幼笙穿的是放大版的母子装。

母子俩出门之前，就拍了很多照片，傅幼笙越看眼睛越亮。

尤其是看着自家儿子那张雌雄莫辨的小脸蛋，脑海中已经浮现出了夏天跟儿子一块儿穿同款母子小裙子的画面。

小魔王见妈妈对他笑得那么甜，也朝着妈妈露出一个甜甜的笑容，完全没有想到自家仙女妈妈的险恶用心，还天真无邪地说：“妈妈我喜欢咱们穿一样的衣服，以后出去玩也穿这样好不好？”

这让他觉得自己跟妈妈更亲近了，比没有一块儿来的爸爸要亲近得多，爸爸都没有跟妈妈穿过一样的衣服！

傅幼笙眼眸弯弯：“好啊，等到夏天的时候，也跟妈妈穿母子装好不好？

“妈妈让人多定制几套——”小裙子。

不懂人间险恶的小魔王顿时开心了：“好耶好耶。”甚至已经想好了回家怎么跟老父亲炫耀。

冬天的游乐园没有其他季节的人那么多，但因为冰雕展览，临近过年，倒是也有不少家长带着孩子来玩。

最起码傅幼笙看到了很多年轻父母带着跟小魔王同龄的小朋友一块儿出来玩。

因为是冬天，傅幼笙捂得严严实实，倒是不显得那么奇怪。

不过即便是戴着口罩，围着围巾，还带着毛线帽，傅幼笙与小魔王的亲子装还是吸引了很多人的目光。

尤其是小魔王的颜值很高，而且他玩得太热了，露出一张玩得红扑扑的小脸蛋，正在抱着自己的水杯喝水，睫毛长长的，五官精致，俨然就是画里走出来的小王子。

见很多人对着自家儿子拍照，傅幼笙轻笑了一声，这还没长大呢，就开始吸引那么多漂亮小姐姐拍照，甚至还有一些年轻妈妈问傅幼笙他们的母子装是从哪里买的。

傅幼笙只说了一个很有名的做亲子装的品牌。

至于身上她跟儿子的衣服都是专门的工作室定制的，虽然看不出来牌子，但一看就知道品质不凡。

要是她这么说的话，大概要被路人以为是刻意炫耀，她可不想被路人拍下来，当成那种炫富的反面教材。

毕竟看到了很多人拍照。

现在那些记录日常生活的 App 太发达了。

傅幼笙对镜头很敏锐，很有技巧地把自家儿子的正脸挡住。

等到小魔王喝完水之后，便给他重新围上围巾，戴上跟自己同款的毛线帽："别感冒。"

小魔王倒是很听话："谢谢妈妈。"奶声奶气的语调，让傅幼笙忍不住想要亲自家儿子一口。

傅幼笙从来不会低估自己的影响力与路人缘，所以即便是捂得严严实实也做好了可能会被认出来的准备。

她牵着小魔王的手去看冰雕展览。

"哇，妈妈，这些冰雕都好漂亮。

"竟然还有钢铁侠，好逼真。

"妈妈给我拍照。

"我要发给爸爸看。"

傅幼笙亲自给儿子拍照，然后笑话他："是要给你爸爸炫耀吧。"

小魔王一点儿都不觉得羞耻："嘿嘿，谁让爸爸不来的。"

后来还让跟在他们身边的保镖给他们母子拍了几张合照，可惜的是，周围人太多，傅幼笙都是包得严严实实的拍的。

就这样，她隐约还能听到有年轻小姑娘说：“我怎么看到那个穿黑色大衣的小姐姐那么像傅女神呢！”

“说话声音好像呀。”

“身高气质也不像是普通人。”

“小姐姐一定很漂亮，你们看她牵着的那个小孩子，精致得跟洋娃娃一样。”

“那是她的孩子吗？”

“穿亲子装肯定是了。”

“也不一定，也可能是姐弟装，哈哈哈！我刚才悄悄看了一下小姐姐露出来的皮肤，真的不像是生过宝宝的。”

“……”

不单单是女生以为小魔王是傅幼笙的弟弟，有很多跃跃欲试的年轻男人也兴致勃勃地想上前要联系方式。

最后有个长得又高又瘦的年轻男孩在朋友们的鼓励下上前，傅幼笙正准备亲自抱起自家儿子让他可以站高一点儿看。

没想到，面前站了一个腼腆的大男孩，一看就知道还在上大学的那种，身上有一股子单纯气息，完全不像是经历过社会毒打。

“有事吗？”

傅幼笙也算是从小被人告白到大的，自然知道面前这个男孩的表情是什么意思，有点儿感叹自己的魅力。

捂得这么严严实实，居然还有小弟弟来要联系方式。

啧啧啧，真是便宜殷墨那个老男人了。

男孩还没说话，耳朵先红了：“你……你好……请问，能加个微信吗？”说着，伸出一只手，手机屏幕上，刚好就是微信二维码。

傅幼笙微微一笑，只露出一双漂亮的桃花眼：“不好意思。”

话音未落，感觉到自己的袖子被扯了一下，下意识看过去，却见自家儿子奶声奶气地喊：“妈妈，爸爸说不能随便给陌生人联系方式。”

噗——

围观的人忍不住笑了。

要不要这么可爱！

在大家的笑声中，男孩有点儿尴尬地收回了手机，还给傅幼笙鞠躬：“对不起对不起，我不知道你已经结婚了。”他没有打算当第三者。

傅幼笙将儿子抱起来，心里给他点赞，真是他爸的亲儿子。

她对着男孩礼貌微笑：“没关系。”然后便抱着小魔王往旁边走去，一边看其他的冰雕，一边说：“平时跟你爸爸争宠，出来了倒是记得爸爸说的话。”

小魔王：“哎，爸爸不在，我要保护妈妈嘛。”

作为唯一的男子汉了，保护妈妈这件事，他要承担起来，尤其是不能被陌生人拐走。

点了点儿子的眉心，傅幼笙忍不住笑出声，笑声宠溺。

他们没有在外面待很长时间，主要是傅幼笙担心儿子太小了，外面太冷，他受不了这样的温度。

如她所料，还真的有人把这段视频发到了记录生活的 App 上，并且还上了 App 的热搜，一刷就能刷到。

年轻又清俊秀气的小哥哥告白了一个已婚少女，并且还有小魔王那句话，简直就跟排练好的一场剧似的。

偏偏这是意外路过拍到的，不火才怪呢！

主要是有傅幼笙的粉丝刷某音 App 刷到了这个视频，还认出了小魔王，然而他们只能在官方群里嗷嗷嗷嗷地传播。

殷墨自然也通过温秘书知道了这段视频。

此时他还没有回家，晚上刚好盛占烈组了一个局，想到自家儿子跟太太都不在家，他便同意了。

此时，会馆包厢内。

肖沉原坐在他旁边，一块儿看温秘书发来的那条视频，忍不住笑出声：“你儿子还挺维护你。”

“儿子是挡桃花必备武器。”

裴叙不知道什么时候溜溜达达站到了他们身后，也看到了这段视频，喝了一口酒，感叹。

“看什么看什么？”盛占烈他们也凑过来。

殷墨关掉视频，回到微信页面，一边给温秘书回复消息，一边对他们说：“自己搜。”

“自从有了老婆孩子，墨哥真是越来越不够意思了。”

盛占烈觉得自己被墨哥无视了，玻璃心碎了一地。

肖沉原搜到了那段视频：“快点看，不然就消失了。”

他看到了殷墨让温秘书把视频给撤掉，毕竟里面有的画面，暴露了他儿子的侧脸。

“保护得这么严实。”盛占烈吐槽了一句，等看过视频之后酸了，“你儿子这什么智商？我怎么觉得他是故意的呢？”

商琮也点头：“小魔王智商是真的很高。你有没有带他测一测？超过一百六了吗？”

殷墨嗤笑一声：“有什么好测的，难道智商低还能不要了？”

“墨哥不愧是墨哥，就这份魄力，我们就比不过。”肖沉原对着殷墨举了举酒杯，“要是我儿子跟小魔王一样聪明，我早就去测智商去秀儿子了，瞧瞧咱墨哥低调的。”

说起来，商琮凉凉看了眼肖沉原：“那个叫秦榛的女明星，你还没追到手？”

肖沉原叹口气：“不好追。”想想肖沉原就觉得惆怅。

殷墨跟温秘书说完之后，一心两用地听着肖沉原的话，眼眸上扬，淡淡扫了他一眼：“就你家里那情况，秦榛是不会嫁给你的。”

秦榛是个很聪明的女人，甚至聪明到理智得有点儿过分。

平时看起来散漫的样子，实际上，她心里门儿清——可以跟肖沉原玩玩，但是决不能跟他玩真的。

嫁入豪门，就完全不会那么自由了。

尤其是——肖家。

肖沉原可怜巴巴地看着殷墨，全场他觉得最靠谱的就是殷墨跟商琮了：“我想娶她，墨哥你有什么法子吗？”

殷墨：“没有。”

肖沉原噎了一下，不放弃：“嫂子呢？让嫂子帮我做做她的工作。”

殷墨素来不喜欢多管闲事，但还是打算有时间跟自家太太提一提。

只是——殷墨晚上十点五分才到家，一进门，就看到母子两个板着相似的脸蛋坐在客厅沙发上，看着他。

殷墨：“……”

傅幼笙：“门禁时间过了。”

小魔王：“爸爸你回家晚了 5 分零 10 秒。”

殷墨看着一大一小板着同样的脸蛋，忍不住轻笑了一声，本来从外面看家里灯光昏黄，还以为他们给自己留了一盏灯，早就睡了。

没想到在这里等他。

小魔王皱着一张小脸告状：“妈妈，爸爸不认错，居然还笑！”

殷墨看了眼小告状精，然后将大衣脱下挂在玄关，慢悠悠地扯着领带走到他们母子面前，嗓音徐徐："爸爸认错。"

小告状精："爸爸认错一点儿都不诚恳！"

傅幼笙赞同自家儿子的话："那你就诚恳一点儿认错。"

殷墨将手中提着的从甜品店里买的两份小甜品奉上："给两位法官的认错礼物。"

小魔王偷偷看了眼透明包装盒里的栗子蛋糕，他已经好久没有吃了。

他偷偷看了眼自家妈妈，反水得非常迅速："妈妈，其实爸爸还挺诚恳的。"

傅幼笙板着的脸也有点儿忍不住，捏了一下自家儿子的小脸蛋："就一个小蛋糕就让你倒戈了，墙头草。"

虽然不明白什么是墙头草，但是小蛋糕深得他心，他完全不知道，这是殷墨特意奖励他今天保护妈妈的，不然怎么可能给他买什么栗子蛋糕？

今天视频里那段，大概是小魔王出生之后，殷墨对他最满意的一次表现。

想到这里，殷墨顺势将儿子从沙发上捞起来，轻轻松松抛了一下："除了栗子蛋糕之外，还想要什么奖励？"

奖励？胆子大的男孩子大概都对举高高这种事情毫无抵抗力，尤其是被抛在半空中的那种举高高。

小魔王都玩得兴奋了，完全忘记自己要跟妈妈一块儿审问爸爸为什么没有早回家。

"什么奖励都可以吗？"

殷墨难得纵容他一次："什么奖励都可以。"

小魔王："我还没想好。"看着栗子蛋糕，小魔王觉得自己可以一边吃一边想。

殷墨看出了自家儿子的小心思："你可以慢慢想，不着急。"

小魔王："爸爸真好！"

还爸爸真好。

傅幼笙看着儿子倒戈得彻底，有点儿无语。刚才殷墨这位好爸爸还没回来的时候，他可是在自己耳边说要让爸爸今晚睡沙发的。

"你别以为儿子倒戈今天这事儿就过去了，说吧，为什么门禁到了还没回家？温秘书可是说了，你今天没有加班。"

殷墨将儿子放下，看着已经哄好的儿子去旁边老老实实地吃蛋糕。

他终于能安静下来哄另外一个大宝贝。

见殷墨举着另外一个粉色包装盒的蛋糕过来，傅幼笙轻哼一声："我可不是那个小墙头草，一个蛋糕哄不好。"

小墙头草没见过世面，她还没见过吗？

"哄不好，你今晚就睡沙发吧。"傅幼笙拍了一下身边的沙发位置，没好气地说。

殷墨薄唇含笑："那是奖励他今天保护妈妈，这个是哄殷太太开心。"

说话时，他亲自将蛋糕打开，用叉子叉了一小块："尝一尝。新品的红丝绒蛋糕，你喜欢的。"

"我才不喜欢。"傅幼笙嘴上嘟囔不喜欢，却很诚实地张开嘴，"晚上吃蛋糕，我得长多少肉啊，殷墨你是故意的。"

殷墨又喂了她一口："放心，睡前做个运动，不会长肉。"

傅幼笙刚想要怼他，就听到儿子小奶音："爸爸妈妈睡觉觉的时候也要运动吗？我能做运动吗？我感觉我也胖了。"

说着他一边吃蛋糕，一边苦恼地看着自己小肚子上的肉肉。

殷墨看他圆滚滚的肚子，回道："嗯，等你长大才能在睡觉前做运动，现在吃饱了就睡，先长身体。"

傅幼笙看了一眼旁边一脸懵懂点头的儿子，捏了殷墨手臂一把，在他耳边咬牙切齿："你在儿子面前还有没有羞耻心！"什么叫作他长大之后才能睡前运动。

这要是被小魔王这个小机灵鬼学出去怎么办？

全天下的人都知道他们夫妻两个的睡前运动了！

殷墨看着自家太太那双水波潋滟的眼睛，喉结微微滚动，觉得只解开领带大概已经不管用了。

他修长的手指抵在脖颈，慢条斯理地解开两粒扣子，暗示性很浓地看着傅幼笙："殷太太，不如我们回房间再审问？"

傅幼笙白了他一眼，直接把吃了一半小蛋糕的儿子抱起来："你今晚已经吃很多了，剩下一半留到明天再吃。

"走，妈妈带你去刷牙睡觉。"

小魔王留恋地看着自己剩下的那半："爸爸你一定要帮我收起来，我明天早晨要吃的。"

栗子蛋糕狂热爱好者，就算是吃剩下的也可以，然而殷墨是不可能让自家儿子吃过夜蛋糕的。

“明天让厨师给你做新鲜的。”

“妈妈说过多少次了，不能吃隔夜的食物。”傅幼笙教训自家儿子。

小魔王可怜巴巴：“不能浪费……”

傅幼笙扫了眼还坐在沙发上的男人：“不会浪费，让你爸爸吃。”

小魔王很孝顺地说：“爸爸又不是垃圾桶，怎么能吃我剩下的，要不我还是自己吃完吧。”

傅幼笙：“不，你爸爸可以是垃圾桶，但你不能吃完，你的腰快要比妈妈的还要粗了。”

小魔王生无可恋：“……”

小魔王的爸爸也有点儿生无可恋。

蛋糕很软，刚出炉的，就算是小魔王平时用餐习惯再怎么优秀，此时蛋糕也被他的叉子戳得千疮百孔了。

殷墨嫌弃儿子，但是傅幼笙上楼之前，没忘记嘱咐他：“给你儿子做个榜样，不要浪费粮食。”

殷墨：“……是，殷太太。”

这大概是殷太太对他晚回家的最佳惩罚吧。

殷墨想到罪魁祸首就是喝醉酒的肖沉原，忍不住揉了揉额头，忽然不想帮他了。

要不是肖沉原喝多了发酒疯，他怎么可能会在门禁之后才回家？

等到傅幼笙哄完儿子睡着，已经是半个小时后的事情，殷墨洗完澡从浴室出来。

傅幼笙一进主卧，就看到活色生香的美男出浴图。

“殷先生的身材保持得真好。”傅幼笙丝毫不吝啬地夸奖。

殷墨朝着她勾唇一笑：“比今天向你表白的那个小鲜肉还要好吗？”

傅幼笙表情僵了一下，然后理直气壮地抱住殷墨的劲腰：“那我怎么知道，我又没看到，也没碰过。”

这话倒是取悦了殷先生，直接把傅幼笙原地抱起来，走向内室：“嗯，今天小魔王表现很不错。”

傅幼笙终于明白他说要奖励儿子是什么意思了：“你也看到视频了？”

大床上，两个人没有做什么暧昧事情，只是拥抱着靠在床头聊天。

殷墨从她身后环抱住自家太太依旧纤细柔软的身子。

殷墨在她脸颊上亲了一口，慵懒地应了一声：“看到，也撤掉了。不会让小魔王曝光出去。”

傅幼笙对他倒是放心。

没等她点头，耳边传来男人磁性低音炮：“当然也不全为了小魔王，也为了你。”

即便是这么多年过去，这个男人刻意撩人的时候，傅幼笙还是每次都会被他撩到。

夜色渐浓。

傅幼笙看着男人那双近在咫尺的薄唇，觉得今晚大概又要睡眠不足了。

果然，第二天傅幼笙醒来时，外面天光早就大亮了。

殷墨早就不见踪影，取而代之的是坐在卧室小客厅沙发上安静玩拼图的小魔王。

一听到床上传来声音，小魔王立刻打开桌上小型饮水机按钮倒了一杯温水过去：“妈妈你醒了，喝水水。”

傅幼笙接过刚好温热的水，再看儿子那张粉嘟嘟的小脸蛋：“我们宝宝真懂事，都知道孝顺妈妈了。”

小魔王被妈妈夸奖了，有点儿害羞：“我等妈妈起床。

“爸爸说，妈妈起床要喝温水的。”

“爸爸还说什么了？”傅幼笙将一杯水全部喝完，又被小魔王接过去把杯子放好，特别体贴。

小魔王想了一下：“爸爸说，要照顾好妈妈，中午带妈妈去公司一起吃饭。”

他神秘兮兮地凑近了傅幼笙耳边：“爸爸说要带我们吃从来没有吃过的东西！”

“是你从来没有吃过的东西吧？”傅幼笙觉得殷墨带她吃遍了整个北城所有好吃的餐厅，一个都没有落下，怎么可能还有她没吃过的东西。

小魔王点头：“好像是。”

“小小年纪，别皱眉。都快成小老头了。”

傅幼笙牵着他的手一块儿去洗漱，心里想的是，幸好殷墨今天早晨没有跟儿子胡说八道什么昨晚爸爸妈妈做睡前运动累了这样的话，不然她能气昏过去。

想到这里，傅幼笙觉得自己忘了一件事。

昨晚某人晚归，忘记惩治他了！

吃剩蛋糕算什么？都怪殷墨，害得她忘记了这件事，现在想想，殷墨肯定是故意的。

傅幼笙用过迟来的早餐，然后在准备带儿子出门之前说：“去找你爸爸之前，妈妈带你去买一样东西给爸爸当礼物。”

小魔王：“买什么？”

傅幼笙微微一笑：“搓衣板。”

小魔王长这么大没见过搓衣板长什么样子，傅幼笙决定带儿子见见世面。

小魔王震惊地看着木质的搓衣板：“哇哦，妈妈，这是古董吗？看起来跟外公家里的藏宝库里面的古董一样。”

傅幼笙找遍了北城好几家便利店跟超市，才从一家特别破旧的小型超市里找到这个看起来就很具有年代感的东西。

木质的纹理，古朴又特别。

傅幼笙听到小魔王的比喻，沉默两秒：“嗯，确实算是古董。”

小魔王眼睛都亮了，古董在他眼里就是很贵的东西。

“以后我也给妈妈收集这样的古董。”

傅幼笙：“……妈妈真要谢谢宝宝的孝顺之心。”

等到跟殷墨见了面之后，小魔王第一句话就是：“爸爸，妈妈买了一个古董送你！”

古董？

殷墨看了眼母子两个：“今天北城有拍卖会吗？”他们两个应该没时间去参加拍卖会再过来吧。

小魔王神秘兮兮：“是给爸爸的惊喜哦。”

傅幼笙笑眯眯：“确实是惊喜。”

就在一家三口在办公室亲亲密密的时候，温秘书忽然敲了敲门：“殷总，不好了，小公子的正面照片爆出来了，而且还是负面的。热搜爬得很快，应该是有人在背后控制。”

就算他们第一时间撤热搜，但是也已经有很多人看到了。

若是这个时候再撤的话，恐怕更会让粉丝与网友们以为这些负面消息是真的。

殷墨面色沉郁：“什么负面消息？进来。”

殷墨不想让小魔王看到，看了眼傅幼笙：“你带宝宝去休息室。”

傅幼笙牵着小魔王的手：“爸爸要工作了，妈妈带你去休息室玩。”

小魔王并不知道什么是负面消息，只知道爸爸很严肃，大概要办正事，老老实实跟着妈妈进屋了。

温秘书一进来，立刻将平板电脑递过去。

“您看，有人在网上发布了小公子与幼儿园同学打架的视频。发视频的是对方父母，还说小公子在幼儿园经常暴力欺负其他小朋友，您作为家长不制止也就算了，还助纣为虐，借着权势让受害小朋友退学，还威胁人家父母。”

殷墨倒是真没想到，有人胆子大到这种程度。

看着视频中自家儿子将一个个头比他还要大的孩子撂倒在地，殷墨忽然低笑出声。

见到老板笑，大概问题不大。

温秘书福至心灵：“小公子打架颇有您的风范。”

第三十二章
这段能删掉吗？

/

XINTIAO
BU
TINGHUA

中午的阳光透过落地窗洒在殷墨俊美深邃的面庞上，薄唇微微勾起一个弧度，眼底深暗如墨。

虽然此时笑着，但是温秘书看着自家老板的笑，总有种毛骨悚然的感觉。

有人要倒霉了吧？

“查，看是谁在背后支持他们。”

殷墨白皙的指骨敲着木质的桌面，发出咚咚咚有节奏感的声音，却像是锤子一样敲在温秘书的小心脏上。

温秘书心惊胆战的。

“这是有人在背后搞鬼。”

也是，温秘书想到之前陪殷墨去处理小公子打架的事情，那个姓汪的男人，胆子那么小，若不是背后有人捣鬼，他怎么可能做出这种胆大包天的事情。

温秘书当着殷墨的面打电话让人去调查，然后小心翼翼地问：“那小公子这个还要撤热搜吗？

“现在公关部已经找人引导舆论了。

“因为好多太太的粉丝夸奖小公子打架很帅，主要是小公子这张脸，一般人说不出不好听的话来。

“不过对方也出动了很多人说小公子坏话。”

正面的帮忙说话的人很多，但是对方的人也不少，所以公关部也出动了不少人。

殷墨思索半晌：“既然如此，那就不必撤了。”

如他所说，若是现在撤了热搜，只能表明心虚，倒不如大大方方的。

“去联系闻亭吧。”

最后还是得让自家儿子出镜，想到罪魁祸首，殷墨嗓音沉郁。

温秘书：“是。”

此时，休息室内。

傅幼笙坐在床上，小魔王在一旁开辟出来的游戏区玩他放在那里的玩具，关键的时候格外懂事。

傅幼笙打开手机，入目就看到闻亭发来的消息链接。

刚才她已经跟闻亭通过电话了。

事关未来继承人，胜景资本这边不等傅幼笙工作室出手，就已经将舆论安排得明明白白。

闻亭看了都觉得自己在新闻这方面真是随时随地都在躺赢。

傅幼笙看着视频，是从监控里剪辑出来的，从视频中看，确实是自家儿子先动手的。

不过按照之前小魔王说的情况，是那个叫汪天云的孩子先骂她长得丑，惹怒了小魔王。

毕竟在长相方面，小魔王这个颜控小宝贝，绝对不允许有人说他的仙女妈妈长得丑。

虽然动手不对，但为了保护妈妈，傅幼笙自然舍不得责备自家儿子。

况且后来殷墨已经教育过他不能随便跟小朋友打架，从那次之后，小魔王确实也没打过架。

无论是在幼儿园，还是在大院跟一帮从小一起长大的小伙伴，他都没有打架过了。

之前人家可是小霸王来着，打遍大院无敌手。

视频中有很多粉丝替小魔王说话。

倒也不是滤镜原因，而是大家都看出来，这是一场背后有阴谋的恶意传播。

大家都不要相信什么营销号爆出来的新闻，视频也有可能是经过剪辑的，等傅女神和殷总的澄清吧。

没错，希望路人不要被蒙蔽，等一个澄清。

视频也没有什么前因后果，万一是对方先动手，小魔王还手呢。

没错没错，除非完整版视频放上来。

等等，只有我沉迷于小魔王的颜值中无法自拔吗？

噗，前面姐妹别走，我不敢说，但你说出了我的心声，哈哈哈。

我一点儿都不怀疑上面打架那个崽崽是傅女神家的小魔王，妈呀，这个颜值好绝。

小小年纪就这么帅，长大还得了。

打架的时候奶凶奶凶的，哈哈哈，可可爱爱。

小朋友之间打架很正常啊，干吗要爆出来？

就因为小朋友之间打架就把小魔王曝光出来，被打孩子的这对父母也不是什么好人。

就算有错，私下解决就好。微博又不是法庭，又不能给你们断案，爆出来有意义吗？

怎么没有意义，要是大家都信了，小魔王不就社会性死亡了吗？以后大家提到小魔王，就想到这孩子从小就酷爱打架，性格暴戾，呵呵呵。

反正我相信傅女神跟殷先生绝对不会教育孩子随随便便就用暴力解决事情。

我也信傅女神跟殷先生。

等一个澄清。

……

傅幼笙看着大家的评论，漂亮的眼睛闪烁着浅浅的水光，很感谢他们这么相信自己，相信她牛的孩子。

即便是小魔王从来没有出现在镜头面前，他们也信任她。

小魔王很敏锐地发现自家妈妈情绪不对，丢下手里的玩具，哒哒哒跑过来，爬到床上："妈妈你哭了？为什么要哭？"

傅幼笙将眼泪收回去，朝着自家儿子笑眯眯："妈妈在锻炼演技。被妈妈吓到了？"

小魔王钻进妈妈怀里，小大人似的叹气："以后妈妈还是不要在我面前练习演戏了。"

傅幼笙："为什么？"

小魔王："因为我看到妈妈哭会心疼。"

没等傅幼笙开口，休息室的门被殷墨打开了，恰好听到自家儿子这句话。

男人双手环臂，悠悠地说："小小年纪就这么会说甜言蜜语，长大得骗多少女孩。"

小魔王一看到爸爸，立刻将妈妈护在身后："我对妈妈一片真心！"

殷墨抬步走来，指尖扣着被他解开的袖扣，嗓音徐徐："又陪你奶奶看什么电视剧了？"

小魔王知道爸爸妈妈不喜欢他看电视剧，可怜巴巴地抠手指："……"奶奶还真的经常带他看电视剧。

看着儿子小可怜的样子，傅幼笙忍不住笑了。她握着自家儿子的小手，没好气地对殷墨说："别吓唬我儿子。"

"带你们去吃午餐。"殷墨弯腰将小魔王从傅幼笙膝盖上抱起来，然后朝她伸出了空着的手。

男人手指修长，修剪得干干净净，精致腕骨上扣着一支铂金钻表，随着他伸手的姿势，微微露出来，低调优雅。

这是傅幼笙今年送他的生日礼物，也是殷墨这段时间的新宠，几乎每天都戴着。

傅幼笙目光从他指尖落到那块男士腕表上，眼底带着浓浓的笑意。

好像刚才一切烦恼都不存在了，他们一家三口整整齐齐地在一起，就是最幸福的。

她伸手握住了殷墨的手，任由他将自己从床上拉起来，一块儿离开休息室。

他们去的是一家私密性很好的中式餐厅，这家祖上是做御膳的，很多宫廷菜做得极好。他们确实没带小魔王来过这里。

小魔王一坐下，就看到外面亭台楼阁，流水潺潺，很是惊奇，整个小脸蛋都要贴到玻璃窗上了。

看着他专心致志地看下面游来游去的锦鲤的时候，傅幼笙终于有机会跟自家老公聊一下网上的事情。

虽然知道殷墨会解决得很好，但看着热搜只升不降她还是有点儿担心，毕竟事关儿子。

殷墨安抚地拍了拍她的手背："再等等。"

傅幼笙疑惑地看着他："等什么？"

就在这个时候，外面传来敲门声。

殷墨气定神闲地收回了覆在自家太太手背上的长指，不疾不徐："请进。"

然后傅幼笙就看到了一个熟得不能再熟悉的人——她的经纪人闻亭。

身后还跟着几个陌生的人。

闻亭一进来就立刻给他们介绍："这位是胜景资本的殷墨殷总，这位是殷太太傅幼笙，那位是他们的小公子殷亭礼。"

傅幼笙："……"

怎么连带着小魔王都给介绍了？

她有种怪异的预感，觉得好像是冲着他们家儿子来的。

然后闻亭介绍了来的这几位，傅幼笙反应过来了。

闻亭指着跟在他身后的人说："这几位是《妈妈宝贝》的节目组负责人，这是导演，这是副导演，这是监制……"

傅幼笙下意识看向殷墨。

殷墨微微一笑："中午好，诸位请坐。"

"殷总好，傅老师好，小公子好。"

虽然都是圈内人，但是大家也是初次见面，主要是没什么机会见。

殷墨朝着小魔王招招手："殷亭礼，过来。"

小魔王这才从锦鲤那里意犹未尽地收回目光，一扭头发现：嗯？怎么多了这么多人？

他很有礼貌地跟里面唯一认识的闻亭先打招呼："闻伯伯好。

"叔叔们好……"

虽然不认识，但招呼还是要打的。

礼貌又很绅士。

在看到小魔王的那一刹那，见过无数明星宝宝的导演简直惊为天人。

"签，一定签！"

"小公子若是能上我们节目，一定会爆红！"

最近热播的一档亲子节目，就是这个节目组团队制作的，是边拍边播的模式。

殷墨的意思是，让自家太太带着儿子一块儿去参加节目，也当作是散散心。他看过这档节目的拍摄过程以及班底，都很优秀。

什么澄清，都不如亲眼看看。

再者，总归自家太太与儿子最近放假，都在家里闲着没事，不如出去玩玩。

毕竟是亲子节目，孩子都还小，所以拍摄地点是风景很美的小镇上，会有几位明星嘉宾一块儿做游戏，各自做饭，小朋友们之间的相处与竞争都有。

小孩不会演戏，所有的性格都一览无余，所以这档节目非常红，现在如果要塞人进来的话，也得经过他们的评估。

毕竟——

节目组不可能为了怕得罪殷墨，而随随便便塞人进来毁了节目。

现在看到小魔王的第一眼，他们就知道，非但毁不了，而且可能会引起超高热度。

副导演直接将合同拿出来："傅老师，签约吗？"

傅幼笙："……"

她都不知道殷墨居然在短短时间内还约了他们见面，还给她加了工作。

说好的她要休假一年呢？

等签好字之后，傅幼笙还有点儿晕乎乎的。

直到回家，傅幼笙将儿子塞给管家，让管家陪他玩后，便直接拖着殷墨回房间了。

"说吧，到底怎么回事？"

殷墨含笑看她："忍了一路，终于忍不住了？"

"你还笑。"傅幼笙拍了他一巴掌，"真的要让宝宝曝光出去啊！"

殷墨揽着她的肩膀往沙发上带。

冬天中午的阳光很好，从落地窗洒落在靠窗户的沙发边上。

按着傅幼笙坐下后，殷墨俯身在她耳边低语："已经曝光了，与其躲躲藏藏，不如正面打脸。

"殷太太不是一直喜欢这样简单粗暴的打脸方式吗？"

傅幼笙被他逗笑了："是你喜欢这种简单粗暴吧？"

不过她却也明白了殷墨的意思。

对方以为他们把孩子保护得严丝合缝，就是不想曝光小魔王，所以就故意用这种方式恶心他们。

若是真的为了不曝光小魔王而撤热搜，那就入了对方的陷阱。

到时候自家宝宝身上暴力的污名就洗不掉了。

毕竟，就算是干巴巴地澄清，在其他人眼里，没有真正地接触过小魔王，也会留下印记。

只要自己在娱乐圈待一天，小魔王就会被提及一天。

万一以后他长大了，知道了这件事，或者身边同学朋友知道这件事，他可能会留下什么阴影。

毕竟现在是互联网时代，没有永远的秘密。

傅幼笙主动抱住殷墨的脖颈："老公，谢谢你。"

殷墨把她抱在自己膝盖上："怎么谢？"

傅幼笙无语："你怎么还不按常理出牌，这个时候不应该说'不用谢，都是我应该做的'吗？"

殷墨慢条斯理："殷太太不是说过吗，我做什么事情，都是要回报的。"

傅幼笙哼了哼："你什么都要，就是不要脸。"

"多谢夸奖。"

"我没夸你！"

就在夫妻两个甜甜蜜蜜地抱着说话的时候，网上已经一片腥风血雨。

胜景资本爆出完整视频，当然这个完整视频并不是小魔王的打架视频。

而是某一线女星从出道至今的所有违法背德的"纪录片"。

胜景资本官博把这条视频放出去之后立刻引起了众人围观。

毕竟这位一线女星——陈落雁，在娱乐圈的地位直逼傅幼笙，并且她出道时间比傅幼笙要早十年。

但是资源却有很多重合。

重点是这些资源每次都是先找傅幼笙，被傅幼笙拒绝之后，才会落到她手里；很多她看中的资源，都被傅幼笙挑走了，她怎么能不恨呢?

知情人盛先生转发：

墨哥好刚！

然后一众好友都跟着转发，就连不怎么用微博的沈行舟都转发了。

并评论：

嗯，这次干得不错。

聪明的网友们立刻就反应过来。

联合之前小魔王的热搜。

这是这位一线女明星在背后搞事情！

视频的最后，是陈落雁与汪天云父母联系的监控视频与录音，清清楚楚地表明是她恶意中伤一个孩子。

如果只是正大光明地争取资源，即便是爆出来，网友们的反应也不会这么大。

但偏偏她利用一个孩子来攻击傅幼笙，只是为了自己的利益，这就触犯了很多人的底线。

尤其是——

她出道这么多年，所有的恶行都被扒了出来。

小到在剧组欺负群众演员，借着演戏恶意掌掴比她年轻漂亮的女演员，拍戏大半部戏都是用的替身，不敬业，到半夜敲导演跟投资商的门，用身体获取资源，大到偷税漏税这种违法犯罪的行为，一笔一笔，全部都清清楚楚。

除了胜景资本爆出来的一些之外，还有网上的工作人员或者网友甚至粉丝们趁机曝光的。

可以说是墙倒众人推。

之前隐藏的一切，终于大白于天下。

粉丝们这才知道，他们之前粉的是一个什么样的东西。

所有的岁月静好都是假的。

真没想到陈落雁居然是这样的人，我还以为她真的是戏好人美，娱乐圈难得的清流，没想到，全都是假的！

娱乐圈的明星们还有真的吗？

当然有，不要因为一颗老鼠屎，坏了一锅粥，娱乐圈还是有安静拍戏努力营业的演员歌手艺人的。

陈落雁现在最后悔的大概就是碰到了殷大佬的底线。她碰谁不好，偏偏碰人家的宝贝儿子。

说起来，虽然是陈落雁跟人合谋，但是傅幼笙的儿子也不是什么好东西吧，小小年纪就这么暴力。

年度笑话，小魔王不是好东西？出言伤害一个不懂事的孩子，真的不会遭报应吗？

既然是合谋恶意中伤，那所谓的打架肯定是有原因的啊。

没错，相信傅女神，相信小魔王。

我之前探班傅女神的时候见过小魔王，真的是一个特别绅士可爱的宝宝，绝对不是网上有的人口中那种暴力的孩子。

没有亲眼见过，不要传谣。

想想傅幼笙跟殷墨的家世，就知道养不出什么暴力只会动粗的孩子。

等一个澄清。

好期待傅女神的澄清啊，每次澄清都出其不意。

哈哈哈哈，期待打脸。

……

大家关注傅幼笙跟殷墨的微博，却没见这两位有任何的动静。

直到有人在热门亲子综艺刷到了傅幼笙的名字。

然后众人惊呆了：？

粉丝们：柚子果然让人惊奇。

普通网友：这是什么新型的澄清方式？

直接把儿子带到真人秀综艺节目？

等到震惊之后，全民炸了，甚至把陈落雁全网嘲的热度给降低了。

作为全民女神，傅幼笙的热度可想而知，尤其是大家多么期待亲眼看到她的宝宝，现在居然可以——在真人秀综艺上看到！

四舍五入，这就是亲眼看到啊。

微博爆了，堪比当年傅幼笙宣布恋情、宣布怀孕的时候。

自己破自己的记录。

这次微博崩的时间比宣布恋情的时候还要多二十秒。

微博营业多年，也就这位女明星，有这样的能力。

傅幼笙现在已经彻底认命——她又要营业了。

她刚放假不到三天时间，幸好下次拍摄进组也得春节之后了。

傅幼笙想着自己春节之后，还要去剧组拍剩下的戏份，大概也需要将近一个月的时间。

等一个月拍摄结束后，才是真正的休假。

节目拍摄时间，是在她拍戏的过程中。

闻亭跟综艺节目商量了一下，毕竟要尽快播出，不然小魔王的性格都要被网友们定型了，再澄清的话，就没有效果了。

所以不可能等傅幼笙拍戏结束之后，所以就从春节第三天开始拍摄。

这一期拍摄时间是两天，刚好卡在傅幼笙最后一天回剧组拍戏。

傅幼笙自然是同意的。

毕竟为了儿子。

就当拍摄是休假了。

所以今年春节，小魔王格外忙碌，非但要忙着给爷爷奶奶外公外公和两家老太太老爷子拜年收红包，还要忙着——学习。

没错。

是看之前播出过的综艺节目学习。

毕竟总不能一脸蒙地进组吧？

殷夫人绝对不允许自家聪明的小孙子落后。

补课，必须补课。

于是大年初一，傅幼笙跟殷墨出去会朋友结束，回老宅的时候，就看到自家儿子端端正正地坐在沙发上，看电视。

旁边坐着殷老夫人和殷夫人，一边看电视，一边刷弹幕，还聊天。

老太太：“怎么看这些孩子都没有咱们家小魔王机灵。”

“这小姑娘怎么还傻乎乎的呢，数个鱼都能数错了，她比咱们家宝宝还要大两岁吧。”

殷夫人语重心长：“宝宝，既然他们都这么傻，你也不要表现得太聪明，万一不合群就不好了。”

小魔王歪头看着奶奶：“那我也要数到十就假装不会了吗？”

“数到十就不会了，那未免有点儿太傻，你数到一百再假装不会吧。”老太太没等殷夫人开口，便率先说。

小魔王懵懂点头：“那好吧，我记得了。我们幼儿园的小朋友，都能数到一百。”

老太太困惑：“是这样吗？”

“那为什么他们不会？”殷夫人也有点儿不太了解现在孩子的智商了，“难道是因为他们要立一个傻乎乎的人设？小小年纪就有这种演技了吗？”

傅幼笙跟殷墨听了之后，相视一笑。

“奶奶，妈，你们别教他。”殷墨上前把儿子从沙发上抱起来，“小魔王上的幼儿园，是需要经过智商测试才能入学的。”

“那些孩子别说数数到一百了，一百以内的加减乘除也有不少小朋友会算。”

小魔王现在虽然才三岁，但按照他的学习能力，即便是现在开始进入小学学习，也绰绰有余。

当然，傅幼笙跟殷墨都不想让孩子过快地长大。

幼儿园还是要上完的。

殷夫人：“差点儿忘了。咱们家宝宝真厉害。”

小魔王虽然很想要妈妈抱抱，但是被爸爸抱着也不是不能忍。

毕竟，从后天开始，他就可以跟妈妈单独在一起生活两天了！

没有爸爸争宠的日子，真开心！

小魔王粉雕玉琢的小脸蛋上带着蜜汁笑容。

傅幼笙捏了一下自家儿子可爱的小脸蛋：“宝宝你笑什么？”

“想妈妈。”

傅幼笙心软极了：“真乖。”

“乖什么，都是三岁的男子汉了，还黏妈妈。”

殷墨抱着小魔王上楼。

“奶奶，妈，你们休息一会儿吧，今天带小魔王累到了吧。”

傅幼笙笑意盈盈。

殷夫人还没有开口呢，老太太就中气十足地说：“这有什么累的，看着这曾孙孙，奶奶就开心，今晚还能多吃一碗饭。”

殷夫人扶着老太太回房间：“成，今晚就让阿姨给您多添点饭。

“午休一会儿，您老晚上还能有力气多吃点。”

傅幼笙跟殷夫人一块儿送老太太回房间。

因为老太太腿脚不好，所以她住一楼很方便。

老太太看着中气十足，但是毕竟年纪摆在那里了，最近这几年，老太太连旗袍都少穿了，毕竟老人穿着不方便活动。

傅幼笙今天出门穿了一身红色呢子大衣，非常亮眼又很适合冬天春节的颜色。

很多人压不住这种很正的红色，很容易被颜色抢了风头。

但是穿在傅幼笙身上，却衬得衣服更好看了。

所以等傅幼笙一回到卧室，就听到自家儿子夸奖：“妈妈穿红色的衣服漂亮。

“等我们一起上电视的时候，妈妈也穿红色好不好？”

傅幼笙故意逗他：“为什么，妈妈穿其他颜色不好看吗？”

小魔王纠结了一秒。

“也不是不好看，妈妈穿什么都好看，但是穿红色特别好看。”

傅幼笙被自家儿子苦恼的小表情逗笑。

下一秒，儿子的话让她脸上的笑容僵住了几分。

小魔王很认真地问：“妈妈，上电视的时候，我可以喊你妈妈吗？”

傅幼笙蹲下身子，将儿子抱在怀里：“当然。

“我是你妈妈，你是妈妈的宝宝，你在任何地方都可以喊。”

之前为了保护小魔王，偶尔殷夫人带他出去探班或者吃饭的时候，遇到傅幼笙的广告，都不让小魔王喊妈妈。

在人多的时候，不能让人知道傅幼笙是他妈妈，这是小魔王一直认定的事情。

傅幼笙在他耳边说：“参加这个节目，就是想要让全天下的人都知道，殷亭礼小朋友的妈妈是傅幼笙，好不好？”

“好！”小魔王眼睛都亮了，“他们还不信我妈妈是全天下最漂亮的仙女妈妈，等我们上了电视，幼儿园的小朋友就会相信我了！”

傅幼笙眼中含泪，却没有让眼泪流出来，只是唇角弯起大大的弧度：“好啊，下次亲子运动会不让奶奶跟爷爷去参加，爸爸妈妈陪你参加。跟别的小朋友一样，爸爸妈妈陪你一起。”

“真的吗？”小魔王没想到还有这种好事，今天惊喜有点儿多哦。

殷墨把傅幼笙从地上拉起来，一家三口在沙发上坐下：“你妈妈什么时候骗过你？”

“妈妈真好。”小魔王美滋滋地亲了一下妈妈的脸蛋，余光不小心瞥到自家亲爹，然后犹豫了两秒，很敷衍地在自家爸爸脸颊上也亲了一口，“也谢谢爸爸。”

相较于亲妈妈时候的愉悦，亲爸爸就带着明显地应付。

傅幼笙被他双标的样子逗笑。

倒是殷墨，用力拍了一下他的小屁股。

小魔王不疼，但是却故意哇哇大叫：“妈妈，爸爸欺负我，妈妈救我！”

他扑腾着要找妈妈，小奶音带着欢快的气氛，传出了很远很远。

初三那天早晨。

节目组准时抵达麓荷公馆的别墅，来接傅幼笙母子一块儿去本次节目录制现场。

每一期节目都会换一个录制地点。

基本都在国内一些风景特别的地方。

这次去的是连绵起伏的伏远山。冬天的伏远山，峰顶白雪皑皑，连绵的山峰都覆盖上了一层厚厚的雪花。

唯独山路被清理出来一条车道。

小魔王第一次看到这么陡的山路，很是惊奇。

跟拍导演将镜头对准小魔王，他听说其他车里的小朋友好几个已经被吓哭了。

从车上看，外面悬崖峭壁，格外惊险。

“殷亭礼小朋友，你不怕吗？”

小魔王听到有人跟他讲话，很有礼貌地坐直了身体，将目光放在跟拍导演身上：“叔叔你怕吗?

“怕的话，不要勉强。”

被小朋友安慰的跟拍导演：“……”

车内司机跟摄像师都忍不住笑出声。

别人不知道，傅幼笙还能不知道自家儿子，她忍着笑意：“宝宝，不要欺负叔叔。”

山路蜿蜒曲折，尤其还是下过雪，所以走得很慢。

直到下午一点多才到达目的地。

四面环山，唯独山内有一个村落，像是与世隔绝了一样。

村落内多是老人孩子，年轻人少有，村落最中央有一棵近千年的古树，上面缠绕着不少红色绸缎，是可以求姻缘的。

古树前方用古朴的围栏圈起的是与树同龄的古井，据说这里的村民格外长寿的原因，便是常年喝这古井泉水。

车子正好停在离古树不远处的道路上，他们约定好了在这里集合。

节目组的工作人员已经在这里架好了拍摄的设备。

远山古树，孩童清脆的笑声，格外有气氛。

傅幼笙一下车，就看到随着风招摇的红色姻缘绸带。

很奇怪，四周山峰都透着皑皑白雪，唯独这个山村像是被风雪忽略了一样，虽然也是清冷的，但却没有落下一点儿雪。

这几天村里并没有下雪，路上导演说这是地势的原因，所以这里环境很好。

傅幼笙呼吸了一下新鲜空气，倒是觉得真是一个很好的地方，温度也不是特别的低，有点儿春寒料峭，而不是寒风冷冽。

将小魔王从车上抱下来，傅幼笙看着他穿得很温暖，只是给他拉了一下帽子："好了。"

由于自家儿子的强烈要求，傅幼笙穿着大年初一时穿的正红色呢大衣，明艳张扬，在古旧朴素的街边，有种浓艳靓丽的感觉。

仿佛给水墨画染上了浓烈的颜色。

小魔王也穿了一件小巧的呢大衣，围着很厚的围巾，小脑袋带着曾奶奶亲手给他缝制的猫耳小帽子，可爱又不失时尚。

老太太的审美一直都是极好的，尤其喜欢复古与时尚结合。

于是乎——母子两个刚站稳了，就听到远处传来一个小姑娘奶声奶气的声音："妈妈，那个小哥哥头上戴的帽子好看。"

傅幼笙下意识看过去，居然是认识的人。

是傅幼笙之前一部戏的女二号蒋娴，她们算是点头之交，毕竟在一个剧组里待过。

蒋娴牵着女儿走过来，主动跟傅幼笙打招呼："好久不见。没想到你居然真的会来参加亲子节目。瑷瑷喊傅阿姨。"

瑷瑷是一个圆眼睛圆脸蛋的小姑娘，扎着两个马尾辫，脸颊肉嘟嘟的，一双杏眼看着人的时候，让人的心都要化了。

傅幼笙一看到瑷瑷，眼睛都亮了。

小姑娘真可爱啊。

瑷瑷歪头看着傅幼笙，眨了眨长睫毛："妈妈，这不是阿姨，这是小姐姐，漂亮的小姐姐。"

她特别笃定，然后主动朝着傅幼笙伸出手："小姐姐，抱抱。"

蒋娴："……"

她尴尬一笑："我女儿喜欢长得好看的人。"

她把女儿抱起来："叫阿姨，不能没有礼貌。"

傅幼笙看着她们母女两个相处，忍不住笑出声："她夸我年轻漂亮呢，真是个有眼光的小朋友。"说着，她特别怜爱地摸了摸小姑娘的小辫子。

毕竟初次见面就抱人家孩子不合适。

傅幼笙没忘记自家儿子："殷亭礼小朋友，叫阿姨。"

小魔王本来好奇地看着蒋娴母女两个，当然，他只是觉得这个小姑娘很有眼光，他妈妈是全天下最漂亮的仙女妈妈。

"阿姨好，我叫殷亭礼，今年三岁。"

小魔王很是干脆地自我介绍，口齿清晰伶俐。

看得蒋娴也格外眼热："你好，好乖呀。"自家女儿什么时候能这么乖巧！

瑷瑷不甘示弱，也跟傅幼笙介绍自己："漂亮姐姐你好，我叫瑷瑷，今年……"

她数了数手指："嗯，今年四岁啦！"

"那你不能叫小哥哥，要叫弟弟。"傅幼笙笑意盈盈地看着她。

傅幼笙面上依旧能保持明艳优雅，但内心已经开始炸了：好可爱好可爱，穿小裙子、扎小辫子真的好萌啊！

然后看了眼自家儿子戴着帽子的小脑袋，傅幼笙心中叹气，摸了一下儿子的猫耳朵。

瑷瑷对这个弟弟很好奇，挣脱了妈妈的束缚，就要去牵小魔王的手："弟弟，你的帽子真好看。"

小魔王没有让瑷瑷牵手，将小手手收进衣袖里，让她握着自己的袖口，然后说："姐姐你好，谢谢你夸奖。"

小小的幼崽，一本正经说话的样子，特别好玩。

瑷瑷一脸蒙："弟弟，牵手手。"

小魔王："奶奶说不能随便让女孩子牵手手。所以你想牵的话，可以牵袖子。"

瑷瑷："啊，是这样吗？"

小魔王一脸正色："是的。"

在幼儿园，其他小女孩想要牵他手亲他，他都不同意的。

傅幼笙被自家儿子逗笑。

小小年纪，就知道保护自己的清白。

她怕蒋娴误会，毕竟这要是落在别人眼里，还以为自家儿子嫌弃人家小姑娘呢！

傅幼笙对瑷瑷这个小姑娘还是很喜欢的。

重点是，现在是在录制中，虽然其他嘉宾还没有到。

蒋娴说："你家宝宝小小年纪，就有洁癖吗？"

因为她们家女儿长得可爱，所以从小就没有被人拒绝过牵手亲亲，没想到居然在小魔王这里遭遇滑铁卢。

傅幼笙笑着说："他不是洁癖，真的是他奶奶这么教育的。"

说着，她轻叹一声："因为上幼儿园之后，总是有小姑娘喜欢亲他抱他，为避免他从小对于这种亲密的举动不理解，万一以后学成什么风流花花公子，所以我婆婆就告诉他，在外面不能让女孩子亲亲抱抱牵手。”

当然，殷夫人并不是这么说的，但意思差不多。

殷夫人的意思是，不经过同意的亲密，是不礼貌的行为。

所以不要惯那些想要亲他的人这种毛病。

再者，小魔王在这方面，跟殷墨很像，本来就不喜欢别人亲亲抱抱，现在有了奶奶这话，更是奉若真理，连带着牵手都不允许别的小朋友和外人牵了。

蒋娴了然：“原来如此。”她看着小魔王那张比自家女儿还要精致的五官，深以为然。

“我女儿长成这样都经常被人亲亲抱抱，更何况是你儿子那种长相。啧啧啧，这大概就是颜值太高的烦恼，哈哈哈哈。

“以后我也要跟瑷瑷说，不能随便跟人亲亲抱抱。”

蒋娴觉得自家女儿都四岁了，确实也需要注意点儿了。

毕竟表达喜欢的方式有很多，不一定非要亲密接触。

幸好自家女儿只是看到长得漂亮的才会这么热情，要是遇到丑的，不好看的，她直接扭头。

蒋娴跟傅幼笙提到自家女儿这个恶习的时候，忍不住烦恼，傅幼笙却觉得很可爱。

有个性的小女娃！

两个小朋友经过几分钟的聊天，已经稍微有点儿熟悉了。

瑷瑷的眼睛一直盯着小魔王的帽子，很喜欢那个猫耳朵。

小魔王无奈地看了眼自家妈妈。

傅幼笙朝他摊手：不管。

最后小魔王将帽子摘下来：“你喜欢吗？可以借给你玩一会儿。但是这是曾奶奶亲自给我做的，不能送给你，抱歉。”

小魔王逻辑非常清晰，虽然只有三岁，但是说话很清楚，完全不像是一个三岁的孩子。

瑷瑷接了过来，甜甜的笑：“好呀。”

小魔王想了想：“妈妈还给我买了一个兔子耳朵的帽子，在行李箱里，我可以送给你那个。”

瑷瑷眼睛一下子亮了：“我喜欢兔子！”然后她想着弟弟都送她帽子了，她要送弟弟什么呢？

皱着小眉头，瑷瑷想了一会儿：“弟弟，我也送你礼物。”

就在这时，另外三组嘉宾也带着孩子来了。

两个男孩，一个女孩，加上小魔王跟瑷瑷，一共是三个小男孩，两个小女孩。

他们的年纪都是四五岁，小魔王三岁倒是最小的。

大家简单地做了自我介绍之后，导演就宣布今天的拍摄正式开始。

第一就是要选房子。

其他几个小朋友之前都一起拍过，所以都认识，倒是显得小魔王有点儿格格不入。

不过瑷瑷特别喜欢小魔王的脸，所以一直跟在小魔王身边，跟他说话。

房子是按照好坏分配的，导演在镜头前将所有的写着什么样子的房子卡片打乱，然后让几个孩子挑选，免得被人误会有黑幕。

孩子挑选，其间发生的事情，都是无法预料的。

导演说："因为殷亭礼小朋友年纪最小，而且他是新来的，所以我们让殷亭礼小朋友先选好不好？"

他这话问的是其他小朋友。

瑷瑷第一个赞同，其他小朋友也点头。

本来事态发展都是往好的方向发展的，然而万万没想到——

当所有小朋友都抽完之后，最后抽的另一个小姑娘甜甜哭着闹着要小魔王手里的那张。

其他人怎么都哄不好。

小魔王看着她哭得凄惨又——丑，小眼神带着点嫌弃，将手里的卡片塞给她："给你，别哭了。"然后迅速离远了，生怕她的眼泪鼻涕喷到自己身上。

其他人：小小年纪就这么绅士，傅老师教的真好。

尤其是甜甜妈妈心情就很复杂，然后又很羡慕，为啥别人家的孩子都这么乖巧。

就自家孩子，天天闹腾！每次上热搜都是因为闹脾气。

虽然也火了，也拥有不少粉丝，但是哭包这个标签是甩不掉了。

旁人看不出来，傅幼笙如何看不出来，自家儿子这是觉得太吵闹了。

当大家拿着各自的房卡去找房子的时候。

傅幼笙牵着自家儿子，听到儿子幽幽地问："妈妈，我们真的是来度假的吗？"

本来以为离开爸爸，他就可以跟妈妈一起过二人世界了，没想到居然还有这么多爱哭的小鬼头。

傅幼笙轻咳一声，毕竟还有镜头拍摄："宝宝你看环境不好吗？还能跟妈妈一起住，不开心？"

想到这里，小魔王觉得最高兴："没有爸爸抢妈妈，开心。"

噗……

跟拍摄像忍不住晃了晃镜头，有被笑到。

原来殷大佬平时在家里是这么不受儿子待见的啊。

争宠什么的，妈耶，好想看。

傅幼笙轻咳一声，看了眼摄像机，和跟拍导演商量："这段能删掉吗？"

跟拍导演礼貌一笑："不太……能。"

傅幼笙："……"

傅幼笙牵着儿子的手，对他语重心长地说："妈妈努力过了，要是等播出被你爸爸看到这段，你就自己受罚吧。"

小魔王："……"妈妈坑我！

抵达住处后，小魔王本来没什么精神的漂亮小脸蛋忽然震惊了一下："哇……

"妈妈，这个住的地方好酷啊！"

第 三 十 三 章

宠妈狂魔

/

XINTIAO
BU
TINGHUA

这是一栋树屋。

坐落在两棵繁茂的树之间，树干两侧都有藤蔓编成的梯子，需要爬上去。

树屋是木质的，像极了两棵树枝自然成长的样子，绿色的枝叶点缀着有点儿深沉的树屋颜色，有点儿像童话故事里童话人物住的地方。

傅幼笙也没想到，这样古朴的村落，居然有这样一栋树屋。

然而童话毕竟是童话，改变不了树屋很小却又很高，并不适合人居住的现实!

小魔王还仰着头，一副没有见过世面的小样子："妈妈，好酷！我们真的要住在这里吗?

"太好玩了，哈哈哈。

"妈妈帮我拍照，我要给爸爸看！"

傅幼笙现在头疼要怎么带他上去，并且确定他不会掉下来。

"让摄影师叔叔给你拍，妈妈找导演有点儿事。"说着，傅幼笙非常放心地把自家儿子交给了跟拍摄影师，自己带着另外一个摄影师去找导演。

小魔王倒是不怕生，因为妈妈说等会儿就回来的。

而且一想到自己会住进这个屋子里，小魔王满心满肺都想着要跟自家老父亲炫耀。

等傅幼笙离开之后，小魔王很有礼貌地问跟拍导演："阿姨，请问能把我的平板电脑拿来用一下吗，我就跟爸爸说说话。”

原本不到时间联系工具是不能给嘉宾用的。

但是，跟拍导演听到小魔王说要跟殷总说话，顿时眼睛都亮了，这可是好的剪辑资源啊，就算不能用在正片，也可以用在花絮跟宣传片上。

不单单是他们，全网的粉丝们大概都对小魔王跟殷总平时的相处方式好奇吧。

今天他们去接傅幼笙跟小魔王的时候，并没有碰到殷总。

可惜没有拍到，现在好不容易有了互动，绝对不能错过，尤其还是嘉宾自己提出来的。

跟拍导演："给给给，你要什么都给你！"

说着，她便让工作人员快速将小魔王的平板电脑拿过来。

"是这个吗，你会用吗？"工作人员看着比小魔王脸要大得多的平板电脑，问道，"需要帮忙吗？"

小魔王对着人笑："谢谢叔叔，我自己可以。"说着，便将平板电脑解锁，轻轻松松拨通了自家老父亲的视频。

他虽然个子不高，但是力气还挺大的，举着平板也不觉得吃力。

很快，镜头便拍到小魔王平板电脑里出现殷总那张俊美如斯的面庞。

小魔王一看到自家爸爸，顿时笑眯眯："爸爸，下午好。"

跟拍导演：还挺有礼貌。

下一秒，便看到小魔王往后面退了好几步，离得远了，便能看到树屋的全景。

小魔王："爸爸，我跟妈妈今晚要住在这里了哦，你自己一个人要在家里乖乖的。

"这里是不是很酷。

"哎呀，爸爸一个人要当留守老人啦，好惨呢。

"但是就算自己一个人在家里，爸爸也要在门禁之前回家，不然妈妈会生气哒。"

镜头捕捉到这段视频的时候，导演看到后，差点儿没把刚喝进嘴里的水喷出来。

这真是亲儿子啊！

可想而知，当观众们看到这段，会是怎么样的激动爆笑。

导演已经想好要怎么剪辑了。

这段简直就是意想不到的惊喜。

傅幼笙自然不知道自家儿子故意给他爸打电话炫耀，跟导演确定好了树屋的安全性之后，便离开了。

而此时的小魔王已经跟殷墨要结束炫耀，殷墨听到自家儿子那不加掩饰的小得意，慢条斯理地说："照顾好你妈妈。"等回来再收拾你这个小东西。

小魔王傲娇："那当然，我一定会照顾好妈妈的。爸爸也要乖乖的，爸爸拜拜。"

远远的，小魔王眼睛很精地就看到了自家仙女妈妈的身影，挂断了视频还给工作人员。

"谢谢叔叔，我用完了。"

他们习惯了小魔王从始至终说话就清晰，逻辑明确，完全没有察觉到有什么不对。

直到一群孩子聚在一起的时候，他们才发现，傅女神家的儿子年纪最小，却比那几个四五岁的逻辑都要清晰。

就算是几个孩子一块儿参加各种任务，小魔王都是最先明白的那个。

当然，这是后话了。

现在小魔王只是一个迫不及待期待新鲜事物的宝宝。

傅幼笙等着下面做好安全的防护措施之后，才带着小魔王上去。

树屋距离地面大概一米五的高度，成年人不小心摔下来都会受伤，更何况是孩子。

不过进去树屋之后，傅幼笙看着里面跟正常的屋子没什么太大的区别，而且很有森系的感觉，打开窗户，就能看到外面远山近水，缥缈云层，峰顶皑皑白雪，非常的静谧美好。

只要关上房门，别打开的话，便不会有任何的危险。

傅幼笙轻轻地松了一口气："可以开窗户，但是不能开门，知道吗？"

"摔下去会疼的。"傅幼笙指着门口和窗户跟儿子说道。

小魔王点点头："妈妈我知道了。"

"嗯，真乖。"

这个时候，跟拍导演说："傅老师，您可以跟小宝贝一起午睡一会儿，两个小时后才会集合。"

毕竟有宝宝在，节目组还是很有人性的。

傅幼笙跟小魔王没有午睡的习惯，都非常有精神。

她有点儿好奇："其他嘉宾选择的也是这样的房子吗？"

跟拍导演忽然露出迷之笑容："不，您的这栋是最特别的。"

小魔王歪着头："啊，那我们之前抽到的那个是怎么样的？"

跟拍导演笑得更神秘了："集合的时候，你就知道了。"不单单小魔王好奇心上来了，就连傅幼笙都有好奇心了，然而跟拍导演这个关子没有卖太久。

因为下一秒，远远地传来小姑娘号啕大哭的声音："我不要，我不要！"

傅幼笙跟自家儿子对视一眼，然后心有余悸地拍了拍小心脏：这嗓门太大了，幸好住得还挺远的。

正是那个换走小魔王卡片的小姑娘。

嗯……哭得这么惨，应该不是房子太好吧？

傅幼笙与自家儿子齐刷刷看向跟拍导演。

跟拍导演尴尬一笑："没错，之前小魔王抽中的正是本期最差的茅草屋。"

噗——

傅幼笙捏了一下自家儿子的小手手："你这是什么运气。"

小魔王很无辜，甩锅："可能我像爸爸吧，把所有的运气都用来遇见妈妈了。"

噗！

在场的工作人员都忍不住笑了。

这是什么来自儿子的甜言蜜语啊！

可见殷总在家里没少说这样的话。

傅幼笙无奈："以后还是少跟奶奶看电视剧。"在这件事情上，傅幼笙跟殷墨达成了完全的一致。

下午四点，傅幼笙终于接到了第一张任务卡。

妈妈要单独给孩子做一顿晚餐，然后宝宝要说"好吃，最爱妈妈做的饭"才算任务完成。

孩子们的任务，就是去领食材。

别看任务简单，但是对于四五岁的小孩子而言，并不简单。

毕竟领取食材的地点，是需要他们跟挖宝藏一样，去一个节目组设计的小型迷宫里寻找。

傅幼笙倒是不担心自家儿子，她想了想说："如果食材很多样的话，你就找自己喜欢吃的。"

小魔王点点头："妈妈，我知道了。"

其他妈妈也在嘱咐自家孩子。

当要出发的时候，又有孩子开始哭了，主要是那个爱哭的小姑娘甜甜。

今天大概是受到了天大的挫折跟委屈，甜甜完全不想要离开妈妈。

但是任务就是任务。

甜甜指着小魔王："我想要这个小哥哥牵着我。"

瑷瑷不乐意了："不行，小魔王要牵着我的。"

几个小孩里面年纪最大的小男孩主动牵起甜甜的手："我牵你。"

甜甜又委屈地哭了，她想要小魔王牵。

小魔王悠悠地说："我还小，牵不动你的。"

瑷瑷立刻开口："没错，小魔王还是个宝宝呢，你比小魔王大，我们都要保护他。"

甜甜懵懵懂懂："是这样吗？"

瑷瑷："是的，所以你别哭了，我们去做任务吧。"

小魔王："嗯，你是姐姐，要给我做榜样的。"

甜甜捏了捏小手："嗯嗯嗯。"

"我们走吧！"

然后甜甜就活力十足地让最大的小男孩牵着走了。

本来一群妈妈和工作人员很担心今天这任务完成不了，万万没想到，小魔王一句"我还小"解决了问题。

大家看着孩子们离开的背影，忽然忍不住笑了。

孩子们的世界，可真单纯啊。

大家聊了一会儿天，然后便各自回各自的房子做饭了。

傅幼笙爬树的时候，后面跟拍导演感叹："女神不愧是女神，爬树的样子都这么美。

"傅老师，您真放心小魔王自己去拿食材啊？"

傅幼笙进屋之后，便很淡定地躺在床上看剧本。

她完全不担心等会儿要是小魔王没把食材拿回来她要怎么做饭。

其他妈妈已经开始做两手准备了。

傅幼笙抬了抬眼皮，似乎有点儿惊讶："拿个食材不是很简单的事情吗？"这有什么好担心的。

镜头里，傅幼笙的惊讶很自然，确实是真的觉得这是一件很简单的事情，丝毫不担心儿子拿回来不能做的东西。

跟拍导演提醒："小魔王才三岁……"

三岁的孩子，会懂什么是食材吗？别全都拿了调味蔬菜。

例如上次节目，甜甜就拿了姜、香菜两样菜回去。

甜甜妈妈还是带着她去蹭了隔壁瑷瑷妈妈的饭才算是完事，当然，任务也是没完成，可谓是很惨了。

听到跟拍导演提起来之前发生的那些故事，傅幼笙很认真地问："这不是节目效果吗？"

她不太相信，一个四岁的孩子，居然不认识菜！

小魔王两岁的时候，就知道自己喜欢吃什么了。

傅幼笙忽然开始困扰，万一其他宝宝都不认识，小魔王全都认识怎么办？

是不是会显得其他宝宝不够聪明？

看着傅女神终于开始忧心忡忡，跟拍导演觉得女神终于像是一个正常的妈妈了。

孩子出去做任务，妈妈在家里怎么能不忧心忡忡呢。

她自然没想到，傅幼笙烦恼的点跟她想的完全不是一回事。

任务点。

小魔王每经过一个宝箱，都会认真地挑选妈妈喜欢吃的菜。

他一边挑选，一边小声念叨："妈妈喜欢吃山药排骨，嗯，山药要一个，小排骨也要一份。

"妈妈喜欢吃糖醋鱼，还有玉米。

"妈妈不喜欢吃青菜，但是爸爸说要营养均衡，不能挑食，也要一份。"

他戴着耳麦，这些话全部都录进去了。

相较于其他小朋友的混乱不知道选什么，小魔王每次遇到宝箱里的各种菜色，都格外有逻辑。

那就是——

妈妈喜欢什么拿什么，不一会儿，他背在身后的小篮子已经装得差不多了。

小魔王还拿下来数一数。

三菜一汤，够了。

工作人员问他："这些就可以了吗？"

小魔王点点头："嗯，我跟妈妈吃够了，不能浪费粮食。"

可把工作人员们感动坏了。

妈呀，这是什么小天使儿子。

选菜选的全都是妈妈喜欢的，还知道营养均衡，不能让妈妈挑食，这也就算了！

重点是——人家还知道不能浪费粮食。

这是三岁的崽崽吗？这是小天使下凡吧！

小魔王自己弄完了之后，刚准备往外走，余光不小心瞥到甜甜篮子里面的菜。

他沉默两秒，然后说："你不再选一些了吗？"

甜甜抱着篮子，有点儿苦恼："啊？再多我就拿不动了。"

小魔王提醒道："你拿的这些都没办法做菜的，还是换一下吧。"

甜甜很任性："我不，我就要这些！我喜欢这个！"

小魔王也不是什么圣母性格，只是来之前奶奶说过，遇到能帮忙的事情，是可以帮忙的，这样会让观众更喜欢他妈妈。

一切都是为了自家妈妈。

虽然傅竻笙立志要将儿子培养成一个小甜豆，但是奈何小魔王智商太高，过于早熟，再者性格其实有点儿像殷墨，对于无关紧要的人，无关紧要的事，他是不会去管的。

时间非常宝贵，不能浪费在无关紧要的人与事情上面。

尤其是，小魔王从小被树立起时间是很重要的概念。

因此，在劝说过后，他便非常果断地走人了，并没有打算继续哄孩子，他还是个宝宝呢。

甜甜看着小魔王离开的背影，放声大哭，小魔王不为所动。

两个五岁的大孩子头疼地看着离开的小魔王和原地抱着香菜大哭的甜甜。

当哥哥真的好难啊，他们也想要跟小魔王一样，甩手就走。

谁让他小呢！

瑷瑷作为唯二的女孩，还是留下来哄了甜甜的。

另外两个男孩就跑去找小魔王，有个小男孩追上之后问他："你为什么要把甜甜弄哭？你弄哭的你要负责。"

小魔王抬了一下眼皮子，理直气壮地说："我不负责。"

小男孩："为什么？"

小魔王："因为我还是个宝宝。你见过小孩子去哄大孩子吗？"

因为小魔王的老成样子，总让人忘记他才三岁，是最小的。

听到小魔王的话，小男孩真的认真思考起来，好像都是大孩子哄小孩子，例如他是哥哥，要哄着所有的弟弟妹妹，没毛病。

小魔王最小，确实是需要被哄的。

小男孩主动帮小魔王拿篮子："我知道了。对不起，是我误会你了。"

小魔王很认真地接受了道歉："没关系，知错就改还是好孩子。"

小男孩提着重重的篮子，总觉得哪里有点儿不对劲，跟拍导演跟摄像师们差点儿没忍住笑出声。

小魔王真的太机灵了。

人家来找茬儿的，他却把人忽悠着给他帮忙。这崽崽的脑子到底是什么做的，太聪明了吧！

傅幼笙站在树屋前面，远远地便看到自家儿子，后面跟着两个比他高半个头的孩子一块儿走来。

她有点儿蒙，这是怎么样的一个画面。

当然，摄影师也拍摄到了这个画面，后期配了字幕：小魔王和他的两位帅保镖。

这张截图，直接成了当月最火表情包。

傅幼笙也是事后看节目才想起来，这个画面为什么那么奇怪了。

因为两个小男孩都穿了可爱的黑色衣服，站在小魔王两边，真的很像是保镖。

当然，这是后话了。

现在傅幼笙只是好奇自家儿子是怎么跟其他小朋友玩在一起的。

之前他们走的时候，两个小男孩对他还有点儿敌意呢。

毕竟小魔王作为一个新来的小朋友，一来就受到了两个小女孩的强烈喜欢，自然其他两个小男孩就会有敌意。

小朋友的世界很单纯的，感觉自己的好朋友被抢走了，自然会不高兴。

"妈妈！"小魔王一看到傅幼笙之后，眼睛立刻亮了，精致的五官洋溢着明显的愉悦。

"我选的全都是妈妈喜欢的菜哦！"小魔王习惯性地跟自家妈妈表现自己做的事情。

"两位小哥哥帮你送回来，你有没有谢谢他们？"傅幼笙才知道两个小男孩是为了给小魔王抬篮子才过来的。

小男孩们看着傅幼笙那张漂亮面庞上带着的笑容，忍不住脸红了："不用客气，是我们应该做的。”说着，便放下篮子就一溜烟跑远了。

傅幼笙看着他们跑开的身影，唇角弯弯：“都是可爱的小宝宝。”

下一秒就听到自家儿子酸不溜秋的声音：“妈妈，你的宝宝不可爱吗，为什么要看别人的宝宝？”

傅幼笙忍不住弹了一下自家儿子的小脑袋：“小醋精。”

“我不是妈妈唯一的宝宝吗？”小魔王追根究底。

他本来以为甩掉爸爸之后，他就是妈妈唯一的宝宝了，没想到妈妈居然喜欢上了别人家的宝宝！

是他不够可爱，不够好看，不够懂事吗？

小魔王委屈巴巴。

要是这样的话，他还不如不甩掉爸爸呢！

他宁可让妈妈喜欢爸爸，也不要妈妈喜欢别人家的宝宝。

傅幼笙听到自家儿子那小调调：“好了，你是妈妈唯一的宝宝。让妈妈看看宝宝给妈妈选了什么好东西。”

说着，她便牵着儿子的手，一块儿爬上楼梯，回他们的房子。

在傅幼笙的要求下，藤蔓编织的梯子已经换成了简易楼梯，节目组什么材料都有，只是要看嘉宾的笑话。

踩着楼梯上树屋，虽然看起来没有之前那么像童话世界的样子，却也方便孩子上上下下了。

这样小魔王出去的时候，傅幼笙不担心他掉下去。

傅幼笙看着自家儿子选择的菜样，旁边镜头也推了过来。

跟随在傅幼笙身边的跟拍导演有点儿惊讶。

这真是小魔王自己选择的吗？实在是太全面了吧。

而且等到傅幼笙分出类别来，他们才发现，这是完整的三菜一汤，一样都不多，一样都不少。

重点是荤素搭配，营养也很全面。

大家诧异地看向小魔王，却见小魔王跟傅幼笙都是见怪不怪的样子，仿佛并不觉得这是一件多么令人惊奇的事情。

傅幼笙不惊讶自家儿子能带回来这些东西。

她只是担心自家儿子太过于出挑，比那些四五岁的孩子还要做得更好，到时候让人以为这是节目安排的就不好了。

她的目的是让儿子真实的脾性稍微展露一点儿，摆脱那个暴力打架的性格，却没要毁掉这个节目。

本来这个节目就是以真实、真人，而不是作秀火遍全网的。

要是被人误会他们有黑幕就不好了，所以傅幼笙不经意扫了眼镜头，问道：“你选了这么多东西，其他小朋友还有吗？别仗着自己年纪小，就让大家让着你。”

小魔王眨了眨眼睛，很淡定地回答：“还有呀。还有很多很多呢，我只选择了妈妈喜欢吃的几样而已。其他小朋友想要的，我都没有拿哦。”

傅幼笙点点头：“真乖。”

小魔王忽然皱了皱眉头，有点儿不解：“可是他们想要拿的东西好奇怪……”

傅幼笙一边处理食材，一边问：“怎么了？”

小魔王：“甜甜拿了好多香菜回去。她妈妈那么喜欢吃香菜吗？香菜是调味品吗？”

傅幼笙：“……”她倒是忍住了，摄影师没忍住，让镜头晃了一下。

小魔王没注意到，只是叹息一声：“难怪外公说，人类是一种复杂的生物呢。我还小，没见过什么世面。”

噗！

这下真的没忍住，其他工作人员们笑出声。

这是哪里来的小可爱！

本来傅幼笙上过节目，大家以为她不会做饭，没想到亲眼看见了她行云流水的下厨动作，顿时震惊了。

跟拍导演：“傅老师，听说您不会做饭，这是有了宝宝之后，才学的吗？”

傅幼笙随意看了眼摄像头：“一直都会。”

跟拍导演：“那之前您跟先生参加综艺，为什么都是您先生做饭？”

小魔王举爪爪，这题他会：“因为只有爸爸出差回来才配吃妈妈做的菜。”

这个配字，真的是非常的灵魂了。

傅幼笙笑眯眯看着自家儿子：“宝宝，你完蛋了，等播放的时候，你爸爸看到了……”

幸灾乐祸的老母亲。

小魔王眼睛圆溜溜地瞪起来，立刻转身跟摄影师卖萌：“叔叔，你能不能把这段删掉？不要让我爸爸看到。”

摄影师叔叔笑得灿烂，然后在小魔王期待的眼神中，摇头："应该不可以。"

这段绝对是精彩的画面，怎么能删掉呢？

涨工资就靠这段了！

哈哈哈哈哈。

小魔王真的太能给他们提供素材了。

这些都要播出去！

就算电视上没法播全，网播也要把完整版放上去！太精彩了！

然而还有更精彩的。

母子两个吃饭的时候，小魔王一本正经地给自家老母亲夹了一筷子青菜："妈妈，要注意营养均衡。"

傅幼笙一脸生无可恋，她以为离开殷墨的眼皮子，就能脱离吃青菜的噩梦。

万万没想到还要被儿子强行——营养均衡。

重点是，还要给儿子做榜样。

小魔王看着妈妈那表情："妈妈不能挑食。"

此时，正在外面看着好几台监控画面的总导演原地狂笑出声。

几台画面上，全都是母子母女吃饭的画面。

其他的画面是：宝宝吃青菜，不能挑食。

唯独傅幼笙他们家的画面是：妈妈吃青菜，不能挑食！

总导演：哈哈哈哈哈哈哈！

不行了，这段绝对要剪辑下来当宣传。

副导演在一边说："这下好了，全世界的粉丝，都知道光鲜亮丽的傅女神挑食。"

总导演："傅女神大概万万没想到，自己参加这个节目，'毁'了自己的形象。"

副导演："不过，殷小公子的形象，倒是让人眼前一亮，肯定能火。"

总导演："好好剪辑。"

为期两天的拍摄终于结束。

傅幼笙她们母子两个是作为特殊嘉宾来参加的，这是他们拍摄的第一期也是最后一期。

离开的时候，几个小朋友都舍不得小魔王。

尤其是知道他只来一期之后，每个小朋友都送了他礼物。

傅幼笙看着自家儿子满载而归，揉着他的脑袋感叹：“你比妈妈还要受欢迎了呀崽崽。”

小魔王寒假还没有结束，直接跟着傅幼笙的飞机去影视城。

傅幼笙要去拍戏，没时间送小魔王回家了，想着也舍不得儿子，便直接带儿子去影视城住几天，等殷墨有空过去接他。

此时母子两个在飞机上看着礼物。

小魔王有点儿苦恼，看着那个被甜甜吃过的巨大棒棒糖，洁癖犯了，但是这礼物还是人家珍惜的宝贝，送给他了，又不能丢掉。

小魔王就很头疼，脑海中浮现出甜甜吃棒棒糖时候的画面，小表情有点儿扭曲：“妈妈，要不转送给你吧。”

小魔王认真地说：“还是妈妈受欢迎更好。”他宁可不要这样的受欢迎！

傅幼笙被自家儿子逗笑了。

母子两个都没想到，她们一下飞机，上闻亭来接她们的保姆车的时候，里面居然坐着一个熟悉到不能再熟悉的男人。

“爸爸！”小魔王率先爬上车。

傅幼笙桃花眸颤了一下。

谁？

车厢内光线黯淡，傅幼笙与男人那双幽邃眼眸对上的时候，却清晰地看到他的眼底笑意。

“幼幼。”

明明才几天没有见面，傅幼笙却觉得想他想得紧了，直接越过自家儿子，扑进男人怀里。

小魔王被挤到了一边，表情无奈地看着抱在一块儿的父母，然后想了想，自己跟妈妈单独在一起好几天，爸爸想妈妈了也正常。

那暂时把妈妈让给爸爸一会儿吧！

于是他探过身子，看着坐在前面的闻亭跟温秘书：“温叔叔，麻烦你把行李箱拿上来吧。”

温秘书已经准备下车了，听到小魔王细心的话后，心中感叹小公子真是越来越懂事了。

温秘书：“好。”

倒是闻亭，见小魔王被他无良父母忽略，主动问道：“拍摄辛苦吗，有没有遇到什么好玩的事情？”

小魔王一听到闻亭问他这几天发生的事情，立刻来了兴致。

在闻亭朝他伸手的时候，他也主动爬到了前排，去跟闻亭坐一排，把最后排让给了自家两个小别胜新婚的爸爸妈妈。

殷墨看着儿子这么识趣，觉得他做的混账事儿倒是可以容后再教训。

现在还是太太更重要。

傅幼笙见殷墨看儿子，有点儿吃醋，但是怕儿子听到，她在殷墨耳边小声说：“你想我，还是想儿子？”

她就在他怀里，为什么要看小魔王！

跟儿子吃醋这件事情，也就傅幼笙这个无良的妈妈干得出来。

殷墨却被傅幼笙这样吃醋的小调调给取悦：“当然是想你。那个小浑蛋，可以在外面多住几天。”

他略一沉吟：“不然让温秘书先送他回北城。”

殷墨说出来这样的话，自然也是能做得出来的，所以傅幼笙一点儿都不怀疑他能做出提前把儿子送回去的决定。

虽然吃醋，但儿子也是亲的。

傅幼笙抿了抿小嘴：“其实你想一下儿子也行，但是必须要更想我。”

“你想我吗？”殷墨掌心覆在她的脸颊上，直接亲了上去，也不等傅幼笙的回答。

“呜……”还有儿子，还有那么多人呢！

虽然保姆车很宽敞，他们也在最后排，但是还是很容易被发现的。

殷墨之前可不会当众做出这种事情，傅幼笙现在相信殷墨是格外想念她了。

殷墨抵着她的润泽漂亮的唇瓣，亲了许久，才略略平复一点儿思念，直接将挂在后排的帘子拉了一下。

这里是傅幼笙原本更换衣服的地方，有帘子遮挡，非常方便，当然现在也是方便了殷墨。

乍一听帘子合上的声音，小魔王下意识地就要往后面看。

“咦……”没等他转过身，就被闻亭手疾眼快地捂住了眼睛，“大人办事，小孩不能看。”

小魔王：“……”

闻亭捂住他的眼睛后，才发现自己多此一举了。

因为后面帘子都拉上了，他肯定也看不到。

于是闻亭松开小魔王的眼睛，只是越发用力地抱着他，以免他挣脱跑去后面打扰人家小夫妻。

为避免听到什么不和谐的声音，闻亭让司机打开音乐，而且音乐声开得还挺大。

小魔王更无语了。

闻亭问他：“想听什么歌？

“黑猫警长？小青龙？还是喜羊羊与灰太狼？”

小魔王觉得他幼稚，但是聪慧的他也明白，闻叔叔是不想让他看到爸妈亲亲。

见小魔王没说话，闻亭略松一口气，以为他还挺喜欢听现在播放的儿童歌曲。

谁知，没几秒，小魔王忽然开口：“闻叔叔，我知道爸爸妈妈在亲亲……你不用把我抱这么紧，我不会去打扰的。”快要把他肚皮都勒青了。

闻亭：尴尬……

他下意识松了松紧紧攥着他的手臂，咳嗽了一声：“对不起啊，是叔叔太用力了。”

这时，外面的温秘书也已经把行李箱都放上来，然后上车，发现车上气氛特别奇怪。

他眼尖地看到拉上的后排帘子，面色平静地在前排坐下，对司机说：“开车吧。”

闻亭佩服地看了眼温秘书。

真不愧是殷总身边的首席秘书，瞧瞧这泰山崩于前而色不变的气度。

此时帘子内。

傅幼笙跟殷墨能清晰地听到他们的对话。

尤其是小魔王的话。

本来躺在后排看着殷墨的傅幼笙，忽然无声地笑。

她桃花眸弯弯的样子，格外勾人心弦。

殷墨被她勾得喉结微微滚动，原本只是单纯的亲吻也有点儿变了意思。

当然，他也不会真的在众目睽睽之下为所欲为，尤其是自家儿子还在场的情况下。

他看着傅幼笙笑得很灿烂，薄唇覆在她细白柔软的耳朵上，轻轻咬了一口，压着嗓子说：“这么好笑？”

傅幼笙被酥酥麻麻的感觉给击中："别。"

他抱着傅幼笙纤细馥郁的身子，重重地呼吸了一下："你就是老天爷派来折腾我的。"

傅幼笙轻哼了一声。

夫妻两个倒是恢复了单纯地搂着聊天。

傅幼笙说起这几天小魔王发生的事情，说他表现得很好，等播出之后，所有关于他的负面消息应该都会消失了。

毕竟，谁都舍不得诋毁小魔王这样的宝宝吧？

傅幼笙觉得一定不是自己亲妈眼，加了超厚滤镜，觉得自己儿子就是最好的，而是自家宝宝本来就是全天下最可爱的小天使。

此时，车子也已经在剧组旁边的酒店门口停下，小魔王幽怨地看着自家父母。

"爸爸妈妈你们终于聊完了。"

殷墨下车时，亲自将他抱下来，然后一块儿去酒店，语调平静地说："上次你跟我开视频……"

小魔王下意识看了眼自家妈妈，看见妈妈好奇的眼神，小魔王瞬间反应过来，就要捂住自家爸爸的嘴："我不是，我没有，爸爸冤枉我！"

"再说一遍？

"嗯？"

殷墨云淡风轻地开口，小魔王叹唧唧："我只是单纯地想念爸爸了呢。"

单纯地想念爸爸？

殷墨看着他那灵动活泼的眼睛，一个字都不信。

看着他们父子两个较量，傅幼笙忍不住抿着唇瓣笑。

殷墨也没有陪傅幼笙多长时间，不过三天，便带着小魔王一块儿回北城。

一开始傅幼笙还有点儿不习惯父子两个离开，但很快就把所有身心投入到拍戏之中，没有心思去想那对父子。

亲子综艺节目在两个星期后预告播出。

当观众们看到节目官博发出来傅幼笙和小魔王的花絮之后，整个微博都要炸了。

小魔王好可爱好可爱好可爱。

小魔王是全天下最漂亮乖巧可爱的宝宝，大家都没有意见吧。

呜呜呜，好乖啊，好萌啊，这是什么小甜豆儿子。

看看别人家的儿子，再看看我们家的熊孩子，真是心脏都要气炸了！

这么乖巧的宝宝为什么要取个小魔王的名字，难道是物极必反？

哈哈哈哈，哄妈妈吃饭那段真的笑死我了，你们看傅女神的表情，好好笑。

之前那些诋毁小魔王的人呢，快出来挨打！

赶紧把脸伸过来吧，记得洗干净，我跟小魔王一样——有洁癖！

服了服了，傅女神每次的打脸方式，都让我猝不及防。

粉傅女神还有多少惊喜？

别人家澄清，用嘴澄清，用微博澄清，傅女神直接用事实澄清，难怪能火遍全球。

傅女神继续给我红，红一辈子！

……

之前那些关于小魔王的负面新闻，不攻自破。

更多的是讨论小魔王的颜值、聪慧，以及……他和傅幼笙、殷墨的相处。

傅幼笙也从播出的视频中看到了小魔王偷偷摸摸给殷墨打视频电话炫耀的那一出。

想起来他们父子两个在酒店门口打的哑谜，她忍不住低笑出声。

真是小机灵鬼，也不知道回家之后，被他那个记仇的老父亲欺负成什么样子了。

节目播出之后小魔王也看了。

难得，他是跟自家爸爸一块儿看的。

本来晚上殷墨是只允许他看半小时电视，免得他养成爱看电视的习惯，会伤害眼睛，所以很限制他看电视的时间。

这次因为节目播出，殷墨特意空出两个小时陪儿子。小魔王感觉到自家爸爸存在感很强地在他旁边，有点儿忍不住往旁边挪了一下。

殷墨扫了他一眼，气定神闲地跟着他一块儿挪了一下，直到小魔王差点儿从沙发上摔下去，看得后面的管家都差点儿笑出声。

小公子实在是太可爱了。

管家连忙过去准备把他扶着坐起来，没想到殷墨的动作比管家更要快一步，直接拎着小魔王的后领，把他拎了回来。

“坐好。”

小魔王哭唧唧：“爸爸，我们看综艺节目，能吃点零食吗？”他瞟了一下茶几上放着的零食。

殷墨笑了笑。

听到爸爸的笑声，小魔王觉得有戏，眼睛亮亮的：“爸爸？”

下一秒，殷墨磁性低沉的嗓音响起：“不行。”

“七点半了。”超过七点半，不给他吃零食。

小魔王：“……”

他颓靡了，等会儿看他跟妈妈一块儿参演的节目，都感觉不到快乐了。

他到底什么时候才能实现零食自由啊！

看着他可怜巴巴的小模样，殷墨侧眸看向管家：“给他准备水果。”

小魔王瞬间又恢复精神：“爸爸，你真是最好的爸爸。”

“最好的爸爸”微微一笑：“只能吃一小碗。”

小魔王小脸垮了一下，但他还是很容易哄的，有的吃就不错。

前脚刚说“最好的爸爸”，后脚傅幼笙视频打过来的时候，小魔王告状一点儿都没手软：“妈妈，爸爸不给我吃东西，我好饿，呜呜呜。”

第三十四章

我还是宝宝呢

/

XINTIAO
BU
TINGHUA

看着自家儿子理直气壮地告状，殷墨捏了一下他的小脸蛋。

“再说一遍。”

小魔王假哭上瘾：“呜呜，妈妈，爸爸还打我！

“妈妈你什么时候回来，爸爸总是欺负我。”

就算被捏着小脸蛋，告状也得跟上。

知道儿子是想念自己了，傅幼笙看着他们父子两个互动，忍不住眼眸弯弯。

漂亮的桃花眸满是笑意，故意逗他：“哦，妈妈怎么没有看到爸爸欺负你，是不是你欺负爸爸了？”

小魔王眼泪汪汪的大眼睛满是惊愕：“妈妈你为什么不相信你的宝宝？

“难道我不是妈妈最爱的宝宝了吗？

“宝宝的心好疼。”

傅幼笙也跟着捂着心脏：“爸爸才是妈妈最爱的大宝宝，你这个小宝宝天天欺负妈妈的大宝宝，妈妈也心疼了。”

什么大宝宝小宝宝的，殷墨看着他们娘俩耍宝，弹了一下儿子的脑门：“跟你妈妈拼演技，等你长大一点儿再说。”

小魔王眼底的水色顿时消散，不再演戏了，小大人似的叹口气：“这次是我输了。”

傅幼笙笑眯眯，也收敛了心疼的情绪：“你何时赢过？”

小魔王:“妈妈果然不爱宝宝了。”

傅幼笙立刻哄他:“妈妈最爱宝宝了，给宝宝准备了礼物，明天就送到家里了，记得去取。”

果然，小魔王还是很好哄的。

这不是就被哄好了?

殷墨看了眼广告结束还在继续播出的综艺节目:“不看节目了?”

小魔王这才看了眼电视，刚好是妈妈出现的画面:“哇，妈妈好漂亮。”

“嗯，你妈妈最漂亮。”殷墨扫了一眼，赞同。

刚才还争宠，现在倒是达成一致。

傅幼笙看着父子两个相似的眉眼，忍不住笑:“等下个月我就回家了，到时候让你们俩天天对着仙女，能不能多吃一碗饭?”

小魔王率先表态:“对着仙女妈妈，我能吃好几碗。”

殷墨捏了一下他肚子上的肉肉:“都这么胖了，少吃点儿。”

“爸爸真的欺负我了!”

这次傅幼笙看到了:“别欺负我们家宝宝。”

殷墨答应:“好。”但是揉自家儿子肚子上的小肉肉的手可是没有松开。

小魔王觉得自己被侮辱了!

爸爸这是在侮辱他的肉肉。

他要减肥!

当然，小魔王的减肥事业并没有进行下去，因为第二天他看到餐桌上摆放着一叠叠精致早餐，全都是他喜欢吃的，瞬间将减肥这件事抛之脑后。

殷墨问他:“不是要减肥吗?”

小魔王一本正经地用儿童筷子夹了水晶蒸饺，咬了一口:“我是个宝宝，要长身体呢。”

旁边几个用人被小公子逗笑了。

殷墨思考了两秒，将他吃早餐的画面拍摄了一个视频发给傅幼笙。

傅幼笙看着自家儿子吃得香甜，忍俊不禁，加上导演提起让她发条微博，宣传一下节目。

傅幼笙想了一下，便将殷墨发过来的这条视频剪辑了一下，然后发到微博上。

这是她第一次发关于儿子的微博。

傅幼笙V:小吃货说的减肥?视频。

视频中，除了小魔王自己吃饭的画面，还有两段对话。

第一句是低沉磁性的男人声音："还吃，不减肥了？"

然后是小魔王奶声奶气的声音："爸爸，我还是宝宝呢，怎么能减肥？你已经养不起宝宝了吗？"

男人不紧不慢的声音响起："养不起，吃太多。"

小魔王假哭："呜呜，那我少吃一个。"说着他忍痛把自己碗里的一个水晶煎饺夹了过去。

视频到此为止。

短短几秒钟的一条微博，不出一小时评论转发量就破了十几万，点赞几乎破百万。

傅幼笙看着自己微博攀升的热度，眼底划过一抹笑意。

嗯，有热度就好，有热度她这个节目才没有白上。

只是有热度还不够。

傅幼笙化妆的时候，闻亭亲自过来："昨天节目播出，收视率破纪录了，网播量也破亿，已经很久没有这么快破亿的综艺节目了。"

尤其是在收视率还特别高的情况下。

"今天热度也很高。现在大家提起小魔王，完全不会再想到之前打人的事件。小魔王懂事乖巧可爱颜值超高，已经深入人心。"说到小魔王乖巧懂事的时候，闻亭也忍不住憋笑。

不得不说，小魔王拍摄节目的时候表现得非常不错。

别人不了解小魔王，闻亭却还是有点儿了解的。他看过完整版的节目录制视频，有好几次小魔王都要被那个孩子闹得不耐烦了，但还是忍住了。

"小小年纪，演技不错。有没有让他往娱乐圈发展的想法？他一定是最优秀的演员。"

搞不好还能成为史上年纪最小的影帝。

傅幼笙想到自家儿子那个小魔王，漂亮的唇瓣含着笑意："等他长大吧！如果他喜欢拍戏的话，我不会阻拦。"

想必殷墨也不会。

就算不亲自管理家里产业也没关系，现在有最优秀的经理人，只需要他空闲的时候做个决策就行。

所以如果他真的有进入演艺圈的想法，他们做父母的不会阻拦。

不过，现在看来，他只是觉得演戏好玩，喜欢用演戏来逗弄人，并不是真的喜欢演戏。

闻亭见傅幼笙没有打算让小魔王当童星的意思就没再说话。

虽然他游说过很多次，每次都会被小魔王的演技惊艳，从而再继续问，可惜傅幼笙每次的答案都是这样。

闻亭决定下次见到小魔王，要亲自问问他。

不然这么好的一个演艺界的苗子不拍戏，实在是演艺界的一大损失。

但很快，闻亭就知道，小魔王如果演戏的话，是其他界的损失。

毕竟智商一百六以上的天才，如果单纯当一个演员的话，才是真正的损失。

虽然粉丝们都喜欢小魔王在综艺节目里面的表现，但是很快，如同傅幼笙所料的那样，大家开始质疑节目组是收了殷墨的好处，小魔王的剪辑一定是有剧本的。

不然一个三岁的孩子，怎么可能比四五岁的孩子还要口齿清晰，并且他们去山上摘果子的时候，小魔王居然能算得出来他们五个人合起来的捡的野果子数量。

这可不是简单的数数，更不是几加几，而是两位数之间的加减法。

合起来都三位数了！

一个三岁的孩子，有的孩子连数数都只能数到十吧？还不一定能数准确了。

小魔王都能算数了。这是什么智商？

节目组一定是出现问题了！

这一段其实并没有放入正片，只是粉丝们强烈要求节目官博多放一点儿关于小魔王的片段，节目组才放出来的。

万万没想到居然引起了轩然大波。

这是翻车了？

节目组居然会犯这种错误，说好的最厉害的真人秀导演呢。

哈哈哈哈哈，我就说一个三岁小孩在节目里怎么能表现得那么懂事，原来都是演戏。别的不说，小小年纪，演技倒是不错，完全让人看不出是假的来。

不知道重拍了多少次吧。

我就想知道节目组收了多少钱

只是综艺效果而已，大家干吗真情实感。

诋毁一个孩子，没必要吧？

对啊，而且小魔王那么可爱懂事，不像是演戏吧，再说了一个孩子怎么可能会演戏。

说起来你们可真矛盾，说小魔王三岁小孩不会表现得那么懂事，又说三岁小孩演技厉害，自己打嘴巴。

噗，小魔王还需要演戏吗？

就小魔王那张脸，他什么都不做，就站在那里我都能看两小时不眨眼！

对啊，就冲着那张盛世美颜，只要他不杀人放火违法犯罪，我什么都愿意奉上。

你们都是蠢货，还不允许人家小魔王好看又天才？

天才是少，但是你们别忘了小魔王是谁的孩子。劝你们去打听一下殷总与傅女神从小到大的履历，这两位可是从小优秀到大的。

没错，父母那么优秀，儿子继承他们两个优秀的基因，别说只是几个算数而已，就算你们说小魔王能跳级上小学我都觉得正常！

……

网上一片混乱。

节目播出之后，小魔王还是迅速积累了一大群妈妈粉奶奶粉，再加上傅幼笙原本的粉丝，以及她跟殷墨的情侣粉，这是一股强大的力量。

很快就把那些说小魔王不好的言论给压了下去。

不过大家虽然都在帮小魔王说话，但也不太相信小魔王有这么样的智商。

殷夫人永远都在八卦第一线，尤其是彻底退休之后。

她怎么能允许这些人这么污蔑自家小孙孙？

于是没等胜景和傅幼笙工作室处理，殷夫人直接在自己微博上贴出来一张智商测试结果，IQ级别最高。

是有权威认证的那种。

她直接微博说：

二位数的加减法算什么，我们家宝宝玩数独比成年人都厉害。

殷夫人因为之前打入了傅幼笙粉丝团，所以她的微博是认证过的，也有很多傅幼笙的粉丝跟营销号关注她。

这个微博一出来，便重新引爆网络。

这还真是天才宝宝？国际官方认证的？

殷夫人看到网友留言。

还回复他们：

本来我们家宝宝是想要低调一点儿的，但是低调归低调，决不允许有人污蔑。

女神婆婆真棒！

酷啊！

小魔王是什么神仙宝宝？

长得漂亮还是天才，家世还这么优越，这要是长大了，绝对又是迷死万千少女的贵公子啊。

趁着小魔王还没长大，我预定一个老婆位置行吗？

呸呸呸，你这年纪，我们家老公能看上你吗？

羞耻哦，你们看我就不惦记老婆之位，我只想加快生个女儿！

女婿等我！婆婆给你生媳妇儿去了！

这还没长大呢，就一群人开始喊老公喊女婿了。

这一场闹剧，就此落下帷幕。

本来大家以为还能经常看到小魔王，却没想到，从那天开始，再也没有听到过这位天才宝宝的任何消息。

如果不是网上那些没有被删除的消息与综艺节目，他们真的以为小魔王横空出世，只是他们的一场梦境呢。

小魔王后来被保护得很好。前几年粉丝们还会在傅幼笙他们微博下面闹着要看小魔王的照片，要知道他的近况，后来许久没有消息，他们逐渐忘记了这件事。

正值小魔王开学运动会，一家三口齐聚幼儿园。

亲子运动会这天，虽然是春寒料峭的季节，但天气极好。

太阳也是暖融融的。

大家都已经脱去了厚重的冬衣，换成了稍微轻薄的春天的衣物。

傅幼笙穿了一件军绿色的短款工装外套，下面配了很酷的靴子，与自家儿子穿的是亲子装，母子两个一块儿出现在幼儿园的时候，简直是一道亮丽的风景线。

至于殷墨，亲子装自然没有他的份。

他像是个保镖一样，站在母子两个身后。

小魔王牵着自家妈妈的手，一路上遇到很多小朋友，他挨个介绍，不厌其烦："这是我妈妈。

"我妈妈是最漂亮的仙女妈妈。"

如果别人家的妈妈被儿子这么夸奖，大概会羞耻，但是傅幼笙毫无羞耻感，她觉得儿子说得特别对。

长得漂亮自然是有自信的。

很多家长都认出来傅幼笙跟殷墨。他们也是看了综艺节目才知道，自家孩子的同学殷亭礼小朋友的父母居然是一线女明星傅幼笙跟商界大佬殷墨。

有些聪明的家长立刻联想到汪天云的离开，顿时有点儿忌惮。

不过孩子们想的自然没有那么多，依旧是嘻嘻哈哈打打闹闹。

等运动会开始的时候，大家换成了统一的运动服，这都是学校提前准备好的。

毕竟是贵族学校，准备的运动服都是找设计师精心设计过的，非常好看，尤其是穿在傅幼笙跟殷墨身上。

其他家长看着这两位穿着同样白色的运动服出现的时候，总觉得有点儿羞愧。

给自家孩子丢脸了。

小朋友们看到傅幼笙，跟小魔王说："我相信你了，你妈妈确实是全天下最漂亮的妈妈。"

比他妈妈漂亮一点点吧，就一点点而已。

小魔王理直气壮："那当然，我从来不骗人。"

这个时候，有个小女孩奶呼呼的说："殷亭礼，你爸爸也好帅，比我爸爸帅。"

小魔王这下就很谦虚："还行吧……"

噗！傅幼笙把小魔王跟其他小朋友们的聊天听到耳朵里，忍不住笑出声。

她扯了扯殷墨的衣袖，示意他低下头，然后在他耳边说："你儿子真谦虚。"

殷墨无奈地看着母子两个："只要他不说我配不上他的仙女妈妈，我都能忍着不揍他。"

小魔王正跟小朋友们说这话呢，忽然感觉到后背凉飕飕的，下意识仰头看过去，就对上了自家老父亲似笑非笑的眼神。

小魔王眼珠子一转，求生欲很强："虽然我爸爸很帅，但是爸爸是我妈妈的，你们少看几眼，不然妈妈会吃醋。"

不得不说，小魔王很会揣摩他爸爸的心思，这句话顿时取悦了殷墨。

看着傅幼笙终于耳朵上染上一点儿绯色，殷墨含笑在她耳边低声说："看着他这么诚实的份上，不揍了。"

傅幼笙捏紧小拳头，下一秒，弹了一下自家儿子的小脑门："我想揍他。"

"哇唔，妈妈，运动会要开始了！"

小魔王一把抱住自家妈妈的手臂，拖着她就往运动场上跑。

毕竟只是幼儿园的运动会，所有项目基本上都是家长参加。

至于孩子们……

傅幼笙跟殷墨两人三足的时候，看着自家儿子站在场外欢呼："爸爸妈妈加油！

"冠军不重要。

"就算你们输了，也是我最骄傲的爸爸妈妈！"

"你儿子这油嘴滑舌跟谁学的？"傅幼笙瞥了殷墨一眼。

殷墨目光落在她红润的小嘴上，不疾不徐："像……你。"

"今晚你睡书房吧，殷先生。"傅幼笙面无表情，然后继续说，"等会儿不要给我拖后腿，拿不到第一多没有面子。"

殷墨答应："是。"

至于睡书房？不可能的。

夫妻两个说话声音很小，倒是只有他们自己能听到。

不过旁边的夫妻看到他们两个这么自然的亲密，那个妻子忍不住羡慕说："傅女神您跟殷先生真的好恩爱！

"好羡慕你们。"

傅幼笙一听她的称呼，绝对是老粉丝了："谢谢。"

看着她娇小的身影和她身旁那个满身腱子肉的高大男人，傅幼笙眨了眨眼睛："你们也很般配。"

这大概是夫妻反差萌？很有意思的一对夫妻。

后来傅幼笙才知道，他们的孩子是殷亭礼前座的一个小男孩，此时正站在殷亭礼旁边，跟他一块儿喊加油。

小男孩跟殷亭礼年纪一样大，已经比他高出来半个头。

可想而知这完全是遗传了他爸爸的基因。

看着小男孩萌哒哒的小脸蛋，想到他以后也是将近两米高，满身腱子肉，傅幼笙忍不住睫毛轻颤了一下。

忽然很有画面感了。

以后要是他还跟自家儿子是小伙伴的话，会不会跟拎小鸡仔儿似的把自家儿子拎起来？

傅幼笙曾经听自家儿子提起过这个小伙伴，没想到儿子交小伙伴的口味这么——嗯，复杂。

毕竟，能入殷亭礼眼的小朋友，傅幼笙其实很少见到，也就大院那几个。

上了幼儿园之后，也很少提起跟他关系好的小朋友，这个爸爸一身腱子肉的小朋友丘丘倒是听他提起过几次，所以傅幼笙才会格外注意。

等老师一吹口哨喊开始，傅幼笙清晰地看到旁边那对夫妻，吧唧一下，原地摔倒。

"……"

可见身高差在两人三足这种运动项目中，还是很重要的。

毕竟一个腿长，一个腿短，就很难达成一致。

傅幼笙本身在女生群里，算是个子高的，尤其是她身材比例好，腿长。

问题是——

殷墨身材比例也很好，腿比她的更长！

于是两个人只能靠默契了，万万没想到，他们两个默契居然还真的不错。

最起码与其他夫妻相比，算是好的，拿到了两人三足第一名。

小魔王率先冲过来："爸爸妈妈好棒啊！"

领奖的时候，有老师帮他们拍照。

傅幼笙看着儿子虽然满脸汗珠，但是笑得格外灿烂的表情，也跟着露出大大的笑容。

场下其他人被惊艳到了，尤其是几个小朋友，声音格外大。

"殷亭礼的妈妈好漂亮，我也要殷亭礼的妈妈当我妈妈。"

"我也要，我也要！"

“我也要！”

没等傅幼笙下台，就被一群小朋友围住了。

傅幼笙哭笑不得，这大概是她面对的年龄最小的一群颜值粉吧？最后傅幼笙跟他们一群小朋友一块儿合了照，才挣脱热情的束缚。

小魔王吃醋，紧紧抱着自家妈妈的脖子，生怕被抢走：“是我一个人的妈妈。”

傅幼笙拍了一下他的小屁股：“可以了。你要把你一个人的妈妈勒死吗？”

小魔王：“那我舍不得。”然后顺势从傅幼笙后背上滑下来，动作格外灵活。

傅幼笙被殷墨扶了一下，才没有腿软：“这个小浑蛋。”

看着儿子跑远的身影，傅幼笙忍不住吐槽了一句。

傅幼笙活动了一下腰肢：“好久没有运动了，忽然运动，关节都酸了。”

殷墨揉了揉她纤细的肩膀：“嗯，回家我给你按摩一下。”

傅幼笙抬眸看他，悠悠地说：“殷先生，我可没忘记，你今晚是要睡书房的。”

殷墨：“……”

这一局，失败。

他微微一笑：“没关系，我帮你按摩完了，再去书房睡。”真的是很委曲求全了。

运动会继续。

一开始很多人不太敢跟他们搭话，毕竟人家圈层实在太高，即便能来这所学校的学生家长都不是什么普通人，但能搭得上殷墨那个圈层的，少之又少。

就算有，这样的亲子运动会，他们也不会亲自来。

大概能像傅幼笙和殷墨这样的愿意参加孩子幼儿园活动的家长，都不会是同个圈子的。

他们不会在这种小活动上消耗时间与精力。

有人喊他们：“殷亭礼爸爸妈妈，接力赛要开始了。”

傅幼笙听到这个称呼，还觉得挺有意思。

她一边拉着殷墨过去，一边说：“你说以后大家提到我们的时候，就不会说这是女演员、影后傅幼笙，也不会说是胜景资本的殷总，而是……这是殷亭礼的爸爸妈妈？”

“求之不得。”

儿子如果能超越他们的成就，让世人只认他，而他们成了儿子的附属，这说明他们教得好。

青出于蓝而胜于蓝。

若是以后殷亭礼被人提起来的时候，大家指着他说，这是傅幼笙的儿子或者殷墨的儿子，倒是不美了。

殷墨宁可让人提到自己时，说他是殷亭礼的爸爸。

傅幼笙明白殷墨的意思，夫妻两个相视一笑，心照不宣。

这幅画面，被到处拍照的老师，无意中定格下来。

此后多年，一直保存在相册里。

亲子运动会结束当天晚上，殷墨果然允诺给傅幼笙按摩，按得傅幼笙舒服得不行。

“殷总学习能力真不错，按摩技术真是与日精进。”

殷墨看着躺在床上那只穿了纤薄吊带睡裙的身躯，乌黑发丝柔顺的散落在枕头上，露出一片雪白的后颈。

男人眼睑低垂，挡住了眸底幽暗的颜色，嗓音亦是平静：“殷太太若是喜欢，可以每日都按摩。

“舒经活络。”

本来傅幼笙是很享受的，但是逐渐感觉到她肩颈上的那只温热大掌游走的位置开始不对劲。

她一把攥住了男人的手腕：“你往哪儿按呢？”

“按摩，当然是要全身按。”殷墨说得冠冕堂皇，“殷太太脑子里装的什么？”

傅幼笙：“……”

嘿，他还倒打一耙！

却见殷墨还真是正儿八经地按摩，最后回到她的肩颈。

傅幼笙逐渐放松了警惕，以为他今天真的良心发现，只是单纯地给她按摩。

空气安静，为避免人胡思乱想，傅幼笙主动提起话题：“今天看到小魔王幼儿园里，那些小姑娘好软好萌。

“扎着小辫子，真是可可爱爱。”

殷墨注意力已经渐渐不在她的话题上，随意应付：“嗯，你也可以给你儿子扎。”

傅幼笙每意识到身后男人深沉幽暗的眼神，轻叹一声：“扎什么小辫子，他现在可机灵了，别说扎小辫子，穿小裙子都不行，说这是女孩子穿的。啧，小小年纪，就知道分辨性别了。”

现在的孩子真早熟！

傅幼笙已经忘了生孩子的痛，眨了眨眼睛，忽然说：“你说，我们要不要生个女儿玩？”

殷墨：“不怕疼了？”

傅幼笙：“无痛分娩，对孩子毫无影响！”

殷墨见她要转过身来说话，忽然，大掌抵住了傅幼笙纤细的后颈，将她重新按回了枕头上。

第二天一早醒来。

傅幼笙想到昨晚的事情，差点儿没气得吐血。

居然骗她！说好的生孩子呢？

傅幼笙觉得那种关键时候，殷墨居然都能守住，这是到底有多不想要二胎。

偏偏他还一本正经地胡说八道，骗谁呢？

小魔王看着自家妈妈紧绷的脸色，觉得肯定是被爸爸气的，他偏头笑眯眯地朝着他爸爸眨眼睛。

殷墨瞥了眼这个小机灵鬼，小魔王接触到自家爸爸的眼神，然后悄悄伸出两根手指。

殷墨点头，小魔王立刻凑过去问：“妈妈，是爸爸昨晚惹你生气了吗？哎，爸爸怎么能惹仙女妈妈不高兴呢？不高兴仙女也会长皱纹哒。”

傅幼笙没有注意到他们父子俩的眉眼官司，问小魔王：“如果妈妈生爸爸气，你站哪边？”

小魔王：“……”

这可真是送命题。

一边是亲爱的仙女妈妈，一边是爸爸许诺的两个心爱的栗子蛋糕。

傅幼笙也是没想到，自家儿子居然犹豫了！

她微微眯着眼睛：“嗯，站哪边？”

小魔王对手指，指着空旷的客厅位置：“我站旁边行吗？”

噗——

没等傅幼笙反应过来，端着早餐过来的用人们纷纷被小公子逗笑了。

幸而所有早餐都是盖在托盘里的，不然他们这么一笑，今天的早餐大概就要推迟了。

傅幼笙本来被殷墨气到，此时听到自家儿子那软萌萌的声音，想要绷住脸，又没忍住。

她用力捏了一下儿子的小脸蛋："说好的妈妈的贴心小棉袄呢，现在成你爸爸的小马甲了？"

小魔王见妈妈笑了，立刻打蛇随棍上，还说得特别冠冕堂皇："我只是不想爸爸妈妈吵架。"

不知道的还以为这是多么懂事的好孩子呢，可把旁边那些用人们感动坏了。

用人："从来没见过小公子这么懂事的宝宝。"

"又可爱又漂亮又懂事。"

"跟小天使一样。"

"这才是真正的小天使吧。"

听着他们一句接着一句的夸奖，傅幼笙虽然心里还是高兴自家儿子被夸奖的，但还是说："不要这么夸他，他会骄傲的。"

小魔王嘿嘿一笑："不会，我很谦虚的。"

"你这叫谦虚了？"傅幼笙被他逗笑了，脸色倒是好了不少，也若无其事地开始用餐，但是一句话都没有跟殷墨说。

殷墨给自家太太夹了一筷子小菜，傅幼笙抬起眼皮子瞅他一眼，倒是没有重新给他夹回去。

当然也没吃，而是给自家儿子夹了过去："你不是你爸爸的小马甲吗？你爸爸奖励你的。"

小魔王看着绿油油的青菜，再抬头看爸爸一眼，觉得爸爸不是真的想哄好妈妈！

明知道妈妈不爱吃青菜，爸爸还给她夹青菜，作为一个懂事的孩子真的太难了。

小魔王为了两个栗子蛋糕也是拼了："爸爸，妈妈喜欢吃虾饺。"

殷墨面对儿子那双灵动的眼睛，再看自家太太那爱答不理的小模样，顿了顿，还是执起筷子，给傅幼笙夹了一个虾饺："明天起，厨房一周内不要做虾饺了。"

管家："是。"

傅幼笙觉得殷墨这不是来哄她的，是来气她的，就连小魔王都觉得自家爸爸这是在作死啊，这样能哄好妈妈才怪。

殷墨继续：“你们两个，已经连续吃了三天虾饺。不能挑食。”

小魔王真的不想要那两个栗子蛋糕了，他一点儿都不想帮爸爸哄妈妈。

爸爸只会拖后腿!

今天周六，殷墨没有去公司。

一家三口全在家里。

傅幼笙抱着儿子坐在沙发上看电视，她去年拍的电视剧已经开播了。

小魔王看着妈妈在天上飞来飞去，惊呼：“哇哦，妈妈会飞。

“妈妈一拍戏，就会变仙女。”

傅幼笙这部戏是仙侠剧，她扮演的是四海八荒第一神女，看起来自然是仙气飘飘。

小魔王这个没见过世面的小朋友，当然会震惊。

有妈妈这样的仙女老婆，爸爸居然还不好好哄着，还要惹妈妈生气。

小魔王越发觉得自己不能为了两个栗子蛋糕而帮助爸爸，就该让爸爸得到教训才是。

于是趁着妈妈亲自去准备果盘，小魔王蹭到殷墨身边，义正词严：“爸爸，我不跟你同流合污了。”

“同流合污是这么用的？”

殷墨正在看工作汇报，听到儿子的话，抬眸看他一眼。

小魔王对上自家爸爸那双幽深的眼睛，有点儿㞞，但他顽强地挺住了：为了妈妈，不能㞞。

“爸爸，你还是自己去哄妈妈吧，你这样不够用心。”

“有你在，爸爸不好意思。”顺口说完，殷墨忽然若有所思地接着道，“所以才总是出错。”

“啊，因为我？”小魔王眨了眨眼睛，被自家爸爸带到沟里去了，“那怎么办？”

殷墨扫了眼厨房的方向，又看看他，沉吟两秒：“真想帮忙？”

“想。”

小魔王点点头。

虽然他酷爱跟爸爸争宠，但是也不想爸爸妈妈因为吵架而不开心。

十分钟后，傅幼笙端着她拼好的果盘出来时，就看到客厅空无一人了，只有茶几上银白色的笔记本电脑还开着。

“他们人呢？”

傅幼笙下意识问旁边用人。

用人立刻回答：“先生带着小公子出去了。”

“去哪儿了？”

今天不是准备一家人都家里瘫吗？

用人：“好像是小公子想念老太太了，所以先生带他回殷家老宅。”

傅幼笙：“……”

今天早晨儿子还说趁着放假好好陪陪她，怎么突然连说都不说一声就跑去老宅了。

她看了眼空荡荡的沙发，漂亮的眼眸微微眯起来。除了殷墨哄骗了小孩，傅幼笙想不到第二个答案。

将果盘放到餐桌上，傅幼笙上楼换了一身衣服，又简单地化了个妆下来说：“等先生回来，告诉他，我去找小姐妹逛街了，让他没事可以去公司加班。”

管家站在门口说：“给太太备车。”内心却为先生悲哀。

真是白白把小公子送出去了。

傅幼笙约了商太太和几个要好的朋友一块儿逛街。

毕竟都是贵太太，空闲时间还挺多。

况且这几天是商太太的工作室出新款的日子，大家逛了一上午之后，用了个午餐，然后便齐聚在商太太工作室，看新一期的款式。

傅幼笙坐在 VIP 室沙发上，一边懒洋洋地捧着一个马克杯喝咖啡，一边看她们欣赏那些精致的衣服。

这次倒不是那种明显勾人的情趣睡裙，而是……一些角色扮演的衣服。

看起来都很正儿八经的，各种制服应有尽有，也不知道商太太脑子里装了多少设计，居然出了一系列二十多套不重样的。

商太太看傅幼笙兴致缺缺。

她任由其他小姐妹挑选，自己带着几件过来这边：“怎么，这次没有你看上的？

“这件适合你。”

傅幼笙看都没看。

知情识趣的商太太立刻反应过来：“跟殷总吵架了？

“嗯，夫妻吵架很正常，没有什么吵架是来一次解决不了的，如果解决不了，那就再来一次。

“试试？”

见商太太晃着衣服，故意逗自己笑，傅幼笙很给面子：“试试吧。”

“走走走，我帮你。”商太太笑靥如花，“就算不穿给殷总看，咱们穿给自己看也是美美的。”

作为御夫小能手，商太太顺便给予了可靠建议。

傅幼笙竟然觉得，好像商太太说的还挺有道理。

让殷墨只能看不能吃，看他还能不能继续保持他的自制力！

于是傅幼笙一点儿不抵触地跟着商太太一块儿去试衣间。

她想着这件衣服也不是那种暴露的，便也不介意在外面试穿，等到穿上之后，傅幼笙看着镜子里的自己，总算是明白商太太那句话是什么意思了。

看着胸口紧紧绷住的纽扣，傅幼笙皱了皱眉：“尺寸好像有点儿小了。”

商太太给她整理了一下短到大腿还往上好几寸的裙摆，非常满意：“这个尺寸就是按照你的尺寸做的，不小。”

“绷得很紧。”傅幼笙有点儿不好意思。

“这种衣服你不觉得上围尺寸紧一点儿，更诱惑吗？”商太太暗示性地眨眼睛。

傅幼笙：“……”

“你可真是太了解男人了。”

当殷墨让司机送小魔王回老宅后，便准备回别墅。

谁知——

途中看到自家太太坐车飞驰而去。

殷墨：“……”

素来运筹帷幄的男人，头一次觉得失策了，他没想到傅幼笙气性这么大。

用人们已经去了后面楼上，此时别墅只剩下他一人。

殷墨坐在安静的沙发上，揉了揉眉梢复盘昨晚的事情。

最后殷墨终于想起来，是傅幼笙想要生个女儿，然后他……没同意。

真想生女儿了？不是一时兴起？

本来生完小魔王后，殷墨是打算结扎的，但是在傅幼笙的强烈不赞成下，就没有做成这个手术，但基本上每次夫妻生活都是会做措施的。

殷墨不打算让傅幼笙再受一次怀孕辛苦与生产风险，毕竟一个孩子也够了。

后来几年，措施做得好，所以根本不会有什么意外。

殷墨不想因为她一时兴起就要二胎。他怎么能允许她胡闹？

却没想到她会因此而闹小脾气。

晚上九点，傅幼笙在门禁之前准时回家，绝对不给殷墨训斥自己的机会。

一进卧室门，傅幼笙就看到已经躺床上的男人。

难怪刚才楼下除了用人，他不见人影，今天居然这么早就上床。

傅幼笙看了他一眼，没有主动说话。

倒是殷墨："晚餐吃了？"

"吃了。"傅幼笙抬步走向衣帽间，拎着好几个纸袋进去。

看着她推开衣帽间的大门，殷墨思索片刻，若无其事地收回了视线。

衣帽间内，傅幼笙从一个奶白色的纸袋里拿出蓝白色调的水手服。这些都是洗干净消毒烘干的，可以直接穿。

她想了想，把这套水手服卷进了家居服里，然后带进浴室。

于是一小时后，殷墨看到了披散着蓬松卷长发丝，穿着水手服的小美人风情万种地走出浴室，眼底划过一抹惊艳。

傅幼笙看清楚了殷墨的眼神，红唇勾起一个弧度。

刚才进门还清清冷冷的太太大人，此时又娇又软地窝进自己怀里，就连从容不迫如殷总，都有点儿摸不透自家太太的意思了。

怎么想都觉得有诈呢？

傅幼笙细软的手臂勾上去："老公，我美吗？"

殷墨对上她那水润又清澈的眼眸，似乎不含任何杂质，薄唇微微松开："美。"

磁性嗓音染上了几分低沉，刚想要说如果这么想生女儿的话，可以讨论一下。

谁知下一秒，殷墨就被自家太太重重地推到了大床上。

第三十五章

心跳不听话

／

XINTIAO
BU
TINGHUA

宽敞的卧室内，灯光昏黄黯淡，却透着不加掩饰的旖旎风光。

淡淡的香水气味萦绕在偌大的床上。

殷墨甚少用这个角度看自家太太。

傅幼笙仰着头，格外天真地看着他笑得很甜：“殷总，难受吗？”

殷墨微微一笑：“继续……”

莫名的，傅幼笙从殷墨那双漆黑的瞳仁里终于看到了熟悉的黑色火焰。

明白是千钧一发之际了，于是她紧了紧小手，就当殷墨以为她会继续下去的时候，却看到绯色脸蛋的小姑娘，朝着他坏笑一声：“好呀。”

下一秒，傅幼笙迅速跳到床边，完全不管在床上已经睡袍散乱，心跳紊乱的男人，然后迅速逃离现场。

殷墨：“……”

素来淡定的男人，完全没有料到傅幼笙会有这一出！

他以为傅幼笙是为了生二胎，才有了今天这一出。

却没想到砰的一声，房门被毫不留情地关闭，留下躺在床上，胸口起伏不定的男人。

隐约还能听到外面传来傅幼笙的笑声。

殷墨躺在床上，听着她那欢快的笑声，有些无奈。他垂眸看了眼，觉得自己今天这个火被傅幼笙撩拨起来，轻易下不了。

半小时后，殷墨撑着手臂，终于从床上坐了起来。

想到罪魁祸首，殷墨靠坐在床头柜，思索了三分钟，这才将睡袍系好，略略处理了一下睡袍衣摆，尽力挡住，才推门出去。

殷墨一般不喜欢将事情放到第二天处理，能当天解决的，何必要等到明天。

殷墨看着紧闭的客房门，懒洋洋地靠在门边，敲了敲房门。

咚咚咚。

不多不少，三下。

“幼幼。”

傅幼笙已经躺下了，听到外面的敲门声，将自己埋在被子里面，当作没有听到。

傻子才开门。

不用猜都知道，殷墨是要来找她算账的！

殷墨看着安静无声的房门，他早就料到了，随即让管家将备用钥匙拿来。

管家神情复杂。

殷墨接过了钥匙，然后说道：“你们可以下班了。”

管家明白他的意思：“给您和太太预留了宵夜和汤在厨房。那么殷先生，祝您与太太有个美好的夜晚。”

殷墨用备用钥匙打开房门那一瞬间，嗓音徐徐：“借你吉言。”

管家：“……”

管家离开的时候，总觉得这对话不太对。

一般人听到祝您有个美好夜晚这样的话，会回答“借你吉言”？

虽然摸不着头脑，但是管家还是很快清空了别墅里的其他用人。

偌大的别墅，一下子暗了下来。

像是隐藏在夜色中，巨大而凶猛的野兽，安静守候着猎物，然后将它一击即中。

傅幼笙一听到房门被推开的声音，猛地掀开被子。

入目便是慵散含笑的男人，站在门口。

手上还拿着钥匙。

……忘记这个密码锁是有备用钥匙的！

傅幼笙觉得自己失策了！

她看着男人顺手合上房门，慢条斯理地走过来，想到自己刚才作妖，目光连忙落在他穿着睡袍的身上。

整整齐齐的。

她略略松了一口气，看样子是平复下来了。

松口气的同时，傅幼笙又觉得自己的魅力受到了侮辱，她那么卖力的勾引，居然半小时，这个男人就恢复正常了？

傅幼笙看殷墨的眼神逐渐奇怪。

对上自家太太那怪异的目光，殷墨微微眯起眼睛："你在想什么？"

不知道什么时候，殷墨已经走到床边，掌心抵着床头柜，将傅幼笙壁咚在床头上。

就在傅幼笙满眼睛怀疑的时候，殷墨磁性的嗓音在耳边响起来。

男人的声线带着点酥酥的哑意，任何女人听了，都忍不住心尖颤动。

毕竟像是殷墨这样的男人，如果真的想要撩拨一个女人，是不需要费任何力气的。

然而傅幼笙现在无心美男计，满脑子都是殷墨是不是身体出现了问题。

出现问题，怎么生二胎！

傅幼笙从刚才的一脸错愕到一脸气愤，最后变成了忧心忡忡。

殷墨将她的表情收入眼底，刚准备将人一块儿放到床上，处理一下她在主卧留下来的"隐患"。

没等殷墨动手，就听到傅幼笙开口："殷墨，我们不能讳疾忌医。你要是身体不行了，咱们女儿要怎么生？不行，我们现在立刻马上去医院。急诊！"

说着，她就要挣脱殷墨的手臂，去换衣服。

殷墨本来以为傅幼笙是演戏，后来发现她居然是真的担心他的身体。

这是担心他不行？

殷墨眉心轻蹙了一下，到底是怎么样的误会，让她怀疑自己身体不行了？

下一秒，傅幼笙身子陡然僵住。

殷墨挑开她的衣摆，暂时不想聊天："别说话。"

当然，他也不给傅幼笙说话的机会，薄唇便覆了上去。

傅幼笙感觉自己要哭哑嗓子了，浑身像是浸泡在水中，喉咙缺水到最后都哭不出声音来。

可见是真的被教训狠了。

殷墨最后抱着已经昏昏欲睡的傅幼笙回去时，客厅外面，微微泛白的天色已经从窗外照进来，原本浓郁的黑暗，被白昼一点儿一点儿地覆盖。

太阳都升起来了。

傅幼笙抬了抬眼皮子，入目就是略微刺眼的阳光。

“难受……”嗓音带着又软又哑的委屈。

她是真的委屈啊。

“以后不会了。”殷墨安慰道。

然而傅幼笙完全没有被话安慰到，反而觉得他在敷衍。

他的意思是还有下次！

殷墨垂眸看着她，忽然轻笑一声：“只怪殷太太魅力太盛。”

“就算你这么夸奖我……”

傅幼笙话都快要说不出来了，说一句停一句。

本来打算往主卧走的殷墨忽然脚步一顿，转身下楼，因为重心不稳，傅幼笙抱紧了他的脖颈，随即便被男人放到了客厅沙发上。

偌大的欧式客厅，此时空荡荡的，空无一人，微凉的阳光从窗外照进来，傅幼笙的水波眸微微睁大：“殷墨……”

面对着傅幼笙慌张的眼神，殷墨将她放下，转身去了岛台饮水机那边。

傅幼笙看着殷墨熟练地倒水，终于松了口气。

原来是倒水。

她想起平时结束之后，殷墨都会为她留一杯温水在客厅。

今天足足一夜未睡，她感觉自己整个人都要干巴了。

接过殷墨递来的水杯，傅幼笙连温度都没有试，一饮而尽。

“慢点儿，还有。”殷墨看着她急促的动作，又倒了一杯。

入口是适宜的温度，也是她最习惯的温度。

好像几年前，殷墨每次给她倒水，到她入口的时候，都是这样差不多的温度。

之前她觉得殷墨不够爱她，现在从细节上忽然发现，只是殷墨的爱没有那样清晰地表达而已。

处处都是他爱她的痕迹，但他们彼此却都未曾发现。

有时候，好像一杯温水，就让之前的置气烟消云散了。

傅幼笙看着殷墨，朝他伸出手：“困了。”倒是主动求抱抱了。

昨晚最后那两次，她不让殷墨做措施。她当时坚持说：“如果有了，就说明宝宝和他们有缘。”

最后殷墨看着她坚决的眼神，还是从了。

算了，他还是见不得她不开心。

大概是累极了，傅幼笙躺到床上之后，竟然不觉得困，看了眼钟表。

早晨六点。

想到今天周日，殷墨可以不用去公司，傅幼笙偏过头看他："睡不着，我们说说话。"

殷墨本来也没打算睡，上午还有个国际视频会议。

此时听到傅幼笙的话，看着她疲倦却明亮的眼睛，殷墨将被子轻拉上来，慢条斯理地掖了掖："想说什么？"

傅幼笙从被子里钻出来一只小手，拉过殷墨修长的手指，覆盖在自己温暖的小腹上："再生个宝宝给小魔王当伴吧。

"不然等我们百年之后，他自己一个人孤孤单单……"

殷墨明白她的意思，却故意逗他："那个时候，他也有自己的家庭，怎么会是一个人呢？不要担心。"

傅幼笙："……"

她也是没想到，柔情似水差点儿装不下去。

殷墨什么时候可以按常理出牌！

然而为了香香软软的小闺女，傅幼笙闭了闭眼睛，平复一下心情，让自己脑子清醒过来。

她为了让殷墨再次有当慈爱老父亲的感觉，还掀开上衣的衣摆，让殷墨掌心贴着她软软的小肚皮，仿佛里面真的装了个宝宝似的。

她嘴上却说："小魔王那个性子，有哪家姑娘愿意嫁给他？我觉得他未来打光棍的可能性很大。咱们要事先做好两重准备。万一他打光棍了，有了二宝，他也不至于未来成了孤家寡人。你说是吧？一切都是为了孩子。"

内心：亭亭小宝贝你可不要怪妈妈，妈妈都是为了能让你以后有个妹妹可以疼爱陪伴。以后你要是真的找不到媳妇儿，妈妈就算是花几个亿的聘礼也给你娶一个回来！

"……"

听到傅幼笙的话，殷墨难得无言以对。

自家太太为了女儿，真是拼了。

只是……小魔王知道他亲爱的仙女妈妈为了能给他生个妹妹，付出了这么多吗？

连儿子都能"卖"。

最后他把人搂在怀里："睡觉。"俨然是不打算跟她聊天了。

傅幼笙倒是越来越精神，看着近在咫尺的男人胸膛，她戳了一下："干吗不跟我聊天？你是不是厌烦我了？还是在外面有了别的小妖精？”

傅幼笙说到最后这句话的时候，立刻就清醒了，就要探身起来，然而男人手臂力道很紧，完全不给她动弹的机会。

目光落在她透白的小耳朵上，殷墨觉得自己忍不了了，忽然俯身咬了一下：“只有你这个小妖精。要是还不想睡，刚好我还有半小时，够了。”

傅幼笙这下不敢作妖了，老老实实闭上眼睛。

二胎急不来，而且万一这次就有了呢？

傅幼笙算了一下，虽然不是危险期，但是也不是安全期啊。

她这么安慰着自己。

殷墨看着她纤细的背影，心中轻叹。

她那么想再要一个宝宝，其实殷墨是清楚的，可是他还是过不了自己心里那关。

一想到她生产时候的样子，殷墨就不想再经历第二次。

虽然现在孕妇生产的危险性几近于零，但是如果这个概率落在傅幼笙身上，在殷墨心里，危险性是百分之五十的。

他不敢去冒险。

殷墨觉得自己需要思考一下怎么办。

被她按在她小腹上的掌心微微一动，殷墨顺利地将手抽了出来。

之前控制傅幼笙一直用的另外一只手，倒是这只手被她按得一动不能动，此时有点儿麻木了。

见背对着自己的小身影有一瞬间的僵硬，殷墨顿了顿，低声说：“我们再想想。”

然而没等殷墨想好，国外分公司就有紧急事务需要他过去处理。

殷墨只好依依不舍地放下老婆儿子，飞国外处理事务。

等两个月后回来，迎接殷墨的不是自家太太每次亲手做的接风餐。

而是——

一支验孕棒。

傅幼笙坐在沙发上，笑眯眯地看着他：“殷先生，恭喜，你又要当爸爸了。”

简直是当头棒喝。

殷墨觉得自己可能是一天一夜没睡觉，忽然头晕了，第一次当爸爸的时候，都没有现在这么刺激。

这么突然？殷墨原地怔住了。

“喂，你不会是真的被吓到了？”

傅幼笙看到殷墨一动不动，伸出一只小手，在他面前晃动了几下。

下一秒，她便被殷墨握住了手。他的嗓音有点儿干涩：“是那天的吗？”

不管殷墨心里怎么想的，傅幼笙一律当成他第二次当爸爸激动坏了，反正现在肚子里已经揣上了，殷墨说什么都没用。

傅幼笙故意说：“没错，就是这么巧。

“你看二宝多乖多懂事多贴心啊，为了不让爸爸纠结这件事，直接来了。

“等生出来，一定是贴心的小棉袄。

“还是碎花小棉袄。”

不是小魔王那个小马甲。

傅幼笙对女儿执念还挺深，毕竟儿子有了，更希望有个可以扎小辫的女儿。

儿女双全，不是更圆满吗？

“怎么，你不高兴？”见殷墨不说话，傅幼笙说完之后，危险地问了句。

殷墨终于彻底回过神来，亲手扶着她坐下：“没有不高兴，只是太惊喜了。”

听着男人低哑的声线，傅幼笙一点儿都没感觉到他哪里惊喜。

此时客厅里空无一人，傅幼笙勾着他的手指，靠在他肩膀上：“真惊喜？”

殷墨掌心覆在她的小腹上。

因为还没有显怀，小腹依旧平坦柔软，完全想象不到这里又装着一个宝宝。

见他动作温柔，傅幼笙心里憋着的那口气终于松了几分，也不故意气他了，就那么安静柔顺地靠在他怀里。

倒是殷墨：“有没有孕吐？身体有不舒服吗？”

之前怀小魔王的时候，傅幼笙一查出来，就有了孕期反应，而且反应很激烈。

殷墨更担心傅幼笙。

傅幼笙握着他的手：“没事，咱们家二宝很乖的。”

殷墨抱着她，像是跟她说，又像是跟自己说：“这是最后一个了。”

他明天就去结扎。

如今避孕措施齐全而且安全性很高，殷墨当初被傅幼笙阻拦做这个小手术的时候，为了她心情愉快，便听她的话，没有去做手术。

现在看来，只要自家太太作妖，什么措施都不管用。

殷墨真真切切地感受到了，自己的自制力没有想象中的那么好。

殷墨垂眸看着两人交握在她腹部的手，最后他闭了闭眼睛。

大概……还是与这个孩子有缘。

傅幼笙并不知道殷墨已经打算去医院结扎的事情，听到他的话后，老老实实地说："嗯，就一个。就算是儿子，我们也不生下一个了。"

自己生的，就算再来一个儿子，也是他们血脉相连爱的结晶。

足够了。

以后兄弟两个也有个伴。

虽然傅幼笙一方面是想要生个女儿，但其实还有一方面原因确实是想要给小魔王找个伴的。

她跟殷墨都是独生子女，小魔王也没有什么真正亲昵的兄弟姐妹，以后难不成真的成孤家寡人了？

傅幼笙可舍不得。

女人在这方面，总归是心细一点儿。

不过现在宝宝都有了，无论殷墨有什么意见，都只能放弃，好好伺候孕妇才是正经。

本来为了避免夜长梦多，殷墨第二天就要去做小手术的。

只是他回来后，不知道宝宝是不是知道爸爸回来了，可以撒娇了，第二天一早，傅幼笙就开始了这一次的孕吐反应。

并且这次除了孕吐之外，就连口味都非常刁钻。

例如忽然想要吃城北的酸辣粉、黄华大道的甜品、愈河路的麻辣小龙虾。

总之，就是不爱吃家里五星级大厨做的各种精致餐食，吃一口就吐，反而特别喜欢这些小吃。

这也就算了。

她的情绪波动还特别大，一旦没有第一时间吃到这个东西，就会委屈巴巴地哭。

她也不闹腾，就是不声不响地流眼泪。

就是这样，才更让人心疼。

所以殷墨最后还是等她生下孩子，出了月子，又恢复工作去拍戏期间，才有空去做了手术。

当然，这是后话了。

现在就是傅幼笙眼泪汪汪地一边吃酸辣粉，一边说："我真的不想哭的，可是克制不住流眼泪。

"呜呜，这生下来不会是个娇气小哭包吧？"

娇气小哭包女儿。

傅幼笙想想头都大了。

不是有民间传闻，妈妈的孕期反应，一定程度上，会代表肚子里孩子的性格。

所以傅幼笙真的很担心肚子里的宝宝是个小哭包，毕竟她很少会哭，谁知道自己怀了二胎之后，会这么爱哭。

殷墨一边给她擦眼泪，一边哄："你不是想要生个女儿吗？这么娇气，肯定是女儿。"

"是吗？"

要是以前的傅幼笙可能不会这么轻易被糊弄，但是现在的傅幼笙，大概是一孕傻三年，竟然睁着一双懵懂的眼睛问殷墨。

殷墨怕她继续哭，立刻回："是。只有女儿才可以娇气。"

"那万一是个娇气的儿子呢？"傅幼笙想到那个可怕的画面，没等殷墨回答，就自己摇头，"一定、绝对、百分百是个女儿！"

不过这么一吓，她倒是真的不哭了。

儿子一个就够了！

两个万一都是熊孩子，第二个还是小哭包。

傅幼笙想想就觉得头都要炸了。

小哭包女儿还能忍，要是个小哭包儿子——想想长着一个殷墨这样脸蛋的孩子，然后天天哭唧唧的，傅幼笙就忍不住代入殷墨哭唧唧的样子。

忍不住打了个哆嗦。

太吓人了！

幸好傅幼笙运气好，得偿所愿，第二胎是个漂亮的小姑娘，也继承了傅幼笙跟殷墨五官上的所有优点，因为是女孩子，五官甚至比小魔王更要精致几分。

兄妹两个五官倒是像，尤其是一双眼睛，都是随了傅幼笙的桃花眼。

不过随着年龄增长，小魔王已经褪去了奶乎乎的婴儿肥，脸型轮廓更像殷墨的清隽俊朗。

傅幼笙有了上次的经验，这次生产与坐月子都没有之前那么手忙脚乱，稳稳地度过了月子期。

身材比第一胎的时候，恢复得更快更好，短短的时间内，又成了细细的柳腰。

傅幼笙站在镜子前，满意地看着自己此时的身材。

因为她还在哺乳期，所以胸比往常看着要大一些，此时穿着吊带睡裙，还真有种波涛汹涌的视觉效果。

傅幼笙托了一下，感觉好沉，熟悉的感觉传来，这是涨奶了。

殷墨一出浴室，就看到自家太太那皱着眉头站在落地镜前的动作。他抬步走过来："想什么呢？"

傅幼笙看了眼钟表，宝宝估计已经睡着了。她忽然看着殷墨，朝他招招手："殷总，帮个忙吧。"

想到她刚才的动作，殷墨就知道她要自己帮什么忙了。

于是他直接将人揽住，抱到沙发上。

傅幼笙看着他手都要放到自己肩膀上细细的吊带上了，忽然推了他一下："你干吗啊？"

女人声线又甜又软，像极了欲拒还迎的小妖精。

殷墨俯身将她手腕按住，眼眸透着沉沉的暗色："当然是帮忙。"

下一秒，便听到他太太幽幽地说："我是让你帮忙去楼下拿个吸奶器！"

殷总忽然身子顿住了。

他垂眸看到她眼底那不加掩饰的笑意，忽然明白过来，她是故意的。

傅幼笙就是故意的。

夫妻之间，适当的调情有助于夫妻关系和谐。

等殷墨去拿吸奶器回来的时候，还抱着他们家小公主。

傅幼笙入目就看到自家小公主哭唧唧的小脸蛋，伸手将她接过来："不是都睡着了，怎么又哭了？真是小哭包。"

果然，有些民间传闻也不无道理。孕期她那么爱哭，这不就生出来一个小哭包。

这下吸奶器也用不着了。

殷墨坐在傅幼笙身旁，看着她们母女两个，眼眸微微深邃。

倒是没有什么其他想法，毕竟小公主哭得确实很惨。

"可能是饿了。"

卧室隔音很好，还是殷墨路过婴儿房的时候，才听到小公主在哭，而且保姆怎么都哄不好，他才抱过来的。

不然，好不容易太太出了月子，他怎么舍得放弃这大好夜色。

也只有小公主有这个本事。

看着终于不哭了的小公主，夫妻两个同时松了口气。

小公主的名字是殷墨取的，这次他荣获了女儿的取名权。

意浓。

殷意浓。

也是殷墨对傅幼笙的情深意浓。

傅幼笙还嫌弃殷墨这个名字取得不好，以后小公主懂事了明白过来可能会不开心。

但是她却真的挺开心的。

殷墨却说："等她长大了，知道名字是代表爸爸妈妈爱的延续，一定会非常珍惜。"

怎么可能不高兴呢？

傅幼笙看着怀里可可爱爱白白嫩嫩的小女儿，轻轻戳了一下她的小脸蛋。

"浓浓，不许哭了哦。"

嗓子都哑了。

幸好，浓浓小朋友吃饱了之后，闻着妈妈身上熟悉安全的香味，昏昏沉沉地又睡了过去。

傅幼笙给她拍了个奶嗝，才放任她睡去。

殷墨要把她送回去，傅幼笙却直接将小浓浓放到了床上："今晚让她在这里睡吧，免得回去之后又哭。"

到时候保姆不敢吵醒他们，岂不是委屈了小宝贝？

殷墨看了眼睡得香喷喷的小女儿，犹疑两秒："好。"到底也是没舍得。

第二天，傅幼笙慢悠悠地下楼。

今天不是周末，现在已经是早晨七点半，殷墨已经去上班了。

傅幼笙下楼的时候，没想到还能看到自家儿子。

"妈妈，你起来了。"小魔王本来正在看着摇篮里的妹妹，听到声音之后，下意识抬头，非常贴心，"早餐已经准备好了，快点吃吧。"

傅幼笙看着坐在小凳子上的儿子正捧着一个奶瓶喂妹妹，眨了眨眼睛："你今天没有去上学？"一边说，一边走到他们旁边。

儿子倒是有模有样的。

旁边还有保姆用人们看着，傅幼笙不担心。

小魔王将奶瓶交给保姆，哒哒哒跑到妈妈面前："妈妈忘了吗，今天放假。"

傅幼笙还真忘记了："什么假？"

小魔王睁大了眼睛："当然是暑假呀！"

傅幼笙："……"

她不上学了，当然忘记寒暑假是什么时候。

"是妈妈不好，忘记宝宝的假期了，今天妈妈亲自做饼干给你吃好不好？"傅幼笙说道。

小魔王还是很好哄的。爸爸说了，妈妈刚生了妹妹，记性不好，所以他不能生妈妈的气，反而要好好地帮妈妈忙。

妈妈记忆力不好已经很惨了，还要照顾他和妹妹。作为男子汉，他要承担起照顾妈妈跟妹妹的责任。

小魔王觉得自己责任重大，哪有心思耍小孩脾气。

"妈妈快去吃饭吧，我来喂妹妹。"

傅幼笙被儿子推到餐厅。

此时用人已经将她的早餐准备好了。

本来还想要表现自己是一个一视同仁好妈妈的傅幼笙，简直毫无用武之地。

自从二宝出生之后，小魔王非但不吃醋，还特别爱照顾妹妹。

让傅幼笙这个老母亲，总觉得自己是不是已经不是小魔王最心爱的妈妈了，现在有了妹妹，他居然不吃醋？

说好的小醋包呢？面对妹妹的时候，他怎么这么大方？

傅幼笙把儿子叫来："妹妹有陈阿姨照顾。你过来，我问问你。"

小魔王眼睛舍不得离开妹妹，但是妈妈的话不能不听，虽然眼睛老往妹妹那里瞟，但还是听话地走到傅幼笙面前坐下。

"妈妈，有事吗？"

傅幼笙舀了一勺子燕窝粥，抿进嘴里："今天早餐你吃了吗？吃的什么？"

她觉得自己得关心关心儿子，问的全都是琐碎的事情。

然而儿子丝毫不用关心："妈妈，早餐我吃了，吃的三明治跟牛奶，是爸爸做的。妈妈没事了吗，没事我能去看妹妹吗？妹妹看不到我会哭的。"

傅幼笙觉得儿子真是想太多，浓浓那个小崽崽，虽然爱哭，但是喝奶的时候，是绝对不会中途哭的，妥妥的一个小吃货。

这点倒是跟她哥哥有点儿像，然而下一秒傅幼笙就被打脸了。

原本安静喝奶的崽崽忽然开始哭起来，小魔王这下也不管傅幼笙了，直接从椅子上跳下来，直奔客厅摇篮。

傅幼笙也跟着小魔王一块儿过去，没等她走近，自家娇气包女儿的哭声就止住了。

傅幼笙脚步一顿："？"

等她一走近，入目就是自家儿子趴在摇篮上哄妹妹的温馨画面，原本还哭唧唧的小哭包忽然就笑了。

后来傅幼笙又试探了几次，发现小哭包女儿果然是一看到小魔王就不哭了，而且还咯咯笑个不停。

傅幼笙将这个重大发现告诉殷墨。

殷墨的第一反应就是："很好。以后我们出去度假，就可以把他们两个一块儿放到老宅了。"

不用怕女儿哭得凄惨，离不开爸爸妈妈了。

傅幼笙："……"

真是亲爹呢。

打着电话，傅幼笙看着兄妹两个互相傻笑的画面，红唇也忍不住扬起来："确实，真好。"

温暖的阳光从落地窗外照进来，溢满了整个客厅。

兄妹两个沐浴在阳光下，像是镀上了一层浅淡的金光，温暖而神圣。

真好呀。

殷墨为她描述的未来，大概就是现在的画面。

殷意浓小朋友跌跌撞撞的也长大了。

她四岁的时候，小魔王已经快要十岁，已经是个小少年的模样。

而她也越长越漂亮，虽然年龄很小，但是已经初具小美人的模样，五官精致如洋娃娃一样。平时殷夫人带着孙女出去溜达的时候，真的有小朋友会误以为她是洋娃娃。

睫毛又卷又密，鼻子挺俏，小嘴巴也形状完美，皮肤还白嫩嫩的。

起初殷夫人抱着孙女出去溜达的时候，还担心会晒黑这么娇嫩的皮肤，后来出去玩了几次，发现好像晒不黑。

这倒是随了她爸爸的体质。

老宅。

殷老太太的身体越发不行了，如今已经要靠轮椅行走，不过九十三岁也算是高龄了。

她精神倒是还不错，尤其是看到曾孙女的时候。

殷墨与傅幼笙基本上每星期都会带着两个孩子来看老太太一两次，最近这段时间更是隔一天来一次。

有两个孩子欢声笑语，老太太心态也越发的好了。

用过午餐之后，老太太便去睡了，倒是两个崽崽还不困，坐在客厅沙发上摆弄爷爷从国外给他们带来的新玩具。

有小魔王看着妹妹，傅幼笙倒是不担心。

殷夫人问她："最近忙吗？

"听殷墨说，你下个月准备要去国外拍戏了？"

傅幼笙应了声："是有这个打算，还没定下。"

看了眼两个孩子，傅幼笙想着自己一去国外，就没有在国内这么方便了，而且拍摄私密性很强，很有可能三个月到半年时间都不能见他们。

傅幼笙有点儿舍不得。

殷夫人倒不是那种非要儿媳妇在家里当贤妻良母的婆婆。

或许她在有傅幼笙这个儿媳妇之前，是喜欢那种贤妻良母类型的儿媳妇，但是自从知道傅幼笙是自家儿媳妇之后，她就经常泡在网络上，思想其实开阔了许多。

尤其是跟那些网上的年轻粉丝们、年轻孩子们相处之下，她更多地了解了现在年轻人的想法。

他们更多的心思是放在事业上的。

他们有梦想，有独立自由的思维，并不喜欢被圈禁在家庭这一寸之地。

尤其是女性。

既然大家都是女性，又何必要为难女性。

所以，殷夫人并没有让傅幼笙拒绝这个拍摄，反而主动安慰她："没事，你现在还年轻，事业为重。

"两个宝宝不用担心，这不是有我和你爸爸吗？你爸爸现在也不怎么去公司了。

"再者，还有亲家母他们帮忙。

“你呀，就放心地去搞事业。

“最好再得一个奥斯卡女主角！妈妈以后也能出去炫耀我们家儿媳妇是真正的国际大满贯影后。”

奥斯卡影后是所有演员的梦想。

傅幼笙的偶像秦胭脂，拿遍了所有的演技奖项，唯独没有这一项。

傅幼笙知道自家婆婆是开玩笑，不过却也笑出了声：“一定要让您有的炫耀。”

“好啦，压力不要太大。

“尽力就好。”

殷夫人担心自己的话又给儿媳妇什么压力，连忙补充了两句。

毕竟这个影后可不是什么普通影后，拿不到并不是演技的问题，有很多方面的原因。

虽然是国际认可的最权威的奖项，但……不单单演技好就行。

只是没想到这件事倒是被殷夫人一语成谶。

两年后。

当傅幼笙站在这个最权威的国际领奖台上，第一个感谢的就是自家婆婆了。

真是太幸运了。

婆婆这是什么开了光的嘴？

这种意外都能发生。

没错，当傅幼笙捧着小金人的时候，脑海中浮现出来的，就是意外这两个字。

灯光璀璨下，傅幼笙一袭古典风雅的旗袍，面对着下面一群外国长相的演员与业内人士，不骄不躁，微微含笑，用实力诠释了什么叫做东方魅力。

当天晚上，关于傅幼笙一袭旗袍惊艳颁奖典礼的画面就同步传到了国内。

观众们，以及粉丝们，无论是她的粉丝，还是其他明星的粉丝，这一刻，都以这位将旗袍穿上最大领奖台的女性为荣。

傅幼笙这个名字，彻底传遍了大街小巷，热度与知名度堪称空前绝后。

而一结束颁奖典礼，傅幼笙就在现场外面看到了来接她的男人。

被岁月厚待的俊美矜贵的男人身边站着一个越发俊秀的小少年，而怀里抱着一个五官精致如洋娃娃一样的小姑娘。

见她提着裙摆走出来，殷墨将女儿放下来，朝傅幼笙缓缓一笑，伸出了手臂：“幼幼，我们来接你回家了。”

笑意徐徐，一如当年。

傅幼笙感觉到自己的心脏在缓缓跳动，随着距离拉近，心跳越来越快。

直到近得仅剩两三步的距离，她毫不犹豫地飞扑进了他的怀抱。

（正文完）

番外一

沈行舟

/

XINTIAO
BU
TINGHUA

沈行舟从小便生活在严苛的书香世家，世界都是黑白色的。

他前半生里唯一的颜色，大概就是隔壁那个一出生就漂亮极了的小妹妹。

后来，小妹妹长大了。

她会喊爸爸妈妈了。

她会喊哥哥了。

她会走路了。

他去傅家跟着傅老爷子学书法的时候，那个走路还摇摇晃晃的小妹妹，总是喜欢弯着一双水润的眼睛，喊他哥哥，给他吃糖。

虽然沈行舟一点儿都不喜欢吃甜食，但只要是小妹妹给他吃的，他觉得，就算是毒药，他都能面不改色地吃下去。

他完全不忍心看到她小脸蛋上露出失落的表情。

她甜甜的笑容，一直都是沈行舟坚持下去的动力。

本来沈行舟觉得自己作为世家继承人，那样重压的学习是应该的，毕竟父亲也是那样走来的，他为什么不行。

这条路有多累，多难熬，多孤独，沈行舟比谁都清楚，可他却从来没有生出任何想要反叛的心思。

他博学、温和，像是古代的翩翩公子一样，学会了掩盖自己的情绪，仿佛是第二个父亲一样。

直到沈行舟看到小姑娘脸上的笑容越来越少。

那么天真纯粹的小姑娘，正在复制他的人生。

沈行舟终于觉得自己忍不下去了。

他不想让一个小姑娘，最后跟他一样，变成行尸走肉。

所以沈行舟决定反抗，决定挣脱，他要改变自己能够一眼望到底的人生，改变世家错误的刻板规则。

高考的时候，他果断地联系了国外的学校，切断与家族的联系，独身一人出国。

离开那天，他告诉那个小姑娘。

“幼幼，人生是要自己掌控的。”

他知道，那么聪明的小姑娘，一定能明白他的话，也会因他的离开而变化，同样勇敢地挣脱束缚。

他要当幼幼小宝贝永远的榜样呀，不能白白当了她这么多年的哥哥。

果然，等沈行舟十年后回来，就看到了一个全新的，自由的，无拘无束的，明艳不可方物的……她。

那个天真无邪的小姑娘，已经有了爱的人，也在爱人的陪伴下，变得越来越好，越来越开心。

不……不能再称之为小姑娘，更不能称之为小妹妹。

她已经长大了呀。

可在沈行舟心里，幼幼永远是那个幼年拿着一个橘子塞给他，说给哥哥吃的小姑娘。

番外二

秦榛 × 肖沉原

/

XINTIAO
BU
TINGHUA

秦榛从来没想过，自己会跟肖沉原有任何的故事。

可就是在自家闺密婚礼那天，一切都不受控制了。

她感受到肖沉原示好的时候，是在婚礼结束的第二个月。

秦榛跟他参加了同一个宴会。

她被一个投资商袭腿。

秦榛这个暴脾气，刚要泼他一脸时，另一个人比她快了一步，红色的酒水滴滴答答，狼狈地洒到了那个投资商身上。

秦榛下意识看过去，却见肖沉原把玩着一个空荡荡的红酒杯，朝着她笑得风流浪荡。

他英俊的面庞上，透着肆意张扬，还挑衅地看着那个投资商，晃了晃酒杯问他："道歉吗？"

投资商本来要发脾气，但一看到肖沉原，立刻㞞了。

"对不起对不起，我不知道秦小姐是您的女人。"

秦榛皱了皱眉，怎么就成了他的女人了？

"我……"

肖沉原阻止了她。

等投资商离开之后，他才在秦榛耳边低低地解释："这个人是个变态，要是让他知道你跟我没关系的话，会报复到你身上。"

男人低沉的嗓音酥酥麻麻地传递到了秦榛耳边，她忍不住揉了一下敏锐的小耳朵。

她小声嘟囔："说话就说话，离我这么近干吗？"

"是我唐突了。"

肖沉原直起身子，恢复了往日的模样。

那晚，是肖沉原亲自开车送她回家的。

当时车里，他打开手机微信页面，递了过来，含笑说："加个微信好吗？"仿佛笃定她会加。

秦榛其实还挺吃肖沉原的颜值身材的，然而却也知道，不能跟这样的男人玩玩。

会玩翻车。

她看着那屏幕，思考两秒，还是加了。不过是加个微信而已，人家帮了她。

秦榛笑的疏离："那么，今天谢谢肖总了。"

肖沉原："不客气。"

当秦榛以为这就是结束的时候，下一次相见却来得那么猝不及防。

她原本在酒吧跟朋友们喝酒，谁想到，一睁开眼睛，居然发现睡在自己身边的是肖沉原。

她这才想起来，自己昨晚醉得把肖沉原给霸王硬上弓了。

本来她以为这是成熟男女的一夜情，醒来各奔东西。

万万没想到，肖沉原睁开眼睛第一句话就是："对我负责。"

秦榛："……"

负责是不可能的。

秦榛果断选择当一个渣女，坚决不负责。

没想到这个男人穷追不舍。

秦榛很理智，她跟肖沉原可以是情人，但是就是不能正儿八经谈恋爱搞对象。

因为肖沉原这样的家庭，绝对不会允许她这样的人嫁过去。

他们期间分分合合，肖沉原从来没有想过放弃。

答应肖沉原求婚那天，他们站在相遇的海边。

秦榛问他："为什么不放弃？"

足足六年了。

肖沉原想都没想："看到你第一眼，我就知道，你是我想要的。"

不惜付出任何代价，也要得到她。

幸好。

此时她正在自己怀里。

夕阳将他们的身影拉的很长很长，长到仿佛就这么一辈子。

番外三

群 像

／

XINTIAO
BU
TINGHUA

偌大的别墅花园内，孩子们清脆的笑声随风飘散着。

今天是小公主殷意浓小朋友的五岁生日。

现场是傅幼笙亲自带人布置的——洁白的花架上，花团锦簇，整体色系是小姑娘喜欢的那种浅浅的粉色、白色，还有用人在旁边吹着泡泡。

这群小家伙就围着那些彩色的泡泡，到处追着跑，笑声不断。

一群大人倒是悠闲地坐在花架下，正在聊天喝下午茶。

不过大部分都是女士们。

至于男士们，大概是受不了这群孩子的吵吵闹闹，已经进了客厅。

傅幼笙让用人将烤好的甜品放到其他人面前，又亲自给她们倒了花果茶。

“尝尝看，这是我最近从一个化妆师那里拿的花果茶方子，有美容养颜的功效。”

听着傅幼笙的话，秦榛抿了一口：“有点儿酸。

“不过还挺好喝。”

说着，她又喝了一口，觉得开胃，还叉了一块儿甜品吃。

秦榛这几年跟肖沉原分分合合，幸而最后还是有了圆满的结局，如今儿子肖敛已经四岁了。

肖敛的性格跟秦榛和肖沉原都不太像，小小年纪就很沉稳，也只有跟小魔王玩的时候，才会活泼一些。

商太太笑眯眯地问："听说你婆婆又被你气得离家出走了？"

相处了几年，毕竟老公们都是好兄弟，所以她们自然也很熟悉，商太太说话也就没有顾忌太多。

秦榛懒洋洋地撑着下巴："我婆婆三天两头的离家出走。

"这次还真不是我气的，是我公公气的。"

傅幼笙都好奇了："这次是因为什么？"

肖母本来是想要一个大家闺秀、名门出身的儿媳妇，之前都为儿子选好了，偏偏儿子就跟疯了一样，非要娶一个演艺圈的女明星，而且肖母最不喜欢像秦榛这种性格的女孩。

无论是生活方式，还是身份背景，全部都不是她心中儿媳妇的最优选择。

这不是，从结婚前就开始闹腾，一直到秦榛生了孩子，她才消停了点儿。

不过也只是消停了一点点而已。

也就是秦榛这样任何事从来不放在心上的性子，还能跟肖母相处下去。

主要是秦榛跟肖母虽然八字不合，但她经常在外面拍戏，一年到头也见不到肖母几面。

这也是她答应肖沉原的原因。

不然摊上这么一个婆婆，没几天秦榛就想跟肖沉原离婚了。

大概肖沉原也知道自家母亲是什么性子，会尽量避免她们两个单独相处。

不过这次肖母生气，还真的不是秦榛的事。

秦榛眨了眨眼睛，压低了声音："还不是我那个风流公公，据说最近又找了一个年轻小姑娘，都带到家里去了，据说还怀上了；我那公公觉得自己找到真爱了，闹着要离婚。"

"嘶……"商太太直言不讳，"肖老先生真是……老当益壮。"

傅幼笙也深以为然。

要是她没记错的话，肖沉原的父亲肖老先生今年已经六十了。

"然后呢？"

秦榛摊手："然后我老公去调查了一下，发现那孩子并不是我公公的，就把那小姑娘赶出去了。

"我公公当时都哭了。

"特别惨。"

说着，她摇摇头。

当然，更惨的是她婆婆，所以这段时间，秦榛都尽量没有气她。

她离家出走的时候肖沉原在国外出差，还是秦榛亲自把她从酒店接回家的，婆媳关系因此还缓和了许多。

秦榛说完之后，忍不住感叹一声：“同样是浪子回头结婚生子，你公公就老实多了，一直守着你婆婆。

“难怪我婆婆见到殷夫人总是没好气。

“其实她只是太羡慕了而已。”

商太太：“你婆婆也是个可怜人。”

秦榛：“不过她最近有想通的迹象，也算是一件好事吧。”

如果她是自家婆婆的话，早在公公第一次出轨的时候，就直接把人踹了。

出轨跟家暴一样，有第一次就有无数次，所以是不能饶恕的。

倒是傅幼笙见话题沉重了，笑着说：“幸好肖沉原不像肖老先生，专情得很。”

这个秦榛倒是认同的。他要是不专情的话，怎么可能为了她差点儿跟家里决裂。

同时这也打动了她。

不过，未来谁知道呢？

珍惜现在吧。

大家一起看着玩耍的小朋友们，莞尔一笑。

除了他们之外，裴叙、盛占烈他们兄弟几个也全都结婚了，只不过他们的婚姻全都是商业联姻，夫妻关系一般般，这次来殷墨家里参加小公主的生日宴就没带妻子，只带了孩子。

自然，这次是小型的聚会。

晚上，殷家要给小公主举办正式的生日宴会，这宴会邀请的就不单单是他们了，还有生意场上的人。

不过，白天小公主他们玩得很快乐就够了。

殷意浓玩累了，提着公主裙像是花蝴蝶一样，扑向自家妈妈。

傅幼笙看着女儿白嫩漂亮的小脸蛋，用纸巾给她擦了擦汗：“今天高兴吗？”

小公主弯着一双水汪汪的眼睛：“开心。”她还收到了很多礼物。

商太太故意逗她：“你最喜欢哪个哥哥送你的礼物？”

小公主不上当："都喜欢。"只要是大家的心意，她都喜欢。

奶声奶气的小模样，可把商太太萌坏了。

商太太将小公主抱在自己的膝盖上，给她喂了一块儿小饼干："你觉得阿姨家的商临哥哥怎么样，以后要不要给阿姨当儿媳妇？"

小公主现在还小，但也知道儿媳妇是什么意思。

就是像爸爸妈妈一样。

她一本正经地说："商哥哥虽然很好，但浓浓还小，恐怕不能给阿姨当儿媳妇。"

噗。

萌哒哒的声音简直逗笑了在场的大人们。

商临是商琮的二儿子，比小魔王还要大将近两岁，此时已经是少年模样了。

他听着自家母亲逗一个小浓浓，有些无奈。幸好小浓浓聪明，不然今天他们两个就要成了在场这些无良大人们的消遣了。

商太太不认输，哄她说："那等浓浓长大一点儿，再给阿姨当儿媳妇？

"阿姨家里有很多亮晶晶的首饰，以后都给浓浓当聘礼好不好？"

小浓浓随傅幼笙，特别喜欢亮晶晶的漂亮首饰。此时浓浓那一头乌黑柔顺的发丝上，就别着商太太送她的小雏菊钻石发卡。

她格外喜欢商阿姨送的发卡，说到这里，她竟然真的开始认真思考了。

大家都在等着小浓浓的回答。

几秒钟后，小浓浓依旧是摇摇头："阿姨，我现在不能答应您。"

一个漂亮可爱如洋娃娃一样的小姑娘，一本正经说话的样子，真的很让人想要继续逗她。

秦榛已经拿出手机拍摄了。

商太太温柔："能告诉阿姨为什么吗？"

小公主："爸爸说了，我现在还小，要等到二十岁之后，才能知道什么是喜欢，我只能跟喜欢的人结婚。"

当儿媳妇就是要跟商临哥哥结婚，这个逻辑小公主还是明白的。

哇塞！

秦榛都想给殷总比个赞。

优秀啊！殷总真会教孩子。

还二十岁之后才明白什么是喜欢，就差直白地告诉小公主，不能早恋了。

殷总简直是“司马昭之心路人皆知”。

就连傅幼笙也是第一次听到。原来殷老父亲瞒着她给女儿灌输了这么多想法呢。

殷·老父亲·墨：现在孩子早熟，不提前灌输，万一被外面的小浑蛋骗了怎么办？

商临见自家妈妈还要游说小公主，终于忍不住了，上前把小公主抱下来：“妈，你别逗她了，她还小呢。”

商临虽然才十三岁，但抱一个五岁的孩子，还是绰绰有余的。

商太太也不阻拦。

培养感情好啊，她也要跟未来亲家母培养感情。

“笙笙，咱们两家也知根知底，要不让我提前预订一下？

“就提前给我儿子排个队。

“到时候小公主真不喜欢，那说明没缘分。”

秦榛听了，看了眼自家小豆丁儿子，虽然走路还不稳定，但她还是开口了：“笙笙，你不能偏心，我儿子虽然比浓浓小，但万一浓浓以后喜欢小狼狗、小奶狗类型的呢？”

“我们家商临虽然年纪大点，但是大点会疼人。”

“我们家肖敛小归小，但也很疼人。”

“我们家……”

“我们家……”

本来只是这两个人要给她们儿子排队，等晚上晚宴的时候，傅幼笙提前感受了一下老母亲选女婿的场面。

许多圈子里的朋友伙伴，见到浓浓之后，都有意无意地提起娃娃亲。

这都什么时代了！

傅幼笙看着一个个可爱的缩小版未来女婿，陷入了沉默。

幸好殷墨提前给自家女儿灌输了二十岁之后才能谈恋爱的想法，不然她真怕女儿面对这么多缩小版美男诱惑，会抵抗不住。

面对美男考验，小浓浓被自家哥哥牵着，去外面花园抓萤火虫玩了，身后还跟着一群小尾巴。

她也不选，直接一扬手，奶声奶气地说：“大家一起玩。”

傅幼笙靠在殷墨肩膀上，看着这个画面：“你女儿以后不会成海王吧？”

不做选择，全都要？

殷墨被自家太太的话弄得似笑非笑，捏着她的脸，笑着说："要是你女儿有这个本事，咱们家也不是养不起。"

傅幼笙掐他手臂掐回来："你要敢这么纵着她，纵成大魔王，我就跟你没完。"

殷总求生欲很强："不敢。

"以后教育孩子，都听殷太太的。"

傅幼笙哼了声："这还差不多。"

两人依偎着站在落地窗前。

外面萤火虫飞舞，烟花绚烂，孩子们笑容洋溢，他们的嘴角也忍不住勾起同样的浅淡弧度。

愿年年有今日，岁岁有今朝。

愿未来同悲欢，共喜乐，一生顺遂。

番外四

日落浪漫

/

XINTIAO
BU
TINGHUA

九月开学季。

北城的天气依旧闷热，滚滚乌云从天边缓慢移动，昏暗的天色笼罩在整个城市上空。

恰逢放学，校门口喧嚣而热烈，满是青春洋溢的气氛。

直到一个穿着蓝白校服的女孩背着看起来便很沉重的书包，从偌大的校门口慢慢走出来，漂亮小脸上没有丝毫的表情，仿若一尊精致冰冷的瓷娃娃。

她就那么平静又沉闷地穿过人群，即便遇到有人打招呼，也只是唇角微微勾起浅浅弧度，并未到达眼底。

途径一座桥时，傅幼笙忽然停止了脚步。她站在桥边，看着清澈却一眼望不到底的水面，眼眸中透着几分迷茫。

两只小手拽紧了肩膀上的带子，往前走了半步。

就在这时，一只骨节修长的手勾住了她的书包带，稍一用力，她猝不及防倒退两步。

傅幼笙乌黑瞳仁闪烁，大脑瞬间回归现实，下意识扭头望过去，却见黑沉沉的乌云之下，穿着干净白衬衣的少年松开她的书包带，嗓音清冽好听："想不开啊？"

少年个子很高，却已经初具年轻男人清隽的眉眼，正定定地望着她。

路边还停了一辆很嚣张的电光蓝跑车，与他隐隐展露出来的锋芒格外相搭。

傅幼笙仰着头看了他好一会儿，才眨了眨有些酸涩的眼睛，而后轻轻摇了摇头：“听说跳河自杀死相很丑，我不会跳的。”

还是个爱美的小姑娘。殷墨薄唇上扬起弧度，目光落在她宽大校服里被风吹得若隐若现的单薄身影，最后停驻在那一看就很重的书包上。

开学第一天，除了乖乖上课的好学生外，谁还会背着这么多书回家。

见她扭头还打算继续往桥那边看。

乌云之下，女孩身姿纤细羸弱，背影孤寂，仿佛随时都能被风吹进那深不见底的水中。

这样漂亮的小姑娘，就该活在阳光之下，捧在手心里，活得绚烂而璀璨，而不是头顶乌云，脚踏深水，被压得直不起那纤细的脊背。

莫名的，素来不喜欢多管闲事的殷墨，重新朝她伸出那只原本松开书包带的手，白皙掌心朝上，似笑非笑地勾唇：“乖学生，想上我的车吗？”

傅幼笙下意识扭头，背对着沉闷压抑的天空，少年的笑容如刺破黑暗的一道光芒，怔怔地望着往自己面前递了递的那只手。

像是着了魔，从小没有做过任何出格事情的傅幼笙，缓缓地抬起隐隐颤抖着的指尖，放到了那温热的掌心之中。

她仰头望着少年，张了张嘴，好听沙哑的嗓子里溢出一个字：“好。”

单单是这个字，仿佛用尽了平生所有的勇气。

殷墨也没想到这个看起来乖巧的好学生，居然真能跟他这个陌生人走，略略挑眉反握住她的小手：“你不怕我把你拐了？”

傅幼笙紧绷着精致小脸，已经开了他的车门上去：“全球限量跑车，七位数腕表，你拐我打算卖多少钱？够你油钱吗？”

小姑娘系上安全带，依旧是那副乖巧的模样，但思维却极其理智，说明她并不是冲动。

殷墨忍不住勾起笑意，上车后随手揉了揉她的头发：“哥哥带你去好玩的地方，放松放松。”

小姑娘虽然故作大人，但声音依旧带着少女的清甜：“谢谢哥哥。”

傅幼笙本以为开这样跑车的小哥哥带她去的地方应该是酒吧之类，听说喝酒能让人忘记所有烦恼，她还挺想尝试一下的。

从朝着殷墨伸出手的那一刻，傅幼笙脑子里已经将所有会发生的事情过了一遍。

她忽然想要挣脱那种严苛规矩与层层重压，当走出了第一步，后面好像轻松多了。

却没想到，这个看起来很酷的哥哥居然带她来的是——

游乐园?

傅幼笙肩膀上的书包已经被殷墨拿下来，此时一身轻松地站在宛如童话王国般的游乐园门口，马卡龙颜色拼成的“游乐园”三个大字映入眼帘。

“哥哥，怎么是这里？”傅幼笙路上跟殷墨熟悉了不少，知道他大学毕业刚回国，便偶遇她这个像是要跳河的小可怜。

当然，这是殷墨的原话。

殷墨长指勾住她宽松的校服衣领：“不然呢，带着你这个刚上高中的小孩去酒吧喝酒？”

她眼神清澈，让人一眼便能望到底。殷墨自然能看出这小孩脑子里的什么，还想喝酒呢，一看就是从小乖乖在家人管教下长大的小孩，完全没有任何叛逆的经验。

当然，殷墨也并不想把一个好好的小孩教成叛逆少女。

他不过是突然发发善心，免得这小孩真受不了学习重压跳河。毕竟现在新闻上这类学生还真不是个例。

看着傅幼笙白生生的小脸上故作淡定，殷墨忍不住勾唇笑了笑。

这么可爱的小姑娘，真沉尸河里，可惜了。

说话间，殷墨已经带着傅幼笙买票进园。

进去之后，她感觉自己置身于童话世界般，没有了任何烦恼，浑身上下的重压，中考没考好整个暑假被父亲关在祠堂里抄写的阴霾全部散去。

傅幼笙直奔那些刺激项目——过山车，云霄飞车，海盗船，眼睛都亮了。

反倒是原本轻松自在的殷墨，见她小小的人儿不去玩旋转木马，反倒是直奔刺激项目，立刻拉住了她的手腕：“等等，现在天快要黑了，这些项目要停。”

头一次来游乐园的傅幼笙眨了眨眼睛：“这样啊。

“那我们去坐摩天轮吧，我刚才看到有人说今晚的烟花晚会，在摩天轮上能看得最清楚。”

殷墨：“……”

沉默几秒，见她那张在余晖下期待的小脸，殷墨略显沉重地颔首。

直到上了摩天轮，傅幼笙看着夜幕中璀璨绚烂的烟花，檀口微微张着，发出没见过什么世面的感叹：“这样看灯光烟花实在是太美了。”

发现殷墨上来之后就没说过话，傅幼笙扭头看他一眼。

腿长个高的少年坐在有些逼仄的摩天轮内，大长腿有些无处安放，但却依旧坐得端端正正，甚至好像有点儿紧绷。

嗯？

傅幼笙挪到殷墨旁边，碰了碰他的指尖："呲，哥哥你手好冰啊。"

见他目不转睛地看着地面，就是不看外面的烟花灯光，傅幼笙忽然意识到了什么："哥哥，你是不是恐高啊？"

被一个小姑娘用怜悯的眼神看着，殷墨抬起那双深邃清冽的眼眸，认真摇头道："我不恐高。"

手都出冷汗了还逞强。傅幼笙没有故意拆穿这位好心哥哥的自尊心，一本正经地点点头："好，我知道哥哥不恐高，是我恐高，哥哥能握住我的手吗？我有点儿害怕。"

小姑娘刚才还趴在窗户上看烟花，哪里恐高了。

殷墨看着伸到他面前那柔软白嫩的小手，薄唇扯起一个弧度，竟然觉得那眩晕感消失许多，像是一小时前她在桥边握住自己手那样，握住了她的手。

"不是想看烟花吗，我陪你看。"殷墨牵着她的手，走到窗口坐下。

夜幕中，烟花蓦然绽放，流光溢彩，大朵大朵地在黑暗中肆意展示着璀璨美丽。

此时摩天轮已经过去了最高点，傅幼笙小声嘟囔了句："可惜，没有许愿。"

这话殷墨没有听到，侧眸看他："嗯？"

"没什么。"傅幼笙马尾晃了晃，一缕发丝扫在了少年的脸颊上。

殷墨随手抓住了那缕细滑的发梢，隐约还有淡淡的香气飘过。

他的心脏忽然就平静下来，甚至没有意识到，摩天轮已经渐渐下降到底。

这场烟花，傅幼笙觉得自己会一辈子记得，包括那未许完的愿望。

余光不经意看向少年清隽白净的面容时，傅幼笙眼眸低垂想——

今晚这场并不算盛大的烟花，她会永远记得。这个像光一样，从天而降将她从黑暗中拉出来的小哥哥，她亦会永远记得。

唯愿，他们不仅是过客。

番外五

灿烂如朝阳

/

XINTIAO
BU
TINGHUA

傅家老宅是祖辈传下来的，环境清幽古朴，即便重修过无数次，却不显得陈旧，只有世代书香岁月凝结后的底蕴。

偌大的宅邸被丝丝缕缕如雾的雨幕笼罩着，雨滴落在青石台阶上，溅起层层水花，原本古朴的宅邸，此时像极了蛰伏在雨中的凶兽，下一秒便会撕裂猎物的咽喉。

傅幼笙跪在冰冷潮湿的台阶上，雨水顺着她的睫毛一点点滑落至地面，纤细单薄的身影，孤独寂寥。

她脑海中一片空白，只有两小时前的画面——傅家几个长辈冷冷地站在屋檐下望着她说："当演员与逐出傅家，你选择一个。"

她选择了什么呢？

直到一个黑色的大伞挡在她头顶时，傅幼笙怔怔地望着第二次如天神降临一般出现在面前的年轻男人——他早已褪去了初见时的细微稚嫩，越发清隽俊美，成熟从容。

傅幼笙瞬间想了起来……

她当着所有长辈的面，选择义无反顾地脱离这个规矩森严、毫无感情的地方。

殷墨将伞塞到傅幼笙手里，而后弯腰将她从台阶上打横抱起，一句话都没有，带着她稳稳地离开了这个地方。

傅幼笙透过雨伞缝隙，看到那栋住了二十年的宅邸，越来越远，越来越远，仿佛完全脱离她的人生。

她的精神气儿也随着这场绵绵细雨脱离。

别墅内。

傅幼笙紧紧跟在殷墨身后，看着他为她洗手做羹汤，日常问一遍：“哥哥，你会离开我吗？”

殷墨正在煎蛋的手没停，如往常回答：“不会。”

自从那天在桥边捡了这个小姑娘，岁月漫长，他就没打算离开。

垂眸对上小姑娘惶惶不安的眼神，殷墨用筷子点了砂糖在她唇边：“甜吗？”

傅幼笙的细白指尖紧紧攥着男人的衬衣衣摆，舌尖卷了唇边几粒砂糖，淡淡的清甜顿时溢满唇齿，她语调含混不清：“甜。”

殷墨知道她离开傅家之后，情绪一直很不稳定，越发像是小孩子那样依赖他，没有安全感，持续这样下去，很容易真的演变成心理疾病。

所以，殷墨难得耐心，像是哄小孩：“只要糖一直甜，我就一直在你身边。”

随即他看到傅幼笙红唇弯起：“好。”

殷墨的目光落在她明艳动人的面容上，顿了几秒，才缓缓抬手轻轻碰了碰她的发顶。不知不觉，她已经二十二岁了，已经具备了吸引男人的所有魅力。

从成年后他们在一起，殷墨很少对她有什么亲密动作，有时候，傅幼笙都怀疑殷墨是不是依旧把她当成初见时的那个小妹妹。

原本殷墨以为傅幼笙会渐渐恢复正常的生活状态，却没想到，她黏他的时间更长了。

仿佛得了皮肤饥渴症，她稍稍睁开眼睛看不到他，便会焦虑，更没有安全感。

殷墨不知道她是哪里出了问题，直到三个月后的半夜时分。

傅幼笙本来沉睡着，忽然睁开眼睛，看到旁边床铺上没有殷墨的身影，心里带着巨大的惶恐，甚至来不及穿拖鞋，赤着脚下楼：“哥哥？”

入目便是站在冰箱旁边拿着一瓶水的男人，傅幼笙立刻跑过去。

“慢点。”男人眉心轻轻皱起，望着她踩在冰凉地面上的一双脚，“怎么不穿拖鞋？”

然而傅幼笙直到握住男人手腕，掌心贴着他腕骨上的皮肤后，才发现自己后背已经紧张得出了冷汗。

仰头看着冰箱暗淡光线下，男人被映照出来的俊美侧脸，傅幼笙小脸苍白。这次她能找到他，那下次呢？如果他要离开，那她永远见不到他。

心头涌上了一个想法，这个想法越来越深重，她张了张嘴，好几秒后，才轻轻吐出一句话："殷墨。"她难得这么慎重地喊他的名字。

闭了闭眼睛，傅幼笙轻软好听的嗓音在安静的餐厅里格外清晰："殷墨，我想结婚了。"

她等了许久，都没有等到殷墨的答案，心越来越沉。

就在她唇角扬起艰难弧度，想说自己是开玩笑的，下一刻，耳边响起男人依旧平静从容的话语："好。"

他说好。傅幼笙确定自己没有听错，仰头看他时，那双原本像蒙上了雾气的眼眸，陡然之间，云开雾散，恢复了原本的清澈明亮。

殷墨轻轻碰了碰她泛红的眼尾，偏淡的音质染上微哑，再次重复了一遍："好。"

翌日，他们去领了证，很简单的程序。

回家的车内，殷墨看着她像是卸下了什么重担，捧着结婚证笑得满足又虔诚，仿佛这两个薄薄的小本子，是她生命中最重要的东西。

殷墨忍不住捏了捏她的指骨：算了，她高兴就好。

即便婚姻于他而言并非小事，但他不会让任何人打扰、影响她，再次让她变回那毫无生气的模样。

从捡到这个小姑娘的一刻起，殷墨就决定——

让她无忧无虑地生活在热烈耀眼的光芒之下，让一切阴霾黑暗远离她。

她本该如此，永远灿烂如朝阳。

（全文完）

图书在版编目（CIP）数据

心跳不听话 : 全 2 册 / 臣年著 . -- 南京 : 江苏凤凰文艺出版社 , 2022.7

ISBN 978-7-5594-6739-3

Ⅰ . ①心… Ⅱ . ①臣… Ⅲ . ①言情小说 - 中国 - 当代 Ⅳ . ① I247.5

中国版本图书馆 CIP 数据核字 (2022) 第 051591 号

心跳不听话 ：全 2 册

臣年 著

责任编辑　周颖若

特约编辑　王译葶　刘玉瑶

装帧设计　卷帙设计 QQ: 2649686699

责任印制　刘　巍

出版发行　江苏凤凰文艺出版社

　　　　　南京市中央路 165 号，邮编：210009

网　　址　http://www.jswenyi.com

印　　刷　北京市松源印刷有限公司

开　　本　880 毫米 ×1230 毫米 1/32

印　　张　24.25

字　　数　819 千字

版　　次　2022 年 7 月第 1 版

印　　次　2022 年 7 月第 1 次印刷

书　　号　ISBN 978-7-5594-6739-3

定　　价　69.80 元（全 2 册）